LA DIVINE COMÉDIE

Professeur de littérature française et présidente du Centre d'études italo-françaises à l'université de Rome III, critique littéraire, traductrice et poète, Jacqueline Risset est spécialiste de Dante. Elle est notamment l'auteur, chez Flammarion, de la traduction de *La Divine Comédie* (GF, édition bilingue en 3 volumes) et de la biographie *Dante, une vie*.

ISBN : 978-2-0812-3155-9

DANTE

LA DIVINE COMÉDIE

L'Enfer

Le Purgatoire

Le Paradis

Traduction, préface et notes
par
Jacqueline RISSET

GF Flammarion

J'évoque avec gratitude la mémoire de Giorgio Petrocchi et d'Achille Tartaro, de l'université de Rome, et celle de Louis Audibert, des Éditions Flammarion.

Je dédie cette nouvelle édition à Umberto Todini, pour l'attention précieuse qu'il prête depuis toujours à mes travaux dantesques.

J.R.

PRÉFACE *

Le voyage prodigieux

La Divine Comédie n'est pas seulement, comme on a pu le croire parfois, le monument majestueux d'une culture passée, mais un poème vivant qui nous touche tout à coup, de très près, en certains points de son texte, à chaque fois différents et imprévisibles. Ces points ne se trouvent pas uniquement dans l'*Enfer*, qu'aimaient tant nos prédécesseurs du XIXe siècle – moins pour les supplices et pour les démons qui l'habitent, et qui appartiennent, depuis Walter Scott et les romans noirs anglais, au genre fantastique, que pour la variété des vices qu'ils pouvaient y reconnaître ; ils le trouvaient « plus humain ». Mais nous, qui avons connu le XXe siècle et ses terribles péripéties, nous pouvons nous dire experts en enfers, plus encore que les contemporains de Gustave Doré ; et nous sommes, paradoxalement, plus qu'eux touchés par le *Purgatoire* et par le *Paradis*, qui nous semblent plus proches, mais aussi, surtout pour le *Paradis*, porteurs de possibilités poétiques qui nous étonnent.

* À l'occasion de cette édition revue, la sixième depuis 1985, et la première sans le texte italien, je propose cette nouvelle présentation. Le lecteur désireux de précisions concernant chacune des trois parties de *La Divine Comédie* pourra se reporter aux introductions des trois volumes bilingues disponibles dans la collection GF-Flammarion (1990-1992 ; rééd. 2005). Je renvoie aussi à trois autres de mes travaux : *Dante écrivain, ou l'Intelletto d'amore*, Seuil, 1982 ; *Dante. Une vie*, Flammarion, 1995 ; et *Traduction et mémoire poétique*, Hermann, 2007.

Modernité de Dante

Ce qui attire et intensifie notre regard sur les chants de Dante est sans doute aussi le fait que nous sommes sensibles à la hardiesse avec laquelle leur auteur mêle et transgresse les codes qu'il s'est donnés, tout comme ceux qu'il a reçus. Ainsi, au sein de l'obscur et du tragique infernal surgissent parfois des éclats inattendus de vie terrestre – gestes calmes d'artisans, gestes tendres de mères et d'enfants, détails de paysages, vols d'oiseaux, animaux familiers. Éclats destinés à faire saisir au lecteur des particularités peu imaginables dans l'au-delà, mais qui, du même coup, le rapprochent, et font sentir que les spectacles des trois royaumes ont besoin d'une comparaison, d'une « traduction » pour se rendre visibles à l'œil d'un vivant. Il arrive aussi qu'au milieu de la gigantesque réserve du Mal qu'est l'espace de l'Enfer se dresse une figure qui suscite chez le visiteur Dante un élan d'affection et même d'admiration. Le lecteur, qui va de stupeur en surprise, se sent cependant guidé, dans ce périple effrayant, par une main ferme et constamment consciente de ses idées et de ses buts.

Quant au *Purgatoire*, la notion en était encore nouvelle au temps de Dante, et les récits alors déjà connus de voyages dans le deuxième royaume le décrivaient en général comme une variante de l'Enfer, comme un Enfer simplement « à terme [1] ». Le *Purgatoire* dantesque commence, au contraire des autres, dans une lumière paradisiaque – « Douce couleur de saphir oriental » (*Purg.*, I, 13). Il tend vers le Paradis, il l'anticipe. Et l'ascension de la montagne ensoleillée qui est la tâche des âmes du Purgatoire, indépendamment des punitions qu'elles doivent y subir selon les péchés de leur vie, ascension très rude d'abord, puis de plus en plus légère, est à la fois la preuve et l'exercice de la liberté humaine.

---

1. J. Le Goff, *La Naissance du Purgatoire*, Gallimard, 1981.

Le *Paradis*, à son tour, loin de correspondre à l'image édulcorée des représentations traditionnelles, consiste en une suite de discussions philosophiques serrées qui sont en même temps un dialogue amoureux ininterrompu et un cheminement ébloui, mais aussi un défi pour le pèlerin qui l'affronte. Enfin, ce voyage qui traverse les trois royaumes d'outre-tombe pour parvenir à la Vision finale est en même temps tendu, au-delà d'elle, vers le retour sur terre, vers le moment où sera racontée aux vivants la traversée accomplie. En haut de la montagne du Purgatoire, dans la « divine forêt épaisse et vive » du paradis terrestre, assise sur le char mystérieux, Béatrice dit à Dante : « ce que tu vois,/ revenu là-bas, fais que tu l'écrives » (*Purg.*, XXXII, 104-105). Au Paradis, dans le ciel des étoiles fixes, il pense à son retour, au récit qu'il rapportera sur terre, à Florence, son « beau bercail »[1] :

> Si jamais il advient que le poème sacré
> où le ciel et la terre ont mis la main
> et qui m'a fait maigrir de longues années
> vainque la cruauté qui me tient au dehors
> du beau bercail où je dormis agneau,
> ennemi des loups qui lui font la guerre ;
> avec une autre voix alors, avec une autre laine,
> je reviendrai poète, et sur les fonts
> de mon baptême je prendrai la couronne.
>
> (*Par.*, XXV, 1-9.)

Ce qui frappe aujourd'hui est la modernité du poète médiéval, l'acuité de sa conscience artistique, la puissance avec laquelle il manie une langue qu'il invente du même geste. De fait, la précision de sa pensée et de sa plume, la radicalité de sa conscience théorique dans l'invention poétique la plus hardie le rendent pour nous contemporain de ceux qui sont, dans la littérature, les grands inventeurs de

1. J. Risset, *Dante écrivain*, *op. cit.*, p. 194.

la modernité : de Joyce, pour qui Dante était modèle d'écriture jusque dans le champ musical du *hors sens* ; de Proust, par la parenté de la construction circulaire, par la lumière des épiphanies et la densité des ténèbres traversées ; de Kafka, par l'intensité de la vision à la fois optique et onirique transportée dans la langue ; de Rimbaud, par la rigueur de la décision, par l'absolu de l'instant, par le foudroiement de l'illumination.

La Divine Comédie a peu à voir avec le noir brunâtre où la cantonnait l'iconographie romantique ; elle a les brillantes couleurs des fresques et des miniatures qui l'illustrèrent dès son apparition. Et dans un tel récit, visionnaire et inspiré, la culture (surprenante proximité et mémoire des textes, pour qui se mouvait en exilé sur les routes, loin des livres, loin des bibliothèques) n'est jamais accumulation froide de connaissances, mais, comme l'écrit Ossip Mandelstam, « lieu des associations les plus rapides » – « Tu saisis au vol, tu es sensible aux allusions [1] » ; elle produit dans le texte une série de rencontres imprévisibles, de courts-circuits surprenants entre monde classique ancien, monde biblique, monde quotidien, monde imaginaire. La *Comédie* [2] n'est pas monument immobile ; elle est cathédrale et symphonie, comme la *Recherche du temps perdu*, et comme elle en état de mouvement perpétuel et de métamorphose. Elle ne communique pas les résultats d'un jugement (sur le sort des humains après la mort), mais plutôt le « compte rendu d'un raptus » (Giorgio Petrocchi) où se lisent toutes les oscillations de l'extase et de la pulsion. C'est le corps de Dante qui traverse lourdement le royaume des ombres, tombant, trébuchant, se faisant reprendre par son guide :

1. O. Mandelstam, *Entretien sur Dante*, trad. J.-C. Schneider, in *Argile*, XII, 1976-1977.

2. C'est ainsi que Dante nommait son poème. L'adjectif « divine » a été ajouté pour la première fois par Boccace, qui considérait Dante comme poète et théologien. Il est apparu dans le titre à partir de l'édition de Ludovico Dolce en 1555.

« Que fais-tu ? » lui demande Virgile. *La Divine Comédie* pourrait se définir comme l'épopée du corps de Dante. C'est un corps vivant qui traverse les trois royaumes, suscitant dans chacun d'eux la stupeur des ombres : elles s'aperçoivent, en Enfer, qu'il pèse – il fait bouger les pierres des éboulis –, au Purgatoire, qu'il fait de l'ombre ; et se demandent, au Paradis : est-il avec son corps ou sans son corps ? Ce que Dante ne sait pas lui-même : « Si j'étais corps […]/ le désir devrait s'enflammer davantage » (*Par.*, II, 37-40).

Hardiesse poétique

Dans la *Comédie*, le ton poétique est obtenu par condensation expressive extrême et par rapprochements foudroyants entre les éléments du récit. Le rythme se fonde, dans l'*Enfer* et dans le *Purgatoire*, sur les unités concrètes du pas et du souffle ; dans le *Paradis*, sur les mutations de la lumière. Les métaphores ne sont pas ornement rhétorique, mais assument au contraire un sens génétique : elles retracent le processus de formation des objets qu'elles évoquent et du texte lui-même – ainsi, la plume qui écrit se souvient du corps de l'oiseau dont elle provient. Quant à la langue de *La Divine Comédie*, elle est beaucoup moins lointaine et inaccessible qu'on ne l'imagine. Les codes linguistiques et les registres qui la définissent sont multiples, et utiles à percevoir. Mais l'évidence poétique est telle que codes et registres se trouvent comme traversés, à la lecture, par des heurts d'une transparence violente. Ainsi, au chant VI du *Purgatoire*, Dante interrompt sa violente invective contre la « serve Italie » contemporaine

> Hélas ! serve Italie, auberge de douleur,
> nef sans nocher dans la tempête,
> non reine de provinces, mais bordel !
>
> (*Purg.*, VI, 76-78.)

pour adresser une apostrophe à Dieu, qu'il nomme « grand Jupiter », Jupiter « crucifié pour nous », et lui reprocher de détourner ses regards du malheureux pays : « tes justes yeux sont-ils tournés ailleurs ? » (*Purg.*, VI, 118-120). La vision du monde antique comme anticipation du monde médiéval – les dieux de la mythologie préfigurant celui de l'univers chrétien – était courante à son époque, mais l'intensité des rapports ainsi établis dans les chants de Dante entre réalités historiques éloignées et points de vue fortement opposés instaure une densité de parole inconnue ailleurs.

La hardiesse poétique de Dante se manifeste sans qu'il soit besoin de forcer l'interprétation et de projeter sur son texte des catégories récentes ; il est nécessaire en revanche de soulever les voiles de l'interprétation traditionnelle. On peut constater par ailleurs que des catégories peu fréquentes, comme celles qu'Henry Corbin employait pour décrire le soufisme, la philosophie musulmane ou la pensée d'Avicenne – celles d'« imagination créatrice » ou d'« aperception théophanique » –, permettent de déchiffrer certains aspects de la *Comédie* de façon plus exacte que ne font les instruments habituels de la critique, et d'éviter par exemple le faux problème de l'identité de Béatrice [1]. La très jeune Bice Portinari était perçue par le très jeune Dante Alighieri à la fois comme créature terrestre et comme figure céleste. Henry Corbin : « Celle qui pour Ibn 'Arabî eut à La Mecque pour signification ce que pour Dante eut Béatrice, était certes une jeune fille réelle, mais en même temps, comme telle, elle était une figure théophanique, la figure de la *Sophia aeterna* [2]. » À la fin du *Paradis*, Dante, la regardant, retrouve tout naturellement le motif de la louange qu'il

1. « Dire d'elle ce qui n'a jamais été dit d'aucune » : tel est le cœur du projet de Dante dans *La Divine Comédie.* Lorsque le jeune Dante a la première intuition de l'œuvre future, il la décrit ainsi, à la fin de la *Vita Nuova* : montrer Béatrice triomphante dans la joie du Paradis.

2. H. Corbin, *L'Imagination créatrice dans le soufisme d'Ibn 'Arabî*, Flammarion, 1958, p. 42.

avait conçu lorsqu'il écrivait la *Vita Nuova*. Mais à présent la louange ne suffit plus, car la beauté de Béatrice dépasse à tel point la mesure humaine que « seul son créateur jouit d'elle toute » (*Par.*, XXX, 21).

La passion politique. Les deux soleils

Frappante est la passion politique de Dante. Passion entière et ardente. Pour lui tout est lié, et la poésie n'est pas un champ à l'écart du monde extérieur. L'apparition dans sa vie, à neuf ans, de l'enfant Béatrice ne signifie aucunement l'enfermement dans le champ amoureux ou dans celui des rêveries sentimentales et religieuses. Au contraire. Ce que lui fait percevoir cette apparition, à travers l'émotion imprévisible, ce n'est pas seulement la grâce d'une figure féminine singulière, mais la présence de l'univers, et le rapport immédiat et indissoluble entre l'univers et sa propre vie. Il s'agit, dès lors, de déchiffrer, d'interpréter. Et aussi de transformer. Pour Dante, lire les signes et changer le monde n'appartiennent pas à deux sphères différentes, plus ou moins incompatibles. Être poète signifie percevoir plus à fond, plus subtilement, les rapports entre toutes choses – rapports inventés et réglés par la pensée divine. Et si l'homme, dans la liberté qui est la sienne, dérègle ces rapports, il lui appartient de les remettre en marche dans leur harmonie originaire.

La connaissance qu'a le poète florentin de la pensée politique des philosophes antiques le soutient, en particulier celle d'Aristote, dont il rend l'expression *zoon politicon* par celle d'*animal compagnon*, qui révèle l'immédiateté de la solidarité humaine. Dans la *Monarchie* (écrite en 1313 à Vérone et brûlée par l'Église quelques années plus tard), qui représente l'aboutissement d'une longue réflexion sur la nature du pouvoir, Dante introduit un principe étranger au monde médiéval, inacceptable pour les autorités religieuses, et qui se révèle aujourd'hui encore, malgré les Lumières et les révolutions, d'une urgente actualité : la séparation des pouvoirs politique et religieux. Principe selon lequel l'empereur – un empereur universel, de même que le pape est universel – a pour tâche d'assurer aux humains la félicité terrestre, tandis que le pape a en charge leur félicité céleste. Conception qui exige le refus absolu du pouvoir temporel des papes ainsi que l'absence de toute hiérarchie entre le pape et l'empereur. La métaphore utilisée par Dante pour décrire ce rapport entre pouvoir religieux et pouvoir politique était, dans le *Convivio*, celle du soleil et de la lune, chacun ayant son orbite. Plus tard, dans le *Purgatoire*, le poète revient sur ce thème et change de métaphore, créant celle, beaucoup plus hardie, des « deux soleils » :

Rome, autrefois, qui rendit bon le monde,
avait deux soleils, qui faisaient voir
l'une et l'autre route, et du monde et de Dieu.

(*Purg.*, XVI, 106-108.)

Florence et le rêve impérial

À l'époque de Dante, Florence, depuis longtemps déchirée entre guelfes et gibelins (qu'on peut définir respectivement comme partisans du pape et partisans de l'empereur), toujours éprise de son indépendance, est une turbulente ennemie de l'empereur, à la différence des autres villes toscanes, plus soumises et moins inventives en politique, qui sont presque toutes gibelines. À Florence, la plupart des nobles, qui sont aussi des guerriers, sont gibelins. Les guelfes sont proches du peuple ; le pape, qui est en lutte permanente avec l'empereur, protège les guelfes. Du fait de la grande importance que donne Dante au rôle de l'empereur, d'un empereur universel, il a souvent été considéré, à tort, comme un gibelin. En réalité, Dante était de famille guelfe, mais pour lui l'indépendance de Florence par rapport au pape, dont les visées sur la Toscane étaient manifestes, était un but fondamental. À l'intérieur de la cité, il soutenait le peuple contre les magnats instigateurs de conflits, qu'ils soient nobles gibelins ou marchands enrichis.

Au moment où il entre résolument sur la scène politique, en juillet 1295, Dante a trente ans. Florence, ville-république, est désormais puissance mondiale ; le florin est déjà la monnaie de l'Europe, et la vie politique dans ses murs est particulièrement active et novatrice. Depuis 1293, et en réaction aux prétentions de plus en plus excessives de la classe noble, s'est mis en place un gouvernement populaire qui exclut, d'abord totalement, puis de façon mitigée, la classe noble ; en 1295, un noble peut de nouveau occuper une charge publique, à condition de s'inscrire à une corporation. Dante choisit celle des médecins et apothicaires, à laquelle s'inscrivent en général les intellectuels. Geste formel : il n'exercera jamais la médecine, ni la pharmacie. Mais il occupera plusieurs fonctions publiques : en 1300, il sera prieur, la plus haute fonction de gouvernement, dont la durée ne peut excéder deux mois (dans cette période anxieuse de clarté démocratique, les charges publiques sont très brèves afin d'éviter la corruption).

En 1301, il est désigné pour une mission délicate : une ambassade auprès du pape, Boniface VIII, qui a trouvé un nouvel allié, Charles de Valois, le frère du roi de France, prêt à intervenir pour soutenir la politique papale d'annexion de Florence. On ne sait rien de cette rencontre – de la vie de Dante, du reste, on sait très peu de chose –, mais, sans doute pris en otage au Vatican, il devra s'enfuir et ne reviendra jamais dans sa ville, où la discorde a éclaté, depuis quelque temps déjà, à l'intérieur même du parti guelfe. Ceux qui défendent la liberté florentine, et sont par conséquent adversaires du pape, sont désormais guelfes blancs ; les magnats d'ancienne noblesse, hostiles à toute forme de participation des classes populaires au gouvernement, guelfes noirs. Dante est tout naturellement guelfe blanc, par sa volonté de paix dans la cité et par le refus de l'avidité de pouvoir temporel qui est celle de Boniface VIII. Le nouveau gouvernement noir, qui s'est installé en novembre 1302, le bannit, et, peu après, le condamne à mort par contumace. Il passera le reste de sa vie en exil.

Son activité politique aura duré six ans. Carrière éclair, et qui n'a pu exercer l'influence qu'il désirait, alors même qu'il s'estimait hautement capable de cette activité (ainsi, chargé d'une mission à San Gimignano en 1300, il avait hésité à accepter : « Si j'y vais, qui reste ? » disait-il aux membres du Conseil, ajoutant : « Et si je reste, qui y va ? »). Sa déception est amère dans les premières années d'exil, lorsqu'il essaie en vain de réunir les exilés au-delà de leurs divisions pour tenter le retour à Florence, en battant les guelfes noirs. Il fera alors « parti à soi seul » (*Par.*, XVII, 69). Inflexible, audacieux, cohérent, il aura défendu jusqu'au bout la liberté de la république, et son intégrité morale. Il tentera une dernière entreprise politique, en 1310, au moment où Henri VII, l'empereur d'Allemagne, se rendra en Italie.

Henri VII tient en effet dans la pensée de Dante un rôle fondamental. Il correspond à la figure dont il rêvait depuis longtemps, et qu'il élabore peu à peu avec toujours plus de précision, celle du souverain capable d'équilibrer dans le royaume terrestre le pouvoir de la papauté à l'échelle mondiale. Il rencontre son champion dans le nord de l'Italie, puis lui écrit plusieurs épîtres qui sont à la fois des actions de grâces et des encouragements à agir. Henri VII est couronné en 1312 à Saint-Jean-de-Latran, sans avoir vraiment compris la nouveauté des communes italiennes qui se tournent vers lui ni ce bizarre conseiller qui lui prodigue louanges bibliques, prophéties virgiliennes et conseils militaires. Il meurt de malaria en février 1313 à Buonconvento, près de Viterbe. C'est la fin du rêve impérial. Une illusion de Dante ? Plutôt la fin d'une utopie en avance sur son temps. « L'auteur de la *Monarchie* est le premier, sans doute, qui comprit sous le terme d'*humanitas* à la fois la dignité propre de l'homme et le genre humain pris dans toute son extension [1]. »

Dante écrivain

Que veut Dante lorsqu'il écrit ? Le premier titre qu'il avait donné à son poème était *La Vision*, et c'est bien vers une vision que tendent l'*Enfer*, le *Purgatoire* et le *Paradis*. De quoi est faite cette Vision, à nulle autre pareille ? La lumière est son objet, qui traverse toute l'œuvre, en passant par le noir et par le feu, jusqu'à l'éblouissement final. La musique est son accompagnement et sa récompense progressive : musique comme sortie miraculeuse hors du fracas infernal, harmonie paradisiaque qui ne peut être goûtée qu'au terme de la conquête initiatique.

Et que fait Dante quand il écrit la *Comédie* ? Il lit d'autres livres. Il les traduit en écrivant. Il traduit la Bible, Virgile, Ovide [2]. Chaque fois l'opération est différente, les choix – la liberté prise avec le texte d'origine, la voix, le rythme – se renouvellent. La Bible est l'arrière-plan grandiose de *La Divine Comédie*, et sa lecture, si présente qu'elle apparaît dès le premier vers (« Au milieu du chemin de notre vie/ je me retrouvai par une forêt obscure », *Enf.*, I, 1-2), qui rappelle la voix d'Ézéchias, roi de Judée, dans le livre d'Isaïe : « À la moitié de ma vie/ je m'en vais à la porte des enfers. » Entrée solennelle dans le poème, solennité qui se précise dès la seconde moitié du vers, « *di nostra vita* » : d'emblée, on assiste au glissement du *je* au *nous*, de l'individuel à l'universel. Il s'agit d'une aventure personnelle qui regarde toute l'humanité, dans le *nous* qui la constitue. En même

---

1. C. Lefort, *La Modernité de Dante*, in Dante, *La Monarchie*, Belin, 1993, p. 6.
2. M. Chiamenti, *Dante Alighieri traduttore*, Florence, Le Lettere, 1995.

temps, et contrairement à ce que laisse présager la solennité de l'attaque, ce que dans le cours de son poème Dante reprend le plus souvent à la Bible, ce sont les scènes de vie familière et idyllique – les lieux réalisés de la sagesse, qu'il fond de façon indiscernable avec les images de sa propre enfance campagnarde, observées avec l'intensité du regard enfantin –, les phénomènes naturels, les animaux, les plantes[1].

Virgile est le maître, l'auteur passionnément lu et relu. Il se traduit tout seul ; la fluidité virgilienne se glisse dès l'abord dans l'âpreté de la langue dantesque. Dante est capable de condenser dans le *Purgatoire* trois vers de la quatrième *Bucolique* en les allégeant dans le même geste : le disciple surpasse son maître en poésie. Mais Virgile n'est pas seulement le grand poète de l'Antiquité : il est aussi le mage médiéval ; à partir précisément des vers de la *Bucolique* que traduit Dante, il est considéré comme l'annonciateur du christianisme[2]. Pour Dante, il est l'un et l'autre ; et c'est pour cette raison qu'il peut être son guide. Guide mélancolique, car il ne pourra l'être jusqu'au bout. La mélancolie du personnage de Virgile dans la *Comédie*, sa voix affaiblie par un long silence, sa brusque disparition à la fin du *Purgatoire*, si douloureuse pour le disciple, sont les éléments révélateurs d'un destin, celui d'être suspendu sur le seuil du monde heureux qu'il avait le premier pressenti.

Quant à Ovide, dont *Les Métamorphoses* étaient la grande redécouverte du XIe siècle, il intervient comme corps étrange, densité accrue de l'écrit, constante capacité et constant amour de métamorphose. Par l'usage novateur de la prosodie, par le chevauchement des événements et des

---

1. Voir Y. Bonnefoy, *Les Mots de Dante*, in *Dante au Collège de France*, dir. C. Ossola, Turin, Aragno, 2010.

2. D. Comparetti, *Virgilio nel Medioevo*, Pise, 1872 ; rééd. Florence, La Nuova Italia, 1981.

rencontres, par la variété des sons et des rythmes, Dante travaille à créer un tourbillon narratif qui rappelle souvent de près les récits d'Ovide ; il invente même dans l'*Enfer* une métamorphose réciproque et simultanée – un homme se change en serpent, un serpent en homme – qui fait de lui, à son propre dire, un rival vainqueur du poète antique :

> Qu'Ovide se taise sur Aréthuse et sur Cadmos ;
> car si sa poésie change la première en source,
> le second en serpent, moi je ne l'envie pas :
> jamais il ne transmua deux natures face à face
> de façon telle que les deux formes
> fussent en mesure de changer leur substance.
>
> (*Enf.*, XXV, 97-102.)

Sa mémoire poétique puissante lui permet de faire renaître en quelques vers l'intensité des figures ovidiennes : Icare, Phaéton, Proserpine, les Argonautes... De plus, Dante retrouve chez Ovide la fascination qui est la sienne pour ce qu'on peut appeler « les bords du langage [1] », la limite où le mot se fait pur son. Ovide, racontant le mythe de Diane et d'Actéon, consacre une dizaine de vers aux noms des chiens d'Actéon, qui le dévorent. Ce sont des noms propres, des noms propres grecs encastrés dans l'hexamètre latin. Dante convoque lui aussi les bords anticommunicatifs du langage pour rendre compte de l'expérience de l'Enfer. Ainsi « *Pape Satàn, pape Satàn aleppe !* » (*Enf.*, VII, 1), jeu phonique incantatoire de Pluton qui invoque Satan en excluant ses interlocuteurs, ou « *Raphèl maí amècche zabí almi* » (*Enf.*, XXXI, 67), paroles incompréhensibles de Nemrod, inventeur de la tour de Babel. Ce sont là des créations langagières qui se révèlent très proches de celles de Joyce dans *Finnegans Wake*. Dans le dernier ouvrage de Joyce, la traduction en italien de deux fragments de *Finnegans Wake*, en 1938, l'écriture de Dante est pour lui modèle

1. J. Risset, *Dante écrivain*, *op. cit.*, p. 83-87.

global, comme il le déclare à l'un de ses deux collaborateurs, Ettore Settanni : « Comment vous semble ceci ? *A vederlo guizzar in quella sua guaina, come Salomon reo e Saboletta, le sue dune rhurlavano di foia satolle. Bayorka buah. Boyana bue…* » ; et il ajoute en souriant : « Que Père Dante me pardonne, mais je suis parti de sa technique de déformation pour atteindre une harmonie qui vainc notre intelligence, comme la musique [1]. » La traduction de Joyce, qui parut en 1940 dans la revue de Moravia et Malaparte, *Panorama*, montre que la technique dantesque est utilisée par Joyce dans la direction du travail phonique, de l'invention radicale et « hors sens » – c'est-à-dire selon une direction déjà présente dans la *Comédie*, définie par Gianfranco Contini comme « translinguistique ». Joyce écrit *sous le signe de Dante*, avec une hardiesse et une science comparables, et c'est ce qui fait qu'on pourrait sans doute le considérer comme le seul vrai disciple de l'auteur de la *Comédie*.

Art de la mémoire et matière divine

L'une des ambitions de Dante dans la *Comédie* était « de frapper et de déchirer la mémoire du lecteur [2] » – mais la mémoire du lecteur médiéval était infiniment plus puissante et plus articulée que la nôtre. La rareté des manuscrits maintenait en vie la tradition orale de la poésie (la *Comédie* commença à circuler en Italie comme poème récité) et suscitait une pratique complexe de mémorisation, qui remontait à l'Antiquité, un « art de la mémoire », fondé sur la « spatialisation mnémonique » des données de la culture [3]. Dante, écrivant son poème, veut agir sur la mémoire du

1. E. Settanni, *James Joyce*, Venise, Cavallino, 1955. Cité par J. Risset, *Joyce traducteur de Joyce*, in *Tel Quel*, n° 54, été 1973 ; repris dans James Joyce, *Scritti italiani*, Milan, Mondadori, 1979, p. 209.

2. G. Contini, *Un' idea di Dante*, Turin, Einaudi, 1995, p. 73.

3. Fr. A. Yates, *The Art of Memory*, Londres, Routledge & Kegan, 1966.

lecteur, et agir par la suggestion des lieux. La *Comédie* peut être comprise comme une transposition spatiale des peines et des récompenses, destinée à fixer dans l'esprit des hommes les différents modes de leur sort futur. *Enfer*, *Purgatoire* et *Paradis* forment un art de la mémoire de l'au-delà, un schéma du salut, ou plus précisément un ensemble de représentations destinées à éviter l'oubli du salut et de son fonctionnement : chaque peine est liée à une transgression précise de la loi divine, et le poème élabore pour chacune une série d'associations spatiales qui aident le lecteur-visiteur à se représenter visuellement, en les associant à des lieux, les différentes transgressions, les différentes peines, dans leur rapport réciproque. Le verbe *voir* est le plus fréquent dans la *Comédie*, qui peut être interprétée comme la conversion d'une série abstraite – la punition des vices et la récompense des vertus – en une somme d'*exempla* à assimiler, dont le modèle se trouve pour Dante chez les prêcheurs dominicains [1].

Mais le poète ne fait pas qu'exposer une doctrine ; il raconte une expérience – expérience stupéfiante et transformatrice, que le lecteur doit reparcourir dans son entier. La détermination qui guide la grandiose entreprise est fondée sur la conviction de posséder un don prophétique et un génie poétique en mesure de transmettre à ses lecteurs un message fondamental : « La fin du tout et de la partie est de tirer les vivants de l'état de misère dans cette vie et de les conduire à l'état de félicité. » Telles sont les paroles par lesquelles Dante explique à Can Grande della Scala, son bienfaiteur de Vérone, le but qu'il poursuit dans le manuscrit du *Paradis* qu'il lui envoie. Ambition folle que celle de rendre les hommes meilleurs – et plus heureux – par la conscience du sort qui les attend après la mort, en fonction de la vie qu'ils auront menée sur terre. L'entreprise est rendue possible par la certitude d'être en possession d'une qualité prophétique qui

1. Fr. A. Yates, *Print Culture, The Renaissance*, in *Encounter*, avril 1979.

l'autorise à parler au nom de l'humanité, et aussi au nom du Ciel. Dante a cette certitude : il se définit lui-même, dans le *Paradis*, comme « scribe de la matière divine », auteur donc d'un poème sacré :

> […] le poème sacré
> où le ciel et la terre ont mis la main.
>
> (*Par.*, XXV, 1-2.)

Avant d'écrire la *Comédie*, Dante était connu à Florence comme poète courtois du *dolce stil nuovo*, et aussi comme homme politique de premier plan, dans une ville qui était au premier rang de l'Europe médiévale. De loin, dans les péripéties de l'exil, il écrit. Il écrit une poésie nouvelle, qu'il veut à la hauteur des grands poèmes antiques. Mais cette poésie nouvelle et à valeur universelle, il la conçoit comme le récit d'une aventure personnelle, qui se présente, avec le début de l'*Enfer*, comme un rêve : « je me retrouvai par une forêt obscure »[1]. Et dans la suite du texte, même quand la structure du rêve disparaît – elle ne recouvre que la durée du premier chant –, le *je* qui parle conserve le statut qui est précisément celui du *je* dans le rêve : il demeure omniprésent (« dans le rêve tout dit *je*[2] »). Or par cette dimension onirique qui ancre le *je* dans le récit et donne à la poésie le sens d'une expérience directe, Dante élude le piège de l'édification moralisante et impersonnelle qui guette toute tentative de transformation pratique et morale de l'humanité.

La voix de l'Enfer

Dante, sur les pas de Virgile, est en chemin vers l'Enfer, lorsqu'une voix mystérieuse s'élève. Jusqu'alors, perdu dans une forêt obscure, il a été sauvé par la brusque apparition

1. Voir J. Risset, *Dante écrivain, op. cit.*, p. 110.
2. M. Foucault, introduction à L. Binswanger, *Le Rêve et l'existence*, Desclée de Brouwer, 1954, p. 85.

de Virgile qui a éloigné de lui la menace des trois bêtes de Lucifer, le lion, la lonce, la louve, et lui a annoncé qu'il allait devoir traverser les trois royaumes des morts. Dans le chant II, Dante a peur ; Virgile, patiemment, le rassure et lui donne l'énergie de se mettre en chemin (« j'entrai dans le chemin dur et sauvage », II, 142), lorsque s'élève une voix mystérieuse, solennelle et terrifiante :

Par moi on va dans la cité dolente,
par moi on va dans l'éternelle douleur,
par moi on va parmi la gent perdue.

(*Enf.*, III, 1-3.)

Cette ouverture célèbre du chant III de l'*Enfer* marque le véritable début du voyage. Les paroles se gravent pour toujours dans la mémoire, selon la volonté du poète ; les trois premiers vers commencent par la même formule « *Per me si va* », qui résonne chaque fois comme un son de cloche funèbre. Ils introduisent la « cité dolente », celle du diable, puis l'atmosphère spirituelle, « l'éternelle douleur », enfin les ombres qui s'y meuvent, « la gent perdue »... Les derniers mots sont une phrase terrible :

Vous qui entrez laissez toute espérance.

(*Enf.*, III, 9.)

Doublement terrible : lorsque le visiteur Dante la découvre, on ne sait pas encore si la voix s'adresse à lui, et donc si ces mots d'épouvante s'adressent à tous ceux qui entrent. Les vers suivants dévoilent qu'il s'agit d'une inscription au-dessus de la porte :

Ces paroles de couleur sombre,
je les vis écrites au-dessus d'une porte ;
aussi je dis : « Maître, leur sens m'est dur. »

(*Enf.*, III, 10-12.)

Dante est troublé, même si, on le comprend alors, les paroles sombres s'adressent de fait seulement aux morts, qui sont damnés pour toujours, et non à celui qui, vivant, traversera l'Enfer pour une brève saison… Il faut que son maître éclaire le sens et dissipe l'angoisse, car il s'agit ici de rencontrer le mystère du mal, et la peur est la première épreuve à surmonter. La descente commence. Elle ira jusqu'au point le plus bas, jusqu'à Lucifer, l'ange rebelle, précipité au fond de la terre par sa chute, dans l'immobilité définitive, dans la glace, dans l'obscurité, symétriquement opposées au mouvement, à la chaleur et à la lumière paradisiaques.

Et ce fond de l'Enfer dantesque semble préfigurer l'horreur des enfers modernes. Réceptacle de tout le mal de l'univers, il fait penser à la terrible carte d'Europe qu'on peut voir à Auschwitz, où un réseau secret semble avoir pris la place des réseaux de chemins de fer connus : toutes les capitales y figurent, mais elles ne sont pas reliées entre elles ; une seule ligne les unit toutes, une par une, au point central du réseau, marqué par le nom « Auschwitz » ; de même que les larmes terrestres du Vieillard de Crète, chez Dante, forment les fleuves de l'Enfer. Et l'aspect même de parodie de production industrielle que donnent aux camps de la mort les cheminées des fours crématoires est comme préfiguré par le fond de l'Enfer, où Lucifer, qui a trois têtes dont chacune surplombe « deux grandes ailes » produisant un vent glacé, est un moulin à vent à fonction réfrigérante ; ses larmes, production mécanique, répétitive, inconsciente, contribuent à la définition du mal comme activité industrielle, comme répétitivité immuable et morte.

Mais Dante et Virgile sortent de l'Enfer ; ils grimpent sur le corps gigantesque de Lucifer par un long boyau obscur et remontent enfin « à revoir les étoiles » (*Enf.*, XXXIV, 139), dans l'hémisphère Sud, inhabité et où la chute de Lucifer a créé une montagne au milieu de la mer ; des corniches en font le tour, semblables à celle de la Turbie ; et sa cime est couronnée par une forêt, qui est la forêt du paradis terrestre.

Le Purgatoire, l'intermédiaire, les rêves

La naissance du Purgatoire, décrite par Jacques Le Goff comme une épopée de la pensée médiévale, est, pourrait-on dire, achevée par Dante. Alors que les récits de voyages imaginaires, à la même époque, montraient le Purgatoire presque toujours comme un prolongement de l'Enfer, Dante donne à ce lieu intermédiaire, dont l'existence est officiellement reconnue par l'Église en 1274, son véritable sens. Il ne s'agit pas d'un simple autre lieu ajouté à ceux qui existaient déjà ; le Purgatoire représente le passage d'une structure binaire à une structure ternaire, et entraîne « une modification profonde des structures symboliques[1] », ouvrant l'espace humain à la liberté et à la responsabilité individuelles.

L'invention de Dante est ici l'inoubliable spectacle d'une montagne ensoleillée au milieu de la mer – très semblable, selon Romano Guardini, à un paysage de Nietzsche[2]. Les ombres destinées au Purgatoire arrivent sur la barque de l'ange (symétrique et opposée à la barque de Charon, « le nocher du marais infernal », qui fait traverser l'Achéron aux ombres arrivant en Enfer) ; blanche et rapide, elle part de l'embouchure du Tibre, et débarque son chargement sur la plage de l'Antipurgatoire, nouvelle invention de Dante ; les âmes attendent de commencer l'ascension salvatrice, consécration du libre arbitre humain. Alors qu'Enfer et Paradis ne dépendent que du Ciel, le Purgatoire est une conquête humaine. La montée est dure pour commencer, elle devient de plus en plus légère à mesure que les âmes s'améliorent par leur effort individuel.

« Que morte poésie resurgisse » : ce souhait formulé dans les premières lignes du premier chant annonce que le *Purgatoire* sera le lieu de la renaissance de la grande poésie et de sa

1. J. Le Goff, *La Naissance du Purgatoire*, *op. cit.*, p. 278.
2. R. Guardini, *Dante, visionnaire de l'éternité*, trad. J. Ancelet-Hustache, Seuil, 1962.

célébration. Les poètes – frères de Dante : Stace, Guinizelli, Arnaut Daniel – sont chez eux dans le deuxième royaume ; et dans le chant XI, Dante lui-même prévoit sa place future dans la corniche des orgueilleux. Le Purgatoire est lieu de l'intermédiaire, et les poètes – les artistes en général – sont les intermédiaires entre l'humain et le divin [1].

Mais le *Purgatoire*, parce qu'il restitue l'alternance des jours et des nuits qui avait été interrompue par l'obscurité infinie des Enfers, est aussi le laboratoire des rêves. Trois rêves le scandent, à intervalles égaux ; tous trois ont lieu à l'aube : ils appartiennent donc à la catégorie que la tradition définit comme celle des rêves « vrais » – au moment « où notre esprit qui voyage [...]/ est presque devin dans ses visions », comme le rappelle Dante avant le premier songe (*Purg.*, IX, 16-18) [2]. Le *Purgatoire* coïncide avec l'étape décisive du déchiffrement, et le pèlerin interprète ses rêves comme révélateurs du sens ultime de l'expérience qu'il poursuit.

Au chant IX, Dante s'endort. Juste avant d'arriver à la Porte gardée par l'Ange, il rêve qu'il est enlevé par un aigle aux plumes d'or, comme Ganymède par Zeus, et qu'il brûle avec lui dans les flammes : ce qui est annoncé par ce premier songe est le passage du mur de feu, presque en haut de la montagne, avant l'entrée au paradis terrestre ; c'est aussi la Vision finale, directe et insoutenable.

Dans le deuxième rêve, le voyageur voit une femme « bègue,/ aux yeux louches,/ aux pieds tordus », qui se transforme sous son regard en « douce sirène » enchanteresse et tentatrice. Ce rêve est situé au centre du *Purgatoire* (chant XIX) et au centre de la *Comédie*, ce qui lui donne, compte tenu de l'organisation du poème, une importance

1. Voir Ph. Sollers, *Dante et la traversée de l'écriture*, in *Tel Quel*, n° 23, automne 1965 ; repris dans *Logiques*, Seuil, 1968.

2. Voir B. Stambler, *Trois Rêves*, in *Tel Quel*, n° 23 ; et J. Risset, *Colui che somniando vede*, in *Scene del sogno*, A. Mazzarella et J. Risset (dir.), Rome, Artemide, 2003.

architecturale particulière. Le rêveur se trouve dans la situation même d'Ulysse en face des Sirènes, mais sans cire ni corde pour échapper à la séduction. Ici la séduction a lieu, le risque est grand. Mais Lucie, « sainte et rapide », intervient ; elle fend les voiles, montre le ventre de la Sirène, et la puanteur qui en émane provoque le réveil du dormeur. L'élément sexuel, attraction et répulsion, envahit le poème, et Dante écrivain apparaît alors pour nous très proche du Freud de *L'Interprétation des rêves*[1].

Enfin, juste avant l'arrivée au sommet de la montagne, qui est la forêt du paradis terrestre, lui apparaissent en songe deux figures féminines bibliques, Lia et Rachel, première et deuxième femmes de Jacob, symboles l'une de la vie active, l'autre de la vie contemplative. Dans ce troisième rêve, serein et tendre, celle qui cueille des fleurs, Lia, la vie active, et celle qui se regarde dans un miroir, Rachel, la vie contemplative, ne sont pas opposées l'une à l'autre ; c'est plutôt leur ressemblance qui est soulignée, les faisant citoyennes l'une et l'autre d'un monde préparadisiaque, qu'elles annoncent. Elles annoncent en particulier la figure qui va bientôt se présenter, la plus délicate et mystérieuse de *La Divine Comédie*, celle qui cueille des fleurs dans le jardin du paradis terrestre.

Le paradis terrestre

Ici se situe l'une des innovations les plus extraordinaires du poème : « la divine forêt épaisse et vive » (*Purg.*, XXVIII, 2) qui couronne le sommet de la montagne du Purgatoire est le jardin merveilleux qui devait être le séjour des hommes, mais qu'ont perdu Adam et Ève ; et Dante le visite comme

1. Voir le récit de l'injection faite à Irma, à l'aspect de « réel dernier », selon J. Lacan (*L'Instance de la lettre dans l'inconscient*, in *Écrits*, Seuil, 1967) ; voir aussi J. Risset, *Colui che somniando vede*, in *Scene del sogno*, *op. cit.*, p. 106-109.

dernière étape avant le troisième royaume, celui du Paradis proprement dit. Ses pieds foulent le sol même qu'ont foulé les premiers humains. Jusqu'à présent, les sites de l'au-delà étaient des lieux *ad hoc*, créés pour leur fonction précise – de punition d'abord, puis d'expiation. Ici, c'est le lieu mythique du début de l'histoire de l'humanité. Paysage tout à fait terrestre, qui lui rappelle la pinède de Classe, près de Ravenne. Lieu qui réunit tous les éléments de la perfection des paysages imaginaires : le sol embaume, une légère brise glisse sur le visage, les oiseaux chantent dans les feuilles qui remuent à peine ; un ruisseau aux eaux transparentes coule sous les arbres. Les yeux de Dante vont au-delà du ruisseau, « pour contempler/ la variété de ces rameaux fleuris » :

> et là m'apparut, comme apparaît
> chose tout à coup qui détourne l'esprit
> de toute autre pensée, en l'émerveillant,
> une dame seulette qui s'en allait
> en chantant et cueillant des fleurs parmi les fleurs.
> (*Purg.*, XXVIII, 37-41.)

Qui est-elle ? Pour le lecteur et les générations de critiques qui ne cessent de se succéder depuis des siècles, c'est une des énigmes irrésolues de la *Comédie*. Elle apparaît ainsi, au chant XXVIII du *Purgatoire*, et nul ne la nomme. Le visiteur Dante, si curieux d'habitude de noter et de garder en mémoire les noms de tous ceux qu'il rencontre, ne lui demande pas qui elle est. C'est seulement à la fin du chant XXXIII que le nom apparaît : « Matelda », dit Béatrice. Mais il n'éclaire rien. Les hypothèses des critiques, comme toujours, fleurissent et se multiplient. La principale indique Mathilde de Canossa, comtesse de Toscane, médiatrice, au XIe siècle, entre le pape et l'empereur. Une autre, Mathilde de Hackeborne, une mystique allemande. Il existe d'autres hypothèses encore [1], mais aucune ne semble pleinement démontrée. La seule conclusion pour l'instant fondée

1. Voir *Matelda*, in *Enciclopedia dantesca*, III, Rome, 1984.

est l'idée que la mystérieuse jeune femme, seule habitante du paradis terrestre, représente l'état d'innocence et de bonheur sur terre avant le péché originel.

À elle, Dante ne pose aucune question, il lui demande seulement de venir plus près, et lui déclare :

> Tu me fais souvenir de Proserpine,
> au pays et au temps où sa mère la perdit,
> et où elle perdit le printemps.
>
> (*Purg.*, XXVIII, 49-51.)

Cette Proserpine dont il se souvient lui arrive des *Métamorphoses* d'Ovide, où elle est peinte avec les mêmes couleurs, la même tendresse, le même mystère. La proximité textuelle est ici impressionnante.

Ovide :

> Il existe un lac aux eaux profondes […]
> Une forêt forme une couronne tout autour de ces eaux
> Et de ces frondaisons, comme un voile, le protège des rayons [de Phœbus,
> Ses branches apportent la fraîcheur, sa terre humide des fleurs [éclatantes ;
> C'est un printemps perpétuel. Tandis que Proserpine, dans ce [bois,
> S'amusait à cueillir violettes et lis éblouissants
> Et qu'elle en remplissait des corbeilles et les plis de sa robe
> Avec une ardeur ingénue
>
> (*Les Métamorphoses*, V, 385 et 388-394) [1].

Dante :

> la divine forêt épaisse et vive
> qui tempérait aux yeux le jour naissant,
> […]
> dont le sol embaumait de tous côtés.
>
> (*Purg.*, XXVIII, 2-3 et 6.)

1. Ovide, *Les Métamorphoses*, trad. D. Robert, Actes Sud, 2001.

et là m'apparut,
[...]
une dame seulette qui s'en allait
en chantant et cueillant des fleurs parmi les fleurs [...]
(*Purg.*, XXVIII, 37 et 40-41.)

Ici la racine humaine fut innocente,
ici est le printemps toujours, et tout fruit
(*Purg.*, XXVIII, 142-143.)

Dans le récit d'Ovide, tout de suite après la scène ainsi décrite, Proserpine sera arrachée au monde heureux par Pluton, qui la fera reine des Enfers. Chez Dante, elle devient habitante du paradis terrestre dont Adam et Ève ont été chassés ; elle personnifie l'innocence humaine, et prépare l'apparition de Béatrice.

Car Virgile a terminé sa mission. Béatrice apparaît, qui va le remplacer pour guider Dante à travers le dernier royaume. Dante, bouleversé à sa vue, se tourne vers Virgile pour le prendre à témoin : « je reconnais les signes de l'ancienne flamme » (*Purg.*, XXX, 48). Mais Virgile a disparu. Dante est affligé, désemparé. Béatrice, « royalement hautaine », interpelle par son nom – qui est ici prononcé pour la première fois dans la *Comédie* – celui qui fut son amoureux sur terre :

Dante, parce que Virgile s'en va,
ne pleure pas, ne pleure pas encore ;
il te faudra pleurer pour un autre coup.
(*Purg.*, XXX, 55-57.)

« Comme la mère paraît superbe à son enfant », telle elle lui apparaît, tandis qu'elle lui reproche âprement de s'être détourné d'elle, du souvenir d'elle après sa mort précoce. Dante se repent en pleurant et assiste, comme Béatrice l'ordonne, à une représentation énigmatique dont le sens (politique, religieux, prophétique) lui échappe encore, mais dont il devra faire le récit sur terre. À présent, il a bu l'eau des deux fleuves, le Léthé et l'Eunoé : la purification est accomplie. Il est prêt à « monter aux étoiles ». Béatrice l'accompagne.

Le Paradis. Dire l'indicible

Cette fois, le voyage est un vol. Pour le Paradis, plus encore que pour les deux autres règnes, Dante renverse les représentations traditionnelles. Ici, le Paradis ne coïncide pas avec le repos, qui a son lieu dans la forêt du deuxième royaume. Il est mouvement incessant, rapidité extrême, excès d'émotion, d'énergie, de perception. Ce vol s'effectue à travers dix régions : sept sphères mobiles, dont les moteurs sont des anges, puis le ciel des étoiles fixes, et encore le ciel cristallin ou Premier Mobile, qui tourne lui-même dans un dixième ciel – immatériel, immobile, fait de pure lumière, où siègent les bienheureux dans la Rose céleste. Au centre est un point très lumineux, qui est Dieu, « le point où le monde est le plus vivant », dit Béatrice (*Par.*, V, 87)[1]. Là aura lieu, comme un éclair, la Vision, sur quoi se clôt le poème.

Cette traversée est en même temps traversée de l'impossible, de l'impossible à « redire » :

> Dans le ciel qui prend le plus de sa lumière
> je fus, et vis des choses que ne sait ni ne peut
> redire qui descend de là-haut ;
> car en s'approchant de son désir
> notre intellect va si profond
> que la mémoire ne peut l'y suivre.
>
> (*Par.*, I, 5-9.)

Approche du désir et perte de la mémoire vont de pair. Le *Paradis* est confrontation à une expérience limite, celle

1. Béatrice est le contraire de la figure d'Eurydice. « Elle oblige Dante à la regarder, et s'efface enfin dans la parole qu'elle a suscitée » (Ph. Sollers, *Dante et la traversée de l'écriture, op. cit.*).

qui consiste précisément à dire ce qui ne peut se dire. Là est une clé de la modernité de Dante. Ce que tous les grands poètes et écrivains du XXe siècle, de Proust à Bataille, en passant par Kafka, Joyce, Musil et bien d'autres, ont pour souci constant d'exprimer, c'est précisément l'expérience de la limite. Au XXe siècle, la littérature se risquera à son tour dans le champ de ce qu'on appelle généralement l'expérience mystique – « expérience intérieure » selon Bataille, « mystique sans Dieu » selon Musil ou Valéry –, et dont l'un des points décisifs est le rapport avec le langage. Pour Dante, il s'agit d'un défi : celui qui traverse le Paradis doit forcer les ressources du langage et risquer, à mesure que le voyage se rapproche de son centre indicible, l'échec, le silence, l'aphasie – il doit « outrepasser l'humain » par les mots.

Trasumanar, « outrepasser l'humain », est le premier néologisme du *Paradis* :

> Outrepasser l'humain ne se peut
> signifier par des mots ; que l'exemple suffise
> à ceux à qui la grâce réserve l'expérience.
>
> (*Par.*, I, 70-72.)

« *Trasumanar significar per verba* ». Le verbe à l'infinitif qui remplit tout le vers est forgé par Dante pour dire une chose qui n'existe pas dans la langue, parce qu'elle n'existe pas dans la nature [1], et celui à qui la grâce accorde l'expérience apparaît en quelque sorte anonyme : devant l'exceptionnalité de la faveur qui lui est réservée, Dante est modeste ; il s'efface. Car il s'agit d'une condition divine, saint Thomas d'Aquin l'a expliqué dans sa *Somme théologique* : « La faculté de voir Dieu n'appartient pas à l'intellect créé suivant sa nature, mais en vertu de la lumière de gloire,

1. Voir A.M. Chiavacci Leonardi, introduction au *Paradis*, in Dante Alighieri, *La Divina Commedia*, Milan, Mondadori, 1997, rééd. 2009.

qui établit l'intellect dans une condition de quelque façon divine. »

Les néologismes sont nombreux dans le *Paradis* ; ils correspondent à la nécessité de forcer les frontières du langage pour rendre compte d'une expérience indicible. Le dernier, le plus hardi, est celui par lequel, dans le chant XXXIII, Dante désigne le mystère de l'Incarnation, « *s'indova* » (*indovarsi* : « se mettre dans le *où* »), mot situé à la limite des possibilités grammaticales : un verbe formé sur un adverbe.

Le souffle inspirateur

C'est « la gloire de celui qui meut toutes choses » – c'est-à-dire la lumière du Dieu chrétien – qui ouvre le *Paradis*, et c'est un dieu grec qui rend le poème possible. L'énergie créatrice de Dante s'exprime ici et s'exalte : la hardiesse de son entreprise le fera se couronner lui-même du merveilleux laurier d'Apollon. Si bien que le dieu en personne devrait en avoir une joie redoublée :

> le feuillage pénéen, quand il assoiffe
> quelqu'un de soi, devrait enfanter de la joie
> à la joyeuse divinité delphique.
>
> (*Par.*, I, 31-33.)

« Enfanter de la joie » sur de la joie déjà existante, c'est là un geste caractéristique de la poésie de Dante. La capacité de rebondissement infini, « mutabilité et malléabilité de la matière poétique[1] », qui se manifeste dans les chants de l'*Enfer* et du *Purgatoire*, atteint sa plénitude dans le *Paradis* où tout s'élance et se renforce – rapidité vertigineuse du vol de Dante, accroissement incessant de la beauté de Béatrice au fur et à mesure de la traversée, lumière éblouissante, danse des sages, musique des sphères. Les bienheureux sont des lumières mouvantes, et leur apparition a, dans une telle

1. O. Mandelstam, *Entretien sur Dante, op. cit.*, p. 33.

langue poétique, l'intensité et le mystère des embrasements cosmiques. Au Paradis, tout est lumière ; le corps des ombres, qui est en Enfer et au Purgatoire ébauche composée d'air du corps ressuscité, est fait au Paradis de lumière plus ou moins transparente, plus ou moins intense. Les corps deviennent abstraits, la légèreté envahit le poème, scandé jusqu'à la fin, qui est un éclair, par la succession des apparitions lumineuses.

Dans toute la *Comédie*, Dante de temps à autre se tourne vers son lecteur, comme lecteur de poésie. Dans le *Paradis*, il lui parle de façon plus directe et plus forte, comme un prophète à son disciple. À l'intimité fraternelle et à la conscience de sa supériorité poétique se joint une nouvelle exigence. Il s'agit de faire comprendre et de persuader, et le poète parle comme un homme à qui a été accordée – après Énée et saint Paul – la grâce spéciale de visiter, vivant, le royaume des morts. Pour le lecteur, il s'agit de suivre, et de comprendre sans réserve. La *Comédie* décrit la progression de la conscience de soi chez Dante, qui est conscience à la fois du don poétique et de la grâce qui lui est faite, plus évidente à mesure que le but du voyage se rapproche et se manifeste.

Tout change au Paradis. La « nacelle de mon génie », qui hissait les voiles au début du *Purgatoire*, est à présent « navire qui vogue en chantant », accompagné par Apollon et les neuf Muses, et la hardiesse de la navigation exige que ceux qui affrontent l'inconnu avec lui aient un courage nouveau :

Ô vous qui êtes en une petite barque,
désireux d'entendre, ayant suivi
mon navire qui vogue en chantant,
retournez revoir vos rivages,
ne gagnez pas le large, car peut-être
en me perdant vous seriez égarés.
L'eau que je prends n'a jamais été parcourue,

Minerve souffle, Apollon me conduit,
et neuf Muses me montrent les Ourses.

(*Par.*, II, 1-9.)

La conscience de soi du poète est devenue totale, et hardie. Celui qui écrit a désormais la certitude d'être entré, le premier, dans un espace inconnu et magnifique. Seuls ceux qui ont « mangé à temps le pain des anges » (la sagesse divine) peuvent désormais le suivre. Ils devront apprendre à se nourrir par eux-mêmes, à mesure que le voyage progresse : Dante est désormais « scribe de la matière divine » (*Par.*, X, 25-27).

Jouissance paradisiaque et vision finale

Enfin rejointe dans l'Empyrée, la jouissance paradisiaque est circularité parfaite. Béatrice l'explique en trois vers étonnants qui contiennent un condensé de science théologique, fruit de plusieurs siècles de réflexion, et de poésie, d'une poésie si intense qu'il est difficile d'en découvrir le secret. Chacun de ses éléments se dissout pour ainsi dire dans le suivant :

lumière intellectuelle, pleine d'amour ;
amour de vrai bien, plein d'allégresse ;
allégresse qui transcende toute douceur.

(*Par.*, XXX, 40-42.)

La lumière alors s'accroît sans mesure : « et je vis une lumière en forme de fleuve/ fulgurant de splendeur » (XXX, 61-62). L'Empyrée est le lieu de la vision, donc du sens le plus noble, transfiguré ici en vision abstraite. Mais, de façon surprenante, tous les autres sens y sont présents, jusqu'à ceux qui sont considérés comme les plus bas, le tact et le goût, et ici l'odorat : les étincelles qui sortent du fleuve y replongent « comme enivrées par les parfums » (XXX, 67). Béatrice avertit Dante que sa vue n'est pas encore assez puissante ; il lui faut, pour l'améliorer encore, boire l'eau de la rivière ; Dante exécute l'ordre avec enthousiasme :

> Il n'est pas d'enfançon qui se rue aussi vite,
> le visage vers le lait, s'il se réveille
> en retard sur l'heure accoutumée,
> que je fis alors pour faire de mes yeux
> meilleurs miroirs, [...]
>
> (*Par.*, XXX, 82-86.)

Toutes les évidences et toutes les antinomies de la raison habituelle s'effacent. Au-dessus du fleuve, réfléchis dans le flux lumineux, s'étendent les pétales de la Rose céleste ; les bienheureux y sont assis, hors du temps et de l'espace, hors du *où*.

L'image de l'enfant est apparue ici sous sa forme la plus familière : il a soif, il veut le lait et se précipite – métaphore du « haut désir » dont vient de parler Béatrice à Dante, désir « de savoir le sens de ce que tu vois » (XXX, 71). Des rapports frappants sont tissés entre les différents niveaux d'expérience, ici celle de l'enfant qui court « vers le lait » et celle de l'homme mû par le désir d'accéder à la Vision divine. La composante enfantine, partout présente, s'intensifie au Paradis. En Enfer, le rapport entre Virgile et Dante prenait souvent l'aspect protecteur et tendre d'une mère avec son enfant. Ici, à la fin du voyage, l'âge de l'enfant auquel s'identifie le voyageur diminue de plus en plus ; enfançon qui se rue vers le lait, il est un peu plus loin le nourrisson capricieux « qui meurt de faim et chasse sa nourrice » (XXX, 141). Dans le dernier chant enfin, quand la Vision approche, le poète devient presque un nouveau-né :

> Ma parole désormais sera plus courte,
> [...]
> que d'un enfant qui baigne encore la langue au sein.
>
> (*Par.*, XXXIII, 106 et 108.)

Le dernier chant, sans nul doute un des plus beaux textes de toute la poésie de l'Occident, s'ouvre par la prière de saint Bernard à la Vierge. Saint Bernard, qui a remplacé Béatrice, comme à la fin du *Purgatoire* Béatrice avait remplacé Virgile, et qui est dans ses écrits le chantre ardent de Marie, intercède auprès d'elle pour qu'elle demande à Dieu de donner au voyageur vivant le privilège de le voir. Sa prière célèbre le mystère de la figure que seuls le paradoxe (« fille de ton fils ») et les oxymores peuvent décrire (vierge/ mère, magnificence/ humilité, etc.). Investi par la lumière rationnelle, le mystère reste mystère [1]. L'origine de la prédestination de Marie est fixée depuis toujours dans le secret de la pensée de Dieu. Fragile figure, chargée d'une mutation dans l'histoire du monde avec l'entrée de son fils dans le temps, elle détient le mystère de l'Incarnation. Miséricorde, pitié, magnificence : « Dans ton ventre l'amour s'est rallumé » (XXXIII, 7).

Ici Dante parvient à condenser l'histoire de l'humanité en quelques vers. Mystère, douceur, musique. Il écoute l'harmonie des vers latins médiévaux, du « latin mystique » aux sonorités résonnantes [2]. Il opère ainsi une fusion inédite entre la solennité d'un discours dogmatique et la douceur imprévisible d'un chant.

De la prière de saint Bernard à la fin du *Paradis*, les vers naissent l'un de l'autre avec une intensité croissante. Les phases successives de l'approche directe de la Vision se mêlent à la mémoire, et la mémoire appelle le rêve, la neige qui se dissout au soleil et les feuilles de la Sibylle dispersées par le vent :

> À partir de ce point mon voir alla plus loin
> que notre parler, qui cède à la vision,
> et la mémoire cède à cette outrance.

1. Voir E. Auerbach, *La Prière de Dante à la Vierge*, in *Écrits sur Dante*, trad. D. Meur, Macula, 1998.
2. Voir *Le Latin mystique* de Remy de Gourmont.

Tel est celui qui voit en rêvant,
et, le rêve fini, la passion imprimée
reste, et il n'a plus souvenir d'autre chose,
tel je suis à présent, car presque toute cesse
ma vision, et dans mon cœur
coule encore la douceur qui naquit d'elle.
Ainsi la neige se descelle au soleil ;
ainsi au vent dans les feuilles légères
se perdait la sentence de Sibylle.

(*Par.*, XXXIII, 55-66.)

La Vision, enfin, frappe comme un éclair, l'Amour fait tourner le désir et le vouloir, le *je* se dissout dans le grand mouvement des cieux :

mais déjà il tournait mon désir et vouloir
tout comme roue également poussée,
l'amour qui meut le soleil et les autres étoiles.

(*Par.*, XXXIII, 143-145.)

Jacqueline RISSET

HISTOIRE D'UNE TRADUCTION

Lorsque je commençai à saisir l'extraordinaire beauté et modernité de *La Divine Comédie* de Dante, je me demandai pourquoi un chef-d'œuvre semblable était pratiquement inconnu en France au XXe siècle, alors qu'il avait été révéré par tous au XIXe, et pourquoi il ne faisait encore aucunement partie du patrimoine commun, ni de l'humus de la culture individuelle. Nous étions dans une période intellectuellement inventive, et les recherches linguistiques, sémiotiques, psychanalytiques ouvraient sans cesse des horizons. Il me semblait que Dante, à la fois inventeur d'une langue nationale, autorité dans la linguistique de son temps (il est l'auteur du *De Vulgari Eloquentia*) et poète plus grand que les autres, devait avoir une place dans le panorama littéraire, vu de France. La revue *Tel Quel*, à l'occasion du septième centenaire de la naissance du poète, lui avait consacré un très riche numéro, donnant les clés d'une renaissance de la lecture et de la critique dantesque. On y trouvait un essai novateur de Philippe Sollers, *Dante et la traversée de l'écriture*, et des textes remarquables de Schelling, de Edoardo Sanguineti, de Bernard Stambler, de Vico [1]. À la même occasion, la Pléiade avait publié la traduction d'André Pézard, qui resta sans effet sur la pénétration de l'œuvre dans le pays. Les célèbres illustrations de Gustave Doré me semblaient une introduction réductrice, trop solidement liée à un XIXe siècle ayant le goût du roman noir.

Je me mis à lire Dante de façon suivie et, quelques années plus tard, un grand dantologue, Giorgio Petrocchi, qui était mon collègue à l'université de Rome, publia une nouvelle édition de la *Comédie* qui débarrassait le texte des modifications parfois légères

---

1. *Tel Quel*, n° 23, automne 1965.

introduites par les copistes et les éditeurs des siècles passés, mais qui avaient pour effet de l'affaiblir, d'édulcorer le caractère âpre et dense de l'écriture de Dante, laquelle réapparaissait à présent comme lavée, comme neuve[1]. Je pensai alors qu'il serait bon de publier une étude qui puisse persuader mes compatriotes qu'il était dommage de se priver d'une telle présence et d'une telle compagnie.

Je parlai un jour de cette idée au directeur de l'une des maisons d'édition les plus connues en France, qui, au nombre de ses collections, en avait une dédiée aux grands écrivains du monde entier ; elle comprenait une centaine de noms ; Dante n'y figurait pas. Comme je m'en étonnais, mon interlocuteur me répondit par ces mots, qui se fixèrent dans ma mémoire abasourdie : « Oh vous savez, Dante est un écrivain poussiéreux. » Poussiéreux, Dante ? On peut certes lui reprocher bien des choses, parler d'un « goût bizarre » et « barbare », comme le fit Voltaire au nom du goût classique, le décréter « abominable », comme Schopenhauer scandalisé par le coup de pied sur la tête d'un damné pris dans la glace. Mais poussiéreux ? Je compris que si l'un des principaux éditeurs français me répondait de la sorte, cela signifiait qu'une telle opinion était partagée par beaucoup. Ce qui me décida plus encore. Je commençai à préparer le livre.

J'étais alors persuadée, à cause de l'admiration que j'avais pour elle, que cette œuvre « divine » était intraduisible. Toutefois je m'aperçus rapidement que ce que je disais du génie de son auteur, je devrais en fournir quelques preuves, par le biais notamment de quelques traductions. Lorsque j'ouvris celles qui existaient, et elles avaient été nombreuses à travers les siècles, la raison de la méconnaissance actuelle du public français pour Dante me parut évidente. En effet, malgré des efforts parfois remarquables, aucune ne laissait passer en français le souffle, l'énergie, l'émotion que communique la lecture de l'original. Toutes, peut-être figées par le respect d'un immortel chef-d'œuvre, ou croyant le retrouver à travers des imitations – par exemple par l'introduction de nombreux archaïsmes, rappelant ici et là, sans fondement, le ton des

1. Dante Alighieri, *La Commedia secondo l'antica vulgata*, éd. par G. Petrocchi, Milan, Mondadori, 1967.

fabliaux –, le réduisaient à un discours qui semblait souvent terne et peu compréhensible. Poussiéreux, donc, en effet.

Que faire dès lors ? Renoncer à s'approcher de cette merveille cachée ? Continuer à soumettre Dante à Gustave Doré ? Je ne me résignais pas à l'idée que Dante ne parvienne pas à être central dans un pays qui passait pour aimer et cultiver la littérature plus que tout autre. Je décidai d'essayer. Et ce qui m'apparut alors était que *quelque chose passait* – un rythme, un air que je reconnaissais, des mots assemblés qui semblaient contents de l'être. Cela m'encouragea. Il m'était clair, dès lors, qu'une condition nécessaire était d'employer la langue poétique d'aujourd'hui – à laquelle appartient la mienne quand j'écris de la poésie, c'est-à-dire une langue différente du français classique, toujours discipliné et structuré par l'inévitable alexandrin, autoritaire et symétrique.

Ce qui émergeait donc était que, paradoxalement, la langue poétique moderne, contemporaine, donnait la possibilité de se rapprocher de Dante, de son hendécasyllabe libre, irrégulier, fortement inventif ; alors que tenter de reprendre ce que certains appellent le « système » de composition prosodique du texte ancien revenait au contraire à paralyser cette langue mobile et novatrice, à l'enfermer, elle qui est l'ouverture même, comme l'a montré récemment Yves Bonnefoy, à propos de l'édition de la Pléiade [1].

En réalité, ce qui importe dans l'acte de traduire ne saurait être le respect obligatoire. « Fidélité », « transparence », « équivalence » ne transmettent qu'une vision étriquée, ancillaire d'un tel acte. Si traduire est écrire au sens plein, comme on le comprend aujourd'hui de mieux en mieux, et si écrire advient dans une langue passée par une expérience fondatrice comme celle qui vient des *Illuminations* de Rimbaud, aux connexions syntaxiques assouplies, au « flottement lié [2] », quel sens aurait le geste de se soumettre au carcan d'une prosodie morte ? La prosodie de Dante, il

---

1. Y. Bonnefoy, *Les Mots de Dante*, in *Dante au Collège de France*, *op. cit.* ; voir aussi, du même auteur, *La Communauté des traducteurs*, Presses universitaires de Strasbourg, 2000, et *Le Paradoxe du traducteur*, in J. Risset, *Traduction et mémoire poétique*, *op. cit.*

2. C. Prigent, *Effacer traduire – poésie*, in *TXT*, n° 14, automne 1982 (*La Poésie c'est-à-dire l'écriture*). Voir aussi, dans le même numéro, les contributions de J.-P. Verheggen et de J. Demarcq.

est vrai, est d'une inventivité rare, on peut dire unique. Elle se fonde sur la tierce rime – strophe de trois vers dont le deuxième rime avec le premier de la strophe suivante, et dont Dante est le seul à avoir utilisé les possibilités génétiques, celle d'une strophe en chaîne, créant une tresse ininterrompue, établissant une unité complète et autonome pendant toute la durée d'un chant, avec ce résultat d'instaurer une tension constante vers le futur, par la rime lancée comme une flèche dans la suite du texte. Mais la décision d'imposer la même règle en français serait impossible à appliquer aujourd'hui [1]. La tierce rime ne produirait qu'un effet de pénible mécanicité, au détriment de toutes les composantes de la poésie du texte – elle n'a d'ailleurs été employée que dans les premières traductions, celles du XVIe siècle, qui ne donnaient qu'un reflet très pâle du poème dantesque.

L'histoire des deux langues est complètement différente. Je m'en rendais compte de près en enseignant en Italie la littérature française. L'Italie n'a jamais connu de révolutions linguistiques, non plus d'ailleurs que politiques, et la langue nationale se caractérise par une continuité historique impensable en français. Ainsi, le premier vers de la *Comédie* (« *Nel mezzo del cammin di nostra vita* ») et ceux qui le suivent sont écrits dans un italien quasi identique à l'italien du XXIe siècle. Employer une langue archaïque se révèle alors une double erreur. D'abord, Dante, au moment où il écrit, est occupé à inventer une langue ; il n'est pas tourné vers le passé, mais vers le futur, vers ce qu'il appelle le « vulgaire illustre », ou encore « la panthère parfumée [2] ». En outre, la traduction est une activité qui implique le présent du traducteur. S'il s'agit d'un texte ancien, qui a déjà fait l'objet de traductions,

1. Voir G.S. Sansone, *Dante francese e Dante spagnolo*, in *Testo a fronte*, anno II, 3 ; J. Vilikovsy, *Translation and Poetic Form*, in *Slavica Slovaca*, n° 12, 1977 ; et E. Ètkind, *Un art en crise. Essai de poétique de la traduction poétique*, Lausanne, Slavica, 1982.

2. Animal mythique des bestiaires médiévaux, la panthère a un parfum tel qu'elle attire tous les autres animaux, qui la cherchent et ne la trouvent nulle part. Elle est pour Dante la métaphore de cette langue qu'il cherche à travers tous les dialectes d'Italie, et qu'il composera à partir de plusieurs. J. Risset, *Dante écrivain*, *op. cit.*, et *La Panthère parfumée*, in *La Nouvelle Langue*, colloque dirigé par C. Melman, Paris, 2010.

la nouvelle doit donner un éclairage actuel, inédit – la possibilité de lire un grand texte un peu autrement…

À l'inverse, on peut constater que la décision d'adopter un mètre classique proche de l'hendécasyllabe (le décasyllabe) suggère aux traducteurs des raccourcis étranges (« Bétrix » pour Béatrice, « Ytaille » pour Italie, et ainsi de suite…), et que celle de respecter la rime (même non tierce) amène des ruptures syntaxiques, des incises profondément étrangères à l'écriture et à la pensée de Dante, ainsi que des enjambements sans justification. Dante écrit et pense dans le *trois*, c'est-à-dire selon le mode philosophique, suivant le raisonnement du syllogisme [1]. Les jeux linguistiques lui sont familiers, mais les maniérismes n'ont pas cours chez lui. Il veut être entendu.

Lire Dante suscite une surprise continuelle et stratifiée, du fait de l'imprévisible richesse – « débordante corbeille [2] » – et de la force de la formulation. Certains passages ont la clarté impérieuse d'une inscription dans la pierre (ainsi « *Lasciate ogne speranza, voi ch'intrate* »), d'autres l'évidence fugitive de paroles entendues en rêve (« *Cosí la neve al sol si disigilla ;/ cosí al vento ne le foglie levi/ si perdea la sentenza di Sibilla* »). En même temps s'impose le rythme imprévisible, interrompu par des haltes inattendues, par des accélérations brusques, où la structure métrique semble parfois s'évanouir. Rythme unique, immédiatement reconnaissable. Au point qu'il paraît extravagant de constater qu'une grande partie des traductions existantes sont écrites en prose, ne gardant que le récit d'une aventure – sorte de roman épique aplati. C'est pour cette raison qu'il m'a semblé naturel de donner à ma traduction une forme en vers libres, celle que j'expérimentais dans ma propre poésie.

Pensant à la formule de Proust lecteur, qui disait savoir, chez un écrivain, « reconnaître l'air de la chanson », il me sembla comprendre que l'essentiel du travail de traduction était de faire passer dans la version française le rythme particulier, le souffle – justement, l'air de la chanson. Le rythme est certainement l'essentiel, parce que c'est là que se joue l'invention de chaque poète : c'est

1. Voir E. Gilson, *Dante et la philosophie*, Vrin, 1939.
2. O. Mandelstam, *Entretien sur Dante*, *op. cit.*

dans le rythme qu'on entend sa voix. Chez Dante plus directement, parce que son époque est encore le temps de l'oralité – la *Comédie* a été connue tout d'abord, en Italie, comme poème récité. Boccace, son premier biographe, fut aussi son premier lecteur public.

Le rythme, avec ses conséquences : chez Dante, avant tout, la vitesse. J'en pris conscience, lorsque, avant de commencer à traduire, et pour m'imprégner librement de ce grand texte, je me mis à le lire du début à la fin sans notes – sans le poids des notes qui remplissent la plus grande partie de chaque page du texte de la *Comédie* dans les éditions courantes. Je m'aperçus tout d'abord qu'en réalité le texte était beaucoup plus compréhensible que je l'avais imaginé. Certes, des éléments du contexte manquaient, mais l'essentiel émergeait avec une évidence nouvelle. Et ce qui se rendait sensible dès lors était un autre aspect (non facilement perceptible) : la vitesse du texte de Dante [1]. Une vitesse d'une espèce particulière, qui évidemment ne se confond pas avec la hâte du personnage Dante, au niveau de ce qu'on appelle la fable (*fabula*) dans le récit, mais qui se fonde sur la simplicité expressive.

Au travail du traducteur manque « l'inconnu devant », qui est la plus grande joie d'écrire. Mais la traduction – et c'est là qu'elle agit et se réalise comme écriture – entre dans le laboratoire, ainsi que l'avaient saisi Schlegel et Novalis, qui soutenaient que la poésie d'un grand poète est plus grande que sa poésie réalisée ; dans cette perspective, la traduction peut être « le procédé hyper-ironique qui parachève le travail de l'ironie immanente à l'œuvre [2] ». Et même, comme le soutient Brentano à propos de Dante et de Shakespeare : « Les plus grands poètes sont plus traduisibles que les petits, parce qu'ils se tiennent comme des géants dans leur langue [3]. » Il s'agit donc de prolonger leur création en

1. Voir J. Risset, *Vitesse de Dante*, in *L'Infini*, n° 2, printemps 1983. Nous sommes ici très proche de ce qu'indique Roger Caillois à propos du « ton » du poète : postface au *Colloque sur la traduction poétique*, Gallimard, 1978 ; voir aussi J. Risset, *Ouverture des quatrièmes assises de la traduction littéraire*, in *Quatrièmes assises de la traduction littéraire : actes*, Actes Sud, 1988.

2. A. Berman, *L'Épreuve de l'étranger*, Gallimard, 1984, p. 160.

3. C. Brentano, *Fragments 1*, cité par A. Berman, *L'Épreuve de l'étranger, ibid.*, p. 148.

les aidant au moyen de ce qu'une autre langue que la leur peut leur fournir dans l'expression de ce qu'ils désirent. Présomption certes, mais présomption nécessaire, si l'on veut sortir du vieux manège de la fidélité et de l'équivalence, où l'archaïsme triomphe et où les locutions désuètes, qui introduisent une couleur locale moyenâgeuse, font penser plutôt aux hostelleries de la vallée de Chevreuse qu'à la surprise unique d'un grand poème fondé, comme l'a montré Yves Bonnefoy, sur l'écoute du langage réel, quotidien.

Dans la traduction, l'ambiguïté du texte original devient facilement confusion élémentaire, parce que souvent le traducteur tranche, et remplace l'ambiguïté par l'une de ses significations ; et c'est là un appauvrissement patent, une limite – celle précisément qui fait qu'on décrète la poésie intraduisible. Mais il existe une autre simplicité, qui est éclaircissement dans la ligne même de l'original, qui l'éclaire, pourrait-on dire, à lui-même.

Des renoncements partiels sont toujours inévitables. Dante lui-même mettait en garde contre la traduction et son effet de violence, lorsqu'il écrivait dans son *Banquet* : « Et que chacun sache que nulle chose harmonisée par lien musaïque ne se peut transmuer de son idiome en un autre sans perdre toute sa douceur et toute son harmonie [1]. » *Lien musaïque*, expression magnifique pour désigner la poésie, le travail des Muses, qui consiste à « lier la langue », c'est-à-dire à lui donner continuité et nécessité. Dante emploie aussi une autre expression, le « lait » des Muses [2], qui met plus encore l'accent sur la qualité lisse et nourricière de la langue poétique qu'il déploie sous nos yeux. L'éblouissante beauté de son poème se fonde sur une langue très riche et très complexe, et en même temps d'une simplicité surprenante. Langue directe, qui va droit au but, et ne s'encombre jamais de complaisances. Mais sa richesse et son énergie sont telles, à chaque instant, que l'image formée à son propos par Ossip Mandelstam d'un avion qui en plein vol engendre un autre avion, et cet autre un autre, et ainsi de suite, est une image d'une justesse frappante, de plus en plus

1. *Convivio*, I, VII, 14. Édition française : *Le Banquet*, in Dante, *Œuvres complètes*, Christian Bec (dir.), Le Livre de Poche, 1996, p. 197.

2. *Par.*, XXIII, 57 ; voir J. Risset, *Le Lait des Muses*, in Dante Alighieri, *La Divine Comédie*, Diane de Selliers, 1996, p. 463.

frappante à mesure qu'on avance dans l'œuvre [1]. Dans le dernier chant, à l'approche de la Vision, chaque strophe donne naissance à une nouvelle image dépaysante, qui elle-même produit une nouvelle perspective et un nouvel élargissement de l'horizon, jusqu'à l'éclair final et à la fusion du *je* dans l'espace cosmique mû par l'amour divin.

L'enjeu est alors de trouver des rythmes français nés directement de la langue, incluant toutes les ressources de la mémoire poétique. Ainsi, souvent, en face d'un problème dans la traduction, c'est Rimbaud ou Baudelaire ou un autre poète aimé qui vous secourt, par un mot ou un morceau de phrase qui trouve miraculeusement sa place. Il faut entrer dans cet espace fantasmatique de la langue, où par moments le poème semble se traduire de lui-même. Lieux aimantés…

On peut découvrir aussi, cela m'est arrivé, que le désir de traduire naît en réalité non pas en fonction des autres traductions, contre elles, mais en conséquence d'un rapport beaucoup plus nécessaire, que l'acte de traduire produit sur l'écriture poétique ; en ce sens que les textes que je composais pendant la lecture intensive de Dante, la préparation du livre consacré à son œuvre et le long travail de traduction, mais aussi les textes qui ont suivi, se sont trouvés imprégnés d'éléments provenant de son œuvre, Dante opérant comme générateur d'une reprise poétique – effervescence onirique et urgence d'écrire [2]. Éléments de traduction qui, à ma grande surprise, envahissaient la page de mes propres textes, non à la manière qui m'était familière, de miettes, de fragments, de cellules minimales (venues des textes posthumes de Mallarmé, des poèmes de la folie de Hölderlin et des carnets de Proust) [3], mais comme éléments relativement continus – phrases, vers complets –, narratifs et simples. Ce que la pression de Dante introduisait sur un langage poétique contemporain était la simplicité absolue du discours et le mystère d'un moi à la fois fortement affirmé et en déplacement constant.

1. Voir O. Mandelstam, *Entretien sur Dante*, *op. cit.*
2. Voir J. Risset, *Paradisiaca XXXIII*, in *Sept Passages de la vie d'une femme*, Flammarion, 1986, et *L'Amour de loin*, Flammarion, 1988.
3. Voir J. Risset, *Sound of Shape*, in *Sept Passages de la vie d'une femme*, *op. cit.*, p. 19 *sq.*

Ce qu'il faut observer aussi, dans ce paysage mouvant, fragile, instable qu'est la traduction, est que les plus belles traductions sont sans doute celles qui s'approchent mais aussi s'éloignent avec force du texte. Belles fidèles infidèles : lorsque le traducteur se fie à sa propre étoile, c'est-à-dire à sa manie dominante – quelque chose de plus qu'une passion : la ligne qui le porte. Alors le désir de traduire, c'est-à-dire de se mesurer avec un texte pour voir ce qu'il devient ailleurs, prend un sens nouveau. Parce qu'on sait que le poème n'est pas fait seulement de ce qu'on perçoit immédiatement en lui ; il contient d'autres strates, des harmoniques souterraines, que l'oreille perçoit, parce qu'ils s'accordent avec ce qui est la « ligne de poète » du traducteur (qu'il écrive ou non de la poésie). Ainsi, en Italie, la traduction des *Fleurs du Mal* par le poète Attilio Bertolucci, qui tranche sur les autres traductions de Baudelaire, en général conventionnelles, rapporte Baudelaire à un niveau prébaudelairien [1]. Bertolucci le traduit en prose, mais c'est une prose de poète, qui connaît l'épaisseur et la complexité du langage poétique. Et ce qu'il met en évidence est le côté pascalien plutôt que racinien de Baudelaire, qu'il a détecté parce qu'il le percevait de façon directe et secrète.

Il ne s'agit pas d'agrandir Dante – ce qui, au demeurant, n'est pas imaginable – mais de maintenir, devant le texte, une liberté que d'ailleurs il demande, parce qu'il en montre la voie. « Enfant je t'ai donné ce que j'avais travaille », c'est la voix d'Apollinaire [2]. Et la voix de Dante :

> Reste à présent, lecteur, sur ton banc,
> en pensant à ce dont tu as l'avant-goût,
> si tu veux une joie qui surpasse ta peine.
> Je t'ai servi ; à présent nourris-toi par toi-même
>
> (*Par.*, X, 22-25.)

Message d'un prophète à son disciple ; aussi bien, d'un poète à son traducteur.

Jacqueline RISSET

---

1. Baudelaire, *I Fiori del Male*, trad. Attilio Bertolucci, Milan, Garzanti, 1995.
2. Apollinaire, *La Porte*, in *Alcools* (1913).

LA DIVINE COMÉDIE

L'ENFER

CHANT I

Dante se perd dans une forêt obscure. La colline ensoleillée. Apparition des trois bêtes : Dante recule vers la forêt. Apparition de Virgile. La prophétie du Lévrier. En route vers l'outre-tombe.

(Nuit du jeudi au vendredi saint, 7-8 avril, an 1300.)

Au milieu du chemin de notre vie [1]
je me retrouvai par une forêt obscure [2]
car la voie droite était perdue.
Ah dire ce qu'elle était est chose dure
cette forêt féroce et âpre et forte
qui ranime la peur dans la pensée !
Elle est si amère que mort l'est à peine plus ;
mais pour parler du bien que j'y trouvai,
je dirai des autres choses que j'y ai vues.
Je ne sais pas bien redire comment j'y entrai,
tant j'étais plein de sommeil en ce point
où j'abandonnai la voie vraie.
Mais quand je fus venu au pied d'une colline
où finissait cette vallée
qui m'avait pénétré le cœur de peur,
je regardai en haut et je vis ses épaules
vêtues déjà par les rayons de la planète [3]
qui mène chacun droit par tous sentiers.
Alors la peur se tint un peu tranquille,
qui dans le lac du cœur m'avait duré
la nuit que je passai si plein de peine.
Et comme celui qui hors d'haleine,
sorti de la mer au rivage,

se retourne vers l'eau périlleuse et regarde,
ainsi mon âme, qui fuyait encore,
se retourna pour regarder le pas
qui ne laissa jamais personne en vie.
Quand j'eus un peu reposé le corps las,
je repris mon chemin sur la plage déserte,
et le pied ferme [4] était toujours plus bas que l'autre.
Mais voici, presque au début de la montée,
une lonce [5] légère et très agile,
que recouvrait un pelage moucheté ;
elle ne bougeait pas de devant mon visage,
et même elle empêchait tellement mon chemin
que plusieurs fois je me tournai pour m'en aller.
C'était le temps où le matin commence,
et le soleil montait avec toutes ces étoiles [6]
qui étaient avec lui lorsque l'amour divin
bougea la première fois ces choses belles ;
si bien qu'à espérer me donnait lieu
de cette bête au gai pelage
l'heure du jour et la douce saison ;
mais non pas tant que la peur ne me vînt
à la vue d'un lion [7], qui m'apparut.
Il me semblait qu'il venait contre moi
la tête haute, plein de faim enragée ;
on aurait cru autour de lui voir l'air trembler.
Et une louve [8], qui paraissait dans sa maigreur
chargée de toutes les envies,
et qui fit vivre maintes gens dans la misère ;
elle me fit sentir un tel accablement
par la terreur qui sortait de sa vue,
que je perdis l'espoir de la hauteur.
Et pareil à celui qui se plaît à gagner,
mais vient le temps qui le fait perdre,
alors il pleure et se désole en chaque pensée ;
pareil me fit la bête qui n'a pas de paix,
quand venant contre moi peu à peu

elle me repoussait où le soleil se tait.
Tandis que je glissais vers le bas lieu,
une figure s'offrit à mes regards,
qu'un long silence avait tout affaiblie[9].
Quand je la vis dans le grand désert,
« *Miserere* de moi[10] », je lui criai,
« qui que tu sois, ombre ou homme certain ! »
Il répondit : « Homme ne suis, homme plutôt je fus,
et mes parents furent lombards
mantouans tous deux de patrie.
Je naquis *sub Julio*[11], quoiqu'il fût tard,
et vécus sous le grand Auguste, à Rome,
au temps des dieux faux et menteurs.
Je fus poète, et je chantai le juste[12]
fils d'Anchise qui vint de Troie
quand l'orgueilleuse Ilion fut toute en flammes.
Mais toi, pourquoi retournes-tu vers cette angoisse ?
Pourquoi ne vas-tu pas à la douce montagne
qui est principe et cause de toute joie ? »
« Es-tu donc ce Virgile[13] et cette source
qui répand si grand fleuve de langage ? »,
lui répondis-je, avec la honte au front.
« Ô lumière et honneur de tous les poètes,
que m'aident la longue étude et le grand amour
qui m'ont fait chercher ton ouvrage.
Tu es mon maître et mon auteur
tu es le seul où j'ai puisé
le beau style qui m'a fait honneur.
Vois la bête pour qui je me retourne ;
aide-moi contre elle, fameux sage,
elle me fait trembler le sang et les veines. »
« Il te convient d'aller par un autre chemin »,
répondit-il, quand il me vit en larmes,
« si tu veux échapper à cet endroit sauvage ;
car cette bête, pour qui tu cries,
ne laisse nul homme passer par son chemin,

mais elle l'assaille, et à la fin le tue ;
elle a nature si mauvaise et perverse
que jamais son envie ne s'apaise
et quand elle est repue elle a plus faim qu'avant.
Nombreux les animaux avec qui elle s'accouple,
et seront plus encore, jusqu'au jour où viendra
le lévrier[14], qui la fera mourir dans la douleur.
Lui ni terre ni métal[15] ne le nourrira,
mais sagesse, amour et vertu,
et sa nation sera entre feltre et feltre[16].
Il sera le salut de cette humble Italie
pour qui mourut la vierge Camille,
Euryale et Turnus et Nisus[17], de leurs blessures.
Il la chassera par toutes les villes,
puis il viendra la remettre en enfer,
d'où l'avait tirée d'abord l'envie.
Donc pour ton mieux je pense et je dispose
que tu me suives, et je serai ton guide,
et je te tirerai d'ici vers un lieu éternel,
où tu entendras les cris désespérés ;
tu verras les antiques esprits dolents
qui chacun crient à la seconde mort ;
et tu verras ceux qui sont contents
dans le feu, parce qu'ils espèrent venir
un jour futur aux gens heureux.
Et si tu veux ensuite monter vers eux,
une âme[18] se trouvera, bien plus digne que moi :
à elle je te laisserai à mon départ ;
car cet empereur qui est là-haut,
comme je fus rebelle à sa loi,
ne veut pas qu'on vienne par moi à sa cité.
En tous lieux il gouverne, et là il règne ;
là est sa ville et son haut siège.
Ô bienheureux celui qu'il y choisit ! »
Et moi, à lui : « Poète, je te prie,
par ce Dieu que tu n'as pas connu,

pour que je fuie ce mal et pire,
que tu me mènes là où tu as dit,
en sorte que je voie la porte de saint Pierre[19]
et ceux que tu décris si emplis de tristesse. »
Alors il s'ébranla, et je suivis ses pas.

CHANT II

Dante a peur. Virgile le rassure. Descente de Béatrice dans les Limbes. Dante reprend courage.

(Vendredi saint, 8 avril 1300, au soir.)

Le jour s'en allait, et l'air obscur
ôtait les animaux qui sont sur terre
de leurs fatigues ; moi seul
je m'apprêtais à soutenir la guerre
du long parcours et de la compassion
que rapportera la mémoire sans erreur.
Ô muses, ô grand esprit [1], aidez-moi à présent,
ô mémoire qui écrivis ce que j'ai vu,
c'est ici que ta noblesse apparaîtra.
Je commençai : « Poète qui me guides,
vois bien si ma vertu est assez forte,
avant de me confier à ce voyage ardu.
Tu dis que le père de Silvius [2],
quand il était encore dans l'état corruptible,
entra dans le monde éternel, avec son corps.
Mais si l'adversaire de tout mal
lui fut courtois, pensant à l'effet qui viendrait [3]
à travers lui, qui était grand, de grand mérite,
cela ne semble pas indigne aux gens de sens ;
car il fut élu dans le ciel
père de la sainte Rome et de son empire :
laquelle, avec lequel, fut, à dire le vrai,
choisie pour être ce lieu saint
où siège le successeur du premier Pierre.

Et par ce voyage dont tu lui fais gloire
il comprit bien des choses qui furent cause
de sa victoire et du manteau papal.
Et plus tard y alla le Vase d'élection [4]
pour apporter réconfort à la foi
qui est le premier pas dans la voie du salut.
Mais moi, pourquoi venir ? qui le permet ?
Je ne suis ni Énée ni Paul ;
ni moi ni aucun autre ne m'en croit digne.
Aussi je crains, si je me résous à venir,
que cette venue ne soit folle.
Tu es sage ; tu comprends mieux que je ne parle. »
Tel est celui qui ne veut plus ce qu'il voulait,
changeant d'idée pour des pensées nouvelles,
si bien qu'il abandonne ce qu'il a commencé,
tel je devins sur cette pente obscure,
car en pensant je consumai toute l'entreprise
qui fut si rude en son commencement.
« Si j'ai bien compris ta parole,
répondit l'ombre du magnanime,
ton âme est accablée de lâcheté ;
laquelle encombre l'homme bien souvent
et le détourne d'une noble entreprise,
comme fausse vision à bête qui s'ombrage.
Je te dirai, pour t'ôter cette crainte,
pourquoi je vins et ce que j'entendis
dans le premier moment où je souffris pour toi.
J'étais parmi ceux qui sont en suspens [5]
quand une dame [6] heureuse et belle m'appela,
telle que je la priai de me commander.
Ses yeux brillaient plus que l'étoile,
et elle me parla, douce et calme,
d'une voix d'ange, en son langage :
“Ô âme courtoise de Mantoue,
dont la gloire dure encore dans le monde,
et durera autant que le monde,

mon ami vrai, et non ami de la fortune[7],
est empêché si fort, sur la plage déserte,
que la peur le fait s'en retourner,
et je crains qu'il ne soit déjà si égaré
que je me sois levée trop tard à son secours,
pour ce que j'entendis de lui au ciel.
Va donc, et aide-le si bien
par ta parole ornée, et ce qui peut servir
à son salut, que j'en sois consolée.
Je suis Béatrice, qui te prie d'aller ;
je viens du lieu où j'ai désir de retourner ;
Amour m'envoie, qui me fait parler.
Quand je serai auprès de mon seigneur,
je lui ferai souvent ta louange."
Elle se tut alors, et je repris :
"Ô dame de vertu, vertu qui permet seule
que l'espèce humaine dépasse tout ce qui est
sous le ciel qui a les cercles les plus petits[8],
ton commandement m'agrée si fort
qu'y obéir, même aussitôt, me semble tard ;
il ne sert plus que tu m'expliques ton désir.
Mais dis-moi la raison qui t'enlève la peur
de descendre ici en ce centre
du vaste lieu où tu désires t'en retourner."
"Puisque tu veux savoir un tel secret,
je te dirai brièvement, répondit-elle,
pourquoi je n'ai pas craint de venir par ici.
Il faut craindre seulement ces choses
qui ont pouvoir de faire mal à autrui ;
les autres non, car elles ne sont pas redoutables.
Je suis faite par Dieu, et par sa grâce, telle
que votre misère ne peut me toucher,
et que la flamme de cet incendie ne m'atteint pas.
Noble dame est au ciel, qui a pitié
de la détresse où je t'envoie,
si bien qu'elle brise la dure loi d'en haut.

Or cette dame a appelé Lucie[9]
et lui a dit : – Ton fidèle a maintenant besoin
de toi, et moi, à toi je le recommande –.
Lucie, ennemie de toute cruauté,
se mit en chemin, et vint là où j'étais,
assise auprès de l'antique Rachel[10],
et dit : – Béatrice, louange de Dieu vraie,
pourquoi n'aides-tu pas celui qui t'aima tant
que pour toi il sortit de la horde vulgaire ?
N'entends-tu pas la pitié de ses pleurs,
ne vois-tu pas la mort qui le menace
sur le grand fleuve où la mer ne vient pas ? –
Personne jamais ne fut plus prompt
à faire son bien, et à fuir son dommage,
que je ne fus, à ces paroles dites,
à venir ici-bas de mon siège d'élue,
confiant dans ton parler honnête
qui t'honore toi-même, et ceux qui l'entendent."
Après qu'elle eut parlé ainsi,
elle tourna en pleurant vers moi ses yeux brillants,
me faisant par là plus rapide à venir.
Et je vins à toi comme elle voulut :
je t'ôtai de devant cette bête qui t'a privé
du court chemin vers la belle montagne.
Allons : qu'as-tu ? pourquoi, pourquoi t'attardes-tu,
pourquoi accueilles-tu lâcheté dans ton cœur,
pourquoi es-tu sans courage et sans tranquillité,
puisque les trois dames bénies
ont souci de toi dans la cour du ciel,
et que mon parler te promet tant de bien ? »
Comme fleurette inclinée et fermée
par la gelée nocturne, quand le soleil l'éclaire,
se redresse épanouie sur sa tige,
tel j'émergeai de ma vertu lassée,
et tant de bon courage ressurgit dans mon cœur
que je commençai, en homme libre :

« Ô clémente celle qui m'a secouru !
Et toi courtois, qui obéis si vite
aux paroles vraies qu'elle t'adressa !
Tu as si bien, par ton discours,
disposé mon cœur au désir d'aller
que je suis revenu à mon premier dessein.
Va donc, car nous avons tous deux un seul vouloir :
toi mon guide, mon seigneur et mon maître. »
Je lui parlai ainsi ; et quand il s'ébranla,
j'entrai dans le chemin dur et sauvage.

CHANT III

Vestibule de l'Enfer.

La porte de l'Enfer. La première troupe des damnés : *Esprits neutres et lâches,* harcelés par des insectes. L'Achéron et son passeur, Charon. Tremblement de terre : Dante s'évanouit.

(Vendredi saint, 8 avril 1300, nuit.)

« Par moi on va dans la cité dolente,
par moi on va dans l'éternelle douleur,
par moi on va parmi la gent perdue.
Justice a mû mon sublime artisan,
puissance divine m'a faite,
et la haute sagesse et le premier amour.
Avant moi rien n'a jamais été créé
qui ne soit éternel [1], et moi je dure éternellement.
Vous qui entrez laissez toute espérance. »
Ces paroles de couleur sombre,
je les vis écrites au-dessus d'une porte ;
aussi je dis : « Maître, leur sens m'est dur. »
Et lui à moi, en homme qui savait mes pensées :
« Ici il convient de laisser tout soupçon ;
toute lâcheté ici doit être morte.
Nous sommes venus au lieu que je t'ai dit,
où tu verras les foules douloureuses
qui ont perdu le bien de l'intellect. »
Et après avoir mis sa main dans la mienne
avec un visage gai, qui me réconforta,
il me découvrit les choses secrètes.
Là pleurs, soupirs et hautes plaintes

résonnaient dans l'air sans étoiles,
ce qui me fit pleurer pour commencer.
    Diverses langues, et horribles jargons,
mots de douleur, accents de rage,
voix fortes, rauques, bruits de mains avec elles,
    faisaient un fracas tournoyant
toujours, dans cet air éternellement sombre,
comme le sable où souffle un tourbillon.
    Et moi, qui avais la tête entourée d'ombre,
je dis : « Maître, qu'est-ce que j'entends ?
qui sont ces gens si défaits de souffrance ? »
    Et lui à moi : « Cet état misérable
est celui des méchantes âmes des humains
qui vécurent sans infamie et sans louange.
    Ils sont mêlés au mauvais chœur des anges
qui ne furent ni rebelles à Dieu
ni fidèles, et qui ne furent que pour eux-mêmes[2].
    Les cieux les chassent, pour n'être pas moins beaux,
et le profond enfer ne veut pas d'eux,
car les damnés en auraient plus de gloire. »
    Et moi : « Maître, quel est le poids
qui les fait se plaindre si fort ? »
Il répondit : « Je vais te le dire en quelques mots.
    Ceux-ci n'ont pas espoir de mort,
et leur vie aveugle est si basse
que tout autre sort leur fait envie.
    Le monde ne laisse pas de renommée pour eux,
miséricorde et justice les méprisent :
ne parlons pas d'eux, mais regarde et passe. »
    Et moi qui regardais j'aperçus une enseigne
qui en tournant courait si vite
qu'elle semblait indigne de repos ;
    et derrière elle venait si grande foule
d'humains, que je n'aurais pas cru
que mort en eût défait autant.
    Après que j'en eus reconnu quelques-uns,

je vis et reconnus l'ombre de celui-là
qui fit par lâcheté le grand refus[3].
Aussitôt je compris et je fus certain
que c'était bien la secte des mauvais,
qui déplaisent à Dieu, comme à ses ennemis.
Ces malheureux, qui n'ont jamais été vivants,
étaient nus et harcelés sans cesse
par des mouches et des guêpes qui étaient près d'eux.
Elles leur rayaient le visage de sang,
qui, mêlé de pleurs, tombait à leurs pieds
où le recueillaient des vers immondes.
Et comme je regardais au-delà,
je vis des gens sur le bord d'un grand fleuve ;
alors je dis : « Maître, permets-moi à présent
de savoir qui ils sont, et quelle étrange loi
les fait sembler si pressés de passer,
comme on discerne à ce peu de clarté. »
Et lui à moi : « Ces choses te seront claires
quand nous arrêterons nos pas
à la triste rivière d'Achéron. »
Alors les yeux baissés, honteux,
craignant que mes paroles ne lui pèsent,
je m'abstins de parler jusqu'au fleuve.
Et voici s'avancer vers nous dans un bateau
un vieillard blanc[4] d'antique poil,
criant : « Malheur à vous, âmes méchantes,
n'espérez pas voir un jour le ciel :
je viens pour vous mener à l'autre rive
dans les ténèbres éternelles, en chaud et gel.
Et toi qui es ici, âme vivante,
va-t'en loin de ceux-ci, qui sont tous morts. »
Mais comme il vit que je ne partais pas,
il dit : « Par d'autres voies, par d'autres ports
tu viendras au rivage[5], non ici pour passer ;
il faudra que te porte un bateau plus léger. »
Mon guide alors lui dit : « Charon, ne te démène pas :

on veut ainsi là où on peut
ce que l'on veut, et ne demande pas davantage. »
Je vis alors s'apaiser les joues laineuses
du nocher du marais infernal,
qui avait autour des yeux des roues de flamme.
Mais ces ombres, qui étaient lasses et nues,
changèrent de couleur et claquèrent des dents,
dès qu'elles entendirent ces mots cruels.
Elles blasphémaient Dieu et leurs parents,
l'espèce humaine et le lieu et le germe
de leur naissance, et de leur lignée.
Puis elles s'amassèrent toutes ensemble,
en pleurant fort, sur la rive mauvaise
qui attend les humains qui ne craignent pas Dieu.
Charon le diable aux yeux de braise
les recueille toutes, et leur fait signe,
battant avec sa rame celles qui s'attardent.
Comme en automne les feuilles s'envolent
l'une après l'autre, jusqu'au temps où la branche
a mis à terre toutes ses dépouilles,
pareillement la semence d'Adam
se jette du rivage, âme après âme,
comme des oiseaux, par signes, à son appel.
Elles s'en vont ainsi sur l'eau brune,
et avant qu'elles descendent sur l'autre rive,
une nouvelle troupe encore s'assemble sur celle-ci.
« Mon fils », dit le maître courtois,
« ceux qui meurent dans la colère de Dieu
arrivent ici de tous pays ;
et ils sont prêts à traverser le fleuve,
car la divine justice les presse,
et leur peur se change en désir.
Par ici ne passe jamais une âme bonne,
et si Charon se plaint de toi,
tu comprends à présent quel est son dire. »
Quand il eut achevé, la campagne noire

trembla si fort, que la mémoire de ce moment
me baigne encore le corps de sueur.
La terre en larmes donna un vent
d'où surgit une lumière vermeille,
laquelle vainquit tous mes esprits ;
et je tombai comme celui qui succombe au sommeil[6].

CHANT IV

1er cercle, les Limbes : Esprits vertueux non baptisés, sans autre peine que le désir éternellement insatisfait de voir Dieu.

Réveil de Dante. Les Limbes. La descente du Christ aux Enfers. Les poètes antiques. Le château des vaillants et des sages.

Le haut sommeil fut rompu dans ma tête
par un éclat de foudre, et je repris mes sens
comme un homme qu'on réveille de force ;
je tournai autour de moi l'œil reposé,
debout, et je regardai fixement
pour connaître le lieu où j'étais transporté.
En vérité je me trouvai sur le rebord
de la vallée d'abîme douloureuse
qui accueille un fracas de plaintes infinies.
Elle était noire, profonde et embrumée ;
en fixant mon regard jusqu'au fond,
je ne pouvais rien y discerner.
« Descendons à présent dans le monde aveugle »,
commença le poète en pâlissant,
« je serai le premier, toi le second. »
Et moi, qui avais remarqué sa pâleur,
je dis : « Comment viendrai-je, si tu crains,
toi qui toujours réconfortes mes doutes ? »
Et lui : « C'est la souffrance des ombres
qui sont ici, qui peint sur mon visage
cette pitié que tu prends pour la peur.
Allons, le long chemin nous pousse. »
C'est ainsi qu'il entra et qu'il me fit entrer

dans le premier cercle qui entoure l'abîme.
Et là, à ce que j'entendis,
il n'était pas de pleurs, seulement des soupirs,
qui faisaient trembler l'air éternel ;
cela venait de douleur sans torture
subie par ces foules, qui étaient grandes,
d'enfants, de femmes et d'hommes.
Mon bon maître me dit : « Tu ne demandes pas
quels sont les esprits que tu vois ?
Or je veux que tu saches, avant d'aller plus loin,
qu'ils furent sans péchés ; et s'ils ont des mérites,
cela ne suffit pas, sans le baptême,
qui est le seuil de la foi que tu as ;
et s'ils vécurent avant la loi chrétienne,
ils n'adorèrent pas Dieu comme il convient :
je suis moi-même un de ceux-là.
Pour un tel manque, et non pour d'autres crimes,
nous sommes perdus, et notre unique peine,
est que sans espoir nous vivons en désir. »
Douleur me prit au cœur lorsque je l'entendis,
car je compris que de très grands
étaient suspendus dans ce limbe.
« Dis-moi, mon maître, mon seigneur »,
commençai-je, voulant être assuré
de cette foi qui détruit toute erreur :
« quelqu'un est-il jamais sorti d'ici
par son mérite ou par autrui, pour être élu ? »
Et lui, qui entendit mes paroles couvertes,
me répondit : « J'étais nouveau dans cet état
quand je vis venir un puissant[1],
que couronnait un signe de victoire.
Il tira l'ombre de son premier parent[2],
d'Abel son fils et de Noé,
et de Moïse, légiste obéissant ;
Abraham patriarche et David roi,
Israël[3] avec son père et ses enfants,

60 et avec Rachel, pour laquelle il fit tant ;
et beaucoup d'autres, qu'il emmena au ciel.
Et je veux que tu saches qu'avant ceux-là
63 les esprits humains n'étaient pas sauvés. »
Nous ne cessions d'avancer tandis qu'il parlait,
et nous traversions la forêt pendant ce temps,
66 la forêt, dis-je, épaisse d'ombres.
Nous avions fait peu de chemin encore
au-delà du sommeil, lorsque je vis un feu
69 qui vainquait l'hémisphère de ténèbres.
Nous étions encore assez loin de là,
mais déjà je pouvais discerner en partie
72 que des gens honorables habitaient ce lieu.
« Ô toi qui honores la science et l'art,
quels sont ces gens, qui ont ici un tel honneur
75 que leur sort est séparé des autres ? »
Et lui : « Leur renommée,
qui résonne là-haut dans ta vie,
78 acquiert aux cieux la grâce qui les sépare. »
Cependant j'entendis une voix :
« Honorez le très haut poète ;
81 son ombre est revenue, qui nous avait quittés. »
Quand la voix se fut tue et calmée,
je vis venir à nous quatre grandes figures
84 dont les visages n'étaient ni gais ni tristes.
Mon bon maître me dit : « Regarde
celui qui a une épée dans sa main,
87 qui vient avant les autres comme un roi :
c'est Homère poète souverain ;
après lui vient Horace satiriste ;
90 Ovide est le troisième, et Lucain le dernier.
Puisque chacun concorde avec moi dans ce nom [4]
que la voix seule [5] a prononcé,
93 ils me font honneur, et ils font bien. »
Ainsi je vis se rassembler la belle école
de ce seigneur au très haut chant

qui vole comme un aigle au-dessus des autres.
Quand ils eurent conversé un peu ensemble,
ils se tournèrent vers moi en signe de salut,
et mon maître sourit de cet accueil ;
mais ils me firent plus d'honneur encore,
car ils me mirent dans leur compagnie,
et je fus le sixième[6] parmi ces sages.
Nous allâmes ainsi jusqu'à la lumière
en causant de choses qu'il est beau de taire,
comme il était beau d'en parler alors.
Nous parvînmes au pied d'un noble château[7]
sept fois entouré de hauts murs
et défendu par une belle rivière.
Nous la passâmes comme terre dure ;
et par sept portes j'entrai avec ces sages,
arrivant en un pré à la fraîche verdure.
Des gens s'y trouvaient, aux yeux lents et graves,
avec un air de grande autorité :
ils parlaient peu, et d'une voix suave.
Nous nous mîmes ainsi sur l'un des côtés,
en un lieu ouvert, lumineux et haut,
si bien que de là nous pouvions les voir tous.
Et là en face, sur l'émail vert,
nous furent montrés les esprits magnanimes
dont la vue m'exalte en moi-même.
Je vis Électre avec ses compagnons[8],
parmi lesquels je reconnus Hector, Énée,
César armé au regard de griffon.
Je vis Camille et la Penthésilée[9] ;
plus loin je vis le roi Latinus[10]
assis avec sa fille Lavinia.
Je vis ce Brutus[11] qui chassa Tarquin,
Lucrèce, Julia, Martia et Cornélia[12] ;
et seul, à l'écart, je vis Saladin[13].
Quand je levai un peu plus les yeux,
je vis le maître de ceux qui savent[14]

assis parmi la famille philosophique.
Tous le regardent, et tous lui font honneur :
là je vis d'abord Socrate et Platon[15],
qui sont devant les autres, plus près de lui,
Démocrite qui soumet le monde au hasard[16],
Diogène, Anaxagore et Thalès[17],
Empédocle, Héraclite et Zénon[18] ;
et je vis celui qui décrit les qualités des plantes,
je veux dire Dioscoride[19] ; et puis je vis Orphée[20],
Tullius et Linus et Sénèque moral[21] ;
Euclide géomètre et Ptolémée[22],
Hippocrate, Avicenne et Galien[23],
Averroès[24], qui fit le grand commentaire.
Je ne peux les nommer tous pleinement,
car mon long poème me pousse tant
que mon dire souvent doit sauter les faits.
La compagnie des six diminua jusqu'à deux :
mon sage guide me mène par d'autres voies
hors du calme, dans l'air qui tremble.
Et je viens en un lieu où la lumière n'est plus.

CHANT V

2e cercle : Luxurieux, emportés par l'ouragan infernal.

Minos. Le vent. Virgile indique à Dante quelques personnages célèbres (Sémiramis, Didon, Tristan). Rencontre avec Francesca da Rimini. Dante s'évanouit.

(Vendredi saint, 8 avril 1300, nuit.)

Je descendis ainsi du premier cercle
dans le second, qui enclôt moins d'espace,
mais douleur plus poignante, et plus de cris.
Minos [1] s'y tient, horriblement, et grogne :
il examine les fautes, à l'arrivée,
juge et bannit suivant les tours.
J'entends que quand l'âme mal née [2]
vient devant lui, elle se confesse toute :
et ce connaisseur de péchés
voit quel lieu lui convient dans l'enfer ;
de sa queue il s'entoure autant de fois
qu'il veut que de degrés l'âme descende.
Elles se pressent en foule devant lui,
et vont l'une après l'autre au jugement :
elles parlent, entendent et tombent.
« Ô toi qui viens à l'hospice de douleur »,
me dit Minos quand il me vit,
en oubliant de remplir son office,
« vois comme tu entres, et à qui tu te fies ;
que l'ampleur de l'entrée ne t'abuse ! »
Alors mon guide : « Pourquoi cries-tu ?
N'empêche pas son voyage fatal :

on veut ainsi là où l'on peut
ce que l'on veut, et ne demande pas davantage. »
À présent commencent les notes douloureuses
à se faire entendre ; à présent je suis venu
là où les pleurs me frappent.
Je vins en un lieu où la lumière se tait,
mugissant comme mer en tempête,
quand elle est battue par vents contraires.
La tourmente infernale, qui n'a pas de repos,
mène les ombres avec sa rage ;
et les tourne et les heurte et les harcèle.
Quand elles arrivent devant l'éboulis[3],
là sont les cris, les pleurs, les plaintes ;
là elles blasphèment la vertu divine.
Et je compris qu'un tel tourment
était le sort des pécheurs charnels,
qui soumettent la raison aux appétits.
Tout comme leurs ailes portent les étourneaux,
dans le temps froid, en vol nombreux,
ainsi ce souffle mène, de çà de là,
de haut en bas, les esprits mauvais ;
aucun espoir ne les conforte
d'aucun repos, et même de moindre peine.
Et comme les grues vont chantant leurs complaintes,
en formant dans l'air une longue ligne,
ainsi je vis venir, poussant des cris,
les ombres portées par ce grand vent ;
alors je dis : « Maître qui sont ceux-là
qui sont ainsi châtiés par l'air noir ? »
« La première de ceux dont tu voudrais
savoir quelque nouvelle », me dit-il alors,
« fut impératrice de nombreux langages ;
au vice de luxure elle fut si rouée
qu'elle fit dans sa loi la licence licite,
afin d'ôter le blâme où elle était conduite.
Elle est Sémiramis[4], dont on peut lire

qu'elle fut épouse de Ninus, et puis lui succéda :
elle tint la terre que le Sultan gouverne[5].
La suivante est celle-ci qui se tua par amour
en trahissant les cendres de Sichée[6] ;
puis vient la luxurieuse Cléopâtre[7].
Tu vois Hélène[8], par qui advint
un si long malheur ; tu vois le grand Achille[9],
qui combattit à la fin contre Amour.
Tu vois Pâris, Tristan » ; ainsi il m'en montra
et m'en désigna du doigt plus de mille
qu'amour ôta de notre vie.
Quand j'eus ainsi entendu mon docteur
nommer les dames de jadis et les cavaliers,
pitié me prit, et je devins comme égaré.
Je commençai : « Poète, volontiers
je parlerais à ces deux-ci[10] qui vont ensemble,
et qui semblent si légers dans le vent. »
Et lui à moi : « Tu les verras quand ils seront
plus près de nous ; alors prie-les
par l'amour qui les mène, et ils viendront. »
Dès que le vent vers nous les plie,
je leur dis ces mots : « Ô âmes tourmentées,
venez nous parler, si nul ne le défend. »
Comme colombes à l'appel du désir
viennent par l'air, les ailes droites et fixes,
vers le doux nid, portées par le vouloir ;
ainsi de la compagnie de Didon
ils s'éloignèrent, venant vers nous dans l'air malin,
si fort fut mon cri affectueux.
« Ô créature gracieuse et bienveillante
qui viens nous visiter par l'air sombre,
nous dont le sang teignit la terre,
si le roi de l'univers était notre ami,
nous le prierions pour ton bonheur,
puisque tu as pitié de notre mal pervers.
De tout ce qu'il vous plaît d'entendre et de dire,

nous entendrons et nous vous parlerons,
96 tandis que le vent, comme il fait, s'adoucit.
La terre où je suis née se trouve au bord
de ce rivage où le Pô vient descendre
99 pour être en paix avec ses affluents.
Amour, qui s'apprend vite au noble cœur,
prit celui-ci de la belle personne
102 que j'étais ; et la manière me touche encore.
Amour, qui force tout aimé à aimer en retour,
me prit si fort de la douceur de celui-ci
105 que, comme tu vois, il ne me laisse pas.
Amour nous a conduits à une mort unique.
La Caïne [11] attend celui qui nous tua. »
108 Tels furent les mots qu'ils nous offrirent.
Quand j'entendis ces âmes blessées,
je baissai le visage, et le gardai si bas
111 que le poète me dit : « Que penses-tu ? »
Quand je lui répondis, je commençai : « Hélas,
que de douces pensées, et quel désir
114 les ont menés au douloureux trépas ! »
Puis je me retournai vers eux et je leur dis
pour commencer : « Francesca, tes martyres
117 me font triste et pieux à pleurer.
Mais dis-moi ; du temps des doux soupirs,
à quel signe et comment permit amour
120 que vous connaissiez vos incertains désirs ? »
Et elle : « Il n'est pas de plus grande douleur
que de se souvenir des temps heureux
123 dans la misère ; et ton docteur le sait.
Mais si tu as telle envie de connaître
la racine première de notre amour,
126 je ferai comme qui pleure et parle à la fois.
Nous lisions un jour par agrément
de Lancelot [12], comment amour le prit :
129 nous étions seuls et sans aucun soupçon.
Plusieurs fois la lecture nous fit lever les yeux

et décolora nos visages ;
mais un seul point fut ce qui nous vainquit.
Lorsque nous vîmes le rire désiré
être baisé par tel amant,
celui-ci, qui jamais ne sera loin de moi,
me baisa la bouche tout tremblant.
Galehaut[13] fut le livre et celui qui le fit ;
ce jour-là nous ne lûmes pas plus avant. »
Pendant que l'un des deux esprits parlait ainsi,
l'autre pleurait, si bien que de pitié
je m'évanouis comme si je mourais.
Et je tombai comme tombe un corps mort.

CHANT VI

3e cercle : Gourmands, couchés dans la boue sous une pluie noire et glaciale.

Cerbère. Ciacco. Prédiction sur les discordes à Florence. La résurrection des damnés.

Quand me revint la mémoire, qui s'était perdue,
pour la pitié des deux cousins[1]
en me confondant de tristesse,
je vois autour de moi, partout où je me tourne,
où que j'aille et où que je regarde,
nouveaux tourments et nouveaux tourmentés.
Je suis au troisième cercle, à celui de la pluie
éternelle, maudite, froide et lourde ;
règle et nature n'en sont jamais nouvelles.
Grosse grêle, eau sombre et neige
s'y déversent par l'air ténébreux ;
la terre qui les recueille a une odeur infecte.
Cerbère[2], bête étrange et cruelle,
hurle avec trois gueules comme un chien
sur les morts qui sont là noyés.
Ses yeux sont rouges, sa barbe grasse et noire,
son ventre large, ses mains onglées ;
il griffe les esprits, les écorche et dépèce.
La pluie les fait hurler avec les chiens ;
ils font d'un flanc leur bouclier à l'autre flanc ;
ils se tournent souvent, les malheureux profanes.
Lorsque Cerbère nous vit, l'énorme ver,
il ouvrit ses bouches, et nous montra les dents ;

il n'avait pas un membre qui ne frémît.
Alors mon guide étendit ses paumes,
prit de la terre, et à pleines poignées
la jeta dans les gueules goulues.
Tel un chien aboyant et vorace
qui se calme quand il a sa pâtée sous la dent,
car il s'acharne et s'évertue à dévorer,
telles se firent les trois faces bestiales
du démon Cerbère qui étourdit les âmes
si fort, qu'elles voudraient être sourdes.
Nous passions parmi les ombres que terrasse
la pluie lourde, et nous mettions les pieds
sur cette vanité qui semble corps.
Elles gisaient toutes par terre,
hors une[3] qui se dressa vite et s'assit,
dès qu'elle nous vit passer devant elle.
« Ô toi qui es mené à travers cet enfer »,
dit-il, « reconnais-moi, si tu peux ;
car tu fus fait avant que moi je fusse défait. »
Et moi, à lui : « Le tourment que tu as
t'efface peut-être de ma mémoire,
si bien qu'il me paraît ne t'avoir jamais vu.
Mais dis-moi qui tu es, toi qui en lieu si triste
es mis à telle peine qu'aucune,
même plus grave, n'est aussi déplaisante. »
Et lui à moi : « Ta ville[4], qui est pleine d'envie,
au point que le sac en déborde,
me tint en elle pendant la vie sereine.
Vous citoyens vous m'appeliez Ciacco :
pour le nocif péché de bouche,
comme tu vois, à cette pluie je m'affaiblis.
Et moi, âme coupable, je ne suis pas seule,
car toutes celles-ci sont à semblable peine
pour semblable faute. » Et il se tut.
Je répondis : « Ciacco ton désespoir
me pèse tant, qu'il m'invite à pleurer ;

mais dis-moi donc, si tu le sais, jusqu'où iront
les citoyens de notre ville divisée ;
si l'un d'entre eux est juste ; dis-moi aussi la cause
de la discorde qui l'assaille. »
Et lui à moi : « Après longue querelle
ils en viendront au sang[5], et le parti sauvage[6]
chassera l'autre[7] avec horrible offense.
Et plus tard il faudra qu'il succombe,
avant trois soleils[8], et que l'autre gagne
grâce au pouvoir de qui[9] à présent tergiverse.
Longtemps il tiendra le front haut
en gardant l'autre sous un joug,
quoiqu'il en pleure et s'en outrage[10].
Deux sont les justes[11], et nul ne les entend :
orgueil, envie et avarice règnent,
trois étincelles qui embrasent les cœurs. »
Il mit fin ici à son discours dolent.
Et moi : « Je veux encore que tu m'enseignes,
et que tu me donnes d'autres paroles.
Farinata et Tegghiaio[12], qui furent si valeureux,
Jacopo Rusticucci, Arrigo et Mosca[13],
et les autres qui mirent leurs efforts à bien faire,
dis-moi où ils se trouvent et fais que je les voie,
car j'ai grand désir de savoir
s'ils ont miel dans les cieux ou poison aux enfers. »
Et lui : « Ils sont avec les âmes les plus noires ;
plusieurs péchés les maintiennent au fond :
si tu descends assez, là tu pourras les voir.
Mais quand tu seras sur la douce terre,
rappelle-moi, je te prie, à la mémoire des hommes :
je n'en dis pas plus long, et ne te réponds plus. »
Il tordit alors ses yeux droits et loucha ;
me regarda encore, et puis baissa la tête :
avec elle il tomba, comme les autres aveugles.
Mon guide alors me dit : « Il ne s'éveillera plus
avant la trompette angélique,

quand viendra la puissance ennemie :
chacun retrouvera sa triste tombe,
reprendra sa chair et sa figure,
et entendra ce qui résonne éternellement. »
Ainsi nous traversâmes l'affreux mélange
de pluie et d'ombres, en marchant à pas lents,
et causant un peu de la vie future ;
je lui dis : « Maître, tous ces tourments
s'accroîtront-ils après le grand jugement,
ou seront-ils moins forts, ou aussi cuisants ? »
Et lui à moi : « Retourne à ta science[14],
pour qui plus la chose est parfaite,
plus elle sent le bien, et aussi la douleur.
Quoique ces morts maudits
n'atteignent jamais la vraie perfection,
ce qui les attend est plutôt plus que moins. »
Nous tournâmes en rond par cette route
en parlant bien plus que je ne redis ;
puis nous vînmes au point de la descente :
là nous trouvâmes Pluton[15], le grand ennemi.

CHANT VII

4e cercle : Avares et Prodigues ; ils roulent des rochers en s'injuriant mutuellement.
5e cercle : Coléreux ; ils sont immergés dans les eaux bourbeuses du Styx.

Le démon Plutus. Les avares et les prodigues. Théorie de la Fortune. Descente au 5e cercle : les coléreux.

« Pape Satàn, pape Satàn aleppe[1] ! »
commença Plutus à la voix enrouée ;
et le noble sage, qui l'avait compris,
me dit pour me réconforter : « Que ta peur
ne te trouble pas ; tout le pouvoir qu'il a
ne peut nous empêcher de franchir cette roche. »
Puis il se retourna vers cette face enflée,
et lui dit : « Tais-toi donc, maudit loup !
ronge-toi toi-même avec ta rage.
Elle a une cause, notre venue dans les ténèbres :
on veut ainsi là-haut, là où Michel[2]
tira vengeance du crime de rébellion. »
Comme les voiles gonflées par le vent
croulent enveloppées lorsque le mât se rompt,
ainsi tomba au sol cette bête cruelle.
Et nous passâmes dans la quatrième fosse,
entrant toujours plus loin dans cette triste pente
qui ensache le mal de tout l'univers.
Ah ! justice de Dieu ! qui donc amasse autant
que j'en ai vus d'étranges tourments, d'étranges peines ?
et pourquoi notre erreur nous détruit-elle ?
Comme les vagues au-dessus de Charybde[3]

se brisent contre les vagues qu'elles rencontrent,
ainsi faut-il qu'ici les morts dansent la gigue.
Là je vis des gens, plus nombreux qu'ailleurs,
de çà, de là, avec des hurlements,
pousser des fardeaux à coups de poitrine.
Ils se cognaient l'un contre l'autre ; et à ce point
chacun se retournait, repartant vers l'arrière,
criant « Pourquoi tiens-tu ? » et « Pourquoi lâches-tu ? ».
C'est ainsi qu'ils tournaient par le cercle lugubre
sur chaque bord, vers le point opposé,
en criant encore leur honteux couplet ;
puis chacun se tournait, quand il était venu
par son demi-cercle à la deuxième joute.
Et moi qui en avais le cœur comme brisé,
je dis : « Mon maître, explique-moi
qui sont ces gens, s'ils furent tous clercs[4],
ces tonsurés à notre gauche. »
Et lui, à moi : « Tous ils furent borgnes
dans leur esprit durant la vie, de sorte
qu'ils n'eurent aucune mesure en leur dépense.
Leur voix l'aboie très clairement
quand ils parviennent à ces deux points du cercle
où le péché contraire les désassemble.
Ceux-ci furent clercs, qui n'ont pas de couvercle
de poil en tête, et papes et cardinaux,
en qui l'avarice montre sa démesure. »
Et moi : « Maître, chez ces gens-là
je devrais bien en reconnaître quelques-uns
qui furent salis par ces deux vices. »
Et lui à moi : « Tu as des pensées vaines :
la vie méconnaissante que firent ces méchants
les brunit à présent à la reconnaissance.
Pour toujours ils iront aux deux points de rencontre :
ceux-ci resurgiront de leur sépulcre
avec le poing fermé, ceux-là le poil rogné[5].
Mal donner, mal tenir leur a ôté

le beau séjour, et mis en cette échauffourée :
ce qu'elle est n'a pas besoin de beaux discours.
    Tu peux, mon fils, voir à présent le souffle court
des biens qui sont confiés à la fortune,
pour qui les humains se combattent ;
    car tout l'or qui est sous la lune
et a été, ne pourrait donner le repos
à une seule de ces âmes lassées. »
    « Maître », lui dis-je, « enseigne-moi encore :
cette fortune[6] que tu nommes, qui est-elle,
qui a tous les biens de la terre en ses griffes ? »
    Et lui à moi : « Ô stupides créatures,
quelle ignorance vous opprime !
Je veux que tu saisisses ma pensée.
    Celui dont le savoir surpasse tout
créa les cieux[7] et leur donna des guides,
si bien que chaque partie luit sur les autres
    en répandant une lumière égale.
Pareillement pour les splendeurs mondaines
il mit une intelligence ordinatrice
    qui change à temps tous les vains biens
de race à race, de l'un à l'autre sang,
outre l'opposition des volontés humaines.
    Ainsi un peuple règne et un autre languit,
suivant la décision de cette intelligence
qui est cachée comme serpent dans l'herbe.
    Votre savoir ne peut lui résister :
elle pourvoit, juge et maintient son règne
ainsi que font les autres dieux[8].
    Ses mutations n'ont pas de trêve :
et la nécessité la rend rapide ;
aussi voit-on les hommes changer souvent d'état.
    C'est elle qui si souvent est mise en croix
par ceux-là mêmes qui devraient la chanter,
et qui lui font à tort mauvais renom ;
    mais elle est bienheureuse et n'entend rien :

et joyeuse parmi les créatures premières,
96 elle tourne sa sphère et jouit de soi.
Descendons à présent vers plus dure angoisse ;
déjà déclinent toutes les étoiles qui montaient[9]
99 quand je partis, et trop s'arrêter est interdit. »
Nous recoupâmes le cercle vers l'autre rive
au-dessus d'une source[10] qui bout et se reverse
102 par un canal qui dérive d'elle.
L'eau était noire plutôt que perse[11],
et nous, en compagnie de son flot trouble,
105 nous entrâmes plus bas par une voie étrange.
Il va dans le marais qui a nom Styx[12],
le sinistre ruisseau, quand il arrive
108 au pied des affreuses berges grises.
Et moi qui regardais très fixement,
je vis des gens boueux dans ce marais,
111 tous nus, et à l'aspect meurtri.
Ils se frappaient, mais non avec la main,
avec la tête, avec la poitrine et avec les pieds,
114 tranchant leur corps par bribes, avec les dents.
Le bon maître dit : « Fils, tu vois maintenant
les âmes de ceux que la colère vainquit ;
117 et je veux encore que tu saches
qu'il y a dans l'eau des gens qui soupirent
et font pulluler cette onde jusqu'en haut,
120 comme tes yeux te montrent, où qu'ils se posent.
Plantés dans la boue ils disent : “Nous étions tristes
dans l'air doux que le soleil réjouit,
123 ayant en nous les fumées chagrines :
à présent nous nous attristons dans la boue noire.”
Cet hymne ils le gargouillent dans leur gorge,
126 car ils ne peuvent le dire par mots entiers. »
Ainsi nous parcourûmes dans les marais fangeux
un grand arc entre le sec et le mouillé,
129 les yeux tournés vers les mangeurs de boue.
Enfin nous arrivâmes au pied d'une tour.

CHANT VIII

5e cercle : Coléreux.

Haute tour et signal. Apparition de Phlégyas. Traversée du Styx. Filippo Argenti. La ville de Dité. L'opposition des diables.

(Samedi saint, 9 avril 1300, aux premières heures du matin.)

Je dis, en continuant[1], que bien avant
que nous fussions au pied de la haute tour,
mes yeux se tournèrent vers sa cime
car nous vîmes s'y poser deux flammèches,
et une autre, de loin, leur faire signe,
telles que l'œil pouvait à peine les saisir.
Je me tournai vers l'océan de toute science
et je lui dis : « Que dit ce feu ? et que répond
cet autre ? et qui sont ceux-là qui les font ? »
Et lui : « Là-bas sur les ondes fangeuses
tu peux déjà voir ce qui nous attend,
si la brume du marais ne le couvre pas. »
Corde jamais ne décocha de flèche
qui volât rapide à travers les airs,
comme je vis venir une petite barque
à travers l'eau vers nous en cet instant,
avec un seul marin au gouvernail,
qui criait : « Te voilà donc ici, âme damnée ! »
« Phlégyas[2], Phlégyas, tu cries en vain »,
dit mon seigneur, « pour cette fois :
tu ne nous as que pour passer la boue. »
Tel est celui qui découvre qu'un piège

lui a été tendu, et s'en afflige,
tel devint Phlégyas dans sa rage rentrée.
  Mon guide descendit dans la barque,
et me fit entrer après lui ;
et seulement quand j'y fus elle parut chargée.
  Dès que mon guide et moi fûmes à bord,
l'antique proue s'en va, fendant les flots,
plus qu'elle n'a coutume avec les autres.
  Comme nous voguions sur cette eau morte,
devant moi se dressa un être plein de fange,
disant : « Qui es-tu, toi qui t'en viens avant le temps ? »
  Et moi à lui : « Si je viens, je ne reste pas ;
mais toi qui es-tu, qui es si enlaidi ? »
Il répondit : « Tu le vois : un qui pleure. »
  Et moi à lui : « Reste avec les pleurs,
avec le deuil, esprit maudit ;
je te connais, bien que tu sois tout embourbé. »
  Alors il tendit ses deux mains vers la barque ;
d'où mon maître avisé le repoussa,
disant : « Va-t'en d'ici, avec les autres chiens ! »
  Puis il m'entoura le cou de ses bras ;
baisa mon visage et me dit : « Âme altière,
bénie soit celle qui te porta !
  Cet homme fut sur terre un orgueilleux ;
la bonté n'orne pas sa mémoire :
aussi son ombre est ici furieuse.
  Combien se prennent là-haut pour de grands rois,
qui seront ici comme porcs dans l'ordure,
laissant de soi un horrible mépris. »
  Et moi : « Maître je voudrais tant
le voir plonger dans le bouillon
avant que nous soyons sortis du lac. »
  Et lui à moi : « Avant que l'autre rive
se laisse voir, tu seras satisfait :
d'un tel désir il convient que tu jouisses. »
  Peu après je vis un tel tourment

infligé à cet homme par les êtres boueux,
que j'en loue encore et j'en remercie Dieu.
Tous criaient : « Sus à Filippo Argenti[3] ! »
et l'esprit florentin colérique
se tournait contre soi, avec les dents.
Nous le laissâmes ainsi, et je n'en parle plus ;
mais des lamentations frappèrent mes oreilles,
et je fixai mon regard vers l'avant.
Le bon maître me dit : « À présent, mon fils,
s'approche la cité qui a nom Dité[4],
avec ses habitants meurtris, avec sa grande armée. »
Et moi : « Maître je vois déjà ses mosquées[5]
très clairement là-bas dans la vallée,
vermeilles, comme sorties du feu. »
Il répondit : « C'est le feu éternel
brûlant à l'intérieur, qui les fait sembler rouges,
comme tu vois, dans ce bas enfer. »
Nous parvînmes enfin dans les hautes fosses
qui entourent la cité désolée :
et ses murailles me paraissaient de fer.
Nous fîmes d'abord un long détour,
et nous vînmes en un lieu où le nocher
cria très fort : « Sortez, voici l'entrée. »
Je vis plus de mille diables au-dessus des portes
précipités du ciel[6], qui disaient pleins de rage :
« Qui donc est celui-là qui sans avoir sa mort
s'en va par le royaume des âmes mortes ? »
Mon très sage maître leur fit un signe
montrant qu'il voulait leur parler en secret.
Alors ils refrénèrent un peu leur grand dédain
et dirent : « Viens seul, qu'il s'en aille, celui-là
qui eut l'audace d'entrer dans ce royaume.
Qu'il s'en retourne seul par sa folle route :
qu'il essaie, s'il ose ; toi tu resteras,
qui l'as mené par les régions obscures. »
Pense, lecteur, si je fus abattu

quand j'entendis ces paroles maudites ;
car je crus ne jamais m'en revenir sur terre.
« Ô mon cher guide, toi qui plus de sept fois
m'as redonné la sécurité et m'as tiré
des terribles dangers qui me menaçaient,
ne me laisse pas », lui dis-je, « si défait ;
et s'il est interdit d'aller plus loin,
revenons vite ensemble sur nos pas. »
Et ce seigneur qui m'avait mené jusque-là
me dit : « N'aie crainte ; il n'est personne qui puisse
nous barrer le passage : trop grand est qui l'accorde.
Mais attends-moi ici : ranime ton esprit las
et nourris-le de bon espoir,
je ne te laisserai pas dans le monde d'en bas. »
Il s'en va ainsi, et là m'abandonne,
mon doux père, et moi je reste en suspens,
car oui et non se battent dans ma tête.
Je n'entendis pas ce qu'il leur dit ;
mais il resta peu de temps avec eux,
car tous se retirèrent en luttant de vitesse.
Ils fermèrent les portes, ces ennemis,
au nez de mon seigneur, qui resta dehors,
et s'en revint vers moi à pas lents.
Gardant les yeux à terre, le front sans assurance,
il murmurait en soupirant :
« Qui m'interdit les tristes demeures ! »
Et il me dit : « Toi, ne t'inquiète pas
de ce que je m'irrite, car je vaincrai l'épreuve,
quoi qu'ils préparent à l'intérieur pour leur défense.
Cette arrogance en eux n'est pas nouvelle ;
ils la montrèrent jadis à moins secrète porte [7],
qui aujourd'hui encore est sans serrure.
Tu as vu sur elle les lettres de mort ;
un peu plus bas déjà descend la pente,
traversant les cercles sans escorte,
quelqu'un [8] par qui la ville sera ouverte. »

CHANT IX

Remparts de Dité.

Peur de Dante. Apparition des trois Furies. Le messager du ciel. Les tombeaux des hérétiques.

(Samedi saint, 9 avril 1300, à l'aube.)

La couleur que lâcheté peignit sur mon visage
quand je vis mon guide revenir sur ses pas
lui fit dissimuler plus tôt la sienne.
Il s'arrêta, tendu, comme un homme qui écoute,
ne pouvant porter son regard au-delà,
à travers l'air obscur et la brume épaisse.
« Il nous faudra pourtant gagner cette bataille »,
commença-t-il, « sinon… telle aide s'est offerte.
Ô que j'ai hâte qu'un autre vienne ici ! »
Je vis bien qu'il avait recouvert
son commencement avec la suite,
car il dit des mots différents des premiers ;
et néanmoins son langage me fit peur,
car je donnais à la parole interrompue
un sens peut-être pire qu'il ne fallait.
« Au fond de cette affreuse vallée
quelqu'un descend-il jamais du premier cercle,
ayant pour seule peine l'espoir tronqué ? »
lui demandai-je ; et lui : « Il est très rare »,
répondit-il, « que l'un de nous
fasse le chemin que je parcours.
Il est vrai que je fus une autre fois ici

conjuré par Érichton[1] cruelle
qui rappelait les ombres dans leurs corps.
Ma chair était depuis peu nue de moi
quand elle me fit entrer dans les murailles
pour en tirer une âme du cercle de Judas.
C'est le lieu le plus bas et le plus obscur,
et le plus loin du ciel qui enclôt toutes choses :
je sais bien le chemin ; sois donc tranquille.
Ce marais qui exhale ici sa puanteur
fait tout le tour de la cité dolente
où nous ne pouvons plus pénétrer sans querelle. »
Et il dit autre chose, mais je ne le sais plus ;
car mes yeux m'avaient tout entier entraîné
vers le sommet embrasé de la tour,
où en un point tout à coup se dressèrent
trois furies infernales[2], couleur de sang ;
elles avaient forme et gestes féminins,
hydres très vertes pour ceintures ;
pour cheveux des serpents et des guivres,
qui entouraient leurs fronts farouches.
Et lui, qui avait reconnu les suivantes
de la reine des pleurs[3] éternels,
« Regarde », me dit-il, « les Érinyes féroces.
La première est Mégère[4], du côté gauche ;
celle qui pleure à droite est Alecto,
et Tisiphone est au milieu » ; puis il se tut.
Chacune se fendait la poitrine avec les ongles ;
elles se battaient à coups de paumes, criant si fort
que de frayeur je me serrai contre mon guide.
« Que Méduse[5] vienne : nous le pétrifierons »,
disaient-elles toutes en regardant en bas,
« nous avons mal vengé l'attaque de Thésée[6]. »
« Retourne-toi et tiens les yeux fermés ;
car si Gorgone se montre, et si tu la voyais,
tu ne pourrais plus t'en revenir là-haut. »
Ainsi parla mon maître ; lui-même

il me tourna, sans se fier à mes mains,
et me ferma les yeux avec les siennes.
Ô vous qui avez l'entendement sain,
voyez la doctrine qui se cache
sous le voile des vers étranges[7].
Déjà venait par les troubles eaux
le fracas d'un son plein d'épouvante
qui faisait trembler à la fois les deux rives,
tout semblable à celui d'un vent
impétueux, né de chaleurs contraires,
qui frappe la forêt et sans aucun obstacle,
arrache, abat et emporte les branches ;
allant de l'avant, poudreux, superbe,
faisant fuir les bergers et les bêtes féroces.
Il délivra mes yeux, et dit : « Tends maintenant
le nerf de tes regards vers cette écume antique
là où la fumée est la plus noire. »
Comme devant la couleuvre leur ennemie
les grenouilles s'enfuient à travers l'eau
et vont se blottir sur la terre,
je vis plus de mille âmes détruites
s'enfuir ainsi devant quelqu'un[8] qui en marchant
traversait le Styx à pied sec.
De son visage il écartait l'air gras
en agitant souvent la main gauche :
et ce seul tourment semblait l'incommoder.
Je compris que c'était un envoyé du ciel,
et je me tournai vers mon maître, qui me fit signe
de rester coi, et de m'incliner devant lui.
Ah comme il me paraissait plein de mépris !
Il alla vers la porte et d'un coup de baguette
l'ouvrit sans rencontrer de résistance.
« Ô bannis du ciel, engeance infecte »,
commença-t-il sur l'horrible seuil,
« d'où vient l'outrecuidance qui vous habite ?
Pourquoi renâclez-vous à ce vouloir

dont la fin ne peut jamais être évitée,
et qui a souvent augmenté vos peines ?
À quoi sert de heurter contre le destin ?
Votre Cerbère, autant qu'il vous souvienne,
en porte encore la gorge et le menton pelés[9]. »
Puis il se retourna vers la route boueuse,
et ne nous dit mot, mais garda l'apparence
de quelqu'un que mord un tout autre souci
que celui de ceux qu'il a sur son chemin ;
nous portâmes alors nos pas vers la cité,
pleins d'assurance après ce saint discours.
Nous y entrâmes sans aucune guerre ;
et moi, qui avais grand désir de voir
le sort de ceux qu'enserre la citadelle,
dès que j'y fus je regardai tout alentour :
et je vois partout une vaste campagne
pleine de pleurs et de tourments cruels.
Tout comme à Arles[10], où le Rhône s'attarde,
ou à Pola[11], auprès du Carnaro
qui clôt l'Italie, baignant ses confins,
les sépulcres font le sol inégal,
ainsi en était-il ici, de tous côtés,
mais la façon était bien plus amère ;
des feux épars couraient entre les tombes
qui les embrassaient si fortement,
qu'aucun art ne requiert un fer plus brûlant.
Tous les couvercles étaient levés ;
des plaintes si violentes en sortaient
qu'elles semblaient bien de malheureux et d'offensés.
Et moi : « Maître, qui sont ces gens,
ensevelis dans ces tombeaux,
qui poussent des soupirs si douloureux ? »
Et lui à moi : « Ce sont les hérésiarques
avec leurs disciples de toutes sectes,
et leurs tombeaux sont plus remplis que tu ne crois.
Ici gît le semblable avec le semblable,

et les sépulcres sont plus ou moins brûlants. »
132 Et quand il eut tourné à main droite [12],
nous passâmes entre les supplices et les hauts remparts.

CHANT X

6e cercle : les Hérétiques, couchés dans des tombes brûlantes.

Les sépulcres des Épicuriens. Farinata. Cavalcante Cavalcanti. La prescience des damnés. Virgile réconforte Dante attristé par la prophétie de Farinata.

Maintenant il s'en va par une voie secrète,
entre les murs de la cité et les supplices,
mon maître, et moi je vais sur ses talons.
« Haute vertu, toi qui me fais tourner
comme tu veux par ces cercles impies,
parle-moi encore, et satisfais à mes désirs.
Ces gens qui sont dans les tombeaux
pourrait-on les voir ? déjà tous les couvercles
sont levés, et nul ne fait la garde. »
Il répondit : « Tous seront refermés
lorsqu'ils reviendront de Josaphat[1]
avec les corps qu'ils ont laissés sur terre.
Avec Épicure[2] tous ses disciples
ont leur cimetière de ce côté,
eux qui font mourir les âmes avec les corps.
Mais à cette question que tu me poses
il sera bientôt répondu ici,
et au désir aussi que tu me tais[3]. »
Et moi : « Bon guide, à toi je ne cache pas
mon cœur, sinon de peur de parler trop,
déjà depuis longtemps tu m'y as incité. »
« Ô Toscan qui t'en vas par la ville de feu,
vivant, et parlant de façon si honnête,
qu'il te plaise de faire halte en ce lieu.

À ton langage il est bien clair
que tu es natif de la noble patrie
pour qui je fus peut-être trop sévère. »
Ce son sortit soudainement
de l'une des tombes ; et je me rapprochai,
plein de crainte, un peu plus de mon guide.
Il me dit : « Tourne-toi ! Que fais-tu ?
Vois-donc Farinata[4] qui s'est dressé :
tu le verras entier de la ceinture jusqu'à la tête. »
J'avais déjà mis mon regard dans le sien ;
il redressait la poitrine et le front
comme s'il avait l'enfer en grand mépris.
Et les vaillantes et promptes mains du maître
me poussèrent vers lui entre les sépultures,
disant : « Que tes paroles soient pesées. »
Lorsque je fus au pied de son tombeau,
il me regarda, puis, comme dédaigneux,
me demanda : « Qui furent tes parents ? »
Et moi qui désirais lui obéir,
je ne le cachai pas, je lui découvris tout ;
alors il leva un peu les sourcils,
et dit : « Ils furent si âprement hostiles
à moi, à mes parents, à mon parti,
que par deux fois je dus les disperser. »
« S'ils furent chassés, ils s'en revinrent de tous côtés »,
lui répondis-je, « et l'une et l'autre fois ;
mais les vôtres n'apprirent pas bien cet art. »
Alors je vis surgir par l'ouverture
une ombre[5] à son côté, jusqu'au menton :
je crois qu'elle se dressait sur les genoux.
Elle regarda autour de moi, comme voulant voir
si quelqu'un d'autre était là avec moi ;
et quand son doute fut éteint,
elle dit en pleurant : « Si la hauteur de ton esprit
te fait aller par la prison aveugle,
où est mon fils ? pourquoi n'est-il pas avec toi ? »

Et moi : « Je ne suis pas venu par moi seul :
celui qui attend là me mène vers quelqu'un
que votre Guido eut peut-être en mépris[6]. »
Ses paroles et la nature de sa peine
m'avaient déjà fait découvrir son nom,
c'est pourquoi ma réponse fut si entière.
Il se dressa aussitôt et cria : « Comment ?
tu as dit "il eut" ? n'est-il donc plus en vie ?
la douce lumière ne frappe donc plus ses yeux ? »
Et lorsqu'il vit que je mettais
un peu de temps à lui répondre[7],
il retomba couché, et ne reparut plus.
Mais cette autre grande âme, à la prière de qui
je m'étais arrêté, ne changea pas d'aspect,
ne bougea pas le col, ne plia pas le flanc ;
et continuant son premier discours,
« S'ils n'ont pas bien appris cet art », dit-il,
« ce m'est plus grand tourment que ce lit-ci.
Mais avant que soit rallumée cinquante fois
la face de la dame qui règne ici[8],
tu connaîtras le poids de cet art.
Et puisses-tu regagner le doux monde ;
mais dis-moi : pourquoi ce peuple[9] est-il si cruel
envers les miens, dans chaque loi qu'il fait ? »
Je répondis : « Le massacre et l'horreur
qui teignirent de rouge le cours de l'Arbia[10]
font faire cette oraison dans notre temple. »
Il secoua la tête en soupirant, et dit :
« Je ne fus pas seul ce jour-là, et sans raison
je ne serais allé avec les autres.
Mais je fus le seul, alors que chacun
acceptait la pensée de détruire Florence,
à la défendre à visage découvert. »
« Ah que repose un jour votre lignée »,
le priai-je, « mais déliez-moi ce nœud
qui a brouillé ici mon jugement.

Il semble qu'avant l'heure, si j'entends bien,
vous puissiez voir ce que le temps apporte,
mais que pour le présent vous ayez autre usage.
« Nous voyons, comme ceux qui n'ont pas de bons yeux »,
dit-il, « les choses qui sont lointaines ;
c'est ainsi que Dieu nous donne sa lumière.
Notre intellect est vain pour tout ce qui est proche
ou présent ; et si nul ne vient nous parler,
nous ignorons tout de l'état humain.
Tu comprends ainsi que notre connaissance
sera toute morte à partir de l'instant
où sera fermée la porte du futur. »
Alors, comme en repentir de ma faute,
je dis : « Vous direz donc à l'ombre retombée
que son fils est encore au nombre des vivants ;
et si tout à l'heure je fus muet à lui répondre,
dites-lui que j'étais encore dans l'erreur
que vous m'avez à présent résolue. »
Déjà mon maître me rappelait ;
alors je priai cet esprit de me dire
en hâte le nom de ceux qui étaient avec lui.
Il dit : « Je repose ici avec plus de mille :
là-dedans se tient le second Frédéric[11]
avec le Cardinal[12] ; des autres je me tais. »
Ensuite il disparut ; moi je tournai mes pas
vers l'antique poète, en repensant
à ces paroles qui me semblaient hostiles.
Il s'ébranla ; et puis, tout en marchant,
il dit : « Pourquoi es-tu donc si troublé ? »
Et moi je répondis à sa question.
« Garde en mémoire ce que tu viens d'entendre
contre toi », me commanda ce sage ;
« et à présent sois attentif », et il dressa le doigt :
« quand tu seras devant le doux regard
de celle dont les beaux yeux[13] voient toutes choses,

tu sauras d'elle tout le voyage de ta vie. »
Puis il dirigea ses pas vers la gauche :
nous laissâmes le mur et revînmes au centre
par un sentier qui plonge dans une vallée
exhalant jusqu'en haut sa puanteur affreuse.

CHANT XI

6e cercle : les Hérétiques.

Puanteur du bas Enfer. Halte auprès de la tombe du pape Anastase. Virgile explique à Dante l'ordonnance de l'Enfer d'après Aristote et le péché d'usure.

Sur le rebord d'une haute falaise
formée par des rochers brisés en cercle,
nous vînmes au-dessus d'un amas plus cruel ;
et là, devant l'horrible excès
de l'odeur exhalée par cet abîme,
nous nous mîmes à l'abri derrière le couvercle
d'un grand tombeau où je vis un écrit
qui disait : « Je garde le pape Anastase,
que Photin [1] fit dévier de la voie droite. »
« Il nous faut retarder ici notre descente
afin que nos sens s'accoutument un peu
au souffle infect ; et puis nous n'y prendrons plus garde. »
Ainsi parla mon maître ; et moi : « Trouve
quelque compensation », lui dis-je, « pour que le temps
ne passe pas en vain. » Et lui : « Tu vois que j'y songe. »
« Mon fils, à l'intérieur de ces rochers »,
commença-t-il, « se trouvent trois petits cercles [2]
de plus en plus étroits, comme ceux que tu quittes.
Ils sont tous pleins d'esprits maudits ;
mais afin que plus bas leur vue te suffise,
sache comment et pourquoi ils y sont amassés.
De tout le mal que le ciel déteste,
l'injustice est la fin : et toute fin pareille
nuit à autrui ou par la force ou par la fraude.

Mais puisque la fraude est le mal propre à l'homme,
elle déplaît plus à Dieu : aussi les fraudeurs sont
tout au fond, et plus de douleur les assaille.
Le premier cercle appartient aux violents ;
mais comme on fait violence à trois personnes,
il est construit et divisé en trois enceintes.
On peut faire force à Dieu, à soi-même, au prochain,
je veux dire à eux et à leurs biens,
comme tu verras par un raisonnement simple.
On donne mort par force et par blessures graves
à son prochain, et à ses possessions
on cause ruine, incendie et pillage ;
aussi les assassins et ceux qui blessent injustement,
les bandits, les pillards, sont en proie aux supplices
dans la première enceinte, par troupes séparées.
On peut porter la main contre soi-même
et contre ses biens ; aussi dans la seconde enceinte
il faut que se repente en vain
quiconque se prive soi-même de votre monde,
et ceux qui dissipent ou jouent leurs biens,
et pleurent là où ils doivent être contents.
On peut faire violence à la divinité
en la niant ou en la blasphémant,
en méprisant Nature et sa bonté ;
aussi la plus étroite enceinte
imprime son sceau sur Sodome et Cahors[3],
et sur qui parle en méprisant Dieu dans son cœur.
La fraude, qui blesse la conscience,
peut être usée envers qui a confiance
ou envers qui ne l'a pas accordée.
Ce dernier mode rompt seulement
le lien d'amour que produit la nature ;
ainsi ont leur demeure au dernier cercle
hypocrites, sorciers, adulateurs,
faussaires, voleurs et simoniaques,
ruffians, tricheurs et ordures semblables.

Par l'autre mode on oublie à la fois
l'amour qui vient de la nature, et celui qui s'y joint,
par qui se crée la confiance ajoutée ;
aussi dans le plus petit cercle, où est le point
de l'univers[4] où réside Dité,
qui a trahi meurt éternellement. »
Et moi : « Maître, ton raisonnement
procède avec clarté, et m'explique très bien
cet abîme et les gens qu'il renferme.
Mais dis-moi : ceux du marais fangeux
que le vent pousse, que la pluie bat,
et qui s'affrontent avec des mots si âpres,
pourquoi ne sont-il pas punis
dans la ville rouge, si Dieu les hait ?
et s'il ne les hait pas, pourquoi sont-ils en peine ? »
« Pourquoi, dit-il, ton esprit s'égare-t-il
si loin de sa voie habituelle ?
ou bien ta pensée a-t-elle un autre but ?
Ne te souviens-tu pas de ce passage
où sont traitées dans ton Éthique[5]
les trois dispositions dont le ciel ne veut pas,
incontinence, malice, et la folle
bestialité ? et comme l'incontinence
offense moins Dieu et reçoit moins de blâme ?
Si tu médites bien cette sentence,
et si tu as en mémoire quels sont ceux-là
qui font pénitence hors de la ville,
tu comprendras pourquoi de ces méchants
ils sont séparés, et pourquoi les martèle
avec moins de courroux la vengeance divine. »
« Ô soleil qui guéris la vue troublée,
tu me rends si content quand tu résous mes doutes,
que le doute m'est doux autant que le savoir.
Mais reviens encore un peu en arrière »,
lui dis-je, « là où tu me dis que l'usure
offense la divine bonté, et délie-moi ce nœud. »

« La philosophie », dit-il, « à qui l'entend
enseigne, et dans plus d'un écrit,
comment la nature procède
de la divine intelligence et de son art ;
et si tu lis bien ta Physique[6],
tu trouveras, dans les premières pages,
que l'art humain, autant qu'il peut, suit la Nature,
comme un élève suit son maître,
si bien que l'art est comme un petit-fils de Dieu.
Des deux, Art et Nature, si tu as en mémoire
les premiers vers de la Genèse, il faut
que l'homme tire vie, et qu'il avance ;
et puisque l'usurier suit d'autres voies,
il méprise Nature pour elle et pour son art,
puisqu'il met son espoir en autre lieu.
Mais à présent suis-moi : il me plaît de partir,
les Poissons[7] déjà brillent sur l'horizon,
le Chariot s'étend sur le Caurus[8],
et le rivage là, un peu plus loin, s'abaisse.

CHANT XII

7e cercle, 1er giron : les Violents contre leur prochain, plongés dans un fleuve de sang bouillant.

Le Minotaure. Origine des éboulis en Enfer. Le fleuve Phlégéton et les Centaures. Rencontre avec Chiron. Nessus montre à Dante quelques violents.

Le lieu où nous parvînmes, pour descendre la berge,
était abrupt, et un tel monstre s'y tenait
que tout regard s'en serait détourné.
Tel est cet éboulis [1] qui a frappé l'Adige
droit dans le flanc, au-dessous de Trente, à cause
d'un tremblement de terre, ou d'un appui manquant,
si bien que de la cime d'où elle tomba
jusqu'à la plaine la roche s'est ainsi écroulée
qu'elle forme un chemin pour qui serait en haut,
telle était la pente de ce ravin ;
et sur le bord de la roche effondrée
l'infamie de Crète [2] était vautrée,
celle qui fut conçue dans la fausse vache [3] ;
quand il nous vit, il se mordit lui-même,
comme celui qui est rongé par la colère.
Mon sage lui cria : « Tu crois peut-être
qu'ici se trouve le roi d'Athènes [4],
qui te donna la mort sur terre ?
Va-t'en, bête, cet homme-ci ne vient pas
avec les leçons de ta sœur [5],
mais il est ici pour voir vos peines. »
Tel le taureau qui rompt ses liens, alors
qu'il a déjà reçu le coup mortel,

et ne sait plus marcher, mais sautille çà et là,
tel je vis sauter le Minotaure ;
et mon maître avisé cria : « Cours à la brèche ;
pendant qu'il rage, il est bon de descendre. »
Ainsi nous descendîmes par cet amas de pierres,
qui souvent remuaient sous mes pieds
par l'effet de la charge inhabituelle.
J'avançais tout pensif ; il dit : « Tu penses
peut-être à l'éboulis, qui est gardé
par la colère bestiale que je viens d'éteindre.
Or je veux que tu saches que la première fois
que je descendis dans le bas enfer,
ce rocher n'était pas encore tombé.
Mais certes peu avant, si je discerne bien,
que ne vînt celui qui ôta à Dité
la grande proie [6] du cercle supérieur,
de tous côtés la grande vallée infecte
trembla [7] si fort que je pensai que l'univers
était frappé d'amour [8], à cause duquel, selon certains,
le monde est parfois retourné au chaos ;
et à ce moment la vieille falaise,
ici même et plus loin, s'est ainsi renversée.
Mais fiche tes yeux plus bas, car voici que s'approche
la rivière de sang [9] où sont bouillis
ceux qui ont nui aux autres par violence. »
Ô cupidité aveugle et colère folle,
qui nous éperonnes dans la courte vie,
pour nous baigner si mal dans l'éternelle !
Je vis une ample fosse tordue en arc,
car elle embrassait toute la plaine,
comme l'avait expliqué mon escorte ;
entre le fleuve et la falaise, en file indienne,
couraient des centaures, armés de flèches,
tout comme, sur terre, ils allaient à la chasse.
En nous voyant venir, ils s'arrêtèrent,
et trois d'entre eux se détachèrent du groupe

60 avec des arcs et des flèches bien choisis ;
l'un d'eux cria de loin : « À quel supplice
venez-vous donc, vous qui descendez cette côte ?
63 Répondez d'où vous êtes ; sinon je tire de l'arc. »
Mon maître dit : « Notre réponse
nous la donnerons à Chiron[10], et de près ;
66 mal t'en a pris d'avoir un désir si brutal. »
Puis il me toucha, et dit : « Celui-ci est Nessus[11] »,
qui mourut pour la belle Déjanire,
69 et qui vengea lui-même sa propre mort.
Celui du milieu, qui a les yeux baissés,
est le grand Chiron qui nourrit Achille ;
72 cet autre est Pholus[12], qui fut plein de rage.
Autour de la fosse ils vont par milliers,
en perçant de flèches toute âme qui sort
75 du sang plus que sa faute ne l'assigne. »
Nous approchions de ces bêtes agiles :
Chiron prit une flèche, et de la coche
78 rejeta sa barbe derrière ses mâchoires.
Quand il eut découvert sa vaste bouche,
il dit à ses pairs : « Avez-vous remarqué
81 que celui de derrière fait bouger ce qu'il touche ?
Ce n'est pas ainsi que font les pieds des morts. »
Et mon bon guide, qui était déjà près de sa poitrine,
84 là où s'épousent les deux natures,
lui répondit : « Il est bien vivant, et seul,
et je dois lui montrer la vallée obscure ;
87 nécessité nous y amène, et non plaisir.
Pour me confier cette charge nouvelle,
quelqu'un a quitté le chant d'alléluia :
90 ce n'est pas un larron, ni moi âme voleuse.
Mais par la vertu qui fait mouvoir mes pas
à travers un chemin si sauvage,
93 donne-nous un des tiens, qui nous accompagne,
pour nous enseigner par où passer le gué,
et porter celui-ci sur sa croupe :

96 ce n'est pas un esprit qui s'en va par les airs. »
Chiron se tourna sur sa droite
et dit à Nessus : « Reviens sur tes pas, et guide-les,
99 et si une autre troupe vous arrête, écarte-la. »
Nous partîmes alors avec cette sûre escorte,
le long du bord du bouillonnement rouge,
102 là où les bouillis poussaient leurs cris.
Je vis des gens qui baignaient jusqu'aux yeux ;
le grand centaure dit : « Ceux-là sont des tyrans
105 qui s'en prirent au sang et aux biens d'autrui.
Ici se pleurent leurs crimes sans pitié ;
ici est Alexandre [13], et Denys le féroce [14]
108 qui fit souffrir si longtemps la Sicile.
Et ce front aux cheveux si noirs,
c'est Azzolino [15] ; et cet autre tout blond,
111 Opizzo [16] d'Asti, qui là-haut sur la terre
fut assassiné par son beau-fils. »
Alors je me tournai vers le poète, qui me dit :
114 « Que celui-ci te guide, je serai le second. »
Un peu plus loin le centaure s'arrêta
devant une foule qui paraissait sortir
117 jusqu'à la gorge de ce bouillon.
Il nous montra une ombre seule dans un coin,
et dit : « Celui-ci [17], dans le giron de Dieu,
120 perça le cœur qui coule encore sur la Tamise. »
Puis je vis des gens qui tenaient la tête
et tout le buste hors du ruisseau,
123 et de ceux-là j'en reconnus plusieurs.
Ainsi s'abaissait le sang de plus en plus,
si bien qu'il ne cuisait plus que les pieds,
126 et ce fut là que nous franchîmes la fosse.
« De même que tu vois de ce côté
le bouillon qui diminue sans cesse »,
129 dit le centaure, « tu dois savoir aussi
que le lit du fleuve se creuse par là
de plus en plus, jusqu'à rejoindre

le lieu où la tyrannie doit gémir.
La divine justice punit par ici
cet Attila qui fut fléau sur terre,
et Pyrrhus et Sextus[18] ; et elle arrache éternellement
des larmes, qu'elle fait couler par la cuisson
à Rinier de Corneto, et à Rinier Pazzo[19],
qui firent tant de guerre sur les routes. »
Puis il se retourna et passa le ruisseau.

CHANT XIII

7e cercle, 2e giron : Violents contre eux-mêmes
– Suicidés, changés en arbres qui parlent et se lamentent.
– Dissipateurs, déchirés par des chiennes.

La forêt des suicidés. Pier delle Vigne. Le sort des suicidés après la mort et après le Jugement universel. Apparition des dissipateurs. Le destin de Florence. Un florentin suicidé.

Nessus n'était pas encore sur l'autre rive,
quand nous entrâmes dans un bois
où nul sentier n'était tracé.
Ses feuilles n'étaient pas vertes, elles étaient sombres ;
ses branches n'étaient pas droites, mais nouées et
[tordues ;
il n'avait pas de fruits, mais des épines empoisonnées.
Les bêtes sauvages qui fuient tous les lieux cultivés
entre Cecina et Corneto[1]
n'ont pas de fourrés si touffus ni si âpres.
Là font leurs nids les affreuses Harpies[2],
qui chassèrent les Troyens des Strophades
avec les présages de leurs malheurs futurs.
Elles ont de larges ailes, cou et visage humains,
les pieds griffus, un grand ventre emplumé ;
elles se lamentent sur les arbres étranges.
Et le bon maître : « Avant que tu pénètres plus avant,
sache que tu es dans la seconde enceinte »,
commença-t-il, « et tu y resteras jusqu'au moment
où tu viendras dans les horribles sables.
Mais regarde bien ; car tu y verras

des choses qui pourraient ôter foi à mon discours. »
J'entendais partout des lamentations
et ne voyais personne qui pût les faire ;
aussi je m'arrêtai tout éperdu.
Je crois qu'il crut que je croyais[3]
que toutes les voix sortaient, entre ces branches,
de gens qui se cachaient à nous.
Aussi le maître dit : « Si tu casses
une petite branche d'une de ces plantes,
toutes tes pensées seront tronquées. »
Alors je tendis un peu la main devant moi
et cueillis un rameau d'une grande ronce ;
son tronc cria : « Pourquoi me brises-tu ? »
Et quand il fut tout noir de sang,
il se remit à dire : « Pourquoi me déchires-tu ?
N'as-tu en toi nul esprit de pitié ?
Nous fûmes hommes, et nous sommes broussailles :
ta main devrait nous être plus bienveillante,
même si nous étions âmes de serpents. »
Comme un tison vert, brûlé à l'un des bouts,
qui gémit par l'autre, et qui grince
sous l'effet du vent qui s'échappe,
ainsi du bois brisé sortaient à la fois
des mots et du sang ; moi je laissai la branche
tomber, et restai là, saisi de crainte.
« S'il avait pu croire dès l'abord »,
répondit mon sage, « âme blessée,
ce qu'il a vu seulement dans mes vers[4],
il n'aurait pas porté la main sur toi ;
mais la chose incroyable m'a fait l'engager
à une action qui me pèse à moi-même.
Mais dis-lui qui tu fus, pour qu'en réparation
il rafraîchisse ta mémoire
sur terre, là-haut, où il a droit de retourner. »
Et le tronc : « Tu me séduis par un dire si doux
que je ne peux me taire ; et vous, qu'il ne vous pèse

si je m'englue un peu dans mon récit.
Je suis celui[5] qui tenais les deux clés
du cœur de Frédéric, et qui les manœuvrais,
serrant et desserrant, si doucement,
que j'écartai de son secret presque tout autre ;
et je fus si fidèle à ce glorieux office
que j'en perdis le sommeil et la force.
La prostituée[6] qui jamais ne quitta
de ses yeux sans pudeur le palais de César[7],
mort commune, et vice des cours,
enflamma contre moi toutes les âmes,
et les enflammés enflammèrent Auguste
si fort qu'honneur joyeux devint triste deuil.
Mon âme, par indignation dédaigneuse,
croyant fuir le dédain par la mort,
contre moi, juste, me fit injuste.
Par les racines étranges[8] de cet arbre
je jure que jamais je ne rompis la foi
à mon seigneur, qui fut de tout honneur si digne.
Et si l'un de vous retourne sur la terre,
qu'il défende ma mémoire, qui gît encore
sous le coup que lui porta Envie. »
Il attendit un peu, et puis : « Puisqu'il se tait »,
dit le poète, « ne perds donc pas de temps :
mais parle, et questionne-le, si cela te plaît. »
Et moi : « Demande-lui encore
ce que tu crois que j'aimerais savoir,
car moi je ne pourrais, tant la pitié m'afflige. »
Il reprit donc : « Que te soit accordé
de bon gré ce dont ton dire nous prive,
esprit emprisonné, et qu'il te plaise encore
de nous dire comment l'âme s'unit
à ces troncs noueux ; et dis-nous, si tu peux,
si jamais une âme est sortie de tels membres. »
Alors le tronc souffla très fort, et puis
le vent se changea en une voix qui disait :

93 « Je vous répondrai brièvement.
Quand l'âme cruelle se sépare
du corps dont elle s'est elle-même arrachée,
96 Minos[9] l'envoie à la septième fosse.
Elle tombe dans la forêt, sans choisir sa place,
mais au lieu où fortune la jette,
99 là elle germe comme une graminée.
Elle devient tige et plante silvestre ;
les Harpies, se paissant ensuite de ses feuilles,
102 lui font douleur, et font à la douleur fenêtre.
Nous reviendrons comme les autres
vers nos dépouilles, mais nulle ne s'en revêtira,
105 car il n'est pas juste d'avoir ce qu'on jette.
Nous les traînerons ici, et nos corps
seront pendus par la triste forêt,
108 chacun à la ronce de son ombre hargneuse. »
Nous étions encore attentifs au tronc,
croyant qu'il voulait nous dire autre chose,
111 quand nous fûmes surpris par un fracas,
comme l'est celui qui entend approcher
le sanglier, et la chasse avec lui,
114 car il entend frémir les branches, et les bêtes.
Et voici deux hommes sur la pente sinistre,
nus et griffés, fuyant si vite,
117 qu'ils cassaient toutes les ramures de la forêt.
Le premier : « Ô accours, accours, mort ! »
L'autre, qui se voyait aller trop lentement,
120 criait : « Lano, elles ne furent pas si agiles
tes jambes, aux joutes du Toppo[10] ! »
Et comme sans doute le souffle lui manquait,
123 il fit un seul nœud de soi et d'un buisson.
Derrière eux la forêt était pleine
de chiennes courantes, noires et faméliques,
126 comme lévriers qui sortent de leurs chaînes.
Elles mirent les dents sur l'accroupi,
et le déchirèrent lambeau par lambeau ;

puis elles emportèrent les membres dolents.
Mon compagnon alors me prit par la main
et me conduisit au buisson qui pleurait
à travers les blessures qui saignaient vainement.
« Ô Iacopo de Saint-André[11] », disait-il,
« à quoi t'a servi de m'avoir pour écran ?
Quelle faute me vient de ta vie coupable ? »
Quand mon maître se fut arrêté devant lui,
il dit : « Qui étais-tu, toi qui par tant de branches
souffles avec ton sang un douloureux discours ? »
Et lui[12] à nous : « Ô âmes qui venez
pour voir la souffrance barbare
qui m'a ainsi dépouillé de mes feuilles,
recueillez-les au pied du lugubre buisson.
Je fus de la cité[13] qui pour Baptiste
a chassé son premier patron ; et par son art
il la rendra pour toujours malheureuse ;
et si ce n'était que sur le pont d'Arno
il reste encore une trace de son image,
les citoyens qui la refondèrent par la suite
sur les cendres laissées par Attila
l'auraient fait reconstruire vainement.
Moi je fis un gibet de ma propre maison. »

CHANT XIV

7e cercle, 3e giron : Violents contre Dieu, couchés sur le sable sous une pluie de feu.

Le désert de sable et la pluie de flammes. Capaneo. Le fleuve de sang. Origine des fleuves infernaux. Le vieillard de Crète.

Ému par l'amour du pays natal,
je rassemblai les feuilles éparses, et les rendis
à celui qui était déjà sans voix.
Puis nous arrivâmes au bord où se sépare
le second cercle du troisième, et où l'on voit
régner un art horrible de justice.
Pour éclairer ces choses si étranges,
je dis que nous arrivâmes à une terre
qui refuse toute plante en son lit.
La forêt douloureuse est sa guirlande,
comme le fossé triste à la forêt ;
là nous nous arrêtâmes, tout près du bord.
Le sol était un sable aride,
épais, tout semblable à celui
que les pieds de Caton [1] foulèrent jadis.
Ô vengeance de Dieu, combien tu dois
inspirer de crainte à ceux qui lisent
ce qui alors apparut à mes yeux !
Je vis plusieurs troupeaux d'âmes nues
qui pleuraient toutes misérablement
et semblaient soumises à diverses lois.
Les unes gisaient étendues sur le sol,
d'autres étaient assises, toutes blotties,

et d'autres marchaient continuellement.

Celles qui tournaient étaient les plus nombreuses,
et moins celles qui gisaient dans leur tourment,
mais elles avaient la langue plus prompte aux plaintes.

Sur tout le sable, en chute lente,
pleuvaient de grands flocons de feu,
comme neige sur l'alpe un jour sans vent.

Ainsi qu'Alexandre [2] dans les chaudes régions
de l'Inde vit que tombaient sur son armée
des flammes qui brûlaient jusqu'à terre,

et décida de piétiner le sol
avec ses troupes, afin que les vapeurs [3]
s'éteignent mieux en restant séparées :

ainsi descendait cette éternelle ardeur ;
elle allumait le sable, comme amadou
sous pierre à feu, redoublant la douleur.

Et sans repos était la danse
des pauvres mains, deçà delà,
écartant de soi la brûlure plus fraîche.

Je commençai : « Maître, toi qui sais vaincre
tous les obstacles, hors les méchants démons
qui sortirent contre nous sur le seuil de la porte,

qui est ce grand [4] qui semble n'avoir cure
de l'incendie, et qui gît si torve et si farouche
que la pluie ne semble pas le tourmenter ? »

Mais celui-là, lorsqu'il s'aperçut
que je m'enquérais de lui à mon guide,
cria : « Tel je fus vivant, tel je suis mort.

Même si Jupiter lassait son forgeron
auquel il prit la foudre aiguë dans sa colère
pour me blesser à mon dernier jour,

ou s'il éreintait les autres tour à tour
à Montgibel [5] dans la forge noire,
en appelant : "Bon Vulcain, à l'aide, à l'aide !"

comme il fit à la bataille de Phlégrée [6]
quand il tira sur moi de toute sa force,

il ne pourrait jouir de sa vengeance. »
Alors mon guide parla si fort
que je ne l'avais pas encore entendu ainsi :
« Ô Capanée, du fait que ton orgueil
ne s'éteint pas, ta punition augmente ;
et nul martyre, sinon ta rage,
ne pourrait être égal à ta fureur. »
Puis il se retourna vers moi d'un air plus doux,
et dit : « Il fut l'un des sept rois
qui assiégèrent Thèbes ; il eut et semble encore
avoir Dieu en mépris, et en petite estime,
mais ses affronts, comme je lui ai dit,
sont une parure qui convient à son cœur.
À présent suis-moi, et garde-toi encore
de mettre les pieds dans le sable brûlant ;
garde toujours tes pas du côté du bois. »
Sans parler nous parvînmes en un lieu où jaillit
hors de la forêt une mince rivière [7],
dont la rougeur me fait encore trembler.
Tel ce ruisseau qui sort du Bulicame [8]
et que les courtisanes se partagent ensuite,
tel celui-ci s'en allait dans les sables.
Le fond du lit et les deux berges
étaient de pierre, comme les côtés ;
je compris ainsi que le passage était par là.
« Dans toutes les choses que je t'ai montrées,
depuis que nous avons franchi la porte
dont l'entrée ne se nie à personne,
tes yeux n'ont rien vu jusqu'ici
de comparable à ce cours d'eau
qui éteint sur soi [9] toutes les flammes. »
Ainsi parla mon guide ; aussi je le priai
de m'accorder cette nourriture
dont il m'avait donné le désir.
« Au milieu de la mer est un pays détruit »,
dit-il alors, « qui s'appelle Crète,

et sous son roi le monde jadis fut innocent.
Une montagne s'y trouve, autrefois riante
d'eaux et de plantes, qui avait nom Ida,
déserte à présent, comme chose passée.
Rhéa[10] la choisit autrefois pour berceau
de son enfant, et pour mieux le cacher
quand il pleurait, elle y faisait pousser des cris.
Debout dans la montagne est un grand vieillard[11],
qui tourne le dos à Damiette[12]
et regarde Rome, comme son miroir.
Sa tête est façonnée d'or fin[13],
ses bras et sa poitrine sont en pur argent,
puis il est de bronze jusqu'à la fourche ;
de là jusqu'en bas il est de fer trempé,
sinon que son pied droit est de terre cuite ;
et il s'appuie[14] sur celui-là plus que sur l'autre.
Chaque partie, à part l'or, est percée
d'une blessure par où coulent des larmes[15],
lesquelles, en s'amassant, trouent cette grotte.
Leur cours descend de roche en roche dans la vallée ;
elles forment l'Achéron, le Styx, le Phlégéton ;
puis elles s'en vont en bas par un étroit canal,
jusqu'à ce point d'où on ne descend plus,
elles font le Cocyte[16] ; et quel est cet étang,
tu le verras, n'en parlons pas ici. »
Et moi à lui : « Si le présent ruisseau
dérive ainsi de notre monde,
pourquoi le voit-on seulement sur ces bords ? »
Et lui à moi : « Tu sais que cet espace est rond,
et bien que tu aies fait déjà un long chemin,
prenant toujours à gauche, dans la descente,
tu n'as pas encore fait tout le tour du cercle ;
si donc nous apparaît une chose nouvelle,
elle ne doit pas frapper tes yeux d'étonnement. »
Et moi, encore : « Maître, où se trouvent donc
Phlégéton et Léthé[17] ? de l'un tu ne parles pas,

et de l'autre tu dis qu'il est fait de cette pluie. »
« En toutes tes questions, certes, tu me plais »,
répondit-il, « mais le bouillonnement de l'eau rouge
devait résoudre une de celles que tu poses.
Tu verras Léthé, mais hors de cette fosse,
là où vont les âmes pour se laver,
quand la faute s'efface par repentir. »
Puis il dit : « Il est temps à présent
de s'éloigner du bois ; viens derrière moi,
les bords qui ne sont pas brûlés font une route,
et sur eux toute flamme s'éteint. »

CHANT XV

7e cercle, 3e giron : Violents contre la Nature (Sodomites) ; ils courent sous la pluie de feu.

La première troupe des sodomites. Rencontre avec Brunetto Latini. Florence et le destin de Dante. Quelques clercs célèbres.

À présent nous porte une des dures berges
et la brume du ruisseau la recouvre,
sauvant ainsi du feu l'eau et ses bords.
Comme les Flamands entre Wissaut et Bruges,
craignant le flot qui s'élance contre eux
font un rempart pour que la mer s'en aille ;
et comme les Padouans le long de la Brenta
pour défendre leurs villes et leurs châteaux
avant que la chaleur touche la Carinthie ;
ainsi, à telle image, étaient ces remparts-ci
sinon que l'architecte, quel qu'il fût [1],
ne les avait faits ni si hauts ni si grands.
Nous étions déjà si loin de la forêt
que je n'aurais pu voir où elle était
en me retournant vers l'arrière,
quand nous rencontrâmes une foule d'ombres
qui s'en venaient près de la rive, et chacune
nous regardait ainsi que font le soir
ceux qui se croisent à la nouvelle lune ;
elles clignaient des yeux vers nous
comme le vieux tailleur au chas de son aiguille.
Regardé ainsi par semblable famille,
je fus reconnu par l'un d'eux, qui me prit

par le pan de ma robe et cria : « Merveille ! »
Et moi, quand il tendit le bras,
je fixai mes regards sur sa figure cuite,
si fort que le visage brûlé n'empêcha pas
à mon esprit de le connaître ;
et tendant la main vers sa face,
je répondis : « Est-ce vous ici, ser Brunetto[2] ? »
Et lui : « Ô mon fils, qu'il ne te déplaise
si Brunetto Latino retourne sur ses pas
un peu avec toi, et laisse aller la file. »
Je lui dis : « Je vous en prie tant que je peux,
et si vous voulez que je m'assoie auprès de vous,
je le ferai, s'il plaît à celui-ci que j'accompagne. »
« Ô fils », dit-il, « quiconque s'arrête un peu
dans ce troupeau gît ensuite pour cent ans
sans pouvoir s'abriter quand le feu le blesse.
Poursuis donc ta route : moi j'irai sur tes pas ;
et puis je rejoindrai ma compagnie
qui va pleurant ses peines éternelles. »
Je n'osais pas descendre de la berge
pour aller près de lui ; mais je tenais la tête
baissée, comme qui chemine avec respect.
Il commença : « Quelle fortune, ou quel destin
t'amène ici avant ton dernier jour ?
et qui est celui-ci qui te mène ici-bas ? »
« Là-haut sur terre, dans la vie sereine »,
lui répondis-je, « je me perdis dans une vallée,
avant que mon âge fût à sa plénitude.
Hier matin seulement je lui tournai le dos :
celui-ci m'apparut, comme j'y retombais,
et me ramène chez moi par ces voies-ci. »
Et lui à moi : « Si tu suis ton étoile,
tu ne pourras faillir au port glorieux,
si j'ai bien vu dans la belle vie :
et si je n'étais pas mort trop tôt,
voyant le ciel t'être si bienveillant,

je t'aurais aidé dans ton ouvrage.
Mais ce peuple ingrat et méchant[3]
qui descendit de Fiesole autrefois,
et qui tient encore du mont et du rocher,
sera ton ennemi, pour tes bonnes actions ;
et c'est justice : parmi les âpres sorbiers
le doux figuier ne peut donner de fruits.
Un ancien dicton sur terre les nomme aveugles ;
c'est gent avare, envieuse, orgueilleuse ;
fais que leurs mœurs ne t'atteignent pas.
Ta fortune te prépare tant d'honneur
que les deux partis auront faim de toi[4] ;
mais il y aura loin du bec à l'herbe.
Que les bêtes fiesolanes fassent litière
d'elles-mêmes et ne touchent pas à la plante,
si quelqu'une pousse encore dans leur fumier,
en qui revit la semence sacrée
de ces Romains qui y restèrent
lorsque tant de malice vint s'y loger. »
« Si ma demande était comblée »,
lui répondis-je, « vous ne seriez pas encore
mis au ban de la vie humaine ;
car dans ma mémoire est gravée, et me navre à présent,
la chère et bonne image paternelle
de vous quand sur la terre vous m'enseigniez
heure après heure comment l'homme se rend éternel ;
quel gré je vous en sais, durant toute ma vie,
il faut que dans ma langue on le discerne.
Ce que vous avez dit de mon sort, je l'écris ;
et je le garde à commenter avec un autre texte
pour celle[5] qui saura lire, si je vais jusqu'à elle.
Je veux seulement qu'il vous soit clair,
pour que ma conscience ne me remorde pas,
que pour la fortune, comme elle veut, je suis prêt.
Telle prédiction n'est pas nouvelle à mon oreille :
mais que Fortune tourne sa roue

comme il lui plaît, et le vilain sa pelle. »

Mon maître alors se retourna
vers le côté droit, me regarda,
et dit : « Bon entendeur qui comprend bien. »

Cependant je m'en vais en causant
avec ser Brunetto, lui demandant qui sont
ses compagnons les plus connus et les plus grands.

Et lui à moi : « Il est bon d'en connaître certains ;
et sur les autres il vaudra mieux se taire :
le temps serait trop court pour tant de noms.

Sache en un mot qu'ils furent tous clercs
et grands lettrés, de grand renom,
et tous souillés sur terre d'un même péché.

Priscien[6] s'en va avec cette pauvre troupe,
et avec Francesco d'Accorso[7] ; et tu pourrais y voir,
si tu avais envie d'une pareille teigne,

celui[8] qui par le serviteur des serviteurs[9]
fut transporté d'Arno en Bacchiglione,
où il laissa ses nerfs trop mal tendus[10].

Je parlerais encore ; mais je ne puis aller
ni parler longuement ; là-bas je vois déjà
une fumée nouvelle surgir du sable.

D'autres gens viennent, avec qui je ne dois pas être.
Je te recommande mon Trésor[11],
en qui je vis encore, et ne veux rien de plus. »

Puis il se retourna, et sembla l'un de ceux
qui à Vérone, par la campagne,
courent le drap vert[12] ; et, parmi eux, il sembla

celui qui gagne, non celui qui perd.

CHANT XVI

7e cercle, 3e giron : Violents contre la Nature (Sodomites).

Colloque avec trois Florentins. Décadence de la ville. La corde de Dante et l'arrivée de Géryon.

J'étais déjà là où s'entendait le bruit
de l'eau qui tombait dans l'autre cercle,
pareil au bourdonnement que font les ruches,
quand trois ombres s'échappèrent ensemble
en courant, d'une foule qui passait
sous la pluie de l'âpre martyre.
Et chacune criait, en venant vers nous :
« Attends, toi qui parais à ton habit
être quelqu'un de notre terre impure. »
Hélas que de plaies je vis sur leurs corps,
anciennes et récentes, inscrites par les flammes !
J'en souffre encore, lorsque je m'en souviens.
À leurs cris mon docteur s'arrêta ;
il tourna son visage, et : « Attends un peu »,
dit-il, « il faut être courtois envers eux.
Et si ce n'était le feu que jette
la nature du lieu, je dirais que la hâte
conviendrait mieux à toi qu'à eux. »
Ils reprirent, quand nous nous arrêtâmes,
leur plainte ; et quand ils furent auprès de nous,
ils firent tous trois une roue d'eux-mêmes [1].
Comme on voit les lutteurs nus et frottés d'huile,
quand ils cherchent leur prise et leur avantage,
avant de se combattre et de se blesser,

ainsi, tout en tournant, chacun dressait la face
vers moi, si bien qu'à chaque fois leur cou
faisait un voyage opposé à leurs pieds.

« Si la misère de ce lieu ensablé
te fait mépriser et nous et nos prières »,
dit l'un, « et nos visages noirs et pelés,

que notre renommée incline ton âme
à nous dire qui tu es, toi qui si tranquille
poses tes pieds vivants sur le sol d'enfer.

Celui-ci, dont tu me vois suivre les pas,
bien qu'il aille tout nu et tout écorché,
était d'un rang plus haut que tu ne crois :

il fut petit-fils de la bonne Gualdrada[2] ;
il s'appelait Guido Guerra[3], et dans sa vie
il fit des prouesses de sagesse et d'épée.

L'autre, qui presse le sable derrière moi,
est Tegghiaio Aldobrandi[4], dont la voix
aurait dû être entendue là-haut sur terre.

Et moi, qui me suis mis avec eux sur la croix,
je suis Jacopo Rusticucci[5], et sans doute
plus que tout m'a perdu ma cruelle épouse. »

Si j'avais été à l'abri du feu,
je me serais jeté à côté d'eux ;
je crois que mon docteur l'aurait permis ;

mais comme je m'y serais brûlé et cuit,
la peur vainquit la bonne envie
qui me donnait désir de les embrasser.

« Ce n'est pas mépris, mais souffrance »,
lui dis-je, « que votre condition a gravé en moi,
telle qu'elle tardera longtemps à s'éteindre,

depuis que mon seigneur que voici m'a dit
des paroles qui m'ont fait penser que venaient
par ici des gens tels que vous êtes.

Je suis de votre terre, et depuis toujours
j'ai répété et écouté avec amour
vos actions et vos noms honorés.

Je laisse le fiel et vais vers les doux fruits
que m'a promis mon guide véridique ;
mais il faut d'abord que j'aille jusqu'au fond. »
Il répondit : « Puisse ton âme
conduire longtemps encore tes membres,
et puisse ton renom luire après toi,
mais dis-nous si la courtoisie et la valeur
demeurent dans notre ville comme autrefois,
ou si elles en sont à jamais disparues ;
car Guglielmo Borsiere[6], qui se lamente
depuis peu avec nous et va dans notre bande,
nous tourmente fort par ses propos. »
« La gent nouvelle et les gains trop soudains
ont engendré orgueil et démesure,
Florence, en toi, et déjà tu en pleures. »
Je criai ainsi, le visage levé,
et les trois qui entendirent ma réponse
se regardèrent entre eux comme on regarde au vrai.
« Si à chaque fois il t'en coûte aussi peu
de satisfaire autrui », répondirent-ils,
« heureux es-tu d'avoir ce franc-parler !
Mais si tu sors un jour de ces lieux obscurs
et retournes voir les belles étoiles,
lorsqu'il te plaira de dire : "J'y fus",
fais que les vivants aient souvenir de nous. »
Puis ils rompirent le cercle, et dans la fuite
leurs jambes agiles semblèrent des ailes.
Jamais un amen n'aurait pu se dire
à la vitesse qu'ils mirent à disparaître ;
alors il parut bon au maître de partir.
Je le suivais ; nous n'avions fait que quelques pas
quand le bruit de l'eau nous devint si proche
que nous aurions eu peine à entendre nos voix.
Comme le fleuve qui suit son propre cours
avant le mont Viso, vers le levant,
sur le flanc gauche de l'Apennin,

et qui en haut s'appelle Acquacheta[7]
avant de dévaler dans son lit inférieur,
mais qui à Forli n'a déjà plus ce nom,
et retentit là-bas vers San Benedetto,
pour tomber de l'Alpe en une cascade
dans un lieu où mille pourraient trouver place,
ainsi, en contrebas d'un rocher abrupt,
nous trouvâmes résonner cette eau obscure,
qui aurait blessé l'oreille en peu de temps.
J'avais une corde autour de la ceinture[8],
avec laquelle je pensai un moment
prendre la panthère à la peau tachetée.
Lorsque je l'eus dénouée tout entière
comme mon guide me l'avait commandé,
je la lui tendis rassemblée et roulée.
Alors il se tourna vers le côté droit,
et un peu loin encore de la berge,
il la jeta dans le ravin profond.
« Il faut pourtant qu'un fait nouveau réponde »,
me disais-je en moi-même, « à ce nouveau signal
que mon maître suit ainsi du regard. »
Ah comme les hommes doivent être prudents
auprès de ceux qui voient plus que les actes,
et dont l'esprit pénètre les pensées !
« Bientôt », dit-il, « parviendra jusqu'en haut
ce que j'attends et que ton esprit songe ;
il faudra bientôt qu'il se montre à ta vue. »
En face du vrai qui a visage de mensonge,
l'homme doit fermer la bouche autant qu'il peut,
car sans avoir de faute il peut se faire honte ;
mais je ne puis le taire ici ; et sur les vers
de cette comédie, mon lecteur, je te jure
– puissent-ils avoir longue faveur –
que je vis par l'air lourd et obscur
monter en nageant vers nous une figure
stupéfiante à voir pour tout cœur vaillant ;

elle allait comme revient celui qui plonge
pour libérer l'ancre accrochée
à quelque rocher caché dans la mer,
et se tend vers le haut en repliant les jambes.

CHANT XVII

7e cercle, 3e giron : Violents contre l'Art (Usuriers) ; assis sous la pluie de feu avec leurs armoiries pendues au cou.

Le démon Géryon. Dante seul va voir les usuriers. Descente dans le gouffre sur la croupe de Géryon.

« Voici venir la bête [1] à la queue aiguë,
qui passe les monts, qui brise armes et murs [2],
voici celle qui infecte le monde ! »
Ainsi se mit mon guide à me parler ;
puis il lui fit signe de venir vers la berge,
près du bord des rochers où nous marchions.
Et cette hideuse image de fraude
s'en vint et hissa la tête avec le buste,
mais sans traîner sa queue jusqu'à la berge.
Sa face était celle d'un homme juste,
tant elle avait l'apparence bénigne,
et le reste du corps était d'un serpent ;
elle avait deux pattes velues jusqu'aux aisselles ;
le dos et la poitrine et les deux flancs
étaient peints de nœuds et de roues.
Jamais Turcs ni Tartares [3] ne firent d'étoffes
ou tissées ou brodées de plus vives couleurs,
et jamais Arachné [4] n'en tissa de semblables.
Comme parfois sont amarrées les barques
qui sont moitié dans l'eau et moitié à terre,
et comme là-bas chez les Germains gloutons
le castor s'installe pour faire sa guerre,
ainsi se tenait la détestable bête

sur le bord de pierre qui entoure le sable.

Toute sa queue s'agitait dans le vide,
en tordant vers le haut la fourche vénéneuse
qui en armait la pointe comme d'un scorpion

« Maintenant », dit mon guide, « il faut que s'incline
un peu notre chemin jusqu'à cette bête
mauvaise qui se vautre par-là. »

Aussi nous descendîmes sur le flanc droit,
et fîmes dix pas sur le bord extrême
pour fuir le sable et les flammèches.

Et quand nous fûmes arrivés jusqu'à elle,
je vois sur le sable un peu plus loin
des gens [5] assis au bord du précipice.

Et là mon maître : « Afin que tu emportes
une pleine connaissance de ce cercle »,
dit-il, « va, et regarde leur peine.

Et là que tes discours soient brefs ;
en t'attendant je parlerai à cette bête,
pour qu'elle nous prête ses fortes épaules. »

Ainsi encore plus loin sur le rebord extrême
de ce septième cercle, tout seul, j'allai
là où étaient assis ces affligés.

Par les yeux la douleur éclatait au-dehors ;
deçà, delà, ils s'aidaient de leurs mains
contre les flammes ou le sol embrasé :

les chiens ne font pas autrement en été
des pattes ou du museau, lorsque les puces
les mordent, ou les mouches, ou les taons.

Quand je fixai mes yeux sur le visage
de ceux sur qui descend ce feu douloureux,
je n'en reconnus aucun ; mais je vis

que du cou de chacun pendait une bourse
d'une certaine couleur, portant un certain signe
dont il semblait que leur œil se repût.

Et lorsqu'en regardant je vins auprès d'eux,
je vis de l'azur sur une bourse jaune

qui avait la forme et la face d'un lion[6].
Puis en suivant le cours de mon regard,
j'en vis une autre rouge comme le sang,
qui montrait une oie plus blanche que le beurre[7].
Et un autre qui avait un sac blanc
marqué d'une grosse truie couleur d'azur[8],
me dit : « Que fais-tu dans cette fosse ?
Va-t'en donc ; et comme tu es encore vivant,
sache que mon cousin Vitaliano[9]
viendra s'asseoir ici, à mon flanc gauche.
Je suis Padouan parmi ces Florentins :
et souvent ils me cassent les oreilles
en criant : “Vienne le roi des chevaliers[10],
qui portera la bourse avec trois becs !”. »
Puis il tordit la bouche et tira la langue
comme un bœuf qui se lèche le nez.
Et moi qui craignais de fâcher, en restant plus,
celui qui m'avait dit de ne pas m'attarder,
je m'en revins, loin des âmes lassées.
Je trouvai que mon guide était déjà monté
sur les reins de l'animal farouche ;
il me dit alors : « À présent, sois fort et hardi.
Nous irons désormais par de telles échelles ;
monte devant, je veux être au milieu,
pour que sa queue ne puisse te blesser. »
Tel est celui qui sent le premier frisson
de la fièvre quarte, qui a déjà les ongles blancs,
et tremble tout entier en regardant l'ombre,
tel je devins à ces paroles dites ;
mais la honte me fit ses menaces,
elle qui rend le courage au valet d'un bon maître[11].
Je m'assis donc sur cette affreuse échine ;
et voulus dire, mais la voix ne vint pas
comme je croyais : « Serre-moi dans tes bras. »
Mais lui, qui d'autres fois m'avait tiré déjà
d'autres dangers, sitôt que je montai,

m'entoura de ses bras et me soutint.
    « Pars maintenant, Géryon », dit-il ;
« que tes tours soient larges, et la descente douce ;
pense au nouveau fardeau que tu emportes. »
    Comme un petit bateau qui s'éloigne du port
à reculons, ainsi il s'éloigna ;
et quand il sentit qu'il avait libre jeu,
    il mit sa queue là où se trouvait sa poitrine,
et la tendit puis la bougea comme une aiguille,
et ramena l'air à soi de ses pattes.
    Je ne crois pas que la peur fut plus grande,
quand Phaéton [12] abandonna les rênes,
ce qui brûla le ciel, comme on le voit encore ;
    ni quand le malheureux Icare [13] sentit ses reins
se déplumer, tandis que s'échauffait la cire,
et que son père lui criait « Tu fais fausse route ! »,
    que ne fut ma frayeur quand je vis que j'étais
dans l'air de tous côtés, et que s'était éteinte
tout autre vue que celle de la bête.
    Elle s'en va, nageant tout doucement ;
tourne et descend, mais je ne le saisis
qu'au vent sur mon visage et par-dessous.
    J'entendais déjà la cascade à main droite
faire en dessous de nous un horrible fracas ;
aussi je penchai mes regards vers le bas.
    Alors j'eus encore plus peur de la chute :
car je vis des feux et j'entendis des plaintes ;
et tout tremblant je resserrai les jambes.
    Puis je vis, car jusqu'alors je ne les voyais pas,
la descente et les tours sur les grands supplices
qui se rapprochaient de tous côtés.
    Comme le faucon qui a longtemps plané
et qui, sans avoir vu ni appeau ni proie,
faire dire au fauconnier : « Tu descends, hélas ! »,
    revient harassé là d'où il part tout vif,
après cent tours et se pose à l'écart

de son maître, dédaigneux et rageur ;
ainsi Géryon nous déposa au fond
juste au pied de la roche escarpée,
et dès qu'il se fut déchargé de nous,
il disparut, comme un dard décoché par un arc.

CHANT XVIII

8e cercle : le Malebolge.
1er bolge : Séducteurs et Ruffians : deux troupes courent sans cesse en sens inverse l'une de l'autre, fouettées par les diables.
2e bolge : Adulateurs, plongés dans le fleuve de merde.

Malebolge. Ruffians et séducteurs. Jason. Adulateurs. Thaïs.

(Samedi saint, 9 avril 1300, au matin.)

Il est en enfer un lieu dit Malebolge[1]
tout fait de pierre, couleur du fer,
comme le cercle de roche qui l'entoure.

Juste au milieu de cet enclos maudit
s'ouvre un puits très large et très profond
dont en son lieu je dirai l'ordonnance.

L'enceinte qui reste est de forme arrondie
entre le puits et la dure falaise
et le fond se divise en dix vallées.

Tels on peut voir, pour protéger les murs,
des fossés nombreux entourant les châteaux,
formant ensemble une figure :

telle image formaient ici tous les fossés ;
et comme aux forteresses on voit de petits ponts
allant de leur seuil à la rive,

ainsi des rochers partaient de la falaise
qui coupaient la digue et les fossés,
jusqu'au puits qui les arrête et les reçoit.

C'est en ce lieu, descendus de l'échine
de Géryon, que nous nous retrouvâmes ;
le poète prit à gauche, et moi je le suivis.

À droite je vis une pitié nouvelle,
nouveaux tourments et nouveaux tourmenteurs,
dont la première bolge était emplie.

Dans le fond les pécheurs étaient nus :
du milieu jusqu'à nous ils arrivaient de face ;
au-delà ils allaient avec nous mais plus vite ;

de même les Romains, l'année du Jubilé,
ont trouvé ce moyen, pour la grande foule,
afin que les gens puissent passer le pont [2],

que d'un côté tous tournent leur visage
vers le château, pour aller à Saint-Pierre,
et que de l'autre ils aillent vers la colline [3].

De çà de là sur le rocher noirâtre
je vis des démons cornus avec de grands fouets,
qui les battaient cruellement par-derrière.

Ah comme ils leur faisaient lever les talons
dès les premiers coups ! jamais aucun
n'attendait les seconds, ni les troisièmes.

Comme je marchais, mes yeux se rencontrèrent
avec l'un d'eux ; et je dis aussitôt :
« De voir cet homme je ne suis pas à jeun. »

Aussi je m'arrêtai pour le dévisager :
le doux guide s'arrêta avec moi,
et me permit de faire quelques pas en arrière.

Et ce flagellé crut alors se cacher [4]
en baissant le visage, mais n'y réussit guère,
car je dis : « Ô toi qui jettes les yeux à terre,

si les traits que tu as ne me trompent pas,
tu es Venedico [5] Caccianemico :
mais qui t'amène à ces sauces [6] piquantes ? »

Et lui : « Je te le dis à contrecœur,
mais ton clair langage m'y contraint,
qui me fait souvenir du monde ancien.

Je fus celui qui fit que Ghisolabella [7]
céda au désir du marquis,
quel que soit le récit de cette honteuse histoire.

Mais je ne suis pas seul à parler bolonais
ici : car ce lieu en est si rempli
qu'il n'y a pas, entre Reno et Savena,

autant de langues ayant appris à dire “sipa[8]” ;
si tu en veux la preuve ou le témoignage,
rappelle-toi notre cœur avide. »

Comme il parlait ainsi un démon le frappa
de sa lanière et dit : « Allons, ruffian,
il n'y a pas ici de femmes à vendre. »

Je rejoignis celui qui m'escortait :
et quelques pas plus loin nous arrivâmes
là où un rocher sortait de la rive.

Nous y montâmes légèrement ;
et tournant à droite[9] sur sa crête,
nous quittâmes ces cercles éternels.

Quand nous fûmes là où il s'évide
par-dessous pour faire passer les flagellés,
le guide me dit : « Arrête-toi et laisse

que tombent sur toi les yeux de ces autres mal nés
dont tu n'as pas encore vu le visage,
parce qu'ils marchaient dans le même sens que nous. »

Du haut de ce vieux pont nous regardions la file
qui venait vers nous de l'autre côté,
et que le fouet pourchasse pareillement.

Le bon maître, sans que je le questionne,
me dit : « Regarde ce grand-là qui vient
et par douleur ne semble pas verser de larmes :

quel aspect royal il conserve encore !
C'est Jason[10], qui par ruse et par courage
priva les Colchidiens de la toison.

Il passa par l'île de Lemnos,
après que les femmes hardies et sans pitié
avaient mis à mort tous leurs mâles.

Là par astuce et paroles ornées
il trompa Hysipile, la jeune fille
qui avait d'abord trompé toutes les autres.

Là il l'abandonna, enceinte et seule ;
cette faute le condamne au martyre ;
Médée aussi y trouve sa punition.
Avec lui s'en vont ceux qui trompent ainsi ;
ce savoir te suffise pour le premier vallon,
et pour ceux qu'il déchire en son champ. »
Nous étions déjà là où l'étroit sentier
se croise avec la deuxième digue[11]
sur laquelle une autre arche s'appuie.
Alors nous entendîmes les gens qui se lamentent
dans l'autre bolge, en soufflant du museau,
et se frappent eux-mêmes avec leurs paumes.
Les rives étaient encroûtées de moisi,
car les relents d'en bas s'y empâtent,
offensant à la fois les yeux et l'odorat.
Le fond est si obscur qu'on ne peut y voir
de nulle part sans monter sur la cime
de l'arc, là où la roche est en surplomb.
Nous vînmes là ; et de là dans la fosse
je vis des gens plongés dans une fiente
qui semblait tirée des latrines humaines.
Et comme des yeux je scrutais le fond,
j'en vis un à la tête si souillée de merde
qu'on ne comprenait pas s'il était laïc ou bien clerc.
Il me cria : « Pourquoi es-tu donc si friand
de me regarder moi, plus que tous ces affreux ? »
Et moi à lui : « Parce que, si je m'en souviens bien,
Je t'ai déjà vu avec les cheveux secs :
tu es Alessio Interminei de Lucques[12] ;
c'est pourquoi je te reluque plus que les autres. »
Et lui alors, en se battant la courge :
« Dans ce fond m'ont noyé les flagorneries
dont ma langue n'était jamais lassée. »
Alors mon guide : « Tâche donc, me dit-il,
de porter tes regards un peu plus loin,
pour que tes yeux atteignent bien la face

de cette souillon échevelée
qui se griffe là de ses ongles merdeux,
et tantôt s'accroupit et tantôt se redresse.
C'est Thaïs [13], la putain qui répondit
à son amant quand il lui demanda :
“Ai-je des grâces pour toi ?” : “De merveilleuses !”
Et que nos yeux ici soient assouvis. »

CHANT XIX

8e cercle, 3e bolge : Simoniaques ; plongés la tête en bas, dans des trous circulaires, la plante des pieds brûlée par des flammes.

Rencontre avec le pape Nicolas III. Invective contre les papes avides. Virgile ramène Dante sur le pont.

Ô Simon mage[1], ô malheureux disciples,
et vous rapaces, qui rendez adultères,
pour or et pour argent, les choses de Dieu
qui aux seuls bons devraient servir d'épouses,
il faut qu'à présent pour vous sonne la trompette,
puisque vous êtes dans la troisième bolge.
Nous étions montés à la tombe[2] suivante,
déjà sur le rocher de ce côté
qui surplombe la fosse en son milieu.
Ô suprême Sagesse, quel art tu montres
au ciel, sur terre et dans le monde mauvais,
et comme ta vertu s'exerce avec justice !
Je vis sur les parois et sur le fond
la pierre livide criblée de trous,
de largeur égale, et tous de forme ronde.
Ils ne me semblaient ni moins grands ni plus
que ceux qu'on a creusés dans mon beau Saint-Jean[3]
pour y recevoir les baptiseurs ;
je brisai l'un d'eux il y a quelque temps
pour en tirer quelqu'un qui s'y noyait ;
que ces mots soient le sceau qui détrompe tout homme.
De la bouche de chacun on voyait surgir

les pieds d'un pécheur, avec les jambes
jusqu'au mollet ; le corps était dedans.
À tous flambaient les plantes des deux pieds ;
et les jointures s'agitaient si fort
qu'elles auraient rompu liens d'osier ou de corde.
Comme une flamme sur un objet huilé
glisse vers le haut le long de la surface,
tel était là le feu des talons aux pointes.
« Quel est celui, maître, qui se courrouce
en remuant plus fort que ses autres confrères »,
dis-je, « et qui est sucé par un feu plus rouge ? »
Et lui : « Si tu veux que je te porte
jusque là-bas, par la pente plus douce,
tu auras de lui son nom et ses crimes. »
Et moi : « Tout ce qui te plaît m'est agréable,
tu es mon seigneur, tu sais que de ta loi
je ne m'écarte pas, et tu sais même ce que je tais. »
Nous passâmes alors sur la septième digue,
en tournant et en descendant vers la gauche,
là dans le fond étroit et percé de trous.
Le bon maître ne m'écarta pas encore
de son flanc, et me conduisit jusqu'à celui
qui pleurait si fort avec ses jambes.
« Ô qui que tu sois, qui te tiens là-dessous,
âme souffrante et plantée comme un pieu »,
commençai-je à dire, « si tu peux, parle-moi. »
J'étais là comme le moine qui confesse
un perfide assassin déjà mis dans la fosse,
et qui l'appelle pour retarder la mort.
Il[4] me cria : « Est-ce toi déjà, là debout,
est-ce toi déjà, là debout, Boniface[5] ?
L'écrit m'a menti de plusieurs années.
T'es-tu si vite rassasié de cet or
pour qui tu n'as pas craint de prendre par traîtrise
la belle Dame[6], et de lui faire outrage[7] ? »
Je devins pareil alors à ceux qui restent

comme étourdis, parce qu'ils n'ont pas saisi
ce qu'on leur a dit, et ne savent répondre.

Alors Virgile : « Dis-lui vite : “Je ne suis pas,
je ne suis pas celui que tu crois” » ;
et je répondis comme il m'était prescrit.

Alors l'esprit tordit ses pieds très fort,
puis en soupirant, d'une voix plaintive,
il dit : « Que demandes-tu donc ?

S'il t'importe tant de savoir qui je suis
que tu as pour cela descendu la pente,
sache que je fus vêtu du grand manteau [8],

et que je fus vraiment le fils de l'ourse [9],
si cupide à pousser mes oursons que là-haut
je mis de l'or, ici moi-même en sac.

Sous ma tête sont couchés tous les autres
qui me précédèrent dans la simonie,
tapis dans les fissures des pierres.

Et moi aussi je tomberai lorsque viendra
celui que je croyais que tu étais
quand je t'ai posé ma question trop prompte.

Mais je me suis brûlé plus longtemps les pieds,
plus longtemps j'ai été sens dessus dessous
qu'il ne sera planté avec les pieds rouges :

car après lui, chargé d'actions plus laides,
viendra de l'ouest un pasteur sans loi [10],
tel qu'il recouvrira et lui et moi.

Il sera le nouveau Jason des Maccabées [11] :
et comme son roi fut docile au premier,
ainsi sera celui qui règne en France. »

Je ne sais si je fus un peu trop insensé
à lui répondre sur ce ton :
« Hé, dis-moi donc : quel trésor prétendit

notre seigneur tout d'abord de Saint Pierre,
avant de lui donner les clés en son pouvoir ?
Il ne demanda rien, certes, sinon : “Suis-moi”.

Ni Pierre ni les autres ne prirent à Matthieu [12]

de l'or ou de l'argent, quand il fut désigné
à ce lieu que perdit l'âme coupable.
Prends-en donc ton parti, car tu es bien puni ;
et garde bien la monnaie [13] mal ôtée,
qui t'a rendu si hardi contre Charles.
Et si ce n'était que même ici me le défend
la révérence des saintes clés
que tu as tenues dans la vie heureuse,
j'userais d'un langage encore plus dur,
car votre avarice attriste le monde,
opprimant les bons, exaltant les méchants.
C'est vous pasteurs [14] qu'eut sous les yeux l'Évangéliste
lorsqu'il vit celle qui siège sur les eaux [15]
putasser avec les rois :
celle qui naquit avec sept têtes
et tira sa force de dix cornes
tant que la vertu plut à son époux.
Vous vous êtes fait un dieu d'or et d'argent ;
en quoi différez-vous de l'idolâtre,
sinon qu'il en prie un, et vous en priez cent ?
Ah Constantin [16], de quels maux fut mère
non pas ta conversion, mais cette dot
que reçut de toi le premier pape riche ! »
Et pendant que je lui chantais cette antienne,
mordu par la colère ou par la conscience,
il ruait très fort de ses deux pieds.
Je crois que tout cela plut à mon guide,
tant il écoutait d'un visage content
le son des paroles vraies que je disais.
C'est pourquoi il me saisit de ses deux bras,
et quand il m'eut tout contre sa poitrine,
il remonta par le chemin qu'il avait descendu.
Et il ne cessa pas de me serrer à lui,
me portant ainsi jusqu'au sommet de l'arc
qui joint la quatrième à la cinquième digue.
Là doucement il déposa sa charge,

doucement sur la roche abrupte et inégale,
qui serait dur passage aux chèvres.
Là un autre vallon se découvrit à moi.

CHANT XX

8e cercle, 4e bolge : Mages et Devins ; ils marchent à rebours, la tête à l'envers.

Devins et jeteurs de sorts. Quelques devins anciens (Tirésias, etc.). Origine de Mantoue. Astrologues et sorciers.

Il me faut mettre en vers une peine nouvelle
et donner matière à ce vingtième chant
du premier cantique [1], celui des enfouis.
J'étais déjà tout entier attentif
à regarder le fond qui m'était découvert
et qu'arrosaient des pleurs d'angoisse ;
et je vis venir par la vallée ronde
des gens qui pleuraient en silence, marchant au pas
qu'on a sur terre au chant des litanies.
Quand mon regard glissa plus bas sur eux,
chacun m'apparut étrangement tordu
entre le menton et le haut du buste :
car vers les reins leur face était tournée,
et ils devaient marcher à reculons
puisqu'ils étaient privés de la vue vers l'avant.
Peut-être par l'effet de la paralysie
des corps ont-ils été tournés ainsi ;
mais je ne l'ai pas vu, et ne le crois pas.
Que Dieu, lecteur, te laisse prendre fruit
de ta lecture, et à présent juge par toi-même
comment je pouvais garder les yeux secs,
lorsque je vis de tout près notre image
si tordue que les larmes des yeux
baignaient les fesses entre les reins.

Certes, je pleurais tant, appuyé à la roche
du dur écueil, que mon guide me dit :
« Es-tu toi aussi de ces insensés ?

Ici vit la pitié[2] quand elle est bien morte ;
qui est plus scélérat que celui-là
qui compatit lorsque Dieu a jugé ?

Lève la tête, lève-la, et regarde celui
pour qui s'ouvrit la terre des Thébains ;
ils lui criaient tous : "Où tombes-tu

Amphiaros[3] ? pourquoi laisses-tu la guerre ?"
Il ne cessa pourtant de rouler dans l'abîme
jusqu'à Minos, qui s'empare de tous.

Vois comme il a fait de son dos sa poitrine ;
et parce qu'il voulut voir trop loin en avant,
il regarde en arrière et marche à reculons.

Vois Tirésias[4] qui changea d'apparence,
lorsque de mâle il devint femme,
tous ses membres se transformant ;

puis il lui fallut frapper de nouveau,
avec sa verge, les serpents enlacés,
avant de retrouver le plumage viril.

Aruns[5] est celui qui s'adosse à son ventre,
qui, dans les monts de Luni[6] où va piocher
le Carrarais qui vit un peu plus bas,

eut pour demeure parmi les marbres blancs
une grotte où pour voir la mer et les étoiles
sa vue pouvait s'étendre librement.

Et celle-ci[7], qui couvre ses mamelles
que tu ne vois pas, de ses cheveux flottants,
et tient du même côté toute sa peau poilue,

c'est Mantô qui erra par les terres,
puis s'arrêta au lieu où je naquis ;
je veux te parler un peu d'elle.

Lorsque son père quitta la vie
et que la ville de Bacchus devint esclave,
elle erra longtemps par le monde.

Là-haut dans la belle Italie, il est un lac
au pied de l'Alpe qui ferme l'Allemagne
à hauteur du Tyrol, son nom est Benaco[8].

Mille ruisseaux, et plus, je crois, arrosent
les Apennins, de Garde au val Camonica,
avec l'eau qui se tient dans ce lac.

Là est un point, au milieu, où l'évêque de Trente
et celui de Brescia et celui de Vérone
pourraient bénir, s'ils faisaient ce chemin.

Peschiera s'y élève, beau et puissant rempart,
capable d'affronter Brescians et Bergamasques,
là où la rive est la plus basse.

Il faut que par là s'écoule toute l'eau
qui ne peut séjourner dans le Benaco,
et prenne son cours dans les verts pâturages.

Dès que l'eau commence à couler,
elle n'a plus nom Benaco, mais Mincio
jusqu'à Governal, où le Pô la reçoit.

Elle n'a pas coulé loin qu'elle trouve une plaine
où elle s'étend, et forme un marécage ;
et parfois l'été elle y devient malsaine.

Passant par ces lieux la vierge sauvage
vit une terre au milieu du marais,
inculte et privée d'habitants.

Là pour fuir tout commerce humain elle se fixa,
pour exercer son art avec ses serviteurs ;
elle y vécut, et y laissa son corps inanimé.

Plus tard les hommes épars aux environs
se rassemblèrent en ce lieu protégé
par le marais, qui s'étendait de toutes parts.

Ils firent la ville sur les os de la morte,
et pour celle qui la première l'avait élue,
l'appelèrent Mantoue sans consulter les sorts.

Ses habitants jadis furent plus nombreux,
avant que la folie de Casalodi[9]
se laissât tromper par Pinamonte.

Je t'avise donc pour que, si tu entends
qu'on décrit autrement la naissance de ma ville,
aucun mensonge n'altère la vérité. »
« Tes raisonnements, Maître, sont si certains,
et s'emparent si bien de ma foi », lui dis-je,
« que les autres seraient pour moi charbons éteints.
Mais dis-moi, parmi ceux qui s'avancent,
si tu en vois qui soient dignes de note ;
car ma pensée revient sans cesse à ce seul point. »
Il dit alors : « Celui dont la barbe descend
en flot des joues jusqu'aux épaules brunes,
– quand la Grèce fut vidée de ses mâles,
si bien qu'à peine il en resta dans les berceaux –,
était augure et donna le signal en Aulide
avec Calchas [10] de couper la première amarre.
Il eut nom Eurypyle [11], c'est ainsi que le chante
ma haute tragédie [12] en quelque endroit ;
tu le sais bien, toi qui la connais toute.
Et celui-ci, qui a les flancs si amaigris
fut Michel Scott [13], qui a vraiment connu
tout le grand jeu des ruses magiques.
Vois Guido Bonatti, vois Asdente [14],
qui voudrait à présent n'avoir connu
que le cuir et le fil, mais se repent trop tard.
Vois les infortunées qui laissèrent aiguille
et navette et fuseau, pour se faire voyantes ;
elles jetèrent des sorts par herbes et par images.
Mais viens donc à présent, Caïn chargé d'épines [15]
se tient déjà sur le bord des deux hémisphères
et touche la mer au-dessous de Séville [16].
Déjà la nuit dernière la lune était ronde :
tu dois t'en souvenir, car elle t'aida
plus d'une fois, dans la forêt profonde. »
Il me parlait ainsi, et nous allions tous deux.

CHANT XXI

8e cercle, 5e bolge : Trafiquants et Concussionnaires ; trempés dans la poix brûlante et harponnés par les démons.

Un pécheur de Lucques. Virgile parlemente avec les diables. Dante a peur. Les mensonges de Malacoda. Dante et Virgile accompagnés par les diables.

Ainsi de pont en pont en parlant d'autre chose
que ma Comédie n'a souci de chanter,
nous allâmes : et nous étions au sommet de l'arche

quand nous nous arrêtâmes pour voir l'autre crevasse
de Malebolge, avec ses plaintes vaines.
Et je la vis étrangement obscure.

Comme chez les Vénitiens, dans l'arsenal,
bout en hiver la poix tenace
pour calfater les bateaux avariés

qui ne peuvent plus naviguer – et cependant
l'un remet son bateau à neuf, et l'autre étoupe
les flancs de ceux qui ont beaucoup vogué ;

qui cloue la proue, qui radoube la poupe ;
un autre fait des rames, un autre tord des cordes ;
qui rapièce les voiles, et de misaine, et d'artimon :

de même, non par le feu, mais par un art divin,
bouillait là-dessous une poix épaisse
qui engluait la rive de tous côtés.

Je la voyais, mais ne voyais en elle
rien d'autre que les bulles bouillant à grand bouillon ;
elle se gonflait toute, puis retombait à plat.

Comme je regardais fixement vers le bas,

mon guide me dit : « Prends garde, prends garde ! »
en me tirant à lui hors du lieu où j'étais.

Je me tournai alors comme un homme anxieux
de voir le danger qu'il doit fuir
et que la peur soudaine désarçonne,

mais qui, pour voir, ne prend pas de retard :
et je vis derrière nous un diable noir
qui venait en courant sur le rocher.

Ah comme il avait l'aspect féroce !
et que son air me semblait cruel,
les pieds légers, les ailes déployées !

Sur ses épaules aiguës et relevées
il portait un pécheur tenu par ses deux hanches,
et lui tenait serré le nerf des pieds.

Il dit de notre pont : « Ô Malebranches[1],
voici un ancien de Santa Zita[2] !
Mettez-le dans le fond, moi je retourne encore

à cette ville, qui en est bien fournie :
tout le monde y trafique, excepté Bonturo[3] ;
d'un non, pour de l'argent, on fait un oui. »

Il le jeta au fond, et puis s'en retourna
par le roc abrupt ; jamais mâtin lâché
ne fut si prompt à poursuivre un voleur.

L'autre plongea, et revint tout souillé,
mais les démons qui étaient sous le pont
crièrent : « Ici le Saint Voult[4] n'a pas cours !

Ici on nage autrement qu'au Serchio[5] !
Si tu ne veux pas tâter de nos griffes,
ne te montre plus au-dessus de la poix. »

Puis ils le mordirent avec cent harpons,
et dirent : « Il te faut ici danser à couvert,
pour frauder, si tu peux, en cachette. »

Ainsi les cuisiniers font par leurs aides
enfoncer la viande avec des crochets
pour qu'elle ne flotte pas dans la marmite.

Le bon maître alors : « Afin qu'on ne voie pas

que tu es ici », dit-il, « accroupis-toi
derrière un rocher qui te fasse écran ;
et quelle que soit l'offense qu'on te fasse,
n'aie crainte, car je connais leurs tours,
je suis déjà venu dans cette bagarre. »
Puis il dépassa l'extrémité du pont,
et quand il arriva sur la sixième rive,
il lui fallut montrer un front bien assuré.
Avec la fureur et l'impétuosité
qu'ont les chiens s'élançant contre un pauvre
qui se met à mendier quand il s'arrête,
les démons sortirent de dessous le pont
et tournèrent contre lui toutes leurs fourches ;
mais il cria : « Ne soyez pas félons !
Avant que vos harpons me prennent,
que l'un de vous s'avance pour m'entendre,
puis vous jugerez s'il faut me harponner. »
Ils crièrent tous : « Vas-y, Malacoda[6] ! » ;
l'un s'ébranla alors – les autres s'arrêtèrent,
et vint vers lui en disant : « Pour quoi faire ? »
« Crois-tu, Malacoda », lui dit mon maître,
« que tu me voies être venu ici
déjà bien assuré contre tous vos assauts,
sans un vouloir divin, sans un décret propice ?
Laisse-nous aller, car on veut dans les cieux
que je montre à quelqu'un ce chemin sauvage. »
Alors son orgueil en fut si rabattu
qu'il laissa tomber son harpon à ses pieds
et dit aux autres : « Qu'on ne le touche plus. »
Et mon guide : « Ô toi qui es assis
dans les rochers du pont, tout blotti,
reviens vers moi avec tranquillité. »
Alors je me levai et j'allai vite à lui ;
et tous les diables firent un pas en avant,
si bien que je craignis qu'ils rompissent le pacte ;
ainsi je vis jadis prendre peur les soldats

qui sur parole sortaient de Caprona[7],
en se voyant parmi tant d'ennemis.
Je me serrai de tout mon corps
contre mon maître, et ne détournai pas les yeux
de leur visage, qui n'avait rien de bon.
Ils baissaient leurs harpons : « Veux-tu que je le touche »,
disaient-ils entre eux, « là sur la croupe ? »
Ils répondaient : « Oui, accroche-le par là. »
Mais le démon qui discourait
avec mon guide, se retourna bien vite
et dit : « Paix, paix, Scarmiglione[8] ! »
Puis il nous dit : « On ne peut pas aller plus loin
par ce rocher, à cause du sixième arc
qui est tout cassé, là-bas au fond.
Mais si vous voulez continuer malgré tout,
allez-vous-en le long de ce rebord :
un autre éboulis, non loin, fait un passage.
Hier, cinq heures plus tard que cette heure-ci,
mille deux cent soixante et six années[9]
s'accomplissaient, depuis que la voie fut coupée.
J'envoie de ce côté un peu des miens
pour voir si quelqu'un se montre sur la poix ;
allez avec eux, ils ne vous feront rien. »
« Va devant, Alichino, et Calcabrina »,
commença-t-il, « et toi, Cagnazzo ;
et que Barbariccia conduise les dix.
Que vienne aussi Libicocco, et Draghignazzo,
Ciriatto griffu et Graffiacan,
et Farfarello et Rubicante le fou[10].
Fouillez, en faisant le tour de la poix bouillante ;
que ces deux-ci soient saufs jusqu'à l'autre rocher
qui couvre entièrement les tanières. »
« Hélas, mon maître, qu'est-ce que je vois ? »,
lui dis-je, « écoute, allons seuls, sans escorte,
si tu sais y aller ; pour moi je n'y tiens pas.

Si tu fais attention comme tu fais d'habitude,
ne vois-tu pas qu'ils grincent des dents,
et que leurs sourcils sont menaçants ? »
Et lui : « Je ne veux pas que tu t'effraies ;
laisse-les grincer des dents tout à leur aise,
car ils le font pour les pauvres bouillis. »
Ils tournèrent à gauche sur la digue ;
mais chacun avait d'abord tiré la langue
en la mordant, pour saluer, vers leur chef ;
Et lui, il avait fait un clairon de son cul.

CHANT XXII

8e cercle, 5e bolge : Trafiquants dans la poix.

La troupe des diables. Ciampolo et d'autres. Les démons joués.

J'ai déjà vu des cavaliers lever le camp,
et commencer l'assaut et faire parade,
et s'enfuir parfois pour sauver leur vie ;
j'ai vu des coureurs par votre contrée,
ô Arétins [1], j'ai vu des cavalcades,
j'ai vu des joutes et des tournois ;
avec tantôt des trompettes, et tantôt des cloches,
avec des tambours, avec des feux de forteresses,
selon nos usages ou des usages étrangers ;
mais jamais je n'ai vu marcher cavaliers ni piétons
avec un si étrange chalumeau,
ni un navire avec signaux de terre ou d'astre.
Nous faisions route avec les dix démons.
Ah féroce compagnie ! mais à l'église
avec les saints, et à la taverne avec les gloutons.
Mes yeux se fixaient encore sur la poix,
pour voir tous les aspects de cette bolge,
et des gens qui brûlaient là-dedans.
Comme les dauphins, quand ils font signe
aux mariniers en arquant leur échine,
pour qu'ils essaient de sauver leur bateau,
ainsi parfois, pour alléger sa peine,
quelque damné montrait le dos,
puis disparaissait en moins d'un éclair.

Et comme sur le bord de l'eau d'un fossé
on voit les grenouilles, le museau à l'air,
mais cachant leurs pattes et le gros de leur corps,
ainsi de tous côtés se tenaient les pécheurs ;
mais dès que s'approchait Barbariccia,
ils replongeaient sous les bouillons.
Je vis, et mon cœur en frémit encore,
un qui attendait, tout comme il arrive
qu'une grenouille reste et que l'autre plonge,
et Graffiacan, qui était juste en face,
lui accrocha les cheveux englués
et le tira dehors : je crus voir une loutre.
Je savais déjà le nom de tous les diables :
je les notai quand ils furent choisis,
et je les écoutai quand ils s'appelèrent.
« Ô Rubicante, enfonce-lui donc
tes crochets dans la chair, écorche-le ! »,
criaient ces maudits tous ensemble.
Et moi : « Mon maître, si tu peux,
essaie donc de savoir qui est ce malheureux
tombé entre les mains de ses ennemis. »
Mon guide se rapprocha de lui,
lui demanda qui il était, et l'autre répondit :
« Je naquis au royaume de Navarre[2].
Ma mère, qui m'avait engendré d'un ribaud,
destructeur de soi-même, et de ses biens,
me mit au service d'un seigneur.
Puis je fus valet du bon roi Thibaud ;
c'est là que je me mis aux malversations
dont je rends compte en cette fournaise. »
Et Ciriatto, à qui des deux côtés
sortait de la bouche un croc de sanglier,
lui fit sentir comme un seul peut découdre.
Le rat était auprès de chattes très cruelles ;
mais Barbariccia l'entoura de ses bras

et dit : « Restez là où vous êtes, pendant que je [l'enfourche. »
Puis il tourna ses regards vers mon maître :
« Demande », dit-il, « une autre chose, si tu désires
la savoir de lui, avant qu'on le dépèce. »
Mon guide alors : « Dis : de ces autres pécheurs,
en connais-tu quelqu'un qui soit latin
là sous la poix ? » Et lui : « J'en ai quitté un,
il y a un instant, qui venait de par là ;
que ne suis-je encore avec lui à couvert,
je ne craindrais ni ongles ni harpons. »
Alors Libicocco : « Nous en avons trop supporté »,
dit-il ; il lui prit le bras avec son crochet,
le déchira, et en emporta un morceau.
Draghignazzo voulut encore le saisir plus bas
par les mollets ; alors leur décurion
lança autour de lui des regards menaçants.
Quand ils se furent un peu calmés,
mon guide, sans retard, demanda à celui
qui regardait encore sa plaie :
« Qui est celui que tu as eu tort, disais-tu,
de quitter pour venir à la rive ? »
Il répondit : « C'est frère Gomita[3],
de Gallura, vaisseau de toute fraude,
qui eut en main les ennemis de son seigneur,
et les traita si bien que tous en sont contents.
Il leur prit de l'argent, les laissant *de plano*[4],
comme il disait, et dans ses autres charges
il ne fut pas petit fripon, mais grand escroc.
Avec lui converse don Michel Zanche[5]
de Logoduro ; à parler de Sardaigne
leurs langues ne sont jamais lasses.
Hélas, voyez cet autre qui grince des dents ;
je parlerais encore, mais j'ai trop peur
qu'il ne s'apprête à me gratter la teigne. »
Et leur grand prévôt dit à Farfarello

qui roulait des yeux louches, prêt à frapper :
« Écarte-toi, méchant oiseau ! »
« Si vous voulez voir ou entendre,
reprit le damné plein d'effroi,
quelques Toscans ou des Lombards, j'en ferai venir ;
mais que les Malebranches se retirent un peu
pour qu'ils n'aient pas à craindre leur vengeance ;
et moi, restant assis en ce lieu même,
pour un seul que je suis, j'en ferai venir sept,
dès que je sifflerai, comme c'est notre usage,
quand l'un de nous se met dehors. »
À ces mots Cagnazzo leva le museau
en secouant la tête, et dit : « Vois la malice
qu'il a pensée pour se lancer en bas ! »
Mais l'autre qui avait plus d'un tour dans son sac,
lui répondit : « De malice j'en ai trop,
quand je donne aux miens un surplus de peine. »
Alichino ne put se retenir, et s'opposant alors
aux autres diables il dit : « Si tu plonges,
je ne te suivrai pas au galop,
mais d'un coup d'aile je serai sur la poix.
Laissons le bord, et que la rive soit ton refuge,
pour voir si à toi seul tu vaux plus que nous tous. »
Ô toi qui lis tu entendras un jeu inouï :
chacun tourna les yeux vers l'autre rive
et le premier était le plus récalcitrant.
Le Navarrais choisit bien son moment :
il assura ses pieds à terre, et tout à coup
sauta, se délivrant ainsi de leur dessein.
Chacun fut contrit de sa faute,
mais surtout celui qui causa le dommage ;
il s'élança aussitôt en criant : « Tu es pris ! »
Ce fut en vain : les ailes ne peuvent aller
plus vite que la peur : l'un plongea à couvert
et l'autre redressa la poitrine en volant :
ce n'est pas autrement que le canard s'enfonce

d'un coup, quand le faucon s'approche,
et puis remonte, irrité et déçu.
Calcabrina, furieux du méchant tour,
les suivit à tire d'aile, désirant
qu'il réchappe, pour en venir aux mains ;
et dès que le voleur eut disparu,
il tourna ses griffes sur son compagnon,
et ils s'empoignèrent au-dessus de la fosse.
Mais l'autre était un épervier aux yeux perçants :
il le griffa lui-même, et tous deux
ils tombèrent au milieu de l'étang bouillonnant.
Aussitôt la chaleur leur fit lâcher la prise ;
mais pour se relever leurs efforts étaient vains,
tant ils avaient les ailes engluées.
Barbariccia, navré avec ses compagnons,
en fit s'envoler quatre sur l'autre rive
avec tous leurs harpons ; en grande hâte
ici et là ils se mirent à leur poste ;
ils tendirent leurs crochets vers les deux englués
qui étaient déjà cuits dans la croûte.
Nous les laissâmes ainsi tout empêtrés.

CHANT XXIII

8e cercle, 6e bolge : Hypocrites, vêtus de chapes dorées doublées de plomb.

Fuite des deux poètes vers la 6e bolge. Cortège des hypocrites. Deux frères joyeux. La peine de Caïphas.

Silencieux, seuls, sans compagnie,
nous allions l'un devant, l'autre derrière
comme les frères mineurs s'en vont par les chemins.

À cause de la rixe des diables
ma pensée se tournait vers la fable d'Ésope [1],
là où il peint le rat et la grenouille ;

car *ores* et *sur-le-champ* [2] se ressemblent autant
que l'une à l'autre histoire, si on compare,
d'un esprit appliqué, le début et la fin.

Et comme d'une idée une autre idée surgit,
ainsi de la première naquit une seconde,
qui redoubla la peur que je sentais déjà.

Car je pensais : « Ces diables, à cause de nous,
ont été bernés et joués à tel point
que je suis sûr qu'il leur en cuit.

Si la colère s'ajoute à leur mauvais vouloir,
ils vont se mettre à nous poursuivre, plus cruels
que n'est un chien au lièvre qu'il attrape. »

Déjà je sentais se hérisser mes poils
de peur, et je restais en arrière, attentif :
« Si tu ne nous caches pas, Maître », lui dis-je,

« bien vite, et toi et moi, j'ai peur
des Malebranches. Nous les avons déjà aux trousses ;
déjà je les entends, tant je les imagine. »

Et lui : « Si j'étais de verre étamé,
je ne refléterais pas ton image extérieure
plus vite que je n'accueille celle de ton âme.
Car tes pensées venaient parmi les miennes,
si pareilles de geste et de visage,
que j'ai fait de toutes un seul dessein.
Si la berge à main droite est assez douce
pour que nous puissions passer dans l'autre bolge,
nous éviterons la chasse imaginée. »
Il n'avait pas fini d'expliquer ce projet
que je les vis venir, les ailes déployées,
non loin de nous, pour nous saisir.
Mon guide me prit aussitôt dans ses bras,
comme une mère éveillée par le bruit
qui, voyant tout près les flammes allumées,
prend son enfant et fuit sans s'arrêter,
ayant plus soin de lui que d'elle,
à peine vêtue d'une seule chemise ;
et du haut de la dure falaise,
il se laissa glisser sur le rocher en pente
qui ferme un des côtés de l'autre bolge.
Jamais l'eau ne coula si vite par un canal
pour faire tourner sur terre une roue de moulin,
quand elle approche le plus près de ses aubes,
que ne fit mon maître sur ce rebord
en me portant sur sa poitrine,
comme son enfant, non comme un compagnon.
Dès que ses pieds eurent touché le lit
de ce bas-fond, ils furent sur la crête,
au-dessus de nous ; mais rien n'était à craindre ;
car la haute providence qui les a voulus
pour ministres de la cinquième fosse
leur ôte à tous le pouvoir d'en sortir.
Là nous rencontrâmes une troupe peinte
qui faisait le tour à pas très lents,
en pleurant, l'air las et abattu.

Ils portaient des capes aux capuchons baissés
devant les yeux, taillées sur le modèle
de celles qu'on fait à Cluny[3] pour les moines.
Dehors elles sont dorées, éblouissantes,
mais dedans tout en plomb, si lourdes qu'auprès d'elles
celles de Frédéric[4] auraient semblé de paille.
Ô manteau écrasant pour l'éternité !
Nous tournâmes nous aussi à main gauche,
avec eux, attentifs à leurs tristes plaintes ;
mais sous le poids tous ces gens épuisés
allaient si lentement, que nous changions
de compagnie à chaque tour de hanche.
« Tâche de trouver », dis-je alors à mon guide,
quelqu'un dont les actions ou le nom soient connus,
et en marchant jette les yeux autour de toi. »
L'un d'eux, qui entendit parler toscan,
s'écria derrière nous : « Ralentissez le pas,
vous qui courez ainsi par l'air obscur !
Tu auras de moi, peut-être, ce que tu cherches. »
Alors mon guide se retourna et dit : « Attends-le,
et marche ensuite selon son pas. »
Je m'arrêtai, et j'en vis deux qui avaient l'air
d'avoir grand hâte, en l'âme, d'être avec moi.
Mais le poids les retarde, et le chemin étroit.
Quand ils furent près de nous, ils me regardèrent
longuement, de côté, sans un mot ;
puis se tournèrent l'un vers l'autre, et dirent :
« Celui-là est vivant, à voir battre sa gorge ;
et s'ils sont morts, avec quelle permission
vont-ils sans porter la lourde étole ? »
Puis ils me dirent : « Toscan, qui es venu
à ce couvent des tristes hypocrites,
ne dédaigne pas de nous dire qui tu es. »
Je leur répondis : « Je suis né, et j'ai grandi
sur le beau fleuve Arno, dans la grande cité,
et suis avec mon corps que je n'ai pas quitté.

Mais vous qui êtes-vous, dont les joues
ruissellent comme je vois d'une telle douleur ?
Quelle peine produit en vous tant d'étincelles ? »
L'un d'eux me répondit : « Ces chapes dorées
sont de plomb, si épaisses, que leur poids
fait ainsi grincer les balances.
Nous fûmes joyeux frères[5], et bolonais ;
je m'appelais Catalano, et lui Loderingo[6],
élus ensemble par ta ville,
bien qu'un seul d'habitude soit pris,
pour maintenir la paix ; et nous fîmes si bien
qu'on voit encore la trace autour du Gardingo[7]. »
Je commençai : « Ô frères vos méfaits… » ;
mais je ne dis plus rien, car mes yeux découvrirent
un damné mis en croix par terre sur trois poteaux.
Quand il me vit, il se tordit de tous ses membres,
en soufflant dans sa barbe et en soupirant ;
le frère Catalano, qui s'en aperçut,
me dit : « Cet homme cloué[8] que tu regardes
donna aux Pharisiens le conseil d'envoyer,
pour le peuple, un homme au martyre.
Il est placé nu en travers du chemin,
comme tu vois, et il lui faut sentir
aussitôt, quand quelqu'un passe, comme il pèse.
Et son beau-père[9] a le même supplice
dans cette fosse, avec ceux du concile
qui fut pour les Juifs semence de malheur.
Je vis alors Virgile s'étonner[10]
devant cet homme étendu en croix
si vilement dans l'exil éternel.
Puis il adressa la parole au moine :
« S'il est permis, dites, ne vous déplaise,
si à main droite on rencontre une issue
par où nous pourrions tous deux sortir d'ici
sans obliger les anges noirs
à venir nous tirer de ce gouffre. »

Il répondit : « Plus près que tu n'espères
est un rocher qui se détache du grand cercle
et qui franchit tous les affreux vallons,
sinon qu'ici il est brisé, et ne le couvre plus ;
vous pourrez monter sur l'éboulis
qui est en pente, et qui s'élève sur le fond. »
Mon guide resta un peu la tête baissée,
et dit : « Il nous contait mal cette affaire
celui qui harponne ici les pécheurs. »
Et le moine : « J'ai entendu jadis dire à Bologne
que le diable a beaucoup de vices et, entre autres,
qu'il est menteur et père de mensonge. »
Mon guide à ces mots s'en alla à grands pas,
un peu troublé par la colère, en son visage ;
et je quittai alors ces accablés,
suivant la trace de ses pieds bien-aimés.

CHANT XXIV

8e cercle, 6e bolge : Voleurs – Les Voleurs des choses de Dieu sont mordus par des serpents, ils tombent en cendre, puis reprennent forme humaine.

Trouble de Dante. Difficile escalade. La bolge des voleurs. Vanni Fucci.

En cette époque de l'année toute jeune
où le soleil trempe ses cheveux dans le Verseau,
et les nuits s'approchent de la moitié du jour,
quand le givre transcrit sur la terre
l'image de sa très blanche sœur,
mais l'encre dure peu à sa plume,
le villageois qui n'a plus de fourrage
se lève et regarde, et voit la campagne
toute blanchie ; alors il bat ses flancs,
rentre dans sa maison, çà et là se lamente,
comme un pauvret qui ne sait que faire ;
puis il ressort, et l'espoir vient dans son panier,
quand il voit que le monde a changé de visage
en quelques heures, et il prend son bâton
pour mener ses brebis au pâturage.
Ainsi mon maître me fit m'abasourdir
quand je vis son front se troubler de la sorte,
mais aussitôt il mit un baume sur le mal :
car quand nous arrivâmes au pont brisé,
il se tourna vers moi, mon guide, avec cet air
très doux que je lui vis d'abord au pied du mont.
Il ouvrit les bras, après avoir tenu
conseil avec lui-même, et bien considéré
l'éboulement – et puis il me saisit.

Comme celui qui pense et agit à la fois,
et qui semble toujours tout penser à l'avance,
ainsi, me portant vers la cime

d'un gros rocher, il avisa un autre bloc
et dit : « Accroche-toi bien à celui-ci ;
mais éprouve d'abord s'il peut te soutenir. »

Ce n'était pas chemin pour gens vêtus de chapes,
car à grand-peine lui si léger, et moi poussé,
nous pouvions monter de saillie en saillie.

Et si ce n'eût été que par cette enceinte
la pente était plus courte que par l'autre,
je ne sais pas pour lui, mais moi j'étais vaincu.

Mais puisque Malebolge est tout entière penchée
vers l'orifice du dernier puits,
la position de chaque vallée comporte

qu'une paroi s'élève et l'autre moins,
nous parvînmes enfin à la crête
où fait saillie le dernier roc.

L'haleine des poumons s'était faite si courte,
lorsque j'y fus, que je ne pus aller plus loin,
et je m'assis à la première halte.

« Il faut maintenant que tu chasses la paresse »,
dit mon maître : « ce n'est pas assis sous la plume,
ni sous la couette, qu'on arrive à la gloire ;

or qui consume sa vie sans elle
laisse de soi, sur terre, trace pareille à celle
de la fumée dans l'air, et de l'écume dans l'eau.

Lève-toi donc ; vaincs cette angoisse
par le courage qui gagne les batailles,
s'il ne fléchit pas sous le poids du corps.

Il nous faudra monter plus longue échelle[1] ;
avoir laissé les diables ne suffit pas.
Si tu m'entends, que la leçon te serve. »

Je me levai alors, en me montrant pourvu
de plus de souffle que je n'en sentais,
et dis : « Va donc, je suis fort et hardi. »

Sur ce rocher nous prîmes le chemin,
qui était rugueux, étroit et malaisé,
et bien plus escarpé que le précédent.

Je marchais en parlant pour ne pas sembler faible ;
quand une voix sortit de l'autre fosse
qui parvenait mal à former ses mots.

Je ne sais ce qu'elle dit, bien que je fusse déjà
sur le sommet de l'arc qui enjambe le trou ;
mais celui qui parlait semblait aller au pas de course.

Je m'étais penché, mais les yeux d'un vivant,
ne pouvaient voir le fond à travers les ténèbres ;
alors je dis : « Maître, fais que tu arrives

jusqu'à l'autre enceinte, et descendons ce mur :
de même qu'ici j'entends sans rien comprendre,
de même je vois en bas et ne reconnais rien. »

« Je ne te donnerai », dit-il, « d'autre réponse
que par l'action ; car la juste requête
doit être suivie par l'acte sans discours. »

Nous descendîmes le pont par l'extrême bord,
là où il rejoint la huitième digue,
et la bolge alors se découvrit à moi :

j'y aperçus un effroyable amas
de serpents d'espèces si étranges
que la mémoire m'en gèle encore le sang.

Que la Libye ne vante plus ses sables ;
car si elle produit chélydres et pharées,
et aussi jacules, cenchres et amphisbènes[2],

jamais elle n'a montré bêtes si venimeuses
ni si méchantes, même avec l'Éthiopie,
et avec les déserts qui bordent la mer Rouge.

Parmi cet amas repoussant et sinistre
couraient des gens nus et pleins d'épouvante,
sans espoir de refuge ou d'héliotrope[3] :

les mains liées derrière le dos par des serpents
qui leur dardaient aux reins leurs queues
et leurs têtes, et se nouaient par-devant.

Soudain sur un damné qui était près de nous
un serpent se jeta, qui le transperça
à l'endroit où le cou se rattache à l'épaule.

En moins de temps qu'on n'écrit O ou I
il s'alluma, et il brûla,
puis il tomba tout entier en cendres ;

et quand il fut à terre ainsi détruit,
la poussière se rassembla d'elle-même
et recomposa la forme précédente.

Ainsi les grands sages disent-ils
que le phénix meurt et puis renaît,
quand il approche la cinq centième année ;

il ne mange dans sa vie ni herbe ni fourrage,
mais larmes d'encens et de cardamone,
et le nard et la myrrhe sont ses derniers langes.

Tel est celui qui tombe, sans savoir comment,
par l'effet d'un démon qui l'attire à terre,
ou par un autre mal qui le paralyse,

quand il se lève et qu'il regarde autour de lui,
tout égaré par la grande angoisse
qu'il a soufferte, et qu'il soupire en regardant :

tel était le pécheur qui s'était redressé.
Qu'elle est sévère la puissance de Dieu
qui frappe de tels coups dans sa vengeance !

Mon guide lui demanda qui il était ;
il répondit : « Je tombai de Toscane
il y a peu de temps dans cette gorge cruelle.

J'aimai la vie bestiale et non humaine,
en mulet que j'étais ; je suis Vanni Fucci[4]
la brute, et Pistoia fut ma digne tanière. »

« Dis-lui de ne pas s'en aller », dis-je à mon guide,
« et demande quelle faute l'a jeté ici ;
car je l'ai vu homme de sang et de violences. »

Et le pécheur, qui m'entendit, n'hésita pas :
il dressa vers moi son âme et son visage,
qui se peignit de honte douloureuse ;

et dit : « Je souffre plus de ce que tu m'as surpris
dans la misère où tu me vois
que je ne fis quand l'autre vie me fut ôtée.
Je ne puis refuser ce que tu demandes ;
je suis placé si bas parce que je fus voleur
des beaux ornements de la sacristie,
et un autre en fut accusé à tort.
Mais pour que tu ne puisses jouir de cette vue,
si jamais tu sors de ces lieux obscurs,
ouvre tes oreilles à mon annonce, écoute :
Pistoia d'abord s'amaigrit[5] des Noirs ;
puis Florence renouvelle ses gens et ses lois.
Mars tire un éclair du Val de Magra
tout enveloppé de nuages troubles ;
et pendant un orage impétueux et âpre,
on se battra aux champs du Picenum ;
alors l'éclair soudain déchirera la nue,
si bien que tous les Blancs en seront blessés.
Et je te l'ai dit pour que douleur te morde ! »

CHANT XXV

8e cercle, 7e bolge : Voleurs ; ils sont métamorphosés en serpents.

Blasphème et châtiment de Vanni Fucci. Invective contre Pistoia. Le Centaure Cacus. Voleurs florentins et leurs métamorphoses. Défi poétique à Ovide.

(Samedi saint, 9 avril 1300, vers midi.)

Lorsqu'il eut fini de parler, le voleur
leva les deux mains en faisant la figue [1] :
« Dieu », cria-t-il, « tiens, c'est pour toi. »
J'eus dès lors de l'amitié pour les serpents,
car l'un s'enroula autour de son cou,
comme s'il disait : « Je ne veux plus t'entendre » ;
et un autre autour de ses bras,
et il s'y noua lui-même par-devant
si fort, qu'il ne pouvait plus faire un mouvement.
Ah Pistoia Pistoia, que ne te résous-tu
à te réduire en cendres, et à disparaître,
puisque tu dépasses tes aïeux dans le mal ?
Par tous les sombres cercles de l'Enfer
je ne vis pas un seul esprit si violent contre Dieu,
même celui qui tomba [2] des murs de Thèbes.
Il s'enfuit sans dire un mot de plus ;
et je vis un centaure plein de rage
venir en criant : « Où est-il, où est-il cet impie ? »
Je ne crois pas qu'on trouve dans la Maremme
autant de couleuvres qu'il en portait en croupe,
jusque là où commence notre figure humaine.
Sur ses épaules, derrière la nuque,

il portait un dragon aux ailes déployées,
qui met le feu à tous ceux qu'il rencontre.
Mon maître dit : « Celui-là, c'est Cacus[3],
qui sous le roc du vieux mont Aventin
fit souvent couler des lacs de sang.
Il ne suit pas le chemin de ses frères
à cause du vol qu'il fit par fraude
du grand troupeau dont il était voisin ;
ses œuvres tortueuses prirent fin à ce moment
sous la massue d'Hercule, qui lui donna
cent coups peut-être ; lui n'en sentit pas dix. »
Tandis qu'il parlait, l'autre disparut,
et trois esprits[4] vinrent au-dessous de nous,
que ni moi ni mon guide n'avions aperçus,
jusqu'au moment où ils crièrent : « Qui êtes-vous ? »
Notre discours en fut interrompu,
et nous ne fîmes plus attention qu'à eux.
Ils m'étaient inconnus ; mais il arriva,
comme souvent il arrive par hasard,
que l'un dut en nommer un autre,
disant : « Cianfà[5], où donc est-il resté ? »
Alors, pour que mon guide fût attentif,
je dressai mon doigt devant la bouche.
Si maintenant, lecteur, tu es lent à croire
ce que je vais dire, ce n'est pas merveille,
car moi-même qui le vis j'y crois à peine.
Comme je tenais les yeux fixés sur eux,
voici que s'élance un serpent à six pieds
sur le premier, et s'attache tout à lui.
De ses pieds du milieu il lui serra le ventre,
et de ceux de devant lui saisit les bras,
puis lui planta ses crocs dans les deux joues.
Ceux de derrière, il les mit sur les cuisses,
et fit passer sa queue entre les deux,
la redressant sur les reins par-derrière.
Jamais un lierre ne serra de si près

un arbre, que cette horrible bête
n'entortilla ses membres à ceux de l'autre ;
ensuite ils se collèrent, comme s'ils avaient été
de cire chaude, en mêlant leurs couleurs ;
ni l'un ni l'autre ne semblait plus ce qu'il était :
tout comme s'avance, poussée par la chaleur,
sur le bord du papier une couleur brune,
qui n'est pas encore noire, et où le blanc meurt.
Les deux autres damnés regardaient, en criant :
« Hélas, Agnel[6], comme tu changes !
Voici que tu n'es plus ni deux ni un ! »
Déjà les deux têtes n'en formaient plus qu'une,
quand deux figures mêlées y apparurent
en une face où toutes deux étaient perdues.
Les deux bras se formèrent de quatre parties,
les cuisses avec les jambes, le ventre avec le buste
devinrent des membres jamais vus.
Tout aspect primitif y était aboli :
l'image perverse semblait deux et aucune,
et s'éloignait, ainsi faite, à pas lents.
Comme un lézard sous le grand fouet
des jours caniculaires, changeant de haie,
semble un éclair s'il traverse la route,
tel apparut, avançant vers les ventres
des deux qui restaient là un serpenteau de feu,
livide et noir comme un grain de poivre.
Il transperça l'un deux en cet endroit du corps
par où nous prenons la première nourriture ;
puis tomba étendu devant lui.
Le transpercé le regarda, et ne dit rien ;
mais il bâillait, les pieds fichés en terre,
comme assailli de fièvre ou de sommeil.
Il regardait la bête, elle le regardait :
l'un par sa plaie, et l'autre par la bouche,
ils fumaient fort, et les fumées se rencontraient.
Que Lucain se taise[7] désormais, là où il parle

du pauvre Sabellus et de Nasidius,
et qu'il écoute ce qui va sortir de mon arc.
Qu'Ovide se taise[8] sur Aréthuse et sur Cadmos ;
car si sa poésie change la première en source,
le second en serpent, moi je ne l'envie pas :
jamais il ne transmua deux natures face à face
de telle façon que les deux formes
fussent en mesure d'échanger leur substance.
Ils se correspondirent en suivant une loi
qui fit que le serpent fendit sa queue en fourche
et que le blessé joignit ses pieds ensemble.
Jambes et cuisses s'unirent entre elles
si bien que leur jointure en peu de temps
n'était plus visible par aucun signe.
La queue fendue en deux prenait la forme
qui se perdait ailleurs ; sa peau
devenait molle, et l'autre durcissait.
Je vis les bras rentrer dans les aisselles,
et les deux pieds de l'animal, qui étaient courts,
s'allonger d'autant que les bras raccourcissaient.
Puis les pieds de derrière, tordus ensemble,
devinrent le membre que l'homme cache ;
du sien le malheureux tira deux pattes.
Tandis que la fumée les voile tous deux
d'une couleur nouvelle, faisant pousser des poils
sur la peau de l'un, épilant l'autre,
l'un se leva, l'autre tomba à terre,
sans jamais détourner leurs regards impies
sous lesquels ils changeaient de museau.
L'homme dressé le tira vers les tempes,
et de ce qui vint en excès de matière
les oreilles sortirent de ses joues aplaties :
le surplus qui resta par-devant
forma un nez sur le visage
et gonfla les lèvres autant qu'il fallut.
Le gisant amène son museau vers l'avant

et retire ses oreilles dans la tête,
comme fait la limace avec ses cornes ;
sa langue, auparavant unie,
prête à parler, se fend, tandis que la fourche
se referme chez l'autre, et que la fumée cesse.
L'âme qui était devenue bête
s'enfuit en sifflant par la vallée
et l'autre, derrière elle, crache en parlant.
Puis elle lui tourna ce dos tout neuf,
et dit à l'autre : « Je veux que Buoso[9] coure,
comme j'ai fait, à quatre pattes, par ce sentier. »
Je vis ainsi le lest du septième cercle
se muer et transmuer ; et que la nouveauté
soit mon excuse, si ma plume s'empêtre.
Mais bien que mes yeux fussent un peu troublés,
et que mon courage fût égaré,
ils ne purent s'enfuir si bien dissimulés
que je ne reconnusse Puccio Sciancato[10] ;
il était le seul, des trois compagnons
venus ensemble, à n'avoir pas changé.
L'autre était celui, Gaville[11], pour qui tu pleures.

CHANT XXVI

8e cercle, 7e bolge : Conseillers perfides, enveloppés de flammes.

Invective contre Florence. Les damnés vêtus de feu. Rencontre avec Ulysse. Ulysse raconte son dernier voyage et sa mort.

Jouis, Florence, puisque tu es si grande
que sur terre et sur mer tu bats des ailes,
et que ton nom se répand par l'enfer !
Chez les voleurs j'ai rencontré bien cinq
de tes notables, ce dont j'ai honte, et toi
tu n'y gagnes pas grand honneur.
Mais si vers l'aube le rêve est véridique,
tu apprendras d'ici à peu de temps
tout le mal que Prato, et bien d'autres, te souhaitent.
S'il était déjà fait, il ne serait que temps.
Qu'il se fasse donc, puisqu'il doit se faire !
car plus je vieillirai, plus j'en aurai de peine.
Nous partîmes, et sur cet escalier
qui nous avait fait pâlir à le descendre,
mon maître remonta, me tirant après lui.
Nous poursuivîmes la route solitaire,
parmi les fragments et les rochers du pont
où le pied sans la main ne pouvait avancer.
Je souffris alors, et à présent je souffre encore,
quand ma pensée revient à ce que je vis,
et je freine mon esprit plus que de coutume,
pour qu'il ne coure pas sans que vertu le guide,
afin que si un astre, ou la grâce divine
m'a fait un don, je ne m'en prive moi-même.

Comme le paysan se reposant sur le coteau,
pendant le temps où le flambeau du monde
nous tient sa face le moins longtemps cachée,
à l'heure où la mouche fait place au moustique,
voit des lucioles dans la vallée
là où le jour il vendange et laboure ;
ainsi resplendissait la huitième bolge,
d'autant de flammes, comme je m'en aperçus,
dès que je fus là d'où le fond se découvre.
Et comme celui que les ours vengèrent[1]
vit le char d'Élie à son départ,
quand les chevaux montèrent droit dans le ciel,
si bien qu'il ne pouvait, à le suivre des yeux,
voir autre chose que la flamme seule
qui s'élevait, comme un petit nuage :
ainsi chacune s'avançait dans le creux
de la fosse, car nulle ne montrait son butin,
et chaque flamme enferme un pécheur.
Je m'étais dressé pour voir sur le sommet,
et si je ne m'étais agrippé à la roche,
je serais tombé sans être poussé.
Mon guide, en me voyant si attentif :
« Les âmes se tiennent dans ces feux », dit-il ;
« car elles s'entourent de ce qui les embrase. »
« Mon maître », répondis-je, « à te l'entendre dire,
j'en suis plus sûr ; mais déjà je m'étais avisé
qu'il en était ainsi, et je voulais te dire :
qui donc est dans ce feu si fourchu à sa pointe
qu'on dirait qu'il jaillit du bûcher
où furent mis Étéocle et son frère[2] ? »
« Là-dedans », me dit-il, « endurent leur tourment
Ulysse et Diomède[3] ; ainsi ils vont ensemble
au châtiment comme ils allaient à la colère ;
et dans leur flamme ils pleurent
la ruse du cheval qui ouvrit la porte
par où sortit la noble semence des Romains.

Ils y pleurent la ruse qui fit que morte
Deidamie[4] se plaint encore d'Achille,
et y expient le vol du Palladium. »
« S'ils peuvent parler dans ces flammes,
Maître », lui dis-je, « je te prie,
et te reprie, et ma prière en vaille mille,
ne me refuse pas d'attendre ici
que la flamme fourchue se rapproche ;
vois comme, de désir, vers elle je m'incline. »
Il répondit : « Ta prière est digne
de grand éloge, aussi je te l'accorde ;
mais veille bien à retenir ta langue.
Laisse-moi parler : car j'ai compris
ce que tu veux ; et ils dédaigneraient,
comme ils furent grecs, peut-être, tes paroles[5]. »
Lorsque la flamme fut arrivée au point
où mon guide jugea qu'il était temps et lieu,
je l'entendis parler en cette forme :
« Ô vous qui êtes deux dans un seul feu,
si j'ai mérité de vous dans ma vie,
si j'ai mérité de vous peu ou prou,
quand j'écrivis mes hauts vers dans le monde,
ne partez point : que l'un de vous me dise
où, se perdant lui-même, il est allé mourir. »
La plus haute branche de la flamme antique
se mit à tressaillir en murmurant,
pareille à celle que le vent tourmente.
Puis agitant sa pointe çà et là
comme si c'était la langue qui parlait,
elle jeta au-dehors une voix, et dit :
« Quand je quittai Circé[6], qui me cacha
plus d'une année là-bas près de Gaète[7],
avant qu'Énée lui donnât ce nom,
ni la douceur de mon enfant, ni la piété
pour mon vieux père, ni l'amour dû
qui devait faire la joie de Pénélope,

ne purent vaincre en moi l'ardeur
que j'eus à devenir expert du monde
et des vices des hommes, et de leur valeur ;
mais je me mis par la haute mer ouverte,
seul avec un navire et cette compagnie
petite par qui jamais je ne fus abandonné.
Je vis l'une et l'autre rive jusqu'à l'Espagne,
jusqu'au Maroc, et à l'île des Sardes,
et aux autres que cette mer baigne, tout autour.
Mes compagnons et moi, nous étions vieux et lents
lorsque nous vînmes à ce passage étroit
où Hercule posa ses signaux [8]
afin que l'homme n'allât pas au-delà :
je laissai Séville à main droite,
à main gauche j'avais déjà passé Ceuta.
"Ô frères [9]", dis-je, "qui par cent mille
périls êtes venus à l'occident
et à cette veille si petite
de nos sens, qui leur reste seule ;
ne refusez pas l'expérience,
en suivant le soleil, du monde inhabité.
Considérez votre semence :
vous ne fûtes pas faits pour vivre comme des bêtes
mais pour suivre vertu et connaissance."
Je rendis, par ce bref discours, mes compagnons
si ardents à poursuivre la route,
qu'ensuite j'aurais eu peine à les retenir ;
et tournant notre poupe vers l'orient,
des rames nous fîmes des ailes pour ce vol fou,
en gagnant toujours sur la gauche.
La nuit je voyais déjà toutes les étoiles
de l'autre pôle, et le nôtre si bas
qu'il ne s'élevait plus du sol marin.
Cinq fois s'était rallumée, cinq fois éteinte,
la lumière en dessous de la lune,
depuis que nous étions dans ce pas redoutable,

lorsque nous apparut une montagne [10], brune
par la distance, et qui semblait si haute
que je n'en avais jamais vue de pareille.
Nous nous réjouîmes, et la joie se changea vite en
[pleurs,
car de la terre nouvelle un tourbillon naquit,
qui vint frapper le navire à l'avant.
Il le fit tournoyer trois fois avec les eaux ;
à la quatrième il dressa la poupe en l'air,
et enfonça la proue, comme il plut à un Autre,
jusqu'à ce que la mer fût refermée sur nous. »

CHANT XXVII

8e cercle, 8e bolge : Conseillers perfides.

Guido da Montefeltro. État de la Romagne. La conversion de Guido da Montefeltro. Le rôle de Boniface VIII. Un diable logicien. Passage à la 9e bolge.

Déjà la flamme était droite et calmée,
ne parlant plus ; déjà elle s'éloignait de nous,
avec le congé du doux poète,
quand une autre, qui venait derrière elle,
nous fit tourner les regards vers sa cime,
au bruissement confus qui en sortait.
Comme le bœuf sicilien[1] qui mugit d'abord,
(et ce fut à bon droit) avec les plaintes
de celui qui l'avait fabriqué de sa lime,
mugissant par la voix du supplicié,
si bien que, quoiqu'il fût d'airain,
il semblait transpercé de souffrance ;
ainsi pour n'avoir ni sortie ni passage
tout d'abord dans le feu les paroles dolentes
se traduisaient en langage de flamme.
Mais dès qu'elles trouvèrent un chemin
dans la cime, en lui donnant ce frémissement
qu'avait donné la langue à leur passage,
nous entendîmes : « Ô toi à qui ma voix
s'adresse et qui à l'instant parlais lombard,
disant : “Istra[2], va-t'en, plus ne t'attise”,
bien que je sois venu peut-être un peu tard,
consens à demeurer pour parler avec moi :
tu vois que j'y consens, et moi pourtant je brûle !

Si à présent dans le monde aveugle,
tu es tombé de la douce terre latine
d'où j'ai amené toute ma faute,

dis-moi si la Romagne est en paix ou en guerre,
car je viens des montagnes, là entre Urbino
et la colline où naît le Tibre. »

Je l'écoutais, encore penché et attentif,
quand mon guide me toucha de côté
et dit : « Parle, toi, celui-ci est latin[3]. »

Et moi qui avais déjà la réponse prête,
je me mis à parler sans retard :
« Ô âme qui es cachée là-bas,

ta Romagne n'est pas, elle n'a jamais été
sans guerre dans le cœur de ses tyrans ;
mais je n'en ai pas laissée de déclarée ;

Ravenne est ce qu'elle est depuis tant d'années :
l'aigle de Polenta[4] la couve si bien
qu'il recouvre Cervia de ses ailes.

La terre[5] qui soutint jadis la longue épreuve
et de Français fit un monceau sanglant
se trouve encore sous les griffes vertes.

Le vieux mâtin, et le nouveau[6] de Verrucchio,
qui firent à Montagna[7] un si mauvais parti,
y[8] déchirent leur proie comme de coutume.

Les villes de Lamone et de Santerno[9]
sont gouvernées par le lionceau dans son nid blanc[10],
qui change de parti de l'été à l'hiver.

Et celle dont le Savio baigne le flanc[11],
comme elle est située entre plaine et montagne,
vit entre tyrannie et liberté.

Et maintenant dis-moi, je te prie, qui tu es :
ne sois pas plus cruel que d'autres n'ont été,
et puisse ton nom rester longtemps sur terre. »

Après que la flamme eut quelque temps rugi
à sa façon, elle agita sa pointe
de çà de là, puis elle souffla ainsi :

« Si je croyais que ma réponse allât
à quelqu'un qui dût retourner sur la terre,
cette flamme cesserait de bouger ;
mais comme jamais personne, si ce qu'on dit est vrai,
n'est revenu vivant de ce bas-fond,
je te réponds sans crainte d'infamie.
Je fus homme d'armes[12], puis cordelier,
croyant expier mes fautes ainsi vêtu ;
et certes ma croyance aurait été fondée
n'eût été le grand prêtre, mal lui en vienne,
qui me remit dans mes premiers péchés ;
le comment et pourquoi je veux que tu l'entendes.
Tant que j'eus la forme de chair et d'os
que ma mère me donna, mes actes furent
non pas actes de lion mais de renard.
Les stratagèmes et les chemins couverts,
je les sus tous ; et j'en fis tel usage
que le bruit en courut jusqu'au bout de la terre.
Quand je me vis arrivé en ce temps
de notre vie où chaque homme devrait
carguer les voiles et ramasser les câbles,
ce qui me plaisait jusqu'alors me pesa ;
tout repenti et confessé je me fis moine ;
hélas ! je m'en serais trop bien trouvé !
Le prince des nouveaux Pharisiens[13]
faisait alors la guerre près du Latran[14],
non pas aux Sarrasins, non pas aux Juifs,
car tous ses ennemis étaient chrétiens,
et aucun n'avait gagné le siège d'Acre
ni trafiqué aux terres du Sultan :
il n'eut d'égard ni au suprême office
ni aux ordres sacrés ni pour moi au cordon
qui jadis émaciait ceux qui le portaient.
Mais comme Constantin fit venir Silvestre[15]
du haut du Soratte, pour guérir sa lèpre,
ainsi cet homme me requit pour docteur,

afin de guérir sa fièvre d'orgueil ;
il me demanda conseil, et je me tus,
parce que son propos me parut d'un homme ivre.
Alors il répéta : "Que ton cœur n'ait crainte :
je t'absous d'avance, et toi enseigne-moi
comment jeter à bas Palestrina[16].
Je peux ouvrir et fermer le ciel
comme tu sais, car elles sont deux les clés
que mon prédécesseur n'a pas osé garder."
Ces graves arguments me poussèrent alors
à penser que le pire eût été de me taire,
et je dis : "Père, dès lors que tu me laves
de ce péché où il me faut tomber,
longue promesse, avec un court effet,
te fera triompher en ton haut siège."
François[17] vint plus tard, lorsque je fus mort,
pour me chercher ; mais un des anges noirs
lui dit : "Ne l'emporte pas ; ne me fais pas tort.
Il doit venir en bas avec mes serviteurs,
puisqu'il a donné le conseil de traîtrise,
et depuis ce temps je le tiens aux cheveux ;
car un non-repenti ne peut se faire absoudre,
vouloir et repentir ne se pouvant ensemble,
par la contradiction qui ne le permet pas."
Hélas, pauvre de moi, comme je me réveillai,
quand il me prit en me disant : "Peut-être
ne pensais-tu pas que j'étais logicien !"
Il m'amena devant Minos, lequel tordit
huit fois sa queue autour de son échine ;
puis, quand il l'eut mordue dans sa colère :
"Ce pécheur est de ceux que le feu cache" ;
aussi je suis puni là où tu me vois,
et ainsi vêtu je me plains en marchant. »
Quand elle eut achevé son discours,
la flamme s'éloigna en gémissant,
tordant et agitant sa pointe aiguë.

Nous passâmes au-delà mon guide et moi
sur le rocher jusqu'à la cime de l'autre pont
qui couvre la fosse où paient leur dette
ceux qui chargent leur âme en semant la discorde.

CHANT XXVIII

8e cercle, 9e bolge : Fauteurs de schismes et de discorde, dépecés par l'épée d'un diable.

Vision de la neuvième bolge. Rencontre avec Mahomet. Pier da Medicina. Bertrand de Born.

(Samedi saint, 9 avril 1300, dans l'après-midi.)

Qui pourrait jamais, même sans rimes,
redire à plein le sang et les plaies
que je vis alors, même en répétant son récit ?
Certes toute langue y échouerait
car notre discours et notre pensée
pour tant saisir ont peu d'espace.
Si même on rassemblait tous les humains
qui au pays tempétueux des Pouilles [1]
pleurèrent jadis d'avoir versé leur sang
pour les Troyens et pour la longue guerre [2]
qui fit un tel butin d'anneaux,
comme écrit Tite-Live, qui ne fait pas d'erreurs,
ceux qui sentirent la douleur des blessures
en combattant contre Robert Guiscard [3],
et ceux dont on recueille encore les os
à Ceprano [4], là où fut traître
tout Apulien, et à Tagliacozzo [5],
où vainquit sans armes le vieil Alard [6] :
que l'un montrât ses membres transpercés,
l'autre son corps tronqué, cela ne serait rien
auprès de l'horreur de la neuvième bolge.
Jamais tonneau fuyant par sa barre ou sa douve

ne fut troué comme je vis une ombre,
ouverte du menton jusqu'au trou qui pète.
Ses boyaux pendaient entre ses jambes ;
on voyait les poumons, et le sac affreux
qui fabrique la merde avec ce qu'on avale.
Tandis que je m'attache tout entier à le voir,
il me regarde et s'ouvre la poitrine avec les mains,
disant : « Vois comme je me déchire :
vois Mahomet comme il est estropié.
Ali[7] devant moi s'en va en pleurant,
la face fendue du menton à la houppe :
et tous les autres que tu vois ici
furent de leur vivant semeurs de scandale
et de schisme : et pour cette faute ils sont fendus.
Un diable est là derrière qui nous arrange
cruellement, faisant passer tous les damnés
de cette troupe au fil de son épée,
quand nous avons fini le triste tour ;
car nos blessures sont déjà refermées
avant que nous soyons de nouveau devant lui.
Mais qui es-tu, qui t'arrêtes sur ce pont,
pour retarder peut-être le supplice
qui te fut infligé après ta confession. »
« Mort ne l'a pas saisi encore », dit mon maître,
« et nulle faute ne le mène aux tourments ;
mais pour lui en donner pleine expérience
je dois, moi qui suis mort, l'accompagner
par le bas enfer, de cercle en cercle :
cela est aussi vrai que je te parle. »
Ils furent plus de cent ceux qui, en l'entendant,
s'arrêtèrent dans la fosse à me regarder,
dans la stupeur oubliant leur supplice.
« Toi qui bientôt verras peut-être le soleil,
dis donc à frère Dolcin[8] qu'il se pourvoie,
s'il ne veut pas me suivre ici bien vite,
d'assez de vivres pour que la neige

n'apporte pas aux Navarrais une victoire
qu'il aurait autrement trop de peine à gagner. »
Mahomet me tint ce discours,
un pied déjà levé pour s'en aller ;
puis il le posa à terre, et s'éloigna.
Un autre, qui avait la gorge transpercée,
le nez coupé jusque sous les cils,
et qui n'avait plus qu'une seule oreille,
resté de stupeur à me regarder
avec les autres, ouvrit avant les autres son gosier,
qui était au-dehors tout rouge de sang,
et dit : « Ô toi que nulle faute ne condamne
et que je vis là-haut sur la terre latine,
si je ne suis trompé par trop de ressemblance,
souviens-toi de Pier da Medicina [9],
si jamais tu revois la douce plaine [10]
qui s'abaisse de Vercelli à Marcabo.
Et fais savoir aux deux grands de Fano [11],
à messire Guido et à Angiolello,
que si la prévision ici n'est pas vaine,
ils seront jetés hors de leur vaisseau
et noyés pierre au cou près de Cattolica [12]
par la trahison d'un cruel tyran.
Entre les îles de Chypre et de Majorque
jamais Neptune ne vit un si grand crime
commis par un pirate, ou par des gens d'Argos [13].
Le traître, qui ne voit que d'un œil,
et qui tient cette ville que quelqu'un ici-bas
voudrait bien ne jamais avoir vue,
les fera venir pour parlementer,
et puis il fera que ni vœux ni prières
ne les protègent du vent de Focara. »
Et moi : « Sois clair et montre-moi,
si tu veux que je porte là-haut de tes nouvelles,
celui qui a eu cette vision amère. »
Alors il posa la main sur la mâchoire

d'un de ses compagnons, et lui ouvrit la bouche
96 en criant : « Le voici[14], et il ne parle pas :
banni, il dissipa les doutes
de César, en affirmant que celui qui est prêt
99 ne gagne jamais à différer. »
Ô comme il me sembla plein d'épouvante,
avec sa langue tranchée dans le gosier,
102 Curion, qui fut si hardi à parler !
Un autre, qui avait les deux mains mutilées,
leva ses moignons dans l'air noir
105 si haut que son visage était souillé de sang.
Il cria : « Souviens-toi aussi de Mosca[15]
qui dit ces mots, hélas : "Chose faite a une tête",
108 germe de maux pour le peuple toscan. »
Je continuai : « Et de mort pour ta race » ;
lui, accumulant douleur à la douleur,
111 s'en alla comme un homme à la fois triste et fou.
Moi je restai à regarder la troupe,
et je vis quelque chose que je craindrais
114 de conter seul, sans autre preuve :
si ce n'était que m'assure ma conscience,
bonne compagne qui rend l'homme libre
117 sous la cuirasse de pureté.
Je vis, en vérité, et crois encore le voir,
un corps aller sans tête, comme faisaient aussi
120 les autres qui formaient ce triste troupeau.
Il tenait sa tête coupée par les cheveux,
suspendue à la main comme une lanterne :
123 elle nous regardait, et disait : « Hélas ! »
De soi-même à soi-même il faisait un flambeau ;
ils étaient deux en un, un en deux :
126 comment cela se peut, seul le sait qui l'ordonne.
Quand il fut juste au pied du pont,
il éleva en l'air le bras avec la tête,
129 pour rapprocher ses paroles de nous,
qui furent : « Vois donc la peine épouvantable,

toi qui, vivant, viens visiter les morts :
vois si aucune est aussi grande ;
  et pour que de moi tu portes des nouvelles,
sache que je suis Bertrand de Born[16], celui
qui donna les mauvais conseils au jeune roi.
  Je fis se haïr entre eux père et fils :
Achitofel[17], par ses pointes perfides,
ne fit pas plus contre David et Absalon.
  Pour avoir divisé deux personnes si proches
je porte, hélas, mon cerveau séparé
de son principe, qui est dans ce tronc.
  Ainsi s'observe en moi la loi du talion. »

CHANT XXIX

8e cercle, 9e bolge : les Faussaires
– Falsificateurs de métaux, ou Alchimistes ; ils sont couverts de gale et de lèpre.

Reproches de Virgile. Vision de la dixième bolge. Peine des alchimistes. Griffolino d'Arezzo. Capocchio.

La grande foule et les diverses plaies
avaient si fort enivré mes yeux
qu'ils avaient désir de se mettre à pleurer ;
mais Virgile me dit : « Que regardes-tu ?
pourquoi ta vue se fixe-t-elle encore
là-bas parmi les tristes ombres mutilées ?
Tu n'as pas fait ainsi dans les autres bolges :
pense, si tu crois les compter,
que la vallée a vingt-deux milles de tour.
Déjà la lune est sous nos pieds[1] ;
il nous est accordé peu de temps désormais,
et tu as autre chose à voir, que tu ne vois pas. »
« Si tu avais saisi la cause
de mon regard », répondis-je aussitôt,
« peut-être m'aurais-tu permis de m'attarder. »
Cependant il partait, et moi je le suivais,
mon guide, en lui faisant cette réponse,
et j'ajoutai : « Dans cette fosse
où je tenais mes yeux fixés, je crois
qu'un esprit de mon sang pleure la faute
qui coûte si cher dans ce bas-fond. »
Alors mon maître dit : « Que ta pensée
ne se brise plus désormais sur lui :

porte ton attention sur autre chose, et laisse-le là ;
car je l'ai vu au pied du petit pont
te montrer du doigt et te menacer ;
je l'ai entendu appeler Geri del Bello[2].
Tu étais alors si absorbé
à voir celui qui tint jadis Hautefort[3]
que tu ne l'as pas regardé ; et il est parti. »
« Ô mon guide », lui dis-je, « sa mort violente
qui n'a pas encore été vengée
par un de ceux qui partagent sa honte
l'a rendu méprisant : c'est pourquoi il s'en fut
sans me parler, comme je pense ;
et par là il m'a donné plus de pitié. »
Nous parlâmes ainsi jusqu'au premier lieu
au sommet du roc, d'où on pourrait voir,
s'il faisait plus clair, l'autre vallée.
Quand nous fûmes au-dessus du dernier cloître
de Malebolge, si bien que ses convers
pouvaient apparaître à notre vue,
d'étranges cris me transpercèrent
car ils avaient des dards tout ferrés de pitié ;
et je couvris mes oreilles de mes mains.
Telle serait la douleur, si tous les hôpitaux
de Val di Chiana[4], et de Maremme et de Sardaigne
rassemblaient leurs maux de juillet à septembre,
tous ensemble, dans une seule fosse,
telle elle était ici ; une odeur en sortait
pareille à celle qui vient des membres pourris.
Nous descendîmes sur la dernière rive
du long rocher toujours à main gauche ;
et alors mon regard fut plus pénétrant
pour aller au fond, là où l'intendante
du seigneur tout-puissant, l'infaillible justice,
punit les faussaires qu'elle inscrit sur son livre.
Je ne crois pas qu'il fut plus terrible
de voir à Égine[5] tout le peuple malade,

quand l'air était si plein de pestilence
que tous les animaux, jusqu'au moindre ver,
moururent, et que plus tard le peuple antique,
comme les poètes le tiennent pour certain,
fut restauré par la semence des fourmis,
que de voir ici dans la vallée obscure
languir les esprits en différents tas.
Qui sur le ventre, et qui sur les épaules
l'un de l'autre ils gisaient, et d'autres se traînaient
à quatre pattes dans l'affreux sentier.
Pas à pas nous allions sans rien dire,
en regardant, en écoutant tous ces malades
qui ne pouvaient soulever leur corps.
J'en vis deux assis, appuyés l'un à l'autre,
comme on appuie les tuiles, pour les chauffer,
tout couverts de croûtes, de la tête aux pieds ;
jamais je n'ai vu manier l'étrille
par un valet que son maître attend,
ou par quelqu'un qui veille à contrecœur,
comme ces deux-là menaient leurs ongles
sur eux-mêmes, tout enragés
de démangeaisons sans remède ;
ils arrachaient la gale avec leurs griffes,
comme le couteau gratte les écailles d'une carpe
ou d'un poisson qui les a plus grandes.
« Ô toi qui te démailles avec les doigts »,
commença mon guide à dire à l'un d'eux,
« et qui t'en sers comme de tenailles,
dis-nous s'il est quelque Latin parmi ceux-ci
qui sont avec toi, et puissent tes ongles
te suffire pour toujours à cette besogne. »
« Nous sommes latins tous deux, nous que tu vois
si abîmés », répondit l'un des deux en pleurant,
« mais toi qui es-tu qui t'enquiers de nous ? »
Mon guide lui dit : « Je suis quelqu'un
qui va de roc en roc avec ce vivant

et j'ai mission de lui montrer l'enfer. »

Leur mutuel appui se rompit alors ;
tremblant chacun des deux se tourna vers moi,
avec d'autres qui entendirent aussi.

Mon bon maître se rapprocha de moi
en disant : « Parle-leur comme tu veux » ;
et je commençai, comme il le voulut :

« Que votre souvenir ne s'envole jamais
dans le premier monde des esprits humains
mais qu'il y vive sous de nombreux soleils ;

dites-moi qui vous êtes et de quelle ville ;
que votre peine hideuse et cruelle
ne vous empêche pas de vous ouvrir à moi. »

« Je fus d'Arezzo[6], et Albero de Sienne »,
répondit l'un d'eux, « me fit mettre au feu
mais tu me vois ici pour autre chose.

Je lui dis, il est vrai, en parlant par jeu :
“Je saurais m'élever dans l'air en volant” ;
et lui, qui était curieux, et peu sensé,

voulut que cet art lui fût enseigné ; et comme
je ne fis pas de lui un autre Dédale,
il me fit tuer par qui l'aimait comme son fils[7].

Mais à la dixième des dix bolges
pour l'alchimie que j'exerçai sur terre,
Minos me condamna, qui ne peut se tromper. »

Je dis au poète : « Y eut-il jamais
gens aussi légers que les Siennois ?
pas même les Français, à beaucoup près. »

Alors l'autre lépreux, qui m'entendit,
répondit à mon dire : « Exceptes-en Stricca[8],
qui sut modérer ses dépenses,

et Nicolo qui fit la découverte
du riche usage de la girofle
dans le jardin où germe cette graine ;

exceptes-en la bande où Caccia d'Asciano[9]
dissipa sa vigne et son grand enclos,

et où l'Ébloui [10] montra tout son bon sens.
    Mais pour que tu saches qui te seconde ainsi
contre les Siennois, aiguise ton œil,
afin que mon visage te réponde bien :
    tu verras que je suis l'ombre de Capocchio [11],
qui faussa les métaux par l'alchimie ;
tu dois te souvenir, si je t'ai reconnu,
    comme je fus bon singe de la nature. »

CHANT XXX

8ᵉ cercle, 10ᵉ bolge : les Faussaires.
– Falsificateurs de personnes : fous furieux, ils mordent et déchirent leurs compagnons de peine.
– Falsificateurs de monnaie : hydropiques dévorés par la soif.
– Falsificateurs de paroles : ils sont dévorés de fièvre ardente.

Falsificateurs de personnes : Gianni Schicchi, Myrrha. Batteurs de fausse monnaie : maître Adam. Faussaires en paroles : la femme de Putiphar. Querelle et rixe entre damnés. Curiosité de Dante : reproches de Virgile.

Du temps où Junon [1] était courroucée
contre le sang thébain, à cause de Sémélé,
comme elle montra plus d'une fois [2],
quand Athamas [3] devint si insensé
qu'apercevant sa femme et ses deux enfants
qu'elle portait tous les deux dans ses bras :
« Tendons nos filets, cria-t-il, que j'attrape
la lionne au passage, avec ses lionceaux » ;
puis il ouvrit sa griffe impitoyable,
saisit l'un d'eux, qu'on appelait Léarque,
et le brisa, en le jetant contre un rocher ;
sa femme se noya avec l'autre fardeau.
Et quand la fortune abaissa l'orgueil
des citoyens de Troie qui osaient tout faire,
si bien que le royaume tomba avec son roi,
Hécube [4] affligée, misérable et captive,
quand elle vit sa Polyxène morte
et le corps de son fils Polydore
sur le rivage de la mer, la malheureuse
dans sa folie aboya comme une chienne,

tant la douleur lui égara l'esprit.
Mais ni les fureurs de Thèbes, ni celles de Troie,
ne se montrèrent jamais aussi cruelles
à tourmenter les bêtes et les corps humains
que je vis deux ombres pâles et nues
qui couraient en mordant comme un porc
quand il est lâché hors de la porcherie.
L'une vint à Capocchio[5], et lui planta
ses crocs au nœud du cou, si fort
qu'elle lui fit gratter le sol avec son ventre.
Et l'Arétin, qui resta tout tremblant, me dit :
« Le follet que tu vois est Gianni Schicchi[6],
qui s'en va plein de rage en accoutrant les gens. »
« Que puisse l'autre démon », lui dis-je,
« ne pas te mordre, et consens à me dire
quel est son nom, avant qu'il disparaisse. »
Alors il répondit : « C'est l'âme antique
de Myrrha[7] la perverse, celle qui devint,
contre le droit amour, amante de son père.
Elle parvint à pécher avec lui
en simulant la forme d'une autre,
comme fit celui qui s'en va là-bas[8],
qui pour avoir la reine du troupeau
osa se déguiser en Buoso Donati
et faire testament en forme légale. »
Lorsque furent passés ces deux enragés,
sur qui j'avais arrêté mon regard,
je me tournai pour voir tous les autres mal nés.
Et j'en vis un en forme de luth,
comme s'il était coupé à l'aine
là où le corps devient fourchu.
La lourde hydropisie, qui dépareille
si fort les membres, par l'humeur corrompue,
que le visage ne répond pas au ventre,
lui faisait garder les lèvres ouvertes,
comme fait l'étique, en qui la soif

tourne l'une vers le nez, l'autre vers le menton.
« Ô vous qui êtes sans aucune peine,
et je ne sais pourquoi, dans ce monde malade,
regardez », nous dit-il, « et prêtez attention
à la misère de maître Adam[9] ;
vivant j'eus à foison tout ce que je voulus,
ici je convoite, hélas, un filet d'eau.
Les ruisselets qui des vertes collines
du Casentino[10] descendent vers l'Arno
rendant leurs cours frais et humides,
sont toujours devant moi, et ce n'est pas en vain,
car leur image me dessèche encore plus
que le mal qui me décharne le visage.
Et la rigide justice qui me fouille
tire motif du lieu où j'ai péché
pour m'arracher encore plus de soupirs.
C'est là qu'est Romena[11], où je faussai l'alliage
qui fut scellé par le Baptiste[12] ;
c'est pourquoi je laissai mon corps sur le bûcher.
Mais si je voyais ici l'âme félonne
de Guido, ou d'Alessandro ou de leur frère,
je n'en donnerais pas la vue pour Fonte Branda[13].
L'une d'elles est déjà là-dedans, si les ombres
qui courent par ici disent le vrai ;
mais à quoi bon, si j'ai le corps noué ?
Si seulement j'étais encore assez agile
pour pouvoir, en cent ans, avancer d'un pouce,
je me serais déjà mis en chemin,
pour le chercher parmi ces gens hideux,
bien que la fosse ait onze milles de tour
et, en largeur, au moins un demi-mille.
C'est par eux que je suis en si triste famille :
ils me poussèrent à frapper des florins
qui avaient trois carats de scorie. »
Je dis alors : « Qui sont ces malheureux
qui fument comme en hiver la main mouillée,

gisant l'un contre l'autre, à ta main droite ? »
« Je les trouvai ici quand je tombai
dans cette pierraille, et ils n'ont pas bougé ;
je ne crois pas qu'ils bougent dans l'éternité.
L'une est la fourbe[14] qui accusa Joseph ;
l'autre est le faux Sinon[15], le Grec de Troie :
par fièvre aiguë, ils fument en puant. »
Alors l'un d'eux, qui se fâcha peut-être
d'être nommé d'une façon si noire,
lui frappa de son poing la panse enflée.
Elle résonna comme un tambour ;
et maître Adam le frappa au visage,
de son bras, qui ne parut pas être moins dur,
en lui disant : « Mes membres trop pesants
m'empêchent de bouger, mais j'ai encore
le bras assez léger pour ce métier. »
L'autre lui répondit : « Quand tu allais
sur le bûcher, tu ne l'avais pas aussi vif,
mais tu l'avais plus quand tu battais monnaie. »
Et l'hydropique : « Tu dis vrai là-dessus ;
mais tu n'as pas été témoin si véridique
quand on t'a demandé, à Troie, de dire le vrai. »
« Si je dis le faux, toi tu fausses le coin »,
dit Sinon, « et moi je suis là pour une faute,
tandis que toi pour plus qu'aucun autre démon ! »
« Souviens-toi, parjure, du cheval »,
répondit celui à la panse enflée ;
« c'est tant pis pour toi si chacun le sait. »
« C'est tant pis pour toi si la soif te perce
la langue », reprit le Grec, « et si l'eau pourrie
te met le ventre en tas devant les yeux. »
Alors le monnayeur : « Comme d'habitude
ta maladie t'écorche la bouche ;
et si j'ai soif et l'humeur me farcit,
toi tu as la fièvre et le mal de tête,
et pour te faire lécher le miroir de Narcisse[16],

il ne faudrait pas te prier longtemps. »
J'étais tout entier tendu à les entendre,
quand mon maître me dit : « Prends garde !
encore un peu et je m'emporte contre toi ! »
Lorsque je l'entendis parler avec colère,
je me tournai vers lui avec une telle honte
qu'elle s'agite encore dans ma mémoire.
Et tel est celui qui rêve son dommage
et qui en rêvant espère qu'il rêve,
désirant ce qui est, comme si ce n'était pas ;
tel je devins alors, sans plus pouvoir parler,
car je désirais m'excuser, et m'excusais
de fait, tout en croyant ne pas le faire.
« Moins de regret peut laver faute plus grosse »,
me dit mon maître, « que n'a été la tienne ;
aussi décharge-toi de tout chagrin,
et compte que je suis près de toi,
s'il advient encore que fortune t'amène
là où sont des gens en pareille querelle ;
car vouloir les entendre est bas désir. »

CHANT XXXI

Du 8e au 9e cercle : le puits des Géants.

Nemrod. Éphialte. Briarée. Antée, qui dépose Virgile et Dante au fond du puits.

Une même langue me mordit d'abord,
me colorant l'une et l'autre joue,
et me tendit ensuite le remède ;
ainsi dit-on que la lance d'Achille[1]
et de son père était la cause
de malchance d'abord, et puis de chance.
Nous tournâmes le dos au vallon pitoyable,
le long de la rive qui fait le tour,
et le traversâmes sans nous dire mot.
Il ne faisait là pas plus nuit que jour,
si bien que ma vue ne portait pas très loin ;
mais j'entendis sonner un cor puissant[2],
si fort qu'il eût couvert le tonnerre même ;
mes regards se dressèrent vers un point,
en remontant la direction du son.
Après la douloureuse défaite[3],
quand Charlemagne perdit son armée[4],
Roland ne sonna pas aussi terriblement.
À peine avais-je tourné la tête vers ce côté
que je crus voir plusieurs très hautes tours ;
et moi : « Maître, dis-moi, quelle est cette cité ? »
Il répondit : « Lorsque ta vue
veut pénétrer trop loin dans les ténèbres,
il advient qu'en imaginant tu t'égares.

Tu verras bien, si tu arrives jusque-là,
combien les sens y sont trompés par la distance ;
tâche de presser un peu le pas. »

Puis avec tendresse il me prit par la main,
et dit : « Avant que nous soyons plus près,
et pour que le fait te soit moins surprenant,

sache que ce ne sont pas des tours, mais des géants,
et qu'ils sont dans le puits, le long de la margelle,
tous plantés là du nombril jusqu'aux pieds. »

Comme le brouillard vient à se dissiper
en laissant l'œil peu à peu distinguer
ce que cache la vapeur accumulée dans l'air,

ainsi, perçant l'épaisse obscurité,
quand j'approchais de plus en plus du bord,
l'erreur disparaissait, et la peur augmentait.

Car comme on voit sur son enceinte ronde
Monterrigioni[5] se couronner de tours,
ainsi sur la crête qui entoure le puits

se dressaient comme des tours, à moitié de leur corps,
les horribles géants[6] que Jupiter menace
encore du haut du ciel, chaque fois qu'il tonne.

Et je voyais déjà la face de l'un d'eux,
ses épaules, son buste, une partie du ventre,
et les deux bras le long des flancs.

Nature eut certes bien raison de renoncer
à l'art de fabriquer ces animaux,
pour ôter à Mars pareils exécuteurs.

Si des éléphants et des baleines
elle ne se repent pas, qui la regarde bien
la juge encore plus juste et plus avisée :

car là où les ressources de l'esprit
s'unissent au mal vouloir et à la force,
on ne peut trouver aucun recours.

La face du géant semblait très longue et grosse
comme la pigne[7] de Saint-Pierre de Rome :
et les autres os étaient à proportion ;

si bien que le talus qui lui servait de pagne
sous la ceinture, en montrait assez par-dessus
pour que trois Frisons[8] n'eussent pu se vanter
de grimper jusqu'à sa chevelure :
car j'en voyais trente grands empans[9]
de la margelle au point où s'agrafe le manteau.
« Raphèl maí amècche zabi almi[10] »,
se mit à crier l'effroyable bouche,
à qui ne convient pas un plus doux psaume.
Et mon guide lui dit : « Âme stupide,
tiens-t'en au cor, soulage-toi par lui
quand la colère te prend, ou une autre passion !
Cherche à ton cou, tu y trouveras la courroie
qui te tient lié, âme confuse,
vois-la qui barre ta grande poitrine. »
Puis il me dit : « Il s'accuse lui-même ;
c'est Nemrod[11], qui a fait, par sa folle pensée,
qu'on n'use plus sur terre d'un langage unique.
Laissons-le là, ne parlons pas en vain,
car toute langue est pour lui comme la sienne
aux autres, qui n'est comprise par personne. »
Nous poursuivîmes donc notre chemin
tournés vers la gauche ; à un trait d'arbalète
parut l'autre géant, plus sauvage et plus grand.
Quel fut le maître qui le lia,
je ne sais, mais son bras gauche
était serré devant, et l'autre derrière,
par une chaîne qui le garrottait
du cou aux pieds, en tournant cinq fois
sur la partie visible de son corps.
« Cet orgueilleux voulut faire l'essai
de son pouvoir contre Jupiter souverain »,
me dit mon guide, « et il en a cette récompense.
Son nom est Éphialte[12] ; il fit ses preuves
quand les géants firent peur aux dieux ;
il ne peut plus mouvoir les bras qu'il a brandis. »

Je lui dis : « S'il se peut, je voudrais
que mes yeux jugent par expérience
la grandeur de l'immense Briarée[13]. »
Il répondit : « Tu verras Antée[14]
tout près d'ici, qui parle et n'est pas enchaîné,
et qui nous mettra dans le fond des péchés.
Celui que tu veux voir est bien plus loin,
il est tout ligoté, comme celui-ci,
sinon que son visage est plus féroce. »
Jamais on ne vit un tremblement de terre
secouer une tour avec la force
qu'Éphialte mit alors à secouer son échine ;
plus que jamais je craignis de mourir
et à me tuer la peur aurait suffi
si je n'avais bien vu les tours de chaîne.
Nous poursuivîmes alors notre chemin,
et arrivâmes à Antée, qui se dressait
de cinq aunes hors du puits, sans compter la tête.
« Ô toi qui rapportas mille lions pour butin,
autrefois, dans l'heureuse vallée
où Scipion hérita de ta gloire,
quand Hannibal tourna le dos avec les siens,
toi qui, si tu avais été au combat suprême
que soutinrent tes frères, à ce qu'on croit encore,
aurais fait gagner les enfants de la terre :
pose-nous en bas, et fais-le sans dédain,
là où le Cocyte[15] est serré par le gel.
Ne nous envoie ni à Tityos ni à Typhée[16] :
cet homme-ci peut donner ce qu'on désire ici ;
penche-toi donc, ne tords pas le museau.
Il peut te donner la gloire encore sur terre,
car il est vivant, et longue vie l'attend encore,
si la Grâce ne le rappelle avant le temps. »
Ainsi parla mon maître, et l'autre, aussitôt,
pour le prendre étendit les mains
dont Hercule éprouva jadis la grande étreinte.

Virgile, quand il se sentit enlever,
me dit : « Approche-toi, que je te prenne » ;
puis de lui et de moi il fit un seul faisceau.
Telle paraît s'incliner la Garisenda [17]
dans le sens contraire, si d'en bas on regarde
lorsque passe un nuage, vers le côté qui penche,
tel me parut Antée, à moi qui attendais
de le voir s'incliner, et ce fut le moment
où j'aurais bien voulu prendre un autre chemin.
Mais il nous déposa tout doucement
dans l'abîme qui dévore Lucifer et Judas ;
il n'y resta pas longtemps penché,
et se redressa comme un mât de navire.

CHANT XXXII

9ᵉ cercle : Traîtres, tous pris dans la glace
– 1ʳᵉ zone (la Caïne) : Traîtres à leurs parents.
– 2ᵉ zone (l'Anténore) : Traîtres à leur patrie et à leur parti.

La Caïne : les comtes de Mangona et autres traîtres. L'Anténore : Bocca degli Abbati, Ganelon, Ugolino et Ruggeri.

Si j'avais les rimes âpres et rauques
comme il conviendrait à ce lugubre trou
sur lequel s'appuient tous les autres rocs,
j'exprimerais le suc de ma pensée
plus pleinement ; mais je ne les ai point,
et non sans frayeur je m'apprête à parler :
car ce n'est pas affaire à prendre à la légère
que de décrire le fond de l'univers entier
ni celle d'une langue disant « papa, maman [1] ».
Mais que ces dames [2] viennent secourir mes vers
qui aidèrent Amphion à faire les murs de Thèbes,
afin que le dire ne soit pas loin du fait.
Ô engeance entre toutes mal née
qui habites ce lieu dur à décrire,
mieux t'en eût pris d'être chèvre ou brebis !
Quand nous fûmes en bas dans le puits obscur,
beaucoup plus bas que les pieds du géant,
et que je regardais encore vers la falaise,
une voix me dit : « Prends garde quand tu passes !
va, si tu peux, sans fouler sous tes pieds
les têtes de tes frères humains, qui souffrent. »
Je me tournai alors et je vis devant moi

et sous mes pieds un lac à qui le gel
donnait l'aspect du verre, et non de l'eau.

Jamais en hiver le Danube autrichien
ni le Tanaïs [3] là-bas sous un ciel glacé
ne couvrirent leur cours d'un voile aussi épais

qu'il était ici, et si le Tambernic [4]
ou la Pietrapana [5] étaient tombés dessus,
même sur le bord ils n'auraient pas fait crac.

Et comme la grenouille se tient pour coasser
le museau hors de l'eau, alors que rêve
souvent la paysanne qu'elle s'en va glaner,

livides, jusqu'au point où la honte se voit,
les ombres dolentes étaient dans la glace,
claquant des dents comme font les cigognes.

Chacune avait la face vers le bas ;
la bouche donnait pénible témoignage
du froid, les yeux du cœur endolori.

Quand j'eus assez vu autour de moi,
je me tournai vers mes pieds, et je vis deux damnés
si serrés que leurs cheveux étaient entremêlés.

« Dites-moi, vous qui serrez si fort vos poitrines »,
leur dis-je, « qui êtes-vous ? » Ils tournèrent le cou ;
et quand ils eurent redressé leurs visages,

leurs yeux, qui n'étaient mouillés qu'au-dedans,
ruisselèrent sur leurs lèvres ; le gel durcit
les pleurs entre eux, et les referma.

Jamais crampon de fer ne serra bois sur bois
si fort ; eux, comme deux boucs, ils se heurtèrent
l'un contre l'autre, dans leur colère.

Un autre qui avait perdu les deux oreilles
à cause du froid, le visage baissé lui aussi,
me dit : « Pourquoi te mires-tu en nous ?

Si tu veux savoir qui sont ces deux-ci [6],
la vallée où descend le Bisenzo
appartint à leur père Alberto, et à eux.

Ils sont nés d'un même corps, et tu pourras fouiller

toute la Caïne[7], tu n'y trouveras pas une ombre
plus digne d'être figée en gélatine ;
pas même celui-là[8] dont Arthur
perça d'un coup d'épée la poitrine et l'ombre ;
ni Focaccia[9] ; ni celui-ci qui m'encombre tant
avec sa tête, que je ne vois pas au-delà,
et qui s'appelait Sassol Mascheroni[10] :
si tu es toscan, tu sais bien qui c'était.
Ne me force pas à parler davantage,
et sache que je fus Camicion de' Pazzi[11],
et que j'attends Carlin[12], qui me disculpera. »
Je vis encore mille visages
violacés de froid ; depuis ce temps je tremble
et le ferai toujours, à voir des eaux gelées.
Pendant ce temps nous approchions du centre
vers lequel tend tout ce qui pèse,
et moi je tremblais dans le froid éternel ;
si ce fut vouloir, ou destin, ou hasard,
je ne sais ; mais en passant entre les têtes,
mon pied en heurta une, en plein visage.
Elle cria en pleurant : « Pourquoi me foules-tu ?
Si tu ne viens pas accroître la vengeance
de Montaperti[13], que me tortures-tu ? »
Et moi : « Maître, attends-moi ici ;
je veux sortir d'un doute à propos de cette ombre ;
puis tu me presseras autant que tu voudras. »
Mon guide s'arrêta, et je dis à celui
qui m'insultait encore de toutes ses forces :
« Qui donc es-tu, toi qui rabroues ainsi autrui ? »
« Et qui es-tu, toi qui t'en vas par l'Anténore[14] »,
dit-il, « frappant si fort les joues d'autrui,
que ce serait trop fort pour un vivant ? »
« Je suis vivant », lui dis-je, « et il pourra te plaire,
si tu désires avoir la renommée,
que j'écrive ton nom parmi mes autres notes. »
Il répondit : « C'est du contraire que j'ai envie.

Va-t'en d'ici, ne me fatigue plus ;
tu sais bien mal séduire dans ce bas-fond ! »
Alors je le pris par la peau du cou
et je dis : « Il faudra bien que tu te nommes,
ou que pas un poil ne reste là-dessus. »
Et lui à moi : « Tu auras beau me rendre chauve,
je ne te dirai ni te montrerai qui je suis,
même si tu me tombais mille fois sur la tête. »
Je tenais dans ma main ses cheveux enroulés,
dont j'avais arraché déjà plusieurs mèches,
et lui, il aboyait, les yeux à terre,
quand un autre cria : « Qu'as-tu donc, Bocca[15] ?
claquer des mâchoires ne te suffit pas,
il faut que tu aboies ? quel démon te pique ? »
« À présent, je n'ai plus besoin que tu parles,
traître maudit », lui dis-je, « et à ta honte
je porterai là-haut de tes vraies nouvelles. »
« Va-t'en », répondit-il, « raconte ce qu'il te plaît,
mais si tu sors d'ici, ne te tais pas non plus
sur cet autre[16] à la langue si prompte.
Il pleure ici sur l'argent des Français[17] :
"J'ai vu", pourras-tu dire, "le seigneur de Duera,
là où les pécheurs sont mis au frais."
Si on te demandait : "Et qui d'autre était là ?"
tu as auprès de toi l'homme de Beccheria[18]
dont Florence a coupé le gorgerin.
Gianni de' Soldanieri[19], je crois qu'il est
plus loin avec Ganelon et Tebaldello[20],
qui ouvrit Faenza quand tout dormait. »
Nous avions déjà quitté cette ombre
quand je vis deux gelés dans un seul trou ;
la tête de l'un coiffait la tête de l'autre ;
et comme on mange du pain quand on a faim,
celui du haut planta ses dents sur le second,
là où le cerveau se joint à la nuque :
Tydée[21] dans sa fureur ne rongea pas

les tempes de Ménalippe d'autre façon
qu'il mangeait le crâne, avec le reste :
« Ô toi », lui dis-je, « qui dénonces ta haine
pour celui que tu manges par signe si bestial,
dis-moi pourquoi, et je m'engage,
si c'est à raison que tu te plains de lui,
sachant qui vous êtes et quel est son crime,
à t'en récompenser là-haut sur la terre,
si ne se dessèche pas la langue qui te parle. »

CHANT XXXIII

9e cercle
– 2e zone (l'Anténore) : Traîtres envers leur patrie.
– 3e zone (la Tolomée) : Traîtres envers leurs hôtes.

Ugolino raconte sa mort et celle de ses fils. Invective contre Pise. Passage à la troisième zone. Colloque avec frère Alberigo. Branca d'Oria. Invective contre Gênes.

Il souleva la bouche de son affreux repas,
ce pécheur, l'essuyant aux cheveux de la tête
qu'il avait entamée par-derrière.

Puis il commença : « Tu veux que je ravive
le désespoir qui serre encore mon cœur
rien qu'en y pensant, avant que j'en parle.

Mais si mon récit peut engendrer
quelque fruit d'infamie au traître que je ronge,
tu me verras parler et pleurer à la fois.

Je ne sais qui tu es ni par quels moyens
tu es venu ici ; mais tu es florentin,
me semble-t-il en vérité quand je t'entends.

Sache que je fus le comte Ugolino[1],
et celui-ci est l'archevêque Ruggeri :
entends pourquoi je suis pour lui un tel voisin.

Que par l'effet de ses mauvaises pensées
me fiant à lui, je fus arrêté
puis mis à mort, il n'est pas besoin de le dire ;

mais ce que tu ne peux avoir appris,
c'est combien ma mort fut cruelle :
tu vas l'entendre ; et tu sauras s'il m'offensa.

Un étroit pertuis dans la tour de la Mue[2]
qui par ma cause a pris nom « de la faim »,
et qui après moi doit en enfermer d'autres,
m'avait déjà montré par son ouverture
plusieurs lunes[3], lorsque je fis le mauvais rêve
qui déchira pour moi le voile du futur.
Cet homme-ci me semblait maître et seigneur,
chassant le loup et les louveteaux sur le mont[4]
qui empêche les Pisans de voir Lucques.
Avec des chiennes rapides, maigres et bien dressées,
il avait disposé en avant, sur le front,
les Gualandi, les Sismondi, les Lanfranchi[5].
La chasse dura peu ; le père et ses enfants
paraissaient épuisés, et il me sembla voir
des crocs aigus leur lacérer les flancs.
Quand je fus éveillé, avant le jour,
j'entendis pleurer dans leur sommeil mes fils,
qui étaient avec moi ; ils demandaient du pain.
Tu es bien cruel si tu ne souffres pas
en pensant à ce que pressentait mon cœur ;
et si tu ne pleures pas, de quoi donc pleures-tu ?
Ils étaient éveillés, l'heure était proche
où d'habitude on apportait la nourriture,
et tous étaient anxieux, à cause d'un rêve ;
j'entendis clouer la porte du bas
de l'horrible tour ; et sans parler
je regardai mes enfants au visage.
Moi je ne pleurais pas, mais j'étais pétrifié.
Eux, ils pleuraient ; mon petit Anselmo
dit : "Comme tu nous regardes, père ; qu'as-tu ?"
Je ne pleurai pas, ni ne répondis
pendant tout le jour, ni la nuit d'après,
jusqu'au retour du soleil sur le monde.
Quand un faible rayon eut pénétré
dans l'affreux cachot, et que je découvris
mon propre aspect sur leurs quatre visages,

de douleur je mordis mes deux mains ;
et eux, pensant que c'était par désir
de manger, se levèrent aussitôt
et dirent : “Père, nous souffririons bien moins
si tu nous mangeais ; tu nous a vêtus
de ces pauvres chairs ; ôte-les-nous.”
Je me calmai alors pour ne pas aggraver
leur peine ; pendant deux jours nous fûmes tous sans
[voix ;
ah terre cruelle, que ne t'ouvris-tu ?
Quand nous fûmes venus au quatrième jour,
Gaddo se jeta étendu à mes pieds,
et dit : “Père, ne viens-tu pas à mon secours ?”
Il mourut là, et comme tu me vois,
je les vis tomber tous les trois, un par un,
avant le sixième jour ; et je me mis alors,
déjà aveugle, à me traîner sur chacun d'eux,
les appelant pendant deux jours après leur mort.
Puis, ce que la douleur ne put, la faim[6] le put. »
Quand il eut dit ces mots, le regard tors,
il reprit le malheureux crâne avec ses dents,
qui mordirent l'os, comme celles d'un chien.
Ha ! Pise, opprobre des hommes
du beau pays où le *si* résonne,
puisque tes voisins sont lents à te punir,
que Capraia et Gorgona[7] se meuvent ;
qu'elles barrent l'Arno à l'embouchure,
pour qu'il noie dans tes murs tous les habitants.
Car si le comte Ugolino eut le renom
d'avoir trahi tes forteresses,
tu ne devais pas ainsi torturer ses enfants.
Leur jeune âge rendait innocents,
nouvelle Thèbes, Uguiccione et Brigata,
et les deux autres que mon chant a nommés.
Nous passâmes plus loin, là où la glace
enveloppe durement d'autres humains,

non pas la face en bas, mais toute renversée.
Là les larmes même empêchent de pleurer,
et la douleur, qui trouve obstacle sur les yeux,
se retourne au-dedans et fait croître l'angoisse.
Car les premières larmes font une masse,
et comme des visières de cristal,
remplissent toute la coupe sous les cils.
Et bien qu'à cause du froid tout sentiment
eût disparu de mon visage,
comme il arrive à une peau calleuse,
il me semblait déjà sentir un vent ;
aussi je dis : « Maître d'où vient ceci ?
tout souffle ici-bas n'est-il pas éteint ? »
Et lui, à moi : « Bientôt tu seras là
où tes yeux donneront la réponse,
quand tu verras la cause d'où pleut cet air. »
Un des malheureux de la croûte froide
me cria : « Ô âmes si cruelles
que la dernière place vous est échue
ôtez-moi du visage ces voiles durs,
que j'examine la peine qui remplit mon cœur
un peu, avant que mes pleurs ne regèlent. »
Je répondis : « Si tu veux que je te soulage,
dis-moi ton nom, et si je ne te délivre pas,
que je tombe au fond de la glace ! »
Il répondit : « Je suis frère Alberigo[8] ;
je suis celui des fruits du mauvais jardin,
et ici je reprends datte pour figue. »
« Oh », lui dis-je, « es-tu donc déjà mort ? »
Et lui : « Ce que mon corps est devenu,
là-haut, sur terre, je n'en sais rien.
La Tolomée[9] a ce privilège
que bien souvent une âme y tombe
avant qu'Atropos[10] ne l'ait mise en route.
Et pour que tu m'ôtes plus volontiers
les pleurs figés en verre sur mon visage,

129 sache qu'aussitôt que l'âme a trahi,
comme je fis, son corps lui est ôté
par un démon, qui le gouverne ensuite,
132 jusqu'à ce que tout son temps soit dévidé.
Elle précipite alors dans cette citerne ;
et l'on voit peut-être encore là-haut le corps
135 de l'ombre qui gèle ici derrière moi.
Tu dois le savoir, si tu viens d'arriver :
c'est Branca d'Oria [11], et plusieurs années
138 ont passé déjà depuis qu'il est ici. »
« Je crois », lui dis-je, « que tu me trompes,
car Branca d'Oria n'est pas encore mort ;
141 il mange, il boit, il dort, il met des habits. »
« Dans la fosse là-haut », dit-il, « des Malebranches,
là où bouillonne la poix tenace,
144 Michel Zanche n'était pas arrivé
quand Branca laissa un démon à sa place
dans son corps, avec un de ses proches
147 qui fit avec lui la trahison.
Mais étends à présent la main jusqu'ici,
ouvre-moi les yeux. » Et moi, je ne les ouvris pas,
150 et ce fut courtoisie d'être avec lui vilain.
Ah vous Génois, hommes étrangers
à toutes mœurs, et pleins de vices,
153 que n'êtes-vous chassés du monde ?
Puisqu'à côté du pire esprit de la Romagne
je trouvai l'un de vous qui pour ses œuvres
156 a déjà son âme trempée dans le Cocyte,
lorsque son corps paraît encore vivant sur terre.

CHANT XXXIV

9e cercle
4e zone (la Giudecca) : Traîtres envers leurs bienfaiteurs, envers l'autorité humaine ou divine.

Première apparition de Lucifer. Les trois traîtres suprêmes de l'Église et de l'Empire (Judas, Brutus et Cassius) mangés par les trois bouches de Lucifer. Descente au centre de la terre. Virgile explique la chute de Lucifer et l'origine de l'Enfer. Les poètes remontent « à revoir les étoiles ».

(Samedi saint, 9 avril 1300, au soir.)

« *Vexilla regis prodeunt inferni*[1]
vers nous : regarde devant toi »,
me dit mon maître, « si tu le discernes. »
Comme on voit au loin quand un brouillard épais,
s'élève, ou qu'il fait nuit dans notre hémisphère,
apparaître un moulin que le vent fait tourner :
il me parut alors voir un tel édifice ;
pour m'abriter du vent je me serrai
derrière mon guide ; il n'était pas d'autre refuge.
Je me trouvais déjà, et je tremble à l'écrire,
là où les ombres étaient toutes couvertes,
et transparaissaient, comme fétus dans le verre.
Les unes sont couchées ; les autres debout ;
celle-ci sur la tête, celle-là sur ses jambes ;
une autre mise en arc, la face vers les pieds.
Quand nous nous fûmes assez approchés
pour qu'il plût à mon maître de me montrer
la créature qui eut si beau semblant,
il s'écarta de devant moi, et m'arrêta :

« Voici Dité[2] », dit-il, « et voici le lieu
où il convient de s'armer de courage. »
Comme je devins alors glacé, sans force,
ne le demande pas, lecteur, et je ne l'écris pas,
car toute parole serait insuffisante.
Je ne mourus pas, et je ne restai pas vivant :
juge par toi-même, si tu as fleur d'intelligence,
ce que je devins, sans mort et sans vie.
Là l'empereur du règne de douleur
sortait à mi-poitrine de la glace ;
et ma taille est plus proche de celle d'un géant
que les géants de celle de ses bras :
tu vois donc par là quel doit être le tout
qui correspondrait à telle partie.
S'il fut aussi beau qu'il est laid à présent,
et s'il dressa les yeux contre son créateur,
il faut bien que tout mal vienne de lui.
Oh quelle stupeur ce fut pour moi
quand je vis que sa tête avait trois faces[3] !
L'une devant, qui était vermeille[4],
et les deux autres, qui s'ajoutaient à la première,
se rejoignant à l'endroit de la crête,
sur le milieu de chaque épaule :
la droite me semblait entre blanc et jaune[5] ;
la gauche[6] était pareille, à la voir, à ceux
qui viennent du pays d'où le Nil descend.
Sous chacune partaient deux grandes ailes
à la mesure d'un tel oiseau ;
je n'ai jamais vu en mer de pareilles voiles.
Elles n'avaient pas de plumes, et ressemblaient
à celles des chauves-souris ; et il les agitait,
de sorte que trois vents[7] naissaient de lui,
qui faisaient geler tout le Cocyte.
Il pleurait de six yeux, et sur trois mentons
gouttaient les pleurs et la bave sanglante.
Dans chaque bouche il broyait de ses dents

un pécheur, comme un moulin à chanvre,
si bien qu'en même temps il en suppliciait trois.

Pour celui de devant les morsures n'étaient rien
auprès des coups de griffe qui arrachaient parfois
toute la peau de son échine.

« Cette âme là-haut qui a le pire supplice »,
dit mon maître, « est Judas Iscariote[8] ;
sa tête est dans la gueule ; dehors il rue des jambes.

Des deux autres qui ont la tête en bas,
celui qui pend du museau noir, c'est Brutus[9] ;
vois comme il se tord, et ne dit mot !

et l'autre est Cassius[10], qui paraît si membru.
Mais la nuit revient ; et à présent
il faut partir ; car nous avons tout vu. »

Comme il le voulut, j'embrassai son col ;
il saisit le moment et le lieu opportun,
et lorsque les ailes furent grandes ouvertes,

il prit appui sur les côtes velues :
puis de touffe en touffe il descendit
entre le poil dru et les croûtes glacées.

Quand nous arrivâmes au point où la cuisse
s'emboîte au saillant de la hanche,
mon guide, avec fatigue, avec angoisse,

porta sa tête où se trouvaient les jambes,
et s'agrippa au poil comme pour monter,
si bien que je croyais retourner en Enfer.

« Accroche-toi bien », dit mon maître, haletant
comme un homme harassé, « c'est par de telles échelles
qu'il nous faut quitter ce lieu de tant de mal. »

Puis il sortit par le trou d'un rocher
et me posa assis sur le rebord,
me rejoignant ensuite à pas prudents.

Je levai les yeux, et je croyais voir
Lucifer comme je l'avais laissé ;
mais je vis ses jambes tenir en l'air.

Et si alors je fus troublé,

les gens grossiers le penseront, qui ne voient pas
quel est le point que j'avais dépassé.
« Lève-toi », dit mon maître, « debout :
la voie est longue, et le chemin mauvais,
et déjà le soleil atteint la demi-tierce[11]. »
Ce n'était pas la salle d'un palais
où nous étions, mais une grotte naturelle,
au sol rugueux et sans lumière.
« Avant que je m'éloigne de l'abîme,
mon maître », dis-je quand je fus debout,
« dis-moi quelques mots pour me tirer d'erreur :
où est la glace ? et celui-ci, comment tient-il,
planté à l'envers ? comment, en si peu d'heures,
le soleil est-il passé du soir au matin ? »
Et lui : « Tu imagines encore
être en deçà du centre, là où je me pris
au poil de l'affreux ver qui perce le monde.
Tu y étais, tant que je descendis :
quand je me retournai, tu dépassas ce point[12]
où de tous côtés tendent les corps pesants.
Et maintenant tu es venu sous l'hémisphère[13]
opposé à celui que couvre le grand sec[14],
sous le sommet duquel[15] fut mis à mort
l'homme qui naquit et vécut sans péché :
tu as le pied sur une petite sphère[16]
qui est l'autre face de la Giudecca[17].
Il fait jour ici quand c'est le soir là-bas,
et celui qui nous fit échelle de ses poils
est encore planté comme il l'était avant.
C'est de ce côté qu'il tomba du ciel[18] :
et la terre qui jadis s'étendait par ici,
effrayée par lui, se cacha sous la mer,
et s'en vint dans notre hémisphère ;
c'est pour le fuir peut-être que laissa ce vide
celle qui apparaît ici, où elle émergea. »
Il est un lieu[19] là-bas, loin de Belzébuth,

aussi long que s'étend cette grotte,
129 qu'on reconnaît non par la vue mais par le son
d'un petit ruisseau[20] qui descend là
par le trou d'un rocher, qu'il a rongé
132 dans son cours qu'il déroule, en pente douce.
Mon guide et moi par ce chemin caché
nous entrâmes, pour revenir au monde clair ;
135 et sans nous soucier de prendre aucun repos[21],
nous montâmes, lui premier, moi second,
si bien qu'enfin je vis les choses belles
138 que le ciel porte, par un pertuis rond ;
Et par là nous sortîmes, à revoir les étoiles[22].

[Ici s'achève la première partie de la Comédie *de Dante Alighieri, où il est parlé des Enfers.]*

LE PURGATOIRE

CHANT I

Plage de l'Antipurgatoire.

Invocation aux Muses. Dante contemple les quatre étoiles du pôle Sud. Apparition de Caton gardien du Purgatoire. Rite de purification sur la plage.

(Dimanche de Pâques, 10 avril 1300, à l'aube.)

Pour courir meilleure eau elle hisse les voiles
à présent la nacelle [1] de mon génie
qui laisse derrière soi mer si cruelle :

et je chanterai le second royaume
où l'esprit humain se purifie
et devient plus digne de monter au ciel.

Mais qu'ici la morte poésie resurgisse,
ô saintes Muses, puisque je suis à vous ;
et que Calliope [2] un peu se lève

suivant mon chant avec cette musique
dont les tristes Pies [3] sentirent le coup
si fort, qu'elles perdirent tout espoir de pardon.

Douce couleur de saphir oriental
qui s'accueillait dans le serein aspect
de l'air, pur jusqu'au premier tour,

recommença délice à mes regards
dès que je sortis de l'air mort
qui m'avait assombri le visage et le cœur.

La belle planète qui invite à aimer
faisait sourire tout l'Orient
en voilant les Poissons [4] qui l'escortaient.

Je me tournai à main droite, attentif

à l'autre pôle, et je vis quatre étoiles
jamais vues, sinon par les premiers regards[5].
   Le ciel semblait se réjouir de leurs flammes :
oh septentrional site veuf
puisque tu es privé de voir ces feux !
   Quand je me fus écarté de leur vue,
en me tournant un peu vers l'autre pôle,
où avait déjà disparu le Chariot[6],
   je vis près de moi un vieillard solitaire[7]
digne à son air de tant de révérence
qu'aucun fils n'en doit plus à son père.
   Sa barbe longue, et mêlée de poil blanc,
était pareille à ses cheveux, d'où descendait
un double flot sur sa poitrine.
   Les rayons des quatre étoiles saintes
ourlaient si bien de lumière son visage
que je le voyais comme face au soleil.
   « Qui êtes-vous qui remontant le fleuve aveugle
avez fui la prison éternelle ? »
dit-il en secouant cet honnête plumage.
   « Qui vous a conduits, qui fut votre lanterne
pour sortir de la profonde nuit
qui fait la vallée d'Enfer toujours noire ?
   Les lois d'en bas sont-elles si rompues ?
a-t-il paru au ciel nouveau décret,
que damnés vous veniez à mes grottes ? »
   Mon guide alors me prit aux épaules
et par voix et par mains et par signes
rendit humbles mon front et mes genoux.
   Puis il dit : « Je ne suis pas venu de moi-même :
du ciel vint une dame[8], à la prière de qui
j'ai secouru cet homme, par ma compagnie.
   Mais puisque ton vouloir est que j'explique
quelle est en vérité notre condition,
mon vouloir ne peut se refuser au tien.
   Celui-ci n'a jamais vu son dernier soir

mais il en fut si près, par sa folie,
qu'il lui restait bien peu de temps à vivre.
Comme j'ai dit, je lui fus envoyé
pour le sauver ; il n'était d'autre voie
que celle-ci par où je me suis mis.
Je lui ai montré toute la gent coupable
et maintenant je veux lui montrer ces esprits
qui se purifient sous ton autorité.
Comment je l'ai tiré serait long à te dire ;
d'en haut descend une vertu qui m'aide
à le conduire où te voir et t'entendre.
Qu'il te plaise d'approuver sa venue :
il cherche liberté, qui est si chère,
comme sait qui pour elle a refusé la vie[9].
Tu le sais, car pour toi la mort
ne fut pas amère à Utique où tu laissas
l'habit[10] qui au grand jour sera si clair.
Nous n'avons pas violé les édits éternels,
cet homme vit, et Minos ne me tient pas lié ;
je suis du cercle où sont les chastes yeux
de ta Martia[11], qui te regarde encore et te prie,
sainte poitrine, de la tenir pour tienne :
pour son amour laisse-toi fléchir.
Laisse-nous aller par tes sept règnes
je rapporterai grâce de toi à elle
s'il te soucie encore d'être nommé là-bas. »
« Martia fut si chère à mes yeux
tant que je fus sur l'autre bord », dit-il,
« que tout ce qu'elle voulut de moi, je le fis.
Depuis qu'elle est au-delà du fleuve maudit,
elle ne peut plus m'ébranler, par cette loi[12]
qui fut créée quand je sortis de là.
Mais si dame du ciel te meut et mène,
comme tu dis, louer ne sert de rien,
il suffit bien que tu me pries pour elle.
Va donc, et entoure cet homme

d'un jonc[13] très lisse, et lave son visage,
pour effacer toutes ses taches :
Il ne conviendrait pas, l'œil voilé
par quelque brume, d'aller devant le haut
ministre, qui est des gens de paradis.
Cette petite île, tout autour, tout au bord,
là-bas où les vagues la frappent,
porte des joncs sur sa vase molle :
nulle autre plante, portant feuillage
ou tronc épais, ne peut y vivre,
parce qu'elle ne sait y seconder les chocs.
Aussi ne faites pas retour par ici ;
le soleil, qui maintenant se lève, vous montrera
où prendre la montagne par sa pente plus douce. »
Alors il disparut ; et moi je me levai
sans parler, me serrant tout entier
contre mon guide, et je dressai les yeux vers lui.
Il commença : « Mon enfant, suis mes pas,
revenons en arrière, cette plaine
par ici redescend sur ses bords. »
L'aube gagnait sur l'heure matinale
qui fuyait devant elle, et de loin
je reconnus le frémissement de la mer.
Nous allions par la plaine solitaire,
comme celui qui revient à la route perdue,
et jusqu'à elle est sûr d'aller en vain.
Quand nous fûmes là où la rosée
lutte avec le soleil, où pour être en partie
là où il vente elle est plus lente à se dissoudre,
mon maître posa doucement
ses deux mains écartées sur l'herbette :
d'où moi, qui compris la raison de son geste,
je lui tendis mes joues pleines de larmes ;
et là il mit à découvert
la couleur que l'enfer avait cachée.
Nous vînmes ensuite à la rive déserte

qui jamais n'a vu naviguer sur ses eaux
homme qui sût ensuite en retourner.
Là selon le vouloir d'un autre il me ceignit :
oh merveille ! telle il avait choisi
l'humble plante, et telle elle renaquit,
là où il l'avait cueillie, aussitôt.

CHANT II

Plage de l'Antipurgatoire.

Le jour se lève sur l'île. Arrivée de l'ange nocher. Rencontre avec les âmes qui débarquent. Le chant de Casella. Réapparition de Caton et fuite.

Déjà le soleil était venu à l'horizon
dont le cercle méridien surplombe
Jérusalem en son zénith [1] ;
et la nuit, qui parcourt le cercle à l'opposé,
sortait du Gange en tenant les Balances
qui tombent de ses mains lorsqu'elle s'allonge [2],
si bien que les joues blanches et vermeilles,
là où j'étais, de la belle Aurore,
devenaient orangées par trop d'âge.
Nous étions encore près de la mer,
comme celui qui pense à son chemin,
qui va de cœur, et reste avec son corps.
Alors comme on voit, saisi par le matin,
Mars rougeoyer dans les vapeurs épaisses,
vers le couchant, sur la plaine marine,
telle m'apparut, et je la vois encore,
une lumière venant si vite sur la mer
que nul vol n'est égal à sa course.
Quand j'eus un peu détourné mes yeux d'elle,
afin d'interroger mon guide,
je la revis plus brillante et plus grande.
Puis autour d'elle, de tous côtés, m'apparut
je ne sais quoi de blanc, et peu à peu
un autre blanc en sortit par-dessous.
Mon maître encore ne disait rien,

quand les blancheurs apparurent des ailes ;
mais lorsqu'il reconnut le nautonier,
il cria : « Fléchis, fléchis donc les genoux.
Voici l'ange de Dieu ; joins les mains ;
tu verras désormais des officiers semblables.
Il dédaigne, tu vois, les instruments humains ;
il ne veut pas de rame, ni d'autre voile
que ses ailes, entre des rives si lointaines[3].
Tu vois comme il les dresse vers le ciel,
frappant l'air avec ses plumes éternelles,
qui ne changent pas comme poil mortel. »
Et cependant, plus s'approchait de nous
l'oiseau divin, plus il brillait :
de près, mes yeux n'en soutinrent pas l'éclat.
Je les baissai ; et lui vint au rivage
sur un bateau si svelte et si léger
que l'eau n'en couvrait pas la coque.
À la poupe se tenait le céleste nocher,
tout rayonnant de béatitude,
et plus de cent esprits y étaient assis.
« *In exitu Israël de Aegypto*[4] »,
chantaient-ils tous ensemble à l'unisson,
avec ce qui vient après dans ce psaume.
Puis il leur fit le signe de la croix ;
tous alors se jetèrent sur la plage, et lui
il s'en alla, comme il était venu, rapide.
La troupe qui demeura paraissait étrangère
au lieu où elle était, regardant tout autour,
comme celui qui goûte un spectacle nouveau.
Partout le soleil dardait sa lumière
car il avait, de ses flèches habiles,
chassé du milieu du ciel le Capricorne[5],
quand les nouveaux venus levèrent le front
vers nous, et dirent : « Si vous le connaissez,
montrez-nous le chemin qui mène à la montagne. »
« Peut-être croyez-vous », leur répondit Virgile,

« que nous sommes experts de ce lieu ;
mais nous sommes pèlerins comme vous.
Nous sommes venus un peu plus tôt,
par une autre voie, si âpre et si rude,
que monter désormais nous semblera un jeu. »
Les âmes, qui s'étaient aperçues,
à me voir respirer, que je vivais encore,
devinrent toutes pâles d'étonnement.
Et comme un messager qui porte l'olivier
attire la foule curieuse de nouvelles
sans que nul n'ait souci de la cohue,
ainsi ces âmes fortunées
s'attachèrent toutes à mon visage,
comme oubliant d'aller se rendre belles.
Je vis l'une d'elles se jeter en avant
pour m'embrasser, avec tant de tendresse
qu'elle me poussa à faire comme elle.
Oh ombres vaines [6], sauf en leur apparence !
Trois fois j'étendis mes bras autour d'elle,
trois fois les ramenai sur ma poitrine.
La stupeur, je crois, se peignit sur ma face ;
car l'ombre sourit et se retira,
et moi, je m'avançai en suivant ses pas.
Elle me dit doucement de m'arrêter ;
je la reconnus alors, et la priai
de rester un peu à me parler.
Elle répondit : « Comme je t'aimai
dans mon corps mortel, ainsi je t'aime déliée :
c'est pourquoi je m'arrête ; mais toi, pourquoi vas-tu ? »
« Mon Casella [7] », lui dis-je, « c'est pour revenir
là où je suis, que je fais ce voyage,
mais toi, pourquoi as-tu mis tout ce temps ? »
Et lui : « Je n'ai subi aucune offense,
si celui qui emmène qui et quand il lui plaît
m'a refusé plusieurs fois le passage,
car son vouloir vient d'un vouloir juste :

et vraiment il a pris, depuis trois mois[8],
en toute paix, tous ceux qui ont voulu monter.
Et moi, qui tournais alors mes pas vers la plage
où l'eau du Tibre devient salée,
je fus reçu bénignement par lui.
Il dresse à présent ses ailes vers l'embouchure,
car c'est toujours là qu'il recueille
ceux qui ne descendent pas vers l'Achéron. »
Et moi : « Si une loi nouvelle ne t'enlève
la mémoire et l'usage du chant amoureux
qui apaisait tous mes soucis,
qu'il te plaise d'en consoler un peu
mon âme, qui, venant ici avec son corps,
a souffert tant d'angoisse ! »
« Amour qui raisonne en mon cœur[9] »,
commença-t-il alors si doucement
que la douceur résonne encore en moi.
Mon maître et moi, et tous ces gens
qui étaient avec lui semblaient ravis
comme si rien d'autre ne leur touchait l'esprit.
Nous étions tous fixes et attentifs
à son chant, quand tout à coup l'honnête vieillard
s'écria : « Qu'est-ce là, âmes lentes ?
quelle négligence, quelle halte est ceci ?
Courez à la montagne y dépouiller l'écorce
qui ne laisse pas Dieu se montrer à vous ! »
Comme les colombes, cueillant l'orge ou l'avoine,
quand elles sont ensemble à la pâture, tranquilles,
sans montrer leur orgueil habituel,
si apparaît une chose qui les alarme,
laissent là tout à coup la nourriture,
comme assaillies d'un plus grave souci,
ainsi je vis cette troupe nouvelle
laisser le chant et courir vers la côte,
comme un homme qui va, et ne sait où ;
et notre départ ne fut pas moins prompt.

CHANT III

Antipurgatoire, devant la première assise.

Reprise du chemin. Inquiétude de Dante. Explication de Virgile sur la nature des corps. Rencontre des âmes lentes. Manfred.

(Dimanche de Pâques, au matin.)

Bien que les âmes en leur fuite soudaine
se fussent dispersées par la campagne,
tournées vers la pente où la raison nous fouille,
je me rapprochai de mon guide fidèle :
comment aurais-je couru sans lui ?
qui m'aurait emmené sur la montagne ?
Il me semblait tourmenté par lui-même :
ô conscience délicate et pure,
qu'une légère erreur t'est morsure amère !
Lorsque ses pas eurent quitté la hâte
qui ôte à tout acte sa dignité,
mon esprit, jusque-là tout contraint,
s'élargit, comme plein de désir,
et je tournai mes regards vers le mont
qui sort des eaux le plus haut vers le ciel[1].
Le soleil, qui flambait rouge derrière nous,
était brisé devant mon corps,
car je faisais obstacle à ses rayons.
Je me tournai vers le côté, avec la peur
d'être abandonné, lorsque je vis
le sol obscur devant moi seul ;
et mon consolateur : « Pourquoi crains-tu ? »

commença-t-il à dire, tourné vers moi.
« Ne vois-tu pas que je suis là, pour te guider ?
Le soir tombe là-bas où est enseveli
le corps d'où je faisais de l'ombre :
Naples le garde, et Brindes l'a perdu[2].
Et si aucune ombre devant moi ne se forme,
ne t'en étonne pas plus que du fait que les cieux
n'arrêtent pas les rayons de l'un à l'autre.
À souffrir les tourments, la chaleur et le gel,
la Vertu divine dispose de tels corps,
et ne veut pas qu'on voie comment elle œuvre.
Insensé qui espère que notre raison
pourra parcourir la voie infinie
que suit une substance en trois personnes.
Contentez-vous, humains, du *quia* ;
s'il vous avait été possible de tout voir,
il n'était pas besoin que Marie engendrât ;
et vous avez vu désirer en vain des hommes
si grands que leur désir pouvait être apaisé,
alors qu'il les tourmente, éternellement :
je parle d'Aristote et de Platon[3]
et de bien d'autres » ; là il baissa le front,
se tut, et demeura troublé.
Nous arrivions au pied de la montagne ;
là nous trouvâmes le rocher si abrupt
que jamais nos jambes n'auraient su le gravir.
Entre Lerici et la Turbie la roche
la plus déserte, la plus brisée, est auprès de ceci
un escalier large et facile.
« Qui sait de quel côté la pente s'abaisse ? »
dit mon maître en arrêtant ses pas,
« pour qu'y puisse monter qui va sans ailes ? »
Et tandis qu'il tenait le visage baissé
examinant en esprit le chemin,
et que je regardais vers le haut du rocher,
à main gauche m'apparut une troupe

d'âmes, qui s'avançaient vers nous,
sans qu'il parût, tant elles étaient lentes.

« Maître », dis-je, « lève les yeux :
voici par là qui nous conseillera,
si tu ne peux te conseiller toi-même. »

Alors il regarda, et d'un air assuré
me dit : « Allons vers eux, car ils vont doucement ;
et toi, doux fils, renforce ton espoir. »

Cette foule, au bout de mille pas,
se trouvait encore à la distance
que peut franchir un bon lanceur avec la main,

quand ils se serrèrent tous contre les dures falaises
du haut rivage, et se tinrent immobiles, amassés
comme qui, pris de doute, s'arrête à regarder.

« Ô vous qui avez bien fini, esprits déjà élus »,
commença Virgile « par cette paix
que je crois attendue par vous tous,

dites-nous par où la montagne s'abaisse
si bien qu'il soit possible de monter ;
car qui sait plus veut moins perdre le temps. »

Comme les brebis sortent de leur étable,
une, puis deux, puis trois, et les autres restent,
timides, les yeux et le museau baissés,

et les autres font ce que fait la première,
se serrant derrière elle, si elle s'arrête,
simples et calmes, et ne savent le pourquoi ;

c'est ainsi que je vis bouger et venir alors
la tête du troupeau fortuné,
le visage pudique et la démarche honnête.

Et lorsque les premiers virent la lumière
brisée à terre par mon flanc droit,
de sorte que mon ombre allait jusqu'au rocher,

ils s'arrêtèrent, puis reculèrent un peu,
et tous les autres qui les suivaient,
ne sachant pourquoi, firent de même.

« Sans que vous demandiez, je vous déclare

que ce que vous voyez est un corps humain
96 qui fend à terre la lumière du soleil.
Ne vous étonnez pas, et croyez plutôt
que ce n'est pas sans une vertu du ciel
99 qu'il cherche à traverser cette paroi. »
Ainsi dit mon maître, et ces dignes gens :
« Revenez en arrière, et allez devant nous »,
102 dirent-ils en faisant signe du dos de la main.
Puis l'un d'eux commença : « Qui que tu sois,
tourne les yeux vers moi tout en marchant ;
105 réfléchis si jamais tu m'as vu sur terre. »
Je me tournai, et le regardai fixement :
il était blond et beau, et de noble apparence ;
108 mais une entaille fendait l'un de ses sourcils.
Quand je me fus humblement dédit
de l'avoir jamais vu, il dit : « Maintenant, vois » ;
111 et me montra une plaie en haut de la poitrine.
Puis, souriant, il dit : « Je suis Manfred[4],
petit-fils de Constance impératrice[5] ;
114 et je te prie, à ton retour, d'aller trouver
ma fille si belle, qui est la mère
de l'honneur de Sicile et d'Aragon[6],
117 et de lui dire le vrai, si on dit autre chose.
Après que mon corps eut été percé
par deux coups mortels, je me confiai
120 en pleur à celui qui pardonne volontiers.
Horribles furent mes péchés ;
mais l'infinie bonté a de si grands bras
123 qu'elle y accueille ce qui s'adresse à elle.
Si le pasteur de Cosenza[7], qui fut alors
mis par Clément à ma poursuite,
126 avait bien lu en Dieu cette page,
mes os se trouveraient encore
au bout du pont, près de Bénévent,
129 sous la garde du lourd amas de pierres[8].
À présent la pluie les baigne, le vent les roule

hors du royaume, presque au bord du Verde,
où il les a portés toutes lumières éteintes.
L'éternel amour, par leurs malédictions,
ne se perd pas tant qu'il ne puisse renaître,
tant que l'espérance a couleur de vert.
Il est vrai que celui qui meurt en rébellion
contre la Sainte Église, même si à la fin
il se repent, devra rester hors de cette rive
trente fois aussi longtemps qu'il est resté
dans sa présomption, si ce délai
n'est pas raccourci par de bonnes prières.
Vois à présent si tu peux me réjouir
en révélant à ma douce Constance
l'état où tu m'as vu, et cette interdiction ;
car on progresse ici grâce à ceux d'en bas. »

CHANT IV

Antipurgatoire, première assise.

Observations de Dante sur le passage du temps. Montée à la première assise. Explication de Virgile sur le cours du soleil dans l'hémisphère austral. Nature de la montagne du Purgatoire. Belacqua et les autres négligents.

Lorsque par le plaisir ou par la douleur
qui s'empare de l'une de nos facultés,
l'âme se recueille bien en elle,
il semble qu'elle ne comprenne plus que celle-ci,
et ce fait contredit l'erreur qui croit
qu'une âme en nous s'allume sur une autre [1].
Aussi, quand on entend ou qu'on voit une chose
qui attire l'âme très fort à soi,
le temps s'en va sans qu'on le voie,
car autre est la puissance qui le perçoit,
autre est celle qui tient l'âme tout entière :
la première est liée, la deuxième libre [2].
J'eus de ceci une expérience vraie
en écoutant cette âme et en l'admirant ;
car le soleil avait gravi bien cinquante
degrés [3], et je ne m'en étais pas avisé,
quand nous vînmes là où ces âmes d'une seule voix
nous crièrent : « Voici ce que vous demandez. ».
L'homme des champs, quand le raisin brunit,
bouche souvent d'une fourchée d'épines,
dans une haie, un trou plus grand
que n'était le chemin par où monta

mon guide seul, et moi qui le suivais,
lorsque la troupe d'âmes nous eut quittés.
On monte à San Leo, on descend à Noli,
on grimpe à Bismantoue et à Cacume[4]
avec les pieds ; ici, il faut voler ;
avec les ailes, dis-je, et les plumes rapides
du grand désir, et derrière cette escorte
qui me donnait espoir et m'éclairait.
Nous montions dans la roche brisée,
et le bord nous serrait de tous côtés,
et le sol voulait les mains avec les pieds.
Lorsque nous fûmes à l'extrême bord
du haut rivage, en terrain découvert,
« Maître », lui dis-je, « quel chemin suivrons-nous ? »
Et lui à moi : « Que ton pas ne recule jamais ;
continue à monter derrière moi,
jusqu'à ce qu'apparaisse une sage escorte. »
La cime était si haute qu'elle arrêtait la vue,
et la montée bien plus abrupte
qu'une ligne tracée du quart de cercle au centre.
J'étais las, lorsque je commençai :
« Doux père, tourne-toi, et regarde
comme je reste seul, si tu ne m'attends pas. »
« Mon fils », dit-il, « traîne-toi jusqu'ici »,
me montrant, au-dessus, un replat
qui faisait par là le tour de la montagne.
Ses paroles furent un tel aiguillon
que je m'efforçai en rampant après lui,
jusqu'à me retrouver sur ce palier.
Nous nous assîmes là tous deux,
tournés vers le levant d'où nous étions montés,
car il plaît à chacun de contempler ainsi.
Je tournai d'abord mes yeux vers le rivage ;
puis les levai vers le soleil, en m'étonnant
que nous en fussions frappés sur la gauche.
Le poète comprit que j'étais stupéfait

de voir le char de la lumière
passer entre nous et l'Aquilon.
D'où il me dit : « Si Castor et Pollux
étaient en compagnie de ce miroir
qui porte la clarté du haut en bas,
tu verrais le zodiaque rougeoyant
tourner encore plus près des Ourses[5],
à moins qu'il ne quittât son ancien parcours.
Si tu veux comprendre ce qu'il en est,
recueille-toi, imagine que Sion
et cette montagne-ci soient sur la terre
de façon qu'elles aient un seul horizon
et divers hémisphères ; tu verras que la voie
où Phaéton sut mal guider son char
doit aller d'un côté vers le mont[6],
et de l'autre vers l'autre point,
si ton esprit observe bien. »
« Certes, mon maître », dis-je, « jamais
je n'ai vu clairement comme ici je discerne
là où mon esprit paraissait en défaut,
que le cercle du ciel d'en haut
que l'un des arts appelle équateur[7],
et qui reste toujours entre hiver et été,
est aussi loin d'ici vers le septentrion,
par la raison que tu me dis, que les Hébreux
le voyaient vers la région chaude.
Mais s'il te plaît, je voudrais bien savoir
combien nous avons à marcher ; car le mont s'élève
plus que mes yeux ne peuvent monter. »
Et lui à moi : « Cette montagne est telle
qu'elle est toujours rude pour commencer ;
mais plus on monte, et moindre est la fatigue.
Aussi quand elle te paraîtra si douce
que la montée te sera légère,
comme aller en bateau en suivant le courant,
alors tu seras au bout de ce chemin ;

attends là-haut de reposer tes peines.
96 Je ne t'en dis pas plus ; mais je le sais pour vrai. »

Lorsqu'il eut prononcé ces paroles,
une voix se fit entendre de tout près : « Peut-être
99 auras-tu besoin de t'asseoir avant ! »

Au son de cette voix nous nous retournâmes
et vîmes à main gauche un grand rocher
102 que ni lui ni moi n'avions remarqué.

Nous nous y traînâmes ; des gens étaient là,
qui se tenaient à l'ombre de ce roc,
105 dans des postures nonchalantes.

Et l'un d'entre eux, qui me semblait las,
était assis, embrassant ses genoux,
108 et tenant entre eux son visage baissé.

« Mon doux seigneur », dis-je, « jette les yeux
sur cet homme-ci, à l'air plus indolent
111 que si paresse était sa sœur. »

Alors il se tourna vers nous et nous considéra,
en levant les yeux le long de sa cuisse,
114 et dit : « Va donc là-haut, toi qui es si vaillant. »

Je reconnus alors qui il était, et cette angoisse
qui pressait encore ma respiration
117 ne put m'empêcher d'aller vers lui ; et quand

je l'eus rejoint, il leva à peine la tête,
et dit : « As-tu bien vu comme le soleil
120 mène son char ici vers la gauche ? »

Ses gestes paresseux et ses brèves paroles
me portèrent un peu à sourire ;
123 puis je dis : « Belacqua[8], je ne te plaindrai plus

désormais : mais, dis-moi : pourquoi es-tu assis
en ce lieu ? attends-tu une escorte ?
126 ou bien as-tu repris ton ancienne habitude ? »

Et lui : « Ô frère, monter là-haut, qu'importe ?
il ne me laisserait pas aller aux martyres,
129 l'ange de Dieu qui siège sur le seuil.

Le ciel doit d'abord tourner autant de fois

autour de moi qu'il a fait dans ma vie,
puisque j'ai retardé sans cesse les bons soupirs,
à moins qu'une prière ne m'aide auparavant,
venue d'un cœur qui vive dans la grâce.
Que vaut une autre, que le ciel n'entend pas ? »
Déjà le poète montait devant moi
et disait : « Viens donc : tu vois que le soleil
touche le méridien, et que sur le rivage
la nuit, du pied, recouvre le Maroc[9]. »

CHANT V

Antipurgatoire, deuxième assise.

Pécheurs morts de mort violente et repentis *in extremis*. Colloque avec Jacopo del Cassero. Bonconte da Montefeltro. La Pia.

(Dimanche de Pâques, dans l'après-midi.)

Je m'étais déjà séparé de ces ombres,
et je suivais les traces de mon guide,
quand derrière moi, levant le doigt,
l'une cria : « Vois, on dirait que les rayons
ne brillent pas à gauche de celui d'en dessous,
il a l'air de marcher comme un vivant ! »
Je tournai les yeux à ces paroles,
et les vis me regarder avec stupeur,
moi seul, moi seul, et la lumière brisée.
« Pourquoi ton âme est-elle embarrassée »,
me dit le maître, « au point de ralentir ton pas ?
Que peut te faire ce qu'on murmure ici ?
Viens derrière moi, et laisse dire les gens.
Sois comme une tour, à la cime assurée,
que n'ébranle jamais le souffle des vents ;
car l'homme en qui germe une pensée
sur une autre pensée, s'éloigne de son but,
parce que la fougue de l'une amollit l'autre. »
Que pouvais-je dire, sinon : « Je viens » ?
Je le dis, couvert un peu de la couleur
qui nous rend parfois dignes de pardon.
Et pendant ce temps, à travers la côte,

des gens venaient, un peu plus haut que nous,
chantant « *Miserere* », verset après verset.
Quand ils s'aperçurent que je faisais obstacle,
avec mon corps, aux rayons du soleil,
leur chant se mua en un « oh » long et rauque ;
et deux d'entre eux, comme des messagers,
coururent vers nous, et demandèrent :
« Faites-nous connaître votre condition. »
Mon maître alors : « Vous pouvez partir
et rapporter à ceux qui vous ont envoyés
que le corps de cet homme est un corps de chair.
S'ils se sont arrêtés pour voir son ombre,
comme j'imagine, il leur est assez répondu ;
qu'ils lui fassent honneur ; ce peut leur être utile. »
Jamais je ne vis vapeurs enflammées
au début des nuits, ni nuages d'août
fendre l'air serein au soleil couchant
aussi vite que ceux-ci remontèrent ;
arrivés là, ils revinrent à nous avec les autres,
comme un escadron qui court sans frein.
« Grande est la foule qui se presse vers nous
et qui vient te prier », dit le poète :
« va donc, et, en marchant, écoute. »
« Ô âme qui vas pour être heureuse,
vêtue du corps que tu avais quand tu naquis »,
criaient-ils en venant, « ralentis ton pas.
Regarde si tu as jamais vu l'un de nous
dont tu puisses là-bas rapporter des nouvelles.
Oh pourquoi t'en vas-tu ? oh arrête-toi !
Nous sommes tous morts de mort violente,
et pécheurs jusqu'au dernier instant ;
une lumière du ciel alors nous éclaira,
si bien que, pardonnant et nous repentant,
nous quittâmes la vie en paix avec Dieu
qui nous enflamme du désir de le voir. »
Et moi : « J'ai beau regarder vos visages,

je n'en reconnais pas ; mais si vous voulez
chose qui soit en mon pouvoir, esprits bien nés,
dites-la-moi, je la ferai, par cette paix
que derrière les pas d'un pareil guide
on me fait chercher de monde en monde. »
Et l'un commença : « Chacun de nous se fie
à ton bienfait sans que tu jures,
pourvu que l'impuissance ne tronque ta volonté.
Moi qui te parle [1] seul avant les autres,
je te prie, si jamais tu vois cette région
située entre Romagne et le règne de Charles [2],
que tu me sois courtois dans tes prières,
à Fano, pour qu'on y fasse de bonnes oraisons,
et que je puisse purger mes graves péchés.
Là je naquis, mais les blessures profondes
par où sortit le sang en lequel je logeais
me furent infligées chez les Anténor [3],
là où je me croyais le plus en sûreté.
Un Este [4] le fit faire, irrité contre moi
beaucoup plus que le droit ne l'exigeait.
Mais si j'avais fui vers Mira,
quand je fus rattrapé à Oriaco [5],
je serais encore au lieu où on respire.
Je courus au marais, et les joncs et la boue
m'empêtrèrent tant que je tombai ; et je vis là
se former à terre un lac de mon sang. »
Puis un autre dit : « Ah, que s'accomplisse
le désir qui t'entraîne à la haute montagne,
mais toi, aide le mien, par bonne pitié !
Je fus de Montefeltro ; je suis Bonconte [6] ;
ni Jeanne, ni nul des miens n'a cure de moi ;
aussi je vais parmi ceux-ci la tête basse. »
Et moi, à lui : « Quelle force, ou quel sort
t'a porté si loin de Campaldino
qu'on n'a jamais connu ta sépulture ? »
« Oh », répondit-il, « au pied du Casentino

passe une rivière qui a nom Archiano ;
elle naît dans l'Apennin plus haut que l'Eremo.
À l'endroit où son nom se perd,
je parvins, la gorge trouée,
fuyant à pied, ensanglantant la plaine.
Là je perdis la vue et la parole ;
je finis dans le nom de Marie, et là
je tombai, et ma chair resta seule.
Je dirai le vrai, redis-le aux vivants :
l'ange de Dieu me prit, et celui d'Enfer
criait : “Ô toi du ciel, pourquoi me prives-tu ?
Tu prends la part éternelle de cet homme
pour une petite larme qui me l'enlève,
mais je ferai autre chose du reste !
Tu sais comment s'amoncelle dans l'air
la vapeur humide qui revient en eau,
sitôt qu'elle monte où le froid la saisit.”
Il joignit le malin vouloir, qui ne veut que le mal,
à l'intelligence, et déchaîna le brouillard et le vent
par la vertu qu'il tient de sa nature.
Il couvrit la vallée, quand le jour fut éteint,
de Pratomagno à la haute montagne
de brumes ; et il alourdit le ciel au-dessus,
si bien que l'air épais se changea en eau ;
la pluie tomba, les fossés se remplirent
de ce que la terre n'absorbait pas ;
et quand elle arriva dans les rivières,
elle se jeta dans le fleuve royal,
si violemment que rien ne la retint.
L'impétueux Archiano, à son embouchure,
trouva mon corps glacé, le jeta dans l'Arno,
et dénoua sur ma poitrine la croix
que je fis de moi quand douleur me vainquit :
il me roula le long des bords et sur le fond,
puis me couvrit et m'entoura de ses cailloux. »
« Ah quand tu seras de retour au monde

et reposé de ton long voyage »,
dit, après le second, le troisième esprit,
« souviens-toi de moi, qui suis la Pia[7] ;
Sienne me fit, Maremme me défit ;
il le sait celui qui m'avait donné
d'abord pour m'épouser, l'anneau de gemme. »

CHANT VI

L'Antipurgatoire, deuxième assise.

Efficacité de la prière. Rencontre des poètes : Virgile et Sordello. Imprécations contre l'Italie, contre l'Empire, contre le pape, contre Florence.

Lorsque prend fin le jeu de la zara[1],
celui qui perd reste chagrin,
et s'instruit tristement, en répétant les coups ;
avec l'autre s'en va toute la foule ;
qui va par-devant, qui le tire par-derrière,
qui, à son côté, se rappelle à lui ;
lui, sans s'arrêter, prête l'oreille à tous ;
qui lui serre la main n'insiste plus ;
et lui, il se libère ainsi de la cohue.
Tel j'étais moi-même dans cette foule épaisse,
tournant mes regards ici et là ;
ainsi, en promettant, je me dégageais d'elle.
L'Arétin[2] était là, qui reçut la mort
de la main cruelle de Ghino di Tacco[3],
et l'autre[4] qui mourut noyé à la chasse.
Là, les mains tendues, priait
Frédéric le Nouveau, et celui de Pise[5],
qui montra le courage du bon Marzucco.
Je vis le comte Orso[6], et l'âme séparée
du corps par haine et par envie,
comme il disait, non par faute commise :
c'était Pierre de la Brosse[7] ; et qu'elle y remédie,
tant qu'elle est sur terre, la dame de Brabant,
sinon elle ira dans un pire troupeau.

Quand je fus libéré de toutes ces ombres
qui priaient seulement que d'autres prient
pour hâter le temps de devenir saintes,
je commençai : « Il semble que tu nies,
ô ma lumière, en quelque texte,
que la prière plie les décrets du ciel ;
et ces gens pourtant prient dans un tel but ;
leur espérance est-elle donc vaine,
ou ce que tu dis ne m'est pas clair ? »
Et lui à moi : « Mon écriture est transparente :
et l'espoir de ces gens n'est pas trompeur,
si on y réfléchit avec un esprit droit.
La cime du jugement ne s'abaisse pas [8]
lorsque le feu d'amour accomplit en un point
ce que doivent acquitter ceux qui débarquent ici.
Au lieu où j'arrêtai ce point,
les prières ne pouvaient amender la faute,
car l'acte de prier était délié de Dieu [9].
Mais ne t'arrête pas à un doute si dur,
si ce n'est l'avis de celle qui sera
lumière entre le vrai et ton esprit.
Je ne sais si tu m'entends : je dis de Béatrice ;
tu la verras en haut, sur la cime
de cette montagne, riant, heureuse. »
Et moi : « Seigneur, allons plus vite,
déjà je ne sens plus comme avant la fatigue,
et tu vois qu'à présent le mont jette son ombre. »
« Nous irons avec ce qui reste du jour »,
répondit-il, « autant que nous pourrons ;
mais les choses ne sont pas comme tu penses.
Avant d'être là-haut, tu verras revenir
l'astre qui est déjà couvert par la montagne,
si bien que tu ne fais plus se briser ses rayons.
Mais vois une ombre [10] là, assise
toute seule, qui regarde vers nous :
elle nous indiquera le chemin le plus court. »

Nous allâmes à elle ; ô âme lombarde,
que tu étais altière et dédaigneuse,
et digne, et lente à tourner tes regards !

Elle ne nous disait rien,
mais nous laissait venir, regardant seulement,
à la façon d'un lion qui se repose.

Virgile alors s'approcha d'elle, en la priant
de nous montrer la meilleure montée ;
elle ne répondit pas à sa question,

mais demanda notre pays
et notre vie ; et le doux guide commençait
« *Mantua*... [11] », et l'ombre, toute recueillie en soi,

se dressa vers lui du lieu où elle était,
disant : « Ô Mantouan, je suis Sordello,
de ton pays ! » ; et l'une embrassait l'autre.

Hélas ! serve Italie, auberge de douleur,
nef sans nocher dans la tempête,
non reine de provinces [12], mais bordel !

Cette âme noble fut si preste,
pour le seul doux nom de sa patrie,
à fêter en ce lieu son concitoyen ;

et à présent en toi ils ne sont pas sans guerre,
tes vivants, ils se rongent l'un l'autre,
ceux qu'enserrent un seul mur et un seul fossé.

Cherche, malheureuse, le long de tes rivages,
de tes mers, et regarde en ton sein
si quelque point de toi jouit de la paix.

À quoi servit que Justinien [13]
réparât ton frein, si la selle est vide ?
Sans lui la honte serait moins grande.

Ah hommes qui devriez être dévots,
et laisser César s'asseoir sur la selle,
si vous entendez ce que Dieu vous commande,

voyez comme la bête est devenue félonne,
n'étant plus corrigée par l'éperon,
depuis que vous avez la bride en main.

Ô Albert [14] allemand qui abandonnes
celle qui est à présent indomptable et sauvage,
toi qui devrais enfourcher ses arçons,
que tombe des étoiles un juste jugement
sur ta race, qu'il soit inouï, éclatant,
et que ton héritier s'en épouvante !
Comment ton père et toi avez-vous pu souffrir,
attirés loin d'ici par la cupidité,
que fût désert le jardin de l'Empire ?
Viens voir les Montecchi et les Cappelletti,
les Monaldi et les Filippeschi [15], homme indolent :
ceux-là déjà défaits, et ceux-ci dans la crainte !
Viens, cruel, viens, et vois l'oppression
de tes vassaux, et panse leurs blessures ;
tu verras Santafior [16], comme elle est sombre !
Viens voir ta Rome qui pleure,
veuve, esseulée, qui jour et nuit t'appelle :
« Mon César, pourquoi n'es-tu plus avec moi ? »
Viens voir tes peuples, comme ils s'aiment !
et si tu n'as pas pitié de nous,
viens prendre honte de ta renommée.
Et si je peux le dire, grand Jupiter,
qui fus sur terre crucifié pour nous [17],
tes justes yeux sont-ils tournés ailleurs ?
Ou est-ce préparatif que dans l'abîme
de tes desseins tu fais pour quelque bien
qui échappe tout entier à notre entendement ?
Car les villes d'Italie sont toutes pleines
de tyrans, et le moindre vilain qui se mêle
d'y être partisan devient un Marcellus [18].
Ma Florence, tu peux être contente
de cette digression qui ne te touche en rien,
grâce à ton peuple qui s'évertue.
Beaucoup, qui ont justice au cœur, la lancent tard,
pour ne pas venir à l'arc à l'étourdie ;
mais ton peuple la porte au bord des lèvres.

Beaucoup refusent les charges publiques ;
mais ton peuple répond avec empressement,
sans qu'on l'appelle, et crie : « Je me dévoue ! »
Réjouis-toi donc, car tu as bien de quoi :
tu es riche, tu as la paix et la raison !
Si je dis vrai, l'effet le montre bien.
Athènes et Sparte, qui inventèrent
les antiques lois, et furent si policées,
donnèrent un pauvre signe du bien vivre
auprès de toi, qui fais des ordonnances
si fines qu'il n'arrive pas à mi-novembre,
le fil que tu tords en octobre.
Combien de fois, de mémoire d'homme,
as-tu changé monnaie, lois et offices,
coutumes, et renouvelé tous tes membres ?
Si tu te souviens bien, et si tu vois clair,
tu te verras pareille à cette infirme
qui ne peut trouver de repos sur la plume,
mais qui s'escrime, en se tournant, contre son mal.

CHANT VII

Antipurgatoire, deuxième assise.

Dialogue de Virgile et de Sordello. La loi de la montée au Purgatoire. La vallée fleurie. Quelques princes négligents.

Après que l'accueil courtois et joyeux
eut été répété trois ou quatre fois,
Sordello recula, et dit : « Qui êtes-vous ? »
« Avant qu'eussent tourné vers ce mont
les âmes dignes de monter vers Dieu,
mes os furent enterrés par Octavien [1].
Je suis Virgile ; et pour nulle autre faute
je n'ai perdu le ciel, que pour n'avoir la foi. »
C'est ainsi que mon guide lui répondit.
Tel celui qui voyant devant soi
une chose tout à coup qui l'étonne, y croit
et n'y croit pas, et dit : « c'est elle… ce n'est pas elle »,
tel parut Sordello ; puis il baissa les yeux,
revint très humblement vers lui,
et l'embrassa là où embrasse le vassal [2].
« Ô gloire des Latins », dit-il, « par qui
notre langue montra ce qu'elle pouvait,
ô éternel honneur du lieu où je naquis,
quel mérite ou quelle grâce te montre à moi ?
Si je suis digne d'entendre ta parole,
dis-moi si tu viens de l'enfer, et de quel cloître. »
« Par tous les cercles du règne douloureux »,
répondit-il, « je suis venu ici ;
vertu du ciel me mande, et je viens avec elle.

J'ai perdu non pour faire, mais pour non faire,
la vue du haut Soleil que tu désires,
et qui fut de moi connu trop tard.

Il est un lieu là-bas qu'attristent les ténèbres,
mais non les peines, et où les plaintes
ne résonnent pas en cris, mais en soupirs[3].

Je suis là-bas, avec les enfants innocents
mordus par les dents de la mort, avant
d'avoir été lavés de la faute humaine.

Je suis là avec ceux qui n'ont pas revêtu
les trois vertus saintes, et qui sans vice
ont connu et suivi toutes les autres.

Mais, si tu sais et peux, donne-nous un signe
qui puisse nous faire venir plus tôt
à la vraie entrée du Purgatoire[4].»

Il répondit : « Aucun lieu ne nous est assigné,
il m'est permis d'aller en haut et alentour ;
tant que je peux aller, je t'accompagnerai.

Mais vois déjà comme le jour décline,
et l'on ne peut monter pendant la nuit ;
il convient de penser à un bon abri.

À droite sont des âmes, à l'écart ;
je te mènerai à elles, si tu y consens,
et tu auras plaisir à les connaître. »

« Comment ? », fut la réponse. « Celui qui voudrait
monter la nuit, serait-il empêché
par quelqu'un, ou ne pourrait-il pas ? »

Le bon Sordello traça du doigt un trait à terre,
en disant : « Vois-tu ? tu ne pourrais franchir
ce seul trait après le départ du soleil :

non toutefois qu'autre chose t'empêche,
sinon les ténèbres nocturnes, d'aller plus haut ;
mais l'incapacité entrave le vouloir.

Elles permettraient certes de retourner en bas
et d'errer tout autour de la côte,
tandis que l'horizon tient le jour enclos. »

Alors mon seigneur, comme plein de surprise :
« Mène-nous donc », dit-il, « là où tu dis
qu'on peut avoir plaisir à prendre du repos. »

Nous n'étions pas encore très éloignés,
quand je m'aperçus que le mont était creux,
comme chaque vallée est creuse par ici.

« Là », dit cette ombre, « nous irons
où la côte forme comme un giron,
et là nous attendrons le nouveau jour. »

Entre pente et replat un sentier oblique
nous conduisit au flanc de la ravine,
là où le bord s'abaisse jusqu'à moitié.

Or et argent fin, écarlate et céruse,
indigo, bois luisant comme air serein,
fraîche émeraude quand on la brise,

près de l'herbe et des fleurs, dans ce vallon,
verraient ternir l'éclat de leur couleur,
comme le moins est vaincu par le plus.

La nature ici n'avait pas seulement peint,
mais par la suavité de mille odeurs
elle formait un ensemble inconnu, indistinct.

Puis sur l'herbe verte et sur les fleurs,
je vis chanter « *Salve Regina* » à des âmes
qu'on ne voyait pas hors de la vallée.

« Avant que se cache ce reste de soleil »,
commença le Mantouan qui nous avait conduits,
« ne me demandez pas de vous mener à elles.

De ce rebord vous verrez mieux
les gestes et les traits de chacune d'elles
que si elles vous accueillaient dans la vallée.

Celui qui siège le plus haut et qui laisse voir
qu'il a négligé de faire ce qu'il devait,
et qui n'ouvre pas la bouche au chant des autres,

fut l'empereur Rodolphe[5], qui aurait pu
guérir les plaies dont l'Italie se meurt,
alors qu'il est trop tard pour qu'un autre la sauve.

L'autre qui paraît le réconforter
fut roi du pays où naissent les eaux qui mènent
la Moldava dans l'Elbe, et l'Elbe dans la mer :

il eut nom Ottokar[6], et déjà dans les langes
il valait mieux que Wenceslas[7] son fils,
barbu, qui se nourrit de paresse et luxure.

Et ce petit nez[8], qui semble en étroit colloque
avec celui qui a un air si doux,
mourut en fuyant et déflorant le lys ;

regardez là, comme il bat sa poitrine !
Et voyez cet autre qui a couché sa joue
dans le creux de sa paume, en soupirant.

Ils sont père et beau-père du mal de France[9] :
ils savent sa vie basse et corrompue,
de là vient la douleur qui les point tant.

Celui qui paraît si membru[10] et qui s'accorde,
en chantant, avec cet autre au nez viril,
avait ceint le cordon de toute valeur ;

et si après lui avait pu rester roi
le jeune homme que tu vois assis derrière lui,
la valeur eût passé de vase en vase,

ce qu'on ne peut dire des autres héritiers :
Jacques et Frédéric[11] ont les royaumes,
mais aucun d'eux n'a la meilleure part.

L'humaine probité resurgit rarement
dans ses branches ; et celui qui la donne
le veut ainsi, pour qu'on la demande.

Au grand nez[12] vont aussi mes paroles,
non moins qu'à l'autre, Pierre, qui chante avec lui,
la Pouille et la Provence déjà s'en plaignent.

La plante est aussi inférieure à sa semence
que les époux de Béatrice et Marguerite[13]
le sont à l'époux de Constance[14].

Voyez le roi de la vie simple
assis là tout seul, Henri d'Angleterre[15] ;
il a dans ses rameaux un meilleur sort[16].

Celui qui est couché plus bas parmi eux
regardant le ciel, est le marquis Guillaume[17],
pour qui Alexandrie, avec sa guerre,
fait pleurer Monferrat et Canavese. »

CHANT VIII

Antipurgatoire. La vallée des princes négligents.

Arrivée des anges. Nino Visconti. Les trois étoiles. Le serpent mis en fuite. Corrado Malaspina.

(Dimanche de Pâques, au soir.)

C'était l'heure déjà où tourne le désir
de ceux qui sont en mer quand attendrit leur cœur
le jour où ils ont dit aux doux amis adieu ;
l'heure qui blesse d'amour le nouveau pèlerin,
s'il entend au loin le son d'une cloche
qui semble pleurer la lumière qui se meurt ;
quand je commençai à ne plus entendre
et à regarder l'une des âmes
qui, debout, demandait de la main qu'on l'écoute.
Elle joignit et leva ses deux paumes,
en fixant les yeux vers l'orient,
comme disant à Dieu : « Je n'ai d'autre souci. »
Le « *Te lucis ante*[1] » lui jaillit de la bouche
si pieusement, et en notes si douces,
qu'il me fit sortir de moi-même ;
et les autres ensemble, douces et dévotes,
la suivirent, jusqu'à la fin de l'hymne,
en tenant les yeux sur les sphères d'en haut.
Aiguise ici, lecteur, ton regard sur le vrai,
car le voile à présent est si mince
qu'il devient aisé à traverser.
Je vis ensuite cette noble armée

regarder en silence vers le haut,
humble et pâle, comme en attente,
et je vis sortir et descendre du ciel
deux anges, avec deux épées de feu,
tronquées et privées de leurs pointes.
Vertes comme des feuilles nouvelles nées
étaient leurs robes, que battaient les plumes vertes
flottant derrière eux, agitées par le vent.
L'un vint se poser un peu plus haut que nous,
et l'autre descendit sur la rive opposée,
si bien que la foule se serra au milieu.
Je discernais en eux la tête blonde ;
mais dans leur visage le regard se perdait,
comme un sens se confond par l'excès.
« Ils viennent tous deux du sein de Marie »,
dit Sordello, « pour garder la vallée,
à cause du serpent [2] qui viendra bientôt. »
D'où moi, qui ne savais par quel chemin,
je regardai autour de moi et me serrai
tout glacé, contre l'épaule bien-aimée.
Et Sordello encore : « Descendons maintenant
parmi les grandes ombres, et nous leur parlerons ;
il leur sera doux de vous voir. »
Je ne descendis, je crois, que trois pas,
et fus en bas ; et je vis quelqu'un qui me regardait,
fixement, comme s'il voulait me reconnaître.
C'était le temps déjà où l'air s'obscurcissait,
mais non pas tant qu'à ses yeux et aux miens
il ne montrât ce qu'il cachait auparavant.
Il vint vers moi, et moi j'allai vers lui :
gentil juge Nino [3], comme il me plut
de voir que tu n'étais pas chez les damnés !
Nous ne manquâmes à nul salut courtois ;
puis il demanda : « Quand es-tu venu
au pied du mont, par les eaux lointaines ? »
« Oh », dis-je, « ce matin, par les tristes pays

je suis venu, et je suis dans ma première vie,
bien qu'en allant ainsi, je gagne l'autre. »
Dès qu'ils eurent entendu ma réponse,
Sordello et lui firent un pas en arrière,
comme gens tout à coup désemparés.
L'un se tourna vers Virgile, et l'autre vers quelqu'un
qui était assis là, en criant : « Debout, Corrado !
Viens voir ce que Dieu par sa grâce a voulu. »
Puis, tourné vers moi : « Par le gré singulier
que tu dois à celui qui nous cache si bien
son premier motif, que nulle voie n'y mène,
quand tu seras par-delà les grandes eaux,
dis à ma Jeanne qu'elle en appelle
pour moi là-haut où on répond aux innocents.
Je crois que sa mère ne m'aime plus,
depuis qu'elle a quitté ses bandeaux blancs[4]
qu'il lui faudra, hélas, regretter encore.
Par elle on comprend aisément
ce que le feu d'amour dure chez une femme
si l'œil ou le toucher ne l'allume souvent.
La vipère qu'on arbore à Milan
ne lui fera pas de si belles obsèques
qu'aurait faites le coq de Gallura[5]. »
Il parlait ainsi, marqué par le signe,
sur son visage, de la juste ferveur
qui brûle dans un cœur avec mesure.
Mes yeux avides allaient sans cesse au ciel
là où les étoiles sont le plus lentes,
comme la roue plus près de son essieu.
Et mon guide : « Fils, que regardes-tu là-haut ? »
Et moi à lui : « Ces trois flambeaux[6]
par qui le pôle ici est tout embrasé. »
D'où lui à moi : « Les quatre étoiles claires
que tu voyais ce matin sont là, en bas,
et celles-ci ont monté où étaient les premières. »
Comme il parlait, Sordello l'attira à soi,

disant : « Vois là notre adversaire[7] »,
et il dressa le doigt pour qu'il regarde.

Du côté où le val n'a pas de talus,
se tenait un serpent, le même peut-être
qui donna à Ève le fruit amer.

Entre l'herbe et les fleurs venait l'affreux reptile,
tournant de temps en temps la tête et se léchant
le dos, comme une bête qui se lisse.

Je ne vis pas, et je ne puis redire
comment partirent les éperviers célestes ;
mais je les vis l'un et l'autre en plein vol.

Entendant les ailes vertes fendre l'air,
le serpent s'enfuit ; et les anges revinrent
à leur place, en haut, d'un vol égal.

L'ombre qui s'était rapprochée du juge
à son appel, pendant tout cet assaut,
ne cessa un instant de me regarder.

« Puisse la lampe qui te conduit là-haut
trouver autant de cire dans ta volonté
qu'il en faut pour aller jusqu'à l'azur suprême »,

reprit-elle, « mais si tu as des nouvelles vraies
de Val di Magra ou du pays voisin,
dis-le-moi, car autrefois j'y fus puissant.

On m'appelait Corrado Malaspina[8] ;
je ne suis pas l'ancien, mais je descends de lui ;
j'aimai les miens d'un amour qui s'épure par ici. »

« Oh », lui dis-je, « je n'ai jamais été
dans vos pays ; mais où, dans toute l'Europe,
est-il un lieu où ils ne soient fameux ?

La gloire qui honore votre maison
chante si bien les seigneurs et leur pays
qu'on les connaît sans y avoir encore été :

et je vous jure, par mon désir d'aller là-haut,
que votre race honorée ne déchoit pas
du lustre qu'elle tient de la bourse et du glaive.

Usage et nature lui font tel privilège

que, bien qu'un mauvais chef dévie le monde,
seule elle va droit, loin du mauvais chemin. »
Et lui : « Va, car le soleil ne se couchera pas
sept fois dans le lit que le Bélier
de ses quatre pieds couvre et enfourche,
avant que cet avis courtois
te soit cloué au centre de la tête
avec des clous plus forts que les discours d'autrui,
si ne s'arrête le cours du jugement. »

CHANT IX

Antipurgatoire, de la vallée à la porte du Purgatoire.

Dante s'endort et rêve. Réveil près de la porte du Purgatoire. L'ange portier. Ouverture de la porte.

(Nuit du dimanche au lundi de Pâques 11 avril 1300.)

La concubine de l'antique Titon [1]
blanchissait déjà au balcon d'orient,
en sortant des bras de son doux ami ;
son front resplendissait de gemmes,
formant la figure de l'animal froid [2]
qui frappe l'homme avec sa queue ;
et la nuit, au lieu où nous étions,
avait fait deux pas dans sa montée,
et baissait déjà son aile pour le troisième ;
lorsque, chargé encore du fardeau d'Adam [3],
vaincu par le sommeil, je m'inclinai sur l'herbe,
où nous étions assis tous les cinq.
À l'heure où l'hirondelle, près du matin,
commence à chanter ses tristes lais,
peut-être en mémoire de ses premiers malheurs,
et où notre esprit qui voyage,
plus loin de la chair, moins pris par les soucis,
est presque devin dans ses visions,
en rêve il me semblait voir suspendu
un aigle dans le ciel avec des plumes d'or,
les ailes déployées, et tout prêt à descendre ;
et il me semblait être là où ses compagnons

furent abandonnés par Ganymède,
quand il fut ravi[4] au consistoire des dieux.

Je pensais en moi-même : « Peut-être il chasse
ici par habitude, et peut-être il dédaigne
de prendre ailleurs une proie dans ses griffes.

Puis il me semblait qu'il tournait un peu,
et qu'il descendait, terrible comme la foudre,
et m'emportait tout en haut jusqu'au feu.

Là il me semblait que nous brûlions tous deux ;
et l'incendie rêvé était si fort
que mon sommeil fut forcé de se rompre.

Ainsi qu'Achille, en revenant à soi,
tournait à l'entour ses yeux réveillés,
ne sachant où il se trouvait,

quand sa mère, l'enlevant à Chiron[5],
l'emporta endormi dans ses bras à Skyros,
là d'où les Grecs le tirèrent plus tard ;

ainsi revins-je à moi, quand le sommeil s'enfuit
de mon visage, et je devins tout pâle,
comme un homme glacé par l'épouvante.

Seul mon réconfort se trouvait près de moi ;
le soleil était haut depuis plus de deux heures,
et j'avais le visage tourné vers la mer.

« Ne t'effraie point », dit mon seigneur ;
« rassure-toi, car nous sommes à bon port ;
ne resserre pas ton cœur, élargis-le.

Te voici parvenu au purgatoire ;
vois la falaise qui l'enclôt tout autour ;
et vois l'entrée, où le roc est cassé.

Tout à l'heure, à l'aube, avant le jour,
quand ton âme sommeillait en toi-même,
parmi les fleurs qui ornent la vallée,

une dame est venue, disant : "Je suis Lucie[6] ;
laissez-moi prendre celui qui dort ;
je rendrai son chemin plus aisé."

Sordello est resté avec les nobles âmes ;

elle t'a enlevé, et quand le jour fut clair,
elle est montée ; et j'ai suivi ses traces.
Elle t'a posé ici, mais d'abord ses beaux yeux
m'ont indiqué cette entrée ouverte ;
puis elle et le sommeil s'en sont allés ensemble. »
Comme qui dans le doute se rassure,
et change sa peur en confiance,
quand la vérité se découvre à lui,
ainsi je changeai ; et quand mon guide me vit
sans crainte, il se mit en route sur le bord
et moi derrière lui, vers la hauteur.
Lecteur, tu vois comme ici je relève
la matière de mon chant[7] ; ne t'étonne donc pas
si je le rehausse avec plus d'art ;
Nous approchâmes, et nous étions au lieu
où d'abord le rocher m'avait semblé brisé,
comme une brèche qui fend un mur ;
je vis une porte, et, au-dessous, trois marches
pour y monter, de diverses couleurs,
et aussi un portier qui gardait le silence.
Et à mesure que j'ouvrais plus les yeux,
je vis qu'il se tenait sur la plus haute marche,
mais je ne pus souffrir l'éclat de son visage :
il avait à la main une épée nue
qui reflétait si fort les rayons vers nous
que plusieurs fois en vain j'y portai mes regards[8].
« Répondez d'où vous êtes : que voulez-vous ? »
commença-t-il à dire, « où est l'escorte ?
Prenez garde : car monter peut vous nuire. »
« Une dame du ciel, qui connaît ces choses »,
lui répondit mon maître, « tout à l'heure
nous a dit : allez par là : là est la porte. »
« Et qu'elle guide vos pas vers le bien »,
reprit alors le portier courtois :
« Avancez donc jusqu'à nos marches ! »
Nous y allâmes ; et le premier degré

était de marbre blanc[9] si lisse et si poli
que je m'y voyais comme dans un miroir.
Le deuxième était noir plutôt que pourpre[10],
de pierre rude et calcinée,
et crevassée en long et en travers.
Le troisième, qui fait masse au-dessus,
me semblait de porphyre enflammé[11],
pareil au sang qui jaillit d'une veine.
L'ange de Dieu tenait ses pieds posés
sur cette marche, et siégeait sur le seuil,
qui me semblait en pierre de diamant[12].
Je montai les degrés de tout mon cœur,
entraîné par mon guide qui disait : « Demande-lui
humblement qu'il ouvre la serrure. »
Je me jetai, dévot, à ses pieds sacrés :
je demandai miséricorde et qu'il m'ouvrît,
mais d'abord par trois fois je battis ma poitrine.
Il traça sept P sur mon front
du bout de son épée, et : « Souviens-toi de laver,
quand tu seras dedans, ces plaies », dit-il.
La cendre, ou la terre qu'on extrait déjà sèche,
avaient même couleur que son vêtement[13] ;
il tira deux clés[14] de sous sa robe.
L'une était d'or et l'autre était d'argent ;
d'abord avec la blanche, et puis avec la jaune,
il fit si bien, qu'il me rendit content.
« Chaque fois que l'une des clés se trompe
et ne tourne pas bien dans la gâche »,
dit-il, « l'entrée ne s'ouvre pas.
L'une est plus précieuse ; mais l'autre veut
plus d'art et d'industrie, avant d'ouvrir
car c'est elle qui défait le nœud.
Je les tiens de Pierre ; et il m'a dit d'être en défaut
plutôt en l'ouvrant qu'en la tenant fermée,
pourvu que les pécheurs s'abaissent à mes pieds. »
Puis il poussa l'huis de la porte sainte

en disant : « Entrez ; mais je vous avertis
132 que celui qui regarde en arrière doit sortir. »
Quand les pivots de ce portail sacré
eurent été tournés sur leurs gonds,
135 comme ils sont de métal sonnant et fort,
Tarpéia rugit moins haut et fut moins rebelle,
quand on lui enleva le bon Metellus,
138 ce qui l'amaigrit de son or[15].
Je me tournai à ce premier tonnerre,
et : « *Te Deum laudamus* », me semblait-il entendre,
141 d'une voix mêlée au doux son de la porte.
Et ce que j'entendais me donnait une image
semblable à celle qu'on perçoit
144 quand on se met à chanter avec l'orgue,
comprenant, tantôt oui, tantôt non[16], les paroles.

CHANT X

Purgatoire, première corniche : les orgueilleux.

Exemples d'humilité sculptés dans le rocher : Marie, David, Trajan. Apostrophe contre l'orgueil humain.

Quand nous eûmes passé le seuil de cette porte
dont le mauvais amour éloigne les âmes,
parce qu'il fait sembler droit le chemin tordu,
je compris au son qu'elle était refermée ;
et si j'avais tourné les yeux vers elle,
quelle aurait été l'excuse à mon erreur ?
Nous montions par un rocher fendu
qui vacillait d'un bord à l'autre,
comme l'onde qui fuit et se rapproche.
« Il faut user ici d'habileté »,
commença mon guide, « et côtoyer
à chaque fois la paroi qui s'écarte. »
Ceci rendit notre marche si lente
que le croissant de lune à son déclin
avait déjà gagné son lit pour s'y coucher,
avant que nous fussions hors de la brèche ;
mais quand nous fûmes libres, à l'air ouvert,
là où la montagne se retire,
moi fatigué, et tous deux incertains
de notre voie, nous parvînmes à un replat
plus isolé qu'un sentier au désert.
Depuis le bord, qui confine au vide,
au pied du haut rivage qui monte encore,
on compterait trois fois un corps humain [1] ;

et autant que mes yeux pouvaient voler,
et sur le flanc gauche et sur le flanc droit,
telle me semblait cette corniche.
Nos pieds n'avaient pas encore bougé de là,
quand je m'aperçus que la rampe alentour,
qui était raide et sans passage,
était de marbre blanc et ornée de reliefs
si beaux, que Polyclète [2], et non lui seulement,
mais la nature même en aurait du dépit.
L'ange [3] qui vint sur terre avec le décret
de la paix si longtemps implorée,
ouvrant le ciel après long interdit,
y était figuré devant nous, si vrai,
sculpté là en un geste suave,
qu'il ne semblait pas image qui se tait.
On aurait juré qu'il disait « *Ave* »,
car près de lui était figurée celle
qui tourna la clé pour le pur amour.
Dans son geste cette parole était inscrite
« *Ecce ancilla Dei* [4] », exactement
comme figure empreinte dans la cire.
« N'arrête pas ta pensée en un lieu »,
dit le doux maître, qui me tenait
auprès de lui, du côté du cœur.
Je portai donc ailleurs mes yeux, et je vis
derrière Marie, du même côté
où était celui qui me conduisait,
une autre histoire gravée dans la roche ;
je dépassai alors Virgile, et m'approchai
de façon qu'elle fût offerte à mes regards.
Là, dans le même marbre, on voyait ciselés
le char et les bœufs qui tiraient l'arche sainte [5],
celle qui fait craindre un office usurpé [6].
La foule était devant, et tout entière
répartie en sept chœurs, parlant à mes deux sens,
faisait dire à l'un « Non », à l'autre « Oui, elle chante ».

De même, devant la fumée de l'encens,
qui y était représentée, l'œil et le nez
se querellaient sur « oui » et « non ».

Là l'humble palmiste, dansant, robe troussée[7],
précédait le vaisseau béni,
étant en ce cas plus et moins que roi.

Face à lui, portraite à la fenêtre
d'un grand palais, Micol[8] le regardait,
en femme chagrine et dépitée.

Je quittai le lieu où j'étais arrêté
pour voir de plus près une autre histoire,
qui brillait, très blanche, derrière Micol.

Là était figurée l'action glorieuse
du prince des Romains dont la valeur
mena Grégoire[9] à sa grande victoire ;

je parle de Trajan l'empereur :
une pauvre veuve était au frein de son cheval,
emplie de douleur et de larmes.

Autour de lui des cavaliers
couvraient le sol ; des aigles sur champ d'or,
au-dessus d'eux, semblaient bouger avec le vent.

La pauvrette, au milieu de tous ces hommes,
paraissait dire : « Seigneur, fais-moi vengeance
pour mon fils qui est mort, j'en ai le cœur brisé. »

Et lui paraissait lui répondre : « Attends
que je revienne » ; et elle : « Mon Seigneur »,
comme un être en qui la douleur s'impatiente :

« si tu ne reviens pas ? » ; et lui : « Qui sera où je
suis te la fera » ; et elle : « Que te vaudra
le bien fait par un autre, si tu oublies le tien ? » ;

et lui : « Sois consolée ; car il convient
que j'acquitte mon devoir avant de partir :
la justice le veut, et la pitié me lie. »

Celui qui jamais ne vit chose nouvelle
figura ce langage visible,
nouveau pour nous, car il n'est pas d'ici.

Comme je me plaisais à regarder
ces images d'une si belle humilité,
que leur artisan nous rend chères,
« Voici venir, mais ils vont à pas lents »,
murmura le poète, « une foule d'humains :
ils nous montreront les escaliers d'en haut. »
Mes yeux, contents de contempler,
pour voir les nouveautés dont ils sont avides,
se tournèrent vers lui sans retard.
Je ne veux pas, lecteur, que tu te décourages
dans tes résolutions si je te dis
comment Dieu veut que la dette se paie.
Ne considère pas la forme du tourment :
pense à ce qui le suit : pense qu'au pire
il ne peut se poursuivre après le grand arrêt.
Je commençai : « Maître, ce que je vois
venir vers nous, on ne dirait pas des personnes ;
je ne sais ce que c'est, tant ma vue s'égare. »
Et lui à moi : « La nature accablante
de leur tourment les aplatit à terre ;
mes yeux en ont été d'abord déconcertés.
Mais regarde-les bien, et débrouille
du regard ce qui vient sous ces pierres ;
déjà tu peux voir comment ils se frappent. »
Ô chrétiens orgueilleux, pauvres infortunés,
qui êtes privés de la vue de l'esprit,
et vous fiez à vos pas qui vont à reculons,
ne voyez-vous pas que nous sommes des vers
nés pour former l'angélique papillon
qui vole sans écrans vers la justice ?
De quoi s'enfle si haut votre âme,
si vous n'êtes qu'insectes manqués,
comme larves, où la croissance fait défaut ?
Comme pour soutenir un plafond ou un toit,
on voit parfois des figures en console
qui joignent la poitrine à leurs genoux,

et du non vrai font naître une vraie peine
en qui les voit : je vis ceux-ci
faits de la sorte, quand j'y pris garde.
Ils étaient, il est vrai, plus ou moins contractés
selon qu'ils avaient plus ou moins sur leur dos ;
mais le plus patient dans son maintien
semblait dire en pleurant : « Je n'en puis plus. »

CHANT XI

Première corniche : les orgueilleux.

Le *Pater Noster* des orgueilleux. Omberto Aldobrandeschi. Oderisi da Gubbio. Provenzan Salvani.

« Notre Père, qui es dans les cieux [1],
non circonscrit en eux, mais pour le plus d'amour
que tu as là-haut pour tes premières œuvres,
que ton nom soit loué, et ta valeur,
par toute créature, comme il convient
de rendre grâce à ta douce vapeur [2].
Que vienne à nous la paix de ton royaume,
car de nous-mêmes nous ne pouvons aller à elle
si elle ne vient à nous, malgré tous nos efforts.
Comme tes anges te font le sacrifice
de leur vouloir, en chantant *hosanna*,
il faut que les humains te sacrifient le leur.
Donne-nous aujourd'hui la manne quotidienne,
sans quoi, dans cet âpre désert,
ceux qui s'efforcent d'avancer vont en arrière.
Et comme à tous nous pardonnons le mal
que nous avons souffert, pardonne-nous aussi,
dans ta bonté, sans regarder à nos mérites.
Notre vertu, qui succombe aisément,
ne l'expose pas à l'antique adversaire
mais délivre-nous de lui, qui la tourmente.
Cette ultime prière, Seigneur bien-aimé,
n'est pas pour nous, il n'en est pas besoin,
mais pour ceux qui sont restés en arrière. »

Formant ainsi de bons souhaits,
pour elles et pour nous, ces ombres s'avançaient,
portant le poids qu'on a parfois en rêve,
plus ou moins accablées, tout en tournant,
et lasses, le long de la première corniche,
pour se purger de la fumée du monde.
Si là-bas on prie toujours pour nous,
ici que peut-on dire et faire pour eux,
quand le vouloir a bonne racine ?
Il faut les aider à laver les taches
qu'ils portèrent ici, pour que, purs et légers,
ils puissent monter aux sphères étoilées.
« Ah que justice et piété vous allègent,
et que vous puissiez bientôt dresser les ailes,
qui vous élèveront selon votre désir ;
montrez-nous quel est le plus court chemin
vers l'escalier ; s'il est plus d'un passage,
enseignez-nous celui qui monte le moins fort ;
celui-ci, qui vient avec moi, à cause du poids
de la chair d'Adam qui le revêt,
malgré son vouloir, a peine à monter. »
Les mots qu'elles dirent en réponse
aux questions de celui que je suivais,
on ne pouvait savoir d'où ils venaient ;
mais quelqu'un dit : « Venez vers la droite avec nous
sur le bord, et vous trouverez le passage
par où peut monter un vivant.
Et si je n'étais empêché par la pierre,
qui dompte mon col orgueilleux,
et qui me force à baisser le visage,
je regarderais cet homme qui vit encore
et ne dit pas son nom, pour voir si je le sais,
et pour qu'il ait pitié de ce fardeau.
Je fus latin, et fils d'un grand Toscan :
Guglielmo Aldobrandeschi [3] fut mon père ;
je ne sais si son nom est venu jusqu'à vous.

Le sang illustre et les belles actions
de mes ancêtres me firent si arrogant
que, sans penser à notre mère commune,

j'eus tous les hommes en tel mépris
que j'en mourus, comme les Siennois le savent,
et comme tout enfant le sait à Campagnatico.

Je suis Omberto : et l'orgueil
n'a pas fait tort qu'à moi : car tous mes proches
ont été entraînés par lui dans le malheur.

Ici à cause de lui je dois porter ce poids
jusqu'au temps où j'aurai satisfait le Seigneur,
ne l'ayant fait en vie, ici, parmi les morts. »

Je baissai la tête en l'écoutant,
et l'un d'entre eux, non celui qui parlait,
se tordit sous le poids qui les presse,

et il me vit, me reconnut, et m'appela,
tenant les yeux fixés avec effort
sur moi qui allais tout courbé auprès d'eux.

« Oh », lui dis-je, « n'es-tu pas Oderisi[4],
l'honneur de Gubbio et l'honneur de cet art
qu'on appelle à Paris enluminure ? »

« Frère », dit-il, « les feuillets où met ses pinceaux
Franco Bolognese[5] sont plus riants ;
l'honneur est tout à lui, je n'en ai qu'une part.

Je n'aurais pas été aussi courtois
pendant ma vie, à cause du grand désir
de l'excellence où mon cœur aspirait.

De cet orgueil on paie ici la dette ;
et je n'y serais pas encore, si ce n'était
que, pouvant pécher, je me tournai vers Dieu.

Ô vaine gloire de la puissance humaine !
Comme il dure peu le vert sur votre cime,
s'il n'est suivi par des temps plus grossiers[6] !

Cimabue[7] crut, dans la peinture,
tenir le champ, et Giotto[8] à présent a le cri,
si bien que la gloire de l'autre est obscure.

Ainsi un Guido a pris à l'autre
la gloire du langage : et peut-être est-il né
celui qui chassera l'un et l'autre du nid[9].
La rumeur du monde n'est qu'un souffle
de vent, qui tantôt vient de là, tantôt d'ici,
et change de nom en changeant de côté.
Auras-tu plus de gloire, si tu sépares vieille
ta chair de toi, que si tu étais mort,
avant de laisser "lolo" et "joujou"[10],
avant que mille ans aient passé ? qui sont espace
plus court pour l'éternel, qu'un battement de cils
auprès du cercle au ciel qui tourne le plus lent.
Celui qui devant moi se traîne ainsi
faisait résonner de son nom la Toscane ;
c'est à peine à présent si Sienne le murmure[11] ;
il était son seigneur lorsque fut abattue
la rage florentine, qui fut en ce temps-là
aussi fière qu'aujourd'hui elle est pute.
Votre renommée est couleur de l'herbe,
qui vient et va ; et le même homme la décolore
qui l'avait fait sortir de terre toute fraîche. »
Et moi à lui : « Tes paroles vraies m'inspirent
une bonne humilité, et vident une tumeur,
mais qui est celui dont tu viens de parler ? »
« C'est », répondit-il, « Provenzan Salvani,
il est ici parce qu'il a présumé
de prendre Sienne entière entre ses mains.
Il est allé ainsi, et il va, sans repos,
depuis sa mort ; c'est la monnaie qui est rendue
pour récompense à qui a trop osé sur terre. »
Et moi : « Si un esprit qui pour se repentir
attend d'être à la fin de sa vie
demeure en bas, sans monter jusqu'ici,
à moins qu'il soit aidé par une bonne prière,
avant que passe un temps égal à sa vie,
comment la venue lui fut-elle accordée ? »

« Quand il vivait avec plus de gloire », dit-il,
« librement, dans le Campo de Sienne,
il s'afficha, déposant toute honte[12],
et là, pour tirer un ami de la peine
qu'il endurait dans la prison de Charles,
il s'humilia jusqu'à trembler de tout son sang.
Je n'en dirai pas plus ; mon langage est obscur,
mais avant qu'il soit peu, tes voisins
feront que tu pourras l'interpréter.
Cette action lui ouvrit nos frontières. »

CHANT XII

Première corniche : les orgueilleux.

Exemples d'orgueil figurés sur le sol. L'ange de l'humilité. Montée à la deuxième corniche.

(Lundi de Pâques, à midi.)

Côte à côte, comme bœufs qui vont sous le joug,
je m'en allais auprès de cette âme chargée,
tant que le souffrit mon doux pédagogue.
Mais lorsqu'il dit : « Laisse-le et passe ;
car il est bon ici, avec les ailes, avec les rames,
que chacun pousse, autant qu'il peut, sa barque » ;
je redressai mon corps autant qu'il faut
pour marcher, bien que mes pensées
fussent encore courbées et tronquées.
Je m'étais mis en route, en suivant de bon gré
les pas du maître, et tous les deux
nous montrions déjà que nous étions légers ;
quand il me dit : « Regarde vers le sol,
car il te conviendra, pour assurer ta route,
de voir le lit où tu mets les pieds. »
Comme les sépulcres sur les morts
portent les marques de ce qu'ils furent
pour maintenir leur mémoire,
ce qui fait souvent pleurer à nouveau,
à cause de l'aiguillon du souvenir,
qui ne mord que les cœurs pieux,
ainsi je vis là, couvert de figures,

mais d'un art plus parfait, l'espace entier
qui s'avance hors du mont en forme de route.
Je voyais celui qui fut créé plus noble
qu'aucune créature, descendre du ciel
au milieu des éclairs, sur un des bords.
Je voyais Briarée [1] transpercé par la flèche
céleste, sur le sol, de l'autre côté,
déjà pris par le gel mortel.
Je voyais Thymbrée [2], je voyais Pallas et Mars,
encore armés, autour de leur père,
contemplant les membres des Géants épars.
Je voyais Nemrod [3], au pied du grand ouvrage,
comme égaré, regardant les races
qui étaient si fières, avec lui, à Sennar.
Et toi, Niobé [4], avec quels yeux souffrants
je te voyais gravée sur le chemin,
avec tes sept et sept enfants tués !
Ô Saül [5], tu m'apparaissais là
mort sur ta propre épée, à Gelboé,
qui n'eut plus jamais ni pluie ni rosée !
Ô folle Arachné [6], je te voyais triste,
déjà mi-araignée, sur les lambeaux
de l'ouvrage qui fut tissé pour ton malheur.
Ô Roboam [7], là déjà ton image
est sans menace ; mais rempli d'épouvante,
un char l'emporte, que nul ne suit.
Il montrait encore, ce dur pavé,
le prix qu'Alcméon [8] exigea de sa mère
en échange du funeste joyau.
Il montrait comment les fils de Sennacherib [9]
se jetèrent sur leur père dans le temple,
et comment, lui mort, ils l'y laissèrent.
Il montrait la chute et le cruel massacre
que fit Thamyre [10] quand elle dit à Cyrus :
« Tu avais soif de sang ; et de sang je te gorge. »
Il montrait comment les Assyriens

s'enfuirent à la mort d'Holopherne[11],
et aussi les restes de son crime.

Je voyais Troie en cendres et en ruine :
Ô Ilion, comme tu étais vile et abaissée,
dans l'image qu'on discerne là !

Quel fut le maître de plume et de pinceau
qui aurait pu tracer les ombres et les traits
qui feraient s'étonner un esprit subtil ?

Morts semblaient les morts et vivants les vivants :
qui a vu de ses yeux ne vit pas mieux que moi
tout ce que je foulai, tant que j'allai, penché.

Enflez-vous donc d'orgueil, et le regard altier
allez, fils d'Ève, sans baisser le visage,
de peur de voir votre mauvais chemin !

Nous avions déjà tourné autour du mont
et le soleil fait bien plus de chemin
que ne croyait mon esprit lié,

quand celui qui allait toujours devant moi,
attentif, commença : « Lève la tête :
il n'est plus temps de marcher si distrait.

Vois là-bas un ange qui s'apprête
à venir vers nous ; vois que revient
du service du jour la sixième servante.

Orne de respect ton visage et tes gestes,
pour qu'il veuille bien nous envoyer plus haut ;
et pense que ce jour ne reviendra jamais ! »

J'étais si habitué à ce qu'il m'avertît
de ne jamais perdre de temps, qu'à ce propos
il ne pouvait me parler obscurément.

Vers nous venait la belle créature
vêtue de blanc et le visage pareil
à la tremblante étoile du matin.

Elle ouvrit les bras, puis les ailes, et dit :
« Venez : ici les marches sont tout près,
et désormais on y monte aisément.

Rares sont ceux qui viennent à cette invitation :

ô race humaine, née pour voler au ciel,
pourquoi tombes-tu ainsi au moindre vent ? »
Il nous mena au point où la roche est taillée ;
là il battit des ailes sur mon front,
puis me promit que la voie était sûre.
Comme à droite, pour gravir le mont
où s'élève l'église qui domine
la ville[12] bien gouvernée près du Rubaconte,
la raideur de la pente est interrompue
par des escaliers qui furent faits en un temps
où étaient sûrs registres et mesures ;
ainsi s'adoucit la rive qui descend,
si escarpée, de l'autre cercle ;
mais sur les deux bords elle rase la paroi.
Et comme nous y portions nos pas,
« *Beati pauperes spiritu*[13] *!* » chantèrent des voix
si bien que la parole ne pourrait le dire.
Ah comme ces bouches sont différentes
des bouches d'enfer ; car on pénètre ici
parmi des chants, et là parmi des cris farouches.
Déjà nous montions par les escaliers saints,
et il me semblait être bien plus léger
que je n'étais avant, sur le terrain plat ;
D'où : « Maître », lui dis-je, « quel objet pesant
s'est-il ôté de moi, car en marchant
je ne sens presque pas de fatigue ? »
Il répondit : « Lorsque les P qui sont restés[14]
encore sur ton visage, presque décolorés,
seront tous effacés, comme le premier,
tes pieds seront si soumis au bon vouloir
qu'ils ne sentiront plus la fatigue,
et ce sera pour eux un plaisir de monter. »
Je fis alors comme ceux qui portent
quelque chose sur la tête à leur insu,
si un signe d'autrui ne leur donne un soupçon ;
alors pour s'assurer ils y portent la main

qui cherche, et trouve, et remplit la fonction
que la vue ne peut accomplir ;
    avec les doigts ouverts de la main droite
je ne trouvai plus que six des lettres
gravées sur mon front par l'ange aux clés :
    en le regardant, mon guide sourit.

CHANT XIII

Deuxième corniche : les envieux.

Invocation de Virgile au soleil. Exemples de charité criés par des voix mystérieuses. Sapia de Sienne. Confession de Dante.

(Lundi de Pâques, dans l'après-midi.)

Nous étions au sommet de l'escalier,
où pour la deuxième fois s'entaille
le mont qui ôte le mal par la montée.
Là de nouveau une corniche embrasse
le bord de la montagne, comme la première ;
sinon que sa courbe se clôt plus vite.
On ne voit là ni figure ni image :
la rive et la voie y sont lisses,
avec la couleur livide de la pierre.
« Si pour demander nous attendons quelqu'un
ici », dit le poète, « je crains que notre choix
en soit retardé trop longtemps. »
Puis il fixa les yeux sur le soleil ;
il pivota autour de son flanc droit,
en faisant tourner son côté gauche.
« Ô douce lumière, sur la foi de qui
j'entre en cette voie nouvelle, conduis-nous »,
disait-il, « comme il faut conduire par ici.
Tu réchauffes le monde, tu brilles sur lui ;
si une autre raison ne nous chasse ailleurs,
tes rayons devraient toujours être nos guides. »
Ce qu'on compte ici pour un mille,

nous l'avions déjà parcouru là-bas,
en peu de temps, à cause du vif désir ;
   et nous entendîmes voler vers nous,
mais sans les voir, des esprits courtois
qui conviaient à la table d'amour.
   La première voix qui passa en volant
disait très haut : « *Vinum non habent*[1] »,
le répétant encore derrière nous.
   Avant qu'on cessât tout à fait de l'entendre
dans le lointain, une autre passa en criant
« Je suis Oreste[2] », sans s'arrêter non plus.
   « Oh ! », dis-je « père, quelles sont ces voix ? »
Et comme je demandais, une troisième survint
disant : « Aimez qui vous a fait du mal. »
   Et le bon maître : « Ce cercle-ci fustige
le péché d'envie, et c'est pourquoi
les cordes du fouet sont tressées d'amour.
   Il faut que le frein soit fait d'un son contraire ;
je crois que tu l'entendras, à mon opinion,
avant d'arriver au seuil du pardon.
   Mais tends ton regard fixement dans l'air,
et tu verras des gens assis devant nous ;
ils sont tous appuyés au rocher. »
   Alors j'ouvris plus grands les yeux,
regardai devant moi, et vis des ombres
avec des manteaux couleur de la pierre.
   Et quand nous fûmes un peu plus loin,
j'entendis crier : « Marie, prie pour nous ! » ;
et : « Michel », et « Pierre », et « Tous les saints ».
   Je ne crois pas que vive aujourd'hui sur terre
un homme assez dur pour n'être pas touché
de compassion par ce que je vis là ;
   car dès que je fus assez près d'eux
pour que leur vue me devînt claire,
la douleur me tira des larmes des yeux.
   Ils me semblaient couverts d'un grossier cilice ;

l'un soutenait l'autre de l'épaule,
et tous étaient soutenus par le rocher.
Ainsi les aveugles qui manquent de tout
se tiennent pour mendier dans les pardons,
penchant la tête les uns sur les autres,
afin d'exciter la pitié d'autrui
non seulement par le son des paroles,
mais par la vue, qui ne supplie pas moins.
Et comme le soleil n'atteint pas les aveugles,
de même ici la lumière du ciel
ne veut pas se donner aux ombres dont je parle.
Un fil de fer leur perce les paupières
et les coud, comme on fait à l'épervier sauvage,
qui ne veut pas demeurer en repos.
Il me semblait leur faire offense,
allant en les voyant sans qu'ils me voient ;
aussi je me tournai vers mon sage conseil.
Il savait bien ce qu'un silence veut dire ;
il n'attendit donc pas que je le questionne,
mais dit : « Parle, et sois bref et précis. »
Virgile marchait auprès de moi, de ce côté
de la corniche d'où on peut tomber,
car aucun parapet ne la borde ;
de l'autre côté se tenaient les ombres
pieuses, pressant si fort sur l'horrible couture,
que leurs joues étaient baignées de larmes.
Je me tournai vers elles et : « Âmes certaines »,
commençai-je, « de voir la haute lumière
qui est l'unique objet de vos désirs,
si bientôt la grâce vient dissoudre l'écume
de votre conscience, en sorte que par elle
descende clair le fleuve de mémoire,
dites-moi, ce me sera gracieux et doux,
s'il est parmi vous une âme latine ;
peut-être il sera bon pour elle que je l'apprenne. »
« Mon frère, chacune est citoyenne

de la vraie ville ; mais tu veux dire
96 qu'elle vivait étrangère en Italie. »
Il me sembla percevoir la réponse
d'un peu plus loin que le lieu où j'étais ;
99 aussi j'avançai pour me faire entendre.
Je vis parmi les autres une ombre qui semblait
en attente ; et si on voulait demander « Comment ? »,
102 elle levait le menton comme font les aveugles.
« Ombre », dis-je, « qui te domptes pour monter,
si tu es celle qui m'a répondu,
105 fais-toi connaître à moi par ton lieu et ton nom. »
« Je fus de Sienne », dit-elle, « et avec ceux-là
je recouds ici ma vie coupable, pleurant
108 et priant Dieu qu'il se concède à nous.
Je ne fus pas sage, bien que Sapia [3]
me fût donné pour nom ; et je fus plus heureuse
111 du malheur d'autrui que de mon bien.
Et pour que tu ne croies pas que je te trompe,
entends si je fus, comme je dis, folle,
114 quand je descendais l'arc de mes années.
Mes concitoyens étaient près de Colle,
venus aux mains avec leurs ennemis [4],
117 et je priai Dieu de ce qu'il voulut bien.
Ils furent là défaits et rejetés
dans la fuite amère ; en voyant cette chasse,
120 j'eus une joie à nulle autre pareille ;
je dressai vers le ciel ma face impudente,
en criant à Dieu : "Va ! je ne te crains plus !",
123 comme fit le merle dans la bonace.
À la fin de ma vie je voulus la paix
avec Dieu ; et mon devoir de pénitence
126 ne serait pas encore fini, si ce n'était
que Pier Pettinaio [5] me tint
dans sa mémoire, en ses saintes oraisons,
129 et se chargea de moi par charité.
Mais toi qui es-tu, qui vas t'enquérant

de notre condition, et qui as les yeux libres,
132 comme je crois, et respires en parlant ? »
« Mes yeux », dis-je « ici me seront ôtés
mais pour peu de temps, car légère est l'offense
135 commise en regardant avec envie.
Plus grande est la peur qui agite mon âme
pour le tourment du cercle d'en dessous[6] ;
138 déjà le fardeau de là-bas me pèse. »
Et elle à moi : « Mais qui donc t'a conduit
jusqu'ici, parmi nous, si tu crois redescendre ? »
141 Et moi : « Celui qui m'accompagne, et ne dit mot.
Et je suis vivant ; demande-moi donc,
esprit élu, si tu veux que sur terre
144 je meuve encore pour toi mes pas mortels. »
« Oh c'est là chose nouvelle à entendre »,
dit-elle, « qui est grand signe que Dieu t'aime !
147 Aussi aide-moi parfois par tes prières.
Et je t'en prie, par ton plus cher désir,
si tu foules jamais la terre de Toscane,
150 mets-moi en bon renom auprès de mes parents.
Tu les verras parmi ce peuple vain
qui croit en Talamone[7], et qui perdra là
153 plus d'espoir qu'à trouver la Diane ;
mais les animaux y perdront plus encore. »

CHANT XIV

Deuxième corniche : les envieux.

Guido del Duca et Rinieri da Calboli. Corruption du Val d'Arno et de la Romagne. Exemples d'envie punie. Avertissement de Virgile.

(Lundi de Pâques, vers 3 heures de l'après-midi.)

« Qui est celui qui fait le tour de notre mont,
avant que mort lui ait donné le vol,
et qui ouvre les yeux et les ferme à son gré ? »
« Je ne sais pas ; je sais qu'il n'est pas seul ;
demande-lui, toi qui es plus près,
et fais-lui bon accueil, pour qu'il nous parle. »
Ainsi deux esprits, penchés l'un vers l'autre,
s'entretenaient de moi, là, à main droite ;
puis, pour me parler, ils levèrent la tête,
et l'un dit : « Ô âme qui es encore plantée
dans ton corps, et qui t'en vas au ciel,
console-nous, par charité, et conte-nous
d'où tu viens, qui tu es ; car tu nous fais
autant nous étonner de la grâce que tu as
qu'une chose qui n'aurait jamais existé. »
Et moi : « À travers la moitié de la Toscane
coule un ruisseau qui naît en Falterone[1] ;
et les cent milles de son cours ne le rassasient pas.
De ses rives j'apporte ce corps ;
vous dire qui je suis serait parler en vain,
car mon nom ne sonne pas encore bien fort. »
« Si je pénètre bien ta pensée,

par l'intelligence », me répondit alors
celui qui venait de parler, « tu veux dire l'Arno. »

L'autre lui dit : « Pourquoi a-t-il caché
dans son discours le nom de la rivière,
comme on fait pour les horribles choses ? »

Et l'ombre, à qui la question était posée,
lui répondit ainsi : « Je ne sais pas, mais il est juste
que périsse le nom de cette vallée ;

car à sa source, où s'élève si haut
la chaîne alpestre, dont se détache le Peloro,
qu'en peu de points il dépasse sa cime,

jusqu'à la rive où il va pour donner
ce que le ciel aspire de la mer,
et d'où les fleuves reçoivent ce qu'ils portent,

tous fuient la vertu comme leur ennemie,
comme un serpent, par disgrâce du lieu,
ou par l'effet des mauvaises coutumes :

les habitants de ce val malheureux
ont déjà tant changé leur nature
qu'on croirait que Circé les a pris en pâture.

Parmi d'affreux porcs, plus dignes de glands
que de nourriture à l'usage des hommes[2],
il se fraie d'abord son pauvre cours.

Puis en descendant il trouve des roquets[3]
plus hargneux qu'ils n'en ont la force,
et par mépris pour eux il tourne le museau.

Il va de chute en chute ; et plus il s'enfle,
plus le ruisseau maudit et misérable
trouve de chiens qui se font loups[4].

Quand il est descendu par des bassins profonds,
il trouve des renards si pleins de ruse[5]
qu'ils ne craignent pas de piège qui les prenne.

Je dirai tout, bien que l'autre m'entende ;
ce sera bon pour lui, s'il se souvient
de ce qu'un esprit véritable me souffle.

Je vois ton neveu[6] devenir chasseur

de ces loups qui sont sur la rive
du fleuve sauvage, et qui les effraie tous.
Il vend leur chair encore vivante ;
puis il les tue comme un vieux fauve ;
il les prive de vie, et lui se prive d'honneur.
Il sort tout sanglant de la triste forêt :
il la laisse telle, que d'ici à mille ans
elle ne sera pas reboisée comme avant. »
Comme à l'annonce de douloureux malheurs
se trouble le visage de celui qui écoute,
de quelque côté que le péril l'assaille,
ainsi je vis l'autre âme, qui écoutait,
tournée vers la première, se troubler de tristesse,
lorsqu'elle eut recueilli en elle ce discours.
Les mots de l'un et la vue de l'autre
me firent désirer de savoir leurs noms
et j'en fis une demande mêlée de prières ;
aussi l'esprit qui le premier m'avait parlé
reprit : « Tu veux donc que je sois amené
à faire ce que toi tu ne veux pas me faire.
Mais puisque Dieu veut qu'en toi rayonne
si fort sa grâce, je ne serai pas avare avec toi :
sache donc que je fus Guido del Duca[7].
Mon sang fut si enflammé d'envie
que si j'avais vu quelqu'un se réjouir,
tu m'aurais vu devenir tout pâle.
Je moissonne la paille de ce que j'ai semé ;
ô race humaine, pourquoi mets-tu ton cœur
là d'où tout compagnon doit être exclu[8] ?
Cet homme est Rinieri[9] ; l'ornement et l'honneur
de la famille des Calboli ; où nul
n'a hérité, plus tard, de sa valeur.
Et son sang n'est pas seul à s'être appauvri,
entre le Pô et la montagne, la mer et le Reno,
du bien nécessaire au vrai et au plaisir ;
car dans ces confins il y a foule

de plantes vénéneuses, si bien qu'il est trop tard
désormais pour y reprendre les cultures.
Où est le bon Lizio [10], et Arrigo Mainardi [11] ?
Pier Traversaro [12] et Guido de Carpigna [13] ?
Ô Romagnols tournés en bâtards !
Quand donc renaîtra à Bologne un Fabbro [14],
à Faenza un Bernardino di Fosco [15],
noble tige d'une menue graine ?
Ne t'étonne pas si je pleure, Toscan ;
quand je me rappelle Guido da Prata [16],
Ugolino d'Azzo [17] qui vécut avec nous,
Frédéric le Teigneux [18] et sa brigade,
la maison Traversara et les Anastagi [19]
(les deux familles sont éteintes aujourd'hui),
dames et cavaliers, tourments et plaisirs,
que nous donnaient amour et courtoisie,
là où les cœurs se sont faits si méchants.
Ô Bretinoro [20], pourquoi ne fuis-tu pas,
puisque ta famille s'en est allée,
et bien d'autres gens, pour n'être pas coupables ?
Bagnacavallo [21] fait bien, qui n'enfante pas ;
et Castrocaro [22] fait mal, et Conio [23] fait pire,
qui se hâte tant d'engendrer de tels comtes.
Les Pagan [24] feront bien, lorsque leur démon
les quittera, mais jamais assez tôt
pour que reste d'eux une image pure.
Ô Ugolino de' Fantolini [25], ton nom
est sûr, depuis qu'il n'attend plus
qui pourrait, en dégénérant, l'obscurcir.
Mais va-t'en à présent, Toscan ; car je préfère
pleurer maintenant plutôt que parler,
tant notre entretien m'a serré le cœur. »
Nous savions que ces âmes bonnes
nous entendaient partir ; ainsi, en silence,
elles nous donnaient confiance en notre chemin.
Dès qu'en avançant nous fûmes seuls,

pareille à la foudre quand elle fend l'air,
une voix retentit en face, disant :
 « Il me tuera celui qui me verra[26] »,
et elle s'enfuit comme le tonnerre s'éloigne,
si le nuage tout à coup se déchire.
 Lorsque notre ouïe eut trêve d'elle,
en voici une autre avec un tel fracas
qu'on aurait dit tonnerre qui suit tonnerre.
 « Je suis Aglaure[27], et je devins pierre » ;
alors, pour me serrer contre le poète,
je fis un pas à droite, et non en avant.
 Déjà l'air était calme de tous côtés ;
il me dit : « Ces voix sont le frein du mors
qui devrait retenir les hommes dans leurs bornes.
 Mais vous mordez l'appât, et l'hameçon
de l'antique adversaire vous tire à soi ;
ainsi le frein vous sert de peu, comme l'appel.
 Le ciel vous appelle et tourne autour de vous,
en vous montrant ses beautés éternelles,
et votre œil pourtant regarde à terre ;
 c'est pourquoi vous frappe celui qui voit tout. »

CHANT XV

De la deuxième à la troisième corniche : les coléreux.

Apparition de l'ange de la miséricorde. Virgile explique le partage des biens terrestres et des biens célestes. Exemples de douceur : Marie, Pisistrate, saint Étienne.

(Lundi de Pâques, au soir.)

Autant entre la fin de l'heure tierce
et le début du jour parcourt la sphère
qui joue toujours comme un enfant,
autant il semblait alors que jusqu'au soir
il restait au soleil de route à parcourir ;
là-bas c'était vêpres, ici minuit [1].
Et ses rayons frappaient en plein visage,
car nous avions assez tourné le mont
pour aller déjà droit vers le couchant,
quand je sentis mon front appesanti
par la splendeur bien plus qu'auparavant,
et l'inconnu me remplit de stupeur.
J'élevai alors mes mains sur l'arc
de mes sourcils, et j'en fis une ombrelle
pour effacer le surplus du visible.
Comme, venu de l'eau ou du miroir,
le rayon rejaillit du côté opposé,
en remontant de la même façon
qu'il y est descendu, et s'écarte d'autant
de la pierre qui tombe, avec égal parcours,
comme l'expérience et l'art le montrent ;
ainsi il me sembla être frappé,

là devant moi, d'un rayon réfracté ;
et ma vue fut rapide à le fuir.
« Qu'est-donc cela, doux père, contre quoi
mes yeux ne trouvent pas d'écran »,
dis-je, « et qui paraît venir vers nous ? »
« Ne t'étonne pas si tu es ébloui
par la famille du ciel », me répondit-il :
« c'est un messager qui invite à monter.
Un temps viendra bientôt où voir ces choses
ne sera plus pour toi un poids mais un plaisir,
autant que la nature te dispose à sentir. »
Quand nous eûmes rejoint l'ange béni,
il dit, d'une voix gaie : « Entrez ici
par un escalier moins ardu que les autres. »
Nous montions déjà, ayant quitté ce lieu,
quand on chanta : « *Beati misericordes*[2] ! »
derrière nous, et : « Toi qui vaincs, réjouis-toi[3]. »
Mon maître et moi, seuls tous les deux,
nous allions vers le haut ; je pensai, en allant,
à tirer profit de ses paroles ;
et je me tournai vers lui en demandant :
« Que voulait dire cette ombre de Romagne[4],
par les mots "exclu" et "compagnon" ? »
Il répondit : « Il connaît le dommage
de sa plus grande faute ; aussi ne t'étonne pas
s'il nous le reproche, pour qu'on en pleure moins.
Comme vos désirs ont pour objet
ce qui diminue si on le partage,
Envie vous gonfle de soupirs.
Mais si l'amour de la sphère suprême
tournait vers le haut vos désirs,
votre cœur n'aurait pas cette crainte ;
car, plus sont là-bas ceux qui disent "nôtre",
plus chacun a de bien en sa possession,
et plus de charité brûle en ce cloître. »
« Je suis plus loin d'être content »,

lui dis-je, « que si je m'étais tu pour commencer,
60 et j'amasse plus de doute en mon esprit.

Comment se peut-il qu'un bien distribué
à plusieurs possesseurs, rende plus riche
63 de soi, que s'il n'appartenait qu'à quelques-uns ? »

Et lui à moi : « C'est parce que tu rapportes
encore ta pensée aux choses terrestres
66 qu'en vraie lumière tu cueilles des ténèbres.

Cet infini et ineffable bien
qui est là-haut, vole très vite à l'amour,
69 comme va un rayon vers un corps brillant ;

plus il trouve d'ardeur, plus il se donne,
si bien que, plus la charité s'étend,
72 plus l'éternelle valeur grandit sur elle.

Et plus il y a là-haut d'êtres épris,
plus on y trouve à bien aimer, et plus on aime ;
75 et l'un répond à l'autre, comme un miroir.

Si mon discours ne te rassasie pas,
tu verras Béatrice ; elle t'apaisera
78 pleinement ce désir, et tous les autres.

Tâche seulement que soient bientôt guéries,
comme deux le sont déjà, les cinq blessures,
81 qui se referment quand on souffre. »

Comme j'allais dire : « Tu me contentes »,
je me vis arrivé sur l'autre cercle,
84 et le désir de mes yeux me fit taire.

Là tout à coup il me sembla être emporté
dans une vision extatique,
87 et voir une foule dans un temple[5],

et une femme sur le seuil, avec un geste
doux de mère, disant : « Mon fils,
90 pourquoi t'es-tu conduit ainsi envers nous ?

Voici, pleins de douleur, ton père et moi
qui te cherchions. » Et lorsqu'à ce point elle se tut,
93 ce que j'avais vu jusque-là s'évanouit.

Ensuite une autre m'apparut[6], avec cette eau

le long des joues que la douleur distille,
quand elle est née d'un grand dépit ;
elle disait : « Si tu es le maître de la ville
dont le nom fit tant se quereller les dieux,
et d'où rayonne toute science,
venge-toi de ces bras impudents
qui ont embrassé notre fille, ô Pisistrate[7]. »
Le seigneur, qui me semblait doux et bénin,
lui répondit avec un visage calme :
« Que ferons-nous à qui nous veut du mal,
si nous condamnons qui nous aime ? »
Puis je vis des gens embrasés de colère
tuer un jeune homme avec des pierres,
en criant fort : « Tue-le ! », « Tue-le[8] ! »
Je le voyais se pencher vers la terre,
alourdi déjà par la mort ;
mais ses yeux s'ouvraient encore au ciel,
priant le haut Seigneur, en un si dur combat,
de pardonner à ses persécuteurs,
avec cet air qui meut la compassion.
Quand mon âme revint au-dehors
aux choses qui sont vraies en dehors d'elles,
je vis que mon erreur ne m'avait pas trompé.
Mon guide, qui pouvait me voir
faire comme celui qui se délie du rêve,
dit : « Qu'as-tu à ne pouvoir te soutenir ?
Tu as parcouru plus d'une demi-lieue,
les yeux voilés, les jambes molles,
comme qui est pris de vin ou de sommeil. »
« Ô mon doux père, si tu m'écoutes,
je te dirai », lui dis-je, « ce qui m'est apparu
quand j'ai perdu l'usage de mes jambes. »
Et lui : « Si tu avais cent masques
sur le visage, aucune de tes pensées
ne me serait cachée, même la plus petite.
Ce que tu as vu était pour t'empêcher

de refuser ton cœur aux eaux de la paix
qui coulent de la source éternelle.
    Je n'ai pas demandé : "Qu'as-tu ?", comme qui
regarde avec des yeux qui ne voient pas,
quand le corps gît inanimé ;
    je te l'ai demandé pour ranimer ton pas ;
il faut ainsi fouailler les paresseux,
trop lents à user de la veille, quand elle revient. »
    Nous allions dans le soir, attentifs,
autant que nos yeux pouvaient percer
à travers les rayons brillants et tardifs.
    Et peu à peu voici qu'une fumée
s'en venait vers nous, noire comme la nuit ;
il n'était pas de lieu pour s'en abriter.
    Elle nous priva des yeux et de l'air pur.

CHANT XVI

Troisième corniche : les coléreux.

Dans la fumée des coléreux. Rencontre avec Marc le Lombard. Explication du libre arbitre. Les causes de la corruption. Les trois vieillards, exemples d'anciennes vertus.

Noirceur d'enfer et de nuit sans planètes,
sous pauvre ciel, autant qu'il peut
être enténébré de nuages,

ne fut jamais un voile aussi épais
à mon regard, que cette fumée qui nous couvrit,
ni de poil si âpre à sentir ;

mes yeux ne purent rester ouverts ;
alors mon compagnon sage et fidèle
s'approcha de moi et m'offrit son épaule.

Comme un aveugle va derrière son guide,
pour ne pas se perdre, ni se heurter
à chose qui le blesse, ou peut-être le tue,

je m'en allais par l'air sale et amer,
en écoutant mon guide qui ne cessait de dire :
« Prends garde à ne pas te couper de moi. »

J'entendais des voix, et chacune semblait
demander la paix et la miséricorde
à l'Agneau de Dieu qui ôte les péchés.

« *Agnus Dei*[1] » était leur exorde ;
elles avaient toutes même parole et même ton
si bien que tout semblait concorde entre elles.

« Maître, ce sont là des esprits que j'entends ? »
dis-je. Et lui : « Tu as compris le vrai :

ils vont déliant le nœud de la colère. »
« Qui es-tu, toi qui fends notre fumée,
et parles de nous comme si tu divisais
encore notre temps par calendes[2] ? »
Ainsi me parla une voix ;
alors mon maître dit : « Réponds,
et demande si c'est ici qu'on peut monter. »
Et moi : « Ô créature qui te purifies
pour revenir belle à celui qui t'a faite,
tu sauras des merveilles, si tu me suis. »
« Je te suivrai autant qu'il m'est permis »,
répondit-elle, « et si la fumée empêche de voir,
l'oreille à sa place nous unira. »
Alors je commençai : « Avec ce vêtement
que la mort dissout je m'en vais là-haut ;
j'ai passé pour venir par l'angoisse infernale.
Et puisque Dieu m'a inclus en sa grâce
au point de vouloir que je voie sa cour
par un chemin inconnu à ce temps,
ne me cache pas qui tu fus avant ta mort ;
dis-le-moi ; et dis si je vais bien vers le passage ;
que tes paroles soient notre escorte. »
« Je fus lombard, et m'appelai Marco[3],
je connus le monde, et j'aimai la vertu
pour qui nul aujourd'hui ne bande son arc.
Pour monter là-haut tu suis le bon chemin. »
Il répondit ainsi, et ajouta : « Je te prie
de prier pour moi quand tu seras en haut. »
Et moi à lui : « Je t'engage ma foi
à faire ce que tu me demandes ; mais j'étouffe
à l'intérieur d'un doute, s'il ne se dénoue pas.
Il était d'abord simple, à présent il est double
à cause de ton discours, qui me confirme ici,
et ailleurs aussi, un doute qui lui ressemble.
Le monde est bien, comme tu le dis,
déserté par toutes les vertus,

et lourd, et gorgé de malice,
mais je t'en prie, indique-m'en la cause,
afin que je la voie et la montre à autrui,
car l'un la met au ciel, et l'autre ici[4].»
Un grand soupir, serré par la douleur en « Uhi ! »,
me répondit d'abord ; puis il commença : « Frère,
le monde est aveugle, et tu viens bien de lui.
Vous qui vivez, vous rapportez toute cause
au ciel seulement, comme s'il mouvait
toute chose avec lui, par nécessité.
S'il en était ainsi, le libre arbitre
serait détruit en vous, et il serait injuste
qu'on eût joie pour le bien, et peine pour le mal.
Le ciel commence vos mouvements ;
je ne dis pas tous, mais, même en l'admettant,
lumière vous est donnée pour le bien et le mal,
et le libre vouloir qui, s'il souffre d'abord,
dans les premiers combats avec le ciel,
gagne toujours, plus tard, si on le nourrit bien.
Libres vous dépendez d'une force plus grande
et de meilleure nature ; c'est elle qui crée
l'esprit en vous, que le ciel ne gouverne pas.
Donc, si le monde présent est dévoyé,
la cause est en vous-mêmes, il faut chercher en vous ;
et je te montrerai à présent pourquoi.
L'âme sort de la main de celui qui l'aime
avant qu'elle soit, comme une enfant
qui joue en pleurant et riant,
simplette, ne sachant rien,
sinon qu'issue d'un créateur heureux,
elle retourne avec joie à ce qui lui plaît.
Elle sent d'abord le goût d'un petit bien ;
elle s'y trompe, et part à sa poursuite,
si un guide ou un frein ne dévie son amour.
Il fallut donc mettre une loi pour frein ;
il fallut un roi, qui discernât

au moins la tour de la vraie cité.
Les lois sont là, mais qui y tient la main ?
Personne, car le pasteur qui va devant
peut ruminer, mais il n'a pas l'ongle fendu[5] ;
aussi le peuple, qui voit son guide
chercher le seul bien dont il est friand,
s'en repaît, sans chercher plus loin.
C'est le mauvais gouvernement, tu peux le voir,
qui a rendu le monde méchant,
et non la nature, en vous corrompue.
Rome, autrefois, qui rendit bon le monde,
avait deux soleils[6], qui faisaient voir
l'une et l'autre route, et du monde et de Dieu.
L'un a éteint l'autre ; et l'épée s'est jointe
au bâton pastoral, et leur confusion
opérée par force, n'engendre que du mal ;
car, s'ils sont joints, l'un ne craint pas l'autre ;
si tu ne me crois pas, regarde l'épi,
car c'est au fruit qu'on reconnaît la plante.
Dans la contrée qu'Adige et Pô arrosent,
on rencontrait valeur et courtoisie,
avant que Frédéric y trouvât des entraves[7] ;
mais à présent quiconque peut y passer,
qui aurait naguère évité, par honte,
de voir des gens de bien ou de leur causer.
Il y reste trois vieux, en qui les anciens âges
font reproche aux nouveaux, et il leur tarde
que Dieu les appelle à une vie meilleure :
Currado da Palazzo, et le bon Gherardo[8],
et Guido da Castel[9], qu'on nomme plutôt
à la française, Lombard le Simple[10].
Dis désormais que l'Église de Rome,
pour confondre en soi deux pouvoirs,
tombe dans la boue, et souille soi et sa charge. »
« Ô mon cher Marco », dis-je, « tu raisonnes bien ;
je comprends maintenant pourquoi de l'héritage

furent exclus les enfants de Lévi [11].
Mais qui est Gherardo, qui est, dis-tu, l'exemple
de ce qui reste de la gent disparue,
comme un reproche à ce siècle sauvage ? »
« Ou ton discours me trompe, ou il me tente »,
me répondit-il ; « car toi, qui me parles toscan,
tu ne sais donc rien du bon Gherardo ?
Je ne lui connais pas un autre surnom,
à moins de le prendre à Gaia sa fille [12].
Dieu soit avec vous, car je ne vous suis plus.
Tu vois la lueur qui perce la fumée,
et qui blanchit déjà, et il me faut partir
puisque l'ange est ici, avant qu'il me voie. »
Il s'en alla ainsi, sans plus vouloir m'entendre.

CHANT XVII

De la troisième à la quatrième corniche.

Les poètes sortent de la fumée. Visions de colère punie. L'ange de la douceur. Virgile expose la théorie de l'amour et l'ordonnance du Purgatoire.

Rappelle-toi, lecteur, si jamais dans l'alpe
un brouillard t'a surpris, qui a rendu ta vue
pareille à celle des taupes, à travers leur taie,
comment, quand les vapeurs humides et denses
commencent à s'éclaircir, la sphère du soleil
y fraie son chemin faiblement ;
et ton imagination sera preste,
et parviendra à voir, comme je revis alors,
le soleil sur le point de se coucher.
Ainsi, réglant mes pas sur les pas fidèles
de mon maître, je sortis du nuage,
aux rayons éteints sur les bas rivages.
Ô imagination [1], qui nous emportes
parfois si loin de nous que nous n'entendons rien,
même si autour sonnent mille trompettes,
qui donc te meut, si le sens ne t'éveille ?
Une lumière t'anime, qui se forme au ciel,
par soi, ou par vouloir qui la guide en bas.
Une trace apparut dans ma vision
de la femme impie [2] qui prit la forme
de l'oiseau qui chante avec le plus de joie.
Et mon esprit se replia en soi
si fort que du dehors ne venait plus

aucun objet qu'il pût y accueillir.
Puis dans ma haute imagination
un crucifié[3] tomba, irrité et farouche
en son visage, et tel il se mourait ;
près de lui étaient le grand Assuérus,
son épouse Esther, et Mardochée le juste[4],
qui fut si intègre en paroles et en actes.
Et quand cette image se brisa
d'elle-même, comme fait une bulle
à qui manque l'eau sous laquelle elle s'est faite,
une jeune fille[5] surgit dans ma vision,
pleurant très fort, et disant : « Ô reine,
pourquoi as-tu voulu, par colère, ne plus être ?
Tu t'es tuée pour ne pas perdre Lavinia,
et tu m'as perdue ! c'est moi qui pleure,
mère, ta mort avant la mort d'un autre. »
Comme le sommeil se rompt quand tout à coup
une lueur nouvelle frappe les yeux fermés,
et que, rompu, il brille avant de mourir tout à fait ;
ainsi ma vision s'évanouit-elle,
dès qu'une lumière me frappa le visage,
bien plus forte que celle que nous connaissons.
Je me retournais pour voir où j'étais,
quand une voix disant « Ici on monte »
me détourna de tout autre dessein ;
elle me donna un désir si vif
de savoir qui était celui qui parlait
qu'il ne s'apaise jamais qu'avec la vue.
Mais comme au soleil qui blesse nos yeux
et par excès voile son éclat,
ainsi la force ici me manqua.
« C'est un esprit divin, qui nous dirige
dans la voie vers le haut sans en être prié,
et se cache lui-même dans sa lumière.
Il fait avec nous comme l'homme avec soi ;
car qui attend qu'on le prie et voit le besoin

60 se dispose déjà, méchamment, au refus.
Mais accordons nos pas à cette invitation ;
hâtons-nous de monter avant la nuit,
63 plus tard on ne peut plus, si le jour ne revient. »
Mon guide parla ainsi, et tous deux ensemble
nous tournâmes nos pas vers un escalier ;
66 et dès que je fus sur la première marche,
je sentis près de moi comme un mouvement d'ailes,
et un souffle sur mon visage, disant : « *Beati*
69 *pacifici*, qui sont sans mauvaise colère ! »
Déjà les rayons qui précèdent la nuit
s'étaient levés si haut au-dessus de nous
72 que les étoiles apparaissaient de tous côtés.
« Ô ma vigueur, pourquoi disparais-tu ? »
me disais-je en moi-même, car je sentais
75 la force de mes jambes qui s'évanouissait.
Nous étions là où l'escalier
ne montait plus, et nous restions plantés
78 comme un navire qui échoue sur la grève.
J'attendis un peu, pour voir si j'entendais
quelque chose venir du nouveau cercle ;
81 puis je me tournai vers mon maître, et je dis :
« Doux père, dis-moi, de quelle offense
se purifie-t-on dans le cercle où nous sommes ?
84 Si nos pieds s'arrêtent, que ton discours ne cesse. »
Et lui à moi : « L'amour du bien, privé
de son devoir, se restaure ici ;
87 ici on relance la rame trop lente.
Mais pour que tu comprennes plus clairement,
sois bien attentif, et tu cueilleras
90 quelques bons fruits de notre halte. »
« Ni créateur, ni jamais créature »,
commença-t-il, « mon fils, ne furent sans amour[6],
93 ou naturel ou de raison ; et tu le sais.
Le naturel est toujours sans erreur,
mais l'autre peut errer par mauvais objet,

ou par trop ou trop peu de vigueur.
Tant qu'il est tourné vers le premier bien,
et se mesure aux biens secondaires,
il ne peut causer de plaisir mauvais.
Mais quand il se tord vers le mal, et qu'il court
avec plus ou moins qu'il ne faut vers le bien,
la créature agit contre son créateur.
Tu peux donc saisir qu'il faut que l'amour
soit la semence en nous de toute vertu,
et de toute action qui mérite une peine.
Or puisque jamais l'amour ne peut détourner
son regard du salut de celui qui le sent,
toute chose est protégée contre sa propre haine ;
et comme on ne peut concevoir aucun être
séparé du Premier, et suffisant à soi,
aucune créature ne peut le haïr.
Il reste, si on regarde bien,
que le mal qu'on aime est celui du prochain ;
et cet amour naît de trois façons dans votre boue.
Certains, de ce que leur voisin est abaissé,
espèrent l'excellence, et veulent, pour ce désir,
qu'il soit déchu de sa grandeur ;
tel craint de perdre pouvoir, faveur,
honneur et gloire si un autre s'élève,
et s'attriste tant qu'il aime le contraire ;
tel paraît si honteux d'une injure
qu'il devient affamé de vengeance,
et il lui faut causer le mal d'autrui.
Ce triple amour se pleure ici dessous :
je veux à présent que tu voies l'autre,
qui court au bien en ordre corrompu.
Chacun apprend confusément un bien
où l'âme se repose, et le désire ;
et chacun s'efforce de l'atteindre.
Si un lent amour vous pousse à le voir,
ou à l'acquérir, cette corniche,

après un juste repentir, vous en punit.
    Il est un autre bien qui ne rend pas heureux ;
ce n'est pas le bonheur, ni la bonne essence,
qui est fruit et racine de tout bien.
    L'amour qui trop s'y abandonne
se pleure dans trois cercles, au-dessus de nous ;
mais comment il se divise en trois parties,
    je le tairai, afin que tu le cherches. »

CHANT XVIII

Quatrième corniche : les paresseux.

Nouveaux doutes de Dante. Virgile explique la nature de l'Amour, et ses rapports avec le libre arbitre. Instants de somnolence de Dante, et arrivée des négligents. L'abbé de Saint-Zénon. Exemples de paresse punis. Dante s'endort et rêve.

(Nuit du 11 au 12 avril.)

Il avait mis fin à son discours,
le haut docteur, et il regardait, attentif,
dans mes yeux, si j'avais l'air content ;
et moi, que nouvelle soif tourmentait encore,
je me taisais, et disais en moi-même :
« Toutes mes questions, peut-être, lui pèsent. »
Mais ce vrai père, qui s'était aperçu
du timide vouloir qui ne s'ouvrait pas,
en parlant me donna la force de parler.
D'où moi : « Maître, ma vue s'avive tant
dans tes lumières, que je discerne clairement
ce que ta raison distingue ou décrit.
Je te prie donc, mon très doux père,
de m'expliquer l'amour, à quoi tu ramènes
toute bonne action et son contraire. »
« Dresse », dit-il, « vers moi les yeux aigus
de l'intellect, et te deviendra claire
l'erreur des aveugles qui se font guides.
L'âme, qui est créée prête à aimer,
se meut vers toute chose qui lui plaît,
dès que par le plaisir elle s'éveille en acte[1].

Votre entendement tire d'un être réel
une image, et la déploie en vous,
en faisant que l'âme se tourne vers elle ;
et si, en se tournant, elle penche vers l'objet,
ce penchant est amour, un amour naturel
qui par nouveau plaisir se lie en vous.
Puis, comme le feu s'élève dans les airs
par sa forme qui est née pour monter
là où sa matière dure plus longtemps,
ainsi l'âme éprise entre en désir,
qui est mouvement spirituel, et ne cesse plus,
tant qu'elle jouit de la chose aimée.
Tu peux voir à présent comme la vérité
reste cachée à ceux qui sont certains
que tout amour est louable en soi.
Car sa substance apparaît peut-être
toujours bonne ; mais toute empreinte
ne l'est pas, malgré la bonté de la cire. »
« Tes paroles, et mon esprit qui les suit »,
lui répondis-je, « m'ont découvert l'amour,
mais j'en suis rempli de plus de doutes ;
car si l'amour s'offre en dehors de nous,
et si l'âme ne va pas sur d'autres pieds,
qu'elle aille droit ou non, elle n'a pas de mérite. »
Et lui à moi : « Ce que la raison voit ici
je peux te le dire ; mais au-delà, n'attends
que Béatrice, car c'est acte de foi.
Toute forme substantielle, qui est distincte
de la matière, et qui lui est unie,
contient en soi la vertu spécifique,
qui n'est pas sentie, sinon en acte,
et n'apparaît jamais que par son effet,
comme vie dans une plante par les feuilles vertes.
Ainsi l'homme ne sait d'où lui viennent
la connaissance et les premières notions,
ni l'amour des premiers objets désirables,

qui sont en nous comme l'instinct chez l'abeille
de faire le miel ; et ce premier désir
n'a rien qui mérite louange ou blâme.

Mais pour qu'à celui-ci les autres se conforment,
innée est en vous la vertu qui conseille,
et qui doit veiller au seuil du consentement.

C'est là le principe d'où provient
la raison du mérite en vous, selon
qu'elle accueille et choisit bons et mauvais amours.

Ceux qui sont allés au fond de la raison
ont reconnu cette liberté innée,
et ont ainsi laissé la morale au monde.

D'où, en admettant que soit nécessaire
tout amour qui s'allume en vous,
vous avez le pouvoir de le retenir.

C'est la noble vertu[2] que Béatrice entend
par libre arbitre ; et prends bien soin
de l'avoir en mémoire, si elle t'en parle. »

La lune tardive, au milieu de la nuit,
faisait paraître les étoiles plus rares,
pareille à un chaudron qui brûle sans cesse ;

elle remontait le ciel en parcourant les voies
que le soleil embrase au temps où les Romains
le voient se coucher entre Corse et Sardaigne.

Et cette grande ombre qui donna plus de gloire
à Pietola[3] qu'à toute ville mantouane
m'avait libéré du poids qui m'opprimait ;

de sorte que moi, qui avais recueilli
sa réponse ouverte et claire à mes questions,
j'étais comme un homme qui somnole et divague.

Mais cette somnolence me fut ôtée
à l'improviste par des gens
qui nous rejoignirent par-derrière.

Et comme autrefois l'Ismène et l'Asope[4]
voyaient près d'eux, la nuit, une foule en furie,
chaque fois que Thèbes invoquait Bacchus[5],

tels par ce cercle ils vont, à grandes foulées,
à ce que je vis d'eux, en venant,
chevauchés par bon vouloir et juste amour.

Ils furent vite sur nous, car en courant
se mouvait toute cette grande troupe ;
et devant elle, deux criaient en pleurant :

« Marie courut en hâte à la montagne » ;
et : « César, pour soumettre Ilerda[6],
frappa Marseille et courut en Espagne. »

« Vite, vite, ne perdons pas de temps
par manque d'amour ! » criaient les autres,
« le zèle à bien agir fait reverdir la grâce. »

« Ô vous dont aujourd'hui la ferveur aiguë
rachète le retard et la négligence,
que vous mîtes peut-être par tiédeur à bien faire,

celui-ci, qui vit – et je ne vous mens pas –
veut aller en haut, quand le soleil luira :
dites-nous par où est le prochain passage. »

Telles furent les paroles de mon guide ;
et l'un de ces esprits dit : « Viens
derrière nous, tu trouveras la brèche.

Nous sommes si pleins du désir d'aller
que nous ne pouvons nous arrêter ; pardonne,
si tu juges notre loi discourtoise.

À Vérone, je fus abbé de Saint-Zénon[7],
sous l'empire du bon Barberousse,
dont Milan parle encore avec douleur.

Et tel a déjà un pied dans la tombe
qui pleurera bientôt ce monastère,
s'attristant d'y avoir exercé le pouvoir ;

car son fils, mauvais de tout son corps[8],
mais pire de l'âme, et de naissance impure,
il le mit à la place du vrai pasteur. »

Je ne sais s'il continua ou s'il se tut,
tant il s'était déjà éloigné de nous ;
mais je le compris, et voulus le tenir en mémoire.

Et celui qui me secourait en tout besoin
dit : « Tourne-toi par là : vois-en deux
qui en venant déchirent la paresse. »
Derrière toute la troupe ils disaient : « Il mourut
le premier peuple pour qui la mer s'ouvrit,
avant que le Jourdain ne vît ses héritiers.
Et ceux qui n'ont pas supporté la fatigue
jusqu'à la fin avec le fils d'Anchise
se vouèrent eux-mêmes à une vie sans gloire[9]. »
Puis quand ces ombres furent si loin de nous
que nous ne pouvions plus les voir,
une pensée nouvelle entra en moi,
de qui plusieurs autres naquirent ;
et j'ondoyai tant de l'une à l'autre
que je fermai les yeux de plaisir,
et ma pensée se changea en rêve.

CHANT XIX

Quatrième et cinquième corniches : avares et prodigues.

Le rêve de la sirène. L'ange de la sollicitude. Virgile interprète le rêve de Dante. Dialogue avec le pape Adrien V.

(Mardi 12 avril, au matin.)

À l'heure où la chaleur du jour, vaincue
par la terre, et parfois par Saturne,
ne peut plus attiédir le froid de la lune
– quand les géomanciens voient surgir à l'orient
leur Fortune majeure[1] avant l'aube,
par un chemin encore un peu obscur –,
me vint en songe une femme bègue,
aux yeux louches, aux pieds tordus,
les mains coupées, de couleur blême.
Je la regardais ; et comme le soleil
ranime les membres froids engourdis par la nuit,
ainsi mon regard lui déliait la langue,
et la redressait tout entière,
en peu de temps, comme veut amour,
et colorait son visage éperdu.
Dès qu'elle eut ainsi recouvré la parole,
elle se mit à chanter si bien qu'avec peine
j'aurais détourné mon regard d'elle.
« Je suis », chantait-elle, « je suis douce sirène,
qui charme les marins au milieu de la mer ;
tant je donne de plaisir à m'entendre !
Je détournai Ulysse de son chemin errant

grâce à mon chant ; et qui s'approche de moi
me quitte rarement, tant je l'enchante ! »
Sa bouche ne s'était pas refermée encore,
qu'une dame apparut[2], sainte et rapide,
auprès de moi, pour la confondre.
« Ô Virgile, Virgile, qui est cette femme ? »,
disait-elle, durement ; et lui venait
les yeux fixés sur cette honnête dame.
Il prenait l'autre, et l'ouvrait par-devant,
fendant sa robe, et me montrait son ventre ;
la puanteur qu'il jetait m'éveilla.
Je tournai les yeux, et mon maître : « Au moins trois
fois je t'ai appelé ! », dit-il ; « Debout, et viens ;
trouvons l'ouverture par où tu entreras. »
Je me levai, et tous les cercles
du mont sacré étaient déjà remplis,
et nous allions le dos vers le soleil nouveau.
En le suivant, je portais mon visage
comme un homme chargé de soucis,
qui fait de son corps un demi-arc de pont ;
quand j'entendis : « Venez ; ici on passe »,
d'une voix douce et affectueuse
comme on ne l'entend pas en ces régions mortelles.
Les ailes déployées, qui semblaient de cygne,
celui qui nous parlait ainsi nous fit monter
entre deux parois de roche dure.
Puis, battant des plumes, il nous éventa,
disant : « Qu'ils sont heureux ceux *qui lugent*[3],
car leurs âmes sont dames de consolation. »
« Qu'as-tu à regarder encore vers la terre ? »,
commença mon guide à me dire,
quand nous avions un peu dépassé l'ange.
Et moi : « Ce qui me fait aller avec tant de crainte
est une vision nouvelle qui m'incline à soi
si fort que je ne puis cesser d'y penser. »
« Tu as vu », dit-il, « cette antique sorcière[4]

que seule désormais on pleure plus haut que nous ;
tu as vu comment on se délivre d'elle.
  Que cela te suffise ! Frappe le sol du pied,
lève les yeux vers l'image que tourne
le régnant éternel avec les grandes roues. »
  Tel le faucon, qui regarde à ses pieds,
mais se retourne au cri et prend son vol
poussé par le désir de la proie qui l'attire,
  tel je devins ; et tel, comme le rocher
se fend pour laisser passer ceux qui montent,
j'allai jusque-là où on rejoint le cercle.
  Quand je fus sorti du cinquième giron,
je vis des gens qui y pleuraient,
gisant à terre et tournés vers le bas.
  « *Adhaesit pavimento anima mea* »,
leur entendais-je dire en pleurant si fort
qu'on comprenait à peine leurs paroles.
  « Ô élus de Dieu, dont les souffrances
sont adoucies par la justice et l'espérance,
indiquez-nous les prochaines montées. »
  « Si vous venez ici sans être des gisants,
et voulez trouver votre chemin plus vite,
ayez toujours la droite vers le dehors. »
  Ainsi les pria le poète, ainsi lui fut-il répondu,
un peu au-devant de nous ; et moi
je découvris un autre caché dans la parole,
  et je tournai les yeux vers mon seigneur :
il m'accorda d'un signe joyeux
ce que demandait mon regard de désir.
  Et lorsque je pus agir à mon gré,
je m'approchai de cette créature
que son discours m'avait fait noter,
  en lui disant : « Esprit qui mûris par tes pleurs
ce sans quoi on ne peut revenir à Dieu,
suspends un peu pour moi ton plus grand souci.
  Qui étais-tu, et pourquoi avez-vous le dos

tourné au ciel, dis-le-moi, si tu veux que j'obtienne
quelque chose là-bas, d'où je vins vivant. »
« Pourquoi le ciel tourne nos derrières
vers lui, tu le sauras », dit-il ; « mais auparavant
scias quod ego fui successor Petri[5].
Entre Sestri et Chiavari s'enfonce
une belle rivière, et de son nom
provient le titre de mon lignage[6].
Un mois et un peu plus, j'éprouvai ce que pèse
le grand manteau à qui le sauve de la fange,
car tout poids, auprès d'elle, semble plume.
Ma conversion, hélas, fut tardive ;
mais quand je fus fait pasteur romain,
je découvris la vie menteuse.
Je compris que mon cœur ne s'y calmait pas,
et qu'en cette vie on ne pouvait monter plus haut ;
ainsi naquit en moi l'amour de l'autre.
Jusqu'alors je fus une âme misérable
et séparée de Dieu, tout entière avide ;
à présent, comme tu vois, je suis châtiée ici.
Ce que fait l'avarice est ici manifeste
dans la punition des âmes converties,
et le mont n'a pas de peine plus amère.
Comme notre œil, fixé sur les choses terrestres,
ne s'éleva jamais vers le haut,
ainsi la justice ici l'abaisse à terre.
Comme l'avarice éteignit notre amour
envers tout bien, rendant toute action vaine,
ainsi la justice ici nous tient serrés,
pieds et mains pris et ligotés ;
et, tant qu'il plaira au juste Sire,
nous resterons gisants et immobiles. »
Je m'étais agenouillé pour lui parler ;
mais quand je commençai, et qu'il s'aperçut,
en m'écoutant, de mon respect,
« Quelle raison », dit-il, « fait que tu t'inclines ? »

Et moi à lui : « Pour votre dignité
ma conscience me remord de rester debout. »
« Redresse tes jambes, lève-toi, mon frère ! »
répondit-il : « ne fais pas erreur : je suis serf
avec toi et les autres d'un seul pouvoir.
Si jamais tu entends le saint verset
évangélique, qui dit : "*Neque nubent*[7]",
tu peux bien voir pourquoi je parle ainsi.
Va à présent, je ne veux plus que tu t'arrêtes ;
car ta présence gêne les pleurs
qui font mûrir en moi ce que tu as dit.
J'ai sur terre une nièce appelée Alagia,
dont la nature est bonne, pourvu que ma famille
ne la rende pas mauvaise par son exemple ;
et c'est la seule qui me reste là-bas. »

CHANT XX

Cinquième corniche : avares et prodigues.

Malédiction de l'avarice. Exemples de pauvreté voulue et de libéralité. Hugues Capet et la maison de France. Exemples d'avarice punie. Tremblement de terre. Le *Gloria*.

Le vouloir combat mal contre un vouloir meilleur ;
aussi pour lui plaire, contre mon plaisir,
je tirai de l'eau l'éponge non saturée.
Je partis ; et mon guide s'avança
par les lieux encore libres près de la roche,
comme on va sur un mur le long des créneaux ;
car ces gens qui versent goutte à goutte,
par les yeux, le mal qui remplit le monde
s'approchent trop du bord, de l'autre côté.
Maudite sois-tu, antique louve [1],
qui a des proies plus que les autres bêtes
pour ta faim profonde et sans limites !
Ô ciel, dont le cours, croit-on,
change la condition des choses d'ici-bas,
quand viendra celui par qui elle s'en ira [2] ?
Nous allions à pas lents et comptés,
et moi, attentif aux ombres, que j'entendais,
plein de pitié, se plaindre et pleurer ;
il m'advint d'entendre devant nous
appeler dans les pleurs : « Douce Marie ! »,
comme une femme quand elle enfante ;
et continuer : « Tu fus si pauvre
qu'on peut le voir à cet asile

24 où tu déposas ton saint fardeau[3]. »
J'entendis ensuite : « Ô bon Fabrice[4],
avec la pauvreté tu voulus l'honneur
27 plutôt que la richesse avec le vice. »
Ces paroles m'avaient tant plu
que je m'avançai pour connaître
30 l'esprit dont elles semblaient être venues.
Il parlait encore de la largesse
que fit Nicolas aux pucelles[5]
33 pour conduire à l'honneur leur jeunesse.
« Ô âme qui parles si bien,
dis-moi qui tu fus », lui dis-je, « et pourquoi tu es
36 la seule à renouveler ces dignes louanges.
Ton discours ne sera pas sans récompense,
si je reviens pour accomplir le court chemin
39 de cette vie qui vole vers sa fin. »
Et lui : « Je parlerai, non que j'attende
un secours d'en bas, mais parce qu'en toi
42 resplendit tant de grâce avant que tu sois mort.
Je fus racine de cet arbre mauvais[6]
qui couvre d'ombre toute la chrétienté,
45 si bien qu'on y cueille rarement un bon fruit.
Mais si Douai, Lille, Gand et Bruges[7]
pouvaient, prompte serait la vengeance ;
48 et moi je le demande à lui qui juge tout.
On m'appelait là-bas Hugues Capet ;
de moi sont nés les Philippe et les Louis
51 par qui depuis peu la France est gouvernée.
Je fus le fils d'un boucher de Paris[8] :
quand les anciens rois eurent tous disparu,
54 sauf un qui devint moine en robe grise,
je me trouvai entre les mains la bride
du gouvernement du royaume, et un tel pouvoir,
57 récemment acquis, et tant d'amis,
que fut promue à la couronne veuve
la tête de mon fils, qui donna origine

aux ossements sacrés de ces rois.

Tant que la grande dot des Provençaux[9]
n'eut pas ôté à mon sang toute honte,
il valait peu, mais au moins il faisait peu de mal.

C'est là que commença avec force et mensonge
son brigandage ; et puis, pour pénitence,
il prit Ponthieu, la Normandie et la Gascogne[10].

Charles vint en Italie, et pour pénitence[11]
il prit Corradino pour victime ; et puis
il envoya Thomas au ciel, pour pénitence.

Je vois le temps, qui n'est plus bien loin,
où sortira de France un autre Charles,
pour mieux se faire connaître, lui et les siens.

Il sort sans armes[12], à part la lance
dont joua Judas, et cette pointe
qui fait crever le ventre[13] de Florence.

Il gagnera ainsi non pas des terres
mais de la honte, et des péchés, d'autant plus lourds
qu'il croira le dommage plus léger.

L'autre[14], qui est sorti captif de son navire,
je vois qu'il vend sa fille et la marchande,
comme font les corsaires des autres esclaves.

Ô avarice, que peux-tu faire de plus,
quand tu as lié si fort mon sang à toi
qu'il ne se soucie plus de sa propre chair ?

Pour que semble moins grand le mal fait et à faire,
je vois à Anagni entrer la fleur de lys[15],
et Christ être captif dans son vicaire.

Je le vois à nouveau être bafoué,
je le vois abreuvé de vinaigre et de fiel,
et mis à mort entre larrons vivants.

Je vois le nouveau Pilate[16] si cruel
qu'il n'est pas rassasié, mais porte dans le Temple,
sans décrets, ses vaisseaux avides.

Ô mon Seigneur, quand aurai-je la joie
de voir la vengeance qui, encore cachée,

rend douce en secret ta colère ?

Ce que je disais de cette unique épouse [17]
de l'Esprit-Saint et qui te fit
te tourner vers moi pour avoir quelque glose,

c'est ce qui répond à toutes nos prières,
tant que dure le jour ; mais dès que la nuit tombe,
nous prenons des exemples contraires.

Nous répétons Pygmalion [18] alors,
que l'insatiable appétit de l'or
rendit traître et larron, et parricide ;

et la misère de l'avare Midas [19],
qui suivit sa demande cupide,
dont il faudra toujours qu'on rie [20].

Tous se souviennent aussi du fol Acham [21],
qui vola les dépouilles, si bien que la colère
de Josué paraît encore le mordre ici.

Puis nous accusons Saphire et son époux [22] ;
nous louons la ruade à Héliodore [23] ;
et Polymnestor qui tua Polydore [24],

et fait le tour du mont dans l'infamie ;
à la fin on y crie : "Crassus, dis-le,
puisque tu le sais : Quel goût a l'or ?"

Parfois l'un parle haut et l'autre bas,
selon que l'ardeur à monter nous éperonne,
à pas tantôt plus vifs, tantôt plus lents :

aussi pour le bien dont nous parlons le jour
je n'étais pas seul ; mais ici tout près
aucune autre ombre n'élevait la voix. »

Nous nous étions déjà éloignés de lui,
et nous essayions d'achever le chemin
autant que nos forces le permettaient,

quand je sentis, comme si elle tombait,
trembler la montagne ; un gel me prit
comme il prend celui qui va à la mort.

Certes, Délos [25] ne trembla pas si fort
avant que Latone y fît son nid

pour enfanter les deux yeux du ciel.
Puis de tous côtés s'éleva un cri
tel que mon maître se rapprocha de moi,
et dit : « Ne doute pas, tant que je te guide. »
« *Gloria in excelsis Deo* », disaient-ils tous,
à ce que je compris par les voix les plus proches,
dont on pouvait là entendre le cri.
Nous étions immobiles, en suspens, pareils
aux bergers qui entendirent d'abord ce chant,
jusqu'à la fin du tremblement, et de l'hymne.
Puis nous reprîmes notre route sainte
en regardant les ombres qui gisaient à terre,
déjà revenues à leurs pleurs habituels.
Jamais une ignorance ne me fit la guerre
et ne me donna le désir de savoir,
si ma mémoire n'erre en ce point,
si fort que je le sentais alors, en y pensant ;
dans la hâte je n'osais demander,
et par moi seul je ne pouvais rien voir :
ainsi je m'en allais, timide et pensif.

CHANT XXI

Cinquième corniche : avares et prodigues.

Apparition de Stace. Causes du tremblement de terre et du chant. Stace exalte l'*Énéide*. Embarras de Dante. Dante présente Virgile à Stace.

La soif naturelle, que rien n'étanche,
sinon cette eau dont la pauvre femme
samaritaine[1] demanda la grâce,
me tourmentait, et la hâte me poignait,
sur la route encombrée derrière mon guide,
et j'avais compassion de la juste vengeance.
Quand tout à coup, comme Luc écrit
que le Christ apparut aux deux voyageurs,
déjà sorti du caveau sépulcral,
nous apparut une ombre, venant derrière nous,
et regardant la foule étendue à ses pieds ;
nous ne l'avions pas vue ; c'est elle qui nous parla,
disant : « Frères, Dieu vous donne la paix ! »
Nous nous tournâmes aussitôt, et Virgile
lui rendit un salut conforme à ses paroles.
Il commença : « Qu'au concile bienheureux
te mette en paix la cour véritable
qui me relègue en l'exil éternel. »
« Comment ! », dit-elle, et nous allions vite :
« si vous êtes des ombres que Dieu ne veut pas,
qui vous a escortés si haut dans la montée ? »
Et mon docteur : « Si tu regardes bien les signes
que porte cet homme, et que l'ange a tracés,
tu comprendras qu'il doit régner[2] avec les bons.

Mais puisque celle qui file jour et nuit
n'avait pas encore tiré toute la quenouille
que Clotho[3] impose et tisse pour chacun,
son âme, sœur de ton âme et de la mienne,
venant en haut, ne pouvait venir seule,
parce qu'il ne voit pas comme nous voyons.
Aussi fus-je tiré hors de la vaste gorge
d'enfer pour lui montrer, et je lui montrerai
encore, jusqu'où ma science me mènera.
Mais dis-moi si tu sais pourquoi le mont
s'est secoué si fort, et pourquoi tout entier
il a semblé crier jusqu'à sa base humide. »
Par sa question il enfila le chas
de mon désir, en sorte que ma soif
fut un peu apaisée par la seule espérance.
Il commença : « Ce n'est pas chose
qui trouble l'ordonnance de la montagne,
ou qui soit hors de la coutume.
Elle est libre ici de toute altération :
les effets que le ciel produit sur soi-même
peuvent seuls en être cause, et aucun autre.
Ce qui fait que ni pluie, ni grêle, ni neige,
ni rosée, ni givre ne tombent plus haut
que le petit escalier aux trois marches ;
il n'y paraît pas de nuages, épais ou rares,
ni feu d'éclairs, ni fille de Thaumas[4],
qui souvent sur la terre change de contrée :
la vapeur sèche ne naît pas au-delà
du sommet des trois marches que j'ai dit ;
où a les pieds le vicaire de saint Pierre.
Plus bas il peut trembler, peu ou prou,
mais par un vent caché sous terre,
je ne sais comment, jamais il n'a tremblé ici.
Il tremble lorsqu'une âme se sent
pure, assez pour se dresser et pour monter
au ciel ; un cri semblable lui répond.

La pureté se prouve par le seul vouloir,
qui, tout à fait libre, à changer de séjour,
surprend l'âme, et le vouloir lui plaît.

Avant, certes, elle veut, mais le désir l'empêche,
car la justice divine, contre le vouloir,
la tourne vers la peine, comme jadis vers la faute.

Et moi, qui fus couché dans cette peine
plus de cinq cents ans, à présent j'ai senti
la libre volonté d'un seuil meilleur :

tu as entendu le tremblement de terre
et les pieux esprits rendre grâce au seigneur
sur le mont, souhaitant qu'il les appelle. »

Il dit ainsi ; et comme on jouit de boire
d'autant plus que la soif était plus grande,
je ne saurais dire le plaisir qu'il me fit.

Et mon sage guide : « Je vois à présent le filet
qui vous recouvre ici, et comment on s'échappe,
pourquoi on y tremble, et de quoi vous jouissez.

Maintenant dis-moi, je te prie, qui tu fus,
et pourquoi tu es resté tant de siècles,
gisant ici, fais-le-moi saisir dans tes paroles. »

« Au temps où le bon Titus, avec l'aide
du grand souverain, vengea les plaies [5]
d'où sortit le sang vendu par Judas,

avec le nom qui dure et honore le plus [6],
j'étais là », répondit cet esprit,
« très illustre, mais encore sans la foi.

Le souffle de mon chant était si doux
que, toulousain, Rome voulut m'avoir,
et que j'y ornai mon front de myrte.

Le peuple encore là-bas célèbre Stace [7] :
je chantai Thèbes, et puis le grand Achille ;
mais mourus en chemin dans le second labeur.

Mon ardeur naquit des étincelles
qui m'embrasèrent avec la flamme divine
où se sont allumés plus de mille ;

je veux dire l'*Énéide*, qui fut pour moi
mère et nourrice en poésie : sans elle
ce que j'ai fait ne pèse pas bien lourd.
Et pour avoir vécu là-bas au temps
où vécut Virgile, j'accepterais tout un soleil
de plus que je ne dois, à ma sortie d'exil. »
Virgile à ces mots se tourna vers moi
avec un visage qui disait en silence : « Tais-toi » ;
mais la vertu qui veut ne peut pas tout ;
car le rire et les pleurs suivent de si près
le sentiment dont l'un et l'autre naissent
que chez les plus sincères ils échappent au vouloir.
Je souris donc comme en clignant de l'œil ;
alors l'ombre se tut, et me regarda
dans les yeux, où la pensée s'imprime le plus ;
et « Que ton grand labeur aille à bonne fin »,
dit-il, « mais pourquoi ton visage à l'instant
m'a-t-il montré un éclair de rire ? ».
Je suis pris à présent entre deux feux :
l'un me fait taire, et l'autre me conjure
de dire ; d'où je soupire, et mon maître
me comprend, et dit : « Ne crains pas
de parler ; mais réponds et dis-lui
ce qu'il demande avec tant de souci. »
Et moi : « Tu t'étonnes peut-être,
antique esprit, du rire que j'ai fait ;
mais je veux que tu aies un autre étonnement.
Celui qui guide mes yeux vers le haut
est ce Virgile à qui tu dois
d'avoir su chanter les hommes et les dieux.
Si tu crus que mon rire avait une autre cause,
laisse-la pour non vraie, et pense que c'étaient
ces mots que tu as dit de lui. »
Il se penchait déjà pour embrasser les pieds
de mon docteur, qui lui dit : « Frère,
ne le fais pas, car tu es ombre, et vois une ombre.

Et lui, se redressant : « Tu peux comprendre
la quantité d'amour qui me brûle pour toi,
puisque j'en oublie notre vanité,
traitant les ombres comme corps solides. »

CHANT XXII

Cinquième corniche : avares et prodigues. Sixième corniche : gourmands.

Histoire de Stace. Sa conversion secrète au christianisme grâce à Virgile. Poètes et héroïnes antiques dans les Limbes. Les gourmands. L'arbre de la tentation.

L'ange était déjà loin derrière nous,
l'ange qui nous avait menés au sixième cercle,
et m'avait effacé un signe du visage ;
et ceux qui ont la justice pour désir
il les avait dits bienheureux, et ses paroles
s'achevèrent, sans plus, avec *sitiunt*[1].
Et moi, plus léger qu'aux autres entrées,
j'allais, si bien que sans aucune fatigue
je suivais vers le haut ces esprits rapides ;
quand Virgile commença : « Amour,
enflammé de vertu, enflamma toujours un autre,
pour peu que sa flamme apparût au-dehors ;
aussi, dès l'heure où descendit vers nous
aux limbes de l'enfer, Juvénal[2],
qui me révéla ton affection,
ma tendresse pour toi dépassa celle
qui lie à ceux qu'on n'a jamais vus,
si bien que cette montée va me sembler courte.
Mais dis-moi, et comme un ami pardonne-moi
si trop de liberté me relâche le frein,
et comme un ami désormais parle-moi :
comment l'avarice a-t-elle pu trouver place
en ton cœur, parmi tant de sagesse,

dont tu fus rempli par tes soins ? »
Ces paroles, tout d'abord, portèrent Stace
à sourire un peu ; puis il répondit :
« Tout ce que tu me dis m'est signe d'amour.
En vérité on voit souvent des choses
qui donnent fausse matière à douter
parce que les vraies raisons restent cachées.
Ta question me fait penser que tu as cru
que j'étais avare dans l'autre vie,
peut-être à cause du cercle où tu m'as vu.
Or sache que l'avarice me fut
trop étrangère, et cette démesure
a été punie par des milliers de lunes.
Et si ce n'était que je me corrigeai,
quand je compris ce point où tu t'écries,
plein de courroux pour la nature humaine :
“Que ne guides-tu, ô faim sacrée
de l'or[3], l'appétit des mortels ?”,
je tournerais dans les tristes joutes.
Je compris alors que les mains, pour dépenser,
pouvaient trop ouvrir l'aile, et me repentis
de celui-là comme des autres maux.
Combien renaîtront avec le poil tondu,
pour n'avoir pas su que de ce péché
le repentir, même à la fin, nous lave !
Et sache que la faute qui s'oppose
de façon directe à une autre faute
sèche avec elle ici sa verdeur ;
donc, si je me suis trouvé avec ces gens
qui pleurent l'avarice, pour me purifier,
cela m'est arrivé pour la faute contraire. »
« Alors quand tu chantais la guerre cruelle
de la double tristesse de Jocaste[4] »,
reprit le chantre des rimes bucoliques,
« à ce que Clio traite là avec toi,
il ne semble pas que tu aies eu déjà la foi,

la foi sans qui bien agir ne suffit pas.
S'il en est ainsi, quel soleil, ou flambeau
t'ont éclairé si bien que tu levas
plus tard les voiles derrière le Pêcheur ? »
Il lui dit : « C'est toi qui me mandas d'abord
au Parnasse, pour y boire à ses sources,
et qui m'illuminas, le premier après Dieu.
Tu fis comme celui qui s'en va de nuit,
portant sa torche derrière lui, et elle ne lui sert pas[5],
mais elle instruit ceux qui le suivent,
lorsque tu dis : “Le siècle change ;
justice revient, avec le premier temps humain
et du ciel descend une race nouvelle[6].”
Par toi je fus poète, par toi chrétien :
mais pour que tu voies mieux ce que je dessine,
ma main va y poser les vraies couleurs.
Le monde était déjà tout imprégné
de la vraie croyance, qu'y avaient semée
les messagers du royaume éternel ;
et tes paroles, que je viens de citer,
s'accordaient bien aux nouveaux prêcheurs ;
aussi je m'habituai à les visiter.
Ils me parurent peu à peu si saints
que lorsque Domitien les persécuta,
je mêlai mes pleurs à leurs larmes ;
et que, tant que je fus sur terre,
je les soutins, et leurs mœurs pures
me firent mépriser toutes les autres sectes.
Et avant de mener en poésie les Grecs
aux fleuves de Thèbes, je reçus le baptême ;
mais par peur, je fus chrétien en secret,
montrant pendant longtemps que j'étais païen :
cette tiédeur m'a fait tourner quatre cents ans
enclos dans le quatrième cercle.
Mais toi qui as levé le voile
qui me cachait le grand bien dont je parle,

puisque nous avons encore à monter,
dis-moi où est Térence notre ancien poète,
et Caecilius, Plaute et Varius[7], si tu le sais :
dis-moi s'ils sont damnés, et dans quel lieu. »
« Ceux-là, Perse[8], moi, et bien d'autres »,
répondit mon guide, « nous sommes avec ce Grec[9]
qu'allaitèrent les Muses plus que tout autre,
dans le premier cercle du cachot aveugle ;
et nous parlons souvent de la montagne
qui porte toujours nos nourrices[10].
Euripide est avec nous, et Antiphon,
Simonide, Agathon[11], et d'autres
Grecs dont le laurier orna jadis le front.
On voit là des gens que tu as chantés,
Antigone, Déiphile et Argie,
et Ismène[12] aussi triste qu'elle fut.
On y voit celle qui montra Langie[13] ;
la fille de Tirésias[14] est là-bas, et Thétis,
et Deidamie[15] avec ses sœurs. »
Déjà les deux poètes se taisaient,
de nouveau attentifs, regardant autour d'eux,
libres de parois et de montées ;
déjà les quatre servantes du jour[16]
étaient derrière nous ; la cinquième au timon
dressait en l'air la pointe ardente,
lorsque mon guide : « Je crois qu'il faut
tourner l'épaule droite vers le rebord
en contournant le mont, comme d'habitude. »
Ainsi l'expérience fut là notre signal,
et nous prîmes la route avec moins de crainte,
grâce à l'assentiment de cette âme élue.
Ils tournaient devant, et moi tout seul
derrière, écoutant leurs discours
qui me donnaient intelligence de poésie.
Mais ce doux parler fut vite interrompu
par un arbre qui était au milieu du chemin,

chargé de fruits à l'odeur suave et bonne ;
et comme un sapin se rétrécit du haut,
de branche en branche, ainsi celui-ci vers le bas,
afin, je crois, que personne n'y montât.
Du côté où notre route était fermée,
une eau claire tombait du rocher
et se répandait en haut sur les feuilles.
Les deux poètes s'approchèrent de l'arbre ;
et une voix à travers le feuillage
cria : « Vous jeûnerez de cette nourriture. »
Puis : « Marie qui à présent répond pour vous
pensait plus à rendre les noces
riches et honorables, qu'à sa propre bouche.
Et pour leur boisson les antiques Romaines
se contentaient d'eau ; et Daniel [17]
méprisa le manger, et acquit le savoir.
Le premier âge, tant qu'il fut beau comme l'or,
rendit par la faim les glands savoureux,
et par la soif fit un nectar de tout ruisseau.
Miel et sauterelles furent les mets
qui nourrirent Baptiste au désert ;
c'est pourquoi il est glorieux et aussi grand
que le proclame l'Évangile. »

CHANT XXIII

Sixième corniche : les gourmands.

Rencontre avec Forese. Reproches aux dames florentines. Dante présente Virgile et Stace.

(Mardi 12 avril, dans l'après-midi.)

Tandis que je tenais les yeux
fixés dans le feuillage vert, comme fait
celui qui perd sa vie après les oiseaux,
mon plus que père me dit : « Mon fils,
viens à présent, car le temps qui nous est fixé
doit être employé plus utilement. »
Je tournai le visage, et les pas aussi vite,
vers les sages, qui parlaient si bien
qu'ils me faisaient marcher sans nulle peine.
Voici qu'on entendit pleurer et chanter
« *Labia mea, Domine*[1] », de façon si belle
qu'en naissaient ensemble bonheur et chagrin.
« Ô mon doux père, qu'est-ce que j'entends ? »,
commençai-je ; et lui : « Des ombres qui vont,
résolvant peut-être le nœud de leur dette. »
Comme font les pèlerins pensifs,
rencontrant en chemin des inconnus
qui se tournent vers eux sans s'arrêter,
ainsi derrière nous, d'un pas plus rapide,
une foule d'âmes dévote et silencieuse
venait et en nous dépassant nous regardait.
Elles avaient toutes les yeux obscurs et creux,

et la face pâle, et elles étaient si maigres
que leur peau suivait la forme de leurs os.

Je ne crois pas qu'Erysichton[2]
fût aussi sec, jusqu'à l'extrême écorce,
lorsque le jeûne l'épouvanta le plus.

Je me disais en pensant en moi-même : « Voici
le peuple qui perdit Jérusalem,
lorsque Marie becqueta son fils[3]. »

Les orbites semblaient bagues sans gemmes :
qui lit « omo » dans le visage des hommes
aurait bien ici reconnu le m[4].

Qui pourrait croire que l'odeur d'un fruit
et celle d'une eau pût amaigrir ainsi,
engendrant le désir, sans savoir comment ?

Je me demandais déjà ce qui les affame,
car la raison n'était pas encore manifeste
de leur maigreur, et de leur triste écaille,

et voici qu'une ombre, du fond de la tête,
tourna ses yeux vers moi, avec un regard fixe ;
puis elle cria très fort : « Quelle grâce m'advient ? »

Je ne l'aurais pas reconnue au visage ;
mais le son de sa voix me rendit clair
ce que son aspect avait dévasté.

Cette étincelle ralluma en moi
toute la connaissance du visage changé,
et je retrouvai la face de Forese[5].

« Ah ne t'arrête pas à la rogne sèche
qui décolore ma peau », priait-il,
« ni à l'absence de chair qui est la mienne ;

dis-moi le vrai sur toi, dis-moi qui sont
ces deux âmes qui t'escortent là ;
ne reste pas sans me parler ! »

« Ta face, qu'à ta mort j'ai déjà pleurée,
me fait à présent pleurer aussi tristement »,
lui répondis-je, « en la voyant défigurée.

Mais dis-moi, par Dieu, ce qui vous effeuille ;
ne me fais pas parler tandis que je m'étonne,
car on parle mal, quand on est plein d'une autre envie. »

Et lui à moi : « De l'éternel conseil
tombe une vertu dans l'eau et dans l'arbre
resté derrière nous, qui me ronge ainsi.

Toute cette foule qui chante en pleurant
pour avoir suivi la bouche sans mesure,
par faim et par soif, ici redevient sainte.

En nous le désir de boire et de manger
se rallume à l'odeur qui sort du fruit
et de la rosée qui descend des feuilles.

Et plus d'une fois, en parcourant le cercle,
notre peine se rafraîchit :
je dis peine, je devrais dire joie,

car le même désir qui nous mène aux arbres
mena le Christ joyeux à dire "*Eli*[6]"
quand il nous libéra avec son sang. »

Et moi à lui : « Forese, depuis le jour
où tu passas du monde à une vie meilleure,
cinq ans ne sont pas encore écoulés.

Si le désir de pécher cessa en toi
avant que fût venu le temps
de la bonne douleur qui nous remarie

à Dieu, comment es-tu déjà venu ici ?
Je croyais te trouver là en bas,
où le temps se restaure par le temps. »

Et lui à moi : « Celle qui si tôt m'a conduit
à boire la douce absinthe des martyres,
c'est ma Nella, avec ses chaudes larmes.

Avec ses bonnes prières et avec ses soupirs,
elle m'a tiré de la montée où on attend,
et m'a libéré des autres cercles.

Elle est d'autant plus chère et agréable à Dieu,
ma douce veuve, que j'aimai tant,

qu'à bien agir elle est plus seule ;
car la Barbagie[7] de Sardaigne
est plus pudique dans ses femmes
que la Barbagie où je la laissai.
Doux frère, que veux-tu que je dise ?
Je vois déjà un temps futur,
qui n'est pas loin de cette heure-ci,
où il sera défendu par édit
aux effrontées dames florentines
de montrer leurs gorges et leurs seins.
Quelles barbares, quelles sarrasines
vit-on jamais avoir besoin, pour se couvrir,
de peines spirituelles ou d'autres disciplines ?
Mais si les éhontées étaient certaines
de ce que le ciel leur prépare pour bientôt,
leurs bouches seraient déjà ouvertes pour crier ;
car si la prescience ne m'égare ici,
elles seront tristes avant qu'il ait du poil aux joues
celui que pour l'instant consolent des berceuses.
Ah, frère, maintenant, ne me cache plus rien !
vois, ce n'est pas moi seul, mais ces autres gens
qui tous regardent vers là où tu caches le soleil. »
Et moi à lui : « Si tu as en mémoire
comme tu fus avec moi, comme je fus avec toi,
le souvenir présent pèsera plus encore.
De cette vie m'a sauvé l'autre jour
celui qui marche devant moi, quand se montra
à vous toute ronde la sœur de celui-ci »,
et je lui montrai le soleil ; « il m'a mené
par la profonde nuit des vrais morts,
avec cette vraie chair qui le suit.
Puis ses conseils m'ont conduit en haut,
montant autour de la montagne
qui vous redresse, vous que le monde avait tordus.
Il dit qu'il m'accompagnera
jusqu'à l'endroit où sera Béatrice ;

alors il faudra que je reste sans lui.
Virgile est celui qui me parle ainsi »,
et je lui montrai ; « et l'autre est cette ombre
pour qui tout à l'heure se sont secoués
les flancs du royaume, qui l'a délivré ».

CHANT XXIV

Sixième corniche : les gourmands.

Forese parle de Piccarda. Bonagiunta de Lucques. Le « dolce stil nuovo ». Prophétie sur la mort de Corso Donati. Le second arbre de la tentation. L'ange efface les P sur le front de Dante.

Le parler ne rendait pas l'aller plus lent,
ni l'aller le parler, mais en causant nous allions vite,
comme navire poussé par un bon vent ;
et les ombres, qui semblaient deux fois mortes,
par les fosses des yeux tiraient de moi
de la stupeur, en voyant que j'étais vivant.
Et moi, continuant mon discours,
je dis : « Elle monte [1] plus lentement peut-être
qu'elle ne ferait, à cause de l'autre.
Mais dis-moi si tu sais où est Piccarda [2] ;
dis-moi si je vois quelqu'un à noter
parmi ces gens qui me regardent. »
« Ma sœur, qui était bonne et belle,
et je ne sais ce qu'elle était le plus, triomphe,
heureuse dans l'Olympe déjà de sa couronne. »
Il dit ainsi d'abord ; et puis : « Ici il est permis
de nous nommer tous, tant a fondu
notre semblant, avec la diète.
Celui-ci », et il me le montra, « est Bonagiunta,
Bonagiunta de Lucques [3] ; et cette face
à côté de lui plus trouée que les autres
eut la sainte Église entre ses bras [4] :
il fut de Tours, et purge par le jeûne

l'anguille de Bolsena et le vin vernaccia[5]. »
Il m'en nomma, un par un, beaucoup d'autres ;
et tous semblaient contents d'être nommés ;
je ne vis pas un visage se rembrunir.
Je vis, par faim, user leurs dents à vide
Ubaldino de la Pila[6] et Boniface[7]
qui fit paître la foule avec sa crosse.
Je vis messire Marchese[8], qui but à loisir
à Forli, avec moins de soif, et qui fut tel
qu'il n'était jamais rassasié.
Mais comme fait celui qui regarde, et apprécie
l'un plus que l'autre, j'allai vers le Lucquois,
qui me semblait plus content de me voir.
Il murmurait ; et j'entendais je ne sais quoi
comme « Gentucca[9] », là où il sentait
la plaie de la justice qui le mordait.
« Ô âme », dis-je, « qui parais si anxieuse
de causer avec moi, fais-toi entendre
et satisfais ainsi ton désir et le mien. »
« Une femme est née, qui n'a pas encore de bandeau »,
commença-t-il, « qui te fera plaire
ma ville, quelque mal qu'on en dise.
Tu t'en iras avec cette prédiction :
et si dans mon murmure tu t'es abusé,
les choses vraies t'éclaireront.
Mais dis-moi si je vois celui qui a trouvé
le nouvel art des rimes, qui commencent :
« *Dames qui avez intelligence d'amour*[10]. »
Et moi à lui : « Je suis homme qui note,
quand Amour me souffle, et comme il dicte
au cœur, je vais signifiant. »
« Ô frère, je vois à présent », dit-il, « le nœud
qui retient le Notaire[11], et Guittone[12], et moi
en deçà du doux style nouveau[13] que j'entends !
Je vois comment vos plumes
s'en vont serrées derrière celui qui dicte,

et cela n'advint certes jamais aux nôtres ;
 et celui qui veut aller au-delà
ne voit plus rien entre l'un et l'autre style » ;
puis, comme satisfait, il se tut.
 Tels les oiseaux hivernant sur le Nil
font quelquefois dans l'air un escadron,
puis volent plus vite et vont en file,
 ainsi tous ceux qui étaient là,
tournant le visage, hâtèrent le pas,
légers par maigreur et par vouloir.
 Et comme celui qui est las de trotter
laisse fuir ses compagnons, et se promène
tant que sa poitrine essoufflée se rapaise,
 Forese laissa passer le saint troupeau
et s'en vint par-derrière avec moi,
disant : « Quand te reverrai-je ? »
 « Je ne sais », répondis-je, « combien je vivrai ;
mais mon retour ne sera pas si prompt,
que mon vouloir ne soit avant lui au rivage ;
 car le lieu où je fus mis à vivre
de jour en jour se décharne du bien
et paraît destiné à triste ruine. »
 « Va », dit-il ; « je vois celui qui est le plus coupable [14]
traîné à la queue d'une bête,
vers la vallée qui jamais ne pardonne.
 La bête à chaque pas va plus vite,
accélérant sans cesse, jusqu'à le briser,
et laisse le corps honteusement défait.
 Ces sphères n'ont plus longtemps à tourner »,
et il leva les yeux au ciel, « avant que te soit clair
ce que mon dire ne peut déclarer davantage.
 Reste à présent ; car le temps est précieux
dans ce royaume, et j'en perds trop
en venant avec toi côte à côte. »
 Comme le cavalier parfois sort au galop
du bataillon, en chevauchant,

et va se faire honneur au premier choc,
tel il nous quitta en allongeant le pas ;
et je restai par le chemin avec ces deux-là
qui furent au monde si grands maréchaux.
Et quand il fut si loin devant nous
que mes yeux se mirent à le suivre,
comme l'esprit suivait ses paroles,
m'apparurent les branches lourdes et vivaces
d'un second arbre, assez rapprochées,
car nous venions de tourner vers lui.
Je vis par-dessous des gens lever les mains,
criant je ne sais quoi vers le feuillage,
comme des enfants impatients et vains
qui prient, et celui qu'ils prient ne répond pas,
mais pour mieux aiguiser leur envie,
tient haut, sans le cacher, ce qu'ils désirent.
Puis ils s'en allèrent, comme désenchantés,
et nous arrivâmes bientôt au grand arbre
qui refuse tant de prières et de larmes.
« Passez outre sans vous approcher :
un arbre est plus haut, qui fut mordu par Ève,
et cet arbre-ci est venu de lui. »
Je ne sais qui parlait ainsi entre les feuilles ;
Virgile, Stace et moi, serrés l'un contre l'autre,
nous avancions du côté du rocher.
« Souvenez-vous », disait la voix, « de ces maudits
enfants des nuages [15], qui dans l'ivresse
combattirent Thésée de leur double poitrine ;
et des Hébreux qui furent si mous à la fontaine [16]
que Gédéon les refusa pour compagnons,
quand il descendit les collines vers Madian. »
Nous passâmes ainsi, près de l'un des deux bords,
en entendant ces péchés de la bouche,
qui furent suivis de misérables gains.
Puis, au large sur la route solitaire,
nous avançâmes de plus de mille pas,

chacun de nous contemplant sans parler.
« Où allez-vous tous les trois si pensifs ? »
dit une voix tout à coup, qui me fit tressaillir,
comme une bête peureuse et engourdie.
Je dressai la tête pour voir qui c'était ;
et jamais on ne vit dans la fournaise
verre ou métal aussi brillant et rouge
qu'était celui qui nous disait : « Si vous voulez
monter en haut, il faut tourner ici ;
c'est d'ici que part qui veut trouver la paix. »
À son aspect j'avais perdu la vue ;
aussi je me tournai vers mes docteurs,
comme un homme guidé par son oreille.
Telle, annonciatrice de l'aurore,
la brise de mai s'élève, embaumant l'air,
tout imprégnée des herbes et des fleurs ;
tel je sentis un vent me passer par le front,
et je sentis bien le souffle de la plume,
qui répandit dans l'air un parfum d'ambroisie.
J'entendais dire : « Heureux ceux que la grâce[17]
éclaire assez pour que l'attrait du goût
n'enfume pas en eux trop de désir,
ayant toujours faim de ce qui est juste ! »

CHANT XXV

De la sixième à la septième corniche. La génération du corps humain.

Infusion de l'âme dans le corps. Formation des corps aériens. Septième corniche : les luxurieux dans le mur de flammes. Exemples de chasteté.

C'était l'heure où monter ne voulait pas d'obstacle ;
car le soleil avait laissé le méridien
au Taureau, et la nuit au Scorpion :
aussi, comme fait celui qui ne s'arrête pas,
mais va son chemin, quoi qu'il ait vu,
et l'aiguillon du besoin le touche,
ainsi nous entrâmes dans l'étroit passage,
l'un devant l'autre en prenant l'escalier
si étroit qu'il sépare ceux qui montent.
Et comme le cigogneau qui lève les ailes
par désir de voler, mais n'ose pas encore
abandonner le nid, et les abaisse ;
tel s'enflammait, puis cessait mon désir
d'interroger, et je vins enfin jusqu'à l'acte
que fait celui qui s'apprête à parler.
Mon doux père, bien que la marche fût rapide,
ne laissa de parler, mais dit : « Décoche
l'arc de ton dire, que tu as bandé jusqu'au fer. »
Alors, en sûreté, j'ouvris la bouche,
et commençai : « Comment peut-on maigrir
là où le besoin de nourrir n'a pas cours ? »
« Si tu te souvenais de comment Méléagre [1]
se consuma dans le temps que brûlait
un tison », dit-il, « tu serais moins surpris ;

et si tu pensais comme à tout mouvement
se meut votre image dans le miroir,
ce qui te semble dur te semblerait facile.
Mais pour que tu te calmes dans ton désir,
voici Stace : c'est lui que j'appelle et que je prie
de te guérir à présent de tes plaies. »
« Si je lui délie la vue éternelle »,
répondit Stace, « alors que tu es là,
j'ai cette excuse de ne rien pouvoir te refuser. »
Puis il commença : « Si ton esprit,
mon fils, reçoit et garde mes paroles,
elles t'éclairciront la question que tu poses.
Un sang parfait, que les veines avides
ne boivent pas, et qui demeure,
comme un reste qu'on ôte de la table,
prend dans le cœur la vertu formative
pour les membres humains, comme fait celui
qui court dans les veines pour les former.
Encore épuré, il descend dans un lieu
qu'il est plus beau de taire ; puis il s'écoule
dans un autre sang par vase naturel.
Là se recueillent l'un et l'autre ensemble,
l'un prêt à subir, et l'autre à faire,
grâce au lieu parfait d'où il descend ;
et, uni à l'autre, il commence à agir
en coagulant d'abord, puis en donnant vie
à ce que sa matière a rendu consistant.
La vertu active devenue âme,
comme celle d'une plante, différente en ceci
qu'elle est en chemin, et que l'autre est au port,
œuvre si bien qu'elle bouge et sent déjà,
comme éponge[2] marine ; puis elle se met
à former les puissances dont elle est le germe.
À présent elle s'étend, fils, elle s'élargit,
la vertu qui vient du cœur du père,
là où veut la nature en tous les membres.

Comment d'un animal vient un être parlant,
tu ne vois pas encore : c'est là un point
qui fit errer jadis un plus savant que toi,
si bien qu'il sépara, par sa doctrine,
de l'âme l'intellect possible [3],
ne le voyant lié à aucun organe.
Ouvre ton cœur aux vérités qui viennent ;
et sache que dès que le fœtus
a l'articulation de son cerveau parfaite,
le premier moteur le regarde, joyeux
de tant d'art de nature, et souffle
un esprit neuf, plein de vertu,
qui tire à sa substance ce qu'il y trouve
d'actif, et fait une âme seule,
qui vit et sent, et en soi se retourne.
Et pour que ces paroles t'étonnent moins,
vois la chaleur du soleil qui se fait vin,
unie à l'humeur qui coule de la vigne.
Quand Lachesis [4] n'a plus de lin,
elle quitte la chair, et en puissance,
emporte avec soi l'humain et le divin :
les autres facultés sont toutes muettes ;
mémoire, intelligence et volonté,
en acte, bien plus vives qu'avant.
Sans tarder, elle tombe d'elle-même,
merveilleusement, à l'une des rives ;
et là elle connaît d'abord ses voies.
Et dès qu'elle se trouve entourée par l'espace,
la vertu formative rayonne tout autour [5],
comme elle faisait dans les membres vivants.
Et comme l'air, quand il est bien pluvieux,
au rayon de soleil qui se reflète en lui,
se montre orné de diverses couleurs ;
ainsi l'air voisin se dispose autour d'elle,
et, selon la forme qui est en lui,
imprime l'âme qui s'y fixe ;

alors, semblable à la flamme qui suit
le feu partout où il remue,
partout l'esprit suit sa forme nouvelle.
Puisqu'il en tient son apparence,
on l'appelle ombre ; ensuite elle organise
chacun des sens, jusqu'à la vue.
Ainsi nous parlons et nous rions ;
ainsi nous poussons les soupirs et les larmes
que tu peux avoir entendus par le mont.
Selon que nous touchent les désirs
et les autres affects, l'ombre se figure ;
telle est la raison de ce qui t'étonne. »
Nous étions déjà au dernier cercle,
et nous avions tourné à main droite,
attentifs à une autre pensée.
À cet endroit le rocher lance des flammes,
et la corniche exhale vers le haut
un vent qui les repousse et les éloigne ;
il fallait donc aller du côté ouvert,
l'un après l'autre ; moi j'avais peur du feu,
par là, et par ici j'avais peur de tomber.
Mon guide me dit : « Dans ce lieu-ci,
il faut tenir serré le frein des yeux,
car pour un rien on pourrait se tromper. »
J'entendis alors : « *Summae Deus clementiae*[6] »,
chanté au sein de la grande ardeur,
ce qui me donna désir de me tourner ;
je vis des esprits allant par les flammes ;
aussi je regardai vers eux et vers mes pas,
en partageant ma vue entre les deux.
Après les derniers mots de l'hymne,
ils criaient fort : « *Virum non cognosco*[7] *!* »,
puis ils reprenaient l'hymne à voix basse.
L'ayant fini, ils criaient de nouveau : « Au bois
Diane resta, et chassa Hélice[8],
qui avait senti le poison de Vénus. »

Puis ils revenaient à leur chant ; puis ils criaient
le nom de femmes et d'époux qui furent chastes,
comme l'hymen et la vertu l'imposent.
Et je crois que ce mode leur dure
pendant tout le temps que le feu les brûle :
c'est par un tel soin, par un tel aliment,
que la plaie se referme à la fin.

CHANT XXVI

Septième corniche : les luxurieux.

Les âmes s'aperçoivent que Dante est vivant. Les deux cortèges de luxurieux : ceux qui ont violé la loi naturelle, ceux qui l'ont excédée ou pervertie. Le poète Guido Guinizelli. Rencontre avec le troubabour Arnaut Daniel. Exemples de luxure punie.

Tandis que sur le bord, l'un derrière l'autre,
nous avancions, et souvent le bon maître
disait : « Prends soin que mes avis te servent »,
le soleil me frappait sur l'épaule droite,
et déjà, rayonnant, il transformait
tout l'occident de bleu céleste en blanc ;
et moi je faisais paraître avec mon ombre
la flamme plus rouge, et je vis à ce signe [1]
beaucoup d'âmes en chemin devenir pensives.
Ce fut la raison qui leur donna lieu
de parler de moi ; et elles commencèrent
à dire : « Ceci ne semble pas un corps factice » ;
puis certaines s'approchèrent de moi,
autant qu'elles pouvaient, en se gardant toujours
de sortir là où le feu ne pouvait les brûler.
« Ô toi qui vas, non par lenteur,
mais par respect, peut-être, après les autres,
réponds à moi qui brûle en feu et soif.
Ta réponse ne sert pas à moi seul ;
car tous ceux-ci en ont plus soif
qu'Indiens ou Éthiopiens d'eau froide.
Dis-nous d'où vient que tu fais de toi-même

mur au soleil, comme si tu n'étais pas
encore pris dans les rets de la mort. »
   L'un d'entre eux me parlait ainsi ; et moi j'aurais
déjà répondu, si je n'avais été attentif
à un autre spectacle que je vis alors ;
   car au milieu du chemin en flammes
venaient des gens au-devant de ceux-ci,
qui me mirent en suspens, à les regarder.
   Là je vois de toutes parts les ombres
se hâter, et se baiser l'une l'autre,
sans s'arrêter, joyeuses à cette courte fête ;
   c'est ainsi que dans leur file brune
les fourmis se touchent l'une l'autre du museau,
peut-être pour savoir leur voie et leur fortune.
   Dès que cesse leur accueil affectueux,
avant que leur premier pas les sépare,
chacune s'écrie de toutes ses forces :
   la nouvelle troupe : « Sodome et Gomorrhe ! »
et l'autre : « Pasiphaé [2] entre dans la vache
pour que le taureau coure à sa luxure. »
   Puis, comme les grues s'envolent en partie
vers les monts Riphée [3], en partie vers les sables,
les unes fuyant le gel, les autres le soleil,
   une bande s'en va, l'autre s'en vient ;
elles reviennent, pleurant, aux premiers chants,
et au cri qui leur convient le mieux ;
   elles se rapprochent de moi, comme avant,
les mêmes qui m'avaient supplié,
paraissant toutes prêtes à m'entendre.
   Moi qui avais deux fois vu leur envie,
je commençai : « Ô âmes assurées
d'avoir un jour l'état de paix,
   mes membres ne sont pas restés là-bas
ni verts ni mûrs, ils sont là, avec moi,
avec leur sang et avec leurs jointures.
   Je vais là-haut pour n'être plus aveugle ;

une dame y est qui m'obtient cette grâce
de porter corps mortel par votre monde.
Mais que votre plus grand désir s'apaise
vite, si bien que le ciel vous accueille,
qui est plein d'amour et qui est le plus vaste ;
dites-moi, pour que je l'inscrive sur le papier,
qui vous êtes, et quelle est cette foule
qui s'en va en vous tournant le dos. »
Comme le montagnard se trouble,
plein de stupeur, et perd la voix en regardant,
quand, rustique et sauvage, il vient à la ville,
ainsi devint chaque ombre en son apparence ;
mais lorsqu'elles furent libres de la stupeur,
qui se calme tôt dans les nobles cœurs,
« Heureux es-tu, toi qui pour mieux mourir »,
reprit celle qui m'avait d'abord interrogé,
« conquiers l'expérience de nos régions !
La foule qui va dans l'autre sens pécha
du péché qui fit que César triomphant
entendit qu'on lui donnait le nom de "Reine[4]" :
ils s'en vont en criant "Sodome",
s'accusant eux-mêmes, comme tu as entendu,
et augmentent la brûlure par la honte.
Notre péché fut hermaphrodite ;
mais pour n'avoir pas gardé de loi humaine
en suivant l'appétit comme des bêtes,
pour notre opprobre nous récitons,
en nous quittant, le nom de celle
qui se fit bête dans la bête de bois[5].
Tu sais nos actes et nos péchés :
si tu veux savoir par le nom qui nous sommes,
il n'est plus temps de dire, et je ne saurais pas.
Pour moi, pourtant, je te contenterai :
je suis Guido Guinizelli[6], et déjà je m'épure
pour m'être repenti avant le terme extrême. »
Tels, dans la colère de Lycurgue[7],

devinrent deux fils en revoyant leur mère,
tel je devins, mais je n'eus pas autant d'audace,
quand j'entendis se nommer mon père,
père pour moi et pour les autres meilleurs que moi,
qui jamais chantèrent douces rimes d'amour ;
sans entendre et sans dire j'allais tout pensif,
en le regardant longuement,
mais sans m'approcher plus, à cause du feu.
Lorsque je fus repu de regarder,
je m'offris tout entier à son service,
avec le serment qui donne créance.
Et lui à moi : « Tu laisses une telle empreinte
en moi, par ce que tu m'as dit, et si claire
que Léthé ne pourra l'effacer ni l'obscurcir.
Mais si tes paroles ont juré le vrai,
dis-moi la raison qui fait que tu révèles,
par tes regards et par ton dire, que tu m'aimes. »
Et moi à lui : « Vos doux écrits,
tant que durera l'usage moderne,
feront que leur encre sera chérie. »
« Ô frère », dit-il, « celui que je montre du doigt »,
et il indiqua un esprit devant lui,
« fut meilleur ouvrier du parler maternel.
En vers d'amour et proses de roman,
il dépassa tout autre ; et laisse dire les sots,
qui croient meilleur l'homme du Limousin [8].
Ils écoutent la vogue, plus que le vrai,
et fondent ainsi leur opinion
avant d'entendre l'art et la raison.
C'est ainsi que beaucoup d'anciens donnèrent
à Guittone [9] le prix, de bouche en bouche ;
mais enfin le vrai gagne avec plus de voix.
Maintenant si tu as si large privilège
qu'il t'est consenti d'aller au cloître
où Jésus est abbé du collège,
dis-lui pour moi un peu du notre-père,

autant que nous en avons besoin dans ce monde,
où nous n'avons plus pouvoir de pécher. »
Puis, pour laisser peut-être la place à un autre
qu'il avait près de lui, il disparut
dans le feu, comme poisson au fond de l'eau.
Je m'approchai un peu de l'ombre désignée,
et lui dis qu'à son nom mon désir
appareillait un séjour gracieux.
Il commença librement à dire :
« *Tan m'abellis vostre cortes deman,*
qu'ieu no me puesc ni voill a vos cobrire.
Ieu sui Arnaut, que plor e vau cantan ;
consiros vei la passada folor,
e vei jausen lo joi qu'esper, denan.
Ara vos prec, per aquella valor
que vos guida al som de l'escalina,
sovenha vos a temps de ma dolor[10] ! »
Puis il se cacha au feu qui les affine.

CHANT XXVII

Septième corniche : les luxurieux.

L'ange de la chasteté. Dante a peur d'entrer dans les flammes. Passage du mur de feu. L'ange du paradis terrestre. Dernière montée. Dante s'endort et rêve. Lia et Rachel. Seuil du paradis terrestre. Virgile parle.

(Nuit du 12 au 13 avril.)

Comme quand il darde ses premiers rayons
là où coula le sang de son créateur,
au moment où l'Èbre tombe sous la Balance[1],
et la neuvième heure chauffe l'eau du Gange,
tel était le soleil ; le jour s'en allait donc,
lorsque l'ange de Dieu, joyeux, nous apparut.
Il se tenait hors de la flamme sur la rive,
et chantait : « *Beati mundo corde*[2] ! »
d'une voix bien plus vive que la nôtre.
Puis : « Nul ne va plus loin sans que le feu
le morde, âmes saintes : entrez en lui,
et au chant de là-bas ne soyez pas sourdes »,
nous dit-il, quand nous fûmes plus près ;
aussi je devins pareil, à l'entendre,
à celui qui est mis dans la fosse.
Je tendis en avant les mains jointes,
regardant le feu, et imaginant fort
les corps humains que j'avais vus en flammes.
Mes bons guides se tournèrent vers moi,
et Virgile me dit : « Mon fils, on peut ici
trouver le tourment, mais non la mort.
Souviens-toi, souviens-toi ! et si je t'ai guidé

sain et sauf sur le dos de Géryon[3],
que ferai-je à présent, plus près de Dieu ?
Tiens pour certain que si tu demeurais
plus de mille ans dans le sein de ces flammes,
elles ne pourraient te faire chauve d'un cheveu.
Et si par hasard tu crains que je te trompe,
approche-toi de lui, fais-en faire l'épreuve,
avec tes mains, au bord de ton manteau.
Laisse là maintenant, laisse toute crainte ;
tourne-toi par ici, et viens : entre avec sûreté. »
Et moi, cloué, et contre ma conscience,
quand il me vit rester dur et figé,
il dit, un peu troublé : « Vois donc, mon fils :
entre Béatrice et toi il y a ce mur. »
Comme au nom de Thisbé Pyrame[4] ouvrit les yeux,
sur le point de mourir, et la regarda,
tandis que le mûrier devenait vermeil ;
ainsi, ma dureté tout amollie,
je regardai mon sage guide, en entendant le nom
qui bourgeonne toujours dans ma pensée.
Il secoua la tête, et dit : « Comment !
voulons-nous rester de ce côté ? » ; puis il sourit
comme on fait à l'enfant conquis par une pomme.
Ensuite il se mit dans le feu devant moi,
en priant Stace de venir derrière,
lui qui avait longtemps marché entre nous.
Quand je fus dedans, je me serais jeté
dans du verre bouillant pour me rafraîchir,
tant l'incendie y était sans mesure.
Mon doux père, pour me réconforter,
allait en me parlant toujours de Béatrice,
disant : « Il me semble déjà voir ses yeux. »
Une voix nous guidait, qui chantait,
de l'autre côté ; et nous, en l'écoutant,
nous sortîmes là où commençait la montée.
« *Venite, benedicti Patris mei*[5] »,

résonna dans une lumière qui était là,
si vive qu'elle me vainquit, et je ne pus la voir.

« Le soleil s'en va », dit-elle, « et le soir vient ;
ne vous arrêtez point, mais hâtez le pas
tant que l'occident n'est pas encore noir. »

Ce chemin montait droit dans le rocher,
vers le côté où mon corps arrêtait
devant moi les rayons déjà bas du soleil.

Et nous avions gravi encore peu de gradins,
quand l'ombre s'éteignant nous fit sentir
le soleil se coucher derrière moi et mes sages.

Alors, avant qu'en son espace immense
l'horizon eût pris une couleur unique
et que la nuit eût répandu tous ses trésors,

chacun de nous fit son lit d'une marche ;
car la nature du mont nous enleva
la force et le plaisir de monter encore.

Telles sont à ruminer, paisibles,
les chèvres qui étaient rapides et hardies
sur les cimes, avant d'être repues,

silencieuses, à l'ombre, quand le soleil frappe,
et qu'appuyé sur son bâton le pâtre
les garde, et veille à leur repos ;

et tel est le berger, qui à la belle étoile
passe la nuit tranquille auprès de ses brebis,
en les gardant de l'attaque des bêtes ;

tels nous étions alors tous trois,
moi comme chèvre, et eux comme bergers,
serrés des deux côtés par la haute roche.

De là on voyait très peu du dehors ;
mais dans ce peu je voyais les étoiles
plus grandes et plus claires qu'à l'habitude.

Ainsi en ruminant et en les regardant,
le sommeil me prit ; le sommeil qui souvent
avant qu'un fait advienne, en sait la nouvelle.

À l'heure, je crois, où vers l'orient

se mit à briller Cythérée sur le mont
qui paraît toujours brûler du feu d'amour,
 il me sembla que je voyais en rêve,
jeune et belle, une dame aller par la lande,
cueillant des fleurs ; elle disait en chantant :
 « Qui veut savoir mon nom le sache :
je suis Lia[6], et je bouge à l'entour
mes belles mains pour me faire des guirlandes.
 Je m'orne pour me plaire, ici, au miroir ;
mais ma sœur Rachel[7] ne le quitte pas,
et reste devant lui, assise tout le jour.
 Elle aime à mirer ses beaux yeux
comme moi à m'orner de mes mains ;
voir est sa joie, et la mienne agir. »
 Déjà, par les splendeurs de l'aube
qui sont aux pèlerins d'autant plus douces
qu'ils ont dormi moins loin de leur retour,
 les ténèbres fuyaient de tous côtés,
et mon sommeil s'enfuit aussi ; je me levai
en voyant les grands maîtres déjà debout.
 « Ce doux fruit que par tant de branches
le souci des mortels s'en va chercher,
aujourd'hui apaisera ta faim. »
 Virgile m'adressa ces paroles ;
et jamais il ne fut une étrenne
qui me donnât un pareil plaisir.
 Tant de désir s'ajouta au désir
d'être là-haut, qu'ensuite à chaque pas
je me sentais pousser les ailes pour voler.
 Lorsque tout l'escalier fut parcouru,
et que nous fûmes à la dernière marche,
Virgile mit ses yeux dans les miens,
 et dit : « Tu as vu, mon fils,
le feu temporel et l'éternel ; te voici en un lieu
où plus loin, par moi-même, je ne discerne plus.
 Je t'ai mené ici par la science et par l'art ;

prends désormais ton plaisir pour guide ;
132 tu es hors des voies étroites et escarpées.
Vois le soleil qui brille à ton front ;
vois l'herbe, les fleurs et les arbustes
135 qu'ici la terre produit d'elle-même.
Tandis que viennent, pleins de joie, les beaux yeux
qui, en pleurant, m'ont fait venir vers toi,
138 tu peux t'asseoir, tu peux aller par là.
N'attends plus mon dire ni mon signe ;
ton jugement est libre, droit, et sain,
141 ne pas faire à son gré serait une faute :
aussi je mets sur toi la couronne et la mitre[8]. »

CHANT XXVIII

Paradis terrestre.

La divine forêt. Apparition d'une dame. La rivière du Léthé. Elle explique les eaux et le vent. L'âge d'or dans le chant des poètes.

(Mercredi 13 avril, à l'aube.)

Désirant chercher par là et alentour
la divine forêt épaisse et vive
qui tempérait aux yeux le jour naissant,
sans plus attendre, je laissai la rive,
en prenant la campagne très lentement,
dont le sol embaumait de tous côtés.
Un léger souffle, sans changement,
glissait à travers mon visage,
sans me frapper plus qu'un vent très doux ;
les feuilles, tremblant, dociles,
se pliaient toutes de ce côté
où le saint mont jette sa première ombre ;
mais elles restaient cependant assez droites
pour que les oiseaux sur leurs cimes
pussent continuer à pratiquer leur art ;
ils accueillaient en chantant dans les feuilles,
d'une joie pleine, les premières heures,
qui tenaient le bourdon à leurs rimes ;
ainsi passe un son de branche en branche
au rivage de Chiassi [1], par la pinède,
quand Éole délivre le sirocco.
Déjà la marche lente m'avait porté

si loin dans la forêt antique,
24 que je ne voyais plus par où j'étais entré ;
et voici qu'un ruisseau me coupa le chemin,
dont les petites vagues ployaient vers la gauche
27 l'herbe qui poussait sur sa rive.
Toutes les eaux qui sont ici-bas les plus pures
sembleraient troublées par quelque mélange
30 auprès de celle-ci, qui ne cache rien,
bien qu'elle coule tout obscure
sous l'ombre perpétuelle, qui ne laisse jamais
33 passer les rayons du soleil ou de la lune.
Mes pieds s'arrêtèrent, et mes yeux allèrent
au-delà du ruisseau, pour contempler
36 la variété de ces rameaux fleuris ;
et là m'apparut, comme apparaît
chose tout à coup qui détourne l'esprit
39 de toute autre pensée, en l'émerveillant,
une dame seulette[2] qui s'en allait
en chantant et cueillant des fleurs parmi les fleurs
42 dont sa route était tout émaillée.
« Ô belle dame, qui te réchauffes
aux rayons d'amour, si je crois le semblant
45 qui est toujours le témoin du cœur,
qu'il te plaise de venir par ici »,
lui dis-je, « vers cette rivière,
48 tant que je puisse entendre ce que tu chantes.
Tu me fais souvenir de Proserpine[3]
au pays et au temps où sa mère la perdit,
51 et où elle perdit le printemps. »
Ainsi que tourne, les pieds joints et serrés,
glissant au sol, une femme qui danse,
54 mettant à peine un pas devant l'autre,
elle se tourna sur les fleurs jaunes
et sur les fleurs vermeilles, vers moi, pareille
57 à la vierge baissant les yeux pleins de pudeur ;
et elle contenta mes prières,

en s'approchant si bien que le doux son
venait à moi avec son sens.
Dès qu'elle fut là où l'herbe est baignée
déjà par l'eau de la belle rivière,
elle me fit le don de lever les yeux.
Je ne crois pas que tant de lumière
brillât sous les cils de Vénus, blessée
par son fils hors de son habitude.
Elle riait debout sur l'autre rive,
mêlant plus de couleurs entre ses mains
que cette haute terre n'en jette sans semence.
De trois pas le ruisseau nous séparait ;
mais l'Hellespont, là où passa Xerxès[4],
frein qui dure encore à tout orgueil humain,
ne fut pas plus haï par Léandre[5]
pour les tempêtes entre Sestos et Abydos,
que de moi ce ruisseau, parce qu'il ne s'ouvrit pas.
« Vous êtes nouveaux, et parce que je ris »,
commença-t-elle, « dans cet endroit choisi
pour être nid de l'espèce humaine, peut-être,
en vous émerveillant vous avez quelque doute ;
mais une lumière vient du psaume "*Delectasti*[6]",
qui peut chasser la brume de votre intelligence.
Et toi qui vas devant et qui m'as priée,
dis si tu veux entendre autre chose ; je suis venue
prête à répondre autant qu'il faut à tes questions. »
« L'eau », dis-je, « et le son de la forêt,
heurtent en moi la croyance nouvelle
en un fait qu'on m'a dit contraire à celui-ci. »
D'où elle : « Je te dirai comment procède,
par sa cause, ce qui t'étonne,
et je chasserai le brouillard qui te blesse.
Le Bien suprême, qui seul à soi se plaît,
fit l'homme bon et pour le bien, et lui donna
ce lieu pour gage de paix éternelle.
Mais par sa faute il resta peu ici ;

par sa faute il changea en pleurs et en tourments
le rire honnête et la douceur du jeu.
Afin que le trouble que forment plus bas
les exhalaisons de l'eau et de la terre,
qui vont vers la chaleur autant qu'elles peuvent,
ne donnât pas d'ennui à l'homme,
ce mont s'éleva très haut vers le ciel,
et il en est libre à partir de la porte[7].
Et puisque l'air en circuit tout entier
tourne entraîné par la première voûte,
sauf si le cercle casse en quelque point,
à cette hauteur qui est toute libre
dans l'air vif, ce mouvement frappe la forêt
et la fait résonner dans son épaisseur ;
et la plante frappée a tant de pouvoir
qu'elle imprègne le vent de sa vertu,
et lui, en tournant, la répand alentour[8] ;
et l'autre terre, selon sa dignité,
par soi et par son ciel, conçoit et engendre
diverses plantes, de diverses vertus.
Il ne semblera donc pas étonnant,
sachant ceci, de voir que quelque plante
vient y pousser sans semence apparente.
Et tu dois savoir que la campagne sainte,
là où tu es, est riche de toutes semences,
et de fruits qu'on ne cueille pas ailleurs.
L'eau que tu vois ne jaillit pas de source
que restaure la vapeur congelée par le froid,
comme un fleuve qui perd et gagne sa vigueur ;
elle sort d'une fontaine perpétuelle et certaine,
qui dans le seul vouloir de Dieu repuise
tout ce qu'elle verse à deux canaux ouverts.
Par ici elle coule avec une vertu
qui enlève à l'esprit la mémoire du péché ;
par là elle lui rend celle de tout bienfait.
Ici c'est le Léthé[9] ; et de l'autre côté

elle a nom Eunoé[10] ; et elle n'agit
que si on a goûté d'abord ici et là :
et sa saveur surpasse toutes les autres.
Et bien que ta soif soit peut-être assouvie,
sans que je te révèle davantage,
je t'offre un corollaire encore par grâce ;
et je ne crois pas que mon dire te déplaise,
s'il va avec toi plus loin que la promesse.
Les poètes anciens qui ont chanté
l'âge d'or et son état heureux
rêvèrent ce lieu peut-être sur le Parnasse.
Ici la racine humaine fut innocente,
ici est le printemps toujours, et tout fruit ;
cette eau est le nectar dont chacun parle. »
Je me retournai alors, tout tendu
vers mes poètes, et je les vis sourire
en entendant ces derniers mots ;
puis je portai mes yeux vers la belle dame.

CHANT XXIX

Paradis terrestre.

Dante et Matelda marchent le long du Léthé. Lumière soudaine et mélodie. Invocation aux Muses. La procession mystique. Les sept candélabres, les vingt-quatre vieillards, les animaux ailés. Le char traîné par le griffon. Coup de tonnerre.

Chantant comme femme amoureuse,
elle continua, après la fin de ses paroles :
« *Beati quorum tecta sunt peccata*[1] *!* »
Et comme les nymphes qui erraient seules
par les ombres sauvages, en désirant
l'une voir, l'autre fuir le soleil,
elle se mit alors à remonter le fleuve
tout le long de la rive ; et moi comme elle,
à petits pas suivant ses petits pas.
Nous n'en avions pas fait cent à nous deux,
quand les deux rives tournèrent également,
si bien que je me retrouvai vers le levant.
Notre chemin ne fut pas long par là non plus,
lorsque la dame se retourna vers moi,
disant : « Écoute et regarde, mon frère. »
Et voici qu'une lumière tout à coup traversa
la grande forêt de tous côtés,
qui me fit croire à un éclair.
Mais puisque l'éclair fuit comme il est venu,
et qu'elle brillait toujours plus en durant,
je me disais dans ma pensée : « Qu'est-ce là ? »
Et une douce mélodie parcourait

l'air lumineux ; un bon zèle alors
me fit blâmer la hardiesse d'Ève,
  car si là où le ciel et la terre obéissaient,
une femme, seule et qui venait d'être créée,
ne souffrit pas de rester sous un voile ;
  si elle y avait été bien sage,
j'aurais senti ce délice ineffable
plus tôt et pendant plus de temps.
  Tandis que j'allais parmi tant de prémices
du plaisir éternel, tout suspendu,
et désireux d'encore plus de bonheur,
  l'air devant nous, sous les vertes ramures,
devint pareil à un feu allumé ;
et le doux son s'entendait comme un chant.
  Ô Vierges sacro-saintes [2], si jamais j'ai souffert
pour vous la faim ou le froid ou les veilles,
voici le temps venu de vous demander grâce.
  Il faut que l'Hélicon [3] verse pour moi ses eaux
et qu'Uranie [4] m'aide avec son chœur
à mettre en vers de fortes choses.
  Un peu plus loin, sept arbres d'or
apparaissaient, faussés par la longue distance
qui était encore entre eux et nous ;
  mais quand je fus assez près d'eux
pour que l'objet commun, qui trompe les sens,
ne perdît aucun trait par l'éloignement,
  la vertu qui donne matière à la raison
m'apprit que c'étaient des candélabres,
et que ces voix chantaient un *Hosanna*.
  Au-dessus flamboyait le bel engin
bien plus brillant que lune en ciel serein
à minuit, au milieu de son mois.
  Je me retournai plein de surprise
vers le bon Virgile, et il me répondit
d'un regard chargé de non moindre stupeur.
  Puis je rendis mes yeux aux nobles choses

qui se mouvaient vers nous si lentement
qu'une jeune épousée aurait gagné la course.

La dame cria vers moi : « Pourquoi brûles-tu
si fort dans le désir des vives lumières,
sans regarder ce qui vient derrière elles ? »

Je vis alors venir des gens
comme suivant leurs chefs, vêtus de blanc ;
et jamais on ne vit ici de blancheur telle.

L'eau brillait à gauche, et renvoyait,
si je regardais, l'image de mon flanc gauche
en elle, comme on peut voir aussi dans un miroir.

Quand je fus arrivé à ce point de ma berge
où la rivière seule me séparait,
pour mieux voir j'arrêtai mes pas

et je vis s'avancer les flammelles,
laissant l'air coloré derrière elles ;
elles avaient l'air de banderoles,

si bien qu'au-dessus l'air était marqué
de sept bandes, avec toutes les couleurs
qui font l'arc du Soleil et la ceinture de Diane.

Ces étendards continuaient en arrière
au-delà de ma vue ; à ce que je jugeais,
ceux du dehors avaient dix pas d'écart.

Sous un ciel aussi beau que je le raconte,
vingt-quatre vieillards venaient deux à deux,
couronnés de fleurs de lys.

Ils chantaient tous « *Benedicta* sois-tu[5],
entre les filles d'Adam, et bénies
soient tes beautés dans l'éternel ! »

Lorsque les fleurs et les herbes fraîches
en face de moi sur l'autre berge
cessèrent d'être foulées par ce cortège élu,

comme lumière suit lumière dans le ciel,
quatre animaux vinrent après eux,
tous couronnés de feuilles vertes.

Chacun était empenné de six ailes,

les plumes pleines d'yeux ; et les yeux d'Argus,
s'ils étaient vivants, seraient pareils.

Pour décrire leurs formes je ne dépense plus
de rimes, lecteur ; car une autre dépense
me presse, et je ne puis me dédier à celle-ci ;

mais lis Ézéchiel[6], qui les dépeint
comme il les vit venir de la région froide,
avec le vent, le feu et les nuages ;

tels tu les trouveras dans ses écrits,
tels ils étaient là, sinon que pour les ailes
Jean est avec moi, et s'écarte de lui.

L'espace entre eux était rempli
par un char triomphal, à deux roues,
qui venait tiré par le cou d'un griffon[7].

Il tendait vers le haut ses deux ailes
entre la médiane et les trois et trois bandes,
si bien qu'agitant l'air, il n'en brisait aucune.

Elles montaient si haut qu'on ne les voyait pas ;
ses membres d'oiseau étaient couleur d'or,
et les autres blancs, mêlés de vermeil.

Non seulement Rome ne réjouit jamais
d'un si beau char Auguste ou l'Africain[8]
mais celui du Soleil, auprès, paraîtrait pauvre ;

ce char du Soleil qui, dévié, brûla
à la prière de la Terre fervente,
quand Jupiter fut secrètement juste[9].

Trois dames[10] autour de la roue droite
venaient en dansant ; l'une était si rouge
qu'on la verrait à peine dans le feu ;

l'autre était comme si sa chair et ses os
eussent été faits d'émeraude ;
la troisième semblait de neige fraîche ;

tantôt elles avaient l'air guidées par la blanche,
tantôt par la rouge, au chant de qui
elles accordaient leur allure lente ou preste.

À la roue gauche quatre dansaient[11],

vêtues de pourpre, en suivant la mesure
de l'une des leurs, qui avait trois yeux.
Après tout ce groupe ici décrit,
je vis deux vieillards différemment vêtus,
mais pareils par l'allure grave et digne.
L'un semblait être un familier
du grand Hippocrate, fait par la nature
pour les animaux qui lui sont le plus chers[12] ;
l'autre[13] montrait un souci contraire,
avec une épée brillante et aiguisée,
qui me fit peur au-delà du ruisseau.
Puis je vis quatre autres[14] à l'humble apparence ;
et derrière tous un vieillard seul[15],
venir en dormant, le visage animé.
Ces sept étaient vêtus aussi
comme l'autre troupe, mais sans fleurs de lys
en guirlande autour de la tête,
ils avaient des roses et des fleurs vermeilles ;
on aurait juré, à les voir de loin,
qu'ils brûlaient tous au-dessus des sourcils.
Et quand le char fut en face de moi,
un tonnerre éclata, et ces dignes gens
parurent avoir vu leur marche interdite,
et s'arrêtèrent avec les premiers étendards.

CHANT XXX

Paradis terrestre.

La procession s'arrête. Apparition de Béatrice sur le char. Disparition de Virgile. Les reproches de Béatrice. Compassion des anges. Béatrice accuse Dante de dévoiement.

Quand le septentrion du premier ciel[1],
qui jamais ne se lève et jamais ne se couche
et n'a d'autre brouillard que celui du péché,
et qui rendait chacun conscient là-haut
de son devoir, comme celui d'en bas
guide le timonier pour venir au port,
s'arrêta immobile, ces hommes véridiques
qui marchaient entre lui et le griffon,
se tournèrent vers le char comme vers leur repos,
et l'un d'eux, qui semblait envoyé par le ciel,
chantant « *Veni, sponsa, de Libano*[2] »,
cria trois fois, et tous après lui.
Comme les bienheureux, au dernier appel,
surgiront soudain de leur sépulcre,
en alleluyant, de leur voix retrouvée,
ainsi se levèrent du carrosse divin
cent ministres, *ad vocem tanti senis*[3],
et messagers de la vie éternelle.
Ils disaient tous : « *Benedictus qui venis*[4] *!* »
et, jetant des fleurs en l'air et tout autour,
« *Manibus, oh, date lilia plenis*[5] *!* »
J'ai vu parfois au lever du jour
la partie orientale toute rose

24 et le reste du ciel orné de bel azur ;
et la face du soleil naître ombreuse
si bien que ces vapeurs la tempéraient
27 et que l'œil pouvait longtemps la soutenir :
ainsi dans un nuage de fleurs
qui montait des mains angéliques
30 et retombait dedans et au-dehors,
couronnée d'olivier sur un voile blanc
m'apparut une dame, sous un vert manteau,
33 vêtue des couleurs de la flamme vive[6].
Et mon esprit, qui depuis si longtemps
n'avait pas été, en sa présence,
36 brisé et tremblant de stupeur,
sans l'avoir encore reconnue de mes yeux,
par la vertu secrète qui venait d'elle,
39 sentit la puissance de l'ancien amour.
Aussitôt qu'eut frappé mon visage
la haute vertu qui m'avait transpercé
42 avant que je fusse hors de l'enfance,
je me tournai vers la gauche, avec l'attente
qu'a le petit enfant quand il court vers sa mère,
45 dès qu'il a peur, ou qu'il est triste,
pour dire à Virgile : « Moins d'une once de sang
me reste qui ne tremble pas :
48 je reconnais les signes de l'ancienne flamme. »
Mais Virgile nous avait laissés
privés de lui, Virgile mon très doux père,
51 Virgile à qui je m'étais donné pour mon salut ;
et tout ce que perdit l'antique mère[7]
n'empêcha pas mes joues, lavées de rosée,
54 de se ternir à nouveau de pleurs.
« Dante, parce que Virgile s'en va[8],
ne pleure pas, ne pleure pas encore ;
57 il te faudra pleurer pour un autre coup. »
Comme amiral sur la poupe ou la proue,
qui vient observer les hommes aux manœuvres

sur les autres bateaux, et les exhorte,
ainsi sur le flanc gauche du char,
quand je me tournai au son de mon nom,
que j'inscris ici par nécessité,
je vis la dame qui m'était apparue
d'abord voilée sous la fête angélique,
dresser les yeux vers moi au-delà du ruisseau.
Bien que le voile qui tombait de sa tête,
entouré du feuillage de Minerve,
ne la laissât pas voir à découvert,
royalement hautaine en son maintien,
elle continua, comme celui qui parle
en gardant pour la fin le plus brûlant :
« Regarde ! Je suis bien, je suis bien Béatrice.
Comment as-tu osé accéder à ce mont ?
Ne savais-tu pas qu'ici l'homme est heureux ? »
Mon regard défaillit dans la claire fontaine ;
mais, me voyant en elle, je le portai sur l'herbe
tant la honte alourdissait mon front.
Comme la mère paraît superbe à son enfant,
ainsi me parut-elle ; car un amour
acerbe a saveur d'amertume.
Elle se tut ; et les anges chantèrent
aussitôt « *In te, Domine, speravi*[9] » ;
mais ils ne dépassèrent pas « *pedes meos* ».
Comme la neige entre les troncs vivaces
se congèle sur l'échine d'Italie,
soufflée et serrée par les vents slaves,
puis, quand elle a fondu, coule en elle-même,
dès que respire la terre où l'ombre se perd,
pareille à la flamme qui fond la chandelle ;
ainsi je fus sans larmes ni soupirs
avant le chant de ceux qui suivent toujours
l'harmonie des roues éternelles ;
mais quand je saisis dans les doux accords
leur compassion pour moi, comme s'ils disaient :

96 « Dame, pourquoi l'avilis-tu ainsi ? »,
la glace, qui s'était raidie autour de mon cœur,
se fit eau et soupir, et jaillit dans l'angoisse
99 de ma poitrine, par la bouche et les yeux.
Elle, toujours immobile sur le même bord
du char, se remit à parler
102 alors ainsi, aux substances pieuses :
« Vous qui veillez dans le jour éternel,
ni nuit ni sommeil ne vous cachent
105 un seul pas que fait le siècle sur ses voies ;
aussi ma réponse est plutôt faite
pour que m'entende celui qui pleure là-bas,
108 et que sa douleur se mesure à sa faute.
Non tant par l'effet des grandes roues
qui mènent chaque semence à une fin,
111 selon les étoiles qui l'accompagnent,
mais par largesse des grâces divines,
qui pleuvent de vapeurs si lointaines
114 que notre vue n'en approche pas,
cet homme-ci fut tel, virtuellement,
dans sa vie nouvelle, que tout noble penchant
117 aurait fait en lui œuvre admirable.
Mais d'autant plus méchant et plus sauvage
devient le terrain mal semé, sans culture,
120 qu'il a plus de force et de vigueur terrestre.
Un temps je le soutins avec mon visage :
en lui montrant mes yeux adolescents,
123 je le menais avec moi dans la voie droite.
Mais, sitôt que je fus arrivée au seuil
de mon second âge, où je changeai de vie[10],
126 il se déprit de moi et se donna à d'autres.
Quand j'étais montée de la chair à l'esprit,
et qu'en moi croissaient beauté et vertu,
129 je lui fus moins chère et moins agréable ;
et il tourna ses pas vers une voie d'erreur,
suivant de fausses images du bien,

qui ne tiennent aucune promesse entière.
En vain j'obtins du ciel des inspirations
au moyen desquelles, en songe et autrement,
je l'appelai : tant il s'en souciait peu !
Il tomba si bas, que tous les remèdes
pour le sauver étaient déjà trop faibles,
hormis lui montrer la foule des perdus.
Aussi je visitai le seuil des morts
pour porter en pleurant mes prières
à celui qui l'a mené ici.
Le suprême décret de Dieu serait rompu
si le Léthé était franchi, et si cet aliment
était goûté sans aucun écot
de repentir, qui fasse couler des pleurs. »

CHANT XXXI

Paradis terrestre.

Confession de Dante. Accusations de Béatrice. Dante s'évanouit. Bain dans le Léthé. Béatrice lève son voile.

« Ô toi qui es au-delà du fleuve sacré »,
tournant vers moi l'aigu de sa parole
qui m'avait paru si dur au plat de l'épée,
recommença-t-elle sans aucun retard.
« Dis-moi, dis si c'est vrai : à telle accusation,
ta confession doit être jointe. »
Mon âme était si confondue
que ma voix s'élança, et s'éteignit
avant d'être sortie de ses organes.
Elle attendit un peu, puis dit : « Que penses-tu ?
Réponds-moi, car les souvenirs tristes
en toi ne sont pas encore chassés par l'eau. »
Confusion et peur mélangées ensemble
me peignirent un tel « oui » hors de la bouche
qu'il aurait fallu les yeux pour l'entendre.
Comme l'arbalète trop tendue
rompt la corde et l'arc, quand part le coup,
et sa flèche touche au but avec moins d'élan,
ainsi j'éclatai sous cette lourde charge,
répandant au-dehors larmes et soupirs,
et ma voix s'affaiblit au passage.
Et elle : « Au milieu du désir de moi
qui te menait à aimer le bien,
après quoi il n'est rien où l'on aspire,

quels fossés trouvas-tu en travers de ta route
ou quelles chaînes, pour qu'il te fallût
quitter ainsi l'espoir d'aller plus haut ?
Et quels agréments, ou quels avantages
se sont montrés au front des autres biens
pour que tu aies dû les courtiser ainsi ? »
Après avoir poussé un soupir amer,
j'eus à peine la voix pour lui répondre,
et mes lèvres la formèrent avec effort.
Je dis en pleurant : « Les choses présentes
avec leurs faux plaisirs attirèrent mes pas
dès que se déroba votre visage. »
Et elle : « Si tu taisais ou si tu niais
ce que tu avoues, ta faute n'en serait pas
moins connue : un grand juge la sait !
Mais quand jaillit de sa propre bouche
l'accusation du péché, dans notre cour
la roue se tourne contre le fil du glaive[1].
Pourtant, afin que tu rougisses
de ton erreur, et pour qu'une autre fois,
entendant les sirènes, tu sois plus fort,
dépose la source de tes pleurs, écoute :
tu entendras comment sur la voie contraire
ma chair ensevelie aurait dû te mouvoir.
Jamais la nature ou l'art ne t'offrit
plaisir plus grand que les beaux membres
où je fus enclose, qui sont dans la terre ;
et si le souverain plaisir te manqua
par ma mort, quelle chose mortelle
devait t'attirer dans le désir de soi ?
Tu devais bien, au premier choc
des objets trompeurs, t'élever
derrière moi, qui n'étais plus telle.
Tu ne devais pas baisser les ailes
en attendant un plus grand coup, d'une fillette
ou de nouveauté au bref usage.

Un oiseau nouveau-né en attend deux ou trois ;
mais contre ceux qui ont toutes leurs plumes,
on tire en vain des flèches et des filets. »
Comme les enfants, honteux, qui se tiennent
muets, les yeux à terre, en écoutant,
reconnaissant leur faute, et repentis,
je me tenais ; et elle dit : « Puisque tu es
affligé à m'entendre, lève la barbe,
tu seras plus triste en me regardant. »
On déracine avec moins d'efforts
un chêne robuste, ou par mistral,
ou par le vent de la terre de Jarbas[2],
que je ne levai le menton, sur son ordre ;
et quand elle dit « la barbe » au lieu des yeux,
je reconnus trop bien le venin de ce mot.
Et quand mon visage se leva,
je vis que les premières créatures
avaient cessé de répandre des fleurs ;
et mes yeux, encore mal assurés,
virent Béatrice tournée vers la bête
qui est une seule personne en deux natures[3].
Sous son voile, et au-delà du fleuve,
elle me parut vaincre l'ancienne elle-même
plus qu'autrefois, ici, les autres femmes.
L'ortie du repentir me piqua tant alors
que toutes les autres choses qui m'avaient éloigné
le plus de son amour, me devinrent ennemies.
Un tel remords me mordit le cœur
que je tombai défait, et ce que je devins,
elle le sait, celle qui en fut la cause.
Puis, quand le cœur me rendit les forces du dehors,
je vis la dame que j'avais trouvée seule[4]
au-dessus de moi, qui disait : « Tiens-moi : tiens-moi ! »
Elle m'avait tiré jusqu'au cou dans le fleuve,
et elle allait, me tirant derrière elle,
légère sur l'eau, comme une nacelle.

Lorsque je fus près de la rive heureuse,
j'entendis dire si doucement « *Asperges me*[5] »,
que je ne sais m'en souvenir, et moins l'écrire.
La belle dame ouvrit les bras ;
elle m'embrassa la tête et me plongea
là où il me fallut avaler de l'eau.
Puis elle m'en tira, et m'offrit, trempé,
à la danse des quatre belles[6] ;
et chacune me couvrit de son bras[7].
« Ici nous sommes nymphes, et dans le ciel, étoiles ;
avant que Béatrice descendît au monde,
nous fûmes ordonnées pour être ses servantes.
Nous te mènerons vers ses yeux ; mais dans l'éclat
joyeux qu'ils ont, les trois qui sont là-bas
qui voient plus loin, aiguiseront les tiens. »
Elles commencèrent ainsi en chantant, et puis
elles m'amenèrent près du griffon,
où Béatrice était tournée vers nous.
Elles dirent : « N'épargne pas tes yeux ;
nous t'avons mis devant les émeraudes
d'où Amour autrefois tira pour toi ses armes. »
Mille désirs plus brûlants que la flamme
attachèrent mes yeux aux yeux resplendissants,
qui se tenaient fixés sur le griffon.
Comme le soleil dans un miroir, ainsi
la double bête y rayonnait
tantôt en une forme, tantôt en l'autre.
Pense, lecteur, si je m'émerveillais,
quand je voyais la chose être immobile en soi,
et se transmuer dans son image[8].
Et tandis que mon âme joyeuse
et pleine de stupeur goûtait cet aliment
qui, rassasiant de soi, affame de soi,
se montrant alors d'un ordre plus haut
dans leurs gestes, les trois autres s'en vinrent,
en dansant à leur chant angélique.

« Tourne, Béatrice, tourne tes yeux saints »,
telle était leur chanson, « sur ton fidèle
qui, pour te voir, a tant marché !
Par grâce fais-nous la grâce de dévoiler
pour lui ta bouche, pour qu'il discerne
la seconde beauté que tu caches. »
Ô splendeur de vive lumière éternelle,
qui a pâli assez dans l'ombre
du Parnasse, ou bu dans sa citerne,
pour que son esprit ne soit empêché,
en tentant de te rendre telle que tu parus
là où le ciel te forme en harmonie,
quand tu te dévoilas dans l'air clair ?

CHANT XXXII

Paradis terrestre.

Reprise de la procession. Arrêt auprès de l'arbre. Sommeil et réveil de Dante. Béatrice assise près de l'arbre. Mission de Dante auprès des vivants. Événements symboliques : l'aigle, le renard, le dragon. Métamorphose du char. La putain et le géant.

Mes yeux étaient si fixes et attentifs,
pour étancher les dix ans de leur soif[1],
que tous mes autres sens étaient éteints.
De part et d'autre ils avaient des œillères
de nonchaloir – tant le sourire divin
les attirait à soi dans les anciens filets ! – ;
quand mon regard fut détourné par force
du côté gauche par les déesses,
que j'entendis crier : « Trop fixe ! » ;
et l'éblouissement qui persiste
dans les yeux que le soleil vient de frapper
me fit pour un moment perdre la vue.
Mais quand elle se refit à la faible clarté
(je dis faible au regard de la grande splendeur
dont je m'étais arraché par force),
je vis que sur sa droite avait tourné
l'armée glorieuse, et qu'elle revenait
avec le soleil et les sept flammes devant les yeux.
Comme sous les boucliers pour se sauver
une troupe revient, ramenant les enseignes,
avant d'avoir changé tout le convoi de front,
ces chevaliers du céleste royaume

qui s'avançaient, nous dépassèrent tous,
avant qu'eût ployé le timon du char.
Puis les dames revinrent auprès des roues,
et le griffon traîna le fardeau bienheureux
sans que frémît une seule de ses plumes.
La belle dame qui m'avait amené jusqu'au gué,
et Stace et moi, suivions tous trois la roue
qui décrivait le plus petit arc[2].
Ainsi nous traversions la haute forêt vide,
par l'erreur de celle qui crut au serpent,
en réglant nos pas sur le chant des anges.
Peut-être en trois vols une flèche décochée
eût parcouru l'espace que nous avions couvert
quand Béatrice descendit.
J'entendis que tous murmuraient : « Adam ! » ;
puis ils entourèrent un arbre dont les branches
étaient dépouillées de fleurs et de feuillage.
Sa chevelure, qui s'étend d'autant plus
qu'elle est plus haute, serait chez les Indiens
admirée dans les bois pour sa hauteur.
« Heureux es-tu, Griffon, qui n'arraches rien
de ton bec à cet arbre suave au goût,
car le ventre se tord, ensuite, de douleur[3]. »
Ainsi autour de l'arbre vigoureux
tous les autres crièrent ; et l'animal double :
« C'est ainsi qu'on maintient le germe de justice. »
Tourné vers le timon qu'il avait tiré,
il le traîna ensuite au pied de l'arbre veuf,
et l'y laissa lié avec sa propre branche.
Comme nos plantes, quand descend d'en haut
la grande lumière mélangée avec celle
qui rayonne derrière le céleste poisson[4],
s'enflent de sève, et puis se renouvellent
chacune en sa couleur, avant que le soleil
n'attelle ses coursiers sous une autre étoile ;
en ouvrant une couleur moins vive que les roses

et plus que les violettes, l'arbre se rénova
qui avait jusque-là ses ramures si nues.

Je ne compris pas, car ici on ne le chante pas,
l'hymne qu'alors ces gens chantèrent,
et je n'en soutins pas l'harmonie jusqu'au bout.

Si je pouvais conter comment s'appesantirent
les yeux cruels [5], en entendant Syrinx,
les yeux à qui veiller coûta si cher ;

comme un peintre qui peint avec un modèle,
je dessinerais comment je m'endormis ;
mais dise qui pourra comment on s'endort.

Aussi je passe à quand je m'éveillai,
et dis qu'une splendeur me déchira le voile
du sommeil, et un appel : « Debout : que fais-tu ? »

Quand on les mena voir les fleurs du pommier
qui rend les anges avides de son fruit,
et fait dans le ciel des noces perpétuelles,

Pierre et Jean et Jacques [6] s'y évanouirent,
puis ils revinrent à la parole
qui rompit aussi de plus profonds sommeils,

et ils virent leur école diminuée
à la fois de Moïse et d'Élie [7],
et la robe de leur maître changée [8] ;

tel je revins à moi, et vis debout
penchée sur moi la pieuse dame
qui m'avait conduit le long du fleuve.

Plein de doute je dis : « Où est Béatrice ? »
Et elle : « Tu la vois sous les feuilles
nouvelles, assise sur la racine.

Vois la compagnie qui l'entoure :
ceux qui suivent le griffon s'en vont en haut
avec une chanson plus douce et plus profonde. »

Et si son discours fut plus étendu,
je ne sais, parce qu'en mes yeux était déjà
celle qui m'avait fermé à toute autre pensée.

Elle était seule assise sur la terre vraie,

comme laissée à la garde du char
96 que je vis lié à l'animal biforme.
Les sept nymphes, autour, faisaient un cloître
en cercle, avec ces lumières à la main
99 qui ne redoutent ni l'Autan ni l'Aquilon[9].
« Tu ne seras pas longtemps dans cette forêt-ci ;
avec moi tu seras citoyen sans fin
102 de cette Rome dont le Christ est romain[10].
Aussi pour le bien du monde qui vit mal,
tiens tes yeux sur le char, et ce que tu vois,
105 revenu là-bas, fais que tu l'écrives. »
Ainsi dit Béatrice : et moi qui me tenais
tout dévot aux pieds de ses commandements
108 je tournai mon esprit et mes yeux où elle voulut.
Jamais le feu ne descendit
si vite, d'un nuage épais, quand il pleut,
111 du bord des cieux les plus lointains,
que je vis venir l'oiseau de Zeus[11]
à travers l'arbre, brisant l'écorce,
114 avec les fleurs et les feuilles nouvelles ;
il frappa le char de toutes ses forces ;
celui-ci plia comme navire en tempête,
117 vaincu par les flots, à bâbord et tribord.
Puis je vis se ruer contre la coque
du véhicule triomphal un renard[12]
120 qui semblait à jeun de tout aliment ;
mais en lui reprochant ses horribles fautes
ma dame le fit fuir aussi vite
123 que le permettaient ses os privés de chair.
Puis, par là où il était d'abord venu,
je vis l'aigle descendre jusque dans l'arche
126 du char, et la laisser couverte de ses plumes[13] ;
et comme elle sort d'un cœur qui se lamente,
une voix sortit du ciel et dit :
129 « Ô ma nacelle, que tu es mal chargée ! »
Puis il me sembla que la terre s'ouvrait

entre les deux roues, et je vis en sortir un dragon
qui planta dans le char sa queue dressée ;
  et comme une guêpe retire son aiguillon,
ramenant à soi sa queue maligne,
il la tira du fond, et s'en alla tout ondoyant.
  Ce qui resta, comme un terrain vivace
se couvre d'herbe folle, de cette plume offerte
avec une intention peut-être bonne et pure,
  se recouvrit, et l'une et l'autre roue,
et le timon en furent chargés en moins de temps
qu'un soupir ne tient la bouche ouverte.
  Ainsi transformé [14] le saint édifice
tira de tous côtés des têtes,
trois sur le timon et une sur chaque angle.
  Les premières étaient cornues comme des bœufs,
les quatre autres avaient une seule corne au front :
jamais on n'a vu encore un pareil monstre.
  Sûre, comme forteresse en haut d'un mont,
m'apparut assise une putain demi-nue [15]
promenant autour d'elle ses yeux hardis ;
  et comme pour empêcher qu'on la lui prît,
je vis à côté d'elle un géant [16] debout ;
et de temps en temps ils s'entrebaisaient.
  Mais quand elle tourna vers moi son œil
cupide et inconstant, cet amant féroce
la fouetta de la tête aux pieds ;
  puis, plein de soupçon, et fou de colère,
il délia le monstre et le traîna dans la forêt,
si bien que peu à peu elle me cacha
  et la putain et cette étrange bête.

CHANT XXXIII

Avertissement et prophétie de Béatrice. Paroles obscures. Matelda conduit Dante et Stace à boire l'eau de l'Eunoé. Dante est prêt à monter aux étoiles.

(Mercredi 13 avril à midi.)

« *Deus, venerunt gentes*[1] », entonnèrent alors,
alternant deux ou trois ou quatre chœurs
en double psalmodie, les dames en pleurant ;
et Béatrice, qui soupirait, apitoyée,
les écoutait si défaite que Marie
ne changea pas beaucoup plus à la croix.
Mais quand les autres vierges lui donnèrent
lieu de parler, elle se leva tout droit
et répondit, couleur de feu :
« *Modicum, et non videbitis me*[2] ;
et iterum, sœurs bien-aimées,
modicum, et vos videbitis me. »
Puis elle les mit toutes sept devant elle,
et après elle, d'un signe, elle mit en marche
la dame et moi, et le sage qui s'était arrêté.
Elle s'en allait ainsi ; je ne crois pas
qu'elle avait posé sur terre son dixième pas
lorsque ses yeux frappèrent mes yeux ;
et d'un visage serein : « Viens plus vite »,
me dit-elle, « pour que, si je te parle,
tu sois bien disposé à m'écouter. »
Quand je fus auprès d'elle, comme elle voulait,
elle me dit : « Frère, pourquoi n'oses-tu pas

m'interroger en marchant avec moi ? »
Comme à ceux qui par trop de révérence,
il arrive, en parlant devant de plus grands qu'eux,
que la voix s'étrangle entre les dents,
il m'advint de même, et d'une voix sans timbre
je commençai : « Dame, vous connaissez
tout mon besoin, et ce qui lui est bon. »
Et elle à moi : « De peur et de vergogne
je veux que désormais tu te libères ;
ne parle plus comme un homme qui rêve.
Sache que le vaisseau que le serpent brisa
fut et n'est plus ; mais que pensent les coupables
que vengeance de Dieu ne craint pas les soupes[3].
Il ne sera pas toujours sans héritier
l'aigle qui a laissé ses plumes sur le char,
lequel est devenu d'abord monstre et puis proie ;
car je vois clairement, et je l'annonce,
libres de tout obstacle et de tout frein,
des astres déjà prêts à nous donner un temps
pendant lequel un cinq cent dix et cinq[4],
envoyé de Dieu, tuera la voleuse
et ce géant qui fornique avec elle.
Peut-être bien que mon récit obscur
comme Sphinx et Thémis[5], ne te convainc pas,
parce qu'à leur manière il aveugle l'esprit ;
mais tantôt les faits deviendront des Naïades[6],
qui résoudront l'énigme difficile,
sans perte de brebis ou de moissons.
Toi, note ; et comme je dis ces mots,
rapporte-les tels quels aux autres vivants
dont la vie est une course à la mort.
Et souviens-toi, quand tu les écriras,
de ne pas cacher comment tu as vu l'arbre
qui a été ici dépouillé deux fois.
Quiconque le vole ou le ravage
offense Dieu, de fait, par un blasphème,

60 car il le créa saint pour son usage.
Pour l'avoir mordu, en peine et en désir,
la première âme attendit plus de cinq mille ans
63 celui qui a puni la morsure sur soi.
Ton esprit dort, s'il ne comprend pas
qu'une raison singulière le fit si haut
66 et si élargi dans sa cime.
Et si les idées vaines, sur ta pensée,
n'avaient pas fait comme les eaux de l'Else[7],
69 et leur plaisir comme Pyrame[8] au mûrier,
par tant de circonstances uniquement
tu reconnaîtrais dans l'interdit de l'arbre
72 la justice de Dieu, au sens moral.
Mais comme je vois que ton intellect
est devenu de pierre, et de pierre si noire
75 que la lumière de mon dire t'éblouit,
je veux aussi que tu le rapportes
en toi, sinon écrit, en image du moins,
78 comme un bourdon entouré de palmes[9]. »
Et moi : « Comme la cire est sous le sceau,
ne changeant plus sa figure empreinte,
81 mon cerveau est maintenant marqué par vous ;
mais pourquoi si haut au-dessus de ma vue
votre parole désirée vole-t-elle ?
84 plus je m'efforce, et plus je la perds. »
« C'est », dit-elle, « pour que tu connaisses l'école
que tu as suivie, et comment sa doctrine
87 peut s'accorder avec ce que j'ai dit ;
et que tu voies que notre voie s'écarte
de la voie divine autant que de la terre
90 le ciel le plus haut et le plus rapide. »
D'où je lui répondis : « Il ne me souvient pas
que je me sois jamais écarté de vous,
93 et je n'en ai pas conscience qui me morde. »
« Si tu ne peux pas bien t'en souvenir »,
répondit-elle en souriant, « rappelle-toi

qu'aujourd'hui tu as bu l'eau du Léthé ;
et si à la fumée on reconnaît le feu,
cet oubli démontre clairement
faute dans ton désir tourné ailleurs.
Vraiment mes paroles désormais
seront nues, autant qu'il conviendra
de les découvrir à ta vue grossière. »
Et le soleil plus lent et plus flamboyant
se tenait sur le cercle de midi,
qui change çà et là selon les signes,
quand s'arrêtèrent, comme s'arrête
celui qui va devant la troupe qu'il escorte,
s'il voit du nouveau ou le devine,
les sept dames au bord d'une ombre ténue,
telle que l'Alpe en a sur ses froids rivages,
sous les feuilles vertes et les rameaux noirs.
Il me sembla voir sortir devant elles
l'Euphrate et le Tigre d'une source unique,
puis se quitter, comme des amis, à regret.
« Ô lumière, ô gloire de la race humaine,
quelle eau est celle-ci qui jaillit
d'une source unique et s'éloigne de soi ? »
Il fut répondu à ma question : « Prie
Matelda qu'elle te le dise. » Et la belle dame,
comme qui se disculpe d'une faute,
lui répondit : « Je lui ai déjà dit
ceci et d'autres choses, et je suis sûre
que l'eau du Léthé ne l'a pas effacé. »
Et Béatrice : « Peut-être un souci plus grand,
qui quelquefois fait perdre la mémoire,
a troublé son esprit jusque dans ses yeux.
Mais vois Eunoé[10] qui coule par là :
amène-l'y, et comme tu sais faire,
ranime sa mémoire à demi morte. »
Comme un cœur noble, qui ne s'excuse pas,
mais du désir d'autrui fait son désir,

dès qu'un signe le révèle au-dehors,
ainsi la belle dame, quand elle m'eut pris,
se mit en marche, et dit à Stace
courtoisement : « Viens avec lui ! »
Si j'avais, lecteur, plus long espace
pour écrire, j'essaierais de chanter
le doux breuvage qui jamais ne m'aurait rassasié ;
mais puisque sont remplis tous les feuillets
qui étaient préparés pour ce second cantique,
le frein de l'art ne me laisse plus aller.
Je m'en revins de l'onde sainte
régénéré comme une jeune plante
renouvelée de feuillage nouveau,
pur et tout prêt à monter aux étoiles.

[Ici s'achève la seconde partie de la Comédie *de Dante Alighieri, où il est parlé du Purgatoire.]*

LE PARADIS

CHANT I

Invocation à Apollon. Montée au ciel de Dante et Béatrice. Lumière et son des sphères célestes. Explications de Béatrice : la cause naturelle de leur ascension, l'ordre de l'univers.

La gloire de celui qui meut toutes choses[1]
pénètre l'univers, et resplendit
davantage en un point, et moins ailleurs[2].
Dans le ciel qui prend le plus de sa lumière[3]
je fus, et vis des choses que ne sait ni ne peut
redire qui descend de là-haut ;
car en s'approchant de son désir[4]
notre intellect va si profond
que la mémoire ne peut l'y suivre.
Vraiment tout ce du saint royaume
dont j'ai pu faire trésor en moi
sera désormais matière de mon chant.
Ô bon Apollon[5], pour ce dernier labeur,
fais de moi le vase de ta valeur,
comme tu veux pour donner ton laurier bien-aimé.
Jusqu'ici m'a suffi l'une des cimes du Parnasse[6] ;
mais à présent avec les deux
je dois entrer dans l'arène qui reste.
Entre dans ma poitrine, et souffle, toi,
comme quand tu as tiré Marsyas[7]
hors de la gaine de ses membres.
Ô divine vertu, si tu te prêtes à moi
assez pour que je montre l'ombre
du règne heureux inscrite dans ma tête,

tu me verras venir à ton bois merveilleux
et me couronner alors de ces feuilles[8]
dont la matière et toi me ferez digne.

Si rarement, père, on en cueille,
pour le triomphe de césar ou poète,
par faute et honte des terrestres désirs,

que le feuillage pénéen[9], quand il assoiffe
quelqu'un de soi, devrait enfanter de la joie
à la joyeuse divinité delphique.

Petite étincelle produit grande flamme :
après moi peut-être avec des mots meilleurs[10]
on saura prier Cirrha, pour qu'elle réponde.

Le flambeau du monde apparaît aux mortels
par plusieurs bouches : mais il sort de celle
qui joint quatre cercles avec trois croix[11],

lié à meilleur cours et meilleure étoile[12],
et pétrit mieux et scelle mieux
à sa manière la cire humaine.

Ce point avait fait le matin là, ici
le soir ; presque tout blanc était par là
cet hémisphère, et l'autre côté noir[13],

quand je vis Béatrice, tournée
sur son flanc gauche, regarder le soleil :
aigle jamais ne le fixa si fort.

Et comme on voit le deuxième rayon[14] sortir
du premier, et jaillir vers le haut,
ou comme un pèlerin qui veut s'en retourner,

ainsi, de son geste, infusé par les yeux
dans l'imagination, naquit mon geste,
et je fixai le soleil plus qu'on ne peut.

Beaucoup est permis là, qui ne l'est pas ici
à nos forces, par la vertu du lieu
fait pour être séjour[15] à notre espèce humaine.

Je n'en supportai pas longtemps l'éclat, ni si peu
que je ne l'aie vu crépiter d'étincelles,
comme fer bouillonnant qui sort du feu.

Soudain le jour sembla s'être ajouté
au jour, comme si le tout-puissant
avait orné le ciel d'un deuxième soleil [16].
Béatrice était toute avec ses yeux
fixée dans les roues éternelles, et moi en elle
je fixai mes regards, détachés de plus haut ;
dans sa contemplation je me fis en moi-même
pareil à Glaucus [17], quand il goûta l'herbe
qui le fit dans la mer parent des dieux.
Outrepasser l'humain [18] ne se peut
signifier par des mots ; que l'exemple suffise
à ceux à qui la grâce réserve l'expérience.
Si je n'étais qu'âme [19], plus récemment créée,
Amour qui gouvernes le ciel, tu le sais,
toi qui m'élevas par ta lumière.
Quand la roue, que tu animes éternellement
dans le désir de toi, me rendit attentif,
par l'harmonie que tu tempères et répartis,
un si grand pan de ciel me parut allumé
par le feu du soleil, que pluie ou fleuve
ne composa jamais si vaste lac.
La nouveauté du son et la grande lumière
m'allumèrent un désir de leur cause
jamais senti avec pareille acuité.
D'où elle, qui voyait en moi autant que moi,
pour apaiser mon esprit agité,
avant que je demande, ouvrit la bouche,
et dit : « Tu t'alourdis toi-même
avec des idées fausses, et ne peux voir
choses que tu verrais, si tu les secouais.
Tu n'es pas sur terre, comme tu crois ;
mais la foudre, en fuyant son séjour [20],
court moins vite que toi, qui y retournes. »
Si je fus dévêtu du premier doute
par le sourire de ses paroles brèves,
je fus pris plus fort dans les mailles d'un autre

et je dis : « Je reposais déjà content
de grand émerveillement ; mais à présent je m'émerveille
de dépasser ainsi ces corps légers. »
D'où elle, après un soupir de pitié,
dressa les yeux vers moi avec cet air
qu'a une mère sur son fils en délire,
et commença : « Toutes les choses
ont ordre entre elles ; et c'est la forme
qui fait à Dieu ressembler l'univers.
Ici les hautes créatures voient l'empreinte
de l'éternelle valeur, laquelle est fin
pour qui est faite la norme ici décrite.
Dans l'ordre que je dis sont inclinées[21]
toutes natures, par divers sorts,
plus ou moins proches de leur principe ;
d'où elles voguent vers divers ports
par la grande mer de l'être, et chacune
avec l'instinct qu'elle a reçu, et qui la porte.
C'est lui qui porte le feu vers la lune,
qui est moteur dans les cœurs mortels,
lui qui serre la terre et la rassemble.
Cet arc ne lance pas seulement les créatures
qui sont hors d'intelligence,
mais celles qui ont intellect et amour.
La providence, qui ordonne tout,
de sa lumière fait le ciel en repos[22]
dans lequel tourne celui qui a le plus de hâte[23] :
là, maintenant, comme au lieu décidé,
nous porte la vigueur de cette corde
qui lance en lieu heureux ce qu'elle décoche.
Il est vrai que la forme souvent
s'accorde peu à l'intention de l'art,
parce que la matière est sourde à lui répondre :
ainsi de ce trajet s'écarte
parfois la créature, qui a pouvoir
de se plier, poussée pourtant, d'autre côté

(comme on peut voir tomber du feu
d'un nuage) si le premier élan
se tord à terre par faux plaisir.
Ne t'émerveille pas plus, si je comprends bien
de ta montée, que d'une rivière
si de haute montagne elle descend vers la vallée.
Merveille serait si en toi, privé
d'empêchement, tu fusses resté en bas,
comme, sur terre, repos dans un feu vif. »
Puis elle retourna vers le ciel son visage.

CHANT II

Premier ciel : le ciel de la Lune.

Avertissement aux lecteurs. Le vaisseau du poète. Pénétration dans le corps de l'astre. Théorie des taches lunaires et des influences célestes. Erreur de Dante. Explication de Béatrice.

(Mercredi 13 avril dans l'après-midi.)

Ô vous[1] qui êtes en une petite barque,
désireux d'entendre, ayant suivi
mon navire qui vogue en chantant,
retournez revoir vos rivages,
ne gagnez pas le large, car peut-être
en me perdant vous seriez égarés.
L'eau que je prends n'a jamais été parcourue,
Minerve souffle, Apollon me conduit,
et neuf Muses me montrent les Ourses[2].
Vous autres, peu nombreux, qui avez levé
à temps le col au pain des anges[3], dont ici
on vit, mais dont on n'est jamais rassasié,
vous pouvez mettre en haute mer
votre bateau, en suivant mon sillage,
avant que l'eau ne redevienne égale.
Ces glorieux[4] qui allèrent à Colchos
ne s'étonnèrent pas autant que vous ferez,
lorsqu'ils virent Jason devenir laboureur.
La soif innée et perpétuelle
du règne déiforme[5] nous emportait,
rapides presqu'autant que vous voyez les cieux.
Béatrice regardait en moi, et moi en elle ;

et dans le temps peut-être qu'une flèche
s'arrête, vole, et quitte l'arc,
je me vis arrivé là où une merveille
attira mes yeux ; et alors celle
de qui ma pensée ne pouvait se cacher,
tournée vers moi, joyeuse autant que belle :
« Dresse ton esprit reconnaissant vers Dieu »,
dit-elle, « qui nous a joints à la première étoile[6]. »
Il me semblait qu'un nuage nous couvrait,
brillant, épais, dense et poli,
comme un diamant frappé par le soleil.
À l'intérieur de soi cette perle éternelle
nous reçut, comme l'eau reçoit
un rayon de lumière en restant close.
Si j'étais corps, et ici on ne peut concevoir
comme une dimension en supporte une autre,
ce qui advient si un corps pénètre un corps[7],
le désir devrait s'enflammer davantage
de voir cette essence en qui se voit
comment notre nature et Dieu s'unissent[8].
Là on verra ce qu'on tient par foi,
non démontré, mais qui sera par soi connu,
comme le premier vrai que l'homme croit.
Je répondis : « Madone, dévotement,
autant que je puis faire, je rends grâce,
à celui qui m'a éloigné du monde mortel.
Mais dites-moi : que sont les taches sombres
de ce corps, qui là-bas sur la terre
font faire des fables sur Caïn[9] ? »
Elle sourit un peu, et puis : « Si l'opinion »,
dit-elle, « des mortels se trompe,
là où la clef des sens ne l'ouvre pas,
les flèches d'étonnement ne devraient plus
t'atteindre désormais, puisque derrière les sens
tu vois que la raison a l'aile courte.
Mais dis ce que toi par toi-même tu penses. »

Et moi : « Ce qui nous apparaît différent ici
je crois que c'est le fait des corps rares et denses[10]. »
Et elle : « Tu verras certes ta croyance
noyée dans le faux, si tu écoutes bien
les arguments que je ferai contre elle.
La huitième sphère[11] montre une foule
de lumières qui, par qualité et quantité,
peuvent avoir des visages différents.
Si le rare et le dense en étaient seuls causes,
une seule vertu appartiendrait à tous,
distribuée plus et moins et autant.
Des vertus diverses doivent être fruits
de principes formels, et ceux-ci, sauf un,
seraient détruits, selon ta doctrine.
Et si le rare était la cause que tu cherches
de ces taches, ou bien de part en part
cette planète serait privée de sa matière,
ou bien, comme un corps répartit en soi
le gras et le maigre, ainsi ce corps
dans son volume changerait de pages.
Si c'était là le premier cas, on le verrait
dans les éclipses de soleil, car la lumière
transparaîtrait, comme en d'autres corps rares.
Cela n'est pas ; mais il faut voir
le deuxième cas ; et s'il advient que j'efface l'autre,
ta théorie sera démontrée fausse.
Si ce rare ne passe pas de part en part,
il doit y avoir un terme à partir d'où
son contraire ne laisse rien traverser ;
et de là le rayon de soleil se reflète,
comme revient la couleur dans un verre[12]
qui cache du plomb derrière soi.
Tu pourras dire que le rayon se montre
plus sombre là qu'en d'autres points,
pour être réfracté de plus loin.
De cette objection peut te libérer,

si jamais tu l'essaies, l'expérience [13],
qui est la source de vos arts.
Prends trois miroirs ; puis éloignes-en deux
de toi à même distance, et que l'autre, plus loin,
apparaisse à tes yeux entre les deux premiers.
Tourné vers eux, fais que derrière ton dos
soit une lumière illuminant les trois miroirs
et revenant vers toi réfléchie par eux.
Bien qu'en grandeur l'image plus lointaine
ne soit pas aussi étendue, tu verras
comme il advient qu'elle brille autant.
Or, de même qu'aux traits des chauds rayons
la base reste nue de la neige
et de la couleur et du froid précédents,
de même toi, qui es resté nu dans l'intellect,
je veux t'éclairer d'une lumière si vive
qu'elle étincellera à tes regards.
À l'intérieur du ciel de la paix divine [14]
tourne un corps [15] dans la vertu duquel
est fondé l'être de tout ce qu'il contient.
Le ciel suivant [16], qui a tant de lumières,
répartit cet être en plusieurs essences,
par lui séparées et par lui contenues.
Les autres cieux [17], selon leurs différences,
disposent les vertus qu'ils ont en eux-mêmes
selon leurs fins et selon leurs influx.
Les organes du monde [18] vont ainsi,
comme tu vois, de degré en degré ;
ils prennent d'en haut, agissent au-dessous.
Regarde bien à présent par quelle voie
je vais vers le vrai que tu désires
pour savoir ensuite passer seul le gué.
Le mouvement et la vertu des cercles saints
comme l'art du marteau du forgeron
proviennent des moteurs bienheureux [19] ;
et le ciel, embelli par tant de lumières,

prend l'image de l'esprit profond
qui l'anime, et en devient le sceau[20].
Et comme l'âme dans votre poussière[21],
par différents membres qui leur sont conformés,
se résout en diverses puissances,
ainsi l'intelligence déploie sa bonté
multipliée par les étoiles
en se tournant vers son unité.
Diverses vertus font diverses alliances
avec le corps précieux qu'elles avivent,
auquel, comme la vie en vous, elle se lie.
Par la nature joyeuse dont elle descend,
la vertu mêlée au corps céleste brille
comme la joie en pupille vivante.
D'elle vient[22] ce qui de lumière à lumière
semble différent, non de dense ou de rare.
Elle est principe formel qui produit,
selon sa diverse puissance, le trouble et le clair. »

CHANT III

Ciel de la Lune : les âmes qui n'ont pu accomplir leur vœu.

Les visages des élus comme des reflets dans l'eau. Y a-t-il des degrés de la béatitude ? Piccarda Donati. L'impératrice Constance.

Ce soleil[1] qui brûla d'abord mon cœur d'amour
m'avait découvert, prouvant et réfutant,
le doux aspect de belles vérités ;
et moi, pour m'avouer corrigé
et certain, autant qu'il convenait,
je relevai la tête pour parler ;
mais une vision se présenta, qui me retint
à elle si fortement, pour la voir,
qu'il ne me souvint plus de ma confession.
Tels qu'en des verres transparents et limpides,
ou dans des eaux claires et calmes,
non si profondes qu'elles cachent le fond,
les traits[2] de nos visages nous reviennent,
si légers qu'une perle sur un front blanc
vient moins doucement à nos regards ;
tels je vis plusieurs visages prêts à parler ;
aussi je tombai dans une erreur contraire à celle
qui alluma l'amour entre l'homme et la source[3].
Aussitôt que je les aperçus,
les prenant pour images reflétées,
je tournai les yeux pour voir qui elles étaient ;
je ne vis rien, et les ramenai en avant,
droit dans le regard de ma douce escorte,
qui souriait, et ses yeux saints resplendissaient.

« Ne t'étonne pas si je souris »,
dit-elle, « de ta pensée puérile,
qui n'assure pas encore son pied sur le vrai,
mais t'agite, comme elle fait, dans le vide ;
ce que tu vois sont de vraies substances,
reléguées[4] ici pour l'oubli de leur vœu.
Parle avec elles, et entends, et crois,
car la vraie lumière qui les contente
ne laisse pas leurs pieds s'éloigner d'elle. »
Alors, vers l'ombre qui me semblait la plus anxieuse
de parler, je me tournai, et je commençai,
comme un homme troublé par un trop grand désir :
« Ô esprit bien créé, qui aux rayons
de la vie éternelle, sens la douceur
qu'on ne peut saisir si on ne l'a goûtée,
il me sera doux que tu me contentes
en me disant ton nom et votre destin. »
Alors elle, prompte et les yeux riants :
« Notre charité ne ferme pas ses portes
à un juste désir, non plus que celle
qui veut semblable à soi toute sa cour.
Je fus dans le monde vierge et religieuse ;
et si ta mémoire se regarde bien,
ma plus grande beauté ne me cachera pas,
mais tu reconnaîtras que je suis Piccarda[5];
qui, mise ici avec les autres bienheureux,
suis heureuse dans la sphère la plus lente[6].
Nos affections, enflammées seulement
dans le plaisir de l'Esprit-Saint,
jouissent d'être conformées à son ordre.
Et ce sort, qui semble si bas[7],
nous est donné parce que nos vœux
furent négligés, et désavoués parfois. »
D'où moi : « Dans votre admirable apparence
je ne sais quoi de divin resplendit,
qui change votre première image :

aussi je fus lent à me souvenir ;
mais ce que tu me dis m'aide à présent,
et l'imagination m'est plus facile.

Mais dis-moi : vous qui êtes heureux ici,
désirez-vous un plus haut lieu,
pour voir davantage et pour mieux aimer ? »

Avec les autres ombres elle sourit un peu ;
puis elle me répondit, si joyeuse, qu'elle semblait
brûler d'amour dans le premier feu :

« Frère, notre volonté se satisfait
à la vertu de charité, qui nous fait vouloir
ce que nous avons, sans avoir d'autre soif.

Si nous désirions être plus haut,
nos désirs seraient désaccordés
au vouloir de celui qui assigne nos places ;

chose que tu ne pourras voir dans ces cercles,
si être en charité est ici *necesse*[8],
et si tu scrutes bien sa nature.

Il est essentiel au bienheureux *esse*
de se tenir dans le vouloir divin
pour que tous nos désirs n'en fassent qu'un ;

et notre façon d'être de seuil en seuil[9],
dans ce royaume, plaît à tout le royaume,
comme au roi qui nous fait désirer son vouloir.

Et notre paix est dans sa volonté ;
il est cette mer vers qui se meut
tout ce qu'il a créé ou que fait la nature. »

Il me fut clair alors comment tout lieu
au ciel est paradis, même si la grâce
du bien suprême y pleut différemment.

Mais comme il advient quand un mets rassasie,
et que reste encore le désir d'un autre,
qu'on demande l'un en remerciant de l'autre,

ainsi fis-je du geste et de la parole,
pour apprendre d'elle quelle fut la toile
dont elle ne tira pas jusqu'au bout la navette.

« Parfaite vie et haut mérite enciellent
une dame plus haut[10] », dit-elle, « et selon sa règle
on prend dans le monde l'habit et le voile
pour qu'on veille et dorme jusqu'à la mort
avec cet époux qui accueille tout vœu
que la charité conforme à son plaisir.
Je m'enfuis du monde[11] pour la suivre,
toute jeunette, et m'enfermai dans son habit,
et promis la vie de sa secte.
Puis des hommes, rompus au mal plutôt qu'au bien,
m'enlevèrent de mon doux cloître :
Dieu sait quelle fut dès lors ma vie.
Et cette autre splendeur qui se montre à toi
à ma droite, et qui s'embrase
de toute la lumière de notre sphère,
ce que je dis de moi peut s'entendre d'elle ;
elle fut nonne, et ainsi de la tête
lui fut ôtée l'ombre des saints bandeaux.
Mais lorsqu'elle fut ramenée dans le monde
contre son gré, contre le bon usage,
elle ne quitta jamais le voile du cœur.
C'est la lumière de la grande Constance[12]
qui engendra du second vent de Souabe
la troisième et l'ultime puissance. »
Elle me parla ainsi, puis commença « *Ave
Maria* » en chantant, et en chantant elle disparut,
comme un corps lourd dans une eau sombre.
Ma vue, qui la suivit aussi longtemps
qu'il fut possible, après qu'elle l'eut perdue
alla vers le signe d'un plus grand désir,
et se tourna toute vers Béatrice ;
mais elle foudroya si fort mon regard
que mes yeux d'abord ne purent l'endurer,
ce qui me fit plus lent à demander.

CHANT IV

Ciel de la Lune.

Deux doutes de Dante. Où est le trône des bienheureux ? Comment s'exerce la justice divine ? Béatrice réfute l'erreur de Platon sur le retour des âmes dans leur ciel, et distingue, en face de la violence, volonté absolue et volonté relative. Troisième doute.

Entre deux mets également distants
et attirants, un homme libre mourrait de faim
avant de porter l'un des deux à ses dents ;
de même, entre deux rages de loups féroces,
l'agneau resterait coi, craignant également ;
et de même un chien entre deux daims ;
donc si je me taisais, je ne peux m'en blâmer,
ni m'en louer, en suspens comme j'étais
entre mes doutes, puisque c'était nécessité.
Je me taisais ; mais le désir sur mon visage
était peint, et aussi la demande,
avec plus d'ardeur qu'un parler distinct.
Béatrice fit ce qu'avait fait Daniel [1],
ôtant à Nabuchodonosor la colère
qui l'avait rendu injustement cruel ;
et dit : « Je vois bien comme te poussent
l'un et l'autre désir, si bien que ton souci
s'entrave lui-même, et ne perce pas au-dehors.
Tu argumentes : "Si le bon vouloir dure [2],
pour quelle raison la violence d'autrui
peut-elle abaisser mon mérite ?"
De douter encore te donne motif

le retour apparent des âmes aux étoiles,
selon la sentence de Platon[3].
Telles sont les questions qui dans ton *velle*[4]
pressent également ; aussi pour commencer
je traiterai de celle qui a plus de fiel[5].
Le séraphin qui va le plus profond en Dieu,
Moïse, Samuel, et l'un des deux Jean,
celui que tu veux[6] – et Marie même,
n'ont pas leur siège en un autre ciel
que ces esprits qui te sont apparus,
et ils n'y seront pas plus ou moins d'années ;
mais tous embellissent le premier tour
et, de façon diverse, ils ont douce vie,
sentant plus ou moins le souffle éternel.
Ils se montrèrent ici, non parce que cette sphère
leur est attribuée, mais pour donner un signe
du degré céleste qui est le moins haut.
Il faut parler ainsi[7] à votre esprit
parce qu'il apprend du seul sensible
ce qu'il rend ensuite digne d'intellect.
C'est pourquoi l'Écriture condescend
à votre faculté, et donne pieds et mains
à Dieu, entendant autre chose.
Et la Sainte Église vous représente
Gabriel et Michel en forme humaine,
et celui qui rendit la santé à Tobie[8].
Ce que Timée argumente des âmes
n'est pas semblable à ce qu'on voit ici[9],
puisqu'il semble qu'il sente comme il parle.
Il dit que l'âme retourne à son étoile,
croyant qu'elle en a été séparée
quand la nature lui a donné sa forme[10] ;
et sa pensée peut-être a un autre sens
qui n'est pas dans les mots, et peut-être
avec une intention qu'on ne peut moquer.
S'il entend que revient à ces sphères

l'honneur ou le blâme de l'influence, alors
son arc atteint peut-être quelque vrai.
Ce principe, mal entendu, égara jadis
presque le monde entier, et le porta
à nommer Jupiter, Mercure et Mars[11].
L'autre doute qui t'agite
contient moins de fiel, parce que sa malice
ne saurait t'emmener loin de moi.
Que notre justice paraisse injuste
aux yeux des mortels est argument
de foi et non de noirceur hérétique[12].
Mais puisqu'il est possible à notre intelligence
de bien pénétrer cette vérité,
comme tu le désires, je te contenterai.
S'il y a violence quand celui qui subit
ne concède rien à celui qui le force,
ces âmes n'en sont pourtant pas excusées :
la volonté, si elle ne veut pas, ne s'éteint pas,
mais fait comme nature fait dans le feu,
lorsque mille fois violence le tord.
En effet si elle plie, peu ou prou,
elle suit la force ; ainsi firent-elles,
quand elles pouvaient retourner au lieu saint.
Si leur vouloir avait été entier,
comme celui qui tint Laurent[13] sur le gril,
et fit Mucius[14] sévère pour sa main,
il les aurait remises sur la voie
d'où elles furent ôtées, quand elles furent libres ;
mais volonté si forte est bien trop rare.
Par ces paroles, si tu les as reçues
comme tu dois, l'argument est éteint
qui t'aurait mis en peine plusieurs fois encore.
Mais un autre obstacle arrive à présent
devant tes yeux, et tel que par toi-même,
tu serais bientôt las ; tu n'en sortirais pas.
Certes, je t'ai mis dans l'esprit

qu'un bienheureux ne peut mentir,
96 puisqu'il est toujours auprès du premier vrai ;

puis tu as pu entendre de Piccarda
que Constance garda son amour pour le voile ;
99 si bien qu'elle paraît ici me contredire.

Souvent, déjà, frère, il advint
que pour fuir un péril, contre son gré,
102 on fit une chose qu'on n'aurait pas dû faire,

comme Alcméon [15] qui, prié par son père
d'agir ainsi, tua sa propre mère,
105 et pour demeurer pieux, se fit impie.

À ce point je veux que tu penses
que la force se mêle au vouloir, si bien
108 qu'on ne peut excuser les offenses.

Un vouloir absolu ne consent pas au mal ;
mais il y consent pour autant qu'il craint,
111 s'il refuse, de tomber en un plus grand malheur.

Aussi quand Piccarda s'exprime ainsi,
elle entend le vouloir absolu, et moi
114 l'autre ; si bien que nous disons le vrai ensemble. »

Tel fut l'ondoiement de la sainte rivière
née de la source d'où dérive tout vrai ;
117 tel il mit en paix l'un et l'autre désir.

« Ô amante du premier amant, ô divine »,
dis-je alors, « dont le parler m'inonde
120 et m'échauffe tant qu'il me vivifie,

mon affection profonde ne suffit plus
à vous rendre grâce de vos grâces ;
123 mais que celui qui voit et qui peut vous réponde.

Je vois bien que jamais notre intellect
ne s'assouvit, si ne l'éclaire le vrai
126 en dehors duquel aucun vrai n'a lieu.

Il se repose en lui, comme bête en son gîte,
dès qu'il l'a rejoint ; et il peut le rejoindre ;
129 sinon tout désir serait en vain [16].

Par ce désir naît, comme une pousse,

le doute, au pied du vrai ; et c'est la nature
132 qui nous porte au sommet, de ciel en ciel.
Ceci m'invite, et m'encourage,
avec révérence, dame, à vous interroger
135 sur une vérité qui m'est obscure.
Je veux savoir si l'on peut satisfaire
aux vœux manqués par d'autres liens
138 qui ne soient pas légers pour vos balances. »
Béatrice me regarda, les yeux emplis
d'étincelles d'amour si divines
141 que, défaites, mes forces cédèrent,
et je défaillis, les yeux baissés.

CHANT V

Ciel de la Lune.

L'essence du vœu, pacte entre l'homme et Dieu. Reprise de l'ascension.

Deuxième ciel : ciel de Mercure. Les âmes de ceux qui ont fait le bien par amour de la gloire.

Éclat de la planète et des bienheureux. Justinien.

« Si pour toi je brille dans la flamme d'amour
hors de la mesure de ce qu'on voit sur terre,
si bien que je défais la force de tes yeux,
ne t'émerveille pas, car cela procède
d'une vision parfaite, qui, dès qu'elle apprend,
dans le bien appris met aussitôt ses pas.
Je vois comme déjà resplendit
dans ton esprit la lumière éternelle
qui, sitôt vue, seule et toujours allume l'amour ;
et si un autre objet séduit vos cœurs,
il n'est rien de plus qu'un vestige d'elle,
mal reconnu, qui miroite au travers.
Tu veux savoir si un autre service,
en cas de vœu manqué, peut rendre assez
pour que l'âme soit tirée de litige[1]. »
Ainsi Béatrice commença ce chant ;
et, comme qui ne brise pas son discours,
elle continua le saint raisonnement :
« Le plus grand don que Dieu dans sa largesse
fit en créant, le plus conforme
à sa bonté, et celui qu'il estime le plus,

fut la liberté du vouloir ;
dont les créatures intelligentes,
et toutes, et seules, furent et sont douées.
Tu verras à présent, si tu raisonnes,
la haute valeur du vœu, s'il est ainsi fait
que Dieu consent, quand tu consens ;
car, en fixant le pacte entre Dieu et l'homme,
on fait sacrifice de ce trésor,
tel que je le décris ; et par son acte même.
Que peut-on dès lors rendre en échange ?
Si tu crois user de chose déjà donnée,
tu veux faire bon ouvrage d'un bien mal acquis.
Tu es sûr désormais du point principal ;
mais comme la Sainte Église accorde des dispenses,
ce qui semble contraire au vrai que je t'ai dit,
il te faut rester encore un peu à table,
car le dur mets que tu as pris
pour être digéré demande encore de l'aide.
Ouvre l'esprit à ce que je t'enseigne,
et garde-l'y bien ; car avoir compris
sans tenir en mémoire ne fait pas science.
Deux choses sont requises pour l'essence
de ce sacrifice ; la première est matière [2]
de ce qu'on fait ; l'autre est la convention [3].
Celle-ci ne s'efface jamais
sinon par l'observance ; à son propos
j'ai parlé plus haut précisément ;
c'est pourquoi aux Hébreux [4] fut imposé
le devoir d'offrir, bien que certaines offrandes,
comme tu dois savoir, puissent être changées.
L'autre, que tu connais comme matière,
peut être telle, qu'on ne pèche pas
si on l'échange avec une autre.
Mais qu'on ne change pas son fardeau d'épaule
par son propre arbitre, sans que d'abord
aient tourné la clé blanche et la clé jaune [5] ;

toute permutation, juge-la insensée,
si la chose laissée n'est pas contenue
dans la remplaçante, comme quatre dans six[6].
Donc, si une chose a par sa valeur
tant de poids qu'elle détruit les balances,
elle ne pourra être changée avec une autre.
Mortels, ne prenez pas les vœux à la légère :
soyez fidèles, et non impies dans l'acte,
comme Jephté[7] à sa première offrande ;
il aurait mieux valu qu'il dît : “J'ai mal fait”,
que de faire pire en observant son vœu ;
juge aussi sot le grand chef des Grecs[8],
par qui Iphigénie pleura son beau visage,
et fit pleurer sur elle et les fous et les sages
qui entendirent parler d'un pareil sacrifice.
Soyez, chrétiens, plus lents à vous mouvoir :
ne soyez pas comme plume à tout vent,
et ne croyez pas que toute eau vous lave.
Vous avez le Nouveau et l'Ancien Testament,
l'Église et son pasteur qui vous conduit ;
que cela suffise à votre salvation.
Si la cupidité vous crie autre chose,
soyez hommes, et non folles brebis,
afin que le Juif[9], parmi vous, ne rie de vous !
Ne faites pas comme l'agneau qui laisse
le lait de sa mère, folâtre et simplet,
et pour son plaisir se nuit à lui-même. »
Béatrice me parla ainsi, comme je l'écris ;
puis elle se tourna, toute désirante,
vers le point où le monde est le plus vivant.
L'arrêt de sa parole et son aspect changé
imposèrent silence à mon esprit avide
qui préparait déjà des questions nouvelles ;
et comme une flèche, qui frappe la cible
avant que la corde soit immobile,
ainsi nous courûmes au second royaume[10].

Là je vis ma dame si joyeuse,
quand elle se mit dans l'éclat de ce ciel,
que la planète en devint plus brillante.
Et si l'étoile changea et rit,
que fis-je, moi, qui par nature
suis transmuable en toutes formes !
Comme dans un vivier tranquille et pur
les poissons s'élancent vers tout ce qui vient
du dehors, en le prenant pour leur pâture,
ainsi je vis plus de mille splendeurs
venir vers nous, et en chacune on entendait :
« Voici qui va faire croître nos amours. »
Et lorsque chacune venait vers nous
on voyait l'ombre, emplie de joie
dans l'éclat fulgurant qui sortait d'elle.
Pense, lecteur, si ne continuait plus
ce qui commence ici, comme tu aurais
une angoissante envie d'en savoir plus ;
et tu verras toi-même comme j'avais désir
d'entendre d'eux leur condition,
dès qu'ils furent visibles par mes yeux.
« Ô toi, bien-né, à qui la grâce accorde
de voir les trônes du triomphe éternel
avant de quitter la milice,
nous sommes embrasés de cette lumière
qui se répand par tout le ciel ; si tu désires
être éclairé sur nous, rassasie-toi à ton plaisir. »
Ainsi l'un de ces esprits pieux [11]
me parla ; et Béatrice : « Parle, parle
avec assurance, et crois-les comme des dieux. »
« Je vois comment tu fais ton nid
dans ta propre lumière, et qu'elle vient de tes yeux,
parce qu'elle brille encore plus quand tu ris ;
mais je ne sais qui tu es, ni pourquoi tu as,
âme digne, ce degré dans la sphère [12]
qui se voile aux mortels par d'autres rayons. »

Je parlai ainsi, tourné vers la lumière
qui m'avait parlé tout d'abord ; et elle devint
plus brillante encore qu'elle n'était.
Comme le soleil qui se cache lui-même
par trop d'éclat, lorsque la chaleur ronge
la vapeur épaisse qui le tempérait,
ainsi par plus de joie la figure sainte
se cacha de moi dans son rayon ;
et ainsi, toute close, elle me répondit
comme le chant suivant le chante.

CHANT VI

Ciel de Mercure.

L'empereur Justinien. Histoire de l'aigle romaine, d'Énée à Charlemagne. Les torts des guelfes et des gibelins contre l'Empire. Éloge de Romieu de Villeneuve.

« Après que Constantin [1] eut tourné l'aigle
contre le cours du ciel, qu'il avait suivi
avec l'ancien héros qui prit Lavinia [2],
cent et cent ans et plus [3], l'oiseau de Dieu
resta au bord extrême de l'Europe,
auprès des monts dont il était sorti ;
et là [4], sous l'ombre de ses plumes sacrées,
il gouverna le monde, passant de main en main,
et, changeant de la sorte, il parvint dans la mienne.
Je fus César et je suis Justinien,
qui, par vouloir du premier amour que je sens,
retirai des lois [5] le trop et le vain.
Avant de me dédier à cet ouvrage,
je croyais que le Christ avait une nature [6]
et non plus ; j'étais content de cette foi ;
mais le bienheureux Agapit [7], qui fut
pasteur suprême, me redressa
par ses paroles vers la foi vraie.
Je le crus ; et ce qu'il y avait dans sa foi,
je le vois à présent aussi clair que tu vois
toute contradiction être et fausse et vraie.
Dès que je mis mes pas dans ceux de l'Église,
il plut à Dieu, par grâce, de m'inspirer

le haut labeur, et je me donnai tout à lui.
Je confiai l'armée à mon Bélisaire [8],
à qui la faveur du ciel fut si douce
que ce fut pour moi signe de m'arrêter.
Ici s'achève ma réponse
à ta première question ; mais sa nature
me force à lui joindre une suite
pour que tu voies s'ils ont raison
ceux qui s'élèvent contre le signe sacro-saint,
ceux qui se l'approprient, et ceux qui le combattent.
Vois combien de vertu l'a rendu digne
de révérence ; il commença le jour
où Pallas [9] mourut pour fonder son règne.
Tu sais qu'il fit en Albe sa demeure,
trois cents ans et plus, jusqu'à la fin,
quand les trois contre trois [10] luttèrent encore pour lui.
Et tu sais ce qu'il fit, du rapt des Sabines
aux douleurs de Lucrèce [11], sous sept rois,
domptant tout autour les nations voisines.
Tu sais qu'il fut porté par les vaillants
Romains, contre Brennus, contre Pyrrhus [12],
contre les autres princes et collèges ;
Torquatus et Quintius [13], qui reçut son surnom
de ses boucles hirsutes, et les Decius et les Fabius [14]
en eurent la gloire que j'encense avec joie.
Il abattit l'orgueil de ces Arabes [15]
qui traversèrent, conduits par Hannibal,
les rocs alpestres, le Pô, d'où tu descends.
Sous lui, tout jeunes, triomphèrent
Scipion et Pompée [16], et cela fut amer
pour la colline sous laquelle tu naquis.
Puis, vers le temps où le ciel voulut
rendre le monde serein à son image [17],
César le prit, par le vouloir de Rome.
Et ce qu'il fit, du Varus jusqu'au Rhin,
l'Isère le vit, et la Saône, et la Seine,

et toutes les vallées qui font enfler le Rhône[18].
Ce qu'il fit après qu'il sortit de Ravenne,
et qu'il sauta le Rubicon, fut d'un tel vol
que ne le suivraient ni langue ni plume.
Il tourna son armée vers l'Espagne,
puis vers Durazzo, et frappa Pharsale
si fort qu'au Nil brûlant[19] on en sentit le deuil.
Il revit Antandros et Simoïs
d'où il partit, et où Hector repose ;
puis, pour le malheur de Ptolémée[20], il s'élança.
De là il descendit en foudroyant Juba ;
puis il se tourna vers votre Occident,
où résonnaient les trompettes de Pompée[21].
Pour ce qu'il fit avec son successeur,
Brutus et Cassius aboient en Enfer,
et Modène et Pérouse en ont pâti[22].
Elle en pleure encore la triste Cléopâtre
qui, fuyant devant lui, reçut de l'aspic
une mort soudaine et noire[23].
Avec cet autre, il courut jusqu'à la rive rouge ;
avec cet autre, il mit le monde en telle paix
que fut fermé le temple de Janus[24].
Mais ce que le signe qui me fait parler
avait fait d'abord, et devait faire ensuite
dans ce royaume terrestre qui lui est soumis,
devient en apparence pauvre et obscur,
si on l'observe aux mains du troisième César
avec un œil clair et un cœur pur[25].
Car la justice vivante qui m'inspire
lui concéda, aux mains de celui que je dis,
la gloire de venger sa colère[26].
Admire à présent ce que je t'explique :
il courut plus tard avec Titus tirer vengeance
de la vengeance de l'ancien péché[27].
Et quand le croc lombard mordit
la Sainte Église, sous ses ailes,

Charlemagne, vainqueur, la secourut[28].
Tu peux juger à présent de ces hommes
que j'accusai plus haut, et de leurs fautes,
qui sont la cause de tous vos maux.
L'un oppose les lys jaunes au signe public,
et l'autre l'approprie à son parti[29],
si bien qu'on voit mal qui a le plus grand tort.
Qu'ils fassent, les gibelins[30], qu'ils fassent leurs tours
sous un autre signe, car il suit mal ce signe-là
celui qui le sépare toujours de la justice ;
et que ce nouveau Charles, avec ses guelfes,
ne l'abatte pas, mais craigne les griffes
qui arrachèrent le poil à des lions plus fiers[31].
Souvent déjà les fils ont pleuré
pour l'erreur du père, et qu'on ne croie pas
que Dieu change d'armes pour ses lys !
Cette petite étoile[32] est ornée
de bons esprits qui ont été actifs
pour que l'honneur et la gloire les suivent :
et quand les désirs tendent vers ici-bas,
déviant ainsi, il faut que les rayons
du vrai amour tendent moins vifs en haut.
Mais commensurer nos salaires
avec le mérite est part de notre joie,
car nous ne les voyons ni moindres ni plus grands.
Ainsi la vivante justice adoucit
notre désir, si bien qu'il ne peut plus
jamais se tordre vers une iniquité.
Diverses voix font de douces notes ;
ainsi divers degrés dans notre vie
font la douce harmonie dans ces sphères.
Et au cœur de la présente perle
reluit la lumière de Romieu[33]
dont l'œuvre grande et belle fut mal reconnue.
Mais les Provençaux qui agirent contre lui
n'ont pas ri ; et il prend un mauvais chemin

celui que fait souffrir le bien agir d'autrui.
Raymond Bérenger[34] eut quatre filles
et chacune fut reine, et ce fut Romieu
qui le fit, pèlerin d'humble condition.
Plus tard les propos menteurs le poussèrent
à demander des comptes à cet homme juste
qui lui rendit sept et cinq pour dix,
et puis, pauvre et vieux, il partit ;
et si le monde savait le cœur qu'il eut,
mendiant sa vie bouchée par bouchée,
il le loue bien, mais il le louerait mieux. »

CHANT VII

Ciel de Mercure.

Béatrice devine les doutes de Dante sur la vengeance de la mort du Christ ; elle lui explique la doctrine de l'Incarnation, la corruptibilité des éléments et la résurrection des corps.

« *Osanna, sanctus Deus sabaòth*
superillustrans claritate tua
felices ignes horum malacòth[1] *!* »
Ainsi, tournoyant à son rythme,
je vis chanter cette substance
sur qui double lumière[2] s'assemble ;
puis toutes se murent accordées à sa danse
et, comme étincelles très rapides,
me furent voilées par soudaine distance.
Je doutais et disais : « Dis-lui, dis-lui ! »
« dis », me disais-je, « à ma dame,
qui me désaltère par sa douce rosée. »
Mais la révérence qui s'empare de moi
tout entier au seul son de « Bé » ou d'« ice »
m'inclinait comme un homme ensommeillé.
Béatrice ne me supporta pas longtemps ainsi,
et commença, avec un sourire si rayonnant
qu'il rendrait un homme heureux dans le feu :
« Selon mon avis infaillible,
comment une juste vengeance
fut vengée justement, t'a mis en souci ;
mais je te dénouerai bientôt l'esprit ;
et toi, écoute, car mes paroles

te feront don d'une haute sentence.
Pour n'avoir enduré aucun frein salutaire
à sa volonté, cet homme qui n'est pas né[3],
en se damnant, damna toute sa race ;
et le genre humain demeura infirme
là-bas, durant des siècles, en grande erreur,
avant qu'il plût au Verbe de descendre
là où la nature, qui s'était éloignée
de son auteur, fut unie à lui en personne
par le seul acte de l'éternel amour.
Dresse à présent l'esprit à mon raisonnement :
cette nature unie à son auteur,
comme elle fut créée, fut sincère et bonne ;
mais par sa faute elle fut chassée
de paradis, parce qu'elle délaissa
la voie de vérité et de sa vie.
La peine donc imposée par la croix,
si on la mesure à la nature choisie,
ne mordit jamais rien si justement ;
mais nulle peine ne fut aussi injuste,
si l'on songe à la personne qui souffrit,
en qui cette nature était recueillie.
D'un seul acte sortirent des effets différents,
car à Dieu et aux Juifs plut la même mort ;
pour elle, la terre trembla, et le ciel s'ouvrit.
Cela ne doit plus te paraître étrange,
quand on dit qu'une juste vengeance
fut vengée ensuite par une juste cour[4].
Mais je vois à présent ton esprit resserré
de pensée en pensée, en un seul nœud
dont il attend, en grand désir, d'être délié.
Tu dis : "Je discerne bien ce que j'entends ;
mais ce qui m'est obscur, c'est pourquoi Dieu voulut
que notre rédemption eût cette forme."
Ce décret, mon frère, est impénétrable
aux yeux de tous ceux dont l'esprit

n'a pas été nourri dans la flamme d'amour.
Toutefois, puisque c'est là un point
qu'on regarde beaucoup, et qu'on discerne peu,
je te dirai pourquoi ce mode fut le plus digne.
La divine bonté, qui écarte de soi
tout ressentiment, brûlant en soi-même, brille
si fort qu'elle déploie les beautés éternelles.
Ce qui dérive d'elle directement
n'a pas de fin, parce que son empreinte
ne s'en va plus, lorsqu'elle a mis son sceau.
Ce qui pleut d'elle sans écran
est libre tout entier, parce que non soumis
à l'influence des choses nouvelles.
Plus il lui est conforme, et plus il lui plaît ;
car la sainte ardeur qui rayonne en toutes choses
dans la plus ressemblante est la plus vive.
De tous ces dons la créature humaine
tire son avantage, et si un seul lui manque,
il la fait déchoir de sa noblesse.
Le péché seul est ce qui l'asservit
et la fait différer du bien suprême,
parce qu'elle s'éclaire peu de sa lumière ;
elle ne revient plus en sa dignité
si elle ne comble pas ce qui vide la faute
par de justes peines, contre un mauvais plaisir.
Votre nature, quand dans son germe
elle pécha toute, fut écartée
de ces dignités, comme du paradis,
et elles ne pouvaient se recouvrer, si tu regardes
subtilement, par nul moyen,
sans passer par un de ces chemins :
ou que Dieu, par sa seule courtoisie,
eût remis la faute, ou que l'homme, seul,
eût fait amende à sa folie.
Fixe les yeux maintenant dans l'abîme
de l'éternel conseil, tant que tu peux,

étroitement attentif à ma parole.
   L'homme ne pouvait, dans ses limites
jamais réparer, ne pouvant descendre,
obéissant alors avec humilité,
   comme il voulut monter en désobéissant ;
c'est la raison qui fait qu'il fut
privé du pouvoir de satisfaire[5].
   Il fallait donc que Dieu, par ses propres voies,
reportât l'homme à sa vie entière,
je dis par l'une, ou par les deux[6].
   Mais puisque l'œuvre est d'autant plus aimée
de l'ouvrier qu'elle reflète plus
de la bonté du cœur dont elle est sortie,
   la divine bonté qui empreint le monde
se réjouit, pour vous relever,
de procéder par toutes ses voies.
   Entre la dernière nuit et le premier jour
un acte si haut et si magnifique,
par l'une ou l'autre voie, ne fut ou ne sera :
   car Dieu fut plus large à se donner lui-même,
pour que l'homme suffise à se relever,
que s'il avait, lui seul, remis la faute ;
   et tous les autres modes étaient insuffisants
pour la justice, si le Fils de Dieu
ne s'était humilié pour s'incarner.
   Mais pour combler tous tes désirs,
je reviens t'éclairer sur un point,
afin que tu le voies comme je le vois.
   Tu dis : "Je vois l'eau, je vois le feu,
l'air et la terre, et tous leurs mélanges
finir par se corrompre, et ne durer qu'un temps ;
   et pourtant ces choses furent des créatures ;
donc, si ce qui a été dit est vrai,
elles devraient être libres de corruption."
   Les anges, mon frère, et la région pure
où tu te trouves, peuvent se dire créés,

tels qu'ils sont là, en leur être entier ;
mais les éléments que tu as nommés
et les choses qui se font à partir d'eux
sont informés de vertu créée.
Créée fut la matière qu'ils ont ;
créée fut la vertu informante
dans ces étoiles qui tournent autour d'eux.
L'âme de tout animal et des plantes
à la complexion potentielle est tirée
du rayon et de l'élan des lumières saintes[7] ;
mais votre vie, la suprême bonté
l'insuffle en personne, et lui donne l'amour
de soi, si bien qu'elle la désire toujours.
Par là tu peux comprendre encore
votre résurrection, si tu repenses
comment fut faite la chair des hommes, alors
que furent faits les deux premiers parents. »

CHANT VIII

Troisième ciel : ciel de Vénus. Les âmes soumises à l'amour.

Fol amour et amour divin. Origine du nom de la planète Vénus. Colloque avec Charles Martel, roi de Hongrie. Contre le mauvais gouvernement. Pourquoi l'hérédité n'est pas absolue.

Le monde jadis croyait pour son dommage
que la belle Cypris [1] lançait le fol amour
en tournant à travers le troisième épicycle [2] ;
aussi les Anciens, dans leur antique erreur,
non seulement lui faisaient dévotion
par des sacrifices et des prières votives,
mais ils honoraient Dioné et Cupidon [3],
elle comme sa mère, et lui comme son fils,
disant que Didon [4] l'avait eu sur son sein ;
et de celle où je prends mon commencement,
ils prenaient le nom de l'étoile [5]
dont le soleil caresse la nuque et puis le front.
Je ne m'aperçus pas que je montais en elle ;
mais je fus certain d'y être entré
quand je vis ma dame devenir plus belle.
Et comme on voit dans une flamme une étincelle,
et comme on discerne une voix dans une voix,
quand l'une est immobile et l'autre va et vient,
je vis dans sa lumière d'autres clartés
se mouvoir en cercles plus ou moins rapides,
en suivant, je crois, leur vue intérieure.
Des vents descendus d'un froid nuage,
visibles ou cachés, et très rapides,

auraient paru lents et embarrassés

à qui aurait vu venir vers nous
ces lumières divines, laissant la ronde
commencée dans le ciel des Séraphins[6] ;

et d'entre celles qui apparurent en avant
un *Hosanna* retentissait, si beau que jamais plus
je n'ai cessé de désirer le réentendre.

Puis l'une[7] s'avança plus près de nous
et commença seule : « Nous sommes tous prêts
à ton plaisir, afin que tu aies joie de nous.

Nous tournons avec le chœur des princes du ciel,
avec même ronde, même cadence, même ardeur
que ceux à qui tu as dit sur la terre :

“Vous dont l'esprit meut le troisième ciel[8]”,
et nous sommes si pleins d'amour, que pour te plaire
un peu de halte ne sera pas moins doux. »

Après que mes yeux se furent offerts,
révérents, à ma dame, et qu'elle
les eut rendus contents et assurés,

ils se tournèrent vers la lumière qui avait tant
promis, et « Ah, qui êtes-vous ? » leur dit
ma voix emplie de grande affection.

Et je la vis se faire plus grande et s'aviver
par allégresse nouvelle, qui s'ajouta,
quand je parlai, à son allégresse !

Ainsi faite, elle dit : « Le monde m'a eu
en bas, pour peu de temps ; si j'étais resté plus,
de grands maux adviendront, qui n'auraient pas été[9].

Ma joie me tient caché à toi,
elle rayonne alentour et me dérobe,
comme un animal vêtu de sa soie.

Tu m'as beaucoup aimé[10], et tu avais raison ;
car si j'étais resté sur terre, je t'aurais montré
bien plus que le feuillage de mon amour.

Cette rive gauche[11] que baigne le Rhône
puis qui se mêle avec la Sorgue

m'attendait, le temps venu, pour son seigneur ;
comme la corne d'Ausonie [12], où sont les forts
de Bari, de Gaète et de Catona,
où Tronto et Verde [13] débouchent dans la mer.
Déjà brillait sur mon front la couronne [14]
du pays qu'arrose le Danube,
quand il a quitté les rives allemandes [15].
Et la belle Trinacrie [16], qu'enfume,
de Pachino à Peloro, au bord du golfe
qui est le plus tourmenté par l'Eurus [17],
non pas Typhée [18] mais le soufre naissant,
aurait attendu encore ses rois
issus par moi de Charles et de Rodophe,
si le mauvais gouvernement, qui blesse toujours
les peuples asservis, n'avait amené
Palerme [19] à crier : "Qu'il meure, qu'il meure !"
Et si mon frère pouvait le prévoir,
il fuirait déjà l'avare pauvreté
de Catalogne [20], pour ne pas en être offensé ;
car vraiment il faudra qu'il pourvoie,
lui, ou un autre, à ne pas charger davantage
sa barque, qui est déjà bien trop chargée.
Sa nature, issue avare de nature large,
aurait besoin d'une milice
qui pense moins à remplir ses coffres [21]. »
« Puisque je crois que la haute joie
que ton parler me donne, mon cher seigneur,
là où tout bien se termine et commence,
est vue par toi en Dieu comme je la vois,
elle m'est plus chère ; et il m'est cher encore
que tu la voies en regardant en Dieu.
Tu m'as rendu joyeux, rends-moi clair à présent,
car tu m'as porté en parlant à douter
comment de douce graine peut naître un fruit amer. »
Je lui parlai ainsi, et lui : « Si je peux te montrer
une vérité, à ce que tu demandes

tu tourneras la face, et non plus le dos.
Le bien qui meut et réjouit le royaume
entier que tu gravis, fait que sa providence,
dans ces grands corps, devient vertu active.
Et non seulement sont prévues les natures
dans la pensée qui en soi est parfaite,
mais leur salut y est prévu aussi :
ainsi tout ce que l'arc décoche
tombe à terre ordonné pour une fin prévue,
comme une flèche qui vole vers sa cible.
Si cela n'était, le ciel que tu parcours
produirait ses effets de telle sorte
qu'ils ne seraient pas art, mais ruines ;
et cela ne peut être, si les intelligences
qui meuvent ces étoiles ne sont défectueuses,
et le premier de même, qui les a mal finis.
Veux-tu que je t'éclaire encore cette vérité ? »
Et moi : « Non ; car je vois qu'il est impossible
que la nature se lasse, en ce qui doit être. »
Et lui encore : « Dis-moi, serait-ce pire
pour l'homme, sur terre, s'il n'était citoyen ? »
« Oui », dis-je ; « et je n'en demande pas de raison. »
« Et cela peut-il être, si en bas on ne vit
de diverses façons, par divers offices ?
Non, si votre maître en a bien écrit [22]. »
Il vint jusque-là dans ces déductions ;
puis il conclut : « Donc il faut qu'en vous
les racines de vos œuvres soient diverses :
aussi l'un naît Solon et l'autre Xerxès [23],
autre Melchisédech [24] et autre celui
qui, volant par l'air, perdit son fils.
La nature tournante, qui est le sceau
de la cire mortelle, fait bien son art,
mais ne distingue pas une maison de l'autre.
Il advient ainsi qu'Esaü diffère
dès la semence, de Jacob ; et que Quirinus [25] vienne

d'un père si vil qu'on le donne à Mars.
La nature engendrée ferait son chemin
toujours semblable aux engendreurs
si ne l'emportait la prévoyance divine.
À présent, ce qui était derrière toi est devant :
mais pour que tu saches qu'être avec toi me plaît,
je veux t'orner d'un corollaire.
La nature, si elle rencontre une fortune
qui discorde d'elle, comme toute semence
hors de sa région, réussit toujours mal.
Et si le monde là-bas avait égard
au fondement que pose la nature,
et le suivait, il aurait de bons habitants.
Mais vous tordez à la religion
tel qui est né pour ceindre l'épée,
et faites roi tel qui devrait prêcher ;
c'est pourquoi vos pas sont hors du chemin. »

CHANT IX

Ciel de Vénus.

Prophétie de Charles Martel. Prophétie de Cunizza da Romano. Folquet de Marseille, poète amoureux. Éclat de Raab de Jéricho. Malédiction des papes.

Après que ton Charles, belle Clémence[1],
m'eut éclairé, il me conta les trahisons
que devait recevoir sa descendance ;
mais il dit : « Tais-toi, et laisse passer les ans » ;
je ne peux donc rien dire, sinon
qu'un juste pleur suivra votre infortune[2].
Et déjà la vie de cette lumière sainte
s'était tournée au soleil qui la comble
comme au bien qui suffit à toute chose.
Ah ! âmes trompées, créatures impies,
qui détournez vos cœurs d'un pareil bien,
dressant le front vers des vanités !
Et voici qu'une autre de ces splendeurs
venait vers moi, en signifiant
par sa clarté qu'elle voulait me plaire.
Les yeux de Béatrice, qui étaient, comme avant,
fixés sur moi, me donnèrent l'assurance
d'un doux assentiment à mon désir.
« Ah ! réponds vite à mon vouloir,
esprit heureux », dis-je, « donne-moi la preuve
que je peux refléter ma pensée en toi. »
Alors la lumière, qui m'était encore inconnue,
de sa profondeur, là d'où elle chantait[3],

reprit, comme qui est content de bien faire :
« Dans cette région de la terre dépravée[4]
d'Italie qui s'étend entre Rialto
et les sources de la Brenta et du Piave
s'élève une colline, qui n'est pas très haute,
d'où descendit jadis une torche
qui dévasta cette contrée[5].
Nous naquîmes elle et moi de même racine :
Cunizza[6] fut mon nom, et je brille ici
parce que me vainquit le feu de cette étoile ;
mais je pardonne joyeusement à moi-même
la cause de mon sort, et ne regrette rien,
ce qui paraîtrait étrange au vulgaire.
De ce lumineux et précieux joyau[7]
de notre ciel qui m'est le plus voisin
grande gloire est restée ; et avant qu'elle meure,
après ce siècle cinq autres viendront :
vois si l'homme doit se rendre excellent
pour qu'une autre vie suive la première.
C'est à quoi ne songe pas la tourbe présente,
que Tagliamento et Adige enclosent[8],
et bien qu'elle soit battue elle ne se repent pas ;
mais bientôt Padoue viendra aux marais[9]
et changera l'eau qui baigne Vicence,
puisque ses habitants sont rétifs au devoir ;
et là où Sile et Cagnan s'unissent[10],
tel fait le seigneur et va la tête haute
quand déjà s'ourdit la toile pour le prendre.
Feltre aussi pleurera la faute
de son pasteur impie[11], qui sera si affreuse
que jamais on n'entra pour semblable en malte[12].
Le baquet devrait être trop vaste
qui recevrait le sang des Ferrarais,
trop las qui pèserait, once après once,
le sang que livrera ce prêtre courtois[13]
pour se montrer bon partisan ; et de tels dons

conviendront bien aux mœurs de ce pays.
Là-haut sont des miroirs que vous appelez Trônes[14],
où pour nous resplendit Dieu qui juge ;
c'est pourquoi ces paroles nous semblent bonnes. »
Elle se tut alors, et me fit comprendre
qu'elle était déjà tournée vers autre chose,
en reprenant sa place dans la ronde.
L'autre esprit joyeux, que je connaissais
déjà pour chose précieuse, se fit à ma vue
pareil à un rubis que le soleil frappe.
Là-haut la splendeur s'acquiert par la joie
comme ici le rire ; mais en bas s'obscurcit
l'ombre au-dehors, lorsque l'esprit est triste.
« Dieu voit tout, et ta vue entre en lui »,
dis-je, « esprit heureux, si bien que nul désir
ne peut se dérober à toi.
Pourquoi donc ta voix, qui réjouit le ciel
toujours avec le chant de ces flammes pieuses
qui font un capuchon de leurs six ailes[15],
pourquoi ne comble-t-elle pas mes désirs ?
Certes je n'attendrais pas tes questions
si je voyais en toi, comme tu vois en moi[16] ! »
« La plus grande vallée, où l'eau se répand »,
ainsi commença son discours,
« hors de cette mer qui embrasse la terre,
s'en va si loin, entre bords discordants
contre le soleil, qu'elle fait le méridien
là où elle faisait d'abord l'horizon[17].
Je fus riverain de cette vallée
entre Ebro et Macra, qui dans sa course brève
sépare le Génois du Toscan[18].
Presque au même couchant et au même levant
se trouvent Bougie et la terre d'où je viens,
qui jadis échauffa le port de son sang[19].
Folquet[20] m'appelèrent ces gens à qui
mon nom fut connu, et ce ciel

s'empreint de moi, comme je fis de lui ;
car la fille de Belus [21] ne brûla pas plus fort
en offensant Creüse et Sichée
que moi, pour le temps qu'il convint à mon âge ;
ni cette Rhodopée [22] qui fut déçue
par Démophonte, ni Alcide [23],
quand il tenait Iole enfermée dans son cœur.
Ici pourtant on ne se repent pas ; on rit,
non pour la faute, qui ne revient pas à la mémoire,
mais pour la valeur qui ordonne et pourvoit.
Ici on contemple l'art qu'embellit
un tel amour, et on distingue le bien
par quoi le monde haut meut le monde bas.
Mais afin que soient comblés en toi
tous les désirs qui sont nés dans cette sphère,
il me convient d'aller encore plus loin.
Tu veux savoir qui est dans cette lumière
qui scintille si fort à côté de moi,
comme rayon de soleil en eau pure.
Sache que là-dedans goûte la paix
Rahab [24] ; elle s'est jointe à notre ordre
qui reçoit d'elle sa marque la plus haute.
Par ce ciel, où s'amenuise l'ombre
qui vient de votre monde [25], elle fut élevée
avant toute autre âme au triomphe du Christ.
Il convenait de la mettre en un ciel
comme palme de la haute victoire
qu'il acquit grâce à l'une et l'autre paume [26],
car elle aida la première gloire
de Josué [27] en Terre sainte,
qui touche peu la mémoire du pape.
Ta ville, qui est rejeton de celui [28]
qui le premier tourna le dos à son auteur,
et dont l'envie a causé tant de larmes,
produit et répand la fleur maudite [29]
qui a dévoyé agneaux et brebis,

car elle a fait un loup du berger.
Aussi l'Évangile et les grands docteurs
sont délaissés, les seules décrétales[30]
sont à l'étude, comme on voit à leurs marges.
Papes et cardinaux n'ont qu'elles en tête ;
leurs pensées ne vont pas à Nazareth,
là où Gabriel ouvrit les ailes.
Mais le Vatican et les autres hauts lieux
de Rome, qui furent le cimetière
de la milice que Pierre a suivie,
seront bientôt libres de l'adultère[31]. »

CHANT X

Ciel de Vénus.

L'admirable architecture du monde.

Quatrième ciel : ciel du Soleil. Les esprits inspirés de sagesse.

Thomas d'Aquin montre les onze sages de la première couronne (théologiens et philosophes). Chant et danse des sages.

(13 avril au soir.)

Regardant [1] en son Fils avec l'Amour
que l'un et l'autre éternellement inspirent,
la Puissance première et ineffable
fit tout ce qui se meut par l'esprit et l'espace
avec tant d'ordre, que ceux qui le regardent
ne peuvent rester sans jouir de lui.
Lève donc, lecteur, avec moi, la vue
vers les hautes sphères, droit vers ce côté
où les deux mouvements s'entrechoquent [2] ;
et là, commence à te complaire dans l'art
de ce maître qui l'aime tant dans son essence
qu'il n'en détourne jamais le regard.
Vois comment se détache de ce point
le cercle oblique [3] où tournent les planètes
pour contenter le monde qui a besoin d'elles.
Car si leur voie n'était pas inclinée [4],
bien des vertus dans le ciel seraient vaines,
et presque toute puissance, ici-bas, serait morte ;
et si l'écart du droit chemin
était plus ou moins grand, l'ordre du monde

en haut comme en bas[5] serait défaillant.
Reste à présent, lecteur, sur ton banc,
en pensant à ce dont tu as l'avant-goût,
si tu veux une joie qui surpasse ta peine.
Je t'ai servi ; à présent nourris-toi par toi-même ;
cette matière dont je suis le scribe
demande pour soi tout mon soin.
Le plus grand ministre de la nature
qui empreint le monde des vertus du ciel
et nous mesure le temps par sa lumière,
arrivé au point que j'ai dit plus haut[6],
tournait à travers les spirales
où il apparaît chaque jour plus tôt ;
et j'étais avec lui ; mais je ne m'aperçus
de la montée que comme on s'aperçoit,
ayant une pensée, de sa venue.
Béatrice est celle qui conduit ainsi
de mieux en mieux, et si soudainement,
que son acte n'entre pas dans le temps.
Combien devait briller par soi-même
ce qui était dans le soleil où je pénétrai,
visible non par la couleur, mais par l'éclat !
En appelant l'intelligence et l'art et l'expérience,
je ne saurais le rendre imaginable ;
mais le croire est possible, et qu'on désire le voir.
Et si nos imaginations sont basses
pour de telles hauteurs, cela n'est pas merveille :
car jamais œil n'a vu au-delà du soleil.
Telle était en ce lieu la quatrième famille[7]
du Père souverain, qui la comble toujours,
montrant comment il souffle et comment il engendre.
Béatrice commença : « Rends grâce,
rends grâce au Soleil des anges[8], qui t'a fait monter
à ce soleil sensible, par sa grâce. »
Jamais cœur de mortel ne fut si disposé
à la dévotion, ni aussi prompt

à se rendre à Dieu de tout son gré
    que je devins à ces paroles ;
et mon amour se mit en lui si fort
qu'il éclipsa Béatrice dans l'oubli.
    Elle n'en fut pas blessée, mais elle rit,
et la splendeur de ses yeux riants
divisa en morceaux mon âme unie.
    Je vis plusieurs feux vifs et fulgurants
nous prendre pour centre et se mettre en couronne,
plus doux à la voix que brillants à la vue ;
    telle nous voyons parfois la fille de Latone[9]
s'auréoler quand l'air humide
retient le fil qui forme sa ceinture.
    Dans la cour du ciel, d'où je reviens,
se trouvent des joyaux si précieux et si beaux
qu'on ne peut les porter hors du royaume ;
    tels étaient les chants de ces lumières ;
qui n'a pas d'ailes pour y voler
peut attendre les nouvelles d'un muet[10].
    Lorsque, chantant ainsi, ces ardents soleils
eurent tourné trois fois autour de nous,
comme étoiles proches des pôles fixes,
    ils me semblèrent dames non déliées de la danse,
mais s'arrêtant, en silence, à l'écoute,
pour recueillir le son des notes nouvelles.
    J'entendis commencer en l'un d'eux[11] : « Quand
le rayon de la grâce, d'où s'allume
le vrai amour qui grandit en aimant,
    multiplié en toi, resplendit tant
qu'il te conduit en haut par cette échelle
qu'on ne descend pas sans la remonter,
    qui te refuserait le vin de sa fiole
pour ta soif, ne serait pas plus libre
qu'une eau qui ne coule pas vers la mer.
    Tu veux savoir de quelles plantes est fleurie
la guirlande qui entoure doucement

93 la belle dame qui te fait digne du ciel.
Je fus l'un des agneaux du saint troupeau [12]
que Dominique mène sur un chemin
96 où l'on s'engraisse bien [13], à moins qu'on déraisonne.
Celui-ci, qui m'est à droite le plus proche,
fut mon frère et mon maître, et c'est Albert [14] ;
99 il est de Cologne, et moi, Thomas, d'Aquin [15].
Si tu veux connaître tous les autres,
viens derrière mon discours, en tournant à mesure
102 ton regard vers l'heureuse couronne.
Cette autre flamme sort du rire
de Gratien [16], qui fut si précieux
105 à l'une et l'autre loi, qu'il plaît en paradis.
L'autre à côté qui orne notre chœur
fut ce Pierre [17] qui comme la pauvre femme
108 offrit son trésor à la Sainte Église.
La cinquième lumière [18], qui est la plus belle,
respire un tel amour, que le monde entier
111 là-bas sur terre en désire les nouvelles :
en elle se tient le haut esprit où fut placé
un si profond savoir que si le vrai est vrai,
114 un autre n'est pas né qui voie autant.
À côté tu vois la lumière de ce cierge
qui en bas dans sa chair a vu le plus à fond
117 la nature des anges et leur ministère [19].
Plus loin, dans la petite lumière,
rit cet avocat des temps chrétiens
120 dont le latin servit à Augustin [20].
À présent si les yeux de ton esprit se portent
de lumière en lumière en suivant mes louanges,
123 tu sens déjà la soif de la huitième.
Dans la vue de tout bien s'y réjouit
l'âme sainte [21] qui rend manifeste,
126 à qui l'entend, le monde mensonger.
Le corps dont elle fut chassée repose
là-bas au Ciel d'or : et elle vint

de martyre et d'exil à cette paix.
Vois plus loin briller l'esprit ardent
d'Isidore, de Bède et de Richard[22],
qui fut plus qu'homme en contemplation.
Celui-ci, d'où ton regard revient vers moi,
est le feu d'un esprit aux si graves pensées
qu'il trouva que la mort était lente à venir :
c'est la lumière éternelle de Sigier[23]
qui, enseignant dans la rue du Fouarre,
syllogisa des vérités qui lui firent tort[24]. »
Puis, comme une horloge qui nous appelle,
à l'heure où se lève l'épouse de Dieu[25]
pour faire matine à son époux afin qu'il l'aime,
tandis qu'une pièce tire et pousse l'autre,
sonnant et tintant en notes si douces
que l'esprit préparé se gonfle d'amour ;
je vis ainsi la roue glorieuse
se mouvoir et accorder ses voix
dans une douceur qu'on ne peut connaître
sinon là où la joie joue pour toujours[26].

CHANT XI

Quatrième ciel : ciel du Soleil.

Vanités des soucis terrestres et bonheur céleste. Doutes de Dante, devinés et formulés par saint Thomas. Saint Thomas fait l'éloge de saint François d'Assise et déplore la décadence de l'ordre dominicain.

Ô souci insensé des mortels,
quels syllogismes [1] défectueux
te font voler si bas des ailes !
Qui suivait le droit, qui les aphorismes [2],
qui à la recherche d'un sacerdoce,
qui à régner par force et par sophismes,
qui à voler, qui aux négoces,
qui tout enfermé dans le plaisir de chair
se fatiguait et qui se donnait à l'oisiveté,
tandis que, libéré de toutes ces choses,
j'étais en haut, au ciel, avec Béatrice,
accueilli de façon si glorieuse.
Lorsque chaque feu fut revenu au point
du cercle où il était auparavant,
il s'arrêta, comme chandelle au chandelier.
Et j'entendis, dans cette lumière
qui m'avait parlé tout d'abord [3], commencer ainsi,
en souriant, et devenant plus claire :
« Comme je resplendis en son rayon,
ainsi, en regardant la lumière éternelle,
j'apprends la source de tes pensées.
Tu doutes, et tu voudrais que se précise
mon dire, en langage clair et explicite,

pour qu'il s'aplanisse à ton intelligence,
là où j'ai dit : "Où l'on s'engraisse bien[4]"
et où j'ai dit : "Un autre n'est pas né[5]" ;
et ici il faut bien distinguer.
La providence, qui gouverne le monde
avec cette sagesse où tout regard créé
se perd avant d'arriver jusqu'au fond,
afin qu'allât vers son bien-aimé
l'épouse[6] de celui qui à grands cris
s'unit à elle avec son sang béni,
plus sûre d'elle et plus confiante en lui,
ordonna deux princes[7] en sa faveur
qui, des deux côtés, pussent être ses guides ;
l'un fut tout séraphique en ardeur[8] ;
et l'autre fut par sagesse terrestre
une splendeur de lumière chérubique[9].
Je parlerai de l'un, car on parle des deux
en en louant un, lequel qu'on prenne,
puisque leurs œuvres eurent une seule fin.
Entre Topino[10] et l'eau qui descend
de la colline élue par l'heureux Ubaldo,
une côte fertile descend d'une montagne
où Pérouse sent le chaud et le froid
par la Porte Soleil ; et derrière elle pleurent
Nocera et Gualdo leur joug cruel[11].
De cette côte, là où elle interrompt
sa pente, vint au monde un soleil,
comme naît parfois celui-ci du Gange[12].
Mais qui nomme ce lieu ne devrait pas dire
Assise, car il dirait trop peu,
mais plutôt Orient, s'il veut parler juste.
Il n'était pas encore bien loin du levant
qu'il commençait déjà à donner à la terre
un réconfort par sa grande vertu.
Car, tout jeune, il causa la colère de son père
pour une dame[13] à qui, comme à la mort,

nul ne desserre la porte du plaisir ;
et devant sa cour spirituelle
et *coram patre*[14] il s'unit à elle ;
puis de jour en jour il l'aima plus fort.
Celle-ci, guidée par son premier époux[15],
mille cent ans et plus, dédaignée et obscure,
resta jusqu'à lui sans prétendant ;
peu servit de savoir qu'auprès d'Amyclas[16]
celui qui faisait peur au monde entier
la trouva tranquille, au son de sa voix ;
peu lui servit qu'elle fût constante et fière,
au point que, là où Marie resta en bas,
elle souffrit avec le Christ sur la croix.
Mais pour que je poursuive de façon moins obscure,
tiens désormais dans mon parler diffus,
pour ces amants, François et Pauvreté.
Leur concorde et leurs joyeux visages,
amour et merveille et doux regards,
les faisaient cause de pensées saintes ;
si bien que, le premier, Bernard le Vénérable[17]
se déchaussa et, derrière tant de paix
courut, et en courant, se crut trop lent.
Ô richesse inconnue ! Ô bien fécond !
Egidio se déchausse, Silvestro[18] se déchausse
derrière l'époux, tant l'épouse leur plaît.
Puis il s'en va ce père, ce maître,
avec sa dame et avec cette famille
que déjà liait l'humble cordon[19].
Ni lâcheté de cœur n'appesantit ses cils
pour être fils de Pietro Bernardone[20]
ni pour son aspect étrange et misérable ;
mais, royalement, de sa dure intention,
il s'ouvre à Innocent[21], et reçoit de lui
le premier sceau pour fonder son ordre.
Lorsque s'accrut le troupeau des pauvrets,
derrière lui dont la vie admirable

se chanterait mieux dans la gloire du ciel,
le saint désir de cet archimandrite[22]
fut consacré du second diadème
par les mains d'Honorius[23] pour l'Esprit éternel.
Et lorsqu'il eut, par sa soif du martyre,
sous le regard superbe du Sultan,
prêché le Christ et ceux qui le suivaient[24],
ayant trouvé ces peuples trop rétifs
à la conversion, et pour ne pas rester en vain,
il revint au fruit de l'herbe italique,
sur l'âpre roc entre Tibre et Arno
il reçut du Christ le dernier sceau
que ses membres portèrent pendant deux ans[25].
Quand il plut à celui qui l'avait élu
à ce grand bien de le hausser à la récompense
qu'il avait méritée en se faisant petit,
à ses frères, comme à ses justes héritiers,
il recommanda sa dame la plus chère
et leur ordonna de l'aimer avec foi ;
alors de son sein l'âme éblouissante
voulut partir, pour revoir son royaume,
et ne voulut pas pour son corps d'autre bière[26].
Pense à présent quel a été celui qui fut
son digne compagnon pour maintenir la barque
de Pierre[27] en haute mer, sur une voie droite ;
et celui-là fut notre patriarche ;
ceux qui le suivent, comme il commande,
tu peux voir quelles bonnes denrées ils chargent.
Mais son troupeau[28] s'est fait si glouton
de pâture nouvelle qu'il ne peut se tenir
de se répandre sur d'autres pâturages ;
et plus ses brebis s'en vont loin de lui,
vagabondes, moins elles ont de lait
quand elles reviennent au bercail.
Il en est bien qui craignent le dommage
et se serrent autour du berger ; mais elles sont

si peu que peu de drap fournit toutes les capes.
À présent, si mes paroles ne sont pas confuses,
si ton écoute a été attentive,
si tu rappelles ce que j'ai dit à ton esprit,
ton désir sera en partie[29] satisfait,
parce que tu verras par où l'arbre s'ébranche,
et tu verras la correction qui explique
"où l'on s'engraisse bien, à moins qu'on déraisonne". »

CHANT XII

Ciel du Soleil.

Danse et chant de la deuxième couronne des sages. Saint Bonaventure fait l'éloge de saint Dominique et déplore la décadence de l'ordre franciscain. Les onze sages de la deuxième couronne.

Aussitôt que la dernière parole
fut prononcée par la flamme bénie[1],
la sainte meule se mit à tourner ;
elle n'avait pas encore achevé son tour
qu'une autre l'enferma dans son cercle,
ajustant chant à chant, danse à danse ;
chant qui surpasse autant nos muses
et nos sirènes, en ces flûtes suaves,
qu'une lumière dépasse son reflet.
Comme se ploient dans un tendre nuage
deux arcs parallèles et de couleurs semblables,
lorsque Junon envoie sa messagère[2],
et de l'arc intérieur naît celui du dehors,
pareils au parler de cette errante[3]
qu'amour consuma, comme soleil la brume,
les gens d'ici-bas en font un présage,
par le pacte que Dieu fit avec Noé,
que le monde ne serait plus jamais inondé ;
ainsi ces roses sempiternelles
tournaient autour de nous en deux guirlandes,
et ainsi la lointaine répondit à la proche.
Lorsque la danse et l'autre grande fête
à la fois du chant et du flamboiement

de lumière en lumière joyeuse et douce
s'arrêtèrent ensemble et d'un même vouloir
comme les yeux au plaisir qui les meut
se lèvent et s'abaissent ensemble ;
du cœur de l'un de ces nouveaux feux
parvint une voix[4] qui me fit être
comme l'aiguille[5] à l'étoile, en me tournant vers elle.
Elle commença : « L'amour qui m'embellit
me pousse à te parler de l'autre chef[6],
pour qui l'on t'a dit tant de bien du mien[7] ;
là où est l'un, il faut amener l'autre,
pour que brille ensemble leur gloire,
puisqu'ils ont combattu le même combat.
L'armée du Christ, qui coûta si cher
à réarmer, derrière son enseigne[8],
avançait lentement, clairsemée et craintive,
lorsque l'empereur[9] qui règne toujours
aida la milice, qui était en péril,
par sa seule grâce, sans qu'elle en fût digne,
et, comme on t'a dit, secourut son épouse
avec deux champions ; à leur faire, à leur dire
le peuple dévoyé se ravisa.
Dans la région où le zéphyr se lève
pour ouvrir doucement les feuilles nouvelles
dont on voit Europe se revêtir,
non loin de là où battent les flots
derrière lesquels, après sa longue course,
le soleil parfois se cache aux yeux des hommes,
se tient Calaruega[10] la fortunée
sous la protection du grand écu
où le lion est gisant et debout :
c'est là que naquit le fidèle amant
de la foi chrétienne, le saint athlète
affable aux siens, rude à ses ennemis.
Dès que son esprit fut créé,
il fut si plein de vertu vive, qu'étant encore

dans le sein de sa mère, il la rendit prophète[11].
Lorsque les noces furent célébrées
à la source sacrée, entre lui et la foi,
où ils se dotèrent de mutuel salut,
la dame qui donna pour lui l'assentiment
vit dans son sommeil l'effet admirable
qui sortait de lui et de ses héritiers[12].
Et pour que dans son nom il fût comme il était,
un esprit vint du ciel pour le nommer
par le possessif de son seigneur et maître.
Il fut dit Dominique : et moi j'en parle
comme du jardinier choisi par le Christ
pour l'assister dans son jardin.
Il fut bien messager familier du Christ,
car le premier amour qu'il manifesta
fut au premier conseil que donna le Christ.
Il fut trouvé souvent silencieux, éveillé
à terre, par sa nourrice, comme s'il disait :
"C'est pour cela seul que je suis venu."
Ô son père, vraiment Félix[13] !
Ô sa mère, vraiment Jeanne[14] !
si l'interprétation vaut comme on le dit !
Non pour le monde, pour qui on s'essouffle aujourd'hui,
en suivant Thadée, ou le savant d'Ostie[15],
mais par amour de la vraie manne
en peu de temps il devint grand docteur,
si bien qu'il se mit à veiller sur la vigne
qui sèche vite, si est mauvais le vigneron.
Et au siège qui fut jadis plus doux
aux pauvres justes, non par sa faute,
mais par celle de celui qui siège, et dégénère,
il demanda, non la dispense de deux ou trois
pour six, non le premier bénéfice vacant,
non *decimas quae sunt pauperum Dei*[16],
mais, contre les erreurs de ce monde,
droit de combattre pour la semence

dont vingt-quatre rameaux [17] t'entourent.
Puis, avec doctrine et vouloir, et avec le mandat
pontifical [18], il s'élança,
comme un torrent jailli de haute source ;
et son élan frappa les ronces
hérétiques, plus vivement là
où les résistances étaient plus fortes.
De lui naquirent ensuite plusieurs ruisseaux
qui arrosent le jardin catholique,
et font ses arbrisseaux plus vivaces.
Si telle fut l'une des roues du char
où la Sainte Église se défendit
et vainquit au combat sa guerre civile,
à présent devrait t'être manifeste
l'excellence de l'autre, pour qui Thomas,
avant ma venue, fut si courtois.
Mais le sillon que traça le sommet
de sa circonférence est abandonné,
et le moisi a remplacé le tartre [19].
Sa famille, qui mettait les pas
tout droit dans ses traces, est si rompue
que ses pieds s'en vont à l'envers [20] ;
et bientôt on verra la récolte
du mauvais labeur, lorsque l'ivraie
se plaindra qu'on lui ferme la huche [21].
Je dis bien que qui chercherait feuille à feuille
dans notre livre trouverait encore la page
où il lirait : “Je suis tel que j'étais” ;
mais ce n'est ni de Casale ni d'Acquasparta [22],
d'où viennent des lecteurs de la règle
qui l'un la fuit, et l'autre la force.
Je suis la vie de saint Bonaventure [23]
de Bagnoreggio, qui dans les grands offices
mis toujours en second les soins de la main gauche.
Illuminato est ici, et Augustin [24],
qui furent parmi les premiers pauvres déchaussés,

et devinrent amis de Dieu dans le cordon.
Hugues de Saint-Victor[25] est ici avec eux,
et Pierre le Mangeur, et Pietro Spano[26]
qui brilla sur terre en douze livres ;
Nathan prophète[27] et le métropolite
Chrysostome et Anselme et ce Donat[28]
qui mit la main au premier art.
Raban[29] est ici, et auprès de moi
brille l'abbé calabrais Joachim[30],
qui fut doué d'esprit prophétique.
À émuler un si grand paladin
m'a porté la courtoisie ardente
de frère Thomas, et son clair discours ;
qui porta avec moi cette compagnie. »

CHANT XIII

Ciel du Soleil.

Chant et double danse des couronnes d'élus. Saint Thomas résout les doutes de Dante sur la sagesse comparée d'Adam, de Jésus et de Salomon. Causes de l'inégalité des âmes.

Qu'il imagine, celui qui veut comprendre [1]
ce que je vis alors – et qu'il garde l'image
tant que je parle, comme un roc –,
quinze étoiles, en divers points du ciel,
qui l'avivaient d'une telle clarté
qu'elle dissipe toute épaisseur de l'air ;
qu'il imagine le char à qui l'espace
de notre ciel suffit nuit et jour,
et qui ne s'efface pas quand tourne son timon ;
qu'il imagine la bouche de ce cor
qui commence à la pointe de l'axe
autour de qui tourne la roue première,
ayant formé deux signes dans le ciel
comme les fit la fille de Minos [2]
lorsqu'elle sentit la glace de la mort ;
qu'il imagine que l'un ait ses rayons dans l'autre,
et qu'ils tournent tous deux de telle manière,
que l'un aille en avant, l'autre en arrière ;
alors il aura presque une ombre de la vraie
constellation et de la double danse
qui tournait autour du point où j'étais ;
car elle est aussi loin de notre usage
qu'est loin du cours de la Chiana [3]

la vitesse du ciel qui va le plus vite.
    On n'y chantait ni Bacchus ni Péan[4],
mais trois personnes en divine nature,
et en une personne elle et l'humaine.
    Le chant et la ronde accomplirent leur mesure ;
et ces saintes lumières se tournèrent vers nous
réjouies de passer d'une action à l'autre.
    Le silence alors, en ces déités accordées,
fut brisé par la lumière[5] qui m'avait conté
la vie admirable du pauvret de Dieu ;
    elle dit : « Quand une paille est broyée,
quand sa semence est déjà engrangée,
un doux amour m'invite à battre l'autre.
    Tu crois que dans la poitrine d'où la côte
fut tirée pour former la belle joue
dont le palais coûte si cher au monde[6],
    et dans celle qui, trouée par la lance[7],
paya la dette d'avant et celle d'après
si bien que toute faute est contrebalancée,
    tout ce que peut la nature humaine
avoir de lumière est infusé
par la vertu qui les créa tous deux ;
    aussi tu t'étonnes de ce que j'ai dit,
quand j'ai raconté qu'il n'eut pas de second
le bien qui est enclos dans la cinquième flamme[8].
    Ouvre à présent les yeux à ce que je réponds,
et tu verras ta croyance et mon dire
se faire dans le vrai comme centre du cercle.
    Ce qui ne meurt pas et ce qui peut mourir
n'est que splendeur de cette idée
qu'engendre, en aimant, notre Seigneur ;
    car la vive lumière qui dérive
de son éclat, et ne se désunit ni de lui
ni de l'amour qui en eux se fait trois,
    par sa bonté rassemble ses rayons,
comme en miroir, en neuf substances[9],

en demeurant éternellement une.
Puis elle descend aux dernières puissances,
d'acte en acte, en devenant telle
qu'elle ne fait plus que brèves contingences ;
j'entends par contingences
les choses engendrées que le ciel produit
avec et sans semences, par son mouvement.
Leur cire et le ciel qui la modèle
ne sont pas d'un seul mode ; ce qui fait qu'elle reflète
plus ou moins la lumière sous le signe idéal[10].
Il advient par là qu'un même arbre
produit selon l'espèce des fruits plus ou moins bons
et que vous naissez avec l'esprit divers.
Si la cire était ductile à point,
et si le ciel était dans sa vertu suprême,
la lumière du sceau apparaîtrait toute ;
mais la nature la donne toujours incomplète,
œuvrant pareillement à l'artiste,
qui a l'usage de l'art, et la main qui tremble.
Mais si l'ardent amour dispose et marque
la vue claire de la première vertu,
par là toute la perfection s'acquiert.
Ainsi la terre fut rendue digne
de toute la perfection animale ;
ainsi la Vierge devint enceinte ;
aussi j'approuve ton opinion,
que la nature humaine n'a jamais été
ni ne sera comme en ces deux personnes.
À présent, si je ne continuais pas au-delà,
"Alors, comment celui-là fut-il sans égal ?" :
ainsi commenceraient tes paroles.
Mais pour que soit clair ce qui ne l'est pas,
pense à ce qu'il était, et à la raison qui le poussa,
quand on lui dit "Demande", à demander[11].
Je n'ai pas parlé en sorte que tu ne puisses
voir qu'il fut roi, et qu'il demanda la sagesse

afin d'être un roi suffisant ;
non pour savoir quel est le nombre
des moteurs des cieux, ou si du nécessaire
avec du contingent peut faire du nécessaire [12] ;
non *si est dare primum motum esse* [13],
ni si du demi-cercle on peut faire
un triangle qui n'ait pas d'angle droit.
D'où, si tu joins cela à ce que j'ai dit,
royale prudence est la vue sans égale
que vise le trait de mon intention [14] ;
et si au "n'est pas né [15]" tu dresses un regard clair,
tu verras qu'il concerne les rois seulement,
qui sont nombreux, et les bons y sont rares.
Prends mon discours avec cette précision ;
il peut aller ainsi avec ce que tu crois
du premier père et du Bien-Aimé.
Et que cela te soit toujours comme plomb aux pieds,
pour aller à pas lents comme un homme las,
vers le oui et le non que tu ne vois pas :
car il est le plus bas parmi les sots
celui qui affirme et nie sans distinction,
dans l'un comme dans l'autre cas ;
car il arrive que l'opinion hâtive
penche souvent du mauvais côté,
et puis la passion ligote l'intellect.
Il quitte le rivage bien plus qu'en vain [16],
car il ne revient pas tel qu'il est parti,
qui prêche pour le vrai sans en connaître l'art.
Claires preuves de ceci sont sur terre
Parménide, Melissos, Bryssos et bien d'autres [17],
lesquels allaient, sans savoir où ;
ainsi firent Sabellius et Arius, et ces fous [18]
qui furent comme des glaives pour les Écritures,
rendant tordu ce qui était droit.
Que les hommes ne soient donc pas trop assurés,
quand ils jugent, comme celui qui croit

132 que les blés sont mûrs avant qu'ils le soient ;
car j'ai vu d'abord tout l'hiver
l'épine se montrer rigide et farouche,
135 et puis porter la rose sur sa cime ;
et j'ai vu déjà bateau droit et rapide
parcourir la mer pendant toute sa route,
138 et périr à la fin en entrant au port.
Que dame Berthe et messire Martin [19],
s'ils ont vu l'un voler, l'autre faire une offrande,
141 ne croient pas discerner le conseil divin,
car l'un peut s'élever, et l'autre choir. »

CHANT XIV

Ciel du Soleil.

Doutes de Dante sur la résurrection. Danse des élus. Salomon résout le doute. Apparition d'une troisième couronne.
Montée au *cinquième ciel : ciel de Mars* (âmes de ceux qui ont combattu pour la foi). Les chœurs des esprits de Mars forment une croix lumineuse où le Christ lance des éclairs. Accroissement de la beauté de Béatrice. Extase de Dante.

Du centre au cercle, et du cercle au centre,
l'eau se meut dans un vase rond
selon qu'elle est frappée dehors ou dedans :
dans mon esprit tombèrent soudain
ces paroles, dès que se tut
l'âme glorieuse de Thomas,
par la similitude qui naquit
de son parler avec celui de Béatrice,
à qui, après lui, il plut de commencer :
« Cet homme a besoin, et il ne vous le dit
ni de la voix ni en pensée encore,
d'aller à la racine d'un autre vrai.
Dites-lui si la lumière [1] dont se fleurit
votre substance restera avec vous
éternellement, comme elle est aujourd'hui ;
et, si elle reste, dites comment, après
que vous serez redevenus visibles,
il se pourra qu'elle ne nuise pas à votre vue. »
Comme, poussés et entraînés par plus de joie
parfois ceux qui dansent en rond

élèvent la voix et animent leurs gestes,
ainsi, à la prière prompte et directe,
les cercles saints montrèrent une joie nouvelle
dans la ronde et le chant admirable.
Qui se lamente parce qu'ici on meurt
pour vivre au ciel, n'a pas vu là-haut
la fraîcheur de la pluie éternelle.
Ce un et deux et trois qui vit toujours
et règne toujours en trois et deux et un,
non circonscrit, et qui circonscrit tout,
était chanté trois fois par chacun des esprits
avec une mélodie si belle qu'elle serait
pour tout mérite une juste offrande.
Et j'entendis dans la lumière la plus divine[2]
du plus petit cercle une voix modeste,
comme fut celle, peut-être, de l'ange à Marie,
répondre : « Autant que durera la fête
de paradis, autant notre amour tissera
autour de nous un vêtement pareil.
Sa clarté lui vient de l'ardeur ;
l'ardeur de la vision, et elle est aussi grande
qu'elle a de grâce en plus de sa valeur.
Lorsque nous aurons revêtu
la chair glorieuse et sainte, notre personne
sera plus parfaite parce qu'entière ;
ainsi s'accroîtra ce que nous donne
le bien suprême en gratuite lumière,
lumière qui nous adapte à sa vision ;
d'où il convient que la vision s'accroisse,
que s'accroisse l'ardeur qui s'allume d'elle,
que s'accroisse le rayon qui en dérive.
Mais comme charbon qui donne une flamme,
et par vif éclat la dépasse,
si bien qu'il est visible à travers elle ;
ainsi cette splendeur qui déjà nous entoure
sera vaincue en éclat par la chair

que la terre recouvre aujourd'hui ;
et tant de clarté ne pourra éblouir ;
car les organes du corps seront forts
pour tout ce qui pourra faire notre joie. »
Ils m'apparurent si prompts et empressés,
l'un et l'autre chœur, à dire « Amen[3] ! »,
qu'ils montrèrent bien désir de leurs corps morts[4] :
non peut-être pour eux, mais pour leurs mamans,
pour leurs pères, et pour ceux qui leur furent chers,
avant qu'ils fussent flammes sempiternelles.
Et voici tout autour, de clarté uniforme,
naître une lumière en plus de celle qui était là,
semblable à un horizon qui s'éclaire.
Et comme à la montée de l'ombre du soir
commencent au ciel de nouvelles figures
dont la vue paraît vraie et non vraie,
il me parut commencer à voir
de nouvelles substances, qui faisaient un tour
en dehors des deux autres circonférences.
Ô vrai scintillement de l'Esprit-Saint !
Comme il se fit subit et incandescent
à mes yeux qui, vaincus, ne purent le soutenir !
Mais Béatrice m'apparut, si belle
et si riante, que je veux la laisser
parmi ces visions qui ont fui la mémoire.
Ensuite mes yeux reprirent la force
de se relever ; je me vis alors transporté,
seul avec ma dame, dans un ciel plus haut[5].
Je m'aperçus bien que j'avais monté
au rire embrasé de l'étoile
qui me sembla plus rouge qu'à l'accoutumée.
De tout mon cœur et avec ce langage
qui est le même en tous, j'offris un holocauste[6]
à Dieu comme il fallait pour la grâce nouvelle.
L'ardeur du sacrifice n'était pas encore
épuisée dans mon cœur, lorsque je compris

qu'il était accepté avec faveur ;
car avec tant d'éclat et de couleur pourprée
m'apparurent des splendeurs en deux rayons
que je dis : « Ô Hélios, comme tu les embellis ! »
Comme, parsemée de feux petits et grands
blanchoie entre les pôles du monde
la Galaxie[7], qui fait douter les sages,
de même, au fond de Mars, ces rayons constellés
traçaient le vénérable signe
que fait la jointure de quadrants en cercle[8].
Ici ma mémoire vainc mon invention ;
car cette croix faisait briller le Christ
si bien que je ne sais trouver d'exemple digne ;
mais qui prend sa croix et suit le Christ
m'excusera de ce que je laisse,
voyant dans cette blancheur fulgurer le Christ.
D'un bras à l'autre, et de la cime au pied,
des lumières se mouvaient, scintillant fort
en se croisant et en se dépassant :
ainsi on voit ici, droites et courbes,
rapides et lentes, changeant d'aspect,
les poussières des corps, longues et courtes,
se mouvoir à travers le soleil qui parfois,
raie l'ombre que les gens, pour se protéger,
installent avec art et habileté.
Et comme vielle et harpe, en tension tempérée
de plusieurs cordes, font un doux tintement
pour qui ne sait d'où vient la note,
ainsi, des lumières qui m'apparaissaient là,
une mélodie s'épanchait dans la croix
qui me ravissait, sans que j'entende l'hymne.
Je compris que c'était un chant de louange,
car les mots « Resurgi » et « Vinci[9] » me venaient
comme à quelqu'un qui entend sans comprendre.
Je m'enchantais tant à tout cela
que jusqu'alors je n'avais rien connu

qui me liât avec des liens si doux.
Ma parole peut-être paraît trop hardie,
si je mets en second le plaisir des beaux yeux
dont la vue apaise mon désir ;
mais qui saisit que les deux sceaux vivants
de la beauté sont plus puissants plus haut,
et que là je n'étais pas tourné vers eux,
peut m'excuser de ce dont je m'accuse
pour m'excuser, et voir que je dis vrai :
car le saint plaisir n'est pas exclu d'ici,
puisqu'il se fait, en montant, plus parfait.

CHANT XV

Cinquième ciel : ciel de Mars.

Silence des bienheureux. Salut de Cacciaguida, son trisaïeul, à Dante. Vie de Cacciaguida. Généalogie domestique. Éloge de l'ancienne Florence.

La volonté de bien en quoi se fond
toujours l'amour qui respire droit,
comme cupidité se fond en mal[1],
imposa le silence à cette douce lyre,
et mit en repos les cordes saintes
que la main du ciel relâche et tire[2].
Comment seraient-elles sourdes à de justes prières
ces substances qui, pour me donner désir
de les prier, se turent de concert ?
Il est juste qu'il souffre sans fin
celui qui, par amour de chose qui ne dure pas
éternellement, se dépouille de cet amour-là.
Comme dans les cieux tranquilles et purs,
glisse de temps à autre un feu soudain,
faisant mouvoir les yeux qui étaient immobiles,
et semble une étoile changeant de lieu,
sinon que du côté où il s'allume
rien ne se perd[3], et qu'il dure peu ;
ainsi, partant du bras qui s'étend à droite
jusqu'au pied de cette croix, passa un astre
de la constellation qui resplendit là-bas[4] ;
et la gemme ne sortit pas de son ruban,
mais elle passa par la zone radiale[5],
semblable à un feu derrière l'albâtre :

ainsi s'avança l'ombre d'Anchise,
si notre meilleure muse mérite foi,
lorsqu'il aperçut son fils dans l'Élysée.
« *O sanguis meus, o super infusa*
gratia Dei, sicut tibi cui
bis unquam coeli janua reclusa[6] *?* »
Ainsi parla ce feu ; je le regardai
puis je tournai les yeux vers ma dame,
et je fus étonné des deux côtés[7],
car dans ses yeux brûlait un rire
tel, que je pensai avec les miens toucher le fond
de ma gloire et de mon paradis.
Puis l'esprit joyeux à voir et à entendre,
joignit à ses premiers propos des choses
que je ne compris pas, tant il parla profond ;
ce ne fut pas désir de se cacher à moi,
mais nécessité, car sa pensée
dépassa les limites mortelles.
Et quand l'arc de l'ardente affection
fût relâché, et que son parler descendit
jusqu'à la hauteur de notre intelligence,
la première chose que je compris
fut : « Béni sois-tu, trine et un,
qui es si courtois pour ma semence ! »
Et il poursuivit : « La chère et longue faim[8],
qui m'est venue en lisant le grand livre
où jamais blanc et noir ne changent,
tu viens de l'apaiser, mon fils, dans cette lumière
où je te parle, et grâce à celle[9]
qui pour ce haut vol t'a mis des ailes.
Tu crois que ton penser passe en moi
par celui qui est le premier, comme dérive
de l'un, si on le connaît, le cinq et le six ;
aussi n'as-tu pas demandé
qui je suis et pourquoi je parais
dans cette foule gaie plus joyeux que tout autre.

Tu crois le vrai ; les petits et les grands [10]
dans cette vie-ci regardent le miroir
où, avant que tu penses, apparaît ta pensée ;
mais pour que l'amour sacré en qui je veille
en vision perpétuelle, et qui m'assoiffe
d'un doux désir, s'accomplisse mieux,
que ta voix sûre, hardie et joyeuse
sonne ta volonté, sonne ton désir,
pour qui ma réponse est déjà prête ! »
Je me tournai vers Béatrice, et elle comprit
avant que j'eusse parlé, et me sourit d'un signe
qui fit pousser des ailes à mon vouloir.
Alors je commençai : « L'amour et l'intelligence,
quand la première égalité [11] vous apparut,
sont de même poids pour chacun de nous,
parce que le soleil qui vous alluma et vous brûla
par sa lumière et sa chaleur est si égal
que toute ressemblance est insuffisante [12].
Mais désir et action chez les mortels,
pour la raison qui vous est manifeste
sont diversement fournis d'ailes ;
et moi, qui suis mortel, je me sens dans cette
disparité [13], et ne puis rendre grâce
qu'avec le cœur, à la joie paternelle.
Je te supplie, toi, vif topaze,
qui fleuris ce précieux joyau [14],
de me rassasier en disant ton nom. »
« Ô mon feuillage, qui m'as réjoui
dans la seule attente, je fus ta racine [15] » ;
ainsi commença-t-il, dans sa réponse.
Puis il me dit : « Celui dont la famille
a pris le nom, et qui plus de cent ans
a fait le tour du mont sur la première corniche,
fut mon fils et ton bisaïeul [16] :
il est donc juste que tu lui raccourcisses
par tes bonnes œuvres sa longue fatigue.

Florence, en son antique enceinte
où sonnent encore la tierce et la none[17],
était en paix, sobre et pudique.
Elle n'avait ni colliers ni couronnes,
ni habits brodés ni ceinture
qui fussent plus à voir que la personne.
La fille, en naissant, ne faisait pas encore
peur à son père, car l'âge et la dot
ne dépassaient ni l'un ni l'autre la mesure[18].
Elle n'avait pas de maison sans familles ;
on n'y rencontrait pas encore Sardanapale,
pour montrer ce qui est permis dans la chambre[19].
Montemalo[20] n'était pas encore dépassé
par votre Uccellatoio[21] qui, comme il est vaincu
en grandeur, le sera aussi dans la chute.
J'ai vu Bellincion Berti[22] aller sanglé
de cuir et d'os, et sa femme quitter le miroir
sans avoir le visage peint ;
et j'ai vu des Nerli et des Vecchio[23]
se contenter de peau non fourrée,
et leurs femmes à la quenouille et au fuseau.
Oh fortunées ! chacune était certaine
de sa sépulture, et nulle encore
n'était pour la France laissée seule au lit[24].
L'une veillait au soin du berceau,
et pour calmer l'enfant employait cet idiome[25]
qui d'abord divertit les pères et les mères ;
l'autre, tirant la laine à sa quenouille,
contait à sa famille les histoires
des Troyens, de Fiesole et de Rome.
Une Cianghella, ou un Lapo Saltarello[26],
auraient alors autant surpris
qu'aujourd'hui Cincinnatus ou Cornélia[27].
À une vie si belle, si reposée,
de citoyens, à une si confiante
communauté, à un séjour si doux

Marie me donna, appelée à grands cris ;
et dans votre antique Baptistère
je devins à la fois chrétien et Cacciaguida[28].
Moronto fut mon frère, et Eliseo[29] ;
ma femme vint à moi de la vallée du Pô ;
c'est ainsi que se fit le nom que tu portes[30].
Puis je suivis l'empereur Conrad[31] ;
et il me ceignit de sa milice
tant il me sut gré de mes exploits.
Derrière lui j'allai contre l'iniquité
de cette loi dont le peuple usurpe,
par la faute des papes, votre justice[32].
C'est là que je fus, par ces gens félons,
délivré du monde trompeur,
dont l'amour flétrit bien des âmes ;
et je vins du martyre[33] à cette paix. »

CHANT XVI

Ciel de Mars.

Complaisance de Dante pour la noblesse de sa famille. Questions à l'aïeul. Réponses de Cacciaguida sur l'histoire de Florence : le mélange des populations, décadence et disparition des grandes familles florentines.

Ô noblesse de sang, petite chose !
Que tu fasses les humains se glorifier de toi
ici-bas où notre amour languit
ne sera jamais pour moi chose étonnante ;
car là où l'appétit n'est pas tordu,
je veux dire au ciel, je m'en glorifiai [1].
Tu es certes un manteau qui raccourcit vite,
et, si on ne l'allonge de jour en jour,
le temps tourne autour avec ses ciseaux.
Avec ce « vous [2] » que Rome accueillit la première,
et que son peuple garda moins que les autres,
je recommençai à parler ;
d'où Béatrice, qui était un peu à l'écart,
riant, sembla celle qui se mit à tousser [3]
à la première faute qu'on écrit de Guenièvre.
Je commençai : « Vous êtes mon père ;
vous me donnez toute hardiesse à parler ;
vous m'élevez si bien, que je suis plus que moi.
Mon esprit se remplit d'allégresse
par tant de ruisseaux, qu'il se réjouit lui-même
de la soutenir sans se briser.
Dites-moi donc, ma chère origine,
quels furent vos aïeux, et quelles furent les années

qui datèrent le temps de votre enfance ;
parlez-moi du bercail de saint Jean[4],
tel qu'il était alors, et qui étaient les gens
qui étaient en lui dignes des plus hauts sièges. »
Comme se ravive au souffle des vents
un charbon en flamme, ainsi je vis
cette lumière briller à mes paroles affectueuses ;
et comme à mes yeux elle devint plus belle,
ainsi d'une voix plus douce et plus suave,
mais non dans cette langue moderne-ci,
elle me dit : « Depuis le jour où fut dit "Ave"
jusqu'au jour où ma mère, à présent bienheureuse,
accoucha de moi dont elle était grosse,
cette flamme passa par son Lion
cinq cent cinquante et trente fois[5]
pour se rallumer sous sa patte[6].
Mes aïeux et moi naquîmes dans le lieu
par où arrivent dans le dernier sextier
ceux qui courent à votre jeu annuel[7].
Sur mes aïeux, que ces mots te suffisent ;
qui ils étaient, et d'où ils vinrent ici
il vaut mieux le taire qu'en discourir[8].
Tous ceux qui étaient là en ce temps
bons à porter les armes entre Mars et Baptiste[9]
étaient le cinquième des vivants d'aujourd'hui.
Mais la population à présent mélangée
avec Campi, Certaldo, et Fegghine[10],
se voyait pure en son moindre artisan.
Ô comme il vaudrait mieux avoir pour voisins
les gens que je dis, et que vos confins
soient à Galluzzo et à Trespiano[11],
plutôt que dans la ville, et supporter la puanteur
du vilain d'Agulfon, de celui de Signa[12],
qui a déjà l'œil aux aguets pour escroquer[13].
Si la race qui dévie le plus au monde
n'avait pas été marâtre de César[14],

mais douce comme une mère à son fils,
tel s'est fait florentin, et pratique le change
et le négoce, qui serait revenu à Semifonte,
où son aïeul faisait ses tours [15].
Montemurlo serait encore aux Conti ;
les Cerchi seraient dans la paroisse d'Acone,
et les Buondelmonti peut-être en Val de Greve [16].
Toujours la confusion des personnes
fut principe de mal dans la cité,
comme pour vous la nourriture surajoutée ;
et un taureau aveugle tombe plus tôt
qu'un agneau aveugle ; et souvent une épée
taille plus et mieux que cinq épées.
Si tu vois Luni et Orbisaglia
comme elles ont fini, et comme Chiusi
et Sinisgalia [17] suivent leurs traces,
il ne te semblera ni fort ni étrange
d'entendre comme déchoient les familles,
puisque les villes ont une fin.
Toutes vos choses ont leur mort,
comme vous ; mais cela est caché pour certaines
qui durent longtemps ; et les vies sont courtes.
Et de même que le cours du ciel et de la lune
couvre et découvre sans cesse les rivages,
ainsi fait la Fortune avec Florence :
aussi ne doit pas te paraître étonnant
ce que je dirai des grands Florentins
dont la renommée est cachée dans le temps.
J'ai vu les Ughi, et les Catellini,
Filippi, Greci, Ormanni et Alberichi,
illustres citoyens, déjà sur leur déclin [18].
J'en ai vu d'aussi grands qu'ils étaient anciens,
ceux de la Sannella, et ceux de l'Arca,
et Soldanieri, Ardinghi, Bostichi [19].
Près de la porte à présent chargée
d'un tel fardeau de félonie

qu'elle fera bientôt couler la barque,

étaient les Ravignani, dont descend
le comte Guido et tous ceux qui ont pris
le nom du grand Bellincione [20], par la suite.

Les gens de la Pressa [21] savaient déjà comment
il faut gouverner, et Galigaio avait déjà
chez lui la garde et le pommeau dorés.

La colonne du Vair était déjà grande,
et Sacchetti, Giuochi, Fifanti, Barucci
et Galli, et ceux qui rougissent pour le boisseau [22].

La souche des Calfuci était déjà grande,
et déjà Sizii et les Arrigucci
étaient assis aux chaises curules [23].

Ô comme je vis ceux qui sont défaits
par leur orgueil ! et les boules d'or [24]
faisaient fleurir Florence dans tous leurs exploits.

De même pour les pères de ceux-là
qui, chaque fois que vaque votre église,
s'engraissent en siégeant au consistoire [25].

L'outrecuidante espèce qui s'endragonne [26]
derrière celui qui fuit, et s'apaise comme agneau
devant qui lui montre les dents ou la bourse,

émergeait déjà, mais de petites gens ;
Ubertin Donato en eut du dépit
quand son beau-père fit de lui leur parent [27].

Déjà Caponsacco était descendu
du marché de Fiesole, déjà Giuda
et Infangato étaient notables.

Je dirai une chose incroyable et vraie :
dans la petite enceinte on entrait par une porte
qui tirait son nom des gens de la Pera [28].

Tous ceux qui portent les belles armoiries
du grand baron dont le nom et la gloire
sont commémorés à la Saint-Thomas

reçurent de lui milice et privilège [29] ;
bien qu'aujourd'hui s'unisse avec le peuple

celui qui mit une broderie à son blason[30].
Gualterotti et Importuni étaient déjà là ;
et le Borgo serait plus calme, encore,
s'ils étaient privés de nouveaux voisins[31].
La maison d'où naquirent vos larmes[32],
pour la juste colère qui vous a tués
et qui mit fin à votre vie heureuse
était honorée, elle et ses alliés.
Ô Buondelmonte[33], comme tu as mal fait
de fuir ses noces pour le conseil d'autrui !
Beaucoup seraient joyeux, qui sont tristes,
si Dieu t'avait livré à l'Ema[34],
la première fois que tu vins à la ville.
Mais il fallut, à la pierre mutilée
qui veille sur le pont[35], que Florence offrît
une victime, à la fin de sa paix.
Avec ces gens, et avec d'autres,
je vis Florence en un tel repos
qu'elle n'avait pas de raison pour pleurer.
Avec ces gens je vis son peuple
glorieux et juste, si bien que le lys
n'était jamais renversé sur sa hampe,
ni teinté de rouge par la division[36]. »

CHANT XVII

Ciel de Mars.

Inquiétude de Dante sur son avenir. Prophétie de Cacciaguida : l'exil du poète. Doutes de Dante. Paroles de réconfort de l'aïeul. La mission : il faudra tout dire.

Tel vint à Clymène, pour s'assurer
de ce qu'il avait entendu contre lui,
l'enfant qui rend encore les pères durs pour les fils [1] ;
tel j'étais moi-même, tel j'apparaissais
à Béatrice et à la lampe sainte [2]
qui avait pour moi changé de site.
Alors ma dame : « Montre au-dehors la flamme
de ton désir », dit-elle, « afin qu'elle sorte
bien marquée par l'empreinte intérieure ;
non que grandisse notre connaissance
par ta parole, mais pour t'accoutumer
à dire ta soif, et qu'on te verse à boire. »
« Chère souche [3] de mon lignage, qui va si haut
que, de même que voient les esprits terrestres
que deux obtus ne tiennent pas dans un triangle,
de même tu vois les choses contingentes
avant qu'elles soient, en contemplant le point
auquel tous les temps sont présents ;
tandis que j'étais à côté de Virgile,
le long du mont qui soigne les âmes
en descendant dans le monde des morts,
il m'a été dit sur ma vie future
des paroles qui me pèsent [4], bien que je me sente

inébranlable aux coups du sort.
Aussi mon désir serait satisfait
d'entendre quelle fortune s'approche de moi ;
car la flèche prévue est plus lente à venir. »
Je dis ces mots à cette lumière
qui m'avait parlé d'abord ; et comme Béatrice
l'avait voulu, mon désir lui fut avoué.
Et non par ambages[5], où les peuples fous
s'engluaient jadis avant que fût tué
l'Agneau de Dieu qui ôte les péchés,
mais par mots clairs et par langage
précis cet amour paternel répondit,
enclos et révélé par son propre rire :
« La contingence, qui ne s'étend pas
hors du cahier de votre matière[6],
est peinte entièrement dans l'esprit divin ;
mais elle n'y prend pas pourtant nécessité,
non plus que dans l'œil où il se reflète,
un bateau qui descend le long d'un torrent.
De là, comme une douce harmonie
vient de l'orgue à l'oreille, à ma vue
vient le temps qui pour toi se prépare.
Tel Hippolyte partit d'Athènes
à cause d'une cruelle et perfide marâtre[7],
tel il te faudra partir de Florence.
C'est ce qu'on veut et qu'on cherche, déjà,
et ceux qui le pensent le feront bientôt
là où tous les jours on trafique le Christ[8].
La rumeur donnera la faute
à l'offensé, comme d'habitude ; mais la vengeance
témoignera la vérité qui la dispense.
Tu laisseras tout ce que tu aimes
le plus chèrement[9] ; et c'est la flèche
que l'arc de l'exil décoche pour commencer.
Tu sentiras comme a saveur de sel
le pain d'autrui, et comme il est dur

à descendre et monter l'escalier d'autrui.
Et ce qui pèsera le plus sur tes épaules
sera la compagnie mauvaise et stupide
avec qui tu tomberas dans cette vallée[10] ;
qui toute ingrate, toute folle et impie,
se mettra contre toi ; mais, peu après,
elle, et non toi, aura le front rougi.
Ses entreprises feront la preuve
de sa bestialité ; il sera beau pour toi,
alors, d'avoir fait un parti à toi seul.
Ton premier refuge et ton premier abri
sera la courtoisie du grand Lombard[11]
qui porte sur l'échelle l'oiseau sacré ;
car il aura pour toi tant de doux égards
qu'entre vous deux, de faire ou demander
viendra d'abord ce qui ailleurs est le plus lent.
Avec lui tu verras celui qui eut l'empreinte,
en agissant, de cette forte étoile
qui rendront ses œuvres fameuses.
Les gens ne s'en sont pas encore avisés,
pour son jeune âge, car ces sphères ont tourné
neuf ans seulement autour de lui ;
mais avant que le Gascon dupe le grand Henri[12],
des étincelles de sa vertu apparaîtront
dans son dédain de l'or et des fatigues.
Sa magnificence enfin sera connue,
si bien que même ses ennemis
ne pourront tenir leurs langues muettes.
Fie-toi à lui et à ses bienfaits ;
par lui bien des gens auront un sort nouveau,
riches et gueux changeant de condition.
Tu porteras sur lui dans ta mémoire des mots
que tu tairas » ; et il dit des choses
incroyables pour ceux qui les verront.
Puis il ajouta : « Mon fils, telles sont les gloses
de ce qu'on t'a prédit ; voilà les pièges

que peu de tours des sphères te cachent.
N'envie pas, pourtant, tes concitoyens,
car ta vie s'enfuture au-delà
du châtiment de leurs perfidies. »
Lorsque, se taisant, l'âme sainte montra
qu'elle avait cessé de mettre la trame
dans la toile que j'avais ourdie,
je commençai comme celui qui désire,
dans le doute, avoir le conseil de quelqu'un
qui voit et veut droitement, et aime :
« Je vois, père, comme le temps éperonne
vers moi, pour me porter un coup
si fort, qu'il est plus dur à qui plus s'abandonne ;
il me faut donc m'armer de prévoyance,
pour que, si le lieu le plus cher m'est ôté,
je ne perde pas les autres par mes vers [13].
En bas, par le monde infiniment amer
et par le mont à la belle cime
d'où m'élevèrent les yeux de ma dame [14],
puis par le ciel, de lumière en lumière,
j'ai appris des choses qui, si je les redis,
auront pour beaucoup une saveur très âpre ;
et si je suis timide ami du vrai,
je crains de perdre la vie parmi ceux
qui nommeront "ancien" ce temps-ci. »
La lumière où riait mon trésor,
que je trouvai là, se fit d'abord étincelante,
comme un miroir d'or aux rayons du soleil ;
puis elle répondit : « La conscience obscurcie
ou par sa faute ou par celle d'autrui
trouvera ta parole brutale.
Néanmoins, écartant tout mensonge,
porte au jour ta vision tout entière,
et laisse gratter là où est la gale.
Car ta voix, qui sera déplaisante
au premier goût, laissera ensuite,

une fois digérée, nourriture de vie.
Et ton cri fera comme le vent
qui heurte plus fort les plus hautes cimes ;
et cela n'est pas petit sujet d'honneur.
C'est pourquoi te sont montrées dans ces sphères,
sur la montagne et dans la vallée douloureuse,
les seules âmes qui eurent la renommée,
parce que l'esprit de qui entend ne s'arrête pas
et ne renforce pas sa foi par un exemple
ayant sa racine inconnue ou cachée,
ou par un argument qui ne se voit pas. »

CHANT XVIII

Ciel de Mars.

Splendeur de Béatrice. Âmes de combattants pour la foi : les héros juifs, les croisés et les paladins des chansons de geste.
Montée au *sixième ciel : ciel de Jupiter* (esprits justes et pieux). Mille feux se disposent en forme de lettres. Le M devient lys, puis aigle. Imprécation contre l'avarice des papes, en particulier de Jean XXII.

Déjà il jouissait seul de sa pensée
ce miroir heureux, et moi je goûtais
la mienne, en mêlant la douceur à l'amertume ;
et la dame qui m'amenait à Dieu
dit : « Change de pensée ; pense que je suis
auprès de celui qui allège tous les torts. »
Je me tournai vers le son amoureux
de mon réconfort : et l'amour que je vis
alors dans les yeux saints, je renonce à le dire ;
non que je me défie de ma parole,
mais parce que la mémoire ne peut se retourner
aussi loin sur elle-même, si autrui ne la guide.
De cet instant je peux seulement redire
que, la contemplant, mon affection
fut libérée de tout autre désir,
tant que le plaisir éternel, qui rayonnait
directement en Béatrice, me contentait
par le reflet venu du beau visage.
En me vainquant par la lumière d'un sourire,
elle me dit : « Tourne-toi et écoute ;
le paradis n'est pas tout dans mes yeux. »

Comme on voit ici quelquefois
dans le regard le sentiment, s'il est si grand
que l'âme en lui est toute prise,
ainsi dans le flamboiement du saint feu
vers qui je me tournai, je compris le désir
en lui de parler encore un moment avec moi.
Il commença : « En ce cinquième seuil
de l'arbre qui prend vie de sa cime
et fructifie toujours, et ne perd pas ses feuilles [1],
des esprits sont heureux qui en bas, avant
d'aller au ciel, eurent si grand renom
que toute muse en serait opulente.
Regarde donc les branches de la croix :
ceux que je nommerai feront comme l'éclair
qui traverse un nuage d'un feu rapide. »
Je vis par la croix bouger une lumière
au nom de Josué [2], dès qu'il fut prononcé,
et le dire ne m'apparut pas avant le fait.
Puis au nom du noble Maccabée [3]
je vis se mouvoir un autre en tournoyant ;
la joie était le fouet de la toupie.
Ainsi pour Charlemagne et pour Roland
mon regard attentif en suivit deux
comme l'œil suit un faucon volant.
Puis Guillaume et Rainouard [4]
et le duc Godefroy [5] tirèrent ma vue
par cette croix, et Robert Guiscard [6].
Puis, se mouvant au milieu des autres lumières,
l'âme qui m'avait parlé me montra
quel artiste elle était dans les chantres du ciel.
Je me tournai vers le côté droit
pour voir en Béatrice mon devoir
indiqué ou par mots ou par gestes ;
et je vis ses yeux briller si purs
et si joyeux, que sa beauté
dépassait toute autre et la sienne passée.

Et de même qu'à sentir plus de joie
à bien agir, l'homme de jour en jour
comprend que sa vertu progresse,

de même je compris que l'arc de mes tours
avait grandi en même temps que le ciel,
en voyant ce miracle encore plus gracieux.

Et comme en blanche dame le changement
se fait en peu de temps, quand son visage
se libère des couleurs de la honte,

telle fut à mes yeux, quand je me retournai,
la candeur de la sixième étoile
tempérée[7], qui m'avait accueillie en elle.

Je vis dans ce flambeau de Jupiter[8]
l'étincellement de l'amour qui était là
figurer à mes yeux notre langage.

Ainsi que des oiseaux surgis d'une rivière,
comme pour s'applaudir de leur pâture,
se rangent tantôt en rond, tantôt en files,

ainsi dans les lumières de saintes créatures
chantaient en voletant, et devenaient
tantôt D, tantôt I, tantôt L, dans leurs figures[9].

D'abord elles se mouvaient au rythme de leur chant ;
puis, en devenant l'un de ces signes,
elles s'arrêtaient un peu et se taisaient.

Ô divine Pégasée[10], qui donne aux esprits
la gloire et la longévité, et eux,
avec toi, la donnent aux villes et aux royaumes,

donne-moi ta lumière, pour que je retrace
leurs figures, comme j'en ai l'idée :
que ta puissance paraisse en ces vers brefs[11] !

En cinq fois sept voyelles et consonnes
se montrèrent donc ; et je notai
les lettres, comme elles m'apparurent.

« DILIGITE JUSTITIAM », verbe et nom,
furent les premiers de toute la peinture ;
« QUI JUDICATIS TERRAM[12] » furent les derniers.

Puis dans le M du cinquième vocable,
elles restèrent ordonnées, si bien que Jupiter
y paraissait argent incrusté d'or.

Et je vis descendre d'autres lumières
au sommet du M, et là se poser
en chantant le bien qui les attire.

Puis, comme en frappant des tisons embrasés
on fait surgir des milliers d'étincelles,
d'où les sots font souvent leurs présages [13],

plus de mille feux semblèrent là resurgir
et monter, l'un très haut, l'autre moins,
comme voulut le soleil qui les enflamme ;

et quand chacune fut tranquille à sa place,
je vis la tête et le cou d'un aigle
figuré par ces feux distincts.

Celui qui peint là-haut n'a pas de guide ;
mais il guide lui-même et de lui se souvient
la vertu qui forme les nids [14].

Les autres bienheureux, qui semblaient d'abord
contents de former un lys dans le M,
d'un léger mouvement, achevèrent l'empreinte.

Ô douce étoile, combien de belles gemmes
me démontrèrent que notre justice
est un effet du ciel où tu resplendis [15] !

Aussi je prie l'esprit en qui commence
ton mouvement et ta vertu, de regarder
d'où sort la fumée qui trouble ton rayon [16] ;

afin qu'une fois encore il se courrouce
de ce qu'on achète et vend dans le temple
maçonné de signes et de martyres.

Ô milice du ciel que je contemple,
prie pour ceux qui sont sur la terre,
tous fourvoyés par le mauvais exemple !

Jadis on faisait la guerre avec l'épée ;
mais à présent en ôtant çà et là
le pain que le Père ne refuse à personne.

Mais toi, qui écris seulement pour effacer,
pense que Pierre et Paul, qui moururent
pour la vigne que tu détruis, vivent encore.
Tu peux bien dire : « Je suis si attaché
à celui qui voulut vivre seul
et qui pour quatre sauts fut mené au martyre,
que je ne connais ni le pêcheur ni Paul[17]. »

CHANT XIX

Sixième ciel : ciel de Jupiter.

L'aigle parle. Doutes de Dante. Réponse de l'aigle : la justice divine est insondable. Doctrine du salut. Indignité des souverains d'Europe.

(Nuit du 13 au 14 avril.)

Les ailes déployées, devant moi se montrait
la belle image que dans leur doux jouir [1]
formaient, joyeuses, les âmes assemblées ;
chacune paraissait un petit rubis
où brûlait un rayon de soleil si ardent
qu'il reflétait son éclat dans mes yeux.
Et ce qu'il me faut décrire à présent
jamais voix ne l'a dit, ni encre écrit,
et jamais l'imagination ne l'a conçu ;
puisque je vis et entendis parler le bec
et résonner dans cette voix et « je » et « mien »,
quand « nous » et « nôtre » étaient dans la pensée [2].
Il commença : « Pour avoir été juste et pieux
je suis ici haussé à cette gloire
qui ne peut se gagner par le désir ;
j'ai laissé sur terre une telle mémoire
que les gens qui là-bas sont méchants
en font l'éloge, mais ne suivent pas l'histoire [3]. »
Comme de plusieurs braises une seule chaleur
se fait sentir, de même de tant d'amours
un seul son sortait, venant de cette image.
Alors je dis : « Ô fleurs perpétuelles

de l'éternel bonheur qui me faites paraître
en un seul parfum tous vos parfums,
de votre haleine rompez-moi le grand jeûne
qui m'a tenu longuement dans la faim,
ne trouvant sur terre aucun aliment.
Je sais que si au ciel la divine justice
se mire dans un autre royaume,
le vôtre aussi l'apprend sans voiles.
Vous savez avec quel soin je me prépare
à écouter ; et vous savez quel est
ce doute qui est pour moi faim si ancienne. »
Comme un faucon qui sort du chapeau
remue la tête et bat des ailes,
montrant son désir et se faisant beau,
je vis frémir ce signe, qui était tissé
des louanges de la joie divine,
avec des chants que savent ceux qui jouissent là-haut.
Puis il commença : « Celui qui tourna le compas
aux bords du monde, et au-dedans
et distingua l'occulte et le manifeste,
ne peut imprimer assez fort sa valeur
dans l'univers pour que son verbe
n'y reste pas en excès infini[4].
Preuve en est que le premier des orgueilleux
qui fut la plus haute créature,
pour n'avoir attendu la lumière, tomba trop vert[5] ;
d'où il apparaît que toute nature mineure
est bref réceptacle à ce bien
qui est sans fin, et n'a que soi pour mesure.
Donc votre vue, qui par nécessité
n'est qu'un des rayons de l'intelligence
qui est infuse en toutes choses,
ne peut par sa nature être assez puissante
pour que son principe discerne
loin au-delà de l'apparence.
Aussi, dans la justice sempiternelle,

la vue que reçoit votre monde
pénètre à l'intérieur comme l'œil dans la mer
qui, bien que du rivage il voie le fond,
en haute mer ne le voit plus ; et pourtant
il y est, mais sa profondeur le lui cache.
Il n'est pas de lumière, sinon du ciel serein,
qui ne se trouble pas ; hors de là c'est ténèbre,
ou ombre de la chair, ou son poison[6].
À présent t'est bien ouvert le lieu obscur
qui te cachait la justice vivante
sur qui tu posais tant de questions ;
car tu disais : "Un homme naît sur la rive
de l'Indus, et là il n'est personne
qui parle du Christ ou en lise ou en écrive ;
et tous ses vouloirs et actes bons
sont, autant que peut voir la raison humaine,
sans péchés en œuvres ou en paroles.
Il meurt non baptisé et sans la foi :
où est cette justice qui le condamne ?
où est sa faute, s'il ne croit pas ?"
Mais toi, qui es-tu, qui veux t'asseoir en chaire
pour juger à distance de mille milles
avec la vue qui porte à un empan ?
Certes, pour celui qui s'affine avec moi,
si l'Écriture n'était au-dessus de vous,
il y aurait matière sans pareille à douter[7].
Ô animaux terriens ! Ô esprits grossiers !
La première volonté, qui est bonne en soi,
qui est le plus haut bien, ne s'éloigna jamais de soi.
Tout ce qui s'accorde avec elle est juste :
aucun bien créé ne l'attire à soi :
c'est elle qui le cause en rayonnant. »
Comme la cigogne au-dessus du nid,
après avoir nourri ses petits, fait ses tours,
et le petit, repu, la regarde ;
ainsi devint, ainsi je regardai

l'image bénie, qui remuait ses ailes,
poussées par tant de volontés[8].
En tournoyant elle chantait et disait : « Tels
sont mes chants pour toi, qui ne les comprends pas,
tel est le jugement divin pour vous mortels. »
Quand s'apaisèrent ces brillants incendies
de l'esprit saint encore dans ce signe
qui fait révérer les Romains dans le monde[9],
il recommença : « À ce royaume
jamais ne monta qui ne crut pas au Christ,
ni avant ni après qu'il fut cloué au bois.
Mais vois : bien des gens crient "Christ, Christ !"
qui au jugement seront moins proches
de lui, que tel qui ne connaît pas le Christ ;
et l'Éthiopien[10] damnera de pareils chrétiens
quand se sépareront les deux collèges[11],
l'un riche pour toujours, et l'autre pauvre.
Que pourront dire les Perses à vos rois
lorsqu'ils verront ouvert le livre
dans lequel tous leurs méfaits[12] s'écrivent ?
Là on verra, dans les œuvres d'Albert[13],
nouvelle qui fera bientôt courir la plume,
et dévastera le règne de Prague.
Là on verra quelle douleur sur la Seine
apporte, en faussant la monnaie,
celui qui mourra d'un coup de couenne[14].
Là on verra l'orgueil qui assoiffe
et rend fou l'Anglais et l'Écossais,
si bien qu'il ne peut rester sur ses confins.
On verra la mollesse et la luxure
du roi d'Espagne et du roi de Bohême[15],
qui n'ont jamais connu ni voulu le courage.
On verra au Boiteux de Jérusalem[16]
sa bonté marquée avec un i,
quand le contraire marquera un m[17].
On verra l'avarice et la lâcheté

de celui [18] qui garde l'île du feu
où Anchise a fini sa longue vie ;
  et pour montrer qu'il est peu de chose,
son écrit sera en lettres tronquées
qui noteront beaucoup en peu d'espace.
  À tous apparaîtront les actions affreuses
de l'oncle et du frère [19] qui ont déshonoré
une nation si belle et deux couronnes.
  Le roi de Portugal et celui de Norvège [20]
se connaîtront là, et celui de Serbie [21]
qui contrefit la monnaie de Venise.
  Ô heureuse Hongrie [22], si elle ne se laisse plus
mal gouverner ! et heureuse Navarre [23],
si elle s'armait du mont qui la borde !
  Et chacun doit croire que déjà en présage
d'un tel sort, Nicosie et Famagouste [24]
crient et se lamentent contre leur bête
qui ne s'écarte pas du flanc des autres bêtes. »

CHANT XX

Ciel de Jupiter.

Chant des esprits justes, séparément puis ensemble dans l'aigle. L'œil de l'aigle. Deux païens au Paradis : Riphée et Trajan. Foi et salut. La prédestination.

(14 avril, dans l'après-midi.)

Lorsque celui qui éclaire le monde [1]
est descendu de notre hémisphère,
si bien que partout le jour se consume,
le ciel, qui jusqu'alors s'allumait de lui seul,
tout à coup redevient lumineux
de nombreuses lumières, où une resplendit ;
ce changement du ciel me vint à la mémoire
quand le signe du monde et de ses chefs
se tut dans son rostre béni [2] ;
car toutes ces vivantes lumières,
brillant de plus en plus, entonnèrent des chants
qui fuient et glissent hors de ma mémoire.
Ô doux amour qui t'entoures de rire,
comme tu semblais ardent dans ces flûtes
qui soufflaient seulement des pensées saintes !
Quand ces gemmes précieuses et brillantes
dont je vis incrustée la sixième lumière [3]
eurent cessé leurs notes angéliques,
il me sembla entendre un murmure de rivière [4]
descendant claire de pierre en pierre,
en montrant la fertilité de sa source.
Et de même qu'un son prend sa forme

au col de la cithare, de même qu'au trou
du chalumeau un vent pénètre[5],

ainsi, dissipant toute attente,
ce murmure de l'aigle se mit à monter
le long du cou comme s'il était creux.

Là il se fit voix, puis il sortit
à travers le bec en forme de paroles
qu'attendait mon cœur, où je les écrivis.

« La partie qui voit et endure le soleil
chez les aigles mortels », commença-t-il, « en moi
doit être à présent regardée fixement,

car des feux qui forment ma figure,
ceux dont l'œil scintille dans ma tête
sont les plus hauts de tous leurs degrés.

Celui qui brille au milieu comme pupille
fut le chantre de l'Esprit-Saint[6],
que l'arche transporta de ville en ville :

à présent il connaît le mérite qu'a son chant,
qui fut effet de son vouloir,
par la récompense qui est aussi grande.

Des cinq qui forment mon sourcil,
celui qui est le plus proche du bec
consola la veuve pour son fils[7] :

à présent il connaît combien il en coûte
de ne pas suivre Christ, par l'expérience
de cette douce vie et de la vie contraire[8].

Celui qui vient après dans la circonférence
que je décris, en haut de l'arc,
retarda sa mort par vraie pénitence[9] ;

à présent il connaît qu'éternel jugement
ne change pas, quand de bonnes prières
font qu'aujourd'hui devient demain[10].

L'autre qui suit, avec les lois et avec moi,
et bon vouloir donnant un mauvais fruit,
se fit grec pour céder au pasteur[11] :

à présent il connaît comme le mal induit

par ses bonnes œuvres ne peut lui nuire,
bien que le monde en soit détruit[12].
Et celui que tu vois dans l'arc déclinant
fut Guillaume, que regrette la terre
qui pleure Charles et Frédéric vivants[13].
À présent il connaît comme le ciel
s'éprend du juste roi, et le fait voir encore
par la splendeur de son éclat.
Qui croirait là-bas dans le monde errant
que le Troyen Riphée[14] dans ce cercle
fût la cinquième des lumières saintes ?
À présent il connaît des choses que le monde
ne peut voir de la grâce divine,
bien que sa vue ne distingue pas le fond. »
Comme l'alouette qui s'élance dans l'air
chantant d'abord, et puis se tait, contente
de la dernière douceur qui la comble,
telle me sembla l'image de l'empreinte
du plaisir éternel, au désir de qui
toute chose devient ce qu'elle est.
Et bien que je fusse à l'égard de mon doute
pareil au verre pour la couleur qu'il couvre[15],
il ne lui suffit pas d'attendre en se taisant,
mais il me poussa un « Qu'est-ce là ? »
hors de la bouche, avec la force de son poids ;
et je vis briller de grands éclats de joie.
Puis aussitôt, avec son œil plus enflammé,
le signe béni me répondit
pour ne pas me tenir étonné en suspens :
« Je vois bien que tu crois ces choses
parce que je les dis, mais tu ne sais comment ;
si bien que tu les crois, mais qu'elles restent cachées.
Tu fais comme celui qui apprend bien
la chose par son nom, mais ne peut voir
quelle est sa quiddité si autrui ne l'extrait.
Regnum celorum[16] souffre la violence

de grand amour et de vive espérance,
96 qui vainc la volonté divine ;
non comme l'homme qui surpasse l'homme,
mais elle vainc, parce qu'elle veut être vaincue,
99 et, vaincue, elle vainc par sa bénignité.
La première âme dans le sourcil et la cinquième [17]
t'émerveillent parce que tu vois
102 que la région des anges en est ornée.
Ils ne sortirent pas de leurs corps, comme tu crois,
païens, mais chrétiens, ayant foi en ces pieds
105 qui avaient souffert, ou qui devaient souffrir [18].
Car de l'Enfer, où il n'est jamais de retour
au bon vouloir, l'un revint dans ses os [19] ;
108 et ce fut le salaire de sa vive espérance ;
vive espérance, qui mit sa force
dans les prières à Dieu pour la ressusciter,
111 afin que son vouloir pût être changé.
L'âme glorieuse dont on parle,
revenue dans sa chair, où elle resta peu,
114 crut en celui qui pouvait l'aider [20] ;
et, en croyant, s'alluma d'un tel feu
de vrai amour, qu'à la seconde mort
117 elle fut digne de venir à cette joie.
L'autre, par la grâce qui jaillit
de source si profonde que jamais créature
120 ne porta les yeux jusqu'à la première onde,
donna tout son amour sur terre à la justice ;
aussi, de grâce en grâce, Dieu lui ouvrit
123 les yeux à notre rédemption future [21] ;
il crut en elle, et ne souffrit plus
dès lors la puanteur du paganisme ;
126 et il en blâmait la gent perverse [22].
Ces trois dames [23] lui servirent de baptême,
celles que tu vis à la roue droite,
129 plus de mille ans avant l'usage de baptiser.
Ô prédestination, comme ta racine

est éloignée de ces regards
132 qui ne voient pas la cause première *toute*[24] !
Et vous, mortels, soyez lents
à juger ; car nous, qui voyons Dieu,
135 ne connaissons pas encore tous les élus ;
et un tel manque nous est doux,
parce que notre bien s'affine dans ce bien,
138 et ce que Dieu veut, nous le voulons aussi. »
Ainsi par image divine[25]
pour éclairer ma courte vue
141 me fut donné un remède suave.
Et comme à bon chanteur bon cithariste
fait suivre le frémissement des cordes
144 qui accroît le plaisir du chant,
ainsi, tant qu'il parla, je me souviens
que je vis les deux lumières bénies,
147 comme un battement d'yeux s'accorde,
mouvoir leurs flammes avec les paroles.

CHANT XXI

Septième ciel : ciel de Saturne. Les contemplatifs.

Béatrice ne sourit plus, les élus ne chantent pas : trop d'éclat pour un mortel. L'échelle d'or de Saturne à l'Empyrée. Saint Pierre Damien. Mystère de la prédestination. Invective contre les prélats. Un grand cri dans le ciel.

Déjà mes yeux étaient refixés au visage
de ma dame, et avec eux mon âme,
qui s'était détachée de toute autre pensée.
Elle ne riait pas ; mais, « Si je riais »,
dit-elle, « tu deviendrais pareil
à Sémélé[1] réduite en cendres :
car ma beauté, qui s'accroît à mesure,
par les degrés du palais éternel,
que je monte plus haut, comme tu as vu,
si elle ne se voilait, brille si fort
que tes sens mortels, à son éclat,
seraient feuillage que la foudre brise.
Nous sommes arrivés à la septième splendeur[2],
qui, sous le poitrail du lion ardent,
mêle maintenant ses rayons aux siens.
Mets ton esprit là où sont tes yeux,
et fait d'eux un miroir pour l'image
qui t'apparaîtra dans ce miroir-ci[3] ».
Celui qui saurait quelle nourriture
était pour mon regard le visage heureux,
lorsque je passai à un autre objet,
comprendrait combien il m'était plaisant

d'obéir à ma céleste escorte,
en contrebalançant un côté par l'autre[4].
Dans le cristal qui encercle le monde[5],
portant le nom de son seigneur aimé,
sous le règne de qui toute malice resta morte,
je vis, d'une couleur d'or traversée de rayons,
une échelle[6] si longue vers le haut
que mon regard ne pouvait la suivre.
Je vis aussi par les degrés descendre
tant de splendeurs, qu'il me sembla
que toutes les lumières du ciel venaient de là.
Et comme les corneilles, par instinct naturel,
s'ébrouent ensemble au lever du jour
pour réchauffer leurs plumes froides,
puis les unes s'en vont sans retour,
d'autres reviennent d'où elles sont parties,
et d'autres, tournoyant, demeurent ;
il me sembla que là il en allait de même,
dans ce scintillement venu tout ensemble,
lorsqu'un certain degré fut touché.
Le feu qui s'arrêta le plus près de nous
devint si clair que je dis en pensée :
« Je vois bien l'amour que tu m'indiques.
Mais celle dont j'attends le quand et le comment
du dire et du faire, ne bouge pas ; aussi fais-je bien
malgré mon désir, de ne rien demander. »
D'où elle, qui voyait mon taire
dans la vue de celui qui voit tout,
me dit : « Délivre le désir qui te brûle. »
Et je commençai : « Mon mérite
ne me rend pas digne de ta réponse ;
mais par celle qui permet la question[7],
vie bienheureuse qui te tiens cachée
dans ta joie, révèle-moi
la cause qui t'a placée près de moi ;
dis-moi pourquoi se tait dans cette sphère

la douce symphonie de paradis
qui résonne plus bas si dévotement. »
« Tu as l'ouïe mortelle comme la vue »,
me répondit-elle ; « on ne chante pas ici
pour la même cause que Béatrice n'a pas ri.
J'ai descendu tous ces degrés
de l'échelle sainte pour te fêter
par la parole et la lumière qui m'enveloppe.
Ce n'est pas plus d'amour qui m'a rendue plus prompte ;
car plus et tant d'amour brûle d'ici en haut,
comme ce flamboiement te manifeste.
Mais la haute charité, qui nous rend servantes
empressées du conseil qui gouverne le monde,
fixe ici les rôles [8], comme tu l'observes. »
« Je vois bien », dis-je, « lampe sacrée,
comme libre amour suffit dans cette cour
pour suivre l'éternelle providence [9] ;
mais ce qui me paraît dur à saisir,
c'est pourquoi tu fus toi seule prédestinée
à cet office entre tes compagnes. »
Je n'étais pas encore à mon dernier mot
que la lumière pivota sur son centre,
tournoyant comme une meule rapide ;
puis l'amour qui était en elle répondit :
« Lumière divine a fondu sur moi,
pénétrant par celle-ci, où je m'enventre [10],
et sa vertu, jointe à ma vision,
m'élève tant au-dessus de moi que je vois
la suprême essence dont elle est extraite.
De là vient l'allégresse dont je flambe ;
parce qu'à ma vue, autant qu'elle est claire,
j'égale la clarté de ma flamme.
Mais l'âme du ciel qui resplendit le plus,
le séraphin qui a les yeux les mieux fixés en Dieu,
ne pourrait satisfaire à ta requête,

car ce que tu demandes s'enfonce dans l'abîme
de l'éternel conseil, si loin
qu'il est séparé de tout regard créé [11].

Et au monde mortel, à ton retour,
rapporte ceci, pour qu'il ne présume plus
de porter ses pas vers un pareil but.

L'esprit, lumineux ici, à terre est fumée ;
songe donc comment il peut en bas
ce qu'il ne peut quand le ciel l'accueille. »

Ses paroles me fixèrent un terme, si bien
que j'abandonnai la question et me limitai
à lui demander humblement qui elle était.

« Entre les deux rives d'Italie des rochers
se dressent, non loin de ta patrie, si hauts
que les tonnerres grondent beaucoup plus bas,

formant une échine qui a nom Catria [12],
au-dessous de laquelle est un ermitage
consacré seulement au culte de latrie [13]. »

Il commença ainsi son troisième discours ;
et puis, en continuant, il dit : « Là,
au service de Dieu je me renforçai tant

que, nourri seulement de liqueur d'olive,
je passais légèrement la chaleur et le gel,
content dans mes pensées contemplatives.

Le cloître donnait des moissons fertiles
à ces cieux-ci ; à présent il est vide,
en sorte qu'il devra se révéler bientôt [14].

En ce lieu je fus Pierre Damien [15],
et je fus Pierre Pécheur dans la maison
de Notre Dame sur le rivage adriatique.

Peu de vie mortelle m'était restée
quand je fus appelé et poussé au chapeau [16]
qui se transmet de mal en pis.

Céfas vint, et vint le grand vaisseau [17]
de l'Esprit-Saint, maigres et déchaussés,
prenant leur nourriture en toute auberge.

À présent ils veulent qu'on les aide
ici et là, les modernes pasteurs, et qu'on les mène[18],
132 tant ils sont lourds, et qu'on les soulève par-derrière.
Ils couvrent de leurs capes leurs palefrois ;
si bien que deux bêtes vont sous une seule peau[19] :
135 ô patience de Dieu, qui supportes tant ! »
À cette voix je vis plusieurs flammettes
descendre et se tourner de degré en degré,
138 et chaque tour les rendait plus belles.
Elles vinrent s'arrêter autour de la première
et lancèrent un cri d'un son si haut
141 que rien ne pourrait s'y comparer ici ;
je ne le compris pas, le tonnerre me vainquit[20].

CHANT XXII

Septième ciel : ciel de Saturne.

Stupeur de Dante. Béatrice explique la raison du cri. Saint Benoît parle. La corruption des monastères. Montée au *huitième ciel : ciel des étoiles fixes*. (Le triomphe du Christ.) Invocation à la constellation des Gémeaux, le signe de la naissance de Dante. Regard vers les planètes et vers la Terre.

Oppressé de stupeur, du côté de mon guide
je me tournai, comme l'enfant qui recourt
là où toujours il se confie le plus ;
et elle, comme mère qui secourt
aussitôt son fils pâle et hors d'haleine,
de sa voix, qui le réconforte,
me dit : « Ne sais-tu pas que tu es au ciel ?
et ne sais-tu pas que le ciel est tout saint,
et que ce qu'on y fait vient d'un bon zèle ?
Comme le chant t'aurait transmué,
et moi riant, tu peux le penser à présent,
puisque le cri t'a ému si fort ;
si tu avais en lui entendu ses prières,
déjà te serait connue la vengeance
que tu verras avant ta mort[1].
L'épée d'en haut ne frappe pas en hâte,
ni en retard, sauf au gré de celui
qui l'attend désirant ou craignant.
Mais tourne-toi désormais vers d'autres ;
tu verras des esprits très illustres
si tu portes ton regard où je dis. »
Comme il lui plut je tournai les yeux

et vis cent petites sphères, qui ensemble
s'embellissaient à leurs rayons mutuels.
J'étais comme celui qui réprime en lui-même
la pointe du désir, et ne tente pas
de demander, craignant l'excès ;
et la plus grande et la plus éclatante
de toutes ces perles s'approcha
pour contenter mon envie par son geste.
Puis j'entendis en elle : « Si tu voyais
comme je la vois la charité qui nous embrase,
tes pensées seraient exprimées.
Mais pour qu'en attendant tu ne retardes pas
le noble but, je répondrai
à la pensée dont tu te gardes tant.
Ce mont qui a Cassino sur son flanc[2]
fut fréquenté jadis, en son sommet,
par des gens abusés, mal instruits ;
et je fus le premier à y porter
le nom de celui qui amena sur terre
la vérité qui nous élève si haut ;
et tant de grâce brilla sur moi
que je tirai les villes environnantes
du culte impie qui séduisit le monde[3].
Ces autres feux furent tous des hommes
contemplatifs, embrasés de l'ardeur
qui fait naître les fleurs et les fruits saints.
Ici est Macaire, ici Romuald[4],
ici sont mes frères qui dans les cloîtres
arrêtèrent leurs pas et tinrent fermes leurs cœurs. »
Et moi à lui : « L'affection que tu montres
en parlant avec moi, et l'air de bienveillance
que je vois et note en toutes vos ardeurs,
a dilaté ma confiance aussi fort
que fait le soleil à la rose
quand elle s'ouvre de toute sa puissance.
Aussi je te prie, et toi, père, apprends-moi

si je peux obtenir une telle grâce,
que je te voie en figure découverte. »
Et lui : « Frère, ton noble désir
s'accomplira dans la plus haute sphère
où s'accomplissent tous les autres, et le mien.
Là tout désir est parfait, mûr et entier ;
en elle seule est chaque partie
là où elle a toujours été,
car elle n'a pas de lieu ni de pôle ;
et notre échelle arrive jusqu'à elle,
c'est pourquoi elle vole ainsi hors de ta vue[5].
Jusque là-haut la vit le patriarche
Jacob dresser sa partie supérieure,
quand elle lui apparut si chargée d'anges[6].
Mais pour la gravir personne à présent
ne lève les pieds de terre, et ma règle
est restée pour gâcher du papier[7].
Les murs qui étaient jadis des abbayes
sont devenus cavernes, et les capuches
sont des sacs pleins de farine gâtée.
Mais la grave usure ne se dresse pas
contre le plaisir de Dieu autant que ce fruit
qui rend si fou le cœur des moines[8] ;
car tout ce que l'Église garde, tout
est à qui demande au nom de Dieu,
non pas aux parents et à d'autres pires.
La chair des mortels est si faible
qu'un bon commencement ne dure pas
de la naissance du chêne à la venue du gland.
Pierre commença sans or et sans argent,
moi avec le jeûne et l'oraison,
et François commença humblement son couvent[9].
Et si tu regardes le début de chacun,
et ensuite le point où il est venu,
tu verras du blanc devenu brun[10].
Vraiment le Jourdain revenant en arrière,

et la mer fuyant, quand Dieu le voulut,
furent plus surprenants qu'ici le secours[11]. »
Il me parla ainsi, puis il rejoignit
sa compagnie, et sa compagnie se resserra ;
puis, comme un tourbillon, elle s'élança toute.
La douce dame me poussa derrière eux,
d'un seul geste, sur cette échelle,
tant sa vertu vainquit ma nature ;
jamais ici-bas, là où on monte et on descend
naturellement, on ne vit mouvement si rapide
qu'il pût s'égaler à mon aile.
Puissé-je revenir, lecteur, à ce triomphe
sacré pour qui souvent je pleure
mes péchés et me frappe la poitrine[12] ;
tu n'aurais pas tiré et mis le doigt
au feu en moins de temps que je vis le signe
qui suit le Taureau[13] et me trouvai en lui.
Ô étoiles glorieuses, ô lumière pleine
de grande vertu, à qui je reconnais
devoir tout mon génie, quoi qu'il vaille,
avec vous naissait, avec vous se cachait
celui qui est père de toute vie mortelle,
quand je sentis d'abord l'air toscan[14] ;
puis quand la grâce me fut accordée
d'entrer dans la haute sphère qui vous fait tourner,
votre région me fut assignée.
Vers vous soupire à présent dévotement
mon âme, pour acquérir la force
de franchir le dur pas qui l'attire.
« Tu es si près de l'ultime salut »,
commença Béatrice, « que tu dois
avoir la vue claire et pénétrante ;
aussi, avant que tu y entres,
regarde en bas, vois quelle partie de monde
j'ai déjà fait passer sous tes pieds ;
afin que ton cœur, aussi joyeux qu'il peut,

se présente à la foule triomphante
qui vient heureuse dans ce cercle éthéré. »
  Je retournai par le regard à travers toutes
les sept sphères, et je vis ce globe
tel, que je souris de sa vile apparence [15] ;
  et j'approuve pour meilleure l'opinion
qui en fait moins de cas ; qui pense à autre chose
peut véritablement s'appeler sage.
  Je vis la fille de Latone [16] enflammée
sans cette ombre qui me fut cause
que je la crus jadis à la fois rare et dense [17].
  L'éclat de ton fils, Hypérion [18],
je le soutins là, et je vis comment
se meuvent autour de lui Maia et Dioné [19].
  Puis m'apparut la tempérance de Jupiter
entre le père et le fils ; et dès lors me fut clair
le changement qu'ils font de leur *où* [20] ;
  et tous les sept [21] me montrèrent
comme ils sont grands, et comme ils sont rapides,
et comme ils sont en demeures distantes.
  La petite aire qui nous rend si féroces,
comme je tournais avec les éternels Gémeaux,
m'apparut toute, des collines aux rivages ;
  puis je reportai mes yeux vers les beaux yeux.

CHANT XXIII

Ciel des étoiles fixes.

Attente de Béatrice. Descente du Christ et de Marie parmi les bienheureux. Extase de Dante. Le rire de Béatrice. Gloire de Marie et image de l'assomption. Hymne des élus. Apparition de saint Pierre.

Comme l'oiseau, sous le feuillage aimé,
posé sur le nid de ses doux rejetons,
pendant la nuit qui nous cache les choses
qui, pour voir leurs formes désirées,
et trouver l'aliment dont il les nourrira,
avec un dur labeur qui lui est plaisant,
devance le temps sur une haute branche,
et attend le soleil avec amour,
guettant fixement la naissance de l'aube,
ainsi ma dame se tenait dressée
et attentive, tournée vers la région
où le soleil montre le moins de hâte [1] :
et moi, la voyant ardente et suspendue,
je devins comme celui qui désire
une autre chose, et qui s'apaise en espérant.
Mais peu de temps passa entre l'un et l'autre,
entre attendre, dis-je, et voir
le ciel s'éclairer de plus en plus ;
et Béatrice dit : « Voici les armées
du triomphe du Christ et tout le fruit
que moissonne le tournoiement des sphères [2] ! »
Il me sembla que son visage flamboyait,
et elle avait les yeux si pleins de joie

24 qu'il me faut passer outre sans en parler.
Pareil à Trivia[3] dans les clairs de lune,
riant parmi les nymphes éternelles
27 qui fleurissent tous les golfes du ciel,
je vis, au-dessus de milliers de flambeaux,
un soleil qui les embrasait tous,
30 comme le nôtre allume les étoiles d'en haut ;
et à la lumière vive transparaissait
la substance brillante, si claire
33 dans mon regard, qu'il ne pouvait la soutenir.
Ô Béatrice, doux et cher guide !
Elle me dit : « Ce qui t'abat
36 est une force à quoi rien ne résiste.
Là est la sagesse et la puissance
qui ouvrit la voie entre ciel et terre,
39 dont jadis le monde eut un si long désir. »
Comme le feu s'échappe du nuage,
se dilatant si fort qu'il ne tient plus en lui,
42 et tombe à terre hors de sa nature,
ainsi mon esprit, dans ce banquet,
devenu plus grand, sortit de soi-même,
45 et ne sait plus se souvenir de ce qu'il fit.
« Ouvre les yeux, regarde comme je suis :
tu as vu des choses qui t'ont donné
48 la puissance de supporter mon rire. »
J'étais comme celui qui se ressent
d'une vision oubliée et qui s'ingénie
51 en vain à se la remettre en mémoire,
quand j'entendis cette offre, digne
d'une gratitude qui ne s'éteint jamais
54 du livre où s'enregistre le passé.
Si à présent résonnaient toutes les langues
que Polymnie fit avec ses sœurs[4],
57 les plus nourries de leur lait si doux
pour me secourir, on n'atteindrait pas
au millième du vrai, en chantant le saint rire,

et comme la sainte lumière le rendait pur ;
ainsi, en décrivant le paradis,
le poème sacré doit faire un saut,
comme celui qui trouve la voie interrompue.
Mais qui voudrait songer au poids de mon thème
et aux épaules mortelles qui le chargent
ne les blâmera pas si elles tremblent sous lui :
ce ne sont point parages pour un petit bateau
ceux que va fendant ma proue hardie,
ni pour un nocher qui ménage sa peine.
« Pourquoi mon visage te charme-t-il si fort
que tu ne regardes pas le beau jardin
qui s'épanouit sous les rayons du Christ ?
Là est la rose[5] où le verbe divin
est devenu chair ; là sont les lys[6]
dont le parfum montra le bon chemin. »
Ainsi dit Béatrice ; et moi, qui étais prêt
pour ses conseils, je me rendis encore
à la bataille de mes faibles cils[7].
De même qu'au rayon du soleil, qui traverse pur
un nuage brisé, parfois mes yeux ont vu
tout couverts d'ombre, un pré de fleurs ;
ainsi je vis des foisons de lumière,
fulgurées d'en haut par des rayons ardents,
sans voir la source des éclairs.
Ô bénigne vertu qui t'imprimes ainsi,
tu t'élevas plus haut pour secourir mes yeux
qui là n'étaient pas assez puissants pour toi.
Le nom de la belle fleur[8] que j'invoque sans cesse,
matin et soir, tourna tout mon esprit
vers la vision du plus grand feu ;
et lorsqu'elle peignit dans mes deux yeux
la grandeur et beauté de l'étoile vive
qui vainc là-haut comme elle vainquit sur terre,
un flambeau descendit dans le ciel,
formé en cercle, comme une couronne,

qui la ceignit et tourna autour d'elle.
La mélodie qui résonne la plus douce
ici-bas, et qui tire l'âme le plus à soi,
semblerait nuage éventré qui tonne,
comparée au son de cette lyre
qui couronnait le beau saphir
dont le ciel le plus clair s'ensaphire[9].
« Je suis l'amour angélique[10], qui fais tourner
la haute joie qui s'exhale du ventre
qui fut la demeure de notre désir ;
et je tournerai, dame du ciel, tandis
que tu suivras ton fils, et rendras plus divine
la sphère suprême, par ton entrée. »
Ainsi la mélodie tournoyante
se concluait, et les autres lumières
faisaient résonner le nom de Marie.
Le royal manteau de toutes les sphères
du monde, qui flambe le plus et s'avive le plus
dans le souffle de Dieu et dans ses actes[11],
avait au-dessus de nous sa rive interne
si éloignée que son aspect,
là où j'étais, ne m'apparaissait pas encore[12] ;
mes yeux pourtant n'eurent pas la puissance
de suivre la flamme couronnée
qui se leva derrière sa semence[13].
Et comme un nourrisson qui tend les bras
vers sa mère quand il a pris son lait,
pour la joie qui enfin s'enflamme au-dehors,
chacune de ces blancheurs tendit vers le haut
sa cime, si bien que me fut claire
la haute affection qu'ils avaient pour Marie.
Là ils restèrent à ma vue
chantant « *Regina celi*[14] » si doucement
que jamais le plaisir ne m'en a plus quitté.
Ô quelle est l'abondance qui s'amasse
dans ces très riches arches qui furent

à semer ici-bas si bonnes laboureuses [15] !
Ici on vit et on jouit du trésor
qui s'acquiert en pleurant dans l'exil
de Babylone [16], où l'or fut délaissé.
Ici triomphe, sous le haut fils
de Dieu et de Marie, de sa victoire,
et avec l'ancien et le nouveau conseil,
celui qui tient les clés de cette gloire [17].

CHANT XXIV

Ciel des étoiles fixes.

Prière de Béatrice aux Apôtres pour Dante. Joie dans le ciel. Saint Pierre interroge Dante sur la Foi. Credo de Dante. Approbation de l'examen.

« Ô compagnie élue au grand banquet
de l'Agneau béni, qui vous nourrit si bien
que votre faim est toujours rassasiée,
si par la grâce de Dieu cet homme goûte à l'avance
de ce qui tombe de votre table,
avant que la mort lui assigne son temps,
songez à son immense aspiration :
irriguez-le un peu : car vous buvez
toujours à la source d'où vient ce qu'il songe. »
Ainsi dit Béatrice : et ces âmes heureuses
devinrent des cercles à pôles fixes,
en flamboyant fort, comme font les comètes [1].
Et comme des roues en harmonie d'horloge
tournent de façon que qui les contemple
voit la première tranquille, et la dernière qui vole [2] ;
ainsi ces caroles, diversement
dansant, me donnaient leur degré
de richesse, rapides et lentes [3].
De celle qui me parut la plus précieuse
je vis sortir un feu si joyeux
qu'il n'y laissa aucun de plus grande clarté ;
et trois fois autour de Béatrice
il tourna en chantant un chant si divin
que ma fantaisie ne peut le redire.

Aussi ma plume saute, et je ne l'écris pas :
car l'imagination, non la seule parole,
pour de tels plis a des couleurs trop vives[4].

« Ô ma sainte sœur, qui nous pries ainsi,
dévotement, par ton ardent amour
tu me délies de cette belle ronde. »

Quand il fut arrêté, ce feu béni
dressa vers ma dame son souffle
qui lui parla comme j'ai dit.

Et elle : « Ô lumière éternelle du grand homme
à qui notre Seigneur laissa les clés
qu'il apporta sur terre, de la joie admirable,

éprouve celui-ci sur des points légers
et lourds, comme il te plaît, touchant la foi
qui te fit marcher sur la mer[5].

S'il aime bien, espère bien et croit,
ce ne t'est pas caché, puisque ton regard
est ici, où toute chose est peinte ;

mais puisque ce royaume a fait ses citoyens
par la vraie foi, et pour la glorifier,
il est bon qu'il lui arrive de parler d'elle. »

Comme le bachelier s'arme, et ne parle pas
avant que le maître ait posé la question,
pour la démontrer, non pour la conclure[6],

ainsi je m'armais de tous mes arguments,
tandis qu'elle parlait, afin d'être prêt
pour un tel maître, et pour une telle déclaration[7].

« Parle, bon chrétien, explique-toi :
qu'est-ce que la foi[8] ? » Alors je relevai le front
vers la lumière d'où ces mots soufflaient,

puis me tournai vers Béatrice, et elle me fit
aussitôt signe de répandre au-dehors
l'eau de ma fontaine intérieure.

« La grâce qui m'accorde de me confesser »,
commençai-je, « au noble primipile[9]
fasse que mes pensées soient bien exprimées. »

Et je continuai : « Comme l'écrivit
la plume véridique, père, de ton frère aimé,
qui mit avec toi Rome dans le droit fil [10],
foi est substance de choses espérées
et argument des invisibles ;
telle me paraît être sa quiddité [11]. »
Alors j'entendis : « Tu penses droitement
si tu comprends pourquoi il la mit d'abord
parmi les substances [12], et puis parmi les arguments. »
Et moi, alors : « Les choses profondes
qui me font ici don de leur apparence
sont si cachées aux yeux d'en bas
que leur être y est en seule croyance,
sur quoi le grand espoir se fonde ;
c'est pourquoi elle prend nom de substance.
Et sur cette croyance il nous convient
de syllogiser sans rien voir d'autre :
c'est pourquoi on l'appelle d'argument [13]. »
J'entendis alors : « Si tout ce qui s'apprend
sur terre par doctrine se comprenait ainsi,
l'esprit de sophistique n'aurait pas lieu. »
Ainsi souffla cet amour ardent ;
puis il ajouta : « L'alliage et le poids
de cette monnaie [14] ont bien passé entre tes mains ;
mais dis-moi si tu l'as dans ta bourse. »
Et moi : « Oui je l'ai, si brillante et si ronde
que rien ne me fait douter de son coin. »
Alors j'entendis dans la lumière profonde
qui resplendissait : « Ce joyau précieux
sur quoi toute vertu se fonde,
d'où te vient-il ? » Et moi : « La large pluie
de l'Esprit-Saint, qui est diffuse
sur les parchemins anciens et nouveaux
est le syllogisme qui me l'a prouvé
si nettement qu'à côté d'elle
toute démonstration me semble émoussée [15]. »

J'entendis ensuite : « L'ancienne et la nouvelle
proposition qui te font conclure[16],
99 pourquoi les tiens-tu pour parole divine ? »
Et moi : « La preuve qui m'ouvre le vrai,
ce sont les œuvres qui suivirent, pour qui la nature
102 n'échauffe pas le fer et ne bat pas l'enclume[17]. »
Il me fut répondu : « Dis-moi, qui donc t'assure
que ces œuvres furent ? Cela même
105 qui est à prouver te le jure, et rien d'autre[18]. »
« Si le monde s'est tourné vers le christianisme »,
dis-je, « sans miracles, ce seul miracle est tel
108 que les autres ne sont pas le centième :
car tu es entré pauvre et sans moyen[19]
dans le champ pour semer la bonne plante
111 qui fut vigne jadis, et puis s'est faite ronce[20]. »
Ces mots finis, la haute et sainte cour
entonna dans la sphère un « Louons Dieu »
114 avec la mélodie qu'on chante là-haut[21].
Et ce baron[22] qui de branche en branche,
en m'examinant, m'avait mené si haut
117 que nous approchions des derniers feuillages,
recommença : « La Grâce, qui devise d'amour
avec ton esprit, t'a ouvert la bouche
120 jusqu'ici comme elle devait s'ouvrir,
si bien que j'approuve ce qui en est sorti ;
mais il faut à présent dire ce que tu crois
123 et d'où cela s'offrit à ta croyance. »
« Ô saint père, qui es esprit qui vois
ce que tu crus, si bien que tu vainquis
126 en courant au sépulcre, sur des pieds plus jeunes »,
commençai-je, « tu veux que j'exprime
la forme ici de ma prompte croyance,
129 et m'en demandes aussi la raison.
Et je réponds : Je crois en un Dieu
seul et éternel, qui meut tout le ciel
132 sans être mû, avec amour et avec désir[23] ;

et pour cette croyance je n'ai pas que des preuves
physiques et métaphysiques : elle m'est donnée
aussi par la vérité qui pleut ici

par Moïse, par les prophètes et par les psaumes,
par l'évangile, et par vous qui avez écrit
après que l'Esprit ardent vous eut faits saints[24] ;

et je crois en trois personnes éternelles,
et je les crois une essence une et trine
qui admet à la fois "sont" et "est[25]".

De la profonde condition divine
que je touche à présent, le sceau est mis souvent
dans mon esprit par la doctrine évangélique.

C'est là le principe, c'est là l'étincelle
qui se dilate ensuite en flamme vive
et scintille en moi comme étoile au ciel. »

Comme le maître entendant chose qui lui plaît
embrasse alors son serviteur, se réjouissant
de la nouvelle, dès qu'il se tait,

ainsi, en me bénissant par son chant,
tourna trois fois autour de moi
la lumière de l'apôtre sur les ordres de qui

j'avais parlé, tant mon parler lui plut !

CHANT XXV

Ciel des étoiles fixes.

Nostalgie de Florence. Certitude de la future couronne poétique. Saint Jacques interroge Dante sur l'Espérance. Apparition de saint Jean. Dante essaie de voir son corps. Ébloui, il devient momentanément aveugle.

Si jamais il advient que le poème sacré
où le ciel et la terre ont mis la main [1]
et qui m'a fait maigrir de longues années
vainque la cruauté qui me tient au-dehors
du beau bercail où je dormis agneau,
ennemi des loups [2] qui lui font la guerre ;
avec une autre voix alors, avec une autre laine,
je reviendrai poète, et sur les fonts
de mon baptême je prendrai la couronne [3] ;
car c'est là que j'entrai dans la foi
qui fait à Dieu reconnaître les âmes, et plus tard
Pierre me ceignit le front pour elle.
À ce moment une lumière vint vers nous
de cette sphère d'où sortit le premier
des vicaires que le Christ a laissés [4] ;
et ma dame, pleine de joie, dit « Regarde,
Regarde : voici le baron
pour qui, sur terre, on visite la Galice [5]. »
Comme quand se pose la colombe
auprès de sa compagne, et qu'elles se montrent,
tournant et murmurant, leur affection,
ainsi je vis accueillis l'un par l'autre
les deux grands princes glorieux,

louant le mets qui les nourrit là-haut[6].
Mais quand les compliments furent achevés,
en silence, *coram me*[7], ils s'arrêtèrent,
si ardents que je baissai le visage.
En riant alors Béatrice dit :
« Âme illustre qui décrivis
la libéralité de notre basilique[8],
fais sonner l'espérance dans ces hauteurs :
tu le sais, toi qui la figures aussi souvent
que Jésus montra aux trois sa bienveillance[9]. »
« Lève la tête et prends de l'assurance :
car ce qui vient ici du monde mortel
doit se mûrir à nos rayons. »
Ce réconfort me vint du second feu ;
et je levai les yeux vers ces cimes
dont le poids les avait d'abord inclinés.
« Puisque par grâce notre Empereur veut
que tu t'affrontes, avant la mort,
avec ses comtes, dans la chambre secrète[10],
si bien qu'ayant vu le vrai de cette cour,
l'espoir, qui en bas enamoure,
se renforce par là, en toi et en autrui,
dis ce qu'elle est, dis comme en est fleurie
ton âme, et d'où elle t'est venue. »
Ainsi continua la seconde lumière.
Et la pieuse amie qui dans un vol si haut
avait guidé les plumes de mes ailes
devança ainsi ma réponse :
« L'Église militante n'a pas un fils
qui ait plus d'espérance, comme il est écrit
dans le Soleil qui éclaire toute notre cohorte :
c'est pourquoi il lui est accordé de venir
d'Égypte pour voir Jérusalem[11]
avant que soit achevée sa milice.
Les deux autres points qui lui sont demandés,
non pour savoir, mais pour qu'il rapporte

combien cette vertu te plaît,
je les lui laisse : car ils ne seront pour lui ni durs
ni de jactance ; qu'il y réponde
et que la grâce de Dieu le lui consente. »
Comme un disciple qui seconde son maître,
prompt et ouvert sur ce qu'il sait,
pour que sa valeur se révèle,
« l'Espérance », dis-je, « est l'attente certaine
de la gloire future, qui est produite
par grâce divine et par mérite ancien [12].
De plusieurs étoiles me vient cette lumière,
mais le premier à la distiller dans mon cœur
fut le plus grand chantre du plus grand roi.
“Que ceux qui savent ton nom”, dit-il
dans sa théodie [13], “espèrent en toi” :
et qui ne le sait pas, s'il a ma foi ?
Puis tu me l'instillas, comme il me l'instilla,
avec ton épître [14] : et j'en suis débordé,
et je reverse en autrui votre pluie [15] ».
Tandis que je parlais, dans le sein vivant
de ce brasier, une lumière tremblait,
soudaine et répétée comme un éclair.
Puis il parla : « L'amour dont je brûle
encore pour la vertu qui me suivit
jusqu'au palmier, et jusqu'au bout du champ [16],
veut que je te parle, à toi qui l'aimes ;
et je te saurai gré si tu me dis
ce que l'Espérance te promet. »
Et moi : « Les écritures nouvelles et les anciennes
posent le but, et ce but me l'indique,
des âmes que Dieu s'est rendu amies.
Isaïe [17] dit que chacune sera
vêtue dans sa patrie d'un double habit :
et sa patrie est cette douce vie ;
ton frère [18] aussi, en mots plus explicites,
là où il traite des blanches robes,

nous manifeste cette révélation. »
Et d'abord, après la fin de ces paroles,
on entendit « *Sperent in te*[19] » au-dessus de nous ;
et toutes les caroles lui répondirent.
Puis parmi elles une lumière s'éclaira,
tant que si le Cancer avait un tel cristal,
l'hiver aurait un mois fait d'un seul jour[20].
Et comme se dresse et va et entre dans la danse
une vierge joyeuse pour faire honneur
à la mariée, sans rien de mal,
ainsi je vis la splendeur éclatante
venir vers les deux qui tournaient en mesure
comme il convenait à leur ardent amour.
Elle se mit là dans le chant et la danse,
et ma dame tenait sur elles son regard,
comme une épousée silencieuse, immobile.
« Voici celui qui s'appuya sur la poitrine
de notre pélican[21], et qui fut
élu sur la croix pour le grand office. »
Ainsi parla ma dame, mais ses paroles
n'empêchèrent pas sa vue
d'être attentive, après comme avant.
Tel est celui qui regarde et s'efforce
de voir le soleil s'éclipser un peu,
et qui, pour voir, devient non voyant,
tel je devins devant ce dernier feu,
tandis qu'une voix disait : « Pourquoi t'éblouis-tu
pour voir une chose qui n'est pas ici[22] ?
Mon corps est terre dans la terre, et il y sera
avec les autres, tant que notre nombre
ne sera pas égal au décret éternel.
Avec leurs deux robes dans le bienheureux cloître
il n'est que deux lumières qui sont montées[23] ;
tu le rapporteras dans votre monde. »
À cette voix le cercle enflammé
se calma, avec le doux mélange

132 qui se faisait dans le son des trois souffles[24],
comme, pour faire cesser le risque ou la fatigue,
les rames, d'abord frappées dans l'eau,
135 se posent toutes au son d'un sifflet[25].
Ahi ! combien je m'émus dans mon âme,
quand je me tournai pour voir Béatrice
138 et ne pus voir[26], bien que je fusse
près d'elle, et dans le monde heureux !

CHANT XXVI

Ciel des étoiles fixes.

Saint Jean interroge Dante sur la Charité. Applaudissements des bienheureux. Retour de la vue. Apparition d'Adam. Il parle du temps de la création, de la langue des premiers hommes, des noms de Dieu.

Comme je m'angoissais pour ma vue éteinte[1],
de la flamme fulgurante qui l'éteignit
sortit un souffle qui me fit attentif,
et qui disait : « En attendant que tu recouvres
la vue que tu as consumée en moi,
il est bon qu'en parlant tu la compenses.
Commence donc : dis-moi à quoi ton âme
aspire, et pense qu'en toi la vue
est égarée mais non défunte ;
car la dame qui te guide par ces divines
régions a dans son regard
la vertu qu'eut la main d'Anania[2]. »
Je dis : « Que vienne, à son gré, tôt ou tard
un remède à mes yeux, qui furent des portes
quand elle entra avec le feu dont je brûle encore.
Le bien qui rend cette cour contente,
Alpha et Oméga de toute l'écriture
Amour me le lit, avec force ou douceur[3]. »
La même voix qui m'avait ôté
la peur du soudain éblouissement
me donna encore le désir de parler,
et dit : « Certes, il faut éclaircir ta pensée
par un crible plus fin ; il te faut dire

qui dressa ton arc vers telle cible. »
Et moi : « Par arguments philosophiques
et par l'autorité qui descend ici
il faut qu'un tel amour s'imprime en moi :
car le bien, en tant que bien, dès qu'on l'entend,
allume ainsi l'amour et d'autant plus
qu'il comprend en soi plus de bonté[4].
Donc vers l'essence où est tant d'abondance
que tout bien qui se trouve hors d'elle
n'est que lumière de son rayon,
il faut que se dirige, plutôt que vers une autre,
en aimant, l'esprit de celui qui discerne
le vrai sur quoi cette preuve se fonde.
Qui révèle ce vrai à mon intellect
est celui qui me démontre que l'Amour
est la première substance sempiternelle[5].
La voix du véridique auteur le révèle
qui dit à Moïse, en parlant de soi :
"Je te ferai voir toute valeur[6]."
Toi aussi tu me le révèles, en commençant
la haute annonce qui clame en bas
les mystères d'ici, plus que tout autre ban. »
Et j'entendis : « Par l'intellect humain
et par l'autorité qui concorde avec lui,
ton amour le plus haut regarde Dieu.
Mais dis-moi encore si tu sens d'autres cordes
te tirer vers lui, fais-nous entendre
avec combien de dents cet amour te mord[7]. »
Elle n'était pas cachée la sainte intention
de l'aigle du Christ, et je compris
où il voulait mener ma déclaration.
Je recommençai : « Toutes les morsures
qui peuvent tourner le cœur vers Dieu
ont concouru à ma charité ;
car l'être du monde et mon être,
la mort qu'il endura pour que je vive,

et ce qu'espère tout fidèle comme je fais,
avec la vive connaissance que j'ai dite,
m'ont tiré de la mer de l'amour dévié
et m'ont mis sur la rive de l'amour vrai.
Les feuilles[8] dont s'enfeuille le jardin
de l'éternel jardinier, je les aime
à la mesure du bien qu'il leur a donné. »
Quand je me tus, un chant très doux
résonna par le ciel, et ma dame
disait avec les autres : « Saint, saint, saint ! »
Et comme une lumière intense nous réveille
par l'esprit visuel qui court à la rencontre
de la clarté qui va de membrane en membrane[9],
et le réveillé fuit tout ce qu'il voit,
si privée de conscience est la veille soudaine
tant que le jugement ne vient pas à son aide ;
ainsi de ses yeux Béatrice
chassa toute poussière par le rayon des siens
qui resplendissait à plus de mille milles :
d'où je vis alors mieux qu'auparavant ;
et, presque stupéfait, je demandai le nom
d'une quatrième lumière que je vis parmi nous.
Et ma dame : « Dans ces rayons
la première âme[10] que la première vertu
ait jamais créée adore son créateur. »
Comme le feuillage qui incline sa cime
au passage du vent, puis se lève
par sa propre vertu qui la redresse,
ainsi fis-je moi-même pendant qu'elle parlait,
plein de stupeur, et puis un désir de parler,
dont je brûlais, me rendit l'assurance.
Et je commençai : « Ô fruit qui seul
fut produit mûr, ô père antique
à qui toute épouse est fille et bru,
je te supplie, aussi pieusement que je peux,
de me parler : tu vois mon désir,

et, pour t'entendre vite je ne le dis pas. »
Parfois un animal couvert s'agite
si bien qu'on perçoit ce qu'il sent
à travers l'étoffe qui suit ses mouvements ;
pareillement la première âme
me faisait transparaître par son enveloppe
comme elle venait me complaire avec joie.
Puis elle dit : « Sans être proféré
par toi, ton désir m'est plus clair
qu'à toi la chose qui t'est la plus certaine ;
parce que je la vois dans le vrai miroir
qui fait pareilles en soi les autres choses,
et nulle ne peut lui être miroir pareil [11].
Tu veux savoir quand Dieu me mit
dans le haut jardin, où cette dame-ci
te prépara pour la longue montée,
et combien de temps il réjouit mes yeux,
et la vraie raison du grand courroux,
et l'idiome que j'usai, et que je fis.
Or, mon fils, ce ne fut pas goûter à l'arbre
qui fut la cause d'un tel exil,
mais seulement d'avoir passé le signe [12].
Donc, là d'où ta dame a tiré Virgile,
pendant quatre mille trois cents ans et deux tours
du soleil, j'ai eu désir de ce concile [13] ;
je l'ai vu revenir à toutes les lumières
de son chemin neuf cent trente
fois, quand j'étais sur la terre [14].
La langue que je parlai s'éteignit toute
avant qu'à l'œuvre inachevable [15]
fût occupée la race de Nemrod :
car jamais nul effet de la raison,
par le plaisir humain, qui change
en suivant le ciel, ne fut toujours durable.
Œuvre de nature est que l'homme parle,
mais ainsi ou ainsi, nature vous le laisse

faire ensuite vous-même comme il vous plaît.
Avant que je descende à l'angoisse d'Enfer,
I était sur terre le nom du bien suprême [16]
d'où vient la joie qui m'enveloppe ;
puis on l'appela *El* [17] : et ce fut bien,
car l'usage des mortels est comme feuille
sur la branche, qui s'en va et une autre vient.
Sur le mont qui s'élève le plus haut sur la mer,
je fus, avec vie pure puis pécheresse,
de la première heure à celle qui suit,
quand le soleil change de quadrant, la sixième heure [18]. »

CHANT XXVII

Ciel des étoiles fixes.

Hymnes des saints. Invective de saint Pierre contre le pape Boniface VIII. Dante tourne avec les Gémeaux et le ciel étoilé. Prophétie : la mission de Dante. Retour des bienheureux dans l'Empyrée. Montée de Dante au *neuvième ciel, ou Premier Mobile* (Dieu et les anges). Béatrice explique la nature du Premier Mobile. Invective contre la corruption de l'humanité. Annonce d'une prochaine rénovation morale.

(Soir du 14 avril.)

« Au Père, au Fils, au Saint-Esprit »,
commença, « gloire ! », tout le paradis,
en un chant si doux qu'il m'enivrait.
Ce que je voyais me semblait un rire
de l'univers ; et mon ivresse
entrait par l'ouïe et par la vue.
Ô joie ! ô ineffable allégresse !
ô vie entière d'amour et de paix !
ô richesse assurée sans convoitise !
Devant mes yeux les quatre flambeaux
étaient allumés, et le premier qui était venu [1]
commença à se faire plus vif,
et devint pareil dans son aspect
à ce que serait Jupiter, si lui et Mars
étaient oiseaux, et échangeaient leurs plumes [2].
La providence qui répartit ici
tours et offices, dans le chœur bienheureux,
avait fait le silence de tous côtés,
lorsque j'entendis : « Si je me décolore,

ne t'étonne pas, car, quand je parlerai,
tu verras tous ceux-ci se décolorer.
Celui qui sur terre usurpe mon lieu[3],
mon lieu, mon lieu, qui est vacant
à la présence du Fils de Dieu,
a fait de mon cimetière un cloaque
de sang et de puanteur ; et le pervers
qui tomba d'ici, s'apaise en bas[4]. »
La couleur qui peint les nuages,
en face du soleil, au soir et au matin,
se répandit alors sur tout le ciel.
Et comme une femme honnête qui demeure
sûre d'elle, et qui devient craintive
rien qu'en écoutant les fautes d'autrui,
ainsi Béatrice changea de visage ;
et je crois qu'au ciel se fit pareille éclipse
lorsque souffrit la suprême puissance[5].
Puis ses paroles continuèrent
avec une voix si altérée
que son aspect n'était pas plus changé qu'elle :
« L'épouse du Christ ne fut pas nourrie
de mon sang, de celui de Lin et de Cletos[6]
pour servir à acquérir de l'or ;
mais pour acquérir cette vie heureuse
et Sixte et Pie et Calixte et Urbain[7]
versèrent leur sang après bien des larmes.
Ce n'était pas notre intention qu'à la droite
de nos successeurs s'assît une partie
du peuple chrétien, et l'autre à la gauche[8],
ni que les clés qui me furent données
devinssent emblèmes sur un étendard
qui combattît contre les baptisés[9] ;
ni que je fusse figure sur un sceau
pour des privilèges vendus et menteurs,
ce dont je rougis souvent, et m'enflamme[10].
En robes de bergers des loups rapaces

se voient d'en haut dans tous les pâturages[11] :
ô défense de Dieu, pourquoi dors-tu ?
À boire notre sang Cahorsins et Gascons[12]
se préparent : ô bon commencement,
à quelle fin misérable dois-tu tomber !
Mais la haute providence, qui avec Scipion[13]
défendit à Rome la gloire du monde,
viendra bientôt à l'aide, à ce que je comprends ;
et toi, mon fils, que le poids mortel[14]
ramènera sur terre, ouvre la bouche,
ne cache pas le mal que je n'ai pas caché. »
Comme il neige en bas, dans notre air, des flocons
de vapeur gelée, lorsque la corne
de la chèvre du ciel touche le soleil[15],
je vis en haut l'éther s'orner,
et neiger des vapeurs triomphantes
qui avaient fait là séjour avec nous.
Mon regard suivait leurs figures,
et les suivit jusqu'au moment où la distance
l'empêcha d'aller plus avant.
Alors ma dame, qui me vit cesser
de regarder en haut, me dit : « Baisse
ton regard, vois comme tu as tourné. »
Depuis l'heure où j'avais d'abord regardé
je me vis déplacé de tout l'arc
que fait, du milieu à la fin, le premier climat[16]
si bien que je voyais au-delà de Gadès
le passage fou d'Ulysse, et plus près le rivage
où Europe se fit tendre fardeau[17].
L'espace de cet arpent m'aurait été
mieux découvert ; mais le soleil courait
sous nos pieds, distant d'un signe et plus[18].
Mon esprit amoureux, qui devisait
toujours avec ma dame, brûlait
plus que jamais d'avoir les yeux en elle ;
et si nature ou art ont formé des appas

pour capturer les yeux, pour prendre l'âme,
en chair humaine ou en peinture,
tous rassemblés ils sembleraient néant
auprès de la beauté divine qui m'éblouit
quand je me tournai vers ses yeux riants.
Et la vertu que son regard me prodigua
m'arracha au beau nid de Léda
et me lança dans le ciel très rapide [19].
Ses régions très vives et très hautes
sont si uniformes, que je ne sais dire
laquelle me choisit Béatrice pour entrer [20].
Mais elle, qui voyait mon désir,
commença, en riant si joyeuse
que Dieu semblait jouir dans son visage :
« La nature du monde, qui tient en repos
le centre et meut tout le reste alentour,
commence ici comme à son terme [21] ;
et ce ciel n'a pas d'autre *où* [22]
que l'esprit divin, en qui s'allument
l'amour qui le meut et la vertu qu'il verse [23].
Lumière et amour l'entourent d'un cercle,
et comme lui les autres cercles ; et cet enclos,
seul celui qui le ceint peut l'entendre.
Son mouvement n'est pas mesuré par un autre,
mais les autres sont mesurés par lui,
comme dix par la moitié et le cinquième [24] ;
et comment le temps tient ses racines
dans ce vase, et son feuillage dans les autres,
cela peut maintenant t'être manifeste [25].
Oh cupidité, qui noie les mortels
si profond sous toi, que nul n'a pouvoir
de tirer les yeux hors de tes ondes !
Le vouloir fleurit bien chez les hommes,
mais la pluie continuelle change
les bonnes prunes en fruits gâtés.
Foi et innocence se trouvent seulement

chez les petits enfants, puis elles s'enfuient
129 avant que leurs joues soient couvertes.
Tel jeûne, encore balbutiant,
qui dévore ensuite, à langue déliée,
132 n'importe quels mets par n'importe quelle lune[26],
et tel, balbutiant, aime et écoute
sa mère, qu'avec tout son langage
135 il désire ensuite voir ensevelie.
Ainsi la peau blanche devient noire
à l'apparition de la belle fille
138 de celui qui amène le matin et laisse le soir[27].
Toi, pour ne pas en être étonné,
pense que personne ne gouverne sur terre ;
141 c'est pourquoi est déviée la famille humaine[28].
Mais avant que janvier sorte tout de l'hiver
à cause de la centième qu'on néglige sur terre[29],
144 ces cercles supérieurs rayonneront si fort
que la fortune tant attendue
tournera les poupes là où sont les proues,
147 si bien que la flotte courra tout droit ;
et le vrai fruit viendra après la fleur. »

CHANT XXVIII

Neuvième ciel, ou Premier Mobile.

Vision d'un point lumineux entouré de neuf cercles de feu. Béatrice explique le rapport des neuf cercles aux neuf cieux. Les hiérarchies angéliques.

Après que sur la vie présente
des pauvres mortels m'eut ouvert le vrai
celle par qui mon esprit s'emparadise,
comme voit dans un miroir une flamme de torche
celui qui en est éclairé par-derrière,
avant qu'il l'ait dans son regard ou en pensée,
et qu'il se tourne pour voir si la vitre
lui a dit vrai, et voit qu'elle s'accorde
avec lui comme un chant à son rythme[1] ;
ainsi, ma mémoire le sait,
je fis en regardant dans les beaux yeux
dont Amour fit un cordeau pour me prendre.
Et quand je me tournai et que les miens
furent frappés par ce qui paraît dans ce ciel
lorsqu'on regarde bien dans son cercle,
je vis un point irradiant une lumière
si aiguë que le regard qu'il brûle
doit se fermer à son éclat trop vif ;
et l'étoile qui semble ici la plus petite
paraîtrait lune, placée auprès de lui
comme une étoile auprès d'une autre étoile.
Aussi proche peut-être qu'apparaît le halo
de la lumière qui le colore

24 quand la vapeur qui le porte est plus dense,
tournait autour du point un cercle de feu,
si rapide qu'il aurait dépassé
27 le mouvement le plus vif qui ceint le monde[2] ;
il était entouré par un autre cercle,
et celui-ci par le troisième, puis par le quatrième,
30 le quatrième par le cinquième, puis le cinquième par le [sixième.
Au-dessus venait le septième, si étendu
en largeur, que le messager de Junon
33 serait étroit pour l'enclore en entier[3].
De même le huitième et neuvième ; et chacun d'eux
tournait plus lentement, selon qu'il était
36 plus distant en nombre de l'unité ;
et celui qui avait la flamme la plus limpide
était plus près de la pure étincelle,
39 car il se pénètre, je pense, le plus d'elle[4].
Ma dame, qui me voyait tout en suspens
dans le doute, me dit : « De ce point
42 dépend le ciel et toute la nature.
Regarde ce cercle qui est le plus près ;
et sache que son mouvement est si rapide
45 pour l'amour brûlant qui le point. »
Et moi à elle : « Si le monde était disposé
avec l'ordre que j'ai vu dans ces sphères,
48 ce qui m'est proposé m'aurait comblé ;
mais on peut dans le monde sensible
voir les sphères d'autant plus divines
51 qu'elles sont plus éloignées du centre.
D'où, si mon désir doit avoir une fin
dans cet admirable temple angélique
54 qui n'a qu'amour et lumière pour confins,
je dois savoir encore comment l'image
et le modèle sont discordants[5],
57 car pour moi je le contemple en vain. »
« Si tes doigts ne sont pas pour ce nœud

assez habiles, ne t'étonne pas
car, pour n'être pas tenté, il s'est durci ! »
Ainsi dit ma dame ; et puis : « Accueille
ce que je vais te dire, si tu veux t'apaiser ;
et affine ton esprit alentour.
Les cercles corporels sont larges ou étroits
selon le plus et moins de la vertu
qui s'étend en toutes leurs parties[6].
Plus grande bonté donne plus grand salut ;
plus grand salut contient un plus grand corps
s'il a des parties également parfaites.
Donc celui-ci, qui entraîne avec lui
tout l'univers, correspond
au cercle qui aime et qui sait le plus ;
par là, si tu adaptes ta mesure
à la vertu, et non à l'apparence
de ces substances qui te semblent rondes,
tu verras une admirable proportion
de plus à moins, et de moins à plus
en chaque ciel, à son intelligence[7]. »
Comme reste splendide et serein
l'hémisphère de l'air, lorsque Borée
souffle par la joue où il est le plus doux[8],
si bien qu'il lave et dissout la croûte
qui le troublait d'abord, et que le ciel rit
avec les beautés de toutes ses régions ;
ainsi fis-je moi-même, lorsque ma dame
m'eut accordé sa réponse claire
et que le vrai se vit comme étoile au ciel.
Et lorsque cessèrent ces paroles,
le feu qui bout n'étincelle pas différemment
du scintillement de ces cercles.
Chaque étincelle suivait son incendie ;
et elles étaient tant que leur nombre
dépasse par milliers le double des échecs[9].
J'entendais *Hosanna* chanté de chœur en chœur

au point fixe qui les tient à leurs *ubi*[10]
et les tiendra toujours, là où ils furent toujours.
Et celle qui voyait les pensées du doute
en mon esprit, me dit : « Les premiers cercles
t'ont montré Séraphins et Chérubins ;
ils suivent ainsi, rapides, leurs liens d'amour
pour ressembler au point autant qu'ils peuvent ;
et ils peuvent d'autant plus qu'ils ont la vue plus haute.
Les autres amours qui volent autour d'eux
s'appellent Trônes du divin aspect[11],
et comme tels ils achèvent le dernier terne[12] ;
tu dois savoir que tous ont de la joie
selon que leur vue va plus profond
dans la vérité où tout esprit s'apaise.
On peut voir par là comment se fonde
l'être bienheureux dans l'acte de voir,
non dans celui d'aimer, qui vient en second[13] ;
et le voir se mesure au mérite,
qui engendre la grâce et le bon vouloir :
ainsi on avance de degré en degré[14].
L'autre terne, qui bourgeonne ainsi
dans un printemps sempiternel,
non dépouillé par le Bélier nocturne[15],
chante "*Hosanna*" perpétuellement,
avec trois mélodies qui sonnent en trois
ordres de joie d'où naît le terne.
Dans cette hiérarchie sont les autres déesses[16] :
d'abord Dominations, et puis Vertus ;
le troisième ordre est de Puissances.
Dans les deux pénultièmes jubilations
tournent Archanges et Principautés ;
le dernier est tout de jeux angéliques[17].
Tous ces ordres sont en haut dans l'extase ;
en bas ils sont si puissants que vers Dieu
tous sont attirés, et tous attirent[18].
Denys[19] se mit avec un tel désir

à contempler ces ordres
132 qu'ils les nomma et distingua comme moi.
Mais Grégoire[20] ensuite se sépara de lui ;
puis, aussitôt qu'il ouvrit les yeux
135 au ciel, il se mit à rire de lui-même.
Et si un mortel proféra sur terre une vérité
si secrète, je ne veux pas que tu t'étonnes ;
138 car qui l'a vue ici la lui découvrit
avec d'autres vérités de ces sphères[21]. »

CHANT XXIX

Premier Mobile.

Béatrice décrit la création et l'histoire des anges. Anges rebelles et anges fidèles. Les facultés angéliques. Contre les fantaisies théologiques et le trafic des indulgences. Nombre des anges et grandeur de Dieu.

(Nuit du 14 avril.)

Lorsque les deux fils de Latone
couverts par le Bélier et la Balance
sont coupés ensemble au centre par l'horizon [1]
entre l'instant où le zénith les équilibre
et le moment où changeant d'hémisphère
ils se libèrent tous deux de cette ceinture [2],
pendant le même temps, le visage peint de rire,
Béatrice se tut en regardant
fixement le point qui m'avait vaincu.
Puis elle commença : « Je dis, sans demander,
ce que tu veux entendre, parce que je l'ai vu,
là où aboutit tout *ubi* et *quando* [3].
Non pour acquérir un bien pour soi-même,
ce qui ne peut être, mais pour que sa splendeur
pût, en resplendissant, dire : "*Subsisto* [4]",
en son éternité, hors du temps,
hors de tout l'espace, comme il lui plut,
l'éternel amour s'ouvrit en nouveaux amours [5].
Avant quoi il ne resta pas en sommeil,
car le passage de Dieu sur ces eaux
ne procéda ni avant ni après [6].
Forme et matière, conjointes et toutes pures,

émergent à l'être sans défaut
comme trois flèches d'un arc à trois cordes[7].
Et comme dans le verre, dans l'ambre ou le cristal
un rayon resplendit, si vif, qu'entre venir
et être il n'est pas d'intervalle,
ainsi le triforme effet de son seigneur
rayonna tout entier dans mon être
sans distinction dans son commencement.
Avec les substances furent concréées
l'ordre et la construction, et les cimes du monde
furent celles qu'un acte pur avait produites[8] ;
la pure puissance eut la partie plus basse ;
au milieu un lien qui ne se défait pas
serra la puissance avec l'acte[9].
Jérôme écrivit pour vous que les anges[10]
furent créés de longs siècles avant
que fût créé le reste du monde ;
mais ce vrai est écrit en plusieurs lieux
par des scribes de l'Esprit-Saint[11],
tu t'en aviseras si tu es attentif ;
et la raison aussi le voit assez,
car elle ne consentirait pas que les moteurs
fussent aussi longtemps sans leur perfection[12].
Tu sais à présent où et quand
et comment furent créés ces amours ; ainsi
dans ton désir trois ardeurs sont éteintes.
Et tu n'arriverais pas, en comptant, jusqu'à vingt,
en moins de temps que mit une partie des anges
à troubler le support[13] de vos éléments.
L'autre resta, et commença cet art
que tu perçois, avec tant de joie
qu'elle ne cesse jamais de tournoyer.
Cause de la chute fut le maudit
orgueil de celui-là que tu as vu
forcé par tous les poids du monde[14].
Ceux que tu vois ici eurent la modestie

de se reconnaître créés par la bonté
qui les avait faits prêts à tant comprendre ;
c'est pourquoi leur vision fut exaltée
par grâce illuminante et par leur mérite,
si bien qu'ils ont la pleine et ferme volonté ;
et je ne veux pas que tu doutes ; sois certain
que recevoir la grâce est méritoire
selon que le désir s'ouvre pour elle.
Désormais, touchant ce consistoire
tu peux beaucoup contempler sans autre aide,
si tu recueilles bien mes paroles.
Mais comme sur terre dans vos écoles [15] on lit
que la nature angélique est telle
qu'elle entend, et se souvient, et veut,
je te dirai encore, pour que tu voies
la vérité pure, que là-bas on confond
en équivoquant dans la lecture [16].
Ces substances, après avoir joui
de la face de Dieu, n'ont plus détourné le regard
d'elle, à qui rien n'est caché :
c'est pourquoi elles n'ont pas la vue interrompue
par un nouvel objet, et n'ont donc pas besoin
de se remémorer par idées séparées ;
si bien que là-bas, sans dormir, on rêve,
croyant et ne croyant pas dire le vrai ;
mais l'un a plus de faute et plus de honte [17].
Vous n'allez pas par un seul sentier
en philosophant : tant vous transporte
l'amour de l'apparence et son souci !
Et cela encore on le supporte ici
avec moins de dédain que lorsque l'Écriture
est mise au second rang ou falsifiée [18].
Vous ne pensez pas tout le sang qu'il en coûte
pour la semer au monde et combien plaît ici
celui qui humblement s'appuie sur elle.
Pour apparaître chacun s'ingénie et fait

ses inventions ; et les prédicateurs
les glosent, et l'Évangile est tu.
L'un dit que la lune revint en arrière,
à la passion du Christ, et s'interposa[19] ;
si bien que le soleil n'éclaira plus en bas ;
il ment, parce que la lumière se cacha
d'elle-même ; et aux Espagnols et aux Indiens
comme aux Juifs l'éclipse fut commune[20].
Florence a moins de Lapi et Bindi[21]
qu'elle n'entend çà et là de pareilles fables
créées en chaire chaque année ;
ainsi les brebis, qui ne savent rien,
reviennent du pâturage nourries de vent,
et leur aveuglement ne les excuse pas.
Christ n'a pas dit, à son premier couvent :
"Allez et prêchez au monde des sottises" ;
il leur donna un fondement vrai,
lequel résonna si bien sur leurs bouches
qu'en bataillant pour allumer la foi
ils firent de l'Évangile écu et lance.
On prêche à présent avec des facéties
et des quolibets, et pourvu qu'on rie bien,
le capuchon se gonfle, et ne demande rien[22].
Mais un tel oiseau[23] se niche à sa pointe
que si le voyait le vulgaire, il verrait
à quelle indulgence il se confie :
par elle tant de sottise a poussé sur terre
que, sans preuve d'aucun témoignage,
on accourrait à toutes les promesses.
Ainsi s'engraisse le porc de saint Antoine[24],
et bien d'autres qui sont encore plus porcs,
et paient avec une monnaie sans coin[25].
Mais comme nous avons fait une longue digression
tourne à nouveau les yeux vers la voie droite,
pour que la route s'ajuste avec le temps[26].
Cette nature s'accroît si fort en nombre[27]

qu'il n'y eut jamais un langage
ni un concept humain qui allât aussi loin ;
et si tu regardes ce qui est révélé
par Daniel, tu verras que dans ses milliers
un nombre déterminé est absent [28].
La première lumière, qui l'éclaire toute,
est reçue en elle d'autant de façons
qu'il est de splendeurs auxquelles elle s'unit [29].
D'où, puisqu'à l'acte qui conçoit
suit l'affection, la douceur d'aimer
y est diversement ardente ou tiède [30].
Tu vois maintenant la grandeur et largeur
de l'éternelle valeur, après qu'elle a créé
tant de miroirs où elle se morcèle,
en restant une en soi, comme auparavant. »

CHANT XXX

Empyrée.

La cour céleste, anges et bienheureux. Disparition des anges et nouvelle beauté de Béatrice. Dante est frappé par un éclair. Fleuve de lumière, fleurs et étincelles. La Rose céleste. Le siège d'Henri VII.

(Hors du temps et de l'espace.)

Peut-être à six mille milles de distance
rayonne la sixième heure [1], et le monde
penche déjà son ombre presque à l'horizontale,
lorsque le champ du ciel profond
commence à s'éclaircir et que quelques étoiles
perdent leur éclat qui venait jusqu'en bas ;
et comme apparaît la très claire servante [2]
du soleil, alors le ciel se ferme
de lumière en lumière jusqu'à la plus belle.
Pareillement le triomphe qui joue [3]
toujours autour du point qui me vainquit,
et qui semble enclos dans ce qu'il enclot,
s'éteignit peu à peu à ma vue :
aussi le non-voir et l'amour me forcèrent
à reporter les yeux vers Béatrice.
Si tout ce qui s'est dit d'elle jusqu'ici
était resserré en louange unique,
ce serait peu pour remplir cet office.
La beauté que je vis ne passe pas seulement
notre mesure, mais je crois bien
que seul son créateur jouit d'elle toute.
Je me déclare vaincu par ce passage

plus que jamais par un point de son thème
ne fut un auteur comique, ou tragique :
car, comme soleil en un regard qui tremble,
ainsi le souvenir de son rire si doux
sépare mon esprit de moi-même.
Du premier jour où je vis son visage
en cette vie, jusqu'à cette vision,
le cours de mon chant n'a pas été rompu ;
mais il faut à présent que cesse ma poursuite
derrière sa beauté, en poésie,
comme tout artiste à sa limite.
Elle, que je laisse à une voix plus puissante
que celle de ma lyre qui travaille
pour porter à terme sa dure matière,
du geste et de la voix d'un guide expert,
reprit : « Nous sommes sortis du plus grand corps
au ciel qui est pure lumière[4] :
lumière intellectuelle, pleine d'amour ;
amour de vrai bien, plein d'allégresse ;
allégresse qui transcende toute douceur[5].
Là tu verras l'une et l'autre milice[6]
de paradis, et l'une avec l'aspect
que tu verras au dernier jugement. »
Comme un éclair soudain qui disperse
les esprits de la vue, et prive l'œil
de l'action des objets les plus forts,
ainsi la lumière vive m'enveloppa,
me laissant entouré d'un tel voile
de son éclat, que plus rien ne m'apparaissait.
« L'amour qui apaise le ciel
accueille toujours en soi avec pareil salut
pour préparer le cierge à sa flamme[7]. »
Ces paroles brèves ne furent pas plutôt
parvenues en moi, que je compris
que je dépassais ma propre vertu ;
et je me rallumai d'une vue nouvelle

telle qu'il n'est pas de clarté si pure
que mes yeux n'eussent pu se défendre d'elle ;
et je vis une lumière en forme de fleuve
fulgurant de splendeur, entre deux rives
peintes d'un merveilleux printemps.
De ce fleuve sortaient des étincelles vives
qui partout se posaient dans les fleurs
comme rubis entourés d'or [8] ;
puis, comme enivrées par les parfums,
elles se replongeaient dans le gouffre étonnant,
et si l'une y entrait, une autre en ressortait.
« Le haut désir qui t'enflamme et te presse
de savoir le sens de ce que tu vois,
plus il s'enfle et plus il me plaît ;
mais il faut que tu boives de cette eau
avant que tant de soif s'apaise en toi » :
ainsi parla le soleil de mes yeux.
Puis il ajouta : « Le fleuve et les topazes
qui passent et repassent, et le rire des herbes
sont une annonce ombreuse de leur vrai [9].
Non que ces choses soient en soi imparfaites ;
mais le défaut vient de ta part,
car tu n'as pas la vue encore assez puissante. »
Il n'est pas d'enfançon qui se rue aussi vite,
le visage vers le lait, s'il se réveille
en retard sur l'heure accoutumée,
comme je fis alors pour faire de mes yeux
meilleurs miroirs, en me penchant sur l'onde
qui s'écoule pour nous rendre meilleurs [10] ;
et dès qu'en elle eût bu le bord
de mes paupières, elle m'apparut
de longue être devenue ronde [11].
Puis, comme des gens restés sous le masque
paraissent autres s'ils se dépouillent
de l'aspect d'emprunt qui les cachait,
ainsi les fleurs et les étincelles

se changèrent pour moi en plus grande fête,
et je vis clairement les deux cours du ciel[12].
Ô splendeur de Dieu, par qui je vis
le haut triomphe du règne véridique,
donne-moi la force de dire comme je le vis !
Une lumière est là-haut, qui rend visible
le créateur à ses créatures
qui ont leur paix seulement à sa vue.
Elle s'étend en figure circulaire,
si largement que sa circonférence
serait au soleil trop large ceinture.
Tout ce qu'on voit d'elle se fait rayons
réfléchis au sommet du Premier Mobile
qui prend de là sa vie et sa puissance[13].
Et ainsi qu'un coteau dans les eaux à ses pieds
se mire comme pour se voir orné,
quand il est opulent de verdure et de fleurs,
ainsi, dominant la lumière alentour,
je vis se mirer en plus de mille gradins
tout ce qui de nous a fait retour là-haut.
Si le plus bas degré recueille en soi
une lumière si grande, quelle n'est pas la largeur
de cette rose en ses feuilles extrêmes !
Ma vue dans son ampleur et sa hauteur
ne s'égarait pas, mais prenait tout
le quel et le combien[14] de cette joie.
Près et loin, là-haut, n'enlèvent ni n'ajoutent :
car là où Dieu règne sans intermédiaire,
la loi naturelle est sans effet.
Au cœur jaune de la rose éternelle
qui monte et se dilate, exhalant son parfum
de louange au soleil d'un éternel printemps,
comme fait qui se tait et veut parler,
Béatrice m'entraîna, et dit : « Regarde
comme est grand le couvent des robes blanches !
Vois notre cité, comme elle fait un grand tour ;

vois nos sièges si remplis
132 que peu de gens y sont encore attendus.
Et sur le grand siège où tes yeux sont fixés
pour la couronne qui déjà s'y trouve,
135 avant que tu dînes à ces noces
siégera l'âme, qui sur la terre sera auguste,
du grand Henri qui viendra redresser
138 l'Italie avant qu'elle y soit disposée [15].
L'aveugle convoitise qui vous ensorcelle
vous a rendus pareils au nourrisson
141 qui meurt de faim et chasse sa nourrice.
Alors sera préfet dans le forum divin
quelqu'un qui ne suivra pas le même chemin
144 que lui, à découvert et en secret [16].
Mais il ne sera pas supporté longtemps
par Dieu au saint office ; car il sera plongé
147 là où Simon le mage a mérité d'être,
et poussera plus bas l'homme d'Anagni [17]. »

CHANT XXXI

Empyrée.

La rose blanche. Stupeur de Dante. Saint Bernard remplace Béatrice. Salut et prière de Dante à Béatrice. Conseils du saint. La Vierge Marie dans sa gloire.

En forme donc de rose blanche
m'apparaissait la sainte milice
que le Christ épousa dans son sang [1] ;
mais l'autre, qui voit et chante en volant
la gloire de celui qui l'embrase d'amour,
et la bonté qui la fit si grande,
comme essaim d'abeilles, qui tantôt
s'enfleure et tantôt retourne
là où son butin prend saveur,
plongeait dans la grande fleur qui s'orne
de tant de feuilles, puis remontait
là où son amour séjourne toujours [2].
Tous avaient le visage de flamme vive,
et les ailes d'or, et le reste si blanc
que nulle neige n'arrive à ce terme.
Descendant dans la fleur, de marche en marche,
ils offraient la paix et l'ardeur
qu'ils prenaient par le vent de leurs ailes.
Mais l'intensité de la foule volant
entre le sommet et la fleur
n'empêchait pas la vue et la splendeur ;
car la lumière divine est pénétrante
par l'univers selon qu'il en est digne,

si bien que rien ne peut lui faire obstacle[3].
Ce royaume tranquille et plein de joie,
peuplé de gens antiques et nouveaux,
tenait regard et amour en un seul point.
Ô triple lumière, qui en une étoile
scintillant à leur vue, les charmes tant !
vois ici-bas notre tempête !
Si les barbares, venant de ces rivages
qui sont chaque jour couverts par Hélice[4]
tournoyant avec son fils qu'elle aime,
en voyant Rome et ses grands édifices,
s'émerveillèrent quand le Latran[5]
domina les choses mortelles,
moi, qui étais venu au divin
de l'humain, à l'éternel du temps,
et de Florence au peuple juste et sain,
de quelle stupeur devais-je être empli !
Certes, entre stupeur et joie il m'était doux
de ne pas entendre et de rester muet.
Et comme un pèlerin qui se repose
au temple de son vœu, en regardant,
et qui espère déjà redire comment il était,
allant et venant par la vive lumière,
je promenais mes yeux par les gradins,
en haut, en bas, et à la ronde.
Je voyais des yeux invitant à aimer, brillants
de la lumière d'un Autre et de leur propre rire,
et des gestes parés d'honnêteté.
La forme générale du paradis,
déjà mon regard l'avait toute saisie
sans se poser encore en aucun point ;
et je me tournais avec désir réenflammé
pour questionner ma dame sur des points
qui tenaient mon esprit en suspens.
J'attendais une chose, une autre répondit :
croyant voir Béatrice, je vis un vieillard[6]

vêtu comme ces âmes glorieuses.
Sur ses yeux et ses joues était diffuse
une allégresse douce, avec des gestes pieux
comme il convient à un tendre père.
Et : « Où est-elle ? » dis-je aussitôt.
Et lui : « Pour porter ton désir à son terme
Béatrice m'a fait descendre de ma place ;
et si tu regardes au troisième rang
à partir du plus haut gradin, tu la reverras
sur le trône gagné par ses mérites. »
Sans répondre, je levai les yeux
et je la vis qui se faisait une couronne
des rayons éternels réfléchis en elle.
De la région qui tourne le plus haut
un œil mortel n'est pas aussi distant,
même plongé dans le fond de la mer,
que là mes yeux l'étaient de Béatrice ;
mais cela n'était rien, car son image
descendait vers moi sans nul mélange.
« Ô dame en qui prend vie mon espérance,
et qui souffris pour mon salut
de laisser en enfer la trace de tes pas,
de tant de choses que j'ai vues
par ton pouvoir et ta bonté,
je reconnais la grâce et la vertu.
Tu m'as tiré de servitude à liberté
par toutes ces voies, par tous ces modes
dont tu avais le pouvoir.
Conserve en moi ta magnificence,
afin que mon âme, que tu as guérie,
se dénoue de mon corps en te plaisant. »
Je priai ainsi ; et elle, si lointaine
qu'elle paraissait, sourit et me regarda ;
puis elle se tourna vers l'éternelle fontaine[7].
Et le saint vieillard : « Pour que tu achèves
parfaitement », dit-il, « ton chemin,

ce pourquoi m'envoient prière et amour saint,
vole avec les yeux par ce jardin ;
car le voir mûrira ton regard
pour mieux monter par le rayon divin.
Et la reine du ciel, pour qui je brûle
tout entier d'amour, nous fera toute grâce,
parce que je suis son fidèle Bernard[8]. »
Tel est celui qui vient de Croatie
peut-être, afin de voir notre Véronique[9],
et qui par faim ancienne ne s'en rassasie pas,
mais dit dans sa pensée, tant qu'on la montre :
« Mon Seigneur Jésus-Christ, Dieu vrai,
votre visage était donc ainsi ? » ;
tel j'étais moi-même en regardant la vive
charité de celui qui dans ce monde,
en contemplant, goûta cette paix.
« Enfant de grâce, cette vie heureuse »,
commença-t-il, « ne pourra pas t'être connue
si tu tiens tes yeux seulement vers le fond ;
regarde les cercles jusqu'au plus éloigné,
jusqu'à ce que tu voies siéger la reine
dont ce royaume est sujet dévot. »
Je levai les yeux ; et comme le matin
la partie orientale de l'horizon
dépasse celle où le soleil décline,
ainsi, comme en allant des yeux à la montagne,
je vis une partie à la cime
vaincre en lumière tout l'autre front.
Et comme ici au point où on attend le char
que Phaéton conduisit mal[10], l'air s'enflamme plus,
et des deux côtés la lumière s'atténue,
ainsi cette oriflamme pacifique
se ravivait au centre, et de tous côtés
de la même façon pâlissait ce feu ;
et, dans le milieu, les ailes déployées,
je vis plus de mille anges en liesse,

132 tous différents par l'art et par l'éclat.
Là je vis à leurs jeux et à leurs chants
rire une beauté qui donnait de la joie
135 aux yeux de tous les autres saints.
Et si j'étais aussi riche de langage
que d'imaginative, je n'oserais
138 tenter un seul trait de ses délices.
Bernard, lorsqu'il vit mes yeux
dans sa chaude chaleur fixes et attentifs,
141 porta les siens vers elle avec tant d'affection
qu'il me fit plus ardent à regarder.

CHANT XXXII

Empyrée.

Distribution des bienheureux dans la rose. Les élus de l'Ancienne et de la Nouvelle Loi. Les enfants innocents. Marie glorifiée par les anges et les saints. L'archange Gabriel. Les grands princes du ciel. Saint Bernard affirme la nécessité d'invoquer l'intervention de Marie.

Épris de l'amour d'elle, ce contemplant
prit librement office de docteur,
et commença ces saintes paroles :
« La plaie que Marie referma et pansa,
cette femme si belle qui est à ses pieds
est celle qui l'ouvrit et qui la causa [1].
Dans le rang que forment les troisièmes sièges
se tient Rachel [2] au-dessous d'elle,
avec Béatrice, comme tu vois.
Sarah et Rébecca, Judith et celle [3]
qui fut aïeule du chantre qui par remords
de son péché dit “*Miserere mei* [4]”,
tu peux les voir ainsi de gradin en gradin,
en descendant, tandis que je les nomme
en allant par la rose, de feuille en feuille.
Et du septième rang jusqu'en bas,
de même que jusqu'à lui se succèdent les Juives [5],
divisant les cheveux de la flamme ;
car, selon le regard que porta la foi
dans le Christ, elles sont le mur
où se partagent les escaliers sacrés [6].
De ce côté où la fleur est mûre,

de toutes ses feuilles, sont assis
ceux qui crurent dans le Christ à venir ;
de l'autre côté où les demi-cercles
sont coupés de vides, se tiennent ceux
qui eurent le regard sur le Christ advenu.
Et comme par ici le siège glorieux
de la dame du ciel forme avec les autres
au-dessous de lui cette séparation,
de même, vis-à-vis, est assis le grand Jean
qui, toujours saint[7], endura le désert
et le martyre, et puis l'enfer deux ans ;
au-dessous forment la même séparation
François, Benoît et Augustin[8],
et d'autres jusqu'en bas, de file en file.
Considère donc la haute providence divine :
car les deux aspects de la foi
empliront également ce jardin.
Et sache qu'au-dessous du gradin qui coupe
à mi-hauteur les deux divisions,
nul ne siège par son propre mérite
mais par celui d'autrui, à certaines conditions ;
car tous ceux-ci sont des esprits absous
avant d'avoir le vrai discernement.
Tu peux t'en apercevoir aux visages
et aussi aux voix enfantines,
si tu regardes bien, et si tu les écoutes.
À présent tu doutes, et, doutant, tu te tais :
mais je dénouerai le fort lien
où les pensées subtiles t'enserrent.
Dans l'espace de ce royaume,
un point fortuit n'a pas de place ;
non plus que tristesse, ou soif, ou faim :
car tout ce que tu vois est établi
par loi éternelle si bien qu'exactement
tout s'y répond, comme de la bague au doigt ;
aussi cette foule venue précocement

à la vraie vie, n'a pas été sans cause
placée ici de façon plus ou moins excellente.
Le roi par qui ce royaume repose
en tant d'amour et tant de joie
que nulle volonté n'ose en désirer plus,
en créant les esprits dans son regard joyeux,
les dote à son plaisir diversement
de grâce : et qu'ici nous suffise l'effet [9].
Cela est exprimé de façon claire
dans l'Écriture sainte, par ces jumeaux
qui furent dans leur mère agités de colère [10].
Aussi, selon la couleur de leurs cheveux,
il convient que la haute lumière
les coiffe dignement de telle grâce [11].
Donc sans le secours de leurs œuvres,
ils sont placés en gradins différents,
différant seulement par leur premier regard [12].
Il suffisait, dans les siècles neufs,
pour avoir le salut avec l'innocence,
simplement de la foi des parents ;
quand les premiers âges furent accomplis,
il fallut aux mâles pour leur aile innocente
gagner la vertu par circoncision [13] ;
mais lorsque vint le temps de la grâce,
sans le parfait baptême du Christ,
cette innocence fut confinée en bas.
Regarde à présent la face qui au Christ
ressemble le plus, car seule sa clarté
peut te disposer à voir le Christ. »
Je vis au-dessus d'elle tant d'allégresse
pleuvoir, portée par les saintes intelligences
créées pour voler à travers ces hauteurs,
que tout ce que j'avais vu jusqu'alors
ne m'avait pas ravi en tel enchantement,
ni montré avec Dieu pareille ressemblance ;
et le premier amour qui descendit

en chantant « *Ave Maria, gratia plena*[14] »
déploya ses ailes devant elle.
À la divine cantilène, de tous côtés,
répondit la cour bienheureuse,
et tous les visages en furent plus sereins.
« Ô Saint Père, qui supportes pour moi
d'être ici en laissant le doux lieu
où tu sièges par le sort éternel,
quel est cet ange qui si joyeux
regarde dans les yeux notre reine,
si amoureux qu'il paraît de feu ? »
Ainsi eus-je recours encore à la doctrine
de celui qui s'embellissait de Marie
comme du soleil l'étoile du matin.
Et lui à moi : « Hardiesse et grâce,
autant qu'elles peuvent être en ange ou en âme,
sont en lui ; et nous voulons ainsi,
car il est celui qui porta la palme
sur terre à Marie, quand le Fils de Dieu
voulut se charger de notre poids.
Mais suis-moi maintenant des yeux, et note,
pendant que je parle, les grands patriciens
de cet empire si juste et si pieux.
Ces deux qui siègent là-haut, plus heureux
pour être tout près de la dame auguste,
sont comme deux racines de cette rose :
celui qui touche sa main gauche
est le père dont le goût hardi
fit goûter l'amertume à l'espèce humaine[15] ;
tu vois à droite le père vénérable
de la Sainte Église à qui le Christ
recommanda les clés de cette fleur gracieuse[16].
Et celui qui vit tous les temps de malheur,
avant de mourir, de la belle épouse
qui fut gagnée par la lance et les clous,
siège auprès de lui[17], et près de l'autre

se tient le chef sous qui vécut de manne
le peuple ingrat, changeant et rétif[18].
En face de Pierre tu vois siéger Anne
si heureuse de regarder sa fille
qu'elle chante *Hosanna* sans la quitter des yeux ;
en face du plus ancien père de la famille
est assise Lucie[19] qui fit venir ta dame,
quand tu baissais le front devant le primipile.
Mais comme le temps fuit qui t'ensommeille,
nous mettrons là un point, comme le bon tailleur
qui fait l'habit selon le drap qu'il a ;
et nous lèverons les yeux vers le premier amour,
afin que tu pénètres, en regardant vers lui,
autant qu'il est possible, dans son éclat.
Pourtant, de peur que tu recules
en agitant tes ailes, croyant avancer,
il convient en priant d'obtenir la grâce,
grâce de celle qui peut t'aider ;
et tu me suivras avec ton sentiment,
pour ne pas séparer ton cœur de mon dire. »
Et il commença cette sainte oraison :

CHANT XXXIII

Empyrée.

Prière de saint Bernard à la Vierge en faveur de Dante. Dante plonge les yeux dans l'Essence infinie : intuition de l'unité de l'univers en Dieu, de l'unité et de la trinité, du mystère de l'Incarnation. Aux limites de l'expression. Extase et fulguration.

(Minuit du 14 avril.)

« Vierge mère, fille de ton fils [1],
humble et haute plus que créature,
terme arrêté d'un éternel conseil [2],
tu es celle qui as tant anobli
notre nature humaine, que son créateur
daigna se faire sa créature.
Dans ton ventre l'amour s'est rallumé
par la chaleur de qui, dans le calme éternel,
cette fleur ainsi est éclose [3].
Ici tu es pour nous la torche méridienne [4]
de charité, en bas chez les mortels
tu es source vivace d'espérance.
Dame tu es si grande et de valeur si haute
que qui veut une grâce et à toi ne vient pas,
il veut que son désir vole sans ailes.
Ta bienveillance répond non seulement
à celui qui demande, mais souvent
elle devance librement la demande.
En toi miséricorde, en toi pitié,
en toi magnificence, en toi s'assemble
tout ce qui est bonté en créature.

Or celui-ci, qui du fond de l'abîme
de l'univers jusqu'ici a vu
les vies spirituelles, une à une,

implore de toi par grâce d'avoir la force
de pouvoir se lever dans son regard
plus haut, vers l'ultime salut.

Et moi, qui jamais ne brûlai pour ma vue
plus que je ne fais pour la sienne, je te prie,
et mes prières ne soient insuffisantes,

que tu le délies de tout nuage
de sa mortalité par tes prières,
afin que s'ouvre à lui la joie suprême.

Encore je te prie, reine qui peux
ce que tu veux, que tu conserves saines,
après qu'il aura vu, ses affections.

Que ta garde vainque les mouvements humains :
vois Béatrice et tant de bienheureux
joignant les mains vers toi pour mes prières ! »

Les yeux aimés et vénérés de Dieu,
fixés sur l'âme orante, nous montrèrent
combien leur plaît une prière ardente ;

et puis ils se dressèrent vers le feu éternel,
où l'on ne doit pas croire que pénètre
regard de créature qui soit plus clair.

En moi qui touchais à la fin
de tous mes vœux, comme il fallait,
se parfit l'ardeur du désir.

Bernard souriait et me faisait signe
de regarder en haut ; mais j'étais déjà
par moi-même tel qu'il me voulait :

puisque ma vue, en devenant limpide,
entrait de plus en plus dans le rayon
de la haute lumière qui par soi-même est vraie.

À partir de ce point mon voir alla plus loin
que notre parler, qui cède à la vision,
et la mémoire cède à cette outrance.

Tel est celui qui voit en rêvant,
et, le rêve fini, la passion imprimée
reste, et il n'a plus souvenir d'autre chose,

tel je suis à présent, car presque toute cesse
ma vision, et dans mon cœur
coule encore la douceur qui naquit d'elle.

Ainsi la neige se descelle au soleil ;
ainsi au vent dans les feuilles légères
se perdait la sentence de Sibylle[5].

Ô lumière souveraine qui tant t'élèves
au-dessus des pensées mortelles, reprête un peu
à mon esprit de ce que tu semblais,

et rends ma langue si puissante
qu'une étincelle de ta gloire
puisse arriver aux gens futurs ;

si elle revient un peu à ma mémoire
et résonne à peine dans mes vers,
on concevra mieux ta victoire.

Je crois, par l'acuité que je sentis alors,
du vivant rayon, que si mes yeux
s'en étaient détournés, je me serais perdu.

Et je me souviens que je fus plus hardi
par cela même à résister, jusqu'à unir
mon regard avec la valeur infinie.

Ô grâce très abondante qui me fit présumer
de planter mes yeux dans le feu éternel,
tant que j'y consumai la vue[6] !

Dans sa profondeur je vis que se recueille,
lié avec amour en un volume[7],
ce qui dans l'univers se dissémine :

accidents et substances et leurs modalités
comme fondus ensemble[8], en sorte
que ce que j'en dis est simple lueur.

Je crois bien que je vis la forme universelle
de ce nœud, car en disant cela
je sens en moi s'élargir la jouissance[9].

Et un seul point m'est plus violent oubli
que vingt-cinq siècles à l'entreprise
qui fit s'émerveiller Neptune à voir l'ombre d'Argo[10].

Ainsi mon âme, tout en suspens,
regardait fixement, immobile, attentive,
et s'enflammait sans cesse à regarder encore.

À cette lumière on devient tel
que se détourner d'elle pour une autre vision
est impossible à jamais consentir ;

puisque le bien, qui est seul objet du vouloir,
s'accueille tout en elle, et hors d'elle
est en défaut ce qui là est parfait[11].

Ma parole désormais sera plus courte,
même au regard de ce dont j'ai mémoire,
que d'un enfant qui baigne encore la langue au sein.

Non pas que plus d'une seule apparence
fût enclose dans la lumière que je voyais,
car elle est toujours telle qu'elle était alors ;

mais pour la vue qui gagnait en valeur
en moi qui regardais, une seule apparence,
tandis que je changeais, pour moi se transmuait.

Dans la profonde et claire subsistance
de la haute lumière trois cercles m'apparurent,
de trois couleurs et de grandeur unique[12] ;

et l'un par l'autre, comme iris en iris,
paraissait réfléchi, et le troisième semblait un feu,
qui d'ici et de là pareillement respire[13].

Ô comme le dire est faible et qu'il est court
à ma pensée ! si court, devant ce que j'écris,
que dire « peu » ne suffit pas.

Ô lumière éternelle qui seule en toi résides,
seule te penses, et par toi entendue
et t'entendant, ris à toi-même, et t'aimes[14] !

Ce cercle ainsi conçu
qui semblait en toi lumière réfléchie
longuement contemplé par mes yeux

à l'intérieur de soi, de sa même couleur,
me sembla peint de notre image[15] ;
si bien que mon regard était tout en elle.
Tel est le géomètre attaché tout entier
à mesurer le cercle, et qui ne peut trouver
en pensant, le principe qui manque[16],
tel j'étais moi-même à cette vue nouvelle :
je voulais voir comment se joint
l'image au cercle, comment elle s'y noue[17] ;
mais pour ce vol mon aile était trop faible :
sinon qu'alors mon esprit fut frappé
par un éclair qui vint à son désir[18].
Ici la haute fantaisie perdit sa puissance ;
mais déjà il tournait mon désir et vouloir
tout comme roue également poussée,
l'amour qui meut le soleil et les autres étoiles[19].

NOTES

L'Enfer

Chant I

1. *de notre vie :* selon Dante, suivant Isaïe, la vie humaine dessine un arc, dont le centre, et le point le plus haut, est l'âge de trente-cinq ans. Né en 1265, Dante a trente-cinq ans en l'an 1300, date de son voyage à Rome, au moment du grand Jubilé institué par le pape Boniface VIII.

2. *une forêt obscure :* au sens allégorique, les vices et l'erreur (« la forêt d'erreurs de cette vie », *Convivio*, IV, XXIV, 12) ; elle correspond, pour Dante, à une période d'égarement moral et intellectuel.

3. *par les rayons de la planète :* le soleil était considéré comme une planète par les astronomes ptolémaïques.

4. *et le pied ferme* au sens de *stable, immobile*. Selon l'interprétation de John Freccero, le pied immobile était (dans les textes d'Albert le Grand et de saint Bonaventure, très connus de Dante) le pied gauche, alourdi et empêché par les passions humaines. Au Purgatoire, la marche sera de plus en plus légère et rapide. Au Paradis, Dante volera.

5. *une lonce : lonza*, de l'ancien français *lonce*, félin semblable, d'après les descriptions des contemporains de Dante, à une panthère ou à un léopard ; généralement entendu comme symbole de luxure.

6. *C'était le temps :* on pensait au Moyen Âge que le monde avait été créé et le ciel mis en mouvement au début du printemps. En 1300, l'équinoxe de printemps tombait le 12 mars.

toutes ces étoiles : celles de la constellation du Bélier.

7. *à la vue d'un lion :* généralement entendu comme symbole de l'orgueil.

8. *Et une louve :* symbole de l'*avarice*, au sens médiéval de *convoitise*. Les trois bêtes qui apparaissent ainsi à Dante au début de son voyage

annoncent aussi les trois grandes divisions de l'Enfer (« les trois dispositions que le ciel ne veut pas » : l'*incontinence*, la *violence* et la *fraude*).

9. *qu'un long silence avait tout affaiblie.* On peut interpréter ainsi ce vers mystérieux : 1. la raison (sens allégorique de la figure de Virgile, qui apparaît ici), lorsqu'elle s'est tue pendant longtemps, a du mal à se faire entendre ; 2. celui qui, à cause du long silence du soleil, c'est-à-dire par l'obscurité du lieu, apparaît indistinct à la vue.

10. *Miserere de moi :* Dante s'adresse en latin à l'ombre inconnue, suivant la formule liturgique *Miserere mei* (« Aie pitié de moi »).

11. *sub Julio :* pendant le règne de Jules César.

12. *le juste :* Énée, comme légendaire fondateur de Rome, héros de l'*Énéide*.

13. *ce Virgile :* on peut parler d'un mythe de Virgile au Moyen Âge ; sa figure est alors celle d'un sage, expert en arts magiques, doué du don de prophétie, chantre des morts. Pour Dante, il est aussi l'allégorie de la raison humaine et le poète de l'autorité impériale. Dans les premiers chants de *La Divine Comédie*, il est surtout maître de poésie et grand sage.

14. *le lévrier :* le terme *veltro* indique en réalité non pas un lévrier, mais un chien de chasse puissant ; ici, le sens allégorique est celui d'un sauveur providentiel qui ramènera sur terre la justice et la paix. Il a été assimilé par les commentateurs à différentes figures historiques, en particulier Can Grande della Scala, qui accueillit Dante en exil à Vérone, et à qui le poète dédia le *Paradis* ; et surtout à Henri VII, empereur d'Allemagne, admiré par Dante, et qui aurait dû être sacré à Rome (mais il mourut avant d'y arriver, en 1313).

15. *métal : peltro*, alliage de plomb et d'étain. Vaut pour *argent. Ni terre ni métal* : ni domination de terres, ni possession d'argent.

16. *entre feltre et feltre :* autre énigme. On peut lire « entre feutre et feutre » – tissu pauvre ; donc, dans l'humilité. Ou « entre Feltre et Montefeltro », ce qui indiquerait, géographiquement, le territoire de Can Grande della Scala.

17. *la vierge Camille/ Euryale et Turnus et Nisus :* personnages virgiliens, appartenant les uns au camp troyen, les autres au camp des Grecs : Dante indique ainsi que leur mort aux uns et aux autres a été nécessaire à la création de l'empire de Rome (cf. Bosco).

18. *une âme :* Béatrice, la femme aimée (longuement évoquée dans le premier livre, la *Vita nuova*), qui sera guide de Dante au Paradis, Virgile, païen, ne pouvant aller jusque-là.

19. *la porte de saint Pierre :* il n'y a pas de porte au Paradis de Dante. Il indique sans doute ici la porte du Purgatoire, qui est l'entrée du Salut. Le Purgatoire est le deuxième règne qu'il visitera aussi avec Virgile pour guide.

Chant II

1. *ô grand esprit :* on peut comprendre ce mot comme un terme collectif – l'esprit des Muses – ou plutôt comme désignant l'esprit de Dante, conscient de la hauteur de sa mission.

2. *le père de Silvius :* Énée, dont Virgile a décrit la descente aux Enfers.

3. *à l'effet qui viendrait :* la fondation de l'empire de Rome.

4. *y alla le Vase d'élection :* dans l'autre monde, précisément au troisième ciel, comme l'écrit saint Paul dans l'*Épître aux Corinthiens.*

5. *parmi ceux qui sont en suspens :* dans les Limbes, que Dante décrira au chant IV de l'*Enfer* (v. 31-45).

6. *une dame :* Béatrice.

7. *mon ami vrai, et non ami de la fortune :* celui qui aime de façon désintéressée (Casella).

8. *le ciel qui a les cercles les plus petits :* ciel au sens astronomique, selon le système ptolémaïque. Il s'agit du ciel de la Lune, qui est le plus bas de tous.

9. *Lucie :* Lucie de Syracuse, sainte aimée de Dante, martyre du IVe siècle, protectrice de la vue.

10. *Rachel :* femme de Jacob ; dans le symbolisme médiéval, elle représente la vie contemplative.

Chant III

1. *Avant moi rien n'a jamais été créé/qui ne soit éternel :* l'Enfer fut produit par la chute de Lucifer sur la terre, quelques instants après la création des anges, dont une partie se rebella immédiatement contre Dieu ; tout ce qui avait été créé avant l'Enfer est éternel (ange, cieux, matière pure : cf. Sapegno).

2. *des anges/ qui ne furent ni rebelles à Dieu/ ni fidèles, et qui ne furent que pour eux-mêmes :* les anges neutres ne font pas partie de la tradition théologique. Dante puise probablement dans des légendes populaires médiévales, par exemple dans la *Visio Pauli.*

3. *l'ombre de celui-là/ qui fit par lâcheté le grand refus* : Célestin V ; consacré pape en juillet 1294, il renonça à la papauté en décembre de la même année. Pour certains commentateurs, il pourrait aussi s'agir d'Ésaü, ou de Pilate, ou de Julien l'Apostat, etc. (cf. Petrocchi).

4. *un vieillard blanc* : fils de l'Érèbe et de la Nuit, Charon est, dans la mythologie classique, le passeur des âmes dans l'au-delà. Dante le transforme en démon de l'Enfer chrétien.

5. *Par d'autres voies, par d'autres ports/ tu viendras au rivage :* Dante, vivant, ne peut pas passer là où passent les âmes damnées ; les âmes sauvées se recueillent à l'embouchure du Tibre et sont portées par un « léger vaisseau » jusqu'à la montagne du Purgatoire.

6. *et je tombai comme celui qui succombe au sommeil :* l'évanouissement de Dante représente l'élément surnaturel qui permet le passage de l'Achéron sans avoir à monter sur la barque de Charon.

Chant IV

1. *un puissant :* le Christ, qui ne peut être nommé par son nom en Enfer, et qui descendit dans le règne des damnés entre sa mort et sa résurrection.

2. *son premier parent :* Adam.

3. *Israël :* c'est Jacob, avec son père Isaac, et ses douze fils.

4. *ce nom :* le nom du poète.

5. *la voix seule :* voix indéterminée ; on ne sait lequel des poètes a parlé.

6. *et je fus le sixième :* Dante se situe lui-même dans la suite des poètes classiques.

7. *noble château :* allégorie de la philosophie, qui représente la raison humaine sans la lumière de Dieu. Les sept murs sont les sept parties de la philosophie, ou encore les sept arts libéraux.

8. *Électre :* mère de Dardanus, fondateur des Troyens.

avec ses compagnons : ses descendants, parmi lesquels Hector et Énée – et tous les Romains sont donc aussi ses descendants.

9. *Camille :* vierge guerrière, personnage virgilien, comme les suivants.

Penthésilée : reine des Amazones, vaincue par Achille.

10. *Latinus :* roi du Latium, père de Lavinia, épouse d'Énée.

11. *Brutus :* consul romain qui chassa Tarquin le Superbe (le Brutus meurtrier de César est puni au fond de l'Enfer).

12. *Lucrèce :* violée par Sextus Tarquin, elle se donna la mort.

Julia : fille de César et femme de Pompée.

Martia : femme de Caton.

Cornélia : mère des Gracques, fille de Scipion. Toutes sont femmes de l'histoire romaine, célèbres pour leur vertu.

13. *Saladin :* le seul mahométan des Limbes, Sahl-ad-Din, sultan d'Égypte de 1174 à 1193, célébré comme prince et comme guerrier même par les chrétiens.

14. *le maître de ceux qui savent :* Aristote ; pour Dante, c'est le philosophe par excellence.

15. *Socrate et Platon :* en eux, à travers Cicéron, Dante admirait les fondateurs de la philosophie morale. Dante ne connaissait pas les textes de Platon – seulement, sans doute, une traduction latine du *Timée*.

16. *Démocrite qui soumet le monde au hasard :* ici, soutenant la doctrine selon laquelle le monde s'était formé par l'agrégation d'atomes, Dante traduit saint Thomas (cf. Bosco).

17. *Diogène :* probablement le philosophe cynique ; mais il pourrait s'agir aussi de Diogène d'Apollonie, nommé par Aristote.

Anaxagore : de Clazomène, maître de Périclès, cité par Aristote.

Thalès : de Milet, le premier des philosophes ioniens.

18. *Empédocle :* d'Agrigente. Dante se réfère à ses théories au chant XII (v. 41-43).

Héraclite : d'Éphèse, théoricien du devenir de toutes choses.

Zénon : le Stoïque, ou Zénon d'Élée ; peut-être Dante les confond-il en une seule personne.

19. *Dioscoride :* médecin et naturaliste de Cilicie, auteur d'un traité sur les vertus médicinales des plantes.

20. *Orphée :* le poète mythique grec.

21. *Tullius :* Cicéron, un des principaux auteurs de Dante, depuis sa jeunesse.

Linus : autre poète mythique, souvent associé à Orphée comme symbole et père de l'art lyrique.

Sénèque moral : Dante pense aux œuvres philosophiques de Sénèque.

22. *Euclide :* le célèbre mathématicien d'Alexandrie, qui ouvre la série des hommes de science.

Ptolémée : astronome et géographe égyptien, dont la théorie géocentrique est la base de l'astronomie médiévale.

23. *Hippocrate :* le grand médecin grec ; ses *Aphorismes* sont cités dans le *Paradis*.

Avicenne : Abu Ali ibn Sina, le célèbre médecin et philosophe arabe, que Dante cite à plusieurs reprises.

Galien : médecin grec de Pergame.

24. *Averroès :* le philosophe arabe le plus célèbre (1126-1198) ; son commentaire d'Aristote exerça une influence profonde sur la philosophie médiévale, et sur Dante.

Chant V

1. *Minos :* dans la mythologie classique, roi de Crète célèbre pour sa sévérité et son sens de la justice. Homère le place dans l'Hadès comme juge des âmes ; Dante le reprend à travers Virgile, et en fait un démon infernal.

2. *mal née :* née pour son malheur.

3. *Quand elles arrivent devant l'éboulis :* Dante fait ici la première mention des éboulis, par où on descend la falaise abrupte qui sépare les cercles de l'Enfer (l'explication détaillée de cette géographie infernale se trouvera au chant XII, 34).

4. *Sémiramis :* reine mythique de Chaldée et d'Assyrie, au XIVe siècle av. J.-C., célèbre par sa beauté et ses excès sexuels, elle aurait, selon Orose, promulgué une loi autorisant l'inceste.

5. *la terre que le Sultan gouverne :* il s'agit du sultan d'Égypte. Dante confond probablement la Babylone de Mésopotamie et Le Caire d'Égypte.

6. *celle-ci qui se tua par amour/ en trahissant les cendres de Sichée :* Didon, reine de Carthage, dont Virgile raconte qu'elle se tua lorsqu'elle fut abandonnée par Énée, trahissant par cet amour la promesse de fidélité à son mari défunt, Sichée.

7. *Cléopâtre :* reine d'Égypte, maîtresse de César puis d'Antoine, exemple traditionnel de luxure.

8. *Hélène :* cause de la guerre de Troie.

9. *Achille :* d'après les légendes médiévales sur la guerre de Troie, à cause de son amour pour Polyxène il fut attiré dans un piège et tué par traîtrise.

10. *ces deux-ci :* fait divers devenu légende. Francesca da Rimini, fille de Guido da Polenta, épouse Giovanni Malatesta en 1275, et s'éprend de son beau-frère Paolo da Malatesta ; Giovanni les surprend et les tue.

11. *La Caïne :* c'est la première des quatre régions du dernier cercle de l'Enfer, le Cocyte. Elle est assignée aux damnés traîtres à leurs parents.

12. *Lancelot :* différentes versions des romans de la Table ronde racontent ses amours avec Guenièvre, femme du roi Arthur.

13. *Galehaut :* sénéchal de la reine, témoin du pacte d'amour. Dans les textes connus, il pousse Guenièvre à donner un baiser à Lancelot. Selon la version inconnue que suit Dante (ou selon sa propre version), c'est Lancelot qui donne un baiser à Guenièvre.

Chant VI

1. *cousins :* au sens de *proches parents* (cf. Pézard). Dante dit « beaux-frères ».

2. *Cerbère :* monstre infernal de la mythologie antique – chien à trois têtes couvertes de serpents, et à la queue de serpent. Virgile et Ovide le mettent à la porte de l'Averne ; Dante en fait le gardien du troisième cercle, comme symbole de voracité et de discorde.

3. *une :* c'est *Ciacco*, « cochon », surnom sans doute d'un Florentin glouton et médisant, mais par ailleurs courtois (Boccace).

4. *Ta ville :* première apparition de Florence.

5. *ils en viendront au sang :* la rencontre a lieu en 1300, et à cette date ont déjà lieu des troubles entre les deux factions – guelfes blancs et guelfes noirs. Les gibelins, féodaux appuyés sur l'empereur, avaient été vaincus depuis longtemps, et les guelfes s'étaient divisés en *Noirs* (« popolo grasso »), favorisant les visées de Boniface VIII sur la Toscane, et *Blancs*, l'aile démocratique, partisans intransigeants de l'indépendance de la Toscane. Dante appartenait à une famille de guelfes blancs.

6. *le parti sauvage :* c'est-à-dire *rustique*. Les Blancs sont commandés par la famille des Cerchi, qui venait de la campagne toscane.

7. *chassera l'autre :* en 1301, les Blancs au pouvoir exilent tous les chefs des Noirs.

8. *avant trois soleils :* avant trois ans auront lieu les condamnations et le bannissement (entre autres celui de Dante) des Blancs par les Noirs.

9. *grâce au pouvoir de qui :* quelqu'un dont Dante ne veut pas écrire le nom ; il s'agit du pape Boniface VIII.

10. *et s'en outrage :* le gouvernement des guelfes noirs, exemple de la violence de l'homme sur l'homme.

11. *Deux sont les justes :* deux, peut-être dans le sens de « peu ». Ces justes ne sont pas identifiés. Dante pensait-il à lui-même et à Cavalcanti ? ou à lui et à Dino Compagni ?

12. *Farinata :* célèbre chef gibelin, que Dante rencontrera plus loin, dans le cercle des hérétiques.

Tegghiaio : podestat de San Gimignano en 1238 ; guelfe, il travailla à la paix entre les factions. Dante le rencontrera au cercle des sodomites.

13. *Jacopo Rusticucci :* procureur de la Commune de Florence, médiateur de paix, il est lui aussi au cercle des sodomites.

Arrigo : non identifié. Peut-être Arrigo di Cascia, qui fut médiateur avec Tegghiaio et Rusticucci de la paix avec Volterra.

Mosca : podestat gibelin de Reggio en 1242. Dante le rencontrera parmi les semeurs de schismes et de scandale au 8e cercle.

14. *Retourne à ta science :* la doctrine d'Aristote (textes et commentaires) soutient que plus la créature est parfaite, plus elle sent le bien et la douleur.

15. *Pluton :* dieu des Enfers, confondu au Moyen Âge avec Plutus, dieu des richesses.

Chant VII

1. *« Pape Satàn, pape Satàn aleppe ! » :* vers incompréhensible, mais non privé de sens – Virgile le comprend (v. 3) ; c'est une invocation à Satan, où *pape* a la valeur d'une exclamation de surprise, *aleppe* d'un cri de douleur (Bosco). Les interprétations sont innombrables. Entre autres, celle de Cellini, qui y lit des mots français « Paix, paix, Satan, paix, paix, Satan, allez, paix » (*Vita*, II, 27). Cf. Pasquini-Quaglio.

2. *là où Michel :* l'archange saint Michel chassa du ciel Lucifer et les anges rebelles.

3. *Charybde :* promontoire de Sicile, en face de Scylla ; épisode célèbre de l'*Odyssée*, repris par Virgile.

4. *s'ils furent tous clercs :* les ecclésiastiques sont ici si nombreux que Dante s'étonne.

5. *avec le poing fermé :* symbole d'avarice.
le poil rogné : symbole de prodigalité.

6. *cette fortune :* la Fortune est ici représentée comme un ange, chargé de régler le cours des affaires humaines. Dante l'incorpore avec le thème de l'Univers (Bosco).

7. *fit les cieux :* Dieu crée les neuf cieux et leur assigne les Intelligences motrices ; chacune d'elles reflète sa lumière intellectuelle sur chaque ciel matériel, sur chaque sphère céleste, en distribuant également la lumière divine dont elle est douée.

8. *les autres dieux :* les autres Intelligences, vulgairement appelées Anges.

9. *les étoiles qui montaient :* douze heures sont donc passées ; il est à présent à peu près minuit du vendredi saint.

10. *une source :* toutes les eaux de l'Enfer dérivent d'une seule source, celle de l'Achéron.

11. *perse :* couleur des tapis persans. Dante entend par là « une couleur mêlée de pourpre et de noir, mais où domine le noir » (*Convivio*, IV, XX, 2).

12. *Styx :* dans la mythologie classique, c'est un fleuve des Enfers ; Dante (suivant en cela Virgile) en fait un marais, qui entoure ici la ville de Dité. Entre l'Achéron et le Styx sont punis les péchés d'incontinence. Au-delà du Styx se dressent les murailles en flammes de Dité, où sont punies la violence et la fraude.

Chant VIII

1. *en continuant :* le chant VIII marque une reprise narrative ; selon Boccace, les sept premiers chants auraient été composés à Florence, avant l'exil. Le travail de Dante aurait été ensuite interrompu, peut-être pendant plusieurs années. Cette hypothèse, avec un grand nombre de variantes, a été reprise par plusieurs commentateurs modernes.

2. *Phlégyas :* personnage mythologique ; roi de Béotie, fils de Mars et d'une mortelle. Irrité contre Apollon, qui avait séduit sa fille, il mit le feu au temple de Delphes, et fut envoyé en Enfer par le dieu. Symbole de la colère, il est gardien du 5e cercle.

3. *Filippo Argenti :* riche Florentin du clan des Noirs.

4. *Dité :* du nom de *Dis*, Pluton, le dieu des Enfers en latin. La ville de Dité contient les 4 derniers cercles de l'Enfer.

5. *mosquées :* mosquées, vues comme perversion des églises.

6. *plus de mille diables [...]/ précipités du ciel :* les anges déchus, devenus démons de l'Enfer après leur chute.

7. *à moins secrète porte :* lorsque Jésus descendit en Enfer, les démons tentèrent de lui en interdire l'entrée ; Jésus dut briser la porte.

8. *quelqu'un :* un messager du ciel.

Chant IX

1. *Érichton :* magicienne de Thessalie, qui, pour prédire à Pompée l'issue de la bataille de Pharsale, avait fait revenir un mort sur terre. Épisode inventé par Dante.

2. *trois furies infernales :* ce sont les Érinyes, qui tourmentent ceux qui ont violé des tabous fondamentaux ; elles sont ici ministres de la vengeance céleste.

3. *reine des pleurs :* Proserpine, femme de Pluton. Les Furies étaient au service de Pluton et de Proserpine.

4. *Mégère :* Mégère, Alecto et Tisiphone sont les noms des Érinyes.

5. *Méduse :* la plus jeune des trois Gorgones, filles de Phorcys, dieu marin. Méduse défie Minerve en beauté ; celle-ci change ses cheveux en serpents et lui donne un visage terrible, ainsi que le pouvoir de transformer en pierre ceux qui la regardent.

6. *Thésée :* il avait accompagné en Enfer son ami Pirithous qui voulait enlever Proserpine. Il fut retenu prisonnier jusqu'à ce qu'il soit libéré par Hercule. Si les Furies avaient puni Thésée, elles auraient découragé les autres visiteurs de l'Enfer.

7. *voyez la doctrine qui se cache/ sous le voile des vers étranges :* Dante attire l'attention du lecteur sur le sens allégorique de l'épisode, dont il existe une foule d'interprétations (la Méduse comme hérésie, comme sensualité, comme terreur, etc.) Cf. Sapegno.

8. *quelqu'un :* un messager du ciel ; l'archange saint Michel ?

9. *la gorge et le menton pelés :* Hercule avait amené sur terre Cerbère avec une chaîne qui lui avait râpé le cou.

10. *à Arles :* les tombeaux des Aliscans étaient célèbres au Moyen Âge.

11. *à Pola :* en Istrie ; on pouvait y voir une nécropole romaine, aujourd'hui disparue.

12. *à main droite :* Dante en Enfer descend toujours vers la gauche ; ici, mystérieusement, il va vers la droite, comme plus tard en face de Géryon (XVII, 97).

Chant X

1. *Josaphat :* près de Jérusalem ; lieu, selon la tradition biblique, du Jugement dernier.

2. *Épicure :* pour le Moyen Âge, la philosophie épicurienne signifiait avant tout la négation de l'immortalité de l'âme.

3. *et au désir aussi que tu me tais :* Virgile lit en Dante le désir de parler avec un Florentin.

4. *Farinata :* Manente di Jacopo degli Uberti, dit Farinata, chef des gibelins de Florence à partir de 1239, chasse les guelfes en 1241 ; ils reviennent en 1251, et le bannissent à son tour en 1258. Il les bat à Monteperti en 1260, mettant ainsi la Toscane aux mains des gibelins. Il meurt en 1264. Il a subi un procès pour hérésie cathare. Dante évoque ici sa grandeur humaine.

5. *une ombre :* Cavalcante Cavalcanti, épicurien, père de Guido Cavalcanti, poète du *dolce stil nuovo*, et « premier ami » de Dante.

6. *que votre Guido eut peut-être en mépris :* s'agit-il de dédain à l'égard de Virgile, en tant que représentant de la raison ? plus probablement à l'égard de Béatrice, en tant que symbole de la théologie.

7. *répondre :* l'explication du retard est donnée à Farinata par le visiteur Dante aux vers 110-114.

8. *la dame qui règne ici :* Hécate ou Proserpine, déesse de la lune. Dante sera exilé de Florence avant 50 lunes (à partir de Pâques 1300).

9. *ce peuple :* les Florentins.

10. *qui teignirent de rouge le cours de l'Arbia :* la bataille de Montaperti, en 1260. L'Arbia est une rivière près de Sienne.

11. *le second Frédéric :* Frédéric II, élu empereur en 1212, mort en 1250, épicurien.

12. *le Cardinal :* Ottaviano degli Ubaldini, cardinal en 1265, descendant d'une illustre famille gibeline ; il était considéré plus ou moins comme le fondateur de cette faction, et hérétique.

13. *celle dont les beaux yeux :* Béatrice.

Chant XI

1. *le pape Anastase :* Anastase II, pape de 496 à 498, vécut au temps du schisme entre l'Église orientale et l'Église occidentale ; cherchant la conciliation, il devint suspect aux intransigeants ; il reçut de façon bienveillante le diacre *Photin*, contre l'avis du clergé.

2. *trois petits cercles :* le 7e, le 8e et le 9e.

3. *Cahors :* ville connue au Moyen Âge pour ses usuriers.

4. *le point/ de l'univers :* dans la géographie de Dante, le fond de l'Enfer est le centre de la terre, qui est elle-même le centre de l'univers.

5. *ton Éthique :* l'*Éthique* d'Aristote, longuement étudiée par Dante.

6. *ta Physique :* la *Physique* d'Aristote.

7. *les Poissons :* la constellation des Poissons, précédant celle du Bélier, arrive sur l'horizon trois heures avant l'aube.

8. *le Chariot :* celui de la Grande Ourse.

Caurus : vent qui souffle du nord-ouest, où se trouve la Grande Ourse. Les étoiles ne sont pas visibles en Enfer, mais Virgile les lit par un pouvoir spécial que Dante n'explique pas.

Chant XII

1. *cet éboulis :* probablement celui qui se trouve près de Rovereto, entre Trente et Vérone.

2. *l'infamie de Crète :* le Minotaure, fils de Pasiphaé et du taureau, enfermé dans le labyrinthe. Dante reprend ici les *Métamorphoses* d'Ovide (VII, 169-175).

3. *la fausse vache :* la vache de bois construite par Dédale, dans laquelle Pasiphaé entra pour s'unir au taureau.

4. *le roi d'Athènes :* Thésée.

5. *les leçons de ta sœur :* Ariane, sœur du Minotaure, qui aida Thésée à sortir du labyrinthe.

6. *celui qui ôta à Dité/ la grande proie :* le Christ, qui tira de l'Enfer les Justes de l'ancienne Loi.

7. *la grande vallée infecte/ trembla :* c'est le tremblement de terre qui eut lieu au moment de la descente de Jésus-Christ aux Enfers.

8. *que l'univers/ était frappé d'amour :* allusion à la doctrine d'Empédocle, que Dante connaissait à travers la *Métaphysique* d'Aristote : le monde se maintient par la discorde des éléments ; si l'amour les agrège à nouveau, l'univers retourne au chaos.

9. *la rivière de sang :* le Phlégéton.

10. *Chiron :* le plus juste des Centaures ; précepteur d'Achille et d'autres héros grecs.

11. *Nessus :* le centaure Nessus enleva Déjanire, femme d'Hercule, qui se vengea grâce à une tunique empoisonnée qu'il fit revêtir à son rival, et qu'il finit par revêtir lui-même, sur le conseil de Déjanire : et c'est ainsi qu'il mourut.

12. *Pholus :* l'un des Centaures les plus violents, qui tenta d'enlever les femmes des Lapithes.

13. *Alexandre :* Dante évoque les plus fameux tyrans de l'Antiquité et du Moyen Âge ; il s'agit ici d'Alexandre le Grand, ou peut-être d'Alexandre de Phères, en Thessalie.

14. *Denys le féroce :* Denys tyran de Sicile.

15. *Azzolino :* Ezzolino III da Romano, tyran des Marches, gibelin ; il massacra un grand nombre de Padouans.

16. *Opizzo :* Obizzo II d'Este, seigneur de Ferrare et de la Marche d'Ancône, mort en 1203. Dante veut ici révéler un épisode secret de la chronique contemporaine (Bosco).

17. *Celui-ci :* Guy de Montfort, vicaire en Toscane de Charles Ier d'Anjou ; il assassina en 1272, pendant la messe à Viterbe, Henri, fils du roi Richard d'Angleterre.

18. *Pyrrhus :* Il s'agit probablement ici de Pyrrhus, fils d'Achille, plutôt que du roi d'Épire.

Sextus : il s'agit certainement de Sextus, fils de Pompée, dont Dante connaissait par Lucian la renommée de corsaire féroce.

19. *Rinier de Corneto :* célèbre bandit de la Maremme, contemporain du poète.

Rinier Pazzo : fameux brigand de Valdarno, de la famille des Pazzi.

Chant XIII

1. *Cecina :* petit fleuve de Toscane.

Corneto : aujourd'hui Tarquinia.

2. *les affreuses Harpies :* monstres mythologiques, à corps d'oiseaux rapaces et à têtes de femmes. Virgile décrit dans l'*Énéide* les tourments qu'elles infligent à Énée et à ses compagnons dans les îles Strophades, en salissant leurs aliments et en leur prédisant de nouveaux malheurs.

3. *Je crois qu'il crut que je croyais :* artifice de style médiéval, qui annonce le dialogue avec le poète Pier delle Vigne.

4. *dans mes vers :* dans l'*Énéide*, livre III. Énée, arrivé en Thrace, coupe une branche de myrte, qui se met à saigner ; une voix sort de l'arbre, celle de Polydore, fils de Priam et ami d'Énée, qui avait été tué traîtreusement par le roi de Thrace et enseveli à cet endroit.

5. *Je suis celui :* Pier delle Vigne, ministre de l'empereur Frédéric II. Célèbre juriste et poète. Accusé de trahison, condamné à la prison, aveuglé, il se suicida, selon certains (et selon Dante lui-même), innocent en réalité de ces crimes. Il était fameux pour son éloquence ornée, et Dante, le faisant parler, adopte son style.

6. *La prostituée :* métaphore biblique, qui désigne habituellement Babylone. Ici elle indique l'Envie.

7. *César :* c'est le titre de Frédéric II, empereur des Romains, mais c'est aussi, de façon plus générale, une désignation courante pour un chef d'État.

8. *Par les racines étranges :* on peut entendre l'adjectif *nove* comme « récentes » – Pier delle Vigne était seulement depuis cinquante ans en Enfer – ou comme « étranges ».

9. *Minos :* le juge infernal.

10. *Lano :* Lano de Sienne, grand dépensier. Tué à la bataille du *Toppo*, en 1287, que les Siennois perdirent contre les Arétins. Boccace raconte qu'il y chercha la mort pour échapper à la pauvreté.

11. *Iacopo de Saint-André :* Padouan, fameux pour ses sottes prodigalités. Ezzellino IV le fit tuer en 1239. On raconte qu'un jour, pour fêter ses hôtes, il mit le feu à sa propre maison.

12. *Et lui :* Florentin anonyme, dont la provenance est dans le texte plus importante que l'identité.

13. *la cité :* Florence. Mars était le patron de la ville au moment de sa fondation par les Romains. Lorsque les Florentins se convertirent au christianisme, ils enlevèrent la statue de Mars et construisirent une église sur son emplacement : le Baptistère. La statue, placée sur le bord de

l'Arno, fut jetée dans le fleuve au moment de la destruction de la ville par Attila. Le tronçon retrouvé fut placé au bout du Ponte Vecchio, et il y était encore au temps de Dante, avant d'être emporté par l'inondation de 1333.

Chant XIV

1. *que les pieds de Caton :* Caton d'Utique conduisit une armée à travers le désert de Libye.

2. *Ainsi qu'Alexandre :* information puisée par Dante dans le *De Meteoris* d'Albert le Grand, qui cite une lettre d'Alexandre le Grand à Aristote.

3. *vapeurs :* le feu était alors considéré comme une vapeur embrasée.

4. *ce grand :* Capanée, l'un des sept rois grecs coalisés contre Thèbes. Dans la *Thébaïde* de Stace, il était déjà représenté comme blasphémateur ; il fut foudroyé par Jupiter.

5. *Montgibel :* l'Etna, où Vulcain avait sa forge.

6. *comme il fit à la bataille de Phlégrée :* c'est dans la vallée de Phlégrée, en Thessalie, qu'eut lieu le fameux combat des dieux et des Géants.

7. *une mince rivière :* fleuve de sang qui descend à travers la forêt des suicidés, la plaine brûlante, et plonge de la grande falaise dans le 8e cercle.

8. *Bulicame :* source sulfureuse chaude près de Viterbe. Les prostituées y avaient un droit spécial au bain public.

9. *qui éteint sur soi :* les vapeurs qui montent de la petite rivière écartent les flammes, permettant à Virgile de passer.

10. *Rhéa :* Rhéa, femme de Saturne, voulant sauver son fils Jupiter (Saturne, effrayé par la prophétie selon laquelle il serait tué par son fils, voulait le dévorer), le fit élever dans une grotte du mont Ida, où ses prêtres, les Corybantes, couvraient avec les sons de leurs chants et de leurs instruments les pleurs du bébé.

11. *un grand vieillard :* la source de cette figure du vieillard de Crète est le passage biblique relatif au songe de Nabuchodonosor. Le vieillard de Crète représente l'humanité dans sa corruption progressive.

12. *Damiette :* en Égypte, à l'embouchure du Nil. Dante fait allusion aux origines orientales de la civilisation humaine. L'humanité se tourne comme vers son modèle idéal vers Rome, centre spirituel de l'Église et de l'Empire.

13. *façonnée d'or fin :* symbole de l'âge d'or, qui sera suivi de l'âge d'argent, de cuivre, puis de fer.

14. *et il s'appuie :* le pied de terre symbolise le pape corrompu, le pied de fer l'Empire désormais privé de prestige et d'autorité.

15. *d'une blessure par où coulent des larmes :* les larmes deviennent les fleuves de l'Enfer. Équidistant entre les trois continents, le vieillard est le centre du Temps, qui tourne le dos à l'Orient, et regarde Rome.

16. *Cocyte :* le lac glacé au centre de l'Enfer.

17. *Léthé :* pour les Anciens, fleuve de l'oubli. Pour Dante, fleuve du paradis terrestre.

Chant XV

1. *quel qu'il fût :* Dieu ou le diable. Même indétermination dans *Enfer*, XXI, 85-86.

2. *ser Brunetto :* Brunetto Latini (1230-1294). Éminent florentin, notaire, ambassadeur des guelfes auprès du roi de Castille Alphonse X. À son retour, il resta volontairement exilé en France à la nouvelle de la défaite guelfe de Montaperti. Rentré à Florence, il fut grand divulgateur de la culture laïque. Auteur d'une encyclopédie en prose française, le *Trésor.*

3. *Mais ce peuple ingrat et méchant :* d'après la légende, Florence aurait été fondée à la fois par quelques colons romains et par des Fiesolans. Les discordes à Florence viendraient de cette double origine.

4. *les deux partis auront faim de toi :* d'abord les Blancs, puis les Noirs voudront te nuire.

5. *celle :* Béatrice.

6. *Priscien :* célèbre grammairien du VIe siècle.

7. *Francesco d'Accorso :* juriste florentin, professeur à l'université de Bologne, pendant la deuxième moitié du XIIIe siècle.

8. *celui :* le florentin Andrea de' Mozzi, évêque de Florence en 1287.

9. *le serviteur des serviteurs :* le pape ; c'est par cette formule que le pape signait les bulles.

10. *ses nerfs trop mal tendus :* tendus de façon mauvaise, pour satisfaire son vice.

11. *mon Trésor :* son œuvre principale, écrite en français, *Li livres dou tresor.*

12. *le drap vert :* bannière, ou « palio ». Le premier dimanche du Carême, tous les jeunes gens de Vérone faisaient une course à pied, et le vainqueur gagnait le palio.

Chant XVI

1. *une roue d'eux-mêmes :* ils se disposent en cercle autour de Dante pour pouvoir lui parler.

2. *la bonne Gualdrada :* la vertueuse fille de Bellincione de' Ravignani, épouse de Guido le Vieux ; dans les légendes florentines, elle apparaît comme un exemple de vertus domestiques et de mœurs probes (Bosco).

3. *Guido Guerra :* un des chefs valeureux du parti guelfe.

4. *Tegghiaio Aldobrandi :* de la famille des Adimari, mort en 1266 ; il essaya de dissuader ses concitoyens de l'entreprise contre Sienne, qui amena la défaite de Montaperti, en 1260.

5. *Jacopo Rusticucci :* citoyen florentin riche et actif de la première moitié du XIIIe siècle.

6. *Guglielmo Borsiere :* expert homme de cour, arrangeur de mariages, mort vers 1300.

7. *Acquacheta :* aujourd'hui Mantoue.

8. *J'avais une corde autour de la ceinture :* peut-être Dante appartenait-il à l'ordre de saint François ; peut-être cette corde est-elle l'allégorie de la vertu opposée à la lonce (luxure) ; ou encore de la vertu opposée à la fraude, représentée par Géryon ; dans ce cas, il s'agit de la vertu comme justice et vérité.

Chant XVII

1. *Voici venir la bête :* Géryon était dans le mythe païen un géant à trois corps et trois têtes, roi d'une île occidentale (peut-être les Baléares) ; il nourrissait ses troupeaux de chair humaine (celle de ses hôtes tués par traîtrise), et fut tué à son tour par Hercule. Dante, en lui ajoutant des éléments apocalyptiques et figuratifs médiévaux, en fait l'allégorie de la fraude (punie dans le 8e cercle, dont Géryon est le gardien).

2. *qui brise armes et murs :* les péchés de fraude sont plus destructeurs que les péchés de violence.

3. *Jamais Turcs ni Tartares :* Tartares et Turcs étaient les tisserands les plus experts au temps de Dante.

4. *Arachné :* la tisseuse lydienne qui osa défier Minerve et fut transformée en araignée.

5. *des gens :* les usuriers, qui pèchent contre l'art, fils de la nature. C'est la troisième et dernière catégorie des violents contre Dieu.

6. *la forme et la face d'un lion :* armoiries des Gianfigliazzi, guelfes florentins.

7. *une oie plus blanche que le beurre :* armoiries des Obriachi, gibelins florentins.

8. *truie couleur d'azur :* armes des Scrovegni, de Padoue.

9. *Vitaliano :* Vitaliano del Dente, de Padoue, podestat en 1307.

10. *le roi des chevaliers :* Giovanni di Buiamonte dei Becchi, gonfalonier de justice en 1293. Il avait pour armes trois boucs noirs sur champ d'or.

11. *bon maître :* la honte d'apparaître lâche donne courage au valet, et ici à Dante devant Virgile.

12. *Phaéton :* le fils d'Apollon, qui conduisit un jour le char de son père, et faillit mettre le feu au ciel. Il fut foudroyé par Jupiter. Dante suit Ovide (*Métamorphoses*, I, 750-779 ; VIII, 155-262).

13. *Icare :* fils de Dédale ; il vola avec les ailes fabriquées par son père. Mais la chaleur du soleil fit fondre la cire, et Icare tomba dans la mer.

Chant XVIII

1. *Malebolge :* le 8e cercle est une immense zone circulaire en pente vers le centre, qui est formé par un puits profond ; elle est divisée en dix fosses concentriques (« bolges » – poches, sacs), semblables aux fossés qui entourent les châteaux. De l'extrémité inférieure de la rive partent des rochers qui forment comme des ponts au-dessus des bolges et qui convergent vers le puits central.

2. *le pont :* le pont Saint-Ange ; pendant le Jubilé de l'an 1300.

3. *la colline :* le mont Giordano, petite colline en face du château Saint-Ange, où habitait la famille Orsini.

4. *crut alors se cacher :* jusqu'à ce point, le désir des damnés était celui de rappeler leur nom dans le monde. Dans le fond de l'Enfer, la règle est renversée et les pécheurs, en général, essaient de cacher leur identité.

5. *Venedico Caccianemico* (1228-1302) *:* puissant personnage guelfe de Bologne, il remplit de nombreuses fonctions politiques dans différentes villes en Italie.

6. *sauces :* métaphore pour « tourments », et allusion à un quartier mal famé de la banlieue de Bologne, les *Salse*.

7. *Ghisolabella :* sœur de Venedico, prostituée par lui à Obizzo d'Este, marquis de Ferrare.

8. *sipa :* dialecte de Bologne pour *si*, « oui ».

9. *à droite :* ce n'est pas une exception à la règle infernale de la marche vers la gauche ; après avoir tourné à gauche, les poètes doivent monter sur les ponts qui se trouvent à leur droite (Bosco).

10. *Jason :* le chef mythique des Argonautes ; s'étant emparé de la Toison d'or, il fit construire le bateau *Argo*, le premier à franchir la mer. À Lemnos il séduisit et abandonna la jeune vierge Hysipile (qui avait sauvé son père en le cachant aux autres femmes de l'île) ; en Colchide, il trompa Médée en lui promettant le mariage. Médée se vengea en tuant les enfants qu'elle avait eus de lui.

11. *la deuxième digue :* celle qui enferme la bolge des flatteurs.

12. *Alessio Interminei :* guelfe blanc appartenant à une noble famille de Lucques.

13. *Thaïs :* protagoniste de la comédie l'*Eunuque* de Térence, que Dante cite à travers Cicéron.

Chant XIX

1. *Simon mage :* personnage biblique (*Actes des Apôtres*, VIII, 9-20) qui exerçait les arts magiques ; il demanda à Pierre et Jean, contre de l'argent, la faculté de communiquer le Saint-Esprit aux baptisés ; il fut repoussé et maudit par saint Pierre.

2. *tombe :* bolge creusée dans la terre comme une tombe.

3. *mon beau Saint-Jean :* le baptistère de Saint-Jean ; épisode de la vie de Dante raconté par Benvenuto da Imola. Un enfant (Antonio di Baldinuccio de' Cavicchioli) s'était pris les jambes dans l'une des vasques : Dante brisa la pierre pour le sauver.

4. *Il :* c'est Nicolas III, pape de 1277 à 1280.

5. *Boniface :* Boniface VIII, élu pape en 1294 ; le damné prend Dante pour lui, laissant entendre que plus tard Boniface viendra prendre sa place.

6. *la belle Dame :* l'Église.

7. *lui faire outrage :* par la simonie.

8. *du grand manteau :* de la papauté.

9. *le fils de l'ourse :* de la famille des Orsini.

10. *viendra de l'ouest un pasteur sans loi :* Boniface sera remplacé par Clément V – Bertrand de Got, élu pape le 5 juin 1305 –, qui transféra le siège papal en Avignon.

11. *nouveau Jason des Maccabées :* fils de Simon II ; selon le témoignage biblique (II *Macc.*, IV, 7-26), il se procura grâce à une promesse d'argent l'appui du roi Antiochus pour obtenir la charge de grand prêtre des Hébreux, et mena une vie corrompue. On disait que Bertrand de Got était monté sur le trône grâce à l'intervention de Philippe le Bel, à qui il avait promis de grands avantages.

12. *Matthieu :* Matthieu fut élu comme apôtre pour remplacer Judas.

13. *la monnaie :* Nicolas III avait toujours combattu l'influence de Charles d'Anjou, roi de Naples, frère de Saint Louis. On racontait aussi qu'il avait reçu de l'argent de Jean de Procida pour la question qui aboutit aux Vêpres siciliennes.

14. *vous pasteurs :* saint Jean, dans son *Apocalypse*, fait allusion à la Rome païenne (sept collines, dix rois). Dante voit en elle aussi la Rome papale, pervertie par la simonie (les sept têtes sont alors les sept sacrements et les dix cornes le *Décalogue*). Le pape est l'époux de cette créature dépravée.

15. *sur les eaux :* les eaux indiquent tous les peuples sur lesquels règne Rome (cf. *Apocalypse*, XVII, 15).

16. *Constantin :* Dante pensait comme ses contemporains que le pouvoir temporel du pape remontait non pas à Pépin le Bref, mais à Constantin lui-même : Constantin, par une donation apocryphe, aurait transporté le siège de l'Empire à Byzance afin de laisser Rome au pape Silvestre et à

ses successeurs. La donation de Constantin est au centre de la discussion sur le pouvoir politique de l'Église dans la monarchie.

Chant XX

1. *du premier cantique :* l'*Enfer*. *Cantica* est le nom que donne Dante à chacune des trois parties de sa *Comédie.*

2. *Ici vit la pitié :* il est deux interprétations à ces vers : 1. l'*Ici* s'étend à tout l'Enfer ; c'est une impiété d'avoir pitié des damnés ; 2. l'*Ici* regarde la bolge des devins, qui croient pouvoir forcer le jugement divin par leurs artifices.

3. *Amphiaros :* un des sept rois qui marchèrent contre Thèbes ; il avait appris au moyen de son art divinatoire qu'il devait mourir dans l'expédition, et avait essayé en vain de se cacher. Jupiter, sous les yeux des Thébains, entrouvrit la terre et l'engloutit (Stace).

4. *Tirésias :* devin des Grecs avant la guerre de Troie. Ayant frappé de sa verge magique deux serpents accouplés, il fut changé en femme pendant sept ans (Ovide, *Métamorphoses*, I, 316-350).

5. *Aruns :* haruspice étrusque, qui vivait au temps de César et de Pompée ; il prophétisa la guerre civile et la victoire de César (Lucain, *Pharsale*, I, 584-587).

6. *les monts de Luni :* la Lunigiana, région située au nord de La Spezia, où Dante fit un séjour heureux en 1306.

7. *celle-ci :* Mantô, fille de Tirésias et devineresse qui, après la mort de son père, s'enfuit de Thèbes, ville de Bacchus ; après avoir longtemps erré, elle s'établit dans le lieu qui devint plus tard la ville de Mantoue, où naquit Virgile.

8. *Benaco :* aujourd'hui lac de Garde.

9. *Casalodi :* Alberto da Casalodi, seigneur guelfe de Mantoue, que Pinamonte de' Bonacolsi chassa par ruse de sa ville, en 1272.

10. *Calchas :* l'augure des Grecs dans la guerre de Troie, célébré par Homère.

11. *Eurypyle :* devin grec qui, avant Calchas, indiqua à ses compatriotes le moment opportun pour lever l'ancre et partir pour la guerre de Troie.

12. *ma haute tragédie :* l'*Énéide*. Virgile l'appelle tragédie parce qu'elle est écrite en style noble ; de la même façon, Dante appelle son poème *comédie*, parce qu'il est composé en style mêlé et familier.

13. *Michel Scott :* Écossais, médecin et astrologue de Frédéric II. Commentateur et traducteur d'Aristote. Il était resté célèbre en Écosse comme magicien.

14. *Guido Bonatti :* de Forli, astrologue favori de Guido de Montefeltro. Auteur d'un traité d'astronomie très connu en Europe au Moyen Âge.

Asdente : cordonnier de Parme, qui laissa son métier pour se faire devin.

15. *Caïn chargé d'épines :* cette expression désigne la lune, dont les taches, d'après une croyance populaire médiévale, représentaient Caïn chargé d'un fagot d'épines.

16. *au-dessous de Séville :* la lune est au zénith à Séville, qui marque le point le plus occidental du monde ; elle se couche à Jérusalem.

Chant XXI

1. *Ô Malebranches :* nom collectif des diables de cette bolge.

2. *Santa Zita :* petite servante pieuse du XIIIe siècle qui, canonisée, devint la patronne de la ville de Lucques.

3. *excepté Bonturo :* notation ironique : Bonturo Dati, chef du parti populaire au temps de Dante, était un trafiquant notoire.

4. *le Saint Voult :* ou Saint Visage. C'était un ancien crucifix byzantin, en bois noir, qu'on croyait sculpté par la main de Dieu même, et qui faisait des miracles à Lucques, où on le portait en procession.

5. *Serchio :* rivière de Lucques.

6. *Malacoda :* ou « méchante queue ».

7. *Caprona :* château des Pisans, dont les Florentins s'emparèrent en 1289. Dante avait fait partie de l'expédition.

8. *Scarmiglione :* nom d'un diable « hirsute ».

9. *mille deux cent soixante et six années :* Dante pensait, d'après saint Luc, que le Christ était mort en l'an 34 vers midi : la scène, d'après son calcul, se passe donc le samedi saint de l'année 1300, vers 7 heures du matin.

10. *Alichino :* ou « aile basse ».
Calcabrina : ou « foulegivre ».
Cagnazzo : ou « vilain chien ».
Barbariccia : ou « barbe hérissée ».
Libicocco : ou « Libyen ».
Draghignazzo : ou « méchant dragon ».
Ciriatto : ou « porc ».
Graffiacan : ou « griffechien ».
Farfarello : ou « farfadet ».
Rubicante : ou « rubicond ».

Chant XXII

1. *Arétins :* au moment de la bataille de Campaldino, en 1289, où Dante était présent comme guerrier à cheval.

2. *Je naquis au royaume de Navarre :* ce damné avait nom Ciampolo. Le roi de Navarre auprès de qui il vécut était Thibaut II, comte de Champagne, neveu de Saint Louis. Il mourut de la peste pendant la croisade de Tunis.

3. *frère Gomita :* religieux de Gallura en Sardaigne ; il fut vicaire de Nino Visconti, de Pise. Il laissa s'enfuir pour de l'argent des ennemis de son maître, qui le fit pendre.

4. *de plano :* formule juridique qui désigne ironiquement un jugement sans procès.

5. *don Michel Zanche :* officier malhonnête du roi Enzo, fils de Frédéric II, à Logoduro en Sardaigne. Après la mort du roi, il épousa sa veuve.

Chant XXIII

1. *vers la fable d'Ésope :* une des fables attribuées à Ésope, qu'on enseignait aux enfants dans les écoles au Moyen Âge. La grenouille transporte le rat sur son dos, veut le noyer ; le rat se débat ; un milan plonge et les emporte tous deux.

2. *ores et sur-le-champ :* « mo » et « issa » – mots de l'ancien dialecte florentin ; tous deux veulent dire « maintenant »

3. *Cluny :* le monastère bénédictin. Saint Bernard reproche aux moines de Cluny leurs longues robes, signe de mollesse.

4. *celles de Frédéric :* Frédéric II punissait les coupables de lèse-majesté en les faisant revêtir d'une chape de plomb et en les mettant ainsi vêtus dans une chaudière.

5. *joyeux frères :* religieux de l'ordre chevaleresque de Marie, institué à Bologne en 1261, consacré à l'apaisement des discordes familiales et civiles et à la protection des faibles.

6. *Catalano :* de la famille guelfe des Malavolti de Bologne, podestat dans plusieurs villes, puis à Bologne.

Loderingo : gibelin de Bologne, podestat, avec Catalano, à Florence (ils avaient été choisis ensemble pour cette charge dans le but d'aplanir les discordes). Mais ils durent s'enfuir, accusés de défendre en réalité le pape Clément IV. Les gibelins furent alors chassés de Florence et les maisons de leurs chefs brûlées.

7. *Gardingo :* la tour lombarde qui donne son nom au quartier.

8. *Cet homme cloué :* c'est Caïfas, le grand prêtre des Hébreux qui soutint la nécessité de mettre à mort Jésus (*Jean*, XI, 50).

9. *son beau-père :* Anne, qui prononça la sentence (*Jean*, XVIII, 13).

10. *Je vis alors Virgile s'étonner :* à son premier voyage en Enfer, Virgile n'avait pas vu ce crucifié : il n'était pas encore mort.

Chant XXIV

1. *plus longue échelle :* Virgile pense ici à l'escalade de la montagne du Purgatoire.

2. *chélydres et pharées/ [...] jacules, cenchres et amphisbènes :* liste de serpents plus ou moins fabuleux, venus de la *Pharsale* de Lucain.

3. *héliotrope :* la plante d'héliotrope passait pour guérir et rendre invisible celui qui la portait.

4. *Vanni Fucci :* fils bâtard (d'où « mulet ») d'un noble de Pistoia, Fuccio de' Lazzari ; vers 1293, il vola le trésor de la chape de saint Jacques, à Pistoia. Plusieurs innocents furent arrêtés, et punis, jusqu'à ce que l'un des complices désigne les vrais coupables. Vanni Fucci était en fuite ; ce guelfe noir prédit ici à Dante la ruine des Blancs.

5. *Pistoia d'abord s'amaigrit :* la prophétie décrit les événements qui amenèrent l'exil de Dante. En mai 1301, les Blancs de Pistoia chassèrent les Noirs, mais à la Toussaint de la même année Corso Donati, chef des Noirs, entrait victorieux à Florence ; son gouvernement renouvela gens et lois, exilant les Blancs. En 1302, sous les ordres du marquis Malaspina, les Noirs de Pistoia s'emparèrent, avec l'aide des Noirs florentins, de la forteresse de Serravalle, qui était aux Blancs ; cette bataille amena la ruine définitive de ce parti.

Chant XXV

1. *en faisant la figue :* figure obscène formée en repliant les doigts de la main de façon à faire saillir le pouce entre l'index et le médius.

2. *celui qui tomba :* Capanée (cf. *Enfer*, XIV, 46-72).

3. *c'est Cacus :* selon la fable antique, c'était un satyre, qui réussit à dérober le troupeau de bœufs qu'Hercule avait abrité sous le mont Aventin ; pour emmêler leurs traces, il les fit marcher en arrière, en les tirant par la queue.

4. *trois esprits :* trois voleurs florentins.

5. *Cianfà :* de la famille des Donati, chefs des Noirs. Il éventrait des coffres-forts.

6. *Agnel :* Agnello Brunelleschi, de bonne famille florentine, pratiquait le vol comme un sport. Agnello est saisi et assimilé par une ombre à six pieds, qui est son compagnon, Cianfà Donati.

7. *Que Lucain se taise :* Lucain raconte dans la *Pharsale* la fin prodigieuse de deux soldats de l'armée de Caton, Sabellus et Nasidius, qui dans le désert de Syrie furent mordus par des serpents.

8. *Qu'Ovide se taise :* Dante ici défie le grand poète des *Métamorphoses*. Cadmos, fondateur de Thèbes, fut changé en serpent, la nymphe Aréthuse fut transformée en fontaine à Syracuse (*Métamorphoses*, IV).

9. *Buoso :* peut-être Buoso Donati, le petit-fils du Buoso du chant XXIII.

10. *Puccio Sciancato :* gibelin de Florence, courtois et boiteux.

11. *Gaville :* village fortifié du val d'Arno, dont les habitants tuèrent celui que Dante appelle « l'autre », Francesco Cavalcanti ; les représailles furent cruelles, d'où les pleurs de Gaville.

Chant XXVI

1. *celui que les ours vengèrent :* Élisée, disciple du prophète Élie. Des gamins qui sortaient de Béthel se moquèrent de lui. Élisée les maudit et deux ours sortis d'un bois se jetèrent sur eux et en mangèrent quarante-deux (II *Rois* II, 24).

2. *Étéocle et son frère :* s'étant disputé le trône de Thèbes, ils s'entre-tuèrent. Ils furent mis sur un même bûcher, mais la flamme se divisa en deux pointes contraires.

3. *Ulysse et Diomède :* le roi d'Ithaque et le roi d'Argos ; ils s'associaient souvent pour les mêmes exploits (l'invention du cheval de Troie, le meurtre de Rhésus, le rapt de la statue d'Athéna, etc.).

4. *Deidamie :* sa mère Thétis avait caché Achille, déguisé en fille, chez le roi de Syros. Mais l'une des filles du roi, Deidamie, s'éprit de lui.

5. *ils dédaigneraient/ [...] tes paroles :* il existe diverses hypothèses sur les raisons de la médiation de Virgile entre Dante et Ulysse ; entre autres : l'italien est, par rapport au grec, une langue barbare ; l'italien est la langue des descendants d'Énée et des Troyens (les ennemis d'Ulysse). De plus, Virgile est le juste intermédiaire entre Homère et Dante.

6. *Quand je quittai Circé :* Dante se fonde ici sur un passage des *Métamorphoses* d'Ovide, où Macarée, l'un des compagnons d'Ulysse, raconte à Énée que lui et ses compagnons, après un an de séjour chez Circé, avaient été invités par leur chef à reprendre le voyage ; mais ils étaient lents et vieux désormais. Macarée était resté chez Circé.

7. *Gaète :* ainsi nommée du nom de la nourrice d'Énée, morte en ce lieu (*Énéide*, VII).

8. *où Hercule posa ses signaux :* selon la mythologie, Hercule avait disposé dans le détroit de Gibraltar deux colonnes que personne ne devait franchir.

9. *Ô frères :* Ulysse, damné comme conseiller frauduleux, est par ailleurs un héros de l'aventure et du courage humain, que Dante admire et auquel il s'identifie à plusieurs reprises dans la *Comédie*.

10. *une montagne :* c'est la montagne du paradis terrestre où fut placé le Purgatoire par le Christ. Dans cet épisode, Dante ne suit pas Homère,

mais une légende médiévale qu'il interprète de façon complètement originale ; avant lui, Sénèque et Servius avaient formulé l'hypothèse d'un Ulysse se perdant dans le monde inconnu. Cf. J. Risset, *Dante écrivain*, Seuil, 1982, p. 135.

Chant XXVII

1. *Comme le bœuf sicilien :* il s'agit du taureau de Phalaris, tyran d'Agrigente. Il était fait d'airain creux, et on y enfermait les condamnés ; puis on le portait au rouge ; son constructeur, Perillos d'Athènes, fut le premier à en faire l'expérience.
2. *Istra :* mot lombard, « à présent », « tout de suite ».
3. *latin :* italien.
4. *Polenta :* les Polenta, dont les armes étaient un aigle, étaient seigneurs de Ravenne depuis 1270 ; leur domination s'étendait jusqu'à Cervia, sur l'Adriatique.
5. *La terre :* Forli, où une armée en partie formée de Français, envoyée par le pape Martin IV, avait été défaite le 1er mai 1282 par Guido da Montefeltro. Les seigneurs de Forli étaient les Ordelaffi, qui avaient un lion vert dans leurs armes.
6. *Le vieux mâtin, et le nouveau :* Malatesta de Verrucchio, et son fils, Malatestino.
7. *Montagna :* chef gibelin que Malatesta fit tuer.
8. *y :* à Rimini.
9. *Les villes de Lamone et de Santerno :* Feanza et Imola.
10. *le lionceau dans son nid blanc :* Maghinardo Pagani, qui avait dans ses armoiries un lion azur sur champ blanc.
11. *celle dont le Savio baigne le flanc :* Cesena.
12. *Je fus homme d'armes :* c'est Guido da Montefeltro, illustre chef gibelin, qui remporta de nombreuses victoires sur les guelfes ; il fut excommunié, et se réconcilia plusieurs fois avec l'Église ; il entra dans l'ordre de saint François en 1296.
13. *Le prince des nouveaux Pharisiens :* le pape Boniface VIII.
14. *près du Latran :* à Rome, dans le cœur de la chrétienté. Il s'agit ici de la lutte contre les Colonna.
15. *comme Constantin fit venir Silvestre :* légende connue au Moyen Âge. Constantin, atteint de la lèpre, aurait eu une vision des apôtres Pierre et Paul, qui lui conseillaient d'envoyer chercher le pape Sylvestre, caché sur le mont Soratte, près de Rome, pour fuir les persécutions. Sylvestre guérit Constantin et le baptisa.
16. *Palestrina :* c'était une forteresse des Orsini.
17. *François :* saint François d'Assise vient prendre Guido, qui appartenait à son ordre.

Chant XXVIII

1. *au pays tempétueux des Pouilles :* cette locution désigne ici l'ensemble du royaume de Naples.

2. *les Troyens :* les Romains, parce que les Romains sont descendants d'Énée.

la longue guerre : la deuxième guerre punique, qui culmina dans la bataille de Cannes, où les morts romains furent si nombreux que les Carthaginois, entassant les anneaux d'or pris aux doigts des cadavres, en firent un tas immense.

3. *Robert Guiscard :* il conquit le royaume de Naples au XIe siècle.

4. *Ceprano :* c'était un lieu stratégique au seuil du royaume, qui fut abandonné sans aucune bataille. Sans doute les barons des Pouilles, trahissant Manfred, laissèrent entrer les Français de Charles d'Anjou. D'où la défaite de Bénévent, où mourut le roi Manfred avec beaucoup des siens.

5. *Tagliacozzo :* victoire remportée sur Corradin, fils de Manfred.

6. *Alard :* Alard de Valéry, conseiller de Charles Ier d'Anjou.

7. *Ali :* gendre de Mahomet et l'un de ses premiers fidèles, qui provoqua ensuite un schisme à l'intérieur de l'islam.

8. *frère Dolcin :* Fra Dolcino Tornielli, de Novare. Il dirigeait les Frères apostoliques et prêchait la mise en commun de toutes choses, y compris des femmes. Le pape Clément V organisa contre lui une croisade. En 1305, Fra Dolcino prit le mont Zabello au Piémont, mais il manqua de vivres pendant les grandes chutes de neige et fut contraint de se rendre au pape.

9. *Pier da Medicina :* on ne sait presque rien de ce personnage ; il vécut entre Bologne et la Romagne ; il aurait passé sa vie à dresser les Bolognais les uns contre les autres.

10. *la douce plaine :* la Lombardie.

11. *aux deux grands de Fano :* Guido del Cassero et Angiolello da Carignano ; ils furent jetés à la mer dans des sacs sur l'ordre de Malatestino, le tyran félon (cf. *Enfer*, XXVII, 46-48).

12. *Cattolica :* entre Pesaro et Rimini, sur l'Adriatique.

13. *des gens d'Argos :* les Grecs, et les pirates grecs.

14. *Le voici :* Curion, tribun du peuple qui, banni de Rome, poussa César à franchir le Rubicon.

15. *Mosca :* Mosca dei Lamberti, Florentin ; à la suite de ses conseils, les Amidei et les leurs décidèrent de tuer Buondelmonte, qui avait abandonné une jeune fille de leur famille. La mort de Buondelmonte, à Pâques 1215, fut considérée comme l'origine des discordes de Florence.

16. *Bertrand de Born :* célèbre troubadour, seigneur du château de Hautefort, dans le Périgord ; il vécut dans la deuxième moitié du XIIe siècle ; Dante le loue comme « poète des armes » dans le *De Vulgari Eloquentia*, et pour sa libéralité dans le *Convivio*. Feudataire du roi d'Angleterre Henri II, il sema la discorde entre le roi et son fils Henri III.

17. *Achitofel :* conseiller de David, il poussa Absalon à se rebeller contre son père David, et à le tuer.

Chant XXIX

1. *Déjà la lune est sous nos pieds :* au nadir, c'est-à-dire aux antipodes de Jérusalem.

2. *Geri del Bello :* cousin germain du père de Dante. Meurtrier par trahison, il avait ensuite été lui-même assassiné.

3. *Hautefort :* Bertrand de Born, sire de Hautefort (cf. *Enfer*, XXVIII, 134-142).

4. *Val di Chiana :* vallée entre Arezzo et Montepulciano, rendue insalubre au temps de Dante – comme la Maremme et la Sardaigne – par la malaria.

5. *Égine :* petite île près d'Athènes, à qui la peste avait été envoyée par Junon, jalouse de la nymphe Égine, aimée de Jupiter, lequel remplaça les habitants morts par des fourmis qui se changèrent en hommes, les Myrmidons (d'après les *Métamorphoses* d'Ovide).

6. *Je fus d'Arezzo :* Griffolino, surnommé Bal, alchimiste et faux-monnayeur.

7. *par qui l'aimait comme son fils :* l'évêque de Sienne.

8. Ici Dante donne une série d'exemples ironiques. *Stricca* de' Salimbeni, podestat de Bologne en 1276 et en 1286, dissipa tout son bien en inepties. Son frère *Nicolo* fut le premier à lancer la mode des clous de girofle parmi les gourmets de Sienne.

9. *Caccia d'Asciano :* de la très riche famille des Scialenghi.

10. *l'Ébloui :* surnom de Bartolomeo de' Folcacchieri, qui dans son âge mûr remplit d'honorables offices.

11. *l'ombre de Capocchio :* Capocchio de Florence. Il aurait été compagnon d'études de Dante ; très habile à caricaturer les visages, il était aussi faussaire en métaux, et fut brûlé vif à Sienne en 1293.

Chant XXX

1. *Du temps où Junon :* Jupiter l'avait trompée avec Sémélé, fille de Cadmos, premier roi de Thèbes ; l'enfant, Bacchus, fut confié à la reine Ino, fille du roi Athamas.

2. *plus d'une fois :* Junon fit d'abord foudroyer Sémélé (par l'éclat de Jupiter).

3. *Athamas :* Junon rendit Athamas fou furieux (Ovide, *Métamorphoses*, IV, 512-530).

4. *Hécube :* veuve de Priam, emmenée comme captive par les Grecs : Junon se vengea d'elle parce que son fils Pâris lui avait préféré Vénus. Sa

fille Polyxène fut immolée par les Grecs sur le tombeau d'Achille, qui l'avait aimée. Son fils Polydore, lui, fut tué par le roi de Thrace Polynestor à qui il avait été confié.

5. *Capocchio :* le faussaire du chant XXIX, 136.

6. *Gianni Schicchi :* un Cavalcanti de Florence, auteur du faux testament de Buoso Donati, testament dans lequel il s'attribuait à lui-même « la dame du troupeau » – la plus belle jument du défunt.

7. *Myrrha :* fille de Cinyre, roi de Chypre, qui aima incestueusement son père ; elle conçut de lui Adonis (Ovide).

8. *celui qui s'en va là-bas :* Gianni Schicchi, qui prend l'aspect et la voix de Buoso Donati, qui vient de mourir.

9. *maître Adam :* Adam de Anglia, d'origine probablement anglaise, qui, pour avoir falsifié le florin d'or de Florence, sur instigation des comtes Guidi de Romena, fut brûlé vif en 1281.

10. *Casentino :* la vallée supérieure de l'Arno.

11. *Romena :* château fort des comtes Guidi, *Guido, Alessandro* et *Aghilolfo*, qui avaient déterminé le damné à devenir faussaire.

12. *l'alliage/ qui fut scellé par le Baptiste :* les florins portaient d'un côté le lis, de l'autre l'effigie de saint Jean-Baptiste.

13. *Fonte Branda :* fontaine siennoise qui porte ce nom ; ou peut-être une fontaine homonyme de Romena.

14. *la fourbe :* la femme de Putiphar, qui tenta de séduire Joseph et le fit jeter en prison (*Genèse*, XXXIX).

15. *Sinon :* ce fut lui qui persuada les Troyens de laisser entrer dans la ville le grand cheval qui contenait dans ses flancs l'élite des guerriers grecs.

16. *le miroir de Narcisse :* la source limpide où Narcisse se contemplait.

Chant XXXI

1. *la lance d'Achille :* cette lance, qu'Achille tenait de son père Pélée, avait le pouvoir de guérir par son attouchement les blessures qu'elle avait faites.

2. *un cor puissant :* celui du géant Nemrod.

3. *la douloureuse défaite :* Roncevaux.

4. *son armée :* les douze pairs et l'élite de l'armée de Charlemagne. Dante appelle cette armée *gesta*, du nom par lequel on désignait en France les grandes maisons féodales.

5. *Monterrigioni :* petit village fortifié près de Sienne, à peu près semblable aujourd'hui à celui que connut Dante.

6. *les horribles géants :* les géants avaient été foudroyés par Jupiter dans la vallée de Phlégrée (cf. *Enfer*, XIV, 58).

7. *la pigne :* de bronze, on peut la voir aujourd'hui encore au Vatican.

8. *trois Frisons :* habitants de la Frise, province de Hollande, qui passaient au XIVe siècle pour être les hommes les plus grands du monde.

9. *trente grands empans :* c'est-à-dire plus de sept mètres. Nemrod avait par conséquent une hauteur de 27 à 28 mètres.

10. *« Raphèl maí amècche zabí almi » :* vers volontairement incompréhensible, construit à partir de sons hébraïques et arabes, de façon à former dans le texte une sorte de débris concret de la confusion babélique des langues.

11. *Nemrod :* descendant de Cham, grand chasseur et premier roi de Babylone. C'est lui, selon la tradition, qui conçut le projet de la tour de Babel.

12. *Éphialte :* fils de Neptune ; l'un des Géants les plus hardis contre Jupiter.

13. *Briarée :* le plus monstrueux et démesuré des Géants ; fils du Ciel et de la Terre, il avait cinquante têtes, cent bras qui brandissaient cinquante épées et cinquante boucliers, et il vomissait des flammes.

14. *Antée :* fils de Neptune et de la Terre ; il fut le seul des Géants à ne pas prendre parti contre Jupiter. Il avait sa caverne près de Zama, où Scipion l'Africain remporta la victoire décisive sur Hannibal. Il fut étouffé dans les bras d'Hercule, qui s'était aperçu que le géant reprenait des forces en touchant sa mère.

15. *le Cocyte :* fleuve infernal gelé qui forme le 9e cercle.

16. *ni à Tityos ni à Typhée :* deux autres géants ; le premier fut percé de flèches par Apollon, le deuxième foudroyé par Jupiter.

17. *la Garisenda :* célèbre tour penchée de Bologne, qui était, à l'époque de Dante, bien plus haute qu'aujourd'hui.

Chant XXXII

1. *« papa, maman » :* c'est-à-dire une langue d'enfant. Dante veut dire qu'il faut, pour ce chant, une langue non instinctive et gouvernée par l'art (Bosco).

2. *ces dames :* les Muses. Amphion avait invoqué les Muses à son secours pour ceindre Thèbes d'un rempart : au son de sa lyre, les pierres vinrent d'elles-mêmes se mettre à leur place.

3. *le Tanaïs :* fleuve de Scythie, aujourd'hui le Don.

4. *le Tambernic :* montagne difficile à identifier ; peut-être une cime des Alpes Apouanes.

5. *Pietrapana :* aujourd'hui Pania della Croce.

6. *ces deux-ci :* Alexandre et Napoléon degli Alberti, seigneurs de la vallée du Sieve et du Bisenzo ; le premier était guelfe, le second gibelin. Ils s'entretuèrent pour des questions d'intérêt en 1286.

7. *la Caïne :* la première région du Cocyte, celle où se trouvent Dante et Virgile, et qui est destinée à la punition des traîtres à leurs parents ; elle tire son nom de Caïn.

8. *celui-là :* Mordred, fils incestueux du roi Arthur, dans le roman *Lancelot du Lac*. Il prit les armes contre son père, qui le transperça d'un coup d'épée, au moment où un rayon de soleil, entré dans la plaie, lui traversa le corps.

9. *Focaccia :* surnom de Vanni dei Cancellieri. Ce guelfe blanc de Pistoia, hardi et preux, tua par traîtrise un de ses cousins, qui était guelfe noir.

10. *Sassol Mascheroni :* Florentin qui tua par traîtrise son neveu encore enfant ; il fut décapité.

11. *Camicion de' Pazzi :* Alberto Camicione de' Pazzi, gibelin de Valdarno. Il tua un de ses parents, Ubertino.

12. *Carlin :* Carlino de' Pazzi, traître politique ; en 1302, il livra un château des Blancs aux Noirs florentins.

13. *la vengeance/ de Montaperti :* la fameuse défaite subie par les Florentins le 2 septembre 1260 contre les gibelins de Sienne.

14. *l'Anténore :* la deuxième région du Cocyte, affectée aux traîtres à la patrie ou à leur parti. Elle tire son nom d'Anténor, Troyen qui livra le Palladium (la statue d'Athéna) à Ulysse et Diomède.

15. *Bocca :* Bocca degli Abbati, dont la trahison causa la défaite des guelfes à Montaperti : il coupa la main de l'enseigne des Florentins, faisant ainsi tomber leur bannière et les démoralisant.

16. *cet autre :* Bocca dénonce son dénonciateur, Buoso da Duera, gibelin et seigneur de Vérone.

17. *l'argent des Français :* en 1265, Buoso, corrompu par l'« argent » (gallicisme dans le texte), laissa passer l'armée de Charles Ier d'Anjou.

18. *l'homme de Beccheria :* Tesauro dei Beccheria, gibelin de Pavie, abbé de Vallombrosa et légat du pape en Toscane. Il fut exécuté par les Florentins guelfes en 1258 pour avoir tramé avec les gibelins exilés.

19. *Gianni de' Soldanieri :* gibelin de Florence, puni pour avoir tenté en 1266, contre son parti, de prendre la tête du gouvernement pendant les émeutes populaires.

20. *Ganelon :* le fameux héros négatif des poèmes carolingiens, qui trahit Roland à Roncevaux.

Tebaldello : Tebaldello Zambrasi, de Faenza, qui livra de nuit sa ville aux guelfes de Bologne.

21. *Tydée :* l'un des sept contre Thèbes ; blessé à mort par le Thébain Ménalippe, il le tua, obtint de ses compagnons qu'ils lui apportent sa tête, et se mit aussitôt à la ronger.

Chant XXXIII

1. *le comte Ugolino :* Ugolino della Gherardesca ; de famille gibeline, il trama avec son gendre en faveur des guelfes en 1275, quand ils s'imposèrent en Toscane et à Pise. Banni de la ville, il y rentra l'année suivante avec l'aide des Florentins. Devenu podestat, il céda plusieurs châteaux aux Florentins et aux Lucquois, et réussit à conclure une paix honorable avec Gênes. Mais les gibelins se rebellèrent, sous la direction de l'archevêque Ruggeri de Pise, qui enferma traîtreusement Ugolino dans une tour où il le laissa mourir de faim avec ses enfants et petits-enfants en 1289.

2. *la Mue :* c'est en général le lieu obscur où l'on enferme les faucons pour les dresser. Il s'agit ici de la tour des Gualandi, dans le centre de Pise.

3. *plusieurs lunes :* Ugolino avait été fait prisonnier au mois de juillet 1288, et il ne mourut qu'en 1289.

4. *le mont :* le mont San Giuliano.

5. *les Gualandi :* familles gibelines de Pise alliées à l'archevêque.

6. *la faim :* vers ambigu : la faim tue Ugolino, ou, comme le veut une tradition tardive, l'amène à manger ses enfants. L'ambiguïté est entretenue dans le chant, comme l'a montré Borges, par la continuité des allusions cruelles à l'acte de manger (depuis les derniers vers du chant précédent, où l'on voit Ugolino ronger la tête de Ruggeri).

7. *Capraia et Gorgona :* deux îles non loin de l'embouchure de l'Arno ; elles se trouvaient alors sous la domination de Pise.

8. *frère Alberigo :* Alberigo de' Manfredi, frère joyeux ; l'un des chefs du parti guelfe à Florence ; offensé par un neveu, il l'invita à dîner dans son château ; au signal qu'il donna d'apporter les fruits, les serviteurs massacrèrent son neveu et son frère. D'où l'allusion aux « dattes » et aux « figues ».

9. *La Tolomée :* troisième région du Cocyte, où sont punis les traîtres à leurs hôtes ; ce nom vient peut-être du nom du roi d'Égypte Ptolémée, qui, pour faire sa cour à César, lui envoya la tête de Pompée, son hôte. Ou peut-être, plus probablement, du Ptolémée biblique (I *Macc.*, XVI) : gouverneur de Jéricho, il tua par traîtrise au cours d'un repas son beau-frère Maccabée et ses deux fils.

10. *Atropos :* la Parque qui coupe le fil des jours humains.

11. *Branca d'Oria :* chevalier génois, gendre de Michel Zanche, damné dans la 5e bolge du 8e cercle (*Enfer*, XXII, 88). Son beau-frère était seigneur de Logoduro, en Sardaigne. Voulant ses possessions, il l'invita dans son château et il le fit massacrer en 1275.

Chant XXXIV

1. *Vexilla regis prodeunt inferni :* « Les enseignes du roi de l'Enfer s'avancent » ; adaptation du premier vers d'un hymne fameux de Fortunat, affecté à la liturgie du vendredi saint.

2. *Dité :* le roi de l'Averne païen, à qui Dante identifie Lucifer.

3. *trois faces :* antithèse analogique aux trois personnes de la Trinité.

4. *vermeille :* représente la haine, opposée au « premier amour », l'Esprit-Saint (*Enfer*, III, 6).

5. *blanc et jaune :* ces couleurs représentent l'ignorance, opposée à la « somma sapienza » (*Enfer*, III, 6), qui est le Fils.

6. *la gauche* (comme les Éthiopiens) : c'est l'impuissance, qui s'oppose à la *divina potestate* (*Enfer*, III, 5) : le Père trinitaire.

7. *trois vents :* les trois vents qui font geler le Cocyte.

8. *Judas Iscariote :* traître à Jésus, donc traître suprême.

9. *Brutus :* traître à César, c'est-à-dire à l'autorité impériale.

10. *Cassius :* ami de Brutus, traître lui aussi à César.

11. *et déjà le soleil atteint la demi-tierce :* à la tierce il est 9 heures du matin ; il s'agit donc ici de la moitié du temps entre le lever du soleil et 9 heures : il est entre 7 heures et demie et 8 heures.

12. *ce point :* le centre de la terre, coïncidant avec les hanches de Lucifer.

13. *l'hémisphère :* l'hémisphère céleste (austral).

14. *le grand sec :* le grand élément sec – la terre.

15. *sous le sommet duquel :* à Jérusalem.

16. *une petite sphère :* un espace circulaire.

17. *la Giudecca :* c'est la zone la plus petite du Cocyte.

18. *qu'il tomba du ciel :* Lucifer tomba du ciel du côté de l'hémisphère austral, et la terre, qui auparavant émergeait de la mer dans cet hémisphère, se retira par horreur de lui sous la surface de la mer, et émergea dans l'hémisphère boréal ; et la terre apparut alors dans les eaux de l'hémisphère austral, où elle forma la montagne du Purgatoire, laissant une cavité et remontant vers la surface.

19. *un lieu :* cavité aussi longue que l'Enfer dans l'hémisphère austral.

20. *un petit ruisseau :* probablement le Léthé, qui amène en Enfer les taches des âmes qui se purifient au Purgatoire.

21. *sans nous soucier de prendre aucun repos :* comme les poètes arrivent au Purgatoire le dimanche de Pâques vers 5 heures du matin, ils ont marché pendant à peu près vingt et une heures.

22. *les étoiles :* c'est par le même mot que se terminent aussi le *Purgatoire* et le *Paradis*.

Le Purgatoire

Chant I

1. *nacelle :* en italien, *navicella* ; c'est la métaphore de la barque du poète, familière à la poésie antique, que Dante renouvelle et poursuit dans toute la *Comédie. La Navicella* est le titre d'une fresque célèbre alors de Giotto à Saint-Jean-de-Latran, aujourd'hui presque effacée, qui représentait le navire des apôtres.

2. *Calliope :* muse de la poésie épique, dont le nom signifie : « à la belle voix ».

3. *les tristes Pies :* les filles de Pierios, roi de Thessalie, osèrent défier les Muses au chant. Calliope les vainquit et les changea en pies.

4. *en voilant les Poissons :* Vénus couvre de sa lumière la constellation des Poissons (deux heures avant le lever du soleil).

5. *quatre étoiles/ jamais vues, sinon par les premiers regards :* les quatre vertus cardinales (Prudence, Justice, Force, Tempérance) représentent peut-être la Croix du Sud, ou encore des étoiles inconnues, invisibles dans notre hémisphère. Les premiers regards sont ceux d'Adam et Ève au paradis terrestre (situé justement dans l'hémisphère Sud).

6. *le Chariot :* la Grande Ourse.

7. *un vieillard solitaire :* c'est Caton d'Utique, né en 95 av. J.-C. Grand défenseur de la république, il se suicida en 46 av. J.-C., pour ne pas tomber sous la tyrannie de César.

8. *une dame :* Béatrice (cf. *Enfer*, II).

9. *a refusé la vie :* allusion au suicide de Caton, assimilé à un martyr : la liberté politique devient liberté éthique et spirituelle. Le suicide est interprété ici par Dante comme affirmation « de l'immortalité d'une âme libre » (Pézard). Caton, bien que suicidé, sera sauvé.

10. *l'habit :* le corps.

11. *Martia :* femme de Caton. Son ami, l'orateur Hortensius, pria Caton de la lui céder. Caton accepta, mais, après la mort d'Hortensius, Martia demanda à Caton de l'accepter à nouveau pour femme, et Caton y consentit.

12. *cette loi :* après la résurrection, le Christ descendit aux Enfers pour sauver les patriarches, et cette libération entraîna la loi qui ordonnait l'absence de tous rapports entre damnés et élus.

13. *d'un jonc :* le jonc est la plante symbolique de l'humilité ; ainsi commencent les rites du Purgatoire.

Chant II

1. *Jérusalem en son zénith :* selon la géographie de l'époque de Dante, la terre habitée s'étendait uniquement dans l'hémisphère boréal, des sources de l'Èbre à l'embouchure du Gange ; Jérusalem était au centre. En Espagne, il est midi, en Inde minuit, à Jérusalem, le soleil se couche.

2. *les Balances/ qui tombent de ses mains lorsqu'elle s'allonge :* quand les nuits s'allongent, du solstice d'hiver au solstice d'été, la nuit accomplit son cours sous un autre signe que la Balance.

3. *entre des rives si lointaines :* entre l'embouchure du Tibre, où l'ange recueille les âmes, et la plage du Purgatoire.

4. *In exitu :* 1er verset du psaume CXIII, qui évoque la libération du peuple d'Israël de son esclavage d'Égypte.

5. *le Capricorne :* la constellation du Capricorne se trouve au méridien, à peu près au zénith du Purgatoire ; elle se déplace à présent, comme mise en fuite par les rayons du soleil.

6. *Oh ombres vaines :* la théorie du corps aérien est exposée au chant XXV du *Purgatoire*, v. 79-108. Dante en tient compte ou l'oublie selon les nécessités de la situation fantastique (Sapegno).

7. *Mon Casella :* musicien florentin, dont on a peu de traces.

8. *depuis trois mois :* Boniface VIII a institué en 1299 le Jubilé pour l'année 1300. Les âmes qui attendent à l'embouchure du Tibre d'être embarquées vers le Purgatoire jouissent de l'indulgence accordée par l'Année sainte.

9. *Amour qui raisonne en mon cœur :* 1er vers de la chanson du 3e traité du *Convivio*.

Chant III

1. *vers le ciel :* le Purgatoire est la plus haute de toutes les montagnes.

2. *et Brindes l'a perdu :* de Brindes, où Virgile mourut en 19 av. J.-C., son corps avait été transporté, sur l'ordre d'Auguste, à Naples, où il fut enterré.

3. *Aristote* et *Platon :* même les plus grands philosophes n'ont pu pénétrer les dernières vérités.

4. *Manfred :* fils naturel de l'empereur Frédéric II, qui l'avait préposé au gouvernement de Naples, des Pouilles et de la Sicile. Après la mort de son père et de son frère Conrad II il se fit élire roi de Sicile. Il continua la politique de son père contre la papauté, et fut excommunié par Clément VII, qui appela Charles d'Anjou pour l'abattre. Vaincu en 1266 à Bénévent par Charles, Manfred mourut au cours de la bataille. L'évêque de Cosenza fit enlever son cadavre du tombeau et le fit jeter dans le Garigliano, ou Fleuve vert.

5. *Constance impératrice :* fille de Roger d'Altavilla, femme de Henri VI, mère de Frédéric II.

6. *l'honneur de Sicile et d'Aragon :* le mot « honneur » indique ici la majesté de la couronne. La fille de Manfred s'appelle Constance elle aussi. Ses fils sont Jacques, roi de Sicile, et Alphonse, roi d'Aragon.

7. *Si le pasteur de Cosenza :* s'il avait compris la miséricorde divine, il ne se serait pas acharné contre Manfred.

8. *amas de pierres :* Charles d'Anjou a empêché la sépulture et chacun de ses barons a jeté une pierre sur la fosse.

Chant IV

1. *sur une autre :* allusion à la doctrine platonicienne (combattue par Aristote dans le *De anima*) selon laquelle plusieurs âmes distinctes se formeraient en nous. Dante a à l'esprit les néo-platoniciens arabes, et surtout Averroès.

2. *la deuxième libre :* la puissance intellective perçoit le passage du temps ; la puissance sensitive est au contraire « liée » par l'attention qui l'absorbe.

3. *cinquante/ degrés :* le soleil parcourt 15 degrés à l'heure : 3 heures et 20 minutes ont passé depuis son lever.

4. *San Leo :* bourg près d'Urbino, construit sur un rocher escarpé.

Noli : petite ville ligure, près de Savone, accessible alors seulement par mer.

Bismantoue : montagne près de Reggio Emilia.

Cacume : montagne près de Frosinone.

5. Comprendre : « Si la constellation des Gémeaux était proche du solstice d'été, tu verrais la partie rougeoyante du zodiaque (celle où se trouve le soleil) tourner encore plus près des Ourses, c'est-à-dire plus au nord, et donc plus à gauche. » Le soleil est appelé « miroir » : c'est un corps lumineux qui reflète les autres corps (Sapegno).

6. *d'un côté vers le mont :* qui, se trouvant à Jérusalem, regarde vers le levant a le soleil à sa droite ; mais qui se trouve au Purgatoire a donc les yeux tournés vers l'ouest, et le voit à sa gauche.

7. *équateur :* le cercle médian du ciel le plus haut est le Premier Mobile. En vingt-quatre heures, il fait tourner tous les autres cieux autour de la Terre, immobile au centre de l'Univers : c'est une sphère dont le cercle médian est l'équateur astronomique.

l'un des arts : précisément, l'astronomie.

8. *Belacqua :* surnom d'un artisan florentin du temps de Dante, sculpteur de manches de luths et de guitares, buveur et paresseux.

9. *le Maroc :* considéré comme l'extrémité occidentale de la terre habitée.

Chant V

1. *Moi qui te parle :* Jacopo di Uguccione del Cassero, homme de grandes qualités militaires et politiques. Il fut podestat de Bologne. En 1298, appelé comme podestat à Milan, il fut assassiné par les tueurs du marquis d'Este, Azzo VIII, alors qu'il était en voyage pour Venise.

2. *le règne de Charles :* Charles II d'Anjou gouvernait les Marches.

3. *les Anténor :* Anténor était un guerrier troyen, fondateur mythique de la ville de Padoue. Dante le considérait comme le prototype des traîtres politiques.

4. *Un Este :* Azzo III, seigneur de Ferrare de 1293 à 1308.

5. *Mira, Oriaco :* deux bourgs près de Padoue.

6. *je suis Bonconte :* fils de Guido (cf. *Enfer*, XXVII, 67). Comme son père, il était chef gibelin ; il mourut à la bataille de Campaldino en 1289.

7. *Pia :* Pia dei Tolomei, de Sienne, épousa un seigneur guelfe de la Maremme, qui l'aurait jetée par la fenêtre, par jalousie ou pour contracter un nouveau mariage (avec Margherita Aldobrandini).

Chant VI

1. *le jeu de la zara :* en provençal *azar*, de l'arabe *az-zahr*, « dé » ; jeu semblable à la mourre ; se joue avec trois dés, que le joueur doit nommer avant qu'ils sortent du cornet.

2. *L'Arétin :* Benincasa de Laterina, jurisconsulte du XIIIe siècle ; il avait, étant assesseur du podestat de Sienne, condamné à mort comme voleurs un frère et un oncle de Ghino di Tacco.

3. *Ghino di Tacco :* noble de Sienne, rebelle contre l'Église ; il se réconcilia dans ses dernières années avec Boniface VIII et mourut assassiné.

4. *et l'autre :* Guccio dei Tarlati di Pietramlata, gibelin d'Arezzo, noyé dans l'Arno en combattant contre les guelfes.

5. *Frédéric le Nouveau :* fils de Guido Novello, comte de Casentino ; tué en 1289 près de Bibbiena.

celui de Pise : Gano, fils de Marzucco ; le comte Ugolino le fit tuer en 1287, dans la lutte pour le gouvernement de Pise.

6. *le comte Orso :* degli Alberti ; tué par des parents.

7. *Pierre de la Brosse :* ce chirurgien avait la faveur des rois de France Louis XI et Philippe le Hardi. Nommé grand chambellan, il accusa la deuxième femme de Philippe, Marie de Brabant, d'avoir fait assassiner le premier fils de Philippe pour assurer le trône à son propre fils, Philippe le Bel. Accusé par la reine de haute trahison, il fut condamné en 1278.

8. *La cime du jugement ne s'abaisse pas :* la sentence divine n'est pas ébranlée par le fait que l'ardeur de charité, qui inspire aux vivants les prières pour les défunts, accomplit en un instant, à l'égard de la justice divine, la satisfaction qui lui est due par les pécheurs – et qui autrement

devrait être fournie par les âmes, en un temps plus long, au moyen des peines expiatoires (Sapegno).

9. Dans le passage de l'*Énéide* où Virgile fixe cette sentence, il n'est pas de compensation à la faute par la prière.

10. *vois une ombre :* c'est Sordello, né à Goito, près de Mantoue, au début du XIIIe siècle, d'une famille noble et pauvre. Il fut poète à la cour de Vérone, puis à la cour de Provence. Il suivit ensuite Charles d'Anjou dans son expédition en Italie et mourut sans doute avant 1273 ; il est considéré comme l'un des plus importants troubadours de la dernière génération.

11. *Mantua :* Virgile nomme sa ville en latin, et ce mot est le début de la phrase « Mantua me genuit » (« Mantoue m'a engendré »), épitaphe antique attribuée à Virgile. Sordello, stupéfait par ce nom, l'interrompt aussitôt.

12. *provinces :* dans la glose aux lois de l'empereur Justinien, l'Italie est définie « non pas province, mais dame de provinces ».

13. *Justinien :* allusion au code de Justinien, qui compilait les lois romaines.

14. *Albert :* Albert de Habsbourg, empereur de 1298 à 1308 ; il renonça, comme son père Rodolphe, à l'exercice effectif de sa souveraineté sur l'Italie et à la défense de ses droits contre les papes.

15. *les Montecchi et les Cappelletti :* Montecchi et Cappelletti n'indiquent pas seulement deux familles rivales de Vérone, mais aussi deux partis, dont les luttes avaient pour théâtre la Lombardie, gibelins les premiers, guelfes les seconds. De même, *Monaldi* (guelfes) et *Filippeschi* (gibelins) désignent deux familles-partis d'Orvieto.

16. *Santafior :* le comté des Aldobrandeschi ; vers 1300, Sienne lui avait enlevé une partie de ses domaines anciens.

17. *Jupiter,/ […] crucifié pour nous :* Jupiter crucifié – exemple de la contamination de symboles antiques et chrétiens dans le texte de Dante.

18. *Marcellus :* allusion sans doute au « Marcellus loquax » de Lucain, qui décrit Claudius Marcellus, consul en 50 av. J.-C., adversaire obstiné de César.

Chant VII

1. *Octavien :* l'empereur César Octavien Auguste.

2. *là où embrasse le vassal :* aux genoux.

3. *en soupirs :* il n'y a pas de soupirs, en vérité, dans les Limbes.

4. *la vraie entrée du Purgatoire :* la porte de métal, au chant IX. Jusque-là, c'est l'Antipurgatoire.

5. *l'empereur Rodolphe :* père d'Albert d'Allemagne, que Dante indique comme l'un des princes négligents. Il régna entre 1273 et 1291.

6. *Ottokar :* roi de Bohême de 1253 à 1278, ennemi de Rodolphe ; il mourut à Vienne en combattant contre lui.

7. *Wenceslas :* il succéda à son père Ottokar en 1278, et mourut en 1305. Dante condamne au Paradis sa luxure et sa mollesse (*Paradis*, XIX, 124-126).

8. *ce petit nez :* Philippe III, dit le Hardi ; il soutint les prétentions des Anjou sur la Sicile, mais sa flotte fut détruite par l'amiral Ruggero di Lauria : il déshonora par là le symbole de la maison de France (la fleur de lys).

9. *mal de France :* c'est Philippe le Bel, dont le père était Philippe III, et le beau-père Henri. Dante l'attaque à plusieurs reprises, sans jamais le nommer, par mépris.

10. *Celui qui paraît si membru :* Pierre III d'Aragon, roi de Sicile en 1282. Dante le dépeint plein de vertus.

11. *Jacques et Frédéric :* Giacomo II, roi de Sicile en 1286 et d'Aragon depuis 1291, Federico, roi de Sicile de 1296 à 1337.

12. *grand nez :* Charles d'Anjou.

13. *Béatrice et Marguerite :* Béatrice de Provence et Marguerite de Bourgogne, les deux femmes de Charles Ier d'Anjou.

14. *Constance :* fille de Manfred et veuve de Pierre II d'Aragon (Charles est inférieur en mérite à Charles Ier, comme Charles Ier à Pierre d'Aragon).

15. *Henri d'Angleterre :* Henri III, roi d'Angleterre de 1216 à 1272 ; c'est un homme « simple » – adjectif ambigu chez Dante.

16. *un meilleur sort :* allusion à Édouard Ier, roi d'Angleterre de 1272 à 1307 – « bon et vaillant roi » (Villani).

17. *le marquis Guillaume :* Guillaume VII, chef des gibelins, marquis de Montferrat. Vicaire impérial, il combattit contre les guelfes et contre Alessandria.

Chant VIII

1. *Le « Te lucis ante » :* « Avant la fin du jour, nous t'invoquons. » Hymne attribué à saint Ambroise, qui invoque l'aide céleste contre les tentations nocturnes.

2. *le serpent :* c'est le diable, chassé chaque jour par les anges dans la représentation sacrée.

3. *gentil juge Nino :* Nino Visconti, d'une illustre famille pisane guelfe, était seigneur de Gallura, en Sardaigne, puis maître de Pise de 1285 à 1293 ; pendant cette période il se rendit souvent à Florence, où il rencontra Dante.

4. *sa mère :* Béatrice d'Este, veuve de Nino, épousa Giangaleazzo Visconti, seigneur de Milan. Les *bandeaux blancs* sont portés par les veuves.

5. *le coq de Gallura :* les armes des Visconti de Milan, placées sur sa sépulture, ne l'orneront pas comme auraient fait celles des Visconti de Gallura – mais sur la tombe de Béatrice, quand elle mourut en 1290,

furent placés les deux blasons, la vipère et le coq (soit que les Visconti de Milan aient voulu invoquer des droits héréditaires sur Gallura, soit qu'ils aient voulu démentir le jugement de Dante en une période où la *Comédie* était déjà connue : cf. Sapegno).

6. *trois flambeaux :* ils sont symboles des vertus théologales, les quatre étoiles claires, vues par les poètes dans l'Antipurgatoire, représentant les vertus cardinales.

7. *notre adversaire :* Satan ; terme scriptural.

8. *Corrado Malaspina :* fils de Frédéric, marquis de Villafranca, seigneur de la Lunigiana, petit-fils de Corrado le Vieux.

Chant IX

1. *La concubine de l'antique Titon :* l'Aurore, amante de Titon, fils de Laomédonte et frère de Priam. Elle le fit enlever et l'épousa, obtenant de Zeus l'immortalité, mais non l'éternelle jeunesse.

2. *l'animal froid :* la constellation du Scorpion.

3. *fardeau d'Adam :* le poids du corps.

4. *il fut ravi :* Ganymède, enlevé par Zeus, devint échanson de l'Olympe.

5. *l'enlevant à Chiron :* pour empêcher Achille de participer à la guerre de Troie, sa mère, Thétis, l'enleva pendant son sommeil au centaure Chiron, et l'emmena à Skyros.

6. *Je suis Lucie :* sainte Lucie, protectrice de Dante, représente la grâce illuminante, celle qui fait connaître à l'homme ce dont il a besoin pour son salut.

7. *la matière de mon chant :* les appels au lecteur, dans *La Divine Comédie*, appartiennent au genre de l'apologétique chrétienne. Ici, toutefois, Dante n'attire pas l'attention sur la valeur symbolique d'un fait, mais sur l'élévation du style, comme il le fera à plusieurs reprises dans le *Paradis*.

8. *en vain j'y portai mes regards :* l'éblouissement est signe de la disposition des forces.

9. *marbre blanc :* le premier moment de la pénitence est la contrition ; le blanc indique l'absence de « tache ou obscurité de péché » (anonyme florentin).

10. *noir plutôt que pourpre :* le deuxième moment est la confession. La teinte est celle de la honte.

11. *porphyre enflammé :* il représente l'ardeur de la charité et de l'amour qui pousse à la pénitence.

12. *pierre de diamant :* symbole de constance et de fermeté.

13. *même couleur que son vêtement :* couleur de cendre, indique l'humilité.

14. *deux clés :* allusion aux clés que le Christ a données à saint Pierre, qui ouvrent le royaume des cieux ; la clé d'or est la plus précieuse, elle vient de Dieu ; l'autre demande expérience, capacité naturelle, et c'est elle qui défait le nœud du péché.

15. *l'amaigrit de son or :* Lucain raconte que César, venu à Rome, voulut s'emparer du trésor public gardé dans la roche Tarpéienne. Metellus voulut s'y opposer, mais il fut expulsé par la force. La porte du trésor résista comme celle du Purgatoire, mais elle finit par livrer son or.

16. Ce passage évoque la célèbre porte qui se trouve aujourd'hui au baptistère de Saint-Jean-de-Latran. Fabriquée au temps de la Rome antique en un alliage de sept métaux, elle forme, en s'ouvrant et en se fermant, une série de sons surprenants, qui semblent enclore aussi celui de la voix humaine.

Chant X

1. *trois fois un corps humain :* de cinq à six mètres.

2. *Polyclète :* considéré au Moyen Âge comme le meilleur de tous les artistes.

3. *L'ange :* Gabriel.

4. *Ecce ancilla Dei :* « Voici la servante de Dieu. » C'est la réponse de Marie à l'ange.

5. *l'arche sainte :* le deuxième bas-relief représente le transport de l'arche sainte de Gabaa à Geth, sur un char traîné par des bœufs, et le transport de Geth à Jérusalem, à bras d'hommes.

6. *office usurpé :* le lévite Oza, voyant que l'arche vacillait, tendit la main pour la soutenir, et fut foudroyé par Dieu.

7. *dansant, robe troussée :* danse de David. L'auteur des psaumes voulait ainsi s'abaisser devant la grandeur de Dieu.

8. *Micol :* fille du roi Saül, orgueilleuse (Dieu l'a punie par la stérilité), elle se dépita en voyant son mari le roi David s'humilier devant l'arche.

9. *Grégoire :* Dante reprend la légende médiévale selon laquelle, grâce aux prières du pape, Grégoire le Grand (VIe siècle), l'empereur Trajan aurait été rappelé pour quelques jours à la vie, de façon à lui permettre de se convertir à la foi chrétienne et de mériter la grâce du Ciel.

Chant XI

1. *Notre Père, qui es dans les cieux :* au XIVe siècle, la paraphrase des prières était une sorte de genre littéraire à la mode, entre doctrinal et rhétorique (Sapegno).

2. *ta douce vapeur :* suave émanation d'amour dans son expression biblique (*Sages*, VII, 25) : la sagesse est vapeur de la valeur de Dieu.

3. *Guglielmo Aldobrandeschi :* nom encore présent dans la mémoire des Toscans ; il appartenait à une famille de puissants seigneurs de la Maremme, adversaires acharnés de la commune de Sienne. Omberto, son fils, qui parle, perpétua l'hostilité contre Sienne en s'appuyant sur les Florentins.

4. *Oderisi :* de Gubbio ; miniaturiste de l'école de Bologne ; de lui, comme de Franco Bolognese (v. 83), il ne reste rien.

5. *Franco Bolognese :* miniaturiste du début du XIIe siècle, très apprécié par les papes, selon Vasari ; toutes les œuvres qui lui ont été attribuées sont perdues.

6. *des temps plus grossiers :* des époques de décadence et d'ignorance.

7. *Cimabue :* mort en 1302. Selon Vasari, il était orgueilleux et arrogant.

8. *Giotto* (1266-1337) *:* il était ami de Dante.

9. *un Guido a pris à l'autre :* Guido Cavalcanti a arraché à Guinizelli le premier rang dans l'éloquence vulgaire et dans la poésie.

celui qui les chassera l'un et l'autre du nid : peut-être celui qui les chassera tous deux est-il déjà né (c'est Dante lui-même).

10. Les termes « *pappo* » et « *dindi* » indiquent respectivement, en langage enfantin, la nourriture (le pain) et l'argent. En français, le mot « lolo » est le plus familier aux enfants pour désigner la nourriture. Quant à l'argent, c'est, comme le remarque Pézard, une réalité qui n'a pour eux d'existence que par le son des pièces de monnaie (« *dindi* » l'exprime) ; c'est le jeu qui compte, d'où la traduction par « joujou » (cf. C. Bec).

11. *Sienne le murmure :* Provenzano Salvani fut reconnu vaillant capitaine par les Siennois gibelins après sa victoire à Montaperti. À la bataille de Colle di Val d'Elsa (1269), il eut la tête coupée. Quand les guelfes bannis rentrèrent à Sienne, sa maison fut brûlée et son souvenir aboli.

12. *déposant toute honte :* un ami de Provenzano avait été mis en prison par Charles d'Anjou. Provenzano s'humilia en mendiant pour lui, sur la place du Campo de Sienne.

Chant XII

1. *Briarée :* géant qui prit part à la bataille des Titans contre Zeus.

2. *Thymbrée :* surnom d'Apollon, à cause du temple qui lui était consacré à Thymbra, en Troade.

3. *Nemrod :* égaré après la chute de la tour de Babel, qu'il avait fait construire.

4. *Niobé :* fille de Tantale et femme d'Amphion. Folle d'orgueil, elle exigeait des sacrifices. Latone, offensée, poussa ses enfants, Apollon et Diane, à tuer de leurs flèches les quatorze enfants de Niobé.

5. *Saül :* premier roi d'Israël, abandonné par Dieu pour sa désobéissance. Vaincu par les Philistins, il se tua en se laissant tomber sur sa propre épée.

6. *Arachné :* changée en araignée par Minerve pour son orgueil.

7. *Roboam :* fils et successeur de Salomon. Son peuple s'étant soulevé, il s'enfuit à Jérusalem sur un char.

8. *Alcméon :* le devin Amphiaros savait qu'il mourrait s'il prenait part à la guerre de Thèbes. Il se cacha en un lieu connu de sa femme Ériphile seule ; mais Ériphile, pour obtenir le collier d'Harmonie, trahit sa retraite. Alcméon son fils la tua, pour venger son père.

9. *Sennacherib :* il défia le royaume de Juda ; dans la nuit, un ange extermina son armée ; et, à son retour à Ninive, il fut tué par ses fils alors qu'il était en prière dans le temple.

10. *Thamyre :* reine des Scythes. Après la bataille où Cyrus fut vaincu et tué, elle lui plongea le visage dans un vase plein de sang humain, en disant : « Bois ce sang, dont tu avais si soif. »

11. *Holopherne :* le général assyrien tué par Judith alors qu'il assiégeait Béthulie, en Judée.

12. *la ville :* désignation ironique de Florence. L'église est San Miniato. Le pont Rubaconte s'appelle aujourd'hui ponte delle Grazie.

13. *Beati pauperes spiritu :* « Heureux les pauvres d'esprit. » Première béatitude évangélique du sermon sur la montagne (*Matthieu*, V, 3).

14. *les P qui sont restés :* le coup d'aile angélique a effacé l'un des signes imprimés sur le front de Dante ; il en sera de même à la sortie de chaque cercle.

Chant XIII

1. *Vinum non habent :* « Ils n'ont pas de vin. » Ce sont les mots de Marie aux noces de Cana, qui poussèrent Jésus à accomplir son premier miracle, et à changer l'eau en vin.

2. *Je suis Oreste :* quand Oreste, arrivé à Argos avec son ami Pylade pour venger la mort de son père, fut découvert et arrêté, Pylade tenta de se faire passer pour Oreste, afin de subir le châtiment à sa place.

3. *Sapia :* tante de Provenzano Salvani.

4. *leurs ennemis :* le 8 juin 1269, les Florentins attaquèrent victorieusement les gibelins siennois à Colle di Val d'Elsa.

5. *Pier Pettinaio :* de Campi, près de Chianti. Il tenait une boutique de peignes à Sienne. Il fut tertiaire franciscain et mourut en 1289 en odeur de sainteté.

6. *du cercle d'en dessous :* le cercle des orgueilleux (l'orgueil est le péché que Dante se reconnaît).

7. *Talamone :* bourg de la Toscane maritime, que Sienne acquit en 1303 pour 8 000 florins d'or, afin de construire un port sur la mer Tyrhénienne.

Chant XIV

1. *Falterone :* le mont Falterona, en Toscane ; le fleuve dont il s'agit est l'Arno.
2. *à l'usage des hommes :* Dante attaque ici les habitants du Casentino, et particulièrement les comtes Guidi.
3. *roquets :* les Arétins, désignation populaire.
4. *chiens qui se font loups :* les Florentins, pour leur avidité.
5. *renards si pleins de ruse :* les Pisans, désignation populaire.
6. *ton neveu :* Fulcieri da Calboli, podestat de Florence en 1303, « homme féroce et cruel » (Villani).
7. *Guido del Duca :* de Ravenne ; il fut juge dans plusieurs villes de Romagne.
8. *là d'où tout compagnon doit être exclu :* les biens terrestres, dont la possession ne tolère pas de compagnie.
9. *Rinieri :* Rinieri da Calboli, podestat de Parme en 1252. Exilé, il fut tué dans une bataille entre communes.
10. *Lizio :* seigneur guelfe de Forli, « courtois ».
11. *Arrigo Mainardi :* de Bertinoro, ami de Guido del Duca, « sage et libéral ».
12. *Pier Traversaro :* grand seigneur gibelin de Ravenne, « magnanime et magnifique » (Benvenuto).
13. *Guido de Carpigna :* de Montefeltro, plein de générosité et de grâce ; il mourut vers 1280.
14. *Fabbro :* di Lambertazzi ; chef des gibelins de Romagne ; politicien habile, il mourut vers 1259.
15. *Bernardino di Fosco :* défenseur de Faenza contre Frédéric II en 1240, il fut podestat de Pise, puis de Sienne.
16. *Guido da Prata :* de Faenza. Il a laissé peu de traces.
17. *Ugolino d'Azzo :* Toscan, il vécut en Romagne.
18. *Frédéric le Teigneux :* de Rimini, généreux, à la belle chevelure blonde, appelé le Teigneux par antiphrase (Benvenuto).
19. *Traversara* et *Anastagi :* familles nobles de Ravenne.
20. *Bretinoro :* château au centre de la Romagne.
21. *Bagnacavallo :* petite ville près de Ravenne, gouvernée par les Malvicini.
22. *Castrocaro :* dans la vallée du Montone.
23. *Conio :* près d'Imola.
24. *Pagan :* seigneurs de Faenza.
25. *Ugolino de' Fantolini :* noble de Faenza.
26. *« Il me tuera celui qui me verra » :* ce sont les mots dits par Caïn à Dieu après le meurtre d'Abel ; ils rappellent ici le premier exemple d'envie punie dans l'histoire humaine.
27. *Aglaure :* fille de Cécrops, roi d'Athènes. Elle s'opposa à l'union de Mercure et de sa sœur Hersé, et fut changée en pierre.

Chant XV

1. *ici minuit :* il manque trois heures au coucher du soleil ; à Jérusalem, il est trois heures avant midi ; en Italie (« ici »), il est minuit.

2. *Beati misericordes ! :* « Heureux les miséricordieux ! » Cinquième béatitude (*Matthieu*, V, 7) ; la miséricorde est opposée à l'envie.

3. *Toi qui vaincs, réjouis-toi :* paraphrase de la deuxième partie de la béatitude évangélique.

4. *ombre de Romagne :* Guido del Duca (cf. *Purgatoire*, XIV, 81).

5. *dans un temple :* allusion à l'épisode évangélique de Jésus avec les docteurs.

6. *une autre m'apparut :* épisode de la vie de Pisistrate, qui refusa la prière de sa femme, celle de punir le jeune homme qui avait embrassé sa fille.

7. *ô Pisistrate :* la voix qui parle est celle de la femme de Pisistrate, qui ne comprend pas la mansuétude dont son mari est un exemple.

8. *Tue-le ! :* allusion à la lapidation de saint Étienne.

Chant XVI

1. *Agnus Dei :* paraphrase condensée dans ces vers de la prière liturgique.

2. Les *calendes* indiquaient le premier jour du mois. Qui divise le temps par calendes, c'est-à-dire par mois, est encore vivant.

3. *et m'appelai Marco :* homme de cour, Lombard de naissance, de la génération précédant celle de Dante ; homme de sagesse et d'expérience.

4. *l'un la met au ciel, et l'autre ici :* les uns attribuent la faute de la corruption du monde terrestre aux astres, les autres à la volonté humaine.

5. *l'ongle fendu :* la loi de Moïse défendait de se nourrir de la chair des animaux qui ne ruminent pas ou qui n'ont pas les ongles fendus. Selon l'interprétation allégorique des scolastiques, l'ongle fendu signifiait le discernement qui règle l'action ; plus précisément, « ruminer » signifiait « savoir », et « ongle fendu », « distinguer le spirituel du temporel ».

6. *deux soleils :* le pape et l'empereur. Dante, selon la théorie hardie qu'il expose dans *De monarchia*, les conçoit sans subordination de l'un à l'autre. Pouvoir temporel et pouvoir spirituel sont indépendants, chacun dans sa sphère. Dante les a appelés « soleil » et « lune », comme ayant chacun sa trajectoire. À présent, il insiste sur l'égalité, et les appelle « deux soleils ».

7. *avant que Frédéric y trouvât des entraves :* avant que Frédéric II fût attaqué par le pape et par les communes.

8. *Currado da Palazzo :* de Brescia ; vicaire de Charles Ier, roi d'Anjou ; podestat de Florence en 1276, capitaine guelfe en 1277. Connu pour sa libéralité.

le bon Gherardo : capitaine de Trévise en 1283, mort en 1306. Protecteur des lettrés et des artistes. Dante l'a sans doute connu.

9. *Guido da Castel :* de la famille des Roberti, de Reggio Emilia.

10. *Lombard le Simple :* les Français lui avaient donné le surnom de « Simple ».

11. *les enfants de Lévi :* les Lévites, à qui était confiée la fonction sacerdotale, furent exclus de la possession des biens terrestres, afin d'éviter que le sacerdoce fût distrait de sa tâche et corrompu par l'usage et le souci des choses temporelles (Sapegno).

12. *Gaia sa fille :* Gaia était « toute vouée aux choses de l'amour » (Lana).

Chant XVII

1. *imagination :* la faculté qui élabore les images.
2. *la femme impie :* Philomèle, changée en rossignol.
3. *un crucifié :* Aman, ministre d'Assuérus.
4. *Assuérus :* roi de Perse. Aman, irrité contre *Mardochée*, oncle d'*Esther*, voulut faire massacrer les Juifs. Esther obtint du roi qu'Aman fût puni de mort.
5. *une jeune fille :* Lavinia, fille de Latinus, roi du Latium ; fiancée à Turnus, elle épousa Énée, et la reine Amata, femme de Latinus, se pendit de rage.
6. *amour :* la classification des âmes du Purgatoire se fonde non sur les péchés mais sur les tendances, et part de l'analyse de la notion d'amour, origine de toute vertu et de tout vice (Sapegno).

Chant XVIII

1. *elle s'éveille en acte :* l'âme de l'homme porte en elle la disposition potentielle à l'amour ; elle se meut vers toute chose qui lui plaît dès que le plaisir (la chose qui plaît) l'amène à traduire en acte sa disposition virtuelle.
2. *la noble vertu :* c'est la raison, entendue comme guide des actions humaines ; et c'est ce que Béatrice (comme Théologie) appelle dans son langage le libre arbitre.
3. *Pietola :* le bourg où naquit Virgile, près de Mantoue.
4. *l'Ismène et l'Asope :* fleuves de Béotie.
5. *chaque fois que Thèbes invoquait Bacchus :* quand les Thébains célébraient leurs rites orgiaques pour invoquer Bacchus, leur patron.
6. *pour soumettre Ilerda :* César, laissant à Brutus le soin de soumettre Marseille en révolte, courut en Espagne assiéger Lérida (Ilerda).

7. *Saint-Zénon :* l'abbé du monastère près de l'église de Saint-Zénon était, au temps de Frédéric Barberousse, Gherardo II ; de lui, on n'a pas de traces ; il était, paraît-il, paresseux et gras.

8. *mauvais de tout son corps :* Giuseppe, fils d'Alberto della Scala, seigneur de Vérone ; il était bâtard et difforme.

9. *vie sans gloire :* les compagnons d'Énée, qui préférèrent s'arrêter en Sicile.

Chant XIX

1. *Fortune majeure :* les géomanciens sont des devins qui tirent leurs pronostics de figures tracées sur le sable et rapportées à leurs analogies célestes ; l'une d'elles est la Fortune majeure, formée de l'union de six points, et ressemblant à la constellation des Poissons.

2. *une dame apparut :* la Raison ? la Philosophie ? la Vérité ? la Grâce ? la Justice ? la Charité ? – ou Béatrice ? la Vierge ? ou encore Vénus Uranie ? Lucie plutôt, dame du ciel déjà intervenue deux fois pour Dante.

3. *heureux ceux qui lugent :* « heureux ceux qui pleurent » (*Matthieu*, V, 5).

4. *cette antique sorcière :* « celle qui séduisit l'homme au commencement du monde » (Benvenuto) ; elle représente à la fois l'avarice, la gourmandise et la luxure.

5. *scias quod fui successor Petri :* « sache que je fus successeur de Pierre » ; c'est le pape Adrien V qui parle (il fut pape pendant trente-huit jours en 1276).

6. *de mon lignage :* il était comte de Lavagna.

7. *Neque nubent :* « Il n'y a pas de noces » (*Matthieu*, XXII, 29). C'est la réponse de Jésus aux Sadducéens qui l'interrogeaient sur l'autre vie.

Chant XX

1. *antique louve :* la convoitise.

2. *quand viendra celui par qui elle s'en ira :* allusion au lévrier (cf. *Enfer*, I) ; quand les cieux détermineront dans le monde une condition propice.

3. *ton saint fardeau :* la créature que tu portais en ton sein.

4. *Fabrice :* Caius Fabritius Luscininus, consul romain en 282 av. J.-C. ; il repoussa les dons des Samnites et les cadeaux de Pyrrhus ; il mourut très pauvre.

5. *Nicolas aux pucelles :* Nicolas de Bari, évêque, saint dans l'Église latine et grecque. Trois nuits de suite, il jeta de l'argent à travers la fenêtre d'un de ses concitoyens qui n'avait pas de dot pour ses trois filles.

6. *Je fus racine de cet arbre mauvais :* c'est Hugues Capet qui parle, fondateur de la dynastie des Capétiens.

7. *Douai, Lille, Gand et Bruges :* toute la Flandre, pour laquelle Philippe le Bel et Charles de Valois se battirent pendant des années, après avoir trahi le comte des Flandres en 1299.

8. *un boucher de Paris :* Dante recueille ici une légende de son temps (cf. Villani).

9. *la grande dot des Provençaux :* c'est la richesse de Raymond Béranger, comte de Provence, dont les filles furent reines.

10. *il prit Ponthieu, la Normandie et la Gascogne :* ces diverses acquisitions eurent en réalité des dates différentes.

11. *pour pénitence :* le sarcasme est souligné par la répétition. Charles d'Anjou fit tuer le neveu de Manfred, Corradino, en 1268, et assassina saint Thomas en 1274.

12. *sans armes :* Charles de Valois descendit avec armes et armée en Italie, mais il entra à Florence avec des aides diplomatiques.

13. *le ventre :* métaphore plébéienne qui décrit le triomphe des guelfes noirs.

14. *L'autre :* Charles II d'Anjou, battu au large de Naples en 1284.

15. *je vois à Anagni entrer la fleur de lys :* les agents de Philippe le Bel insultèrent Boniface VIII à Anagni en 1302.

16. *le nouveau Pilate :* Philippe le Bel, qui livra le pape aux mains des Colonna.

17. *unique épouse :* la Vierge Marie.

18. *Pygmalion :* roi de Tyr ; il tua par traîtrise son beau-père et son oncle Sichée, pour s'emparer de leurs richesses.

19. *Midas :* mythique roi de Phrygie qui obtint de Bacchus le don de transformer en or tout ce qu'il touchait.

20. *qu'on rie :* la légende la plus connue sur le roi Midas est rapportée par Ovide en même temps que celle de ses oreilles d'âne.

21. *Acham :* il vola une partie du butin des Hébreux à la prise de Jéricho, et fut lapidé.

22. *Saphire et son époux :* ils tentèrent de tromper les Apôtres en gardant de l'argent de la communauté ; ils furent foudroyés par Dieu.

23. *Héliodore :* tandis qu'il s'apprêtait à dépouiller le temple de Jérusalem, il fut attaqué par un mystérieux cavalier et forcé à fuir par les ruades de son cheval.

24. *Polydore :* Polynestor, roi de Thrace et gendre de Priam, tua par traîtrise son bienfaiteur Polydore pour s'emparer de ses richesses ; il mourut aveuglé par Hécube.

25. *Délos :* avant que Latone y cherchât refuge pour accoucher d'Apollon et de Diane, l'île de Délos flottait sur les eaux.

Chant XXI

1. *femme/ samaritaine :* celle qui donna à boire à Jésus au puits de Jacob. Jésus lui accorda en échange l'eau de la vérité révélée.
2. *régner :* terme scriptural, qui signifie « demeurer dans le royaume des élus ». L'expression *cet homme* désigne Dante.
3. *Clotho :* la Parque.
4. *fille de Thaumas :* Iris, messagère des dieux, qui monte et descend par l'arc-en-ciel.
5. *Au temps où le bon Titus [...]/ [...] vengea les plaies :* quand Titus détruisit Jérusalem.
6. *le nom qui dure et honore le plus :* le nom de poète est de tous les noms le plus honorable et sa gloire est la plus durable.
7. *Stace :* auteur de la *Thébaïde* et de l'*Achilléide* ; il naquit en réalité à Naples. Il était révéré au Moyen Âge.

Chant XXII

1. *sitiunt :* « Heureux ceux qui ont soif de justice » (*Matthieu*, V, 6).
2. *Juvénal :* poète satirique contemporain de Stace.
3. *faim sacrée/ de l'or :* Dante évoque l'invective de Virgile contre la cupidité (*Énéide*, III, 56-57). Il aurait ici modifié le sens de la phrase de Virgile. La faim de l'or est, sans doute, métaphore du désir de Dieu (Pézard).
4. *la double tristesse de Jocaste :* double tristesse, pour la naissance incestueuse de ses fils Étéocle et Polynice, et parce qu'ils s'entretuèrent.
5. *elle ne lui sert pas :* puisque Virgile rend Stace chrétien, sans le devenir lui-même.
6. *une race nouvelle :* allusion au passage des *Bucoliques* (IV, 5-7) qui célèbre le nouvel âge d'or sous le règne d'Auguste et où le Moyen Âge lut une prophétie de la naissance du Christ.
7. *Térence [...]/ [...] Caecilius, Plaute et Varius :* poètes comiques et lyriques latins.
8. *Perse :* ses satires étaient lues dans les écoles médiévales.
9. *ce Grec :* Homère.
10. *nos nourrices :* les Muses, sur le mont Hélicon.
11. *Antiphon,/ Simonide, Agathon :* poètes tragiques et lyriques grecs.
12. *Antigone :* fille d'Œdipe.

Déiphile : épouse de Tydée, l'un des sept rois contre Thèbes.

Argie : sa sœur, épouse de Polynice.

Ismène : deuxième fille d'Œdipe.

13. *Langie :* Hypsipyle, victime de Jason, montra aux sept rois grecs assoiffés la fontaine de Langie, près de Némée.

14. *la fille de Tirésias :* c'est Mantô ; mais elle est en Enfer avec les devins (XX, 52-93). Contradiction de Dante.

15. *Deidamie :* fille du roi Lycomède, aimée par Achille.

16. *les quatre servantes du jour :* les quatre premières heures du jour ; il est entre 10 heures et 11 heures du matin.

17. *Daniel :* le prophète Daniel, à la cour de Sardanapale, refusa la nourriture de la table royale. Dieu le récompensa en lui accordant la compréhension des visions et des songes.

Chant XXIII

1. *Labia mea, Domine :* « Seigneur, tu ouvriras mes lèvres. » Début d'un verset du *Miserere* qui exprime la décision de purification.

2. *Erysichton :* fils du roi de Thessalie ; pour avoir coupé un chêne consacré à Déméter, il fut puni par une faim insatiable.

3. *Marie becqueta son fils :* pendant le siège de Jérusalem, en 70 apr. J.-C., la faim des Juifs était telle qu'une femme, nommée Marie d'Eléazar, tua et mangea son fils.

4. *reconnu le m :* selon les théologiens du Moyen Âge on pouvait lire dans la structure du visage humain le mot « omo ». La grande maigreur donne plus de relief au M.

5. *la face de Forese :* Forese de Simone Donato, dit Bicci. Il mourut en 1296. Ami de Dante, il échangea avec lui une série de sonnets satiriques très violents.

6. *Eli :* allusion aux paroles prononcées par le Christ sur la croix : « *Eli, Eli, lamma sabachtani ?* »

7. *la Barbagie :* région centrale de la Sardaigne, habitée au temps de Dante par des populations à demi sauvages.

Chant XXIV

1. *Elle monte :* l'ombre de Stace monte plus lentement qu'elle ne le ferait si Virgile, qu'elle veut entendre, n'était pas avec elle.

2. *Piccarda :* la sœur de Forese, que Dante rencontrera au Paradis, dans le ciel de la Lune.

3. *Bonagiunta de Lucques :* poète de la seconde moitié du XIIIe siècle, encore vivant en 1296. Il imite les Provençaux et les Siciliens.

4. *Cette face/ […]/ eut la sainte Église entre ses bras :* Simon de Brie, pape de 1281 à 1285 sous le nom de Martin IV ; né à Montpincé, dans la Brie, il est dit « de Tours » parce qu'il y fut trésorier de la cathédrale.

5. *l'anguille de Bolsena et le vin vernaccia :* la gourmandise de Martin IV était connue ; selon les commentateurs anciens (Lana), il faisait mourir les anguilles du lac de Bolsena dans le vin de Vernaccia et les mangeait rôties.

6. *Ubaldino de la Pila :* frère d'Ugolino d'Azzo, connu comme homme prodigue et gourmand.

7. *Boniface :* dei Fieschi ; génois, archevêque de Ravenne de 1274 à 1294.

8. *messire Marchese :* degli Argogliosi de Forli ; podestat de Faenza en 1296.

9. *Gentucca :* Dante ne comprend pas le mot que l'ombre murmure. C'est un prénom féminin ; on lui annonce qu'il ira à Lucques, et tombera probablement amoureux d'une jeune femme appelée Gentucca.

10. *Dames qui avez intelligence d'amour :* début de la première chanson de la *Vita nuova*.

11. *le Notaire :* Jacopo da Lentini, mort en 1250 ; le plus grand poète de l'école sicilienne, autour de Frédéric II.

12. *Guittone :* d'Arezzo, mort à Florence en 1294, le meilleur poète toscan avant le *dolce stil nuovo*.

13. *doux style nouveau :* formule qui indique la qualité de « révélation » (sens fort de l'adjectif *nuovo*) de l'inspiration. Le mot *dolce* est lié aux aspects formels théorisés dans le *De Vulgari Eloquentia*.

14. *le plus coupable :* Corso Donati, chef des guelfes noirs, le plus coupable, selon Dante, de la ruine de Florence. En 1308, il s'enfuit de la ville, condamné comme rebelle et traître. Rejoint et fait prisonnier, il tomba de cheval. Dante transforme l'épisode en légende fantastique.

15. *enfants des nuages :* les Centaures, fils d'Ixion et du nuage auquel Jupiter avait donné la forme de Junon. Au festin des Lapithes ils s'enivrèrent et furent tués par Thésée.

16. *des Hébreux qui furent si mous à la fontaine :* les soldats hébreux qui, pendant la guerre de Gédéon contre les Madianites, ne surent contenir leur soif, et furent exclus de la bataille et de la victoire.

17. *Heureux ceux que la grâce :* paraphrase de la quatrième béatitude évangélique (*Matthieu*, V, 6), déjà employée pour les avares (*Purgatoire*, XXII, 4-6).

Chant XXV

1. *Méléagre :* selon Ovide, Méléagre devait vivre le même temps qu'un tison allumé à l'instant de sa naissance. Sa mère Althea éteignit le tison et le cacha. Mais quand Méléagre, dans une querelle, tua ses oncles, sa mère en colère jeta le tison au feu, et Méléagre se consuma en quelques instants.

2. *éponge : spungo*, « éponge » (Petrocchi) ; selon certains, *fungo* : « champignon ».

3. *l'intellect possible :* substance séparée, disjointe de l'âme individuelle, et unique pour tous les hommes. Le philosophe est Averroès.

4. *Lachesis :* la Parque qui file les vies humaines.

5. *la vertu formative rayonne tout autour :* elle opère sur l'air comme elle opérait sur la matière corporelle.

6. *Summae Deus clementiae :* « Dieu à la grande clémence. » Ce sont les premières paroles d'un hymne qu'on récitait le matin du samedi.

7. *Virum non cognosco ! :* paroles de Marie lors de l'Annonciation (« [Comment cela peut-il m'arriver, puisque] je ne connais pas d'homme ! »).

8. *Hélice*, ou Callisto : nymphe compagne de Diane, séduite par Jupiter, chassée par Diane et transformée en Grande Ourse.

Chant XXVI

1. *et je vis à ce signe :* nouvel indice, plus étrange et fantastique que les autres, de la corporéité de Dante ; l'ombre avive la flamme.

2. *Pasiphaé :* allusion à son union monstrueuse avec le taureau (dans la vache de bois construite pour elle par Dédale), d'où naquit le Minotaure.

3. *les monts Riphée :* ou monts hyperboréens, que les Anciens situaient dans les régions nord-orientales de l'Europe.

4. *Reine :* César, pendant un triomphe, fut appelé ironiquement « reine », par allusion à son intimité avec Nicomède, roi de Phrygie.

5. *dans la bête de bois :* nouvelle allusion à Pasiphaé.

6. *Guido Guinizelli :* célèbre poète de Bologne mort en 1273 ; le plus célèbre poète en vulgaire avant Cavalcanti. Dante l'appelle père du *dolce stil nuovo.*

7. *la colère de Lycurgue :* Lycurgue, roi de Némée, avait perdu son fils, qu'il avait confié à Hysipile ; il condamna Hysipile à mort, mais elle fut reconnue et sauvée par ses fils.

8. *l'homme du Limousin :* le troubadour Giraut de Borneil.

9. *Guittone :* Dante considère Guittone d'Arezzo comme un poète municipal.

10. Dante invente ici une strophe en provençal d'Arnaut Daniel, grand maître du *trobar clus*, modèle de Dante dans les *Rime petrose* (Petrocchi) :

« Votre demande courtoise me plaît tant
que je ne peux ni veux me dérober à vous.
Je suis Arnaud, qui pleure et vais chantant ;
je vois, affligé, ma folie passée,
et je vois joyeux la joie que l'espère, céleste.

Je vous prie à présent, par cette valeur
qui vous guide au sommet de l'escalier,
souvenez-vous à temps de ma douleur. »

Chant XXVII

1. *l'Èbre tombe sous la Balance :* La constellation de la Balance apparaît sur le méridien de l'Espagne, à cette saison, à minuit.

2. *Beati mundo corde :* « Heureux les cœurs purs » (*Matthieu*, V, 8).

3. *sur le dos de Géryon :* sur la croupe de Géryon (*Enfer*, XVII, 79).

4. *Pyrame* et *Thisbé :* deux jeunes Babyloniens amoureux l'un de l'autre contre la volonté de leurs parents : le mûrier de leur rendez-vous se teint du sang de Thisbé.

5. *« Venite, benedicti Patris mei » :* « Venez, vous qui êtes bénis par mon Père. » Début du discours évangélique où Jésus annonce aux apôtres les paroles qu'il dira au Jugement universel.

6. *je suis Lia :* fille aînée de Laban et première femme de Jacob. Non belle, mais féconde, elle était le symbole de la vie active.

7. *Rachel :* deuxième femme du patriarche, belle mais stérile, symbole de la vie contemplative.

8. *la couronne et la mitre :* la couronne et la mitre représentent le pouvoir temporel et le pouvoir spirituel. À elles deux, elles sont symbole de souveraineté complète.

Chant XXVIII

1. *au rivage de Chiassi :* près de Ravenne.

2. *une dame seulette :* son nom, Matelda, ne sera révélé qu'au chant XXXIII du *Purgatoire*, v. 119 ; sa fonction (celle de baigner les âmes dans le Léthé et de les mener boire les eaux de l'Eunoé), aux chants XXXII et XXXIII. Figure énigmatique, elle représente sans doute le bonheur terrestre donné à l'homme dans son état d'innocence et précisément au paradis terrestre. Selon les commentateurs anciens, le nom Matelda renvoyait à la comtesse Mathilde de Canossa (1046-1115), qui soutenait avec force le parti papal ; selon les commentateurs modernes, il désigne une des dames de la *Vita nuova*. D'autres proposent, sans beaucoup de vraisemblance, Mathilde de Hachenbron, ou Mathilde de Magdebourg, auteurs de livres spirituels. Mais il faut évoquer aussi la Proserpine d'Ovide (*Métamorphoses*, V, 385 *sq.*).

3. *Proserpine :* fille de Déméter, enlevée par Pluton, roi des Enfers.

4. *là où passa Xerxès :* au détroit des Dardanelles, en 480 av. J.-C.

5. *Léandre :* jeune Grec d'Abydos, sur la côte d'Asie Mineure, qui traversait chaque nuit la mer à la nage pour retrouver à Sestos son amante, Héro. Une nuit, il se noya.

6. *Delectasti :* du psaume XCI, « *quia delectasti me, Domine, in factura tua* » ; « parce que tu m'as réjoui, Seigneur, dans tes œuvres » (*Psaumes*, XCI, 5).

7. *à partir de la porte :* à partir de la porte du Purgatoire, l'air est libre de toute perturbation. Le paradis terrestre, qui est au sommet de la montagne, l'est à plus forte raison.

8. *la répand alentour :* Matelda explique l'origine de la végétation terrestre : les plantes, frappées par l'atmosphère, ont un tel pouvoir qu'elles imprègnent l'air de leur vertu séminale, ou génératrice ; l'air, en tournant, fait tomber sur la terre cette vertu ; ainsi la terre habitée par les hommes (l'« autre terre »), engendre-t-elle, selon son climat, différentes plantes, aux vertus diverses. Dante, suivant saint Thomas, déclare que toutes les plantes ont été créées dans l'Éden, et répandues ensuite sur la terre.

9. *le Léthé :* dans les poèmes anciens, fleuve des régions infernales, qui donnait l'oubli des soucis de la vie.

10. *Eunoé :* nom inventé par Dante : un deuxième fleuve, qui donne la « mémoire du bien ».

Chant XXIX

1. *Beati quorum tecta sunt peccata ! :* « Heureux ceux dont les péchés sont pardonnés ! » (*Psaumes*, XXXI, 1).

2. *Vierges sacro-saintes :* les Muses.

3. *l'Hélicon :* la montagne des Muses.

4. *Uranie :* muse du ciel et de la science des choses célestes.

5. *Benedicta sois-tu :* « Sois bénie. » Prière adressée à Marie (*Judith*, XIII, 23).

6. *Ézéchiel :* sa vision a été reprise par saint Jean dans l'*Apocalypse* ; mais les animaux d'Ézéchiel sont composites. Dante choisit sa version contre celle de Jean.

7. *griffon :* lion à la tête et aux ailes d'aigle ; il représente le Christ en qui se joignent nature humaine et nature divine.

8. *Auguste ou l'Africain :* Virgile raconte le triomphe d'Auguste. Scipion l'Africain était particulièrement cher à Cicéron, et à Dante.

9. *secrètement juste :* la faute du père est punie dans le fils.

10. *Trois dames :* les trois vertus théologales (charité, espérance, foi).

11. *quatre dansaient :* les vertus cardinales (prudence, justice, force, tempérance).

12. *le plus chers :* c'est saint Luc. Les animaux qui lui sont le plus chers sont les hommes.

13. *l'autre :* symbole de la justice, selon saint Paul.

14. *quatre autres :* ce sont les épîtres de Pierre, Jean, Jacques et Judas.
15. *un vieillard seul :* l'Apocalypse a été vue en rêve par saint Jean, qui ferme les yeux.

Chant XXX

1. *le septentrion du premier ciel :* les sept étoiles du Grand Chariot. La lumière de l'Esprit-Saint ne peut s'éteindre ni se voiler.
2. *Veni, sponsa, de Libano :* « Viens, mon épouse du Liban » (*Cantique des Cantiques*). L'épouse est interprétée par Dante comme la sagesse divine.
3. *ad vocem tanti senis :* « à la voix d'un si grand vieillard » ; Dante écrit en latin (créant une rime aux vers 19 et 21).
4. *Benedictus qui venis :* « Béni, toi qui viens » (*Matthieu*, XXI, 9). Paroles par lesquelles les Juifs saluent la venue du Christ à Jérusalem.
5. *Manibus [...] date lilia plenis ! :* « Donnez des fleurs à pleines mains ! » Les paroles d'Anchise à Marcellus, neveu d'Auguste, aux Enfers, dans l'*Énéide* (VI, 883), sont dites ici par les anges.
6. *couleurs de la flamme vive :* vert, blanc, rouge – espérance, foi, charité ; ce sont déjà les couleurs de Béatrice dans la *Vita nuova.*
7. *et tout ce que perdit :* le paradis terrestre, où la scène se passe. L'*antique mère* est Ève.
8. *Dante, parce que Virgile s'en va :* le nom de Dante apparaît pour la première – et la dernière – fois dans *La Divine Comédie.*
9. *In te, Domine, speravi :* « En toi, Seigneur, j'ai espéré » (*Psaumes*, XXXIII, 1-9).
10. *je changeai de vie :* le passage de l'adolescence à la jeunesse coïncide, pour Béatrice, avec le passage de la vie terrestre à la vie céleste.

Chant XXXI

1. *contre le fil du glaive :* la confession émousse l'épée de la divine justice.
2. *de la terre de Jarbas :* la Libye – du nom du roi légendaire amoureux de Didon.
3. *qui est une seule personne en deux natures :* nature d'aigle et de lion ; tout le vers évoque la définition théologique du Christ.
4. *la dame que j'avais trouvée seule :* c'est Matelda (*Purgatoire*, XXVIII, 40).
5. *Asperges me :* « Asperge-moi » (*Psaumes*, L, 9).
6. *des quatre belles :* des quatre vertus cardinales.
7. *et chacune me couvrit de son bras :* chacune promit de me défendre contre le vice contraire.

8. *et se transmuer dans son image :* dans la personne du Christ les deux natures sont un seul être ; alors que dans son image réfléchie dans l'homme, elles ne peuvent être que distinctes et séparées.

Chant XXXII

1. *les dix ans de leur soif :* le désir de revoir Béatrice avait duré dix ans (depuis sa mort).

2. *qui décrivait le plus petit arc :* la roue droite, comme le char tournait vers la droite, décrivait un arc plus petit que la roue gauche.

3. *car le ventre se tord, ensuite, de douleur :* Pézard rappelle que la douleur de ventre est une image biblique. L'homme qui se nourrit de fausses nourritures se sent mal, comme Adam et Ève désobéissant à Dieu.

4. *le céleste poisson :* au moment où la lumière du soleil tombe sur la terre jointe à celle du Bélier (la constellation qui suit celle des Poissons).

5. *les yeux cruels :* les cent yeux d'Argos, gardien de la nymphe Io. Mercure, sur l'ordre de Zeus, le fit s'endormir en lui racontant les histoires amoureuses du dieu Pan et de la nymphe Syrinx, puis le tua.

6. *Pierre et Jean et Jacques :* les trois apôtres, conduits par Jésus sur le mont Tabor pour assister à sa transfiguration, furent paralysés à cette vue ; plus tard, ils revinrent à eux grâce à la voix du maître.

7. *à la fois de Moïse et d'Élie :* en se réveillant, les trois apôtres ne virent plus ni Moïse ni Élie.

8. *et la robe de leur maître changée :* le Christ n'est plus vêtu des vêtements blancs et resplendissants qu'il portait pendant la transfiguration.

9. *ni l'Autan ni l'Aquilon :* même les vents les plus violents ne peuvent atteindre les candélabres.

10. *cette Rome dont le Christ est romain :* la Rome céleste, dont le premier citoyen est le Christ.

11. *l'oiseau de Zeus :* il représente l'Empire qui, persécutant les premiers chrétiens, offense la justice de Dieu – l'arbre – et blesse mortellement l'Église – le char (Sapegno).

12. *un renard :* il représente les hérésies, qui sont mises en fuite par la sagesse théologique, représentée par Béatrice.

13. *couverte de ses plumes :* allusion à la donation de Constantin au pape Sylvestre, faite avec une intention pieuse mais qui se révéla un grave dommage à la fonction spirituelle de l'Église.

14. *Ainsi transformé :* le char prend la figure de la bête de l'*Apocalypse* qui représente l'Antéchrist (les sept bêtes sont les sept péchés capitaux, diversement graves).

15. *une putain demi-nue :* « la grande Babylone, mère des fornications et des abominations de la terre » (*Apocalypse*, XVII, 1-5) ; symbole de la curie romaine au temps de Dante.

16. *un géant :* il représente la puissance du roi de France, Philippe le Bel, qui tient l'Église sous le joug, comme un homme sa maîtresse.

Chant XXXIII

1. *« Deus, venerunt gentes » :* « Dieu, les gentils sont entrés » (*Psaumes, 78*). Les sept vertus chantent le psaume qui déplore la destruction du temple de Jérusalem.

2. *« Modicum, et non videbitis me » :* « Encore un peu, et vous ne me verrez plus [et encore un peu plus et vous me verrez] » (*Jean*, XVI, 16). Ce sont les paroles de Jésus à ses disciples pendant la Cène, les avertissant qu'il mourrait bientôt puis ressusciterait. Plusieurs commentateurs les interprètent ici comme une prophétie du transfert des papes à Avignon.

3. *vengeance de Dieu ne craint pas les soupes :* le vers se réfère à un usage florentin (évoqué par les commentateurs anciens) selon lequel le meurtrier qui parvenait pendant neuf jours de suite à manger une soupe sur la tombe de l'assassiné était soustrait à la vengeance des parents et de la commune (Sapegno).

4. *un cinq cent dix et cinq :* Dante pense peut-être à l'empereur Henri VII. Le style est celui des énigmes de l'*Apocalypse* : on doit interpréter ce nombre comme DUX, à cause des lettres qui forment le nombre romain DXV.

5. *Thémis :* fille d'Ouranos et de la Terre ; elle donna une réponse obscure à Deucalion et Pyrrha après le déluge.

6. *Naïades :* devineresses et prophétesses.

7. *les eaux de l'Else :* rivière qui se jette dans l'Arno ; ses eaux sont calcaires et pétrifiantes.

8. *Pyrame :* les pensées profanes donnent aux choses de fausses couleurs, comme le sang de Pyrame donne sa couleur au mûrier.

9. *entouré de palmes :* ce que porte le pèlerin qui revient de Terre sainte.

10. *Eunoé :* le fleuve qui donne la mémoire du bien ; nom inventé par Dante (cf. *Purgatoire*, XXVIII, 131).

LE PARADIS

Chant I

1. *celui qui meut toutes choses :* définition philosophique de Dieu, donnée par Aristote ; selon saint Thomas d'Aquin, « Dieu meut sans être mû » (*Summa theologica*, I, CV, 2).

2. *et moins ailleurs :* Dante écrit, dans le *De Vulgari Eloquentia* (I, II, 16) : « Dieu apparaît plus dans l'homme que dans les bêtes, plus dans les bêtes que dans les plantes. » Dieu est décrit par Dante à la fois comme principe métaphysique et comme splendeur visible.

3. *le ciel qui prend le plus de sa lumière :* l'Empyrée, le ciel qui est, étymologiquement, de feu.

4. *de son désir :* Dieu est l'« ultime désirable », écrit Dante dans le *Convivio* (IV, XII, 17).

5. *Ô bon Apollon :* pour l'*Enfer* et le *Purgatoire*, Dante a invoqué l'aide des Muses. Il a besoin pour le *Paradis* des Muses et d'Apollon, des deux cimes du Parnasse.

6. *l'une des cimes du Parnasse :* la première cime est l'Hélicon, séjour des Muses, l'autre est Cirrha, séjour d'Apollon.

7. *tu as tiré Marsyas :* Apollon, défié par le satyre Marsyas à une confrontation musicale, triompha de lui et l'écorcha vif. Ovide raconte qu'Apollon arracha la peau du satyre, Dante qu'il tira le satyre de sa peau.

8. *ces feuilles :* celles du laurier, arbre d'Apollon.

9. *le feuillage pénéen :* le laurier, encore ; la nymphe Daphné, aimée d'Apollon et changée en laurier pour lui échapper, était la fille du fleuve Pénée.

10. *après moi peut-être avec des mots meilleurs :* faut-il entendre qu'un autre poète viendra, meilleur poète que Dante ?

11. *quatre cercles avec trois croix :* il s'agit du moment où le soleil est dans le Bélier, à l'équinoxe de printemps ; les quatre cercles sont l'horizon, le zodiaque, l'équateur, et le méridien qui passe par les deux points équinoxiaux. Mais ce sont aussi les quatre vertus cardinales (et les trois croix sont les vertus théologales).

12. *meilleur cours et meilleure étoile :* avec l'équinoxe de printemps commence la plus belle époque de l'année. La « meilleure étoile » est la constellation du Bélier, considérée comme très favorable.

13. *et l'autre côté noir :* au Paradis, Dante n'indique pas l'heure. Ici c'est peut-être le matin, peut-être midi. La partie noire correspond au Purgatoire.

14. *le deuxième rayon :* le rayon réfléchi par un miroir.

15. *séjour :* le paradis terrestre, où l'homme fut parfait.

16. *d'un deuxième soleil :* la sphère de feu, que les Anciens voyaient entre la Terre et le ciel de la Lune.

17. *Glaucus :* pêcheur mythique de Béotie, qui, voyant les poissons qu'il avait pêchés reprendre vie en mangeant l'herbe sur laquelle ils étaient posés, mangea lui-même cette herbe et fut changé en dieu marin (Ovide, *Métamorphoses*, XIII, 898-968).

18. *Outrepasser l'humain :* Dante écrit, en un seul mot, *trasumanar*, premier néologisme du *Paradis*.

19. *Si je n'étais qu'âme :* Dante ici s'applique à lui-même un célèbre passage de saint Paul : « Je connais un homme dans le Christ qui, il y a

quatorze ans, fut ravi jusqu'au troisième ciel ; si ce fut dans son corps je ne sais, si ce fut hors de son corps je ne sais, Dieu le sait » (II *Corinthiens*, XII, 2).

20. *en fuyant son séjour :* Dante traverse la sphère de feu, qui est la demeure des éclairs.

21. *sont inclinées :* toutes les créatures procédant de Dieu sont d'instinct inclinées vers le bien, mais de diverses manière (cf. Thomas d'Aquin).

22. *le ciel en repos :* l'Empyrée, qui est immobile.

23. *le plus de hâte :* c'est le Premier Mobile, ou ciel cristallin, qui « ordonne de son mouvement la révolution quotidienne de toutes les sphères » (*Convivio*, II, XV).

Chant II

1. *Ô vous :* Dante s'adresse à ses lecteurs, et son bateau n'est plus nacelle mais navire qui vogue en chantant avec la pleine conscience de la nouveauté de son entreprise.

2. *les Ourses :* c'est-à-dire la direction du pôle, et, métaphoriquement, les étoiles du salut.

3. *pain des anges :* la science divine.

4. *Ces glorieux :* les Argonautes, dont le chef, Jason, avait dû se faire laboureur pour conquérir la Toison d'or.

5. *du règne déiforme :* l'Empyrée.

6. *la première étoile :* en fait la première planète, la Lune.

7. *si un corps pénètre un corps :* il est difficile de comprendre comment une « dimension » (une matière étendue : la lune) et un corps (le corps de Dante) peuvent se compénétrer sans se briser.

8. *cette essence en qui se voit/ comment notre nature et Dieu s'unissent :* Jésus-Christ.

9. *des fables sur Caïn :* la légende populaire reconnaissait Caïn dans la Lune : prisonnier dans l'astre, il était condamné à porter pour toujours un fagot sur l'épaule (cf. *Enfer*, XX, 124-126).

10. *corps rares et denses :* rares sont les parties que nous voyons lumineuses, denses celles que nous voyons obscures. Cette théorie, que Dante a illustrée dans le *Convivio* (II, XIII, 9), remonte à Averroès.

11. *La huitième sphère :* le ciel des étoiles fixes.

12. *un verre :* un miroir.

13. *l'expérience :* Dante puise le concept d'expérience chez Aristote.

14. *ciel de la paix divine :* l'Empyrée.

15. *tourne un corps :* le Premier Mobile, ou ciel cristallin, qui, comme écrit Dante dans le *Convivio* (II, XV), « ordonne de son mouvement la révolution quotidienne de toutes les sphères, par laquelle ceux-ci reçoivent et font descendre chaque jour leur influence de toutes parts ».

16. *Le ciel suivant :* le ciel des étoiles fixes.

17. *Les autres cieux :* les ciels des sept planètes.

18. *Les organes du monde :* les ciels ; ils reçoivent l'influence du ciel supérieur, et exercent leur influence sur le ciel qui leur est immédiatement inférieur.

19. *des moteurs bienheureux :* les Intelligences motrices, c'est-à-dire les anges.

20. *le sceau :* il en devient le sceau, c'est-à-dire qu'il empreint de cette vertu les étoiles qui sont en lui.

21. *votre poussière :* le corps.

22. *D'elle vient :* c'est de l'intelligence motrice, et non de la différence de densité, que provient ce qui semble différer de lumière en lumière, c'est-à-dire les taches de la Lune.

Chant III

1. *Ce soleil :* Béatrice.

2. *les traits :* Dante emploie le mot *postille*, qui veut dire « annotation » dans la marge d'un livre : elles sont au texte ce qu'est l'image reflétée au vrai visage.

3. *entre l'homme et la source :* il s'agit de Narcisse, qui se regarde dans la fontaine et prend son image pour un corps réel ; à l'inverse, Dante voit des figures réelles et les prend pour des images reflétées.

4. *reléguées :* l'expression de Dante laisse croire volontairement que ces âmes ont leur siège dans le ciel de la Lune ; au chant IV du *Paradis* (v. 28-63), Dante expliquera la situation des bienheureux au Paradis : il imagine qu'ils ont tous leur siège dans l'Empyrée, mais qu'ils lui apparaissent dans les différents ciels pour lui indiquer leurs différents degrés de béatitude. Les trois premiers ciels sont aussi appelés « ciels inférieurs ».

5. *Piccarda :* Piccarda Donati, sœur de Forese, ami de Dante (cf. *Purgatoire*, XXIII, 48-133, et XXIV, 1-99) ; c'est aussi la sœur de Corso, le chef des guelfes noirs (*Purgatoire*, XXIV, 82-87) ; elle racontera plus loin dans ce chant (v. 97-108) sa triste destinée ; Dante avait de l'amitié pour elle.

6. *la sphère la plus lente :* le ciel de la Lune.

7. *si bas :* parce que dans un ciel inférieur ; les vœux inaccomplis ont été en partie négligés, en partie insuffisants.

8. *necesse :* formule du langage scolastique qui indique la conséquentialité d'un discours logique ; Dante l'écrit en latin.

9. *de seuil en seuil :* c'est-à-dire de degré en degré ; cette image vise à indiquer les différents degrés de béatitude et à annoncer par avance que Dante verra les bienheureux de ciel en ciel.

10. *une dame plus haut :* sainte Claire d'Assise, qui fonda l'ordre des Clarisses.

11. *Je m'enfuis du monde :* Piccarda, attirée par la vie de sainte Claire, se réfugia dans le couvent d'où la violence de son frère la tira de force.

12. *la grande Constance :* fille posthume de Roger, roi de Sicile ; née en 1154, elle épousa en 1185, à Milan, l'empereur Henri VI, le « second vent de Souabe », fils de Frédéric Barberousse ; elle fut la mère de Frédéric II, né en 1194, « la troisième et l'ultime puissance ».

Chant IV

1. *Daniel :* grâce à une révélation de Dieu, Daniel devina et interpréta un rêve du roi Nabuchodonosor ; celui-ci avait été « injustement cruel » parce qu'il avait fait mettre à mort les sages de Babylone, pour les punir non seulement de ne pas lui avoir expliqué ses rêves, mais aussi de n'avoir pas su les deviner, alors qu'il les avait oubliés lui-même (*Daniel*, II, 1-45).

2. *Si le bon vouloir dure :* c'est le cas de Piccarda et de Constance.

3. *selon la sentence de Platon :* dans le *Timée* (que Dante connaissait peut-être directement dans la traduction latine, ou indirectement, à travers saint Augustin, saint Thomas et Macrobe), les âmes, créées avant les corps, sont distribuées dans les étoiles où elles retournent après la mort.

4. *ton velle :* ta volonté. Infinitif latin scolastique.

5. *celle qui a le plus de fiel :* la seconde théorie, celle de Platon, est la plus dangereuse ; car, si elle est vraie, la doctrine chrétienne est fausse.

6. *Samuel :* prophète qui fut le dernier des Juges et qui institua la monarchie en Israël.

Jean/ celui que tu veux : Jean-Baptiste ou l'Évangéliste.

7. *Il faut parler ainsi… :* c'est l'un des principes de la doctrine aristotélicienne, que Dante reprend à travers saint Thomas.

8. *celui qui rendit la santé à Tobie :* l'archange Raphaël guérit Tobie de sa cécité.

9. *Ce que Timée argumente des âmes… :* ce que Timée expose est différent de ce qu'on voit dans la Lune (où les âmes apparaissent, mais ne demeurent pas), parce qu'il semble que Timée pense exactement ce qu'il dit – que ses paroles doivent être prises à la lettre, et non au sens figuré.

10. *sa forme :* la forme est, au sens scolastique, le principe distinct qui donne aux choses leur manière d'être, leurs attributs. « L'âme raisonnable est la forme de l'homme » (saint Thomas d'Aquin, *Summa theologica*, I, I, 9).

11. *à nommer Jupiter, Mercure et Mars :* cette doctrine des influx astraux amena presque tous les peuples (sauf le peuple élu) à assigner aux astres des noms divins, c'est-à-dire à les déifier.

12. *noirceur hérétique :* Dieu est suprême justice, mais ses jugements sont imperscrutables : aussi, un acte divin qui apparaît « injuste » est par là même « démonstration », « preuve » de la validité de la foi.

13. *Laurent :* saint Laurent, diacre à Rome, martyrisé sur le gril en 258.

14. *Mucius :* Mucius Scaevola se brûla la main parce que cette main n'avait pas réussi à tuer le tyran Porsenna.

15. *Alcméon :* cf. *Purgatoire*, XII, 49-51 ; « en tuant sa mère pour venger son père, il se montra en même temps pieux et criminel » (Ovide, *Métamorphoses*, IX, 407-408).

16. *en vain :* Dante écrit en latin, *frustra*, expression scolastique.

Chant V

1. *litige :* comme controverse avec la justice divine, plutôt que comme conflit de l'âme avec elle-même, ou comme rivalité entre les anges et les démons à propos du sort d'une âme.

2. *matière :* la matière du vœu est la chose qu'on offre (jeûne, pauvreté, etc.).

3. *convention :* le pacte, la forme du vœu.

4. *aux Hébreux :* c'est pourquoi l'obligation des offrandes à Dieu fut prescrite aux Juifs (*Lévitique*, XXVII, 1-33).

5. *la clé blanche et la clé jaune :* les deux clés que le Christ a données à saint Pierre, qui ouvrent le royaume des cieux ; la clé d'or vient de Dieu ; la clé d'argent défait le nœud du péché (cf. *Purgatoire*, IX, 117).

6. *comme quatre dans six :* la proposition mathématique n'est sans doute pas rigoureuse (mais le *Lévitique* fixait l'augmentation d'un cinquième).

7. *Jephté :* juge d'Israël, il fit le vœu de sacrifier à Dieu, s'il rentrait de guerre victorieux, la première chose qui sortirait de sa maison ; ce fut sa fille ; il accomplit son vœu (*Juges*, XI, 39-40).

8. *le grand chef des Grecs :* Agamemnon, qui sacrifia sa fille Iphigénie pour obtenir à Aulis des vents favorables (*Énéide*, II, 116, et *Métamorphoses*, XII, 27).

9. *le Juif :* en tant que peuple qui n'a pas une réglementation précise en fait de vœu.

10. *second royaume :* le ciel de Mercure.

11. *un de ces esprits pieux :* l'empereur Justinien (le lecteur l'apprendra dans le chant VI).

12. *la sphère :* Mercure.

Chant VI

1. *Constantin :* Constantin Ier le Grand transféra en 330 le siège impérial de Rome à Byzance, contre le cours du ciel, c'est-à-dire d'occident vers l'orient.

2. *Lavinia :* Énée, débarquant dans le Latium, épousa Lavinia, fille du roi Latinus.

3. *cent et cent ans et plus :* l'aigle resta à Byzance, près des montagnes d'où était parti Énée, pendant plus de deux cents ans (chronologie fondée probablement sur les textes de Brunetto Latini : en réalité, il y resta deux cent six ans).

4. *là :* en Orient.

5. *lois :* Justinien enleva ce qui était superflu dans la législation romaine.

6. *je croyais que le Christ avait une nature :* c'est l'hérésie qu'on appelle monophysite.

7. *Agapit :* pape de 535 à 536.

8. *Bélisaire :* le plus célèbre général de Justinien ; il subit l'envie des courtisans et la défaveur de l'empereur.

9. *Pallas :* fils d'Évandre, roi du Latium, envoyé par son père au secours d'Énée.

10. *trois contre trois :* les Horaces contre les Curiaces.

11. *aux douleurs de Lucrèce :* c'est-à-dire jusqu'à l'expulsion des Tarquins et à l'établissement de la république romaine, qui suivirent le suicide de Lucrèce, violée par le fils de Tarquin le Superbe.

12. *Brennus, Pyrrhus :* Dante évoque les grands Romains, ainsi que les entreprises contre les Gaulois guidés par Brennus, et contre les habitants de Tarente aidés par Pyrrhus.

13. *Torquatus :* Titus Manlius Torquatus, consul et dictateur, vainqueur des Gaulois et des Latins.

Quintius : Quintius Cincinnatus labourait son champ au moment où on vint lui annoncer qu'il était élu dictateur ; il tirait son surnom de sa chevelure (*cincinnus* : « boucle »).

14. *les Decius :* les Decius, père et fils, furent vainqueurs l'un des Latins, l'autre des Samnites, et tombèrent tous deux sur le champ de bataille.

les Fabius : les trois cents membres de la famille Fabia, tombés dans la guerre contre Véies, et le dictateur Fabius Maximus Cunctator.

15. *de ces Arabes :* les Carthaginois. Au temps de Dante, on appelait « Arabes » tous les occupants de l'Afrique du Nord.

16. *Scipion et Pompée :* Scipion avait trente-trois ans quand il vainquit Hannibal ; Pompée obtint le triomphe à vingt-cinq ans.

17. *à son image :* la fonction providentielle de l'Empire est pour Dante celle de pacifier le monde à l'approche de la naissance du Christ.

18. *et toutes les vallées qui font enfler le Rhône :* César soumit la France transalpine.

19. *au Nil brûlant :* César, ayant franchi le Rubicon, qui marquait la frontière entre l'Italie et la Gaule cisalpine, amena les armées en Espagne, contre les lieutenants de Pompée, puis sur la côte dalmate, à Durazzo, puis à Pharsale, en Thessalie, où Pompée fut définitivement vaincu ; le

deuil fut senti jusqu'en Égypte, où Pompée, qui s'était réfugié à la cour de Ptolémée, fut assassiné.

20. *pour le malheur de Ptolémée :* Lucain raconte qu'après la bataille de Pharsale, César fit un détour pour voir les ruines de Troie, et aussi Antandros, le port d'où partit Énée, et le Simoïs, auprès duquel était la tombe d'Hector ; puis il alla en Égypte, enlevant son royaume à Ptolémée pour le donner à Cléopâtre.

21. *où résonnaient les trompettes de Pompée :* César vainquit d'abord Juba, roi de Mauritanie, partisan de Pompée, puis défit en Espagne les fils de Pompée.

22. *Brutus et Cassius aboient en Enfer,/ et Modène et Pérouse en ont pâti :* celui qui a porté ensuite l'aigle impérial, Auguste, fait encore souffrir en Enfer Brutus et Cassius (cf. *Enfer*, XXXIV, 64-67) ; sous les murs de Modène, Marc Antoine fut vaincu et Pérouse fut saccagée par les troupes d'Octave.

23. *une mort soudaine et noire :* Cléopâtre, après la défaite et la mort d'Antoine, se tua en se faisant mordre par un aspic.

24. *il courut jusqu'à la rive rouge ;/ [...] le temple de Janus :* Octave, vainqueur de Cléopâtre, conquit l'Égypte ; sous le règne d'Auguste, le temple de Janus fut fermé, ce qui advenait quand Rome était en paix avec tous les peuples.

25. *un cœur pur :* toutes les entreprises accomplies par l'aigle jusqu'à ce moment sont peu de chose, en comparaison avec ce qu'il fit sous Tibère.

26. *venger sa colère :* la colère de Dieu pour le péché d'Adam fut vengée par la mort du Christ, sous l'empereur Tibère.

27. *de l'ancien péché :* Titus détruisit Jérusalem en 70. Selon une idée courante de la tradition chrétienne (Jérôme, Orose), cette destruction est punition de la mort du Christ, et cette mort, prenant sur elle tous les péchés de l'humanité, est punition du péché d'Adam. Cette idée de « vengeance d'une vengeance » trouble Dante : Béatrice lui donnera des explications au chant suivant.

28. *la secourut :* Charlemagne vint au secours de l'Église attaquée par les Lombards (cf. *Paradis*, XVIII, 43), à la demande du pape Adrien Ier. Dante établit une continuité entre l'Empire romain antique et le Saint Empire romain.

29. *L'un oppose les lys jaunes au signe public/ et l'autre l'approprie à son parti :* les guelfes opposent au signe universel, l'aigle romain, les lys d'or de la maison de France ; et les gibelins font de cet aigle un instrument de parti.

30. *les gibelins :* les gibelins, pour masquer leur haine, reprochent à leurs adversaires d'être rebelles au Saint Empire.

31. *des lions plus fiers :* le nouveau Charles est Charles II d'Anjou, roi de Naples ; il s'attaque en vain à l'aigle impérial, qui a défait des rois plus redoutables.

32. *Cette petite étoile :* Mercure est la plus petite planète du système solaire.

33. *Romieu :* Romieu de Villeneuve, ministre et sénéchal de Raymond Bérenger, comte de Provence, fut, après la mort de ce dernier en 1245, le tuteur de sa fille, Béatrice, femme de Charles Ier d'Anjou. Une légende du temps de Dante raconte qu'il fut accusé par les seigneurs provençaux envieux d'avoir dilapidé le trésor de son maître. Il partit alors en pèlerin et personne ne le revit jamais. Romieu avait obtenu des noces honorables pour les quatre filles de Raymond. Dante perçoit une ressemblance entre la condition de Romieu et sa propre condition d'exilé.

34. *Raymond Bérenger :* Raymond Bérenger mourut en 1245. Il fut un des plus jeunes souverains de l'époque, loué pour ses dons d'homme politique et pour sa sagesse d'administrateur. Dante cependant l'enclôt dans le blâme qu'il adresse aux Provençaux.

Chant VII

1. *Osanna [...] malacòth :* « Hosanna, Dieu saint des armées, toi qui d'en haut fais resplendir de ta clarté les feux bienheureux de ces royaumes ! » Les mots *osanna, sabaòth* et *malacòth* sont empruntés à l'hébreu.

2. *double lumière :* sens très discuté ; s'agit-il de la lumière de Dieu et de celle de Justinien ? ou, plus vraisemblablement, de la lumière de l'Empire et de celle des lois, en Justinien lui-même (cf. Sapegno) ?

3. *cet homme qui n'est pas né :* Adam.

4. *par une juste cour :* par Titus, c'est-à-dire par le légitime tribunal romain.

5. *c'est la raison qui fait qu'il fut/ privé du pouvoir de satisfaire :* l'homme, en voulant se rendre égal à Dieu, avait commis un péché d'orgueil infini ; il était exclu de la possibilité de faire amende par soi-même de son péché.

6. *par l'une, ou par les deux :* par la miséricorde seule, par la justice seule, ou par les deux.

7. *des lumières saintes :* le rayonnement et le mouvement des étoiles produit, à partir de l'ensemble de la matière propre à prendre forme, l'âme des animaux et des plantes. Ils ne sont pas créés directement par Dieu ; ils sont donc corruptibles.

Chant VIII

1. *Cypris :* Vénus, née à Chypre selon une tradition vivante à l'époque de Dante, donna son nom à l'astre (cf. *Paradis*, IV, 61-63).

2. *le troisième épicycle :* l'épicycle est le petit cercle sur lequel, suivant le système de Ptolémée, chaque planète, sauf le Soleil, opérait son mouvement propre.

3. *Dioné et Cupidon :* Dioné, fille de l'Océan et de Thétis, était mère de Vénus ; Cupidon était son fils.

4. *Didon :* dans l'*Énéide* (I, 657), Cupidon, envoyé par sa mère, sous les traits d'Ascagne, fils d'Énée, s'assied sur les genoux de Didon, et la blesse, en l'enflammant d'amour pour le héros de Troie.

5. *le nom de l'étoile :* l'étoile Vénus, qui suit le Soleil le soir et le précède le matin.

6. *laissant la ronde/ commencée dans le ciel des Séraphins :* en interrompant la danse commencée dans le Premier Mobile.

7. *l'une :* Charles Martel, fils aîné de Charles II d'Anjou et de Marie de Hongrie ; il mourut à Naples en 1295 à l'âge de vingt-quatre ans. L'année précédente, il avait passé quelques jours à Florence, où il avait rencontré Dante.

8. *Vous dont l'esprit meut le troisième ciel :* premier vers d'une chanson de Dante, dans le *Convivio*, où il s'adresse aux Intelligences célestes : celui qui parle était donc ami et lecteur de Dante poète.

9. *qui n'auraient pas été :* Dante anticipe ainsi sa condamnation du gouvernement des Anjou.

10. *Tu m'as beaucoup aimé :* on ne sait rien de plus du rapport entre Charles Martel et Dante que ce que Dante en dit ici.

11. *Cette rive gauche :* la Provence était désignée comme le territoire qui s'étend sur la rive gauche du Rhône, après sa confluence avec la Sorgue.

12. *la corne d'Ausonie :* le royaume de Naples. L'« Ausonie », chez les poètes latins, désignait tantôt l'Italie inférieure, tantôt l'Italie entière.

Catona, ville de Calabre aujourd'hui disparue, ou absorbée par Reggio, était un lieu d'embarquement pour la Sicile, lieu de rassemblement des troupes de Charles Ier et de ses alliés.

13. *où Tronto et Verde :* ces deux fleuves marquaient les confins du royaume de Naples.

14. *la couronne :* Charles Martel fut sacré empereur en 1292.

15. *rives allemandes :* la Hongrie, arrosée par le Danube sorti du territoire aujourd'hui autrichien.

16. *Trinacrie :* la Sicile, entre les deux caps de *Pachino* et *Peloro* (aujourd'hui cap Passaro au sud-est et cap Faro au nord-est). Le *golfe* évoqué au vers suivant est celui de Catane, battu par les vents d'est.

17. *Eurus :* le vent Eurus vient du sud-est.

18. *Typhée :* géant foudroyé par Jupiter, enseveli sous l'Etna, cause des éruptions volcaniques (cf. *Enfer*, XXXI, 124 ; *Métamorphoses*, V, 306 *sq.* ; *Énéide*, III, 570 *sq.*, IX, 710 *sq.*) ; Dante remplace ces fables par une cause scientifique, *le soufre naissant*.

19. *Palerme :* le 30 mars 1282, à Palerme, à cause des vexations d'un soldat français, à l'heure des vêpres du lundi de Pâques, le peuple se souleva contre la domination des Anjou en criant : « À mort les Français ! » (*Chroniques*, VII, 61).

20. *de Catalogne :* le frère de Charles Martel, Robert d'Anjou, avait été retenu comme otage en Catalogne, avec ses jeunes frères, de 1288 à 1295. De Catalogne, Robert aurait amené à Naples des officiers avares et cupides.

21. *ses coffres :* Robert aurait besoin d'une éducation chevaleresque, qui lui apprenne à ne pas se soucier de « remplir ses coffres ».

22. Charles Martel donne lui-même la réponse, en anticipant celle de Dante. Le « maître » est Aristote (*De anima*, III, 9).

23. *Solon, Xerxès :* l'un législateur, l'autre guerrier.

24. *Melchisédech :* prêtre (*Genèse*, XIV, 18).

25. *Esaü, Jacob :* Jacob était plus pacifique qu'Esaü, et ils s'étaient heurtés dans le sein de leur mère (*Genèse*, XXV, 21-28).

Quirinus : c'est-à-dire Romulus ; on le fit passer pour fils de Mars, tant son père était de basse extraction.

Chant IX

1. *belle Clémence :* la femme de Charles d'Anjou, morte à vingt-sept ans. Dante l'a peut-être vue passer par Florence, toute jeune fille, en 1281, allant vers Naples pour ses noces (la fille de Charles s'appelait aussi Clémence, et certains commentateurs suggèrent que Dante pourrait aussi s'adresser à elle).

2. *votre infortune :* il y a peut-être dans cette prophétie du châtiment de Robert d'Anjou une allusion à la défaite qu'infligea aux guelfes, en 1315, à Montecatini, le gibelin Uguccione della Faggiuola ; le fils et le frère de Robert moururent dans la bataille.

3. *là d'où elle chantait :* quand elle chantait *Hosanna* avec les autres bienheureux.

4. *cette région de la terre dépravée :* les marches de Trévise, entre Venise et la Brenta.

5. *cette contrée :* la colline de Romano, entre Vicence et Trévise, où s'élevait le château des Ezzelini. La *torche* est le tyran Ezzelino III (*Enfer*, XII, 109-110).

6. *Cunizza :* Cunizza da Romano, sœur d'Ezzelino ; elle eut trois maris et un grand nombre d'amants, parmi lesquels le troubadour Sordello (*Purgatoire*, VI, 58-75).

7. *joyau :* c'est Folquet de Marseille (voir plus bas).

8. *enclosent :* les deux fleuves délimitent à l'est et à l'ouest la marche de Trévise.

9. *bientôt Padoue viendra aux marais :* première prophétie de Cunizza : les Padouans rougiront de leur sang le marais près de Vicence : Dante fait sans doute allusion à la défaite sanglante infligée aux guelfes de Padoue en 1314 par les gibelins de Vicence.

10. *s'unissent :* seconde prophétie de Cunizza : Rizzardo da Camino, fils du bon Gherardo (*Purgatoire*, XVI, 124), seigneur de Trévise, succédera à son père et se fera tuer traîtreusement par son partenaire aux échecs.

11. *Feltre aussi pleurera la faute/ de son pasteur impie :* troisième prophétie de Cunizza : des exilés de Ferrare, réfugiés auprès de l'évêque Alessandro Novello, pasteur de Feltre, seront livrés par lui « pour se montrer bon partisan », c'est-à-dire pour démontrer ses sentiments guelfes.

12. *en malte :* il ne s'agit pas de l'île de Malte, mais d'un nom commun qui désigne une prison souterraine sale et obscure, comme il en était par exemple à Bolsenna et à Padoue.

13. *ce prêtre courtois :* cet évêque est généreux, non d'or mais de sang ; les exilés qu'il fit tuer étaient si nombreux qu'il aurait fallu un très large baquet pour recueillir leur sang.

14. *Trônes :* c'est le troisième ordre de la première hiérarchie angélique (Séraphins, Chérubins, Trônes).

15. *six ailes :* c'est l'iconographie traditionnelle des séraphins (cf. *Isaïe*, VI, 2).

16. *si je voyais en toi, comme tu vois en moi :* deux néologismes de même formation chez Dante – « s'io m'*intuassi*, come tu t'*inmii* » (formés non sur le pronom mais sur l'adjectif possessif).

17. *elle fait le méridien/ là où elle faisait d'abord l'horizon :* longue périphrase pour indiquer la Méditerranée ; on croyait au temps de Dante que la Méditerranée s'étendait sur 90 degrés, du méridien de Cadix au-dessous du méridien de Jérusalem.

18. *du Toscan :* le fleuve Magra sépare la Ligurie de la Toscane, mais seulement dans le bas de sa vallée.

19. *de son sang :* allusion au massacre des Marseillais fait par Brutus, lieutenant de César.

20. *Folquet :* célèbre poète provençal, génois d'origine et marseillais de naissance, qui devint, en 1205, évêque de Toulouse.

21. *la fille de Belus :* la reine Didon, fille de Creüse, veuve de Sichée, qu'elle oublia pour Énée.

22. *Rhodopée :* Phyllis, fille de Sion, roi de Thrace, qui vivait auprès du fleuve Rhodopos ; elle se tua pour s'être crue abandonnée par Démophonte, fils de Thésée, et fut changée en amandier (Ovide, *Héroïdes*, II).

23. *Alcide :* Hercule, qui excita la jalousie de Déjanire par son amour pour Iole, fille du roi de Thessalie.

24. *Rahab :* courtisane de Jéricho, qui cacha dans sa maison deux explorateurs envoyés par Josué qui assiégeait la ville ; elle aida ainsi la cause du peuple hébreu.

25. *votre monde :* selon la doctrine d'Alfragan, bien connue de Dante, le cône d'ombre projeté par la Terre avait son terme dans le ciel de Vénus.

26. *grâce à l'une et l'autre paume :* par les deux mains jointes de la prière ; mais il s'agit peut-être des mains du Christ, et, plus que de la prise de Jéricho, du triomphe du Christ même.

27. *Josué :* la première entreprise glorieuse de Josué fut justement la prise de Jéricho.

28. *de celui :* Florence est la plante du diable.

29. *la fleur maudite :* le florin, la monnaie de Florence.

30. *décrétales :* le droit canon, dont l'étude est lucrative ; les marges de ces décrétales portent de nombreuses annotations.

31. *l'adultère :* c'est-à-dire la profanation que font ces ecclésiastiques des choses de Dieu qu'ils altèrent pour de l'or et de l'argent (cf. *Enfer*, XIX, 1-4).

Chant X

1. *Regardant :* les trois premiers vers de ce chant décrivent avec une précision théologique le processus de la création, opérée par le Père (puissance) par le moyen du Verbe (sagesse) avec l'Esprit-Saint (amour).

2. *où les deux mouvements s'entrechoquent :* sur les points équinoxiaux se rencontrent le mouvement diurne, d'orient en occident, et le mouvement du zodiaque, d'occident en orient.

3. *le cercle oblique :* le zodiaque.

4. *inclinée :* si le zodiaque n'était pas incliné sur l'équateur, bien des vertus des astres seraient sans effet et presque toutes les potentialités terrestres seraient « mortes » – ne pourraient s'exercer.

5. *en haut comme en bas :* sur terre et au ciel ? Plutôt dans les deux hémisphères.

6. *au point que j'ai dit plus haut :* le point équinoxial évoqué aux vers 8-9.

7. *la quatrième famille :* les bienheureux du quatrième ciel – les théologiens, les savants, les doctes.

8. *Soleil des anges :* Dieu.

9. *la fille de Latone :* Diane, la Lune.

10. *qui n'a pas d'ailes pour y voler/ peut attendre les nouvelles d'un muet :* expression de caractère proverbial : qui n'expérimente pas ces joies ne peut se les faire raconter.

11. *en l'un d'eux :* dans l'un de ces bienheureux.

12. *du saint troupeau :* l'ordre dominicain.

13. *où l'on s'engraisse bien :* dans l'ordre dominicain, on s'enrichit de mérites, si on ne dévie pas de la règle donnée par le saint fondateur, en poursuivant les biens terrestres.

14. *Albert :* Albert le Grand, de Cologne, mort en 1280, très étudié par Dante.

15. *Thomas, d'Aquin* (1225-1274) *:* appelé *doctor angelicus* ; la pensée de Dante est en partie de dérivation thomiste.

16. *Gratien :* moine camaldule ; il composa vers 1140 le *Decretum*, qui éclairait le droit civil et le droit canon.

17. *Pierre :* Pierre Lombard, mort vers 1164 à Paris, où il enseigna la théologie et devint évêque en 1159.

18. *La cinquième lumière :* c'est l'âme de Salomon, fils de David et roi d'Israël.

19. *la nature des anges et leur ministère :* la nature et l'office des anges. Il est question de Denys l'Aréopagite, converti par saint Paul.

20. *Augustin :* cet « avocat » utile au « discours » (*latino*) de saint Augustin est peut-être Paul Orose, auteur des *Histoires contre les païens* (autres interprétations : saint Ambroise, Lactance, le rhéteur Marius Victorinus).

21. *l'âme sainte :* Boèce, mort en 520 ou 526, auteur de la *Consolation de la philosophie*.

22. *Isidore :* Isidore de Séville, né à Carthagène vers 560, évêque de Séville, mort en 636, qui écrivit une encyclopédie en vingt livres, *Etymologiarum Libri*.

Bède : Bède de Vénérable, moine anglais mort en 735, auteur d'une *Histoire d'Angleterre*.

Richard : Richard de Saint-Victor fut prieur de l'abbaye de Saint-Victor jusqu'à sa mort en 1173 ; il est l'un des plus grands représentants du courant mystique.

23. *Sigier :* Sigier de Brabant, maître à la faculté des arts de l'Université de Paris, le plus grand maître de l'averroïsme latin. Son enseignement fut attaqué par saint Thomas ; il fut condamné comme hérétique en 1277, et mourut de mort violente à Orvieto vers 1283. Il avait enseigné à Paris dans la rue du Fouarre, près de la place Maubert. Dante, très influencé par la pensée averroïste, honore sans doute en Sigier la victime de la pensée philosophique.

24. *syllogisa des vérités qui lui firent tort :* il démontra par syllogismes des vérités qui lui procurèrent envie et persécutions.

25. *où se lève l'épouse de Dieu :* l'Église se lève pour réciter les matines au Christ.

26. *joue pour toujours :* néologisme de Dante : *insempra*, construit sur l'adverbe *sempre* (« toujours »).

Chant XI

1. *syllogismes :* ici, argumentations.

2. *aphorismes :* les sciences médicales, alors étudiées dans le texte d'Hippocrate, intitulé *Aphorismes* ; « le Droit » représente les sciences juridiques.

3. *tout d'abord :* Thomas d'Aquin.

4. *Où l'on s'engraisse bien :* Dante cite le chant précédent (v. 96).

5. *Un autre n'est pas né :* ce second doute sera éclairci par saint Thomas dans le chant XIII.

6. *l'épouse :* l'Église.

7. *deux princes :* latinisme ; chefs (saint François et saint Dominique).

8. *tout séraphique en ardeur :* saint François, brûlant d'ardeur mystique de charité comme un Séraphin.

9. *une splendeur de lumière chérubique :* saint Dominique, lumineusement savant comme un Chérubin.

10. *Topino :* l'eau qui descend de la montagne (la rivière Chiascio) au-dessus de Gubbio, où le bienheureux Ubaldo Baldassini vécut de vie érémitique, se réunit au Topino et se jette dans le Tibre.

11. *leur joug cruel :* les deux villes de Gualdo Tadino et de Nocera Umbra sont en face de Pérouse, derrière le mont Subiaso, qui les domine et cause des conditions climatiques défavorables (certains commentateurs voient une allusion au gouvernement tyrannique de ces villes).

12. *comme naît parfois celui-ci du Gange :* comme le soleil quand il sort du Gange pendant l'équinoxe de printemps.

13. *une dame :* la Pauvreté.

14. *coram patre :* devant son père, en latin dans le texte.

15. *son premier époux :* Jésus.

16. *Amyclas :* pêcheur qui, pendant la guerre civile entre César et Pompée, dormait la porte ouverte et ne se troubla pas devant César : il pensait que sa pauvreté le mettait à l'abri de tout danger (Lucain, *Pharsale*, V, 519 *sq.*).

17. *Bernard le Vénérable :* Bernard de Quintavalle, né à Assise vers 1170. Sur l'exemple de saint François, il distribua ses richesses aux pauvres.

18. *Egidio*, *Silvestro :* Egidio, né à Assise, était un homme simple et extatique ; il s'unit très jeune à saint François. Silvestro, prêtre d'Assise, ayant rêvé que la ville était la proie d'un terrible dragon, qui était repoussé par une croix sortie de la bouche de saint François, devint son disciple.

19. *cordon :* le *capestro* est la corde avec laquelle on lie la tête des chevaux, des bœufs, etc., et que François adopta comme ceinture, en signe d'humilité.

20. *Pietro Bernardone :* père de saint François, riche marchand d'Assise.

21. *Innocent :* le pape Innocent III, d'abord hostile à saint François, eut un rêve où il voyait l'église Saint-Jean-de-Latran, près de s'écrouler, soutenue par les épaules du saint ; il donna alors l'approbation à sa règle.

22. *archimandrite :* hellénisme ecclésiastique : pasteur.

23. *Honorius :* le pape Honorius donna son approbation officielle en 1223.

24. *prêché le Christ et ceux qui le suivaient :* allusion au voyage de saint François en Orient avec douze moines en 1219. Il fut fait prisonnier à Saint-Jean-d'Acre, et tenta en vain, pendant sa captivité, de convertir le sultan Malek al-Kamil, qui pourtant lui rendit la liberté.

25. *deux ans :* le miracle des stigmates, advenu en 1224 ; le saint les porta jusqu'à sa mort, c'est-à-dire pendant deux ans.

26. *ne voulut pas pour son corps d'autre bière :* en octobre 1226, sentant sa mort prochaine, saint François se fit déposer nu sur la terre nue, pour signifier son abandon à la pauvreté évangélique.

27. *la barque/ de Pierre :* l'Église.

28. *son troupeau :* c'est-à-dire l'ordre dominicain.

29. *en partie :* parce que saint Thomas a, par son discours, dissipé un seul des doutes de Dante.

Chant XII

1. *la flamme bénie :* saint Thomas.

2. *sa messagère :* Iris.

3. *cette errante :* la nymphe Écho, amoureuse de Narcisse, et qui se changea en voix.

4. *une voix :* celle de saint Bonaventure.

5. *l'aiguille :* l'aiguille aimantée (la boussole avait été inventée depuis peu).

6. *l'autre chef :* saint Dominique.

7. *du mien :* saint François. C'est saint Bonaventure, franciscain, qui fait l'éloge de saint Dominique, comme un dominicain, saint Thomas, a fait l'éloge de saint François.

8. *son enseigne :* la croix.

9. *l'empereur :* Dieu.

10. *Calaruega :* petit bourg de la vieille Castille.

11. *il la rendit prophète :* la mère de Dominique rêva qu'elle accouchait d'un chien noir et blanc, qui tenait dans ses crocs une torche embrasée avec laquelle il incendiait le monde.

12. *ses héritiers :* les moines de son ordre.

13. *Félix :* heureux non seulement de nom mais de fait, pour être le père d'un si grand saint.

14. *Jeanne :* en hébreu, signifie « grâce de Dieu ».

15. *Thadée :* peut-être Thadée Pepoli, canoniste polonais connu, contemporain de Dante ; ou plutôt Thadée d'Alderotto, célèbre médecin né en 1215 à Florence.

le savant d'Ostie : Henri de Suze, célèbre canoniste, évêque de Sisteron, fut nommé cadinal d'Ostie en 1262.

16. *decimas quae sunt pauperum Dei :* les dîmes qui sont aux pauvres de Dieu ; les dîmes sont une part des récoltes due à l'Église pour les pauvres. Dante emploie ironiquement le latin.

17. *vingt-quatre rameaux :* les deux files de douze élus qui font cercle autour de Dante.

18. *le mandat pontifical :* l'approbation des frères prêcheurs par Honorius III en 1216.

19. *tartre :* l'image est celle d'un tonneau incrusté de tartre.

20. *s'en vont à l'envers :* les frères mineurs ne suivent plus l'ordre de saint François, ils prennent une direction toute contraire. L'expression est ici assez obscure.

21. *qu'on lui ferme la huche :* allusion à certaines sectes franciscaines, rassemblées sous le nom de « Spirituels », qui furent exclues de l'ordre.

22. *ni de Casale ni d'Acquasparta :* Ubertino da Casale, l'un des plus fougueux des Spirituels, né en 1250, et qui passa en 1317 à l'ordre bénédictin. Matteo d'Acquasparta, ministre général de l'ordre des Frères mineurs, fut fait cardinal en 1288 puis envoyé par Boniface VIII à Florence comme pacificateur entre les guelfes blancs et les guelfes noirs.

23. *saint Bonaventure :* Bonaventure, le *doctor seraphicus*, cardinal en 1272, mort en 1274, a laissé une œuvre théologique considérable, aux tendances mystiques souvent en opposition avec saint Thomas.

24. *Illuminato, Augustin :* tous deux entrèrent dans l'ordre en 1210, parmi les premiers.

25. *Hughes de Saint-Victor :* théologien mystique né en Flandre, chanoine de l'abbaye de Saint-Victor à Paris, mort en 1141.

26. *Pierre le Mangeur :* théologien français, chancelier de l'Université de Paris en 1164 ; il mourut à l'abbaye de Saint-Victor en 1179.

Pietro Spano : né à Lisbonne, il étudia la médecine ; nommé cardinal en 1274, il devint pape en 1276 sous le nom de Jean XXI ; il mourut en 1277 ; les douze livres qu'il composa sont ceux de ses *Summae logicales* (c'est le seul pape que Dante met au Paradis – comme auteur, et non comme pape).

27. *Nathan prophète :* prophète hébraïque qui reprocha à David son adultère avec Bethsabée. Pourquoi Dante le nomme-t-il ici ? peut-être parce que le nom de Nathan signifie en hébreu « celui qui donne » – comme « Dante ».

28. *Chrysostome :* saint Jean Chrysostome d'Antioche (347-407), patriarche de Constantinople en 398, l'un des plus illustres Pères de l'Église, célèbre par son éloquence.

Anselme : né à Aoste en 1033, entré dans l'ordre bénédictin, il fut archevêque de Canterbury en 1093. Il mourut en 1109 ; il fut l'un des plus célèbres théologiens du Moyen Âge.

Donat : grammairien alors très connu et maître de saint Jérôme.

29. *Raban :* Raban Maur, né à Mayence vers 766, moine puis abbé de Folda, évêque de Mayence, mort en 856. Il est resté célèbre pour ses interprétations allégoriques de la Bible.

30. *Joachim :* Joachim de Flore, né vers 1130, d'abord moine cistercien puis fondateur d'un ordre nouveau ; il mourut en Calabre en 1202, connu surtout pour ses interprétations mystiques des textes bibliques.

Chant XIII

1. *Qu'il imagine, celui qui veut comprendre :* pour donner l'idée du spectacle paradisiaque, Dante utilise dans les vers suivants une astronomie imaginaire.

2. *la fille de Minos :* Ariane, selon Ovide, fut changée à sa mort par Bacchus en constellation (*Métamorphoses*, VIII, 169).

3. *la Chiana :* fleuve de Toscane, qui autrefois se jetait dans le Tibre. Au Moyen Âge, il devint marécage.

4. *Péan :* Apollon.

5. *la lumière :* saint Thomas.

6. *coûte si cher au monde :* Ève, dont le palais, mangeant la pomme, coûta cher au genre humain.

7. *trouée par la lance :* la poitrine du Christ.

8. *la cinquième flamme :* Salomon.

9. *neuf substances :* le Verbe concentre ses rayons en neuf substances, c'est-à-dire dans les neuf chœurs angéliques, sans perdre son unité.

10. *elle reflète/ plus ou moins la lumière sous le signe idéal :* la matière manifeste de façon plus ou moins grande la lumière divine.

11. *à demander :* quel était le motif qui poussa Salomon à demander le don de la sagesse, quand Dieu l'invita à demander.

12. *du nécessaire :* question de logique aristotélicienne.

13. *si est dare primum motum esse :* « s'il convient qu'il existe un moteur premier », problème de physique ou « philosophie naturelle » (saint Thomas d'Aquin, *Summa theologica*, I, II, a 3.)

14. *royale prudence est la vue sans égale/ que vise le trait de mon intention :* la sagesse sans pareille à laquelle tendait l'intention de mes paroles est la prudence royale.

15. *n'est pas né* : Dante veut dire ici que dans l'énoncé du *Paradis*, X, 114, implicite est l'idée qu'il s'agissait d'un roi.

16. *bien plus qu'en vain :* car non seulement il perd son temps, mais au lieu de prêcher le vrai il rapporte l'erreur.

17. *Parménide* : philosophe grec de l'école éléatique, né vers 540 av. J.-C.

Melissos : né à Samos, il vécut vers la moitié du Ve siècle av. J.-C. et fut le disciple de Parménide.

Bryssos : philosophe grec d'Héraclée, fils d'Hérodote, et disciple d'Euclide.

Ces trois noms, parmi d'autres, contestés, Dante pouvait les trouver chez Albert le Grand.

18. *Sabellius :* hérétique du IIIe siècle ; il niait le dogme de la Trinité.

Arius (280-336) *:* il niait l'unité et la consubstantialité des personnes divines ; le Christ était une créature parfaite mais n'était pas Dieu lui-même. Cette théorie donna naissance à l'hérésie arienne.

19. *dame Berthe et messire Martin :* noms populaires et paysans.

Chant XIV

1. *lumière :* question débattue par la théologie scolastique (cf. saint Thomas d'Aquin, *Summa theologica*, Suppl. q. LXXXV, a. I-3).

2. *la lumière la plus divine :* l'âme de Salomon.

3. *Amen :* Dante emploie une forme populaire, *Amme*.

4. *corps morts :* les bienheureux montrent le désir de retrouver leurs corps.

5. *un ciel plus haut :* Dante écrit : « dans un salut plus haut », ce qui signifie : dans un plus haut degré de béatitude.

6. *holocauste :* l'offrande de tout soi-même.

7. *Galaxie :* la Voie lactée, qui était l'objet de discussions entre les sages.

8. *en cercle :* il en résulte une croix grecque.

9. *« Resurgi » et « Vinci » :* « Tu resurgis » et « Tu vaincs ». Ces mots qui célèbrent la résurrection du Christ s'élèvent de la croix.

Chant XV

1. *se fond en mal :* Dante ici emploie un verbe à la fois concret (« se liquéfier ») et abstrait, grammatical (« se résoudre en »).

2. *relâche et tire :* comme on fait pour accorder l'instrument.

3. *rien ne se perd :* aucun astre ne disparaît.

4. *qui resplendit là-bas :* la lumière de Cacciaguida, l'ancêtre, qui est un des astres de cette constellation (la croix lumineuse).

5. *la zone radiale :* du latin *radius*, « formé par la rencontre des rayons qui délimitent les quadrants d'un cercle ». Les commentateurs anciens donnent par ailleurs le sens de « rayonnante ».

6. *Ô sanguis meus [...] reclusa :* « Ô mon sang, ô abondante/ grâce divine, à qui comme à toi/ fut ouverte deux fois la porte du ciel ? » : ce discours latin, écrit avec des réminiscences virgiliennes (*Énéide*, VI, 835) et des souvenirs bibliques, donne une sacralité particulière au langage de l'ancêtre ; l'épisode de Cacciaguida, situé au centre du *Paradis*, confirme la mission, politique et morale, de Dante.

7. *des deux côtés :* par les paroles de Cacciaguida et par la beauté accrue de Béatrice.

8. *longue faim :* désir de te voir.

9. *celle :* Béatrice.

10. *les petits et les grands :* tous les bienheureux, quel que soit le degré de leur béatitude.

11. *la première égalité :* Dieu, qui est égalité parfaite, puisque ses attributs, étant infinis, sont égaux entre eux.

12. *insuffisante :* toute autre égalité serait incapable de rendre l'idée de l'équilibre qui est en Dieu.

13. *disparité :* les capacités des mortels sont inégales ; qui est privé de la capacité d'expression ne dispose que du sentiment.

14. *ce précieux joyau :* la croix lumineuse.

15. *ta racine :* Cacciaguida, aïeul de Dante, dont le lecteur n'apprendra le nom qu'au vers 135.

16. *ton bisaïeul :* Alighiero Ier, fils de Cacciaguida et père de Bellincione, dont naquit Alighiero II, père de Dante.

17. *la tierce et la none :* selon les commentateurs anciens, près de la vieille enceinte, « c'est une église, appelée Badia, qui sonne la tierce et la none et les autres heures où les travailleurs des arts entrent et sortent du travail » (Lana).

18. *la mesure :* l'usage habituel, au temps de Dante, était de marier les filles très jeunes avec des dots excessives ; aussi les pères craignaient-ils la naissance d'une fille.

19. *dans la chambre :* Sardanapale, roi d'Assyrie au VIIe siècle av. J.-C., symbole de mollesse et de luxure au Moyen Âge (Orose I, 19).

20. *Montemalo :* aujourd'hui Monte Mario, à Rome.

21. *Uccellatoio :* mont au nord de Florence.

22. *Bellincion Berti :* illustre citoyen florentin, père de « la bonne Gualdrada » (*Enfer*, XVI, 37, où il est appelé B. de' Ravignani).

23. *des Nerli et des Vecchio :* anciennes familles du parti guelfe.

24. *seule au lit :* abandonnée par son mari, qui allait commercer en France. Exil et commerce sont ainsi désignés comme les causes de la ruine et du trouble des familles (Bosco).

25. *cet idiome :* le langage enfantin que les parents emploient aussi avec les enfants (cf. *Purgatoire*, XXIII, 111).

26. *Cianghella :* femme effrontée et scandaleuse, qui, selon Lana, régentait les modes florentines.

Lapo Saltarello : juriste et poète, politicien, affairiste louche.

27. *Cincinnatus :* célèbre dictateur romain, exemple de probité politique et de sobriété de mœurs, déjà évoqué au *Paradis* (VI, 46).

Cornélia : Cornélie, la vertueuse mère des Gracques (cf. *Enfer*, IV, 128).

28. *Cacciaguida :* on a très peu de documents sur l'aïeul de Dante. Il naquit sans doute vers 1106 d'une famille parente des Elisei, d'antique noblesse citadine. Il suivit l'empereur Conrad III dans la deuxième croisade. Il mourut en combattant les Infidèles, peut-être en 1147.

29. *Moronto, Eliseo :* aucune information ne nous est parvenue sur ces deux frères de Cacciaguida.

30. *le nom que tu portes :* à l'époque de Dante, le patronyme est encore un surnom, ou un prénom.

31. *Conrad :* Conrad III de Souabe. Il prit part à la deuxième croisade avec Louis VII de France ; il y arma Cacciaguida chevalier.

32. *votre justice :* la justice à laquelle ont droit les chrétiens, alors que c'est la loi musulmane qui usurpe en Terre sainte, par la faute des papes, les droits de la chrétienté.

33. *du martyre :* la mort rencontrée en combattant pour la foi.

Chant XVI

1. *je m'en glorifiai :* Dante vient d'apprendre qu'il descendait d'un ancêtre noble, armé chevalier par l'empereur.

2. *vous :* pronom honorifique ; Dante l'emploie seulement, dans *La Divine Comédie*, avec Brunetto Latini, Farinata, Cavalcanti, Adrien V, Guinizelli et Béatrice ; à présent aussi avec Cacciaguida, qu'il a d'abord tutoyé (*Paradis*, XV, 85).

3. *celle qui se mit à tousser :* la dame de Malehaut, dans le roman *Lancelot*. Assistant à l'écart au colloque entre le héros et Guenièvre, lorsque celle-ci révèle leur amour commun, la dame simule un accès de toux pour signaler sa présence ; de même ici Béatrice ranime en Dante, par son rire, la conscience de sa présence.

4. *bercail de saint Jean :* Florence, dont Jean-Baptiste est le saint patron.

5. Depuis le jour de l'Annonciation (25 mars) à la naissance de Cacciaguida, la planète Mars est repassée 580 fois par le signe du Lion.

6. *sa patte :* la patte du Lion représente la constellation dans la figure du zodiaque.

7. *jeu annuel :* le palio, à la Saint-Jean, dans le sextier de Porta San Pietro, au centre de la ville ancienne.

8. *discourir :* ce serait vanité déplacée au Paradis que de s'étendre sur la noblesse des origines familiales. Par ailleurs, Dante, dans sa généalogie, ne remontait sans doute guère au-delà de Cacciaguida.

9. *entre Mars et Baptiste :* entre le Baptistère et la statue de Mars sur le Ponte Vecchio, limites nord et sud de l'ancienne ville.

10. *Campi, Certaldo et Fegghine :* dans la vallée du Bisenzio ; dans le Valdelsa ; dans le Valdarno.

11. *à Galluzzo et à Trespiano :* bourgades à quelques kilomètres de Florence, sur les routes de Sienne et de Bologne.

12. *du vilain d'Agulfon, de celui de Signa :* il s'agit de Baldo d'Agulione, juriste, responsable de la réforme de 1311, qui donnait aux exilés l'amnistie et renouvelait en même temps l'exclusion des gibelins et des guelfes blancs, dont Dante ; et de Fagio da Signa, jurisconsulte, qui passa du parti blanc au parti noir, et soutint Boniface VIII contre Henri VII.

13. *pour escroquer :* il aiguise son regard pour tirer un profit personnel de ses charges publiques.

14. Si les gens d'Église n'avaient pas essayé de contrôler le pouvoir civil de l'empereur.

15. *ses tours :* « avec des paniers » comme marchand ambulant (Buti) ; ou, autre hypothèse, « montant la garde » (l'Ottimo, Benvenuto) ; Semifonte est une petite place forte du Valdelsa.

16. *Montemurlo serait encore aux Conti [...] Val de Greve :* les comtes Guidi n'auraient pas dû céder aux Florentins leur château fort de Montemurlo (entre Florence et Pistoia). Les Cerchi n'auraient pas quitté la paroisse de Val de Sieve pour s'enrichir. De même les Buondelmonti, dont il sera question plus bas (v. 140-144).

17. *Luni :* ancienne ville étrusque, sur la côte tyrhénienne, déjà morte au temps de Dante.

Orbisaglia : petite ville près d'Ancône, détruite par les Wisigoths.

Chiusi : l'ancienne ville étrusque de Clusium, dans le Val di Chiana, était en décadence au temps de Dante à cause de la malaria.

Sinisgalia : dans les Marches ; la ville avait été dévastée par les Sarrasins et par la malaria ; elle était au temps de Dante en voie d'extinction.

18. *sur leur déclin :* Cacciaguida fait ici une première liste des grandes familles de Florence déjà éteintes au XIVe siècle.

19. *Soldanieri, Ardinghi, Bostichi :* toutes ces familles étaient alors déchues, « en état très populaire » (l'Ottimo).

20. *Bellincione :* il a déjà été question de Bellincione au chant précédent (XV, 112). La porte dont il s'agit, lieu favori des affrontements, était la porte San Pietro.

21. *la Pressa :* quartier situé près du Dôme ; ses habitants participaient depuis longtemps au gouvernement de la ville. L'enseigne de chevalerie des Galigai, famille éteinte de la porte San Pietro, était *la garde et le pommeau dorés* (v. 102).

22. *pour le boisseau :* la famille des Pigli avait pour emblème une bande verticale (« colonne ») de vair ; les autres familles sont éteintes ; les Chiaromontesi rougissent encore pour l'escroquerie du boisseau de sel, à laquelle il a été fait allusion dans le *Purgatoire* (XII, 105).

23. *chaises curules :* les hautes charges.

24. *boules d'or :* emblème de la famille des Lamberti.

25. *consistoire :* lieu de réunion, ou salle de conseil de l'empereur. Au Moyen Âge, on adopte ce terme pour désigner l'assemblée des cardinaux. Il s'agit ici de la réunion des ecclésiastiques pour élire l'évêque.

26. *s'endragonne :* devient dragon (néologisme de Dante : *s'indraca*).

27. *leur parent :* Dante montre l'origine récente de la famille des Adimari.

28. *gens de la Pera :* dans la petite enceinte de la ville ancienne, on entrait par une porte qui devait son nom à la famille de la Pera, sans doute apparentée aux Peruzzi.

29. *privilège :* toutes les familles qui portaient les armoiries d'Hughes le Grand, marquis de Toscane, obtinrent de lui le droit de porter, le jour de la Saint-Thomas, la dignité de chevalier et ses privilèges.

30. *celui qui mit une broderie à son blason :* la broderie sur le blason indique la noblesse de la famille ; un membre de ces familles nobles a pris le parti du peuple au temps de Dante : Giano della Bella.

31. *de nouveaux voisins :* les Buondelmonti, Gualterotti, Importuni étaient des familles en partie guelfes ; le Borgo aurait été plus tranquille si les autres familles ne les avaient pas eus pour nouveaux voisins.

32. *vos larmes :* la maison des Amidei, offensée par Buondelmonte, le tua en 1216 et fut à l'origine des pleurs ; de là naquit la division de la ville.

33. *Buondelmonte :* dei Buondelmonti, fiancé avec une jeune Amidei, rompit ses fiançailles à cause de Gualdrada Donati, qui lui fit épouser sa fille. D'où la vengeance des Amidei.

34. *l'Ema :* torrent qui traverse la route entre Florence et le château des Buondelmonti.

35. *la pierre mutilée/ [...] sur le pont :* la statue mutilée de Mars sur le Ponte Vecchio. C'est près de cette statue que fut tué Buondelmonte.

36. *la division :* le lys était l'emblème de Florence ; sa hampe renversée était signe de défaite. En 1251, le lys blanc fut remplacé par un lys rouge, par le vouloir des guelfes.

Chant XVII

1. *l'enfant qui rend encore les pères durs pour les fils :* c'est l'histoire de Phaéton, qui vint demander à sa mère Clymène s'il était bien fils d'Apollon ; pour lui prouver sa paternité, Apollon accepta de lui confier son char ; Phaéton dévia de sa voie, et Jupiter le foudroya, montrant la nécessité pour les pères d'être durs envers leurs fils (Ovide, *Métamorphoses*, I, 748).

2. *la lampe sainte :* la vive lumière de Cacciaguida.

3. *souche :* le terme italien *piota*, « plante du pied », est un mot populaire et fort, qui a pour sens figuré « racine ».

4. *des paroles qui me pèsent :* ce sont les prédictions variées qui ont été faites à Dante pendant son voyage : dans l'*Enfer*, aux chants X, XV, XXIV ; dans le *Purgatoire*, aux chants VIII, XII, XXIV.

5. *ambages :* tortuosité, expression obscure (latinisme).

6. *qui ne s'étend pas/ hors du cahier de votre matière :* au sens figuré ; qui ne sort pas du domaine de votre monde terrestre (cf. Curtius).

7. *perfide marâtre :* Phèdre, amoureuse de son beau-fils Hippolyte, le fit chasser d'Athènes. Dante est innocent comme Hippolyte.

8. *le Christ :* Boniface VIII, en 1300, préparait des accords secrets pour renverser à Florence le gouvernement des Blancs ; le lieu où l'« on trafique le Christ » est la Curie papale.

9. *chèrement :* c'est là la seule allusion dans *La Divine Comédie* à la famille de Dante.

10. *avec qui tu tomberas dans cette vallée :* les compagnons d'exil blancs ; *vallée* a le sens biblique de lieu de malheur et de peine ; allusion à la malheureuse entreprise de la Lastra (1304), que Dante avait déconseillée et à cause de laquelle advint la rupture avec ses compagnons d'exil.

11. *grand Lombard :* Cangrande della Scala, seigneur de Vérone de 1312 à 1329, auprès de qui Dante vécut de 1312 à 1318 et à qui il dédia le *Paradis*. Il tenta de réaliser le projet de réunification de l'Italie.

12. *avant que le Gascon dupe le grand Henri :* avant 1312, lorsque Clément V, pape gascon, s'opposera à l'empereur Henri VII après l'avoir poussé à venir en Italie, la valeur de Cangrande se manifestera dans le courage militaire et dans la libéralité.

13. *je ne perde pas les autres par mes vers :* si mes vers sont trop violents et accusateurs.

14. *d'où m'enlevèrent les yeux de ma dame :* la cime du Purgatoire, d'où Béatrice a fait monter Dante au Paradis.

Chant XVIII

1. *ses feuilles :* métaphore du Paradis : l'arbre qui reçoit vie par sa cime (Dieu) et qui ne se dépouille jamais de ses feuilles (il s'enrichit sans cesse de nouvelles âmes, sans en perdre).

2. *Josué :* le successeur de Moïse, qui conduisit le peuple hébreu à la Terre promise.

3. *Maccabée :* mort en 160 av. J.-C. Il combattit avec ses quatre frères contre Antiochus Épiphane, roi de Syrie, libérant ainsi les Juifs de sa tyrannie.

4. *Guillaume :* Guillaume, duc d'Orange, conseiller de Charlemagne, grand capitaine ; il fonda un monastère, et mourut en 812 en odeur de sainteté.

Rainouard : personnage de fiction ; esclave païen converti et baptisé par Guillaume, d'une force démesurée ; il devint moine.

5. *Godefroy :* Godefroy de Bouillon, duc de Lorraine, né en 1058, il mourut à Jérusalem en 1100 ; il fut l'un des chefs de la première croisade, et l'objet de chansons de geste connues de Dante.

6. *Robert Guiscard :* fils de Tancrède de Hauteville, né en Normandie en 1015, il vint en Italie en 1047 et, avec ses frères, participa à la conquête de l'Italie du Sud contre les Byzantins. Il mourut duc des Pouilles et de Calabre en 1085.

7. *tempérée :* Jupiter est « étoile de complexion tempérée, entre la froideur de Saturne et la chaleur de Mars » (*Convivio*, II, XVIII, 25).

8. *ce flambeau de Jupiter : gioviale* signifie « de Jupiter ». Le sens de « jovial » en dérivera plus tard.

9. *dans leurs figures :* les âmes se disposent de façon à former des lettres (D, I, L : premières lettres de l'hymne *Diligite justitiam*).

10. *Pégasée :* muse, selon le mythe de Pégase ; le cheval ailé, d'un coup de sabot, fit sortir de l'Hélicon la source Hippocrène, symbole de l'inspiration poétique.

11. *en ces vers brefs :* c'est-à-dire « dans ces quelques vers » (Bosco) ou « dans ces vers trop courts, inadéquats » (Sapegno).

12. *Diligite justitiam [...] qui judicatis terram :* « Aimez la justice, vous qui jugez la terre » (ce sont les premiers mots du *Livre de la Sagesse*).

13. *présages :* Dante méprise les superstitions.

14. *la vertu qui forme les nids :* Dieu forme les créatures au moyen d'une vertu qui donne forme à leurs demeures singulières (ici « nids », par rapport à l'aigle).

15. *où tu resplendis :* le ciel qui s'orne, qui s'« engemme » de toi.

16. *la fumée qui trouble ton rayon :* cette fumée est l'avarice (allusion à la Curie romaine).

17. *ni le pêcheur ni Paul :* ce pêcheur est saint Pierre. « Polo » est la forme vulgaire de « Paolo » : déformation par ironie méprisante, ou figuration de la prononciation française de ce pape.

Chant XIX

1. *jouir :* en latin dans le texte : *frui* : infinitif substantivé, terme technique pour la jouissance paradisiaque (saint Thomas d'Aquin, *Summa theologica*, III, IX, 11, a. 3).

2. *quand « nous » et « nôtre » étaient dans la pensée :* l'aigle, formé d'esprits innombrables, parle comme s'il était un être unique, pour indiquer que la justice est une.

3. *ne suivent pas l'histoire :* ils ne recréent pas l'exemple qui leur a été transmis (l'« histoire » est « la matière de l'histoire »).

4. *excès infini :* Dieu ne peut imprimer sa puissance dans tout l'univers de telle façon que l'idée divine n'excède infiniment le contenu de la création (Bosco).

5. *tomba trop vert :* avant d'être mûr. Dante emploie l'adjectif *acerbo*, « vert », comme un fruit non arrivé à maturité, c'est-à-dire à sa perfection.

6. *son poison :* la connaissance est gênée par les erreurs des sens, ou même corrompue, empoisonnée par eux.

7. *à douter :* s'il n'y avait pas l'Écriture pour guide, le problème de la justice divine pourrait donner lieu à des doutes.

8. *par tant de volontés :* par tant de volontés, concordant entre elles, aussi nombreuses que les âmes qui la forment.

9. *dans le monde :* c'est l'aigle impérial qui fit révérer les Romains dans le monde.

10. *l'Éthiopien :* c'est-à-dire les Infidèles en général.

11. *les deux collèges :* les élus et les damnés.

12. *tous leurs méfaits : dispregio*, « mépris » – le péché implique le mépris de Dieu.

13. *Albert :* avec ce vers commencent les reproches de l'aigle aux princes chrétiens. Albert est l'empereur Albert d'Autriche (cf. *Purgatoire*, VI, 97).

14. *d'un coup de couenne :* Philippe le Bel, qui avait fait frapper une monnaie sans valeur, mourut d'une chute à la chasse, son cheval ayant été chargé par un sanglier (le mot *couenne* désigne le porc).

15. *du roi d'Espagne et du roi de Bohême :* Ferdinand IV, roi de Castille (1295-1312) ; Venceslas IV, roi de Bohême (cf. *Purgatoire*, VII, 101-102).

16. *Boiteux de Jérusalem :* Charles II d'Anjou, dit le Boiteux ; le titre honorifique de Jérusalem lui revenait car il avait été conquis par son père Charles Ier. Le sarcasme de Dante est pesant ; il ruine l'attribution du titre : I et M sont la première et la dernière lettre de *Jérusalem.*

17. *un m :* les bonnes actions de Charles sont marquées par un I (un) ; les mauvaises par un M (c'est-à-dire mille).

18. *celui :* Frédéric II, d'abord régent, en 1291, puis roi (en 1296) de Sicile, mort en 1337. Les jugements de Dante sur lui sont négatifs, l'« île du feu » est la Sicile ; Anchise y finit ses jours (*Énéide*, III, 707).

19. *de l'oncle et du frère :* « l'oncle » est Jacques, roi de Majorque, appelé « barbe », terme dialectal qui comporte une nuance de mépris ; le « frère » est Jacques II, roi de Sicile puis d'Aragon.

20. *Le roi de Portugal et celui de Norvège :* Denys le Laboureur, mort en 1325 ; il se conduisait « comme un marchand, non comme un roi » (l'Ottimo) ; et Hacon VII, mort en 1319. On ne sait pas ce que Dante pouvait connaître de lui.

21. *celui de Serbie :* Étienne II, mort en 1331 ; il falsifia la monnaie de Venise.

22. *heureuse Hongrie :* André III mourut en 1301. Dante veut dire que la Hongrie a été mal gouvernée par lui et par ses prédécesseurs.

23. *heureuse Navarre :* si elle pouvait se défendre, grâce aux Pyrénées, contre la France, dont le roi, Louis XI, devait perdre en 1304 le titre de roi de Navarre.

24. *Nicosie et Famagouste :* principales villes de l'île de Chypre ; elles se lamentent sous le joug d'un prince français, Henri II de Lusignan, qui ne vaut pas mieux que les autres rois – il mourra en 1324.

Chant XX

1. *celui qui éclaire le monde :* le soleil.
2. *son rostre béni :* le bec de l'aigle.
3. *la sixième lumière :* le ciel de Jupiter.
4. *un murmure de rivière :* le son encore indistinct qui se forme dans le cou de l'aigle, et qui correspond au passage du chant choral de tous les esprits à la parole en première personne.
5. *Et de même qu'un son prend sa forme/ […] pénètre :* Dante recourt à deux similitudes musicales précises, qui utilisent la physique du son : l'articulation de la voix dans le cou de l'aigle est analogue à la formation du son dans le col de la cithare, quand on pince la corde, et dans la flûte, dont les trous s'ouvrent et se ferment. Cf. Boccace : « Dans sa jeunesse Dante se plaisait extrêmement aux sons et aux chants ».
6. *le chantre de l'Esprit-Saint :* David, roi d'Israël, auteur des *Psaumes*.
7. *pour son fils :* le premier esprit de l'arc est l'empereur Trajan, qui consola la pauvre veuve de la mort de son fils, et fit justice de ceux qui l'avaient tué (cf. *Purgatoire*, X, 73-93).
8. *de la vie contraire :* en Enfer.
9. *retarda sa mort par vraie pénitence :* Ézéchias, roi de Judée, eut, à sa prière, la vie prolongée par Dieu de quinze ans. La Bible ne dit pas que ce fut par vrai repentir. Mais Dante interprète ainsi les larmes qu'il répandit après sa guérison (*Isaïe*, XV).
10. *aujourd'hui devient demain :* l'heure de la justice divine vient toujours, l'ajourner ne peut servir à l'éviter.
11. *se fit grec pour céder au pasteur :* Constantin, qui, transportant le siège de l'Empire à Byzance, se fit grec, pour céder Rome au pape ; cette bonne intention eut des effets désastreux pour l'Église et pour la chrétienté. Dante blâme souvent Constantin, cause de la confusion des deux pouvoirs.
12. *bien que le monde en soit détruit :* malgré les désastres qu'il a causés, Constantin, dont l'intention était bonne, est au Paradis.
13. *vivants :* Guillaume II le Bon, mort en 1189, que pleure la Sicile dont il était roi, alors qu'elle pleure de voir vivants Charles II et Frédéric II.
14. *le Troyen Riphée :* compagnon assez obscur d'Énée ; Virgile l'appelle « le plus juste et le plus vertueux des Troyens ». L'aigle va revenir sur le problème de son salut (cf. v. 118-126).
15. *pareil au verre pour la couleur qu'il couvre :* le doute de Dante est aussi apparent sur son visage qu'une couleur à travers un verre.

16. *Regnum celorum :* « Le Royaume des Cieux ». Ce tercet et la paraphrase de la sentence évangélique, « le royaume des cieux souffre la violence, et les violents s'en emparent » (*Matthieu*, XI, 12).

17. *La première âme [...] et la cinquième :* l'âme de Trajan et celle de Riphée.

18. *ces pieds/ qui avaient souffert, ou qui devraient souffrir :* les pieds crucifiés du Christ : pour Riphée, dans la passion future ; pour Trajan, dans la passion soufferte.

19. *revint dans ses os :* ressuscita.

20. *celui qui pouvait l'aider :* le Christ rédempteur.

21. Ce salut d'un païen, Dante peut l'appuyer sur saint Thomas, qui parle de ceux qui eurent une « foi implicite » (*Summa theologica,* II IIa, 9II a 7).

22. Dante imagine que Riphée croit en la rédemption future du genre humain et reproche aux païens leur paganisme.

23. *Ces trois dames :* les vertus théologales – vues par Dante à la roue droite du char mystique, dans le Purgatoire (*Purgatoire*, XXIX, 121-129).

24. *qui ne voient pas la cause première toute :* ceux qui ne voient pas Dieu dans sa totalité.

25. *cette image divine :* l'aigle, symbole de justice.

Chant XXI

1. *Sémélé :* fille de Cadmos ; sur les conseils intéressés de Junon, elle voulut voir Jupiter, son amant, dans toute sa gloire, et fut réduite en cendres (Ovide, *Métamorphoses*, III 253 ; cf. *Enfer*, XXX, 1-3).

2. *la septième splendeur :* Saturne, la plus haute des planètes connues au temps de Dante ; pendant le voyage d'outre-tombe, Saturne est dans la constellation du Lion, et l'influence du Lion se mêle à celle de Saturne.

3. *ce miroir-ci :* cette planète (c'est ainsi qu'est nommé souvent aussi le soleil).

4. *en contrebalançant un côté par l'autre :* le plaisir de regarder Béatrice et le plaisir de lui obéir s'équilibrent.

5. *le cristal qui encercle le monde :* la planète transparente qui tourne autour de la Terre.

6. *une échelle :* on rencontre l'échelle dans différents textes médiévaux sur le Paradis. La première source est l'échelle vue en rêve par Jacob, selon le récit biblique (*Genèse*, XXVIII, 12).

7. *celle qui permet la question :* Béatrice.

8. C'est donc Dieu qui a ordonné à cette âme de venir au-devant du pèlerin.

9. *l'éternelle providence :* Dante a bien compris que la condition de « servantes » (v. 70) n'implique aucune contrainte, et demande un acte libre d'amour.

10. *où je m'enventre :* néologisme de Dante (*inventro*) qui décrit l'habitation de l'âme à l'intérieur de sa lumière (Chiavacci Leonardi).

11. *de tout regard créé :* de toute intelligence appartenant à des êtres créés, hommes et anges.

12. *Catria :* le mont Catria, dans les Apennins (1 700 mètres) ; isolé, il forme une bosse dans le paysage.

13. *latrie :* mot technique d'origine grecque (*latreia*) : service de Dieu, culte dû à Dieu seul (cf. Isidore de Séville, *Etym.*, VIII, XI, 2).

14. *se révéler bientôt :* à quoi Dante fait-il ici allusion ? à une punition pour les mauvais moines ? ou peut-être s'agit-il d'un avertissement général.

15. *Pierre Damien :* né dans une famille pauvre de Ravenne au début du XIe siècle, il devint un avocat connu, et, à trente ans, se fit moine ; en 1057 il fut nommé cardinal ; mais il revint au monastère comme simple moine, et mourut à Ostie en 1072 ; auteur de nombreux ouvrages ascétiques, il écrivit contre les fastes de la Curie. Le tercet de Dante est très obscur. Considère-t-il Pierre Damien et Pierre le Mangeur comme la même personne ?

16. *au chapeau :* de cardinal (en réalité, l'usage du chapeau de cardinal fut institué plus tard, en 1252, par Innocent IV).

17. *Céfas vint, et vint le grand vaisseau :* Simon, fils de Jean, prend le nom de Céphas – Pierre (*Jean*, I, 42) ; le grand vaisseau est saint Paul, le « *vas electionis* » (*Actes des Apôtres*, IX, 15).

18. *qu'on les mène :* qu'on les conduise en voiture à porteurs.

19. *sous une seule peau :* bête est le palefroi, bête est le cavalier, et la seule peau est la cape de cardinal.

20. *le tonnerre me vainquit :* c'est un cri dont Dante ne perçoit que le bruyant écho, sans comprendre les paroles. Le non-rire de Béatrice, le silence des élus, le cri incompréhensible donnent un aspect particulier – solennel et impressionnant – au chant XXI (cf. Bosco).

Chant XXII

1. *avant ta mort :* de quelle punition s'agit-il ? la mort de Boniface VIII ? celle de Clément V ? La prophétie est peut-être ici indéterminée.

2. *Ce mont qui a Cassino sur son flanc :* une colline de 500 mètres auprès du mont Cairo, habitée par des paysans païens ; cette précision topographique vient à Dante de Grégoire le Grand (*Dialogues*, II, 2).

3. *qui séduisit le monde :* le culte des faux dieux, qui fit dévier le monde.

4. *Macaire :* les anachorètes appelés Macaire sont très nombreux ; il s'agit sans doute ici de saint Macaire l'Égyptien, né en Égypte vers 1300, ou encore de saint Macaire dit l'Alexandrin, contemporain du précédent,

ou encore des deux confondus. Ils étaient tous deux disciples de saint Antoine (il s'agit ici probablement pour Dante de faire précéder un ermite occidental par un ermite oriental).

Romuald : saint Romuald degli Onesti, de Ravenne, né vers 956 ; il institua l'ordre des Camaldules à Camaldoli, en Toscane. Saint Pierre Damien écrivit sa biographie.

5. *hors de ta vue :* l'Empyrée est immobile et insaisissable. La connaissance de Dieu, qui ne se concède pas à la spéculation rationnelle, peut être atteinte seulement dans le feu de la contemplation mystique.

6. *si chargée d'anges :* c'est la description de la *Genèse* (XXVIII, 12).

7. *pour gâcher du papier :* la règle bénédictine a perdu toute fonction de formation à la vie contemplative ; elle n'est restée sur terre que pour gâcher le papier où on l'a transcrite.

8. *qui rend si fou le cœur des moines :* l'usure, même dans ses aspects les plus graves, n'offense pas Dieu aussi profondément que l'abus de ce « fruit » (les rentes ecclésiastiques), que les moines veulent posséder en trompant les fidèles.

9. *son couvent :* sa communauté.

10. *du blanc devenu brun :* les vertus initiales se sont changées dans les vices opposés.

11. *qu'ici le secours :* les miracles du Jourdain et de la mer Rouge furent plus étonnants que le secours de Dieu en cette situation.

12. *me frappe la poitrine :* dernier appel au lecteur dans *La Divine Comédie,* qui s'explique par ce prodige « personnel » : Dante est monté, dans ce ciel, précisément dans la constellation (les Gémeaux) qui a présidé à sa naissance ; c'est aussi l'adieu au lecteur avant de passer à la partie la plus sublime de l'expérience (cf. Bosco).

13. *le signe/ qui suit le Taureau :* les Gémeaux.

14. *quand je sentis d'abord l'air toscan :* Dante est né en mai 1265, dans les premiers jours des Gémeaux.

15. *vile apparence :* l'apparence mesquine de la Terre vue de la Lune (cf. Cicéron, *Somnium Scipionis,* 3-16).

16. *la fille de Latone :* la Lune.

17. *rare et dense :* allusion aux taches de la Lune, et à l'erreur d'interprétation de Dante décrite au chant II.

18. *Hypérion :* fils d'Uranus et de Géa, et, selon une mythologie plus ancienne, père d'Hélios, le soleil (Ovide, *Métamorphoses,* IV, 192-241). Ici Dante, dont la capacité visuelle a augmenté, peut soutenir la vue du soleil.

19. *Maia et Dioné :* Mercure (Maia) et Vénus (Dioné).

20. *leur où :* la complexité du mouvement des sphères devient ici claire à Dante, du haut du ciel étoilé.

21. *les sept :* les sept planètes.

Chant XXIII

1. *le moins de hâte :* la partie du ciel où le soleil semble aller le plus lentement : le midi.

2. *le tournoiement des sphères :* tout le fruit des influences célestes sur les hommes.

3. *Trivia :* la lune, aux trois visages.

4. *avec ses sœurs :* les autres muses ; Polymnie, muse de la poésie lyrique.

5. *Là est la rose :* la Vierge Marie.

6. *les lys :* les Apôtres.

7. *la bataille de mes faibles cils :* l'épreuve de voir, avec mes faibles yeux, un spectacle qui m'avait déjà vaincu une fois.

8. *la belle fleur :* le nom de Marie prononcé par Béatrice.

9. *s'ensaphire :* le ciel le plus clair est l'Empyrée ; s'« ensaphirer » est un néologisme. Le saphir, dont la *douceur* est une caractéristique (cf. *Purgatoire*, I, 13), est particulièrement dédié à Marie.

10. *l'amour angélique :* Gabriel, qui est le plus ardent de tous les anges (cf. *Paradis*, XXXII, 103-114).

11. *et dans ses actes :* le Premier Mobile, « manteau » de toutes les sphères, enveloppe les huit ciels qui tournent sous et en lui ; il reçoit son impulsion directement de Dieu ; il s'imprègne de son esprit et de lui prend les lois.

12. *ne m'apparaissait pas encore :* la partie concave du neuvième ciel est si éloignée que le voyageur ne la discerne pas encore.

13. *derrière sa semence :* les yeux de Dante n'auraient pas la puissance de voir la flamme entourée d'une couronne de lumière qui s'éleva derrière le fils de Marie.

14. *Regina celi :* l'antienne du temps pascal, ici chantée par les bienheureux en l'honneur de Marie.

15. *si bonnes laboureuses :* latinisme (*bobolce*, de *pubulcus* : « paysannes, travailleuses »). Certains commentateurs entendent « champs à labourer ».

16. *l'exil/ de Babylone :* comme symbole de l'existence terrestre ; image tirée du récit biblique de la captivité du peuple hébreu à Babylone.

17. *celui qui tient les clés de cette gloire :* saint Pierre.

Chant XXIV

1. *comme font les comètes :* ici les comètes sont évoquées pour leur intensité lumineuse, non pour leur forme.

2. *et la dernière qui vole :* la première semble très lente, la dernière très rapide.

3. *rapides et lentes :* la rapidité est liée au bonheur. L'adverbe « différemment », plus haut, dont dépend la différence entre lenteur et rapidité, est

coupé dans le texte, de façon à obtenir une rime brisée (rare, mais présente dans la poésie du temps de Dante).

4. *des couleurs trop vives :* non seulement la parole, mais l'imagination même, a des couleurs trop fortes pour rendre la suavité de ce chant.

5. *sur la mer :* la référence à l'épisode de Pierre marchant sur la mer (*Matthieu*, XIV, 28-29) sert à indiquer une *foi absolue*, sur laquelle Pierre interrogera Dante.

6. *conclure :* terme du vocabulaire scolastique, signifiant « définir », « terminer une question » ; comme « approuver » signifie « donner les preuves ».

7. *une telle déclaration :* c'est une triple profession de foi, portant sur foi, espérance et charité ; en même temps, l'examen de Dante prend le sens d'une glorification solennelle des trois vertus (chants XXIV, XXV, XXVI).

8. *qu'est-ce que la foi ? :* l'examen de Dante se déroule selon le processus scolastique exact, avec ses différentes étapes.

9. *primipile :* terme du langage militaire romain ; il désigne le centurion qui commande la première section des triaires.

10. *dans le droit fil :* suivant la foi, suivant l'évangélisation de Rome.

11. *sa quiddité :* son essence ; terme scolastique.

12. *substances :* saint Thomas définit la foi « une substance, parce qu'elle est le fondement essentiel de choses que l'on espère et qui nous sont cachées » (*Summa theologica*, I.c.).

13. *argument :* « Par l'argument l'intellect est conduit à adhérer à quelque vérité : c'est pourquoi la ferme adhésion de l'intellect à la vérité cachée de la foi est appelée argument » (*Summa theologica*, e.c.).

14. *monnaie :* chose définie ; *alliage :* définition ; *poids :* intention de la définition (Buti) ; la métaphore se prolonge dans la réponse de Dante, puis dans la réplique de l'apôtre.

15. *émoussée : ottusa*, comme une lame émoussée.

16. *te font conclure :* les deux parties de l'Écriture sont comparées aux deux propositions d'un syllogisme dont la conclusion est la foi…

17. *ne bat pas l'enclume :* n'a pas de matière ni d'instruments adéquats.

18. *et rien d'autre :* saint Pierre a découvert le sophisme dans le raisonnement de Dante : qu'est-ce qui nous assure de la valeur des miracles, sinon la Bible, dont la vérité doit être démontrée, « et rien d'autre » ?

19. *sans moyen :* « pauvre et jeûnant », c'est-à-dire privé de doctrine.

20. *s'est faite ronce :* est devenue sauvage ; la métaphore agricole se poursuit.

21. *la mélodie qu'on chante là-haut :* c'est le *Te Deum*, ce chant de remerciement interrompt curieusement l'examen ; mais l'examen proprement dit est terminé ; il reste ce qui regarde l'individu Dante.

22. *Et ce baron :* saint Pierre ; le titre nobiliaire est tiré de la métaphore de la haute cour, qui indique le Paradis.

23. *avec amour et avec désir :* avec amour de la part de Dieu, désir de la part des ciels vers lui.

24. *vous eut faits saints : almi*, saints, mais aussi nourriciers, propagateurs : nourriciers de la foi dans le monde.

25. *à la fois « sont » et « est » :* le mystère de la Trinité est le cœur de la vérité dans la foi chrétienne.

Chant XXV

1. *où le ciel et la terre ont mis la main :* la science divine (le ciel) et l'expérience terrestre (la terre) ont concouru à la création du poème. L'expression « poème sacré » désigne sans doute le *Paradis* seulement (cf. XXIII, 62).

2. *agneau,/ […] loups :* métaphores venues du langage de l'Écriture (*Isaïe*, X, 6 *sq.*).

3. *mon baptême* : il s'agit du baptistère de San Giovanni, cher à Dante. *couronne : cappello* est un gallicisme pour « guirlande ».

4. *le premier/ des vicaires que le Christ a laissés :* saint Pierre.

5. *la Galice :* cette région d'Espagne abrite le sépulcre de saint Jacques, à Saint-Jacques-de-Compostelle.

6. *qui les nourrit là-haut :* c'est Dieu même, qui est la nourriture des bienheureux.

7. *coram me :* « devant moi » ; formule solennelle.

8. *notre basilique :* autre métaphore pour désigner le Paradis.

9. *sa bienveillance :* allusion aux moments décrits par l'Évangile, où le Christ choisit, parmi les Apôtres, Pierre, Jacques et Jean, pour les faire participer à quelques faits essentiels (transfiguration, résurrection de la fille de Jaïre, prière dans le jardin de Gethsémani).

10. *dans la chambre secrète :* terminologie féodale ; la chambre secrète est sans doute l'Empyrée.

11. *Jérusalem :* c'est-à-dire le ciel, la cité céleste.

12. *mérite ancien :* le mérite déjà acquis.

13. *théodie :* chant adressé à Dieu, néologisme de Dante, grécisant et correct (Bosco), calqué sur « psalmodie ».

14. *ton épître :* aujourd'hui attribuée à l'autre apôtre, Jacques le Mineur ; elle ne traite pas explicitement du thème de l'espérance.

15. *votre pluie :* après la métaphore de la lumière, celle de l'eau. La pluie dont il s'agit est le poème de Dante.

16. *jusqu'au bout du champ :* jusqu'à la fin de la vie (métaphore scripturale de la vie comme bataille).

17. *Isaïe :* Dante traduit et commente Isaïe : chaque élu sera vêtu du double vêtement dans sa terre, et sa terre est le Paradis.

18. *ton frère :* saint Jean l'Évangéliste.

19. *Sperent in te :* « Qu'ils espèrent en toi », début du verset 2 du psaume IX.

20. *si le Cancer […] d'un seul jour :* si le Cancer avait une étoile semblable, l'hiver aurait un mois d'un seul jour ininterrompu (hypothèse scientifiquement absurde) : Cancer et Capricorne sont des constellations opposées dans le zodiaque ; pendant le mois d'hiver où le Soleil est dans le Capricorne, le Cancer se lève ; si le Cancer avait une étoile aussi brillante que la lumière que Dante vient de voir, la Terre serait éclairée pendant un mois sans interruption, le jour par le Soleil et la nuit par l'étoile.

21. *notre pélican :* image biblique ; on croyait au Moyen Âge que le pélican nourrissait ses petits de sa propre chair (cf. Brunetto Latini, *Trésor*, V, 30).

22. *qui n'est pas ici :* ce qui n'est pas « ici », au Paradis, c'est le corps de saint Jean. La légende de l'ascension du corps de saint Jean au Paradis, contre laquelle Dante fait protester le saint lui-même, venait d'une interprétation erronée de *Jean*, XXI, 22.

23. *qui sont montées :* le Christ et la Vierge qui sont montés à l'Empyrée pendant que les bienheureux se sont arrêtés dans le ciel pour assister à l'examen de Dante.

24. *le son des trois souffles :* le son des trois voix : danses et chants s'arrêtent ensemble.

25. *au son d'un sifflet :* au signal du commandant.

26. *et ne pus voir :* Dante a été ébloui par la lumière de saint Jean.

Chant XXVI

1. *ma vue éteinte :* Dante a perdu la vue dans le chant précédent pour avoir essayé d'apercevoir le corps de saint Jean.

2. *Anania :* il rendit la vue à saint Paul terrassé sur le chemin de Damas (*Actes des Apôtres*, IX, 3-18).

3. *Amour me le lit, avec force ou douceur :* métaphore venue de l'Apocalypse.

4. *plus de bonté :* plus il renferme de bien en soi (plus il est parfait), plus il suscite d'amour.

5. *celui qui me démontre :* Aristote, sans doute lu dans ce cas à travers le commentaire d'Albert le Grand.

sempiternelle : l'Amour est la première des substances éternelles.

6. *toute valeur :* Dieu dit à Moïse : « Ego ostendam *omne* bonum tibi » (*Exode*, XXXIII, 19).

7. *cet amour te mord :* la métarphore dantesque de la morsure peut être rattachée à la « corpulence des images propres au langage mystique » (Bosco).

8. *Les feuilles :* métaphore d'origine évangélique : celle du jardin et du jardinier.

9. *de membrane en membrane :* la lumière de l'extase passe à travers les diverses tuniques ou membranes de l'œil (paupières, cornée, etc.).

10. *la première âme :* Adam.

11. *miroir pareil : pareglio*, « pareil » : qui présente une image exacte.

12. *d'avoir passé le signe :* le péché ici n'est pas d'avoir goûté le fruit, mais d'avoir violé consciemment la limite imposée à l'homme.

13. *ce concile :* le Paradis. Adam est resté dans les Limbes pendant 4 302 ans.

14. *sur la terre :* pendant qu'Adam vécut sur terre, il vit le soleil retourner 930 fois aux signes du zodiaque qu'il touche sur son chemin : Adam vécut donc 930 ans (cette considération vient de la Bible). En ajoutant ce chiffre au nombre d'années passées dans les Limbes (4 302) on obtient « cinq mille ans et plus » (précisément 5 232), que Béatrice avait déjà comptés (*Purg.*, XXXIII, 61-63).

15. *l'œuvre inachevable :* la construction de la tour de Babel.

16. *le nom du bien suprême :* Dieu. Dante corrige dans ce chant sa première doctrine linguistique : dans le *De Vulgari Eloquentia*, il soutenait que le langage d'Adam était incorruptible et restait intact après la confusion de Babel comme langage des Hébreux. À présent il pense que même le langage d'Adam est mortel. Dans le *De Vulgari Eloquentia*, il affirmait aussi que la première parole d'Adam était *El*, un des noms de Dieu en hébreu. *I* représente l'unité – à la fois le chiffre romain I, et le cri de joie *i*.

17. *El :* Dante lit certainement ici Isidore de Séville (*Étym.*, VII I). L'articulation de I à EL souligne « l'arbitraire du signe qui est indépendant des attributs de Dieu » (cf. N. Borsellino, *Notizie dell' Eden*, in *Letterre italiane*, 3-89, Florence, Olschki, 1989).

18. *de la première heure à celle qui suit […] la sixième heure :* de 6 heures du matin à 1 heure de l'après-midi : sept heures en tout.

Chant XXVII

1. *les quatre flambeaux :* saint Pierre, saint Jacques, saint Jean, et Adam ;

le premier qui était venu : saint Pierre.

2. *leurs plumes :* Jupiter est blanc argent ; Mars rouge.

3. *mon lieu :* le vicariat du Christ est vacant sur terre, bien qu'il n'apparaisse pas comme tel aux hommes ; Dante ici vise Boniface VIII et Clément V ; la répétition du terme « mon lieu » correspond à un des modules de l'éloquence biblique.

4. *s'apaise en bas :* Lucifer s'apaise en se réjouissant de la discorde qui afflige l'Église et la chrétienté.

5. *la suprême puissance :* l'éclipse qui eut lieu au moment de la mort du Christ (*Matthieu*, XXVII, 45). Béatrice pâlit par douleur de la corruption de l'Église.

6. *Lin :* successeur de saint Pierre, martyrisé en 78.

Cletos : successeur de Lin, martyrisé en 90.

7. *Sixte et Pie et Calixte et Urbain :* papes du deuxième et du troisième siècle, tous martyrisés.

8. *et l'autre à la gauche :* ce n'était pas notre intention que la papauté favorisât une partie de la chrétienté contre l'autre, les guelfes contre les gibelins.

9. *contre les baptisés :* les clés de saint Pierre sur le drapeau du pape en guerre contre des chrétiens (contre les Colonna).

10. *m'enflamme :* Jean XXII est accusé ici.

11. *dans tous les pâturages :* cf. *Matthieu*, VII, 15.

12. *Cahorsins et Gascons :* allusion à Jean XXII de Cahors (*Paradis*, XVIII, 130-136) et au pape Clément V, gascon (*Paradis*, XVII, 82). Les Gascons passaient pour cupides, les Cahorsins pour usuriers (*Enfer*, XI, 50).

13. *avec Scipion :* Scipion l'Africain, qui, par ses victoires sur les Carthaginois, sauva Rome.

14. *poids mortel :* le poids du corps.

15. *touche le soleil :* en hiver, quand le Soleil est dans le Capricorne, entre le 21 décembre et le 21 janvier.

16. *le premier climat :* casse-tête astronomique (Margueron) : le premier climat était la zone la plus voisine de l'équateur parmi les sept zones habitables du monde ; elle commençait au méridien du Gange, avait son milieu au méridien de Jérusalem, et sa fin au méridien de Gadès, ou Cadix, en tout 180°, dont Dante, dans les Gémeaux, a franchi la moitié. Il est donc resté six heures au ciel des étoiles ; comment peut-il voir le rivage sur lequel Europe fut enlevée (la Phénicie) ? à présent Dante se trouve sur le méridien de Cadix, l'extrême point occidental de l'hémisphère habité.

17. *fardeau :* Europe sur le dos de Zeus changé en taureau (*Métamorphoses*, II, 833-75).

18. *distant d'un signe et plus :* casse-tête astronomique, car la Phénicie, dans ces conditions, ne peut être visible. Dante pense peut-être à la Crète, lieu d'arrivée d'Europe et du taureau, non à la Phénicie.

19. *dans le ciel très rapide :* le Premier Mobile, dont la « rapidité est presque incompréhensible » (*Convivio*, II, III, 9).

20. *pour entrer :* dans les autres ciels, Dante est entré dans la planète correspondante ; dans le 8e ciel il est entré dans la constellation des Gémeaux. Mais le 9e ciel n'a ni planète ni constellation ; c'est une sphère uniforme, et Dante ne peut savoir quelle est la partie du ciel où il se trouve.

21. *comme à son terme : meta*, en italien, est la borne dans le cirque, autour de laquelle tournent les chars.

22. *où :* terme technique de la langue scolastique : *ubi*.

23. *qu'il verse :* la vertu qu'il irradie dans les ciels inférieurs.

24. *et le cinquième :* comme le 10 est mesuré par le 5 (la moitié) et par le 2 (le cinquième) : c'est-à-dire que le mouvement du Premier Mobile est comme le 2 et le 5 pour le 10 : ses nombres fondamentaux.

25. *t'être manifeste :* le temps est comparé à une plante qui a ses racines dans le Premier Mobile et ses feuilles dans les autres ciels, en tant que le Premier Mobile donne la mesure du temps, bien que son mouvement soit invisible.

26. *par n'importe quelle lune :* sans tenir compte des règlements de l'Église sur le jeûne.

27. *laisse le soir :* la fille du Soleil est peut-être Circé, symbole des séductions terrestres, et magicienne.

28. *la famille humaine :* la papauté et l'Empire étant vacants, il manque un guide à l'humanité.

29. *la centième qu'on néglige sur terre :* le calendrier Julien supposait que l'année était de 365 jours un quart, alors qu'il s'en faut d'environ 10 minutes : c'est la centième partie du jour qui est négligée. D'où, au temps de Dante, le mois de janvier tend à sortir de l'hiver : avec le passage des années, les mois ne coïncideront plus avec le passage des saisons.

Chant XXVIII

1. *à son rythme :* chant et musique reproduisent l'accord entre l'image reflétée et le vrai.

2. *un cercle de feu :* les Séraphins.

qui ceint le monde : le mouvement du Premier Mobile.

3. *serait étroit pour l'enclore en entier :* le messager de Junon est l'arc-en-ciel ; s'il était un cercle entier, et non un demi-cercle, il serait trop petit pour l'encercler.

4. *car il se pénètre, je pense, le plus d'elle :* plus il approche de la vérité – la *pure étincelle* est le Point –, plus il se pénètre d'elle (*s'invera* : se pénètre de sa volonté).

5. *discordants :* dans le monde sensible, le ciel le plus rapide, et dont la perfection est la plus grande, est le plus éloigné du centre : or le monde sensible est image du monde surnaturel ; et là c'est le contraire qui a lieu : rapidité et perfection sont d'autant plus grandes qu'on est plus près du centre.

6. *en toutes leurs parties :* plus un corps a de vertus, plus il peut faire de bien ; si toutes ses parties sont parfaites, le bien qu'il déclenche dépendra de ses dimensions.

7. *à son intelligence :* parmi les substances angéliques, les Intelligences, qui tournent autour du Point, tu verras que celle qui a le plus de vertu, à l'autre extrémité, les Anges, qui ont le moins de vertu, comme étant les plus éloignés du Point, correspondent au ciel de la Lune, le dernier des cercles sensibles. C'est-à-dire que la correspondance entre les sphères célestes et les cercles angéliques est inverse seulement en apparence ; par rapport à la vertu la correspondance est parfaite.

8. *la joue où il est le plus doux :* les vents sont représentés comme des visages humains soufflant dans plusieurs directions. Borée, le vent du nord, quand il souffle par le coin droit de la bouche (nord-ouest), suscite le vent le plus doux : l'aquilon.

9. *dépasse par milliers le double des échecs :* allusion au conte populaire oriental sur l'inventeur du jeu d'échecs ; celui-ci, ayant demandé, comme récompense, au roi de Perse à qui il avait fait présent de son invention, un grain de blé pour la première case, deux pour la seconde, quatre pour la troisième, et ainsi de suite, en doublant le nombre de grains à chaque case, le roi lui accorda sa demande. Mais il lui fallut bientôt s'aviser qu'il n'y aurait jamais, dans tous ses États, assez de blé pour satisfaire à sa promesse. En effet, la somme totale était de deux à la soixante-quatrième puissance, soit, à peu près, dix-huit quintillions et demi…

10. *ubi :* au sens de « lieu », langage technique de la philosophie médiévale (cf. *Paradis*, XXIX, 12). Le Point, créant en eux un perpétuel désir de sa grâce, toujours assouvi et toujours renaissant, tient éternellement les chœurs angéliques dans leurs lieux assignés.

11. *Trônes du divin aspect :* les Intelligences du 3e cercle sont les Trônes, comme sièges où se promulguent les décrets divins, par leur fonction de reflets du divin aspect ; ils furent choisis par le Créateur pour clore le premier terne (c'est-à-dire la première des trois hiérarchies, distinctes chacune en trois ordres dans lesquels se distribuent les Intelligences).

12. *dernier terne :* les Trônes terminent la première hiérarchie, formée de trois ordres angéliques.

13. *en second :* la béatitude se fonde sur l'acte de la vision, non sur l'amour, qui vient après (sur l'acte intellectif, non sur l'acte d'amour). Dante choisit le courant rationnel de la philosophie scolastique.

14. *de degré en degré :* la vision bienheureuse de Dante est proportionnelle au mérite, et celui-ci est produit par la grâce divine et par la bonne volonté avec laquelle on collabore avec la grâce.

15. *le Bélier nocturne :* au début du printemps la constellation du Bélier se lève et se couche avec le Soleil ; elle est donc alors diurne et invisible ; le Bélier devient nocturne, c'est-à-dire visible de nuit, en automne (du 21 septembre au 21 octobre), quand le Soleil occupe le signe opposée de la Balance.

16. *déesses :* autres essences angéliques (elles ont dans les trois ordres des noms féminins : Dominations, Vertus, Puissances).

17. *angéliques :* au sens spécifique, se réfère à l'ordre le plus bas des anges, au cercle qui tourne le plus loin de Dieu, au troisième ordre de la troisième hiérarchie.

18. *tous attirent :* au-dessous d'eux ils exercent une influence de nature à attirer vers Dieu les ordres inférieurs.

19. *Denys :* Denys l'Aréopagite (cf. *Paradis*, X, 117). Dans le *Di coelesti hierarchia*, les chœurs angéliques sont disposés dans cet ordre. Dante suit Denys en corrigeant sa première classification (dans le *Convivio*, II, V, 6).

20. *Grégoire :* le pape Grégoire le Grand, qui obtint la « grande victoire », en sauvant l'âme de l'empereur Trajan.

21. *de ces sphères :* Dante puise ici son inspiration dans saint Paul, qui aurait connu ces vérités pendant son ravissement au troisième ciel (cf. *Enfer*, II, 28-30).

Chant XXIX

1. *Lorsque les deux fils de Latone [...] par l'horizon :* quand le Soleil et la Lune, Apollon et Diane, les enfants de Latone, se trouvent l'un dans le Bélier, l'autre dans la Balance, constellations opposées, et que tous deux sont dans le même horizon – se font « ceinture » de l'horizon –, l'un se levant, l'autre se couchant.

2. *entre l'instant [...] cette ceinture :* alors le zénith les tient en équilibre, puisque les deux astres sont à la même distance de lui ; mais le phénomène ne dure qu'un temps imperceptible, puisque le Soleil et la Lune changent aussitôt d'hémisphère.

3. *ubi et quando :* l'espace et le temps.

4. *Subsisto :* « j'existe par moi-même ». Le latin scolastique souligne le caractère solennel du discours de Béatrice.

5. *en nouveaux amours :* le premier Amour, dans son éternité, par un acte spontané de sa volonté, s'ouvre en une multiplicité d'êtres aimants, en créant les anges et les autres êtres.

6. *ni avant ni après :* il n'y a pas eu un avant et un après du processus de la création. C'est seulement avec la création des sphères célestes, ou plutôt du Premier Mobile, début du mouvement et du temps, qu'on peut parler d'un *avant* et d'un *après*, qui sont parties potentielles du temps (cf. *Genèse*, I-II).

7. *d'un arc à trois cordes :* de même que d'un arc à trois cordes sortent en même temps trois flèches, de même naquirent sans aucun défaut la forme pure (ou acte pur – les Intelligences célestes), la matière pure ou « puissance pure » (la matière informe, pure potentialité), et forme et matière conjointes (les cieux).

8. *celles qu'un acte pur avait produites :* les anges.

9. *serra la puissance avec l'acte :* au milieu, les cieux.

10. *les anges :* saint Jérôme écrit que les anges ont été créés bien avant le monde sensible.

11. *scribes de l'Esprit-Saint :* pour saint Jérôme, les Anges ont été créés des siècles avant le reste du monde. Le vrai qu'affirme Dante se fonde sur divers points des Écritures : « Dieu créa toutes les choses ensemble » (*Ecclésiaste*, XVIII, I).

12. *leur perfection :* les Intelligences motrices, pour remplir la fonction à laquelle elles étaient destinées – celle de rejoindre la perfection –, ne pouvaient rester longtemps sans sphères à faire tourner. L'argument remonte à Aristote (Bosco).

13. *le support :* la terre, qui est le support des trois autres éléments ; certains commentateurs entendent la matière primordiale, qui se divise ensuite en quatre éléments. La rébellion de Lucifer eut lieu en moins de temps qu'il en faut pour compter jusqu'à vingt.

14. *par tous les poids du monde :* le poids de l'Univers entier pèse sur Lucifer (cf. *Enfer*, XXXIV, 110-111).

15. *dans vos écoles :* la deuxième personne du pluriel révèle le détachement par rapport à la science humaine.

16. *en équivoquant dans la lecture :* en employant les termes « intellect », « volonté », « mémoire » de façon équivoque, Dante veut mettre en garde contre le danger d'employer des catégories humaines pour décrire les anges. Dante est contre l'idée d'une « mémoire » angélique (alors que saint Thomas, Albert le Grand et d'autres la soutiennent).

17. *plus de faute et plus de honte :* ceux que trompent leurs rêveries mais qui les enseignent de bonne foi sont moins coupables que ceux qui veulent seulement faire étalage de leur science.

18. *lorsque l'Écriture/ est mise au second rang ou falsifiée :* allusion aux interprétations hérétiques de la Bible.

19. *s'interposa :* on raconte que pendant la Passion du Christ la Lune recula, et se plaça entre le Soleil et la Terre, ce qui obscurcit la lumière du Soleil (tradition recueillie par le pseudo-Denys, et acceptée par saint Thomas).

20. *l'éclipse fut commune :* comme exemple de « fable », Dante rapporte l'opinion de ceux qui, à propos de l'obscurcissement du jour à la mort du Christ, supposent que la Lune avait rétrocédé de sept signes pour s'interposer entre la Terre et le Soleil ; en ce cas l'éclipse n'aurait intéressé que certaines régions et ne se serait pas étendue, comme disent les Évangiles, « super universam terram ». Dante s'élève avec violence contre cette opinion.

21. *de Lapi et Bindi :* noms très courants dans la Florence médiévale.

22. *le capuchon se gonfle, et ne demande rien :* le capuchon du prédicateur se gonfle de vanité ; et son public n'attend rien de plus de lui.

23. *un tel oiseau :* le diable (en opposition à la colombe des Apôtres).

24. *le porc de saint Antoine :* les moines antonins tirent profit de cette crédulité (avec les cochons qu'ils élèvent).

25. *monnaie sans coin :* fausse monnaie : indulgences qui n'ont pas été accordées de façon régulière.

26. *pour que la route s'ajuste avec le temps :* pour que le raisonnement qui nous reste s'abrège et se proportionne au peu de temps qui nous reste à passer au ciel.

27. *si fort en nombre :* la nature des anges se multiplie.

28. *un nombre déterminé est absent :* le prophète Daniel, dans ses indications numériques, ne donne pas un nombre d'anges déterminé.

29. *elle s'unit :* la lumière divine illumine d'une manière différente chacun des anges.

30. *ardente ou tiède :* par suite, les anges n'ont pas tous une vision également profonde de Dieu, ni un amour également brûlant.

Chant XXX

1. *la sixième heure :* peut-être est-il midi à 6 mille milles de nous (Dante évaluait la circonférence de la Terre à 20 400 milles – *Convivio*, III, V ; IV, VIII). La comparaison astronomique indique qu'on est à l'aube.

2. *la très claire servante :* l'Aurore.

3. *le triomphe qui joue :* le spectacle des neuf chœurs angéliques en fête.

4. *au ciel qui est pure lumière :* l'Empyrée, qui est pure lumière intellectuelle et feu de charité.

5. *qui transcende toute douceur :* l'Empyrée est lumière de l'esprit divin, en qui s'allume l'amour (*Paradis*, XXVIII, 110-112). Cet amour est source de béatitude parce que par là l'âme s'élève à la vision de Dieu et goûte la joie.

6. *l'une et l'autre milice :* le chœur des anges et celui des bienheureux.

7. *préparer le cierge à sa flamme :* la violence de la lumière éblouit les âmes, et les prépare à recevoir la force de la vision divine.

8. *De ce fleuve [...] comme rubis entourés d'or :* la vision du fleuve est chez Dante à la fois *vue*, avec précision, et comme dématérialisée ; les étincelles sont les anges, les fleurs les bienheureux. L'image du fleuve vient sans doute de l'*Apocalypse*, XXII, 1.

9. *une annonce ombreuse de leur vrai :* mot liturgique. Préface, forme préliminaire de prière. Il signifie ici seulement « anticipation ».

10. *pour nous rendre meilleurs : immegli*, de *immegliare*, terme inventé par Dante.

11. *de longue être devenue ronde :* le fleuve a pris la forme d'un cercle ; plus l'objet de la vision semble se dématérialiser, plus les termes qui le désignent deviennent concrets (Bosco).

12. *les deux cours du ciel :* les anges et les bienheureux.

13. *sa vie et sa puissance :* tout ce qu'on voit de cette lumière est formé par un rayon de lumière divine, réfléchi sur la surface concave du Premier

Mobile, qui prend de lui sa vertu vitale, c'est-à-dire son mouvement et la vertu qui influe sur les ciels au-dessus de lui.

14. *le quel et le combien :* la qualité et la quantité. Dante emploie les termes du vocabulaire philosophique.

15. *quand Henri qui viendra redresser/ l'Italie avant qu'elle y soit disposée :* Henri VII, comte de Luxembourg, né entre 1270 et 1280, fut élu en 1308 et consacré roi d'Allemagne à Aix-la-Chapelle en janvier 1309. Il accepta de venir en Italie pour mettre la paix entre les factions. Il fut couronné roi des Romains à Milan le jour de l'Épiphanie 1311 ; Dante le rencontra peut-être alors. Henri VII incarne son idéal de monarque universel. Mais Henri usa son pouvoir en essayant de dompter la rébellion de plusieurs villes de l'Italie septentrionale et tenta de briser la coalition formée contre lui par Clément V. Couronné à Rome en 1313, il mourut près de Sienne le 24 août de la même année. L'Italie n'était pas encore, selon Dante, préparée à accueillir l'ordre politique qu'Henri VII venait instaurer.

16. *à découvert et en secret :* Clément V, après avoir d'abord favorisé les desseins d'Henri VII, le trahit.

17. *l'homme d'Anagni :* Boniface VIII, né à Anagni ; Dante fait allusion à la place de ces papes en Enfer, plongés dans des trous la tête en bas.

Chant XXXI

1. *que le Christ épousa dans son sang :* la rose blanche est formée par les manteaux blancs des élus, qui sont, selon l'Apocalypse, les corps glorieux et lumineux des saints : « blanche » signifie donc ici « étincelante », « incandescente » ; « dans son sang », cf. *Actes des Apôtres*, XX, 28.

2. *où son amour séjourne toujours :* dans la lumière divine, en Dieu, objet de leur amour perpétuel.

3. *lui faire obstacle :* parce que la lune pénètre toutes les parties du monde.

4. *couverts par Hélice :* Hélice, ou Calisto, est le nom de la nymphe transformée en Grande Ourse (Ovide, *Métamorphoses*, II, 401).

5. *le Latran :* où siégeait le pape, et qui a été demeure des empereurs jusqu'à Constantin.

6. *un vieillard :* Dante emploie un latinisme (*sene*) qui donne plus de solennité à la figure de saint Bernard, et aussi plus de distance à l'égard de celle de Béatrice.

7. *vers l'éternelle fontaine :* Dieu, source de béatitude et fontaine de toute grâce (*Psaumes*, XXXV, 10).

8. *son fidèle Bernard :* saint Bernard, né à Fontaines, près de Dijon, en 1091, fonda l'abbaye de Clairvaux, participa à la deuxième croisade, et mourut en 1153. Ses écrits expriment son ardente dévotion pour la Vierge Marie.

9. *voir notre Véronique :* icône byzantine conservée dans une des loges de la coupole de Saint-Pierre à Rome, et que l'on considérait comme la véritable image de Jésus ; elle était offerte à la dévotion des pèlerins pendant la semaine sainte ; *de Croatie*, c'est-à-dire d'un pays lointain.

10. *le charl que Phaéton conduisit mal :* le char que Phaéton ne sut pas guider (cf. *Paradis*, XVII, 3).

Chant XXXII

1. *qui la causa :* Ève, qui causa la plaie du péché originel.

2. *Rachel :* deuxième femme de Jacob, symbole de la vie contemplative (*Genèse*, XXIX, 16-30 ; *Purgatoire*, XXVII, 104).

3. *Sarah :* femme d'Abraham et mère d'Isaac.

Rébecca : femme d'Isaac et mère de Jacob.

Judith : qui sauva les Juifs de l'esclavage des Assyriens en tuant Holopherne.

celle : Ruth, trisaïeule de David.

4. *Miserere mei :* par douleur du péché commis, David composa le psaume *Miserere mei* ; allusion à l'adultère avec Bethsabée et au meurtre de son époux, Urie (I *Rois* XI, 1-16).

5. *se succèdent les Juives :* en formant une ligne verticale qui divise la rose blanche.

6. *les escaliers sacrés :* selon la façon dont la foi se tourne vers le Christ : vers le Christ à venir, ou vers le Christ déjà venu.

7. *le grand Jean :* Jean-Baptiste, le précurseur, le plus grand des hommes nés d'une femme (*Matthieu*, XI, 2) souffrit d'abord deux ans de pénitence dans le désert, puis le martyre de la part d'Hérode, puis les Limbes jusqu'à la mort du Christ, bien qu'il fût saint depuis avant même sa naissance. Il demeura deux ans dans les Limbes, de sa mort à la mort du Christ.

toujours saint : parce qu'il a été sanctifié dans le sein de sa mère avant sa naissance (*Luc*, I, 39-41).

8. *François :* cf. *Paradis*, X.

Benoît : cf. *Paradis*, XXII.

Augustin : Dante connaît bien ses œuvres et le cite souvent.

Il nomme ici non les fondateurs mais les auteurs des règles fondamentales des ordres religieux.

9. *nous suffise l'effet :* parce que les causes nous restent inconnues.

10. *qui furent dans leur mère agités de colère :* Esaü et Jacob, en conflit dans le ventre de leur mère (*Genèse*, XXV, 22) : le premier fut refusé, le deuxième aimé de Dieu. L'interprétation de cet exemple remonte à saint Paul (*Romains*, IX, 11-13) ; il est ici cité comme exemple de l'imperscrutabilité de la grâce.

11. *les coiffe dignement de telle grâce :* la lumière de la gloire divine couronne la tête des bienheureux proportionnellement à cette grâce.

12. *premier regard :* la situation différente – plus ou moins haute – sur les degrés de l'amphithéâtre céleste (situation qui exprime un degré plus ou moins haut de béatitude) ne correspond pas à une différence de mérite, mais à une différence d'*acuité* dans le regard vers Dieu à la naissance – qui traduit une différence dans la grâce accordée par Dieu au nouveau-né.

13. *par circoncision :* les mâles durent donner de la force à leur innocence par la circoncision (pour monter au ciel).

14. *en chantant « Ave Maria, gratia plena » :* en acte d'hommage ; c'est l'archange Gabriel, déjà descendu dans le Premier Mobile pour vénérer Marie.

15. Allusion à Adam, père du genre humain ; à cause de sa hardiesse à goûter le fruit défendu, il fit *goûter l'amertume à l'espèce humaine.*

16. *cette fleur gracieuse :* le Paradis, le règne des cieux.

17. *auprès de lui :* saint Jean l'Évangéliste, qui, avant de mourir, eut la révélation, et prophétisa dans l'*Apocalypse* le temps de malheur de l'Église qui fut acquise par le Christ avec le sacrifice de la croix.

18. *le peuple ingrat, changeant et rétif :* Moïse, sous la conduite de qui les Juifs, changeants et réticents à lui obéir, se nourrissaient de manne dans le désert (*Exode*, XVII, 13-15).

19. *Lucie :* la sainte de Syracuse, protectrice des yeux, et dont Dante était un fidèle. Elle poussa Béatrice à se mouvoir de son siège du Paradis pour sauver Dante quand il se perdait dans la forêt (*Enfer*, I, 61 ; II, 100-108).

Chant XXXIII

1. *fille de ton fils :* Dante reprend une figure appartenant à la tradition liturgique médiévale en la chargeant par sa densité du mystère paradoxal de la personne de Marie (cf. Auerbarch).

2. *éternel conseil :* à l'œuvre de la rédemption, où furent exécutés les desseins éternels (cf. *Convivio*, IV, V).

3. *cette fleur :* la rose céleste. La maternité de la Vierge, qui a déterminé la rédemption de l'humanité, a permis aux âmes qui en étaient dignes de monter au ciel et de former la fleur.

4. *la torche méridienne :* ici, dans l'Empyrée ; la torche ardente comme le soleil à midi.

5. *la sentence de Sibylle :* la Sibylle de Cumes écrivait ses sentences sur des feuilles, qu'un souffle de vent, pénétrant dans son antre, dispersait ensuite (*Énéide*, III, 443-451).

6. *tant que j'y consumai la vue :* c'est-à-dire tant que j'employai ma vue jusqu'à la limite de ses possibilités (cf. Gilson). Dans ces vers commence l'effort dramatique pour représenter l'essence divine (Bosco).

7. *en un volume :* la métaphore du livre, comme expression de l'unité de l'univers, est fréquente dans *La Divine Comédie*.

8. *comme fondus ensemble :* ici, Dante reprend philosophiquement le tercet précédent : la substance de la substance.

9. *s'élargir la jouissance :* la certitude est fondée sur la jouissance, seul signe resté de la vision.

10. *Et un seul point […] l'ombre d'Argo :* un instant, ou un point vu pendant un instant, est cause de plus d'oubli que vingt-cinq siècles pour l'entreprise des Argonautes, quand Neptune, dans la profondeur de la mer, vit en levant les yeux vers la surface passer l'ombre de leur bateau.

11. *ce qui là est parfait :* même le bien, s'il est hors de Dieu, n'est plus bien. Tout ce qui est hors de Dieu est imparfait.

12. *et de grandeur unique :* Dante tente d'exprimer le mystère de la Trinité divine : trois cercles, ou sphères, de trois couleurs, et de même dimension.

13. *respire :* représentation théologiquement orthodoxe de la Trinité ; le premier cercle, celui qui reflète, est le Père ; le second, qui est reflété, est le Fils, ou Logos, engendré par le Père ; le troisième, venu en égale mesure du Père et du Fils, est l'Esprit-Saint.

14. *ris à toi-même, et t'aimes :* la Trinité s'aime elle-même, comme un tout.

15. *me sembla peint de notre image :* Dante décrit ici le mystère de l'Incarnation, de la fusion des deux natures, humaine et divine, dans le Christ ; *de sa même couleur* : les deux natures sont inséparables dans la personne du Christ.

16. *le principe qui manque :* pour décrire la vanité de l'effort de pénétrer le mystère divin, Dante recourt à la similitude du géomètre qui essaie de penser la quadrature du cercle (dans le *Convivio*, II, XIV, il écrit que ce problème est insoluble).

17. *comment elle s'y noue : s'indova,* « se met dans le *où* » : dernier néologisme de Dante dans le *Paradis*, particulièrement hardi et efficace.

18. *à son désir :* l'éclair marque l'illumination suprême.

19. *l'amour qui meut le soleil et les autres étoiles :* le dernier vers du *Paradis* reprend le premier (« La gloire de celui qui meut toutes choses »). Le mot *étoiles* est le dernier mot du *Paradis*, comme de l'*Enfer* et du *Purgatoire*.

CHRONOLOGIE

1265 : Fin mai : Naissance de Dante Alighieri à Florence, dans une famille de la petite noblesse citadine. Son père, Alighiero, est agent de change et prêteur d'argent. Sa mère, Bella, mourra avant 1275.

Alighiero se remariera par la suite avec Lapa di Chiarissimo Cialeffi, et mourra vers 1281, laissant à Dante la charge de ses frères et sœurs (dont Francesco, son demi-frère, qui sera commerçant, et Tana, sa demi-sœur).

1274 : Première rencontre avec Béatrice (Bice Portinari), âgée de neuf ans ; cette rencontre est racontée dans la *Vita Nuova* ainsi que par Boccace.

1277 : Promesse de mariage avec Gemma Donati.

1281-1283 : Devient chef de famille. Écrit le premier poème de la *Vita Nuova*.

1285 : Mariage avec Gemma Donati.

1287 : Dante, étudiant en droit, en philosophie, ou peut-être en médecine, fait un bref séjour à Bologne.

1289 : Dante prend part aux batailles de Campaldino (contre Arezzo) et de Caprona (contre Pise).

1290 (8 juin) : Mort de Béatrice.

1291-1295 : Études philosophico-théologiques auprès des écoles de religieux : l'école franciscaine de Santa Croce et l'école dominicaine de Santa Maria Novella.

1294 : Visite à Florence de Charles Martel, fils de Charles II d'Anjou, roi de Naples. Il mourra en 1295. Dans le *Paradis*, Dante évoque leur amitié.

1294-1296 : Compose la *Vita Nuova*.

1295 : Une nouvelle loi permet aux nobles de participer à la vie publique (ils en étaient exclus depuis 1293 à la suite des *Ordonnances de Justice* de Gianni della Bella), à condition de s'inscrire à une corporation. Dante s'inscrit à la corporation des Médecins et Apothicaires, la plus acceptable pour les intellectuels.

1296 : Dante commence à participer aux débats de la commune, dans l'aile la plus démocratique, et se définit comme guelfe blanc.

1300 : Dante assiste à Rome au Jubilé.

En mai, le gouvernement des Blancs lui confie la mission d'établir des alliances à San Gimignano contre la politique du pape Boniface VIII.

Juin-août : Dante fait partie des prieurs. Il doit exiler son ami Cavalcanti.

1301 : Dante figure parmi les ambassadeurs florentins auprès de Boniface VIII, qui le retient prisonnier à Rome, pendant que les Noirs prennent le pouvoir à Florence. Il s'enfuit et ne reviendra jamais à Florence.

1302 : Condamnation à mort par contumace de Dante et de quatorze guelfes blancs par les Noirs, à Florence.

1303-1304 : Dante, qui participe activement aux réunions des exilés, fait divers séjours à Arezzo, Forli, Bologne, Vérone. Il écrit le *De Vulgari Eloquentia*.

1304 : Dante est porte-parole des guelfes blancs auprès du légat du nouveau pape (Benoît XI), Nicola da Prato ; par la suite, il se détache des Blancs et fait « parti à soi seul ».

Il commence à écrire le *Convivio*.

1304-1309 : Voyages de Dante en Italie (dans le Casentino, dans la Lunigiana chez les Malaspina, à Lucques). En 1304-1305 a lieu sans doute une rencontre avec Giotto, qui peint la chapelle des Scrovegni à Padoue.

1310 : Probablement, voyage à Paris où il fréquente l'université.

1311 : Rencontre avec l'empereur Henri VII à Milan.

1312 : Henri VII est couronné à Rome.

1313 : Mort de Henri VII de malaria à Buonconvento.

1313-1318 : Séjour à Vérone chez Can Grande della Scala. Dante revoit et publie l'*Enfer* (1314) et le *Purgatoire* (1315). Écrit le *Paradis* (1316).

1315 : Florence offre une amnistie. Dante refuse.

1319-1320 : Dante à Ravenne, chez Guido Novello da Polenta, écrit la fin du *Paradis*.

1321 : Mission à Venise pour Guido da Polenta.
13-14 septembre : mort de Dante à Ravenne.

BIBLIOGRAPHIE

Principales éditions critiques de La Divine Comédie *et principaux commentaires utilisés*

G. PETROCCHI, *Dante Alighieri, La Commedia secondo l'antica vulgata*, Milan, Mondadori, 1966-1967.

U. BOSCO et G. REGGIO, *La Divina Commedia*, Florence, Le Monnier, 1979.

N. SAPEGNO, *Dante, La Divina Commedia*, Florence, La Nuova Italia, 1985.

E. PASQUINI et A. QUAGLIO, *Dante, Commedia*, Milan, Garzanti, 1987.

A.M. CHIAVACCI LEONARDI, *Dante Alighieri, Commedia*, Milan, Mondadori, 1991-1997.

Éditions françaises

F. LAMENNAIS, *Dante, La Divine Comédie*, Paris, Didier, 1863.

A. MASSERON, *Dante, La Divine Comédie*, Paris, Club français du Livre, 1965.

A. PÉZARD, *Dante, Œuvres complètes*, Paris, Gallimard, 1965.

J. RISSET, *Dante, La Divine Comédie*, Paris, Flammarion, 1985-1990 ; rééd. GF, 1990-1992, 2005.

L. PORTIER, *Dante, La Divine Comédie*, Paris, Éditions du Cerf, 1987.

M. SCIALOM, in C. BEC (dir.), *Dante, Œuvres complètes*, Paris, Le Livre de poche, 1996.

J.-C. VEGLIANTE, *Dante, L'Enfer, Le Purgatoire, Le Paradis*, Paris, Imprimerie Nationale, 1996-2007.

J. RISSET, *Dante, La Divine Comédie*, illustrée par Botticelli, commentaire de Peter Dreyer, Diane de Selliers, 1996 ; rééd. 2008.
J. RISSET, *Dante, La Divine Comédie*, illustrée par Miquel Barcelo, France Loisirs, 2003.
D.M. GARIN, *Dante, La Divine Comédie*, Paris, La Différence, 2009.

Études sur Dante et sur La Divine Comédie

E. AUERBACH, *Studi su Dante*, Milan, Feltrinelli, 1963 ; *Figura*, Paris, Macula, 2003.
T. BAROLINI, *The Undivine Comedy, Detheologizing Dante*, Princeton University Press, 1992 ; *La Commedia senza Dio*, Milan, Feltrinelli, 2003.
G. BOCCACIO, *Vita di Dante*, Milan, Mondadori, 2002 ; *Vie de Dante Alighieri*, Marseille, Via Valeriano/Paris, Léo Scheer, 2002.
J.-L. BORGES, *Neuf Essais sur Dante*, trad. F. Rosset, Paris, Gallimard, 1987.
N. BORSELLINO, *Ritratto di Dante*, Bari, Laterza, 1998 ; rééd. 2007.
M. CHIAMENTI, *Dante Alighieri traduttore*, Florence, Le Lettere, 1995.
G. CONTINI, *Un' idea di Dante*, Turin, Einaudi, 1976.
M. CORTI, *Percorsi dell'invenzione*, Turin, Einaudi, 1993.
J.-P. FERRINI, *Lectures de Dante : un doux style nouveau*, Paris, Hermann, 2006.
J. FRECCERO, *Dante, the Poetics of Conversion*, Cambridge, Harvard University Press, 1986.
GALILÉE, *Leçons sur l'Enfer de Dante*, trad. L. Degryse, postface J.-M. Lévy-Leblond, Paris, Fayard, 2008.
G. GETTO, *Aspetti della poesia di Dante*, Florence, Le Monnier, 1966.
E. GILSON, *Dante et la philosophie*, Paris, Vrin, 1939 ; *Dante et Béatrice*, Paris, Vrin, 1979.
J. GOUDET, *Dante et la politique*, Paris, Aubier, 1969.
R. GUARDINI, *Dante visionnaire de l'éternité*, Paris, Seuil, 1962.
C. LEFORT, *Modernité de Dante*, in Dante Alighieri, *La Monarchie*, trad. M. Gally, Paris, Belin, 1965.
J. LE GOFF, *La Naissance du Purgatoire*, Paris, Gallimard, 1981.

E. MALATO, *Studi su Dante*, Bertoncello, Artigrafiche, 2005.
O. MANDELSTAM, *Entretien sur Dante*, in *Argile* XII, p. 76-77.
B. NARDI, *Saggi di filosofia dantesca*, Bari, Laterza, 1974.
C. OSSOLA, *Introduzione a Dante*, Rome, Instituto Enciclopedico italiano, 2010 ; « *A lume spento* ». *Dante au XX*e *siècle*, Collège de France, 2010 ; dir. colloque *Dante au Collège de France*, Turin, Aragno, 2010.
E. PASQUINI, *Dante e le figure del vero*, Milan, Mondadori, 2001.
G. PASSERONE, *Dante, Cartographie de la vie*, Paris, Kimé, 2001.
G. PETROCCHI, *Itinerari danteschi*, Bari, Adriatica, 1969 ; *Vita di Dante*, Bari, Laterza, 1983.
P. RENUCCI, *Dante juge et témoin du monde gréco-latin*, Paris, Les Belles Lettres, 1954.
J. RISSET, *Dante écrivain, ou L'Intelletto d'Amore*, Paris, Seuil, 1982 ; *Dante, une vie*, Paris, Flammarion, 1995 ; *Traduction et mémoire poétique*, précédé de *Le Paradoxe du traducteur* par Y. Bonnefoy, Paris, Hermann, 2007.
M. RODDEWIG, *Dante Alighieri, Die göttliche Komödie*, Stuttgart, Hierseman, 1984.
E. SANGUINETI, *Tre studi danteschi*, Florence, Le Monnier, 1961.
CH. SINGLETON, *La Poesia della Divina Commedia*, Bologne, Il Mulino, 1978 et 1983.
PH. SOLLERS, *Dante et la traversée de l'écriture*, in *Logiques*, Paris, Seuil, 1968 ; *La Divine Comédie, entretiens avec Benoît Chantre*, Paris, Desclée de Brouwer, 2000 ; *Vers le Paradis : Dante au collège des Bernardins*, Desclée de Brouwer, 2010.
A. TARTARO, *Letture dantesche*, Rome, Bulzoni, 1980 ; *Cielo e Terra*, Milan, Vita e Pensiero, 2009.

•

INDEX DES NOMS

TABLE

LA DIVINE COMÉDIE

L'ENFER

LE PURGATOIRE

LE PARADIS

Composition et mise en pages

NORD COMPO
multimédia

N° d'édition : L.01EHPN000357.C004
Dépôt légal : novembre 2010
Imprimé en Espagne par Novoprint (Barcelone)

— langue beaucoup moins lointaine et inaccessible qu'on ne l'imagine.

- évidence poétique p. V

- dimension critique p. XVI